Helmut Sakowski

Die Schwäne von Klevenow
Schwarze Hochzeit auf Klevenow

Helmut Sakowski

Die Schwäne *von* Klevenow

Schwarze Hochzeit *auf* Klevenow

Zwei Romane
in einem Band

Bechtermünz

Genehmigte Lizenzausgabe
für Weltbild Verlag GmbH, Augsburg
»Die Schwäne von Klevenow«
Copyright © Aufbau-Verlag GmbH, Berlin und Weimar 1993
»Schwarze Hochzeit auf Klevenow«
Copyright © Aufbau-Verlag GmbH, Berlin und Weimar 1994
Umschlaggestaltung: Studio Höpfner-Thoma, München
Umschlagmotiv: Artothek, Peissenberg
Gesamtherstellung: GGP Media, Pößneck
Printed in Germany
ISBN 3-8289-6833-3

2004 2003 2002 2001
Die letzte Jahreszahl gibt die aktuelle Lizenzausgabe an.

Die Schwäne
von
Klevenow

Der Baum war uralt. Er ragte kaum höher als andere stattliche Eichen im Park von Klevenow, aber sieben Männer hätten ihre Arme breiten müssen, um den Schaft zu umfangen. Auf mächtige Krallenwurzeln gestützt, schob sich der wulstige Stamm in die Höhe und reckte seine Äste nach den Wolken. So manches Wetter hatte ihn gezaust, so mancher Knorren war verdorrt, aber noch wölbte sich die Krone, noch widerstand er jedem Sturm, und noch behauste er die Raben.

Vielleicht war der Baum den Germanen heilig gewesen oder den Slawen, die später den Landstrich besiedelt hatten, jedenfalls lagen am Fuße der Eiche ein paar Findlingsblöcke, der größte abgeflacht wie ein Tisch. Die Menschen hatten vergessen, ob es sich um Trümmer eines Hünengrabes handelte oder um Opfersteine, auf denen man gefangene Krieger geschlachtet hatte zum Ruhme des Odin oder des Swantevit. Die vergangene Zeit lag im Dunkeln, und was die Leute erzählten, war unverbürgt.

Dreizehn behauste Herdstellen eines Dorfes samt Herrenhof und Kirche seien ausgetilgt worden, eines unerhörten Frevels wegen, aber der Schatz des Gutsherrn ruhe unter den Wurzeln der Eiche. Wer ihn heben wolle, müsse die Haarlocke eines unschuldigen Kindes bei sich tragen und die Wächter des Schatzes nicht fürchten, Mäuse, so groß und feist wie anderswo die Katzen. Geboten sei, die Augen vor dem schwarzen Pferd zu schließen, dann und wann steige es auf aus dem schäumenden See, presche zur Eiche hin und verharre in ihrem Schutz, als erwarte es seinen Reiter.

Die Wahrheit kannten vielleicht nur die Raben. Sie horsteten seit je hoch oben im Eichengezweig. Sie hatten vieles gesehen. Doch wem sollten sie es erzählen? Die Menschen verstehen die Sprache der Vögel nicht mehr.

Ich bin der Rabe im Baum, und meine Ahnen zählten zu den Auserwählten, die Noah in den Kasten nahm, weil Gott der Herr es befahl vor kaum denkbarer Zeit, und mein Urrabenvater hatte auf Odins Schulter gesessen, der Germanengott jagte im Sachsenwald oder noch höher im Norden, und das schwarze Pferd von Klevenow nahm sich der Jörn.

Ich weiß es, denn der Name des ältesten Raben, der auf des Donnergottes Schulter saß, hatte Gedächtnis gelautet. Er hat unserem Geschlecht die Fähigkeit zur Entsinnung vererbt, die Gabe der Unvergeßlichkeit, die kein anderes Geschöpf unter dem Himmel besitzt. Ich erinnere mich. Ich weiß alles, bis auf das wenige, das Gott für sich selber behielt.

1

Es war die Mitte des vorigen Jahrhunderts, der Monat Mai und ein Tag, der schön Wetter versprach. Kein Wölkchen am gläsernen Morgenhimmel, als der Rabe hin und wider flog. Er sah Schloß Klevenow unter sich im Gefilde, leuchtendes Ziegelrot der Dächer im Laubgewölk und den Turm mit kupfern behelmtem Knauf. Er strich über das Geviert des Wirtschaftshofes, über den Anger, die Kirche, sie hockte wie eine Glucke über dem Gräberfeld. Er folgte der niedrigen Häuserzeile, ein strohgedeckter Katen am anderen, bis zum Wald hinüber.

Noch zeigte sich kein Mensch, obwohl ein besonderer Tag zu erwarten war. Die hohe Frau von Klevenow, Agnes, die schöne, jungvermählte Gräfin Schwan, würde Geburtstag feiern, den ersten auf dem Stammsitz der Schwäne. Ein Fest auf dem Schloß war angesagt, aber auch mancherlei zur Belustigung und Beköstigung für das Volk. Die Leute aus den Dörfern der Begüterung würden gewiß zu Hunderten nach Klevenow pilgern, um der Patronin zu huldigen.

Die Herrschaft hatte vorgesorgt und Holzbänke und Tafeln aufstellen lassen, damit auf der Wiese rasten konnte, wer wegmüde und hungrig war. Die Gesindeküche hatte Kesselfleisch bottichweise vorgekocht, scharf gewürzt mit Pfeffer und Majoran. Und wenn die Frau Gräfin auch die Branntweintrinkerei noch mehr verachtete als das Hurenwesen unter dem Gesinde, gänzlich nüchtern sollte deswegen keiner bleiben, die Kutscher hatten zwei Dutzend Fässer vom besten Lübzer herangekarrt. Sogar von einer Kornschenkung war die Rede. Der verliebte Graf, hieß es, wolle anläßlich des Geburtstages seiner Gemahlin jeder Tagelöhnerfamilie einen halben Sack Brotgetreide vermachen.

Aber nicht nur die niederen Klassen würden in Scharen nach Klevenow strömen. Aus den Kreisen der Ritterschaft erwartete das junge Grafenpaar viele Gäste, die Vettern, die Freunde, die Gutsnachbarn mit erlauchten Namen, wie die Schwäne von

Faulenrost und Rottmannshagen, die von Malzahn auf Grubenhagen, von Oertzen, von Bülow und Flotow, des weiteren die Herren Pächter mit ihren Damen.

Aber noch stieg kein Rauch aus den Kaminen, noch war es vor Hahnenschrei und feierlich still im Revier. Der Rabe sah da und dort einen Sprung Rehe friedlich äsend im Feld und den Fuchs, der zum Mausen dorfwärts schnürte, und den Dachs, der es eilig hatte auf dem Heimweg zum Bau. Dann aber sah er den Himmel sich färben, und die Sonnenscheibe stieg auf über dem Horizont, riesengroß und wie von Blut, und der See gleiste und glühte in ihrem Widerschein. Da schien es, als wolle die Natur das himmlische Gestirn mit Schall und Lobgesang begrüßen. Die Kraniche ließen ihre Fanfaren ertönen, der Kuckuck rief, die Vögel zwitscherten, die Frösche quarrten und schnarrten. Und dann holte die alte Kirchturmuhr rasselnd und röchelnd aus, die Glocke schlug vier.

Jörn und Gesine fuhren aus dem Schlaf. Sie hatten auf dem Rücksitz einer herrschaftlichen Kalesche geruht, unterm Dach der gräflichen Remise, in aller Heimlichkeit, mehr schlecht als recht, aber doch beieinander, was ihnen selten vergönnt war. Sie warfen im ersten Schreck die Pferdedecke von sich, das Mädchen schlug stöhnend die Hände vors Gesicht und versuchte dann, mit den Handballen die Müdigkeit aus den Augen zu pressen. Mein Gott, wie kurz ist eine Nacht, Leib an Leib mit dem Geliebten, wie rasch schlägt die Stunde der Trennung, wie zeitig mahnt uns die blecherne Glocke an die tagtäglichen Pflichten. Der Mann reckte die Arme aus, er war Ende zwanzig, groß und gut gewachsen, grobe Arbeit von Kindheit an hatte ihn hart und sehnig gemacht. Nackt hockte er neben seinem Mädchen und sah, wie es sie schaudernd überlief. Er nahm Gesine in die Arme, preßte sie an sich, um sie zu wärmen und tröstend zu wiegen. Es ist ja erst vier, und wir kommen beide noch zurecht. Er hielt sie umschlungen und erhitzte sich selber trotz der Morgenkühle. Sie fühlte, daß er wieder in Bereitschaft war, wollte aber nicht, daß er sie küßte und bedrängte, und schob ihn unwillig von sich. Er lachte albern und war überzeugt, sie würde ihm rasch noch einmal zu Willen sein.

Schau, sagte er und zeigte sich selbstgefällig vor, so rage ich schon am Morgen, ein armer, einsamer Mann, dem die Herrschaft den Heiratsconsens verweigert. Was soll ich machen, wenn du mich nicht lieben willst? Komm, bettelte er, wir gehen noch einmal auf unser Bett.

Das Mädchen sperrte sich mit einiger Heftigkeit. Sie war den Tränen nahe wie oft in den letzten Tagen und mochte nicht einmal dem Jörn verraten, warum sie elend war. Sie sagte unwillig: Ich wollte, wir hätten ein Bett.

Er preßte seine Starre in die Faust und blickte Gesine von der Seite an. Ihm flog durch den Kopf, daß Gesine zart und zierlich sei, er aber ein Kerl, stark genug, den schwarzen Hengst an die Kandare zu nehmen, eine Leichtigkeit also, die Kleine trotz ihres Sträubens hochzuheben und sich aufzustecken. Wenn sie erst im Sattel saß, würde sie auch reiten wollen. Aber dann gab er sich achselzuckend zufrieden, zwängte den Lümmel in die zerschlissene Leinenhose, schlüpfte in den Kittel, und dann wischte er dem Mädchen die Tränen aus den Augenwinkeln.

Sie sagte noch einmal: Ich wollte, wir hätten ein Bett.

Jörn sprang aus der Kutsche und blickte auf zu seiner Liebsten. Gesine war nicht weit von zwanzig, feingliedrig von Statur und kaum gemacht für grobe bäuerische Arbeit. Er bemerkte nicht die Fältchen um die Mundwinkel, zu früh gekerbt von Bitterkeit. Er sah in ihr das schönste Mädchen in der Begüterung, und ausgerechnet für ihn war sie bestimmt. Eines Tages müßte das auch die Gutsherrschaft begreifen. Er nahm eine demütige Haltung ein, als habe er der Frau Gräfin Schwan aus der Kalesche zu helfen, und bot Gesine den gewinkelten Arm. Das Mädchen war aber viel zu müde, um anmutig herabzusteigen, sie vertrat sich und fiel dem Jörn in die Arme. Er fing sie und hielt sie fest, beinahe überwältigt von Zärtlichkeit.

Sie fragte an seinem Hals: Warum müssen wir uns immer wieder trennen?

Er sagte: Aber du weißt doch, ich diene dem Grafen zu Klevenow und du seinem Pächter in Wargentin. Das ist so einfach wie bitter.

Er führte das Mädchen bis zur Ausfahrt der Remise, dort hob

er warnend die Hand und spähte um die Ecke. Der Wirtschaftshof döste verlassen in der Morgensonne.

Komm! Jörn zog das Mädchen mit sich. Bald hatten sie die Stallgebäude hinter sich gelassen und liefen durch die Wiesen. Sie folgten dem Pfad, der sich am Bach entlangschlängelte, kaum breiter als ein Wildwechsel, er erlaubte ihnen nicht, nebeneinanderzugehen, galt aber als die kürzeste Verbindung zwischen dem Herrensitz Klevenow und dem Dorf Wargentin, und vielleicht waren es die Liebenden gewesen, die ihn ausgetreten hatten, getrieben von der Sehnsucht nach einander.

Am Markstein mußten sie Abschied nehmen. Jörn umschlang das Mädchen. Er sagte: Heute nacht hol ich mir heimlich das schwarze Pferd und komm zu dir geritten, um dich zu trösten und mich selber auch. Hör auf das Käuzchen.

Sie wollte ihn noch eine Minute bei sich behalten und nicht loslassen, aber er machte sich frei und rannte davon, denn schon rief die Glocke vom Schloßhof zur Arbeit.

Gesine blickte ihm nach und hob winkend die Hand, als er sich noch einmal umwandte.

Schloß Klevenow, der Stammsitz der Schwäne, war alt. Viele Generationen hatten ihn nach Bedarf oder Zeitgeschmack befestigt, erweitert oder abgetragen und immer wieder umgebaut. Die Giebel an der Nordseite, schön gegliedert und gestaffelt, ähnelten denen hanseatischer Patrizierhäuser, ragten freilich viel höher und stammten aus der Renaissance wie auch der Treppenturm. Siegelabdrücke im Klinkerwerk wiesen auf einen Baumeister von Rang, aber bei diesem oder jenem Nebengebäude schien es, als hätten die Schwäne ihre leibeigenen Handwerker nach Gutdünken und ohne Kunst arbeiten lassen. Edles stieß sich mit Grobem, Feines mit Plumpem, und wenn die Gemäuer von Klevenow auch nicht prächtig zu nennen waren, trotzig und klotzig wirkten sie immerhin.

Bei Ausschachtungen war man auf Reste einer Pfahlbrücke und hölzerne Palisaden gestoßen. Schloß Klevenow erhob sich dort, wo vor tausend Jahren eine Slawenburg gestanden hatte, aber keiner der Schwäne war etwa wendischer Herkunft gewesen, wie das regierende mecklenburgische Herrscherhaus, denn das führte auf Pribislaw II. zurück, Fürst der Wenden in Mecklenburg und vermählt mit einer gewissen Woizlawa. Das edle Paar hatte sich erst im Jahre 1164 dem Christentum gebeugt und der Verbrennung der hölzernen Götzen zugestimmt.

Die Schwäne legten Wert auf die Feststellung, daß sie vornehmerer Herkunft als die Pribislawen waren, eine Zeitlang wohl auch reicher. Es muß gegen Ende des achtzehnten Jahrhunderts gewesen sein, als der Hof auf dem Heiligen Damm im Sommerbad weilte. Bei der Gelegenheit hatte der Erbherzog, am Strand flanierend, den Grafen Schwan getroffen. Die jungen Herren, beide noch nicht konfirmiert, hatten Gefallen aneinander gefunden und schließlich, angefeuert vom Gefolge, platte Steinchen übers Wasser hüpfen lassen. Der junge Schwan besiegte den Erbherzog, warum, wurde bald offenbar, er hatte statt flacher Kiesel Goldstücke springen lassen, zu viele womöglich, jedenfalls hatten die Schwäne immer wieder Schlösser und Liegenschaften veräußern müssen.

Graf Friedrich, der jetzige Herr, wollte den Besitz zusammenhalten. Das wurde ihm schwer genug, denn die Kornpreise sanken, und eine Fehlheirat belastete ihn. Friedrich hatte sich als sehr junger Mann mit seiner Cousine Iduna Schwan vermählt, einer feingebildeten Dame, die als Schriftstellerin dilettierte. Der Graf war robust von Natur, ein wilder Reiter und Jäger und begierig auf die Wonnen der Liebe. Iduna indessen ging Geist vor Fleischlichkeit, sie sperrte sich im Ehebett. Bei der Scheidung hatte Friedrich manches eingebüßt, gleichwohl galt der Schwansche Besitz immer noch als der größte in Mecklenburg, und der Erblandmarschall war willkommen gewesen, als er sich im vorigen Jahr entschlossen hatte, um Agnes Schlieffenbach zu werben.

Der Vater der jungen Frau war Kammerherr am Königshof in Berlin, die Familie bekannt mit jedermann in Preußen, der Rang oder Einfluß besaß. Übrigens hatte Graf Schwan nicht bis Berlin gemußt, als er um Agnes warb, die Schlieffenbachs waren in der Uckermark begütert und beschieden ihn nach Ahrendsee. Das Schloß war unlängst erst von einem Schinkel-Schüler mit beträchtlichem Aufwand modernisiert und verschönert worden, und alle Welt sprach von einem zauberhaften Park, dessen Anlage der Gärtner des Königs von Preußen, der weltberühmte Lenné, höchstselbst besorgt haben sollte.

Friedrich, als er die Alleen durchfuhr, blickte staunend auf Boskette, auf Springbrunnen, blühende Rabatten. Er war fast ein wenig eingeschüchtert, und als er die prachtvolle Fassade von Schloß Ahrendsee aufsteigen sah, beschlichen ihn Zweifel, ob die Komteß, gewohnt in Anmut und Schönheit zu leben, das rauhe Mecklenburg und ihn, einen Landjunker, würde lieben können. Das Herz klopfte ihm im Halse, als er der Kutsche entstieg und, geleitet vom Hofmeister, die Freitreppe emporstolperte.

Man riß die Flügeltüren auf, und nie würde Friedrich den Augenblick vergessen, als er die Komteß zum ersten Mal von Angesicht sah. Sie übertraf alle Bilder und Beschreibungen, und er war wie verzaubert, als er ihr entgegenschritt. Er überhörte das warnende Räuspern und Krächzen des Hofmeisters, er übersah den preußischen Kammerherrn, der ihm die Familie vorstellen wollte, und die Gräfin Schlieffenbach griff zum Lorgnon, denn Friedrich hatte Augen nur für Agnes. Sie war blaßhäutig, das geringelte schwarze Haar fiel ihr bis auf die nackten Schultern, und die Tränen wollten ihm kommen, als sie ihm lächelnd entgegentrat, denn sie trug die Schwanschen Farben, ein weitschwingendes weißes Kleid, in der Taille purpurrot gegürtet.

Friedrich neigte sich tief, und als er sich endlich aus der Verbeugung erhob, mit einem Gesicht, das rot war wie ihre Schärpe, sagte sie lächelnd: Guten Tag, mein lieber Graf Schwan. Willkommen auf Ahrendsee.

Er wollte noch immer niemanden aus ihrer Umgebung wahrnehmen, weder den Kammerherrn, die würdige Mutter noch die Schwestern der Agnes oder die Gouvernanten. Ihm war, als versäumte er das Leben, wenn er nicht im Augenblick Gewißheit hätte. Er starrte in die blauen Augen der Agnes und flüsterte: Ich werde ein toter Mann sein, wenn Sie mich nicht mögen. Ich liebe Sie, und Sie müssen mich heiraten. Sie müssen unbedingt.

Verlegenes Schweigen in der Halle von Ahrendsee, bis die jungen Schwestern Schlieffenbach kicherten, bis Agnes laut und herzlich lachte. Dann sagte sie: Ja, meinetwegen, aber bitte, Sie sollten auch der Familie einen guten Tag wünschen. Sie wies auf Vater und Mutter, beide lachten jetzt ebenfalls, die Gouvernanten, ja selbst die Diener lachten, und Friedrich senkte beschämt den Kopf. Er hob bedauernd beide Hände. Pardon, pardon! Agnes hat mich verzaubert.

Er verbeugte sich endlich vor der Gräfin und den Komtessen, knallte die Hacken vor dem preußischen Kammerherrn zusammen und ließ sich gern zur Tafel bitten.

Gräfin Agnes hatte sich, als sie ihrem Gatten nach Klevenow gefolgt war, nicht von Linda, ihrer Zofe, trennen wollen, die aus Potsdam stammte und die Übersiedlung auf das Land wie eine Verbannung empfand. Das hübsche Mädchen trauerte den Fontänen von Sanssouci nach, bis in den Herbst hinein hatten sie bestaunt werden können, hier in Mecklenburg waren nur Gegend und Kühe zu sehen, sonst gar nichts. Nun versprach der gräfliche Geburtstag einiges an Abwechslung.

Schon in aller Frühe schwebte Linda, die Morgenschokolade im Silberkännchen, treppauf, war bald auf der Galerie und schon in der Nähe des Zimmers mit dem vergoldeten Bett, als sich eine Person auf unbotmäßige Weise, nämlich zu kräftigen Schrittes, näherte. Linda schickte sich an, wie eine wütende Katze zu fauchen, da sah sie sich plötzlich dem Erblandmarschall gegenüber, und nur mit Mühe gelang es ihr, ins Lächeln zu wechseln, sie versank und verschwand fast inmitten ihrer hochgebauschten Röcke, als sie sich verbeugte. Guten Morgen, Euer gräfliche Gnaden!

Friedrich blickte nicht ungern hinab auf Lindas halb entblößten Busen. Die hübsche Person war des Tabletts wegen behindert, er hob ihr das Kinn, dann half er ihr auf. Sie stand vor ihm, leise seufzend, als habe der hohe Herr sie aus Gefahr befreit.

Wie geht es meiner lieben Herrin, Linda?

Momentchen, Euer Gnaden, sagte Linda mit vertraulichem Augenzwinkern. Beinahe hätte sie dem Grafen das Tablett mit der Silberkanne in die Hand gedrückt, stellte es dann aber auf einem Vorzimmermöbel ab, denn sie benötigte beide Hände, um die schwere Eichentür des Schlafgemachs zu öffnen.

Das Zimmer war lichtdurchflutet, die Tüllgardinen vor dem

geöffneten Fenster blähten sich. Die junge Gräfin, noch in den Kissen, lächelte ihr entgegen.

Guten Morgen, Frau Gräfin.

Linda winkte dem Grafen. Er trat ein.

Eine herrische Geste gegen die Zofe. Geh!

Linda rauschte hinaus, gekränkt, erhobenen Hauptes.

Friedrich schloß die Tür hinter sich und riegelte ab. Dann hob er die Hände. Glückwunsch, Agnes, zu deinem ersten Geburtstag auf Klevenow.

Komm doch, mein Lieber.

Er stellte die Mappe zur Seite, die er bei sich getragen hatte, war mit zwei, drei Schritten am Bett und kniete nieder, beinahe andächtig, um Agnes die Hände zu küssen und dann den Mund, so zärtlich mit streifenden Lippen, daß sie einladend die Decke hob. Er warf den Morgenmantel von sich und schob sich an die Seite seiner Frau, sie drängte die Hüfte gegen ihn, er berührte sie mit sachter Hand, ihre Brust, ihren Bauch.

Jetzt hielt sie seine Hand fest. Ich bin im dritten Monat, Fritz.

Aber schön, Agnes, verführerisch wie eh und je.

Kaum unter dem Seidentuch, deckte er sich wieder auf. Da sah sie, wie es um ihn stand und patschte lachend in die Hände. Er bettelte um Erlösung, sie hatte Lust, ihn einzulassen.

Später sagte sie in seinen Armen: Das war ein hübscher Geburtstagsgruß. Ich danke dir, mein Lieber.

O Gott, er schlug die Hände vors Gesicht, als schäme er sich, dann sprang er aus dem Bett und holte die Mappe herbei, kolorierte Kartons, in feines Leder gebunden. Er klappte sie auf, nun zeigte sich, daß es Landschaftsbilder waren, die sich verwandeln ließen und den Kulissen eines kleinen Puppentheaters glichen.

Aber was ist das, Fritz?

Eine Anschauung, ein Modell, wenn du willst, der Park von Klevenow, von Lenné, dem Gärtner des Königs, entworfen und von eigener Hand gezeichnet, für dich, mein Schatz, mein Geburtstagsgeschenk. Ich werde mein Haus und all meine nahe gelegenen Ländereien, ich werde dir zu Ehren eine ganze Region dem Gesetz der Schönheit unterwerfen. Es soll dir Wohlgefallen zu Klevenow.

Friedrich hielt ihr das kleine Kunstwerk entgegen, als trüge er den heiligen Gral, und Agnes betrachtete es entzückt.

Das wird dich ein Vermögen kosten, Fritz.

Er entgegnete: Du bist es mir allemal wert. Und er küßte seine liebe Frau.

2

Jagt das Schwein raus!

Der alte Wollner rief es den Töchtern zu, sie hießen Stine und Rieke, waren elf und zwölf Jahre alt und vor einem Weilchen erst von ihren Strohsäcken heruntergekrochen, um sich am Wassereimer flüchtig das Gesicht zu netzen. Nun saß die eine, die Hände im Schoß, auf einem Schemel unterm Fensterloch, während die andere ihr das Haar kämmte und zu einem straffen Zopf verflocht. Gleich würde man wechseln. Beide taten, als hörten sie nicht, was der Vater verlangte.

Die vier Wände des Wollnerschen Katens schlossen sich um einen einzigen Raum, der so niedrig war, daß ein Erwachsener das Dachgebälk erreichen konnte. Die Behausung, spärlich erhellt von zwei winzigen Fensterchen, barg alles, was die Familie brauchte, die Nachtlager, aus rohen Brettern gefügt, zwei Truhen, ein paar Borde für das irdene Zeug, einen Tisch, zwei Stühle mit strohgeflochtenen Sitzen für die Eltern, während sich die Kinder mit der hölzernen Backmulde zu begnügen hatten, die umgestülpt auf Klötzen ruhte. Die Wollners teilten ihre Wohnung mit einem mageren Schweinchen, bis zum winterlichen Schlachtfest sollte es sich in eine Sau verwandelt haben, fett genug, die Familie auf Monate zu ernähren, war also kostbar wie das Leben und durfte unter der Bettstelle der Alten nächtigen, solange die Eisheiligen nicht vorüber waren, womöglich hätte es sich sonst erkälten und eines viel zu frühen Todes sterben können.

Auf der Herdstelle loderte das Feuer unterm rußgeschwärzten Kessel, es gurgelte und brodelte im Topf, das überkochende Wasser spritzte auf die Glut, und Frau Sanne Wollner, wie sie den Deckel hob, um mit spitzem Messer zu prüfen, wieweit die Kartoffeln wären, wendete vorsichtshalber das Gesicht vom Feuer ab. Nun sah sie das Kind im Winkel hocken, Luise, ihre dreijährige Enkelin, ein zartes, blasses Mädchen mit übergroßen dunklen Augen, das mit der Katze spielte. Die Wollner war keine fünfzig, aber weit über die Jahre gealtert, grauhaarig, mit harten, beinahe männlichen Gesichtszügen, und die Unmutsfalten um den Mund waren tief gekerbt. Sie deutete mit dem Messer auf das Kind, dann blickte sie auf ihren hageren, krummrückigen Mann, der an einem Forkenzahn schnitzte. Sie sagte mißbilligend, als habe das Kind es verschuldet: Gesine hat sich die ganze Nacht herumgetrieben. Sie kümmert sich nicht um das Balg.

Jagt das Schwein raus! hatte Wollner befohlen. Niemand hatte sich daran gekehrt, nun zeigte sich, wer im Haus das Sagen hatte. Die Kartoffeln waren gar, Frau Wollner hob den Kessel vom Feuer, sie rief herrisch gegen ihren Mann: Mach auf!

Wollner behielt das Schnitzzeug in den Händen, schob den Riegel mit den Ellbogen auf und trat heftig gegen die Bohlentür. Sie flog auf, die Frau goß das Wasser auf den Treppenstein, es pladderte und dampfte. Da meinten die Hühner wohl, es wäre was zum Picken, sie überfielen den Tritt, wollten gar in den Katen eindringen. Die Frau verscheuchte sie. Möchte einem am liebsten die Haare vom Kopf fressen, das verdammte Viehzeug. Fort mit euch, fort!

Die Töchter kicherten.

Wenig später häufte die Mutter Kartoffeln auf dem Tisch zu einem dampfenden Berg. Wieder bat Wollner: Jagt das Schwein raus! Es könnte neidisch werden, sind ja seine Kartoffeln, die wir fressen. Nun gehorchten die Töchter, sie hatten Morgenhunger. Das Borstenvieh sperrte sich, quietschte und grunzte. Es half ihm nichts, die beiden Hübschen jagten es mit Fußtritten aus dem Raum.

Frau Wollner nahm der kleinen Luise die Katze aus den Händen, schon flog das Tierchen im hohen Bogen durch die Türöffnung. Luise weinte.

Wollner schloß den Eingang, und nun konnten sie endlich alle am Tisch Platz nehmen. Die kleine Luise mußte stehend ihre Hände falten, denn nun sollte das Gebet gesprochen werden.

Die Wollners litten Not wie alle übrigen Tagelöhnerfamilien des Dorfes. Gut Wargentin war einem neuen Pächter überlassen worden, der sich dem Grafen Schwan als tüchtiger Wirtschafter empfohlen hatte, ein gewisser Haberland, aus Pommern stammend, Metzger von Profession, der ein Vermögen beim Viehhandel erworben hatte und nun nach Höherem strebte. Seit der letzten Ernte saß er auf Wargentin und sprach in aller Offenheit, er käme nicht aufs Geld, es wären zu viele alte Tagelöhner. Er wolle nur Leute unter dreißig in Lohn behalten, alle übrigen aber müßten aus dem Gute ziehen. Wegen der altväterischen ständischen Gesetzgebung in Mecklenburg durfte er aber seinen Leuten das angestammte Heimatrecht nicht absprechen und drängte sie deshalb mit Unfreundlichkeit und mancher Schikane zu freiwilligem Abzug. Er kürzte das Deputat, verweigerte Kartoffel- und Weideland mit der Begründung, er könne nur teilen, was übrig sei. Auf dem Gut herrschte nicht mehr Gottes Gerechtigkeit. Wie sollten sich die Leute auf Wargentin kleiden, wie sich satt machen? So fragten auch die Wollners tagtäglich.

Jetzt, am Tisch, wünschte der alte Wollner den Herrn herbei: Sei unser Gast und segne, was du uns bescheret hast. Schweinsfutter, sagte Rieke, und zu wenig.

Sanne Wollner belehrte ihre Tochter. War eben auch bloß ein Hungerleider wie wir, unser Herr Jesus Christ. Was soll er herschenken?

Hoffnung, meinte Wollner. Wie sollte einer das Leben wagen, wüßte er nicht, daß sich die Dinge besser machen lassen, als sie sind. Wie soll einer dieses Leben bestehen, ohne daß er hofft?

Frau Wollner hatte eine kleine Kartoffel für ihre blasse Enkeltochter pellen wollen, aber nun, im Disput mit dem Mann, vergaß sie darauf, verschlang den heißen Bissen selber und fragte hämisch: Was hat er denn ausrichten können gegen die Ungerechtigkeit auf der Welt? Einen Dreck. Die uns schinden und bedrücken, wie der Herr Pächter Haberland und seine dicke Frau, auch sie hoffen auf Gott den Gerechten. Wie soll sich das fügen? Und schon spießte sie die nächste Kartoffel auf die Messerspitze und führte sie zum Mund.

Die Töchter grapschten gierig nach den besten Knollen, Wollner mußte sehen, daß er nicht zu kurz kam. Luise war zu klein, sie konnte den Kartoffelberg nicht erreichen, sie versuchte es hin und wieder, dann gab sie es auf und verkroch sich wieder im warmen Winkel neben dem Herd. Keiner bemerkte es.

Wollner beugte sich über den Tisch und winkte seinen Leuten verschwörerisch mit dem Finger. Sie steckten die Köpfe zusammen. Er flüsterte: Nicht weit von hier, in Torgelow, hat das mächtige Schloß an allen vier Ecken auf einmal gebrannt. Der Baron konnte mit knapper Not übern See davon, die Tagelöhner hätten ihn bei lebendigem Leibe geschmort.

Die Mädchen legten erschrocken die Hand vor den Mund, und die Mutter meinte: Ja, ja, zu Torgelow, da gibt es noch Männer.

Wollner grinste. Weiber sollen die Brandstifter gewesen sein. Eine wurde gehängt! Wie oft hatte Wollner wohl seine Alte zum Henker gewünscht.

Nun lehnten sich Mann und Frau wieder im Stuhl zurück.

Gesine trat ein.

Sie hatte ihrem Liebsten winkend nachgeblickt, ehe sie hügelwärts wanderte gegen Wargentin. Es war ihr bitter in die Kehle aufgestiegen, sie hatte nicht gewußt, war es Trennungsschmerz, der sie würgte, oder etwas anderes, Schlimmeres, das sie nicht wahrhaben wollte. Wer sollte ein zweites Kind ernähren? Die Mutter würde außer sich geraten, der Patron hätte Anlaß, sie der Hurerei anzuklagen, womöglich gar aus dem Gute zu weisen. Wie dann leben?

Die Angst vor einem Kind war beinahe größer als ihre Todesfurcht. Ach, könnte sie doch allem entfliehen, auf nach Amerika, viele tausend ihresgleichen ließen sich Woche für Woche einschiffen in Hamburg oder in Wismar, aber die Überfahrt kostete siebenundzwanzig Taler curant, nicht zu erschwingen mit Arbeit. Unter den Wurzeln der uralten Eiche bei Klevenow ruhe ein Schatz, wer ihn heben wolle, erzählten die Leute, müsse die Johannisnacht abwarten und die Locke eines unschuldigen Mädchens bei sich tragen. Sie würde der Luise eine Strähne stehlen, bis Johanni war noch ein Weilchen, und die Umstände, falls sie sich wirklich einstellten, müßten sich verbergen lassen, verleugnen, solange es möglich war, so hatte sie in der Verzweiflung gedacht, und dann dachte sie wieder, manchmal sei die Natur gnädig gegenüber jungen Weibern, hört man, die nicht satt zu essen hätten. Vielleicht würde ihr die Mutter Gottes helfen,

Maria, die Gnadenreiche. Vielleicht war ihr übel, weil sie hungrig war.

Gesine hatte nach der Kuh sehen müssen, die im sauren Gras im Erlenbruch nahe dem Dorf weidete. Sie hatte das Melkzeug aus der hohlen Weide geborgen, wo es versteckt war, den Eimer im Bach ausgeschwenkt und schließlich gemolken, das freilich hatte kaum gelohnt. Nun stieß sie die Tür des elterlichen Katens auf, in breiter Bahn fiel das Morgenlicht in den dämmrigen Raum. Sie sah die Familie am Tisch, die Mutter, wie sie ihr, mürrisch kauend, entgegenblickte. Gesine wies auf den Eimer, den sie in der Hand trug: Die Kuh findet kaum noch was. Sie melkt jeden Tag weniger.

Sie goß die Milch in eine irdene Satte, während ihre Mutter räsonierte, es sei gegen Recht und Gesetz, also eine Sünde und Schande, daß ihnen der Haberland, dieser Schinder, nun auch noch das Weideland vorenthalte, deshalb wollten sie, die Sanne Wollner und ein paar Weiber aus dem Dorf, der Frau Gräfin zum Geburtstag aufwarten. Die hohe Frau könne doch nicht wollen, daß die Untertanen den Hungertod erleiden müßten. Sie deutete auf das Kind im Winkel: Schau die an!

Jetzt erst bemerkte Gesine, daß ihre Tochter nicht bei Tische stand, sondern sich verkrochen hatte. Sie nahm das Kind auf, um es zu herzen. Würmchen, du armes, sie haben dich weggedrängt. Gesine starrte vorwurfsvoll auf ihre Mutter. Die sagte achselzuckend: Sie muß sich selber kümmern.

Sie langt ja kaum auf den Tisch.

Sie muß es lernen, Gesine. Nun sah die alte Wollner, daß ihre Tochter der kleinen Luise die Satte an die Lippen hielt, und rief unmutig: Laß doch ein bißchen zum Buttern!

3

Jörn hatte sich sputen müssen, als er vom Markstein kam. Den Rückweg zum Gut wählte er quer über die Pferdekoppel. Die Stuten und Fohlen nahmen es als Aufforderung zum Spiel, als der Mann mit großen Sprüngen auf das jenseitige Gatter zulief. Jörn feuerte sie an und schrie sich mitten unter den Tieren die Lebenslust aus dem Leib: Hei, hei!

Die Füllen drängten sich gegen ihn, er klopfte ihnen die Flanken, rieb ihnen zärtlich mit der Faust die Nüstern, ehe er über den Koppelzaun kletterte und sich davonmachte.

Es gelang ihm gerade noch, sich unter die Pferdeknechte zu mischen, sie standen schon in der Reihe, ließen sich vom Leutevogt den Hafer für ihre Tiere zumessen und grinsten ihren erhitzten Kameraden an, der hatte wohl zu lange bei einem Weibe gelegen.

Als Jörn die Pferde an den Brunnentrog führen wollte, widersetzten sie sich und waren beunruhigt wegen eines Hofköters, der ihnen kläffend vor die Hufe lief. Jörn trat den Hund beiseite, die Gäule warfen die Köpfe auf, versuchten sich auf die Hinterbeine zu stellen, fast hätten sie Jörn, der die Leinen umkrallte, in die Luft gehoben. Er ließ sie fühlen, wer ihr Meister war, und zwang sie schließlich in den Griff. Ruhig, ruhig!

Minna Krenkel durchfuhr es, als sie sah, mit welcher Kraft sich der Mann die ungebärdigen Tiere gefügig machte. Nun kam er ihr entgegen. Sie war seit langem in den starken Mann vernarrt, es dauerte sie, daß er zerschlissene Kleider trug und offenbar niemanden hatte, der sich seiner annahm. Minna war die Tochter des Gutsgärtners, über Jahre Zofe der alten Gräfin Schwan und später dann, bis zu deren Scheidung, Kammerfrau der ersten Gemahlin Graf Friedrichs gewesen. Jörn ahnte nichts von ihren Sehnsüchten und konnte nicht wissen, daß sie ihm am Brunnen aufgelauert hatte. Er grüßte sie unbefangen.

Minna war adrett gekleidet, sie trug eine frisch gestärkte rüschenbesetzte Schürze. In den Händen hielt sie zwei flache Körbe, mit Blumen gefüllt, sogar ein paar Rosen darunter, die im Gewächshaus gezogen waren.

Guten Morgen, Jörn.

Minnas Gesicht verschönte sich im Lächeln, ihr wollte scheinen, als gäbe es in der Grafschaft keinen zweiten Mann mit so strahlend hellen Augen wie diesen Jörn. Sie stand vor dem Brunnentrog, also ihm und seinen Gäulen im Weg, und kam nicht vom Fleck.

Das verwunderte ihn. Was es denn gäbe?

Ach, sagte sie verlegen, nichts Besonderes.

Sag schon.

Da war es, als wollten die Gäule einen Disput verhindern, jedenfalls drängte der eine zum Brunnen, der andere bleckte das Gebiß und schnappte nach Minnas Blumen.

Sie schrie. Der Strauß lag im Dreck.

Jörn zwang die Pferde zurück, barg das Gebinde und schüttelte es unter dem kalten Wasserstrahl. Nun prangten die Rosen frischer als zuvor. Minna nahm sie wie ein Geschenk entgegen. Frau Gräfin wird es dir zu danken wissen.

Ach, meinst du wirklich?

Du hast ihren Geburtstagsstrauß gerettet, sagte Minna Krenkel. Sie brach eine Rose vom Stiel und hob sich auf die Zehenspitzen, um dem verblüfften Jörn die Blume hinters Mützenband zu schieben. Sie fragte: Würdest du bei meinem Vater arbeiten wollen? Er könnte dich anlernen, als Gärtner.

Jörn antwortete obenhin: Da könnte ich ja jeden Morgen 'ne Stunde länger bei meiner Liebsten liegen. Er lachte ein albernes Männerlachen. Ihm war eingefallen, auf welche Weise man die Stunde nutzen könne, zu zweit im morgenwarmen Bett, und gewiß hatte er sich nicht vorgestellt, daß es die ältliche Minna Krenkel wäre, die ihre Schenkel für ihn öffnen würde.

Ein paar Mägde trugen die scheppernden Melkeimer quer über den Hof zu den Ställen. Vor den geöffneten Scheunentoren standen die Stallknechte auf ihre Forken gestützt und hatten zugesehen, wie Minna Krenkel die schweißgetränkte Kappe des Jörn mit einer roten Rose schmückte. Nun wollten sie sich ausschütten vor Lachen.

Minna Krenkel schritt gesenkten Hauptes dahin, lächelnd. Sie lächelte immer noch, als sie das Schloß längst betreten hatte und im Treppenturm hinaufstieg zu den Herrschaftsgemächern. Keiner der Lakaien wehrte ihr, jeder kannte Minna Krenkel, jeder sah ja auch, sie trug Geburtstagsblumen für die Herrin. Nur Linda zischte, nachdem sie auf Minnas forderndes Klopfen endlich die Tür geöffnet hatte: Keine Störung, bitte!

Die Gräfin saß vor dem Frisierspiegel. Linda machte eine scheuchende Handbewegung, sie wollte den Blumenstrauß an sich nehmen. Minna widersetzte sich. Sie haßte Linda, die ihr die Arbeit fortgenommen hatte, sie dachte, den Hals könnte ich dir umdrehen, du Miststück! Sie fragte, immer noch lächelnd, aber eine Spur zu laut und zu grell, wenn es verstattet sei, wolle sie ihre Glückwünsche persönlich überbringen.

Da winkte die Gräfin schon. Tritt näher!

Sie saß schön und stolz, wie die Frau Königin auf ihrem Thron, und Minna verbeugte sich in gemessener Entfernung.

Meinen untertänigsten Glückwunsch, gnädigste Frau Gräfin! Und bitte, nehmen Sie die schönsten Blumen von Klevenow zum Geschenk.

Die Gräfin war bester Laune an ihrem Geburtstagsmorgen, sie winkte Linda, daß sie den Strauß versorgen möge, und sprach die Gärtnerstochter freundlich an: Sie hat Manieren, Krenkel, und dient schon lange der Herrschaft. Wir werden das lohnen. Aber sie weiß ja auch, daß ich von daheim Dienerschaft mitgebracht habe. In meiner Nähe ist sie überflüssig, also mag sie zu Hofe dienen, nach Belieben, oder dem Vater helfen. Oder hat sie einen besonderen Wunsch?

Minna errötete. Wenn Sie meine Dienste lohnen wollen, so geben Sie den Jörn Tiedemann in die Gärtnerei. Mein Vater ist alt und leidend, und ich muß mich sorgen.

Die Gräfin fand den Wunsch absonderlich. Ihr Gemahl werde einen Rosengarten und einen Park anlegen lassen, also müsse man nach einem Fachmann suchen in Schwerin, Berlin oder Potsdam.

Euer Gnaden, sagte Minna eifrig, Jörn Tiedemann hat das Zeug, sich über seinen Stand zu erheben.

Ein Pferdeknecht mit roten Händen und dreckigen Fingernägeln, hielt Linda dagegen, und Minna hätte sie am liebsten geohrfeigt.

Ein Mann, gnädige Frau, der schreiben und lesen kann, beinahe wie der Herr Pfarrer. Neulich hat er zu unserer Erbauung aus dem Pfingstkapitel gelesen, wie alle voll wurden des Heiligen Geistes und fingen zu reden an ...

Ach, Linda kannte das. Die Knechte grölen doch immer, wenn sie besoffen sind.

Sie spricht von den Aposteln, mahnte die Gräfin freundlich.

Minna fuhr fort: Und sie predigten, daß ein jeder sie hörte in seiner Sprache, Parther und Meder und Elamiter und die da wohnen in Mesopotamien, Kappadozien oder Asien. Seine Zunge strauchelte nicht bei den schwierigsten Wörtern. Jörn wird auch die lateinischen Namen der Blumen und Gewächse lernen können und seiner Herrschaft ein guter Gärtner sein. Bei diesen Worten brach sie wahrhaftig in die Knie.

Steh auf! Die Gräfin verwunderte sich. Dir wollen wir Gutes, Krenkel, dir.

Minna blieb auf den Knien. Sie blickte zur Patronin auf, beinahe wie zur Gottesmutter. So gebt mir den Jörn zum Ehemann!

Ja, wie alt ist er denn, dieser Mensch?

Achtundzwanzig, Euer Gnaden.

Du bist nicht weit von vierzig.

Linda lachte, und Minna erhob sich schwerfällig, sie strich ihre Röcke glatt und sah die Herrin an, ohne jede Spur von Verlegenheit. Er wird mich mögen, Euer Gnaden, wenn Sie ihm Häusung und Arbeit in der Gärtnerei verschaffen.

Später, als sie hinabgestiegen war in die schwarze Küche des Schlosses, um die Kräuter abzuliefern, traf sie die Köchin, die die Kupferkessel erregt und erhitzt auf dem Herd hin und her rückte, während sie ihre Gehilfinnen über die Speisefolge am gräflichen Geburtstag unterrichtete: Zuerst also gestopfter Aal.

Gesindefrühstück fällt heute aus, rief ihr die Köchin zu, sie möge sich alleine den Kaffee nehmen und auch dem Herrn Sekretär einschenken. Sie wies hinüber in die Dienerstube.

Schlöpke, der Gutssekretär, saß allein am Tisch und schnitt

sich das Brot mit dem Messer zurecht, denn er traute seinen Zähnen nicht. Der Mann war kaum älter als Minna, aber schon kahlhäuptig bis auf ein paar graue Strähnen, die er vom Ohr her über die hohe Stirn kämmte. Seine runde Nickelbrille verschaffte dem Gutssekretär beinahe das Aussehen eines Gelehrten.
 Er dankte Minna mit mehrfachem: Zu gütig. Dankeschön. Zu gütig! Und dann sagte er: Ihr seht leidend aus, Fräulein Minna.
 Sorgen, Herr Schlöpke, Sorgen.
 Bitte, leistet mir Gesellschaft.
 Nun füllte auch Minna ihre Tasse und nahm Platz. Sie sah den Schlöpke vor sich, sie dachte an Jörn und hörte kaum, was die Köchin zur Belehrung der Küchenmädchen anwies: Man nimmt auf den halben Pott Aalbrühe einen Eßlöffel Mehl, einen Eßlöffel Petersilie und drei Eidotter ...
 Minna sagte: Wissen Sie, Herr Schlöpke, manchmal denke ich, mein Vater macht es nicht mehr lange. Was wird dann aus mir?
 Man hört, sagt Schlöpke vorsichtig, dem Herrn Vater sei ein kleines Vermögen zugestorben?
 Minna nickte.
 Sehr klein? wollte Schlöpke wissen.
 Minna hob die Schultern. Jedenfalls reiche es für eine Büdnerei. Im Domanium könne man sich neuerdings ankaufen, ein Stückchen Land erwerben, eine Hütte baun. Aber allein? Wie verloren ist doch ein Mensch in Gottes riesenhafter Schöpfung, und Gott ist weit. Und was vermag ein Mensch, der ohne einen anderen Menschen ist? Und was vermag ein Weib?
 Während sich Minna ihren verzweifelten Gedanken überließ, dozierte im Hintergrund die Köchin, in dieser Soße müsse man die Aale köcheln lassen, aber nur die kleinen, bitteschön, die großen schnellten wieder aus dem Pott.
 Was vermag man allein, so fragte Minna.
 Und Schlöpke nickte und sagte: Ja, ja, und noch einmal: Ja, ja, denn er verstand das späte Mädchen gut. Er stehe seit nahezu zwanzig Jahren in Diensten der Herren Grafen als deren Sekretarius, eifrig, eifrig, ach, man dankt es nicht, denn säße nicht Minna gerade bei ihm, er wäre allein bei Tisch, wie jeden Tag, den Gott werden lasse. Er sei das Gedächtnis der Herrschaft, er sei ihr

Mund, er müsse Häusung und Heiratsconsens verweigern, den Pächtern den Zins erhöhen – ach, dieses Amt vereinsame ihn. Schlöpke senkte die Stimme und winkte mit einer Neigung des Kopfes zur Küche hin. Man läßt mich bei diesen Küchenweibern speisen, und hausen muß ich oben im Turm in Gesellschaft der Spinnen. Ich wasch mir selber Hemden und Unterhosen. Und nun verriet Schlöpke, warum er dies alles der Minna anvertraute. Er sagte bettelnd: Ich sehne mich sehr nach eigener Häuslichkeit, Fräulein Krenkel.

Ach, Minna wollte nicht wissen, was ihr dieser Mensch, über den Rand seiner Nickelbrille hinwegstarrend, verriet. Sie hielt so wenig auf ihn wie die Leute im Dorf, denn tatsächlich hatte er nur selten Gutes anzusagen, und manchem galt er gar als Spion oder als Büttel des Grafen. Ich muß leider gehen, Herr Schlöpke. Minna erhob sich.

Das Gärtnerhaus von Klevenow, ein roter Klinkerbau mit weiß gestrichenen Türen und Fensterrahmen, war kaum größer als die Katen im Dorf, aber wohl gehalten. Ein Anbau diente als Werkstatt und zur Aufbewahrung von Arbeitsgerät, er verband die schmucke Wohnung mit einem Gewächshaus, das der ganze Stolz des alten Krenkel war.

Minna suchte nach ihrem Vater, denn ein paar Tagelöhnerinnen, die unter den Bäumen saßen und an den Geburtstagsgirlanden flochten, hatten nach neuen Schnittblumen verlangt. Sie fand den alten Mann schließlich im Anbau auf der wachstuchbezogenen Pritsche hockend. Krenkel war Ende Fünfzig, ein kleiner, knochiger Mann, seit langem leidend und greisenhaft anzusehen. Minna wurde himmelangst, als sie ihn stöhnen hörte. Um Gottes willen, lieber Vater.

Krenkel keuchte. Mir ist, als würde ich kälter und kälter von den Beinen her, als erstarrten sie mir zu Stein.

Minna bettete ihren Vater auf das Lager, dann entkleidete sie ihn mit energischem Griff.

Der Alte wehrte ab.

Geniert Euch nicht, Vater. Sie fand zum Glück eine Bürste in der Nähe, und nun massierte sie die nackten, dürren Beine des Kranken. Wenn Ihr stürbet, Vater, was sollte aus mir werden? Ich bin allein ohne Euch und ohne Häusung. Sie wird sich einen neuen Gärtner mieten und mich aus dem Hause jagen, die schöne Frau Gräfin auf Klevenow.

Der Alte lag apathisch auf dem Rücken. Er flüsterte: Warum hast du in deinem Eigensinn niemals um Heiratsconsens gebeten?

Minna lachte ein bißchen. Es schien anzuschlagen, was sie dem Vater tat, die Haut rötete sich. Gelobt sei Jesus Christus. Ihr müßt doch fühlen, Herr Vater, wie das Leben wiederkehrt. Ich sehe die Adern pulsen, schon ein bißchen kräftiger. Sie bürstete hastiger und hastiger, sie kämpfte gegen die Kälte des Todes, aber was sie stammelnd redete, klagte den Vater an oder die Welt, die er verlassen wollte und die nicht eingerichtet war, wie es Minna gefiel.

Ihr habt mir erlaubt, Tag für Tag in die Schule zu gehn, bald konnte ich lesen so gut wie schreiben und noch besser das Einmaleins, und sollte doch nur zugelassen werden zur Heirat mit irgendeinem groben Knecht. Ihr dürft jetzt nicht davon! So helft mir doch, rafft Euch auf, Vater, bitte, und sei es nur für ein paar Tage. Der alte Krenkel hörte die Tochter nur noch aus weiter Ferne, und er wollte endlich zur Ruhe kommen.

Falt mir die Hände, Kind. Sprich mir ein Vaterunser.

Minna wehrte sich, bitterlich weinend. So bleibt doch bei mir, Vater, bitte.

Mit unendlicher Mühe hob der Alte noch einmal den Kopf. Er hauchte: Du weißt, wo das Geld liegt, hundert Taler curant. Kauf einen Mann. Dann sank er zurück, und Minna betete nicht, um den Vater der endlosen Fürsorge des Allmächtigen anzuvertrauen, sie rang die Hände, um mit Gott zu hadern. O Herr, wie konntest du ihn sterben lassen, so sehr zur Unzeit.

4

Die Kopfweiden am Weg nach Wargentin waren seit Jahren nicht geschnitten und beinahe alle von Wetter oder Blitz gespalten, mancher war statt eines runden Stumpfes nur so viel wie eine Fußdaube geblieben, ein Rest von Holz, wulstig berindet, und doch trieben sie jedes Frühjahr wieder aus, und ihr Gezweig griff mit langen, garstigen Hexenfingern in den Wind, das sah schon bei Tage zum Fürchten aus, und des Nachts, wenn das faulige Holz in den Astlöchern phosphoreszierte, wenn es schien, als glommen rote Augen in Unholdsköpfen, mied auch der Mutigste den Pfad.

Das Dorf wirkte so häßlich wie der Kopfweidenweg, der zu ihm führte. Ein halbes Dutzend schäbiger Katen säumte die Straße, die nicht befestigt war, also kaum mehr als ein Geleise, das die Ochsenkarren oder Pferdegespanne eingefurcht hatten.

Das Schloß von Wargentin verdiente diesen Namen nicht. Es war ein Fachwerkbau von mäßiger Größe, beinahe ebenso vernachlässigt wie die Tagelöhnerkaten, umschlossen allerdings vom mächtigen Geviert strohgedeckter Ställe und Scheunen. Und der Rabe wußte, daß es seit je nicht zum Guten oder gar zum Besten gestanden hatte zwischen der Herrschaft und den Leuten des Dorfes.

Schon eine Lukretia von Crivitz, die nach dem verheerenden Dreißigjährigen Krieg auf Wargentin gesessen hatte, war als hartherzig und scharfmäulig bekannt. Diese habgierige Gutsfrau hatte einst höchstselber ein Schwein vom Tagelöhnerhufen in ihren Stall getrieben und also gestohlen. Als der empörte Eigentümer ins Schloß gedrungen war, um sich zu beklagen, traf er die Herrin, wie sie gesenkten Hauptes in der Diele saß. Eine Magd lauste ihr den Kopf. Der Tagelöhner verbeugte sich. Grüß Gott, wohlgeborene Frau, so und so.

Die Edelfrau blickte böse von unten herauf und schrie: Wat hett he hier to dohn? Na Huus mit em.

Und als der Mann nicht auf der Stelle weichen wollte, nannte sie ihn einen Esel und Ochsen und einen doppelten Hundsfott dazu und langte nach der Peitsche.

Heute residierte der Pächter Haberland auf Wargentin. Aber der Herrensitz nahm sich aus, als habe man ihn seit den Tagen der Lukretia kaum instand gehalten. Frau Meta, die Gattin des Haberland, mißbilligte das, und es gefiel ihr auch nicht, wie sie der Mann im Augenblick zum Aufbruch drängte.

Wird's bald! Er rief es von der Diele her, so barsch, als triebe er eine Stallmagd zur Eile.

Draußen auf dem Hof stand die Kutsche zur Abfahrt bereit. Haberland wollte pünktlich zur Gratulation in Klevenow sein, aber seine Frau wendete sich immer noch vor dem Trumeau im Ankleidezimmer und konnte sich nicht sattsehen. Der Spiegel zeigte ihr das Bild von einem Weib, noch jugendlich, prangendes Fleisch, geradezu ausladend dort, wo es jedem Mann gefällt. Ein rundes, hübsches Gesicht mit Ansatz zum Doppelkinn, und auch die Robe der Gutsfrau konnte sich sehen lassen, ein Kleid über und über mit Volants besetzt, ganzen Kaskaden aus hellgrünem Seidentaft, dem teuersten, der in Malchin zu haben war. Frau Haberland musterte sich selbstzufrieden und hörte wieder von der Halle her befehlendes Händepatschen und die Aufforderung: Wird's bald!

Die Frau hatte Lust, mit einem Halt's Maul! zu antworten, aber sie war nicht mehr die Metzgersgattin, sie wußte, was sich für eine Dame geziemt, noch dazu in Gegenwart von Personal. Die Magd ihr zu Füßen stichelte hastig am Saum des Staatskleides. Frau Haberland hielt sich gegenüber dem Gatten zurück, dafür herrschte sie die Näherin an: Beeil dich, Mensch. Du hörst doch, wie er schreit, der Herr!

Schon fertig. Die Magd biß den Faden ab, sprang auf und schmeichelte der gnädigen Frau, von den Pächtersgattinnen werde sie bestimmt die schönste sein.

Nun, daran war nicht zu zweifeln, auch der Spiegel versicherte der Frau Haberland, sie sei die Schönste hinter den sieben Bergen der Mecklenburgischen Schweiz. Aber wußte man denn, wie sich die Gräfin Schwan zu Klevenow zeigen würde? Sie ließ in einem Berliner Modeatelier arbeiten, so hörte man. Wenn schon, die

Erbmarschallin war bekanntermaßen rasseldürr, hatte weder hier was vorzuweisen noch dort. Ganz anders die Frau Haberland auf Wargentin. Sie schwenkte die Röcke und wendete den Hals, um ihre stattliche Rückfront anzustaunen. Da sah sie im Spiegel, wie Haberland ins Zimmer trat, eine steile Unmutsfalte auf der Stirn. Wir kommen zu spät.

Die Magd huschte knicksend hinaus. Die Gutsfrau überhörte den Tadel. Sie fragte: Wie seh ich aus?

Der Mann nannte zuerst mürrisch die Meterzahl vom Kleiderstoff und den Preis, dann schien ihn aber auszusöhnen, was er im Dekolleté der Gemahlin erblickte, er nickte anerkennend. Allerhand.

Haberland war zwischen vierzig und fünfzig, untersetzt von Statur, rotgesichtig, mit blankgeschabten bläulich schimmernden Wangen und schwarzen Knopfaugen. Ein Mensch, dem man zutrauen konnte, daß er die Kraft besaß, einen Schlachtochsen mit einem einzigen Beilhieb niederzustrecken, ein grober Mann also, aber gekleidet à la mode, knappe Frackjacke von bräunlichem Tuch, enges Beinkleid, das mit Mühe die Wölbungen von Bauch wie Geschlecht umspannte. Schmuck sehe die Gattin aus, Haberland gestand es endlich zu und vergaß, daß er eilig war. Er machte näher tretend den Glitzerblick, den Frau Haberland nicht unbedingt schätzte. Hübsch anzusehen, die Robe, aber nicht praktisch, wegen der Reifen, es sei ja kein Beikommen, und er würde ihr gerne kräftig eins auf den Arsch hauen, zur Strafe für das Trödeln und sich selber zum Spaß.

Ach, ihm mangele noch so manches zum Gutsherrn, klagte Frau Haberland.

Der Mann grinste. Er sei nur der Pächter von Wargentin.

Müsse man deshalb im schäbigsten Schloß der Begüterung hausen? Die Möbel seien alt, die Spiegel blind.

Geduld, Haberland verlangte Geduld.

Kaum noch ein Jahr, so räsonierte die Gutsfrau, dann verließen Lieschen und Lottchen in Güstrow das Pensionat. Wie sollten sie einen Kavalier kennenlernen, womöglich einen Herrn von Adel, wenn niemand zu Gast geladen werden könne wegen der Erbärmlichkeit des Quartiers.

Haberland versuchte zu erklären. Je schäbiger das Gut, desto geringer der Preis. Sein Plan sei, die heruntergekommene Quetsche billig zu erwerben. Das Grafenpaar müsse bei Laune gehalten und dürfe heute keinesfalls brüskiert werden durch verspätete Ankunft.

Frau Haberland prüfte ein letztes Mal schrägen Blickes ihr Spiegelbild und pusselte an den Rüschen des freigebigen Ausschnitts. Sie werde dem Herrn Erblandmarschall schon gefallen.

Haberland war im Zweifel. Solche wie uns mag er nicht, und er neidet mir meine Tüchtigkeit. Er gönnt mir nicht, daß ich aufgestiegen bin vom Metzger zum Viehhändler und endlich zum Pächter eines seiner Güter. Ich will noch weiter hinauf. Wir werden es schaffen, Meta. Es soll uns kennenlernen, das dünkelhafte Adelspack. Und nun bewies er, daß er willens war, sich wie ein Herr zu führen. Er stülpte den Zylinder aufs Haupt und winkelte den Arm, um seine dicke Frau zu geleiten. Er half ihr sogar auf den Landauer.

Die Pferde hatten lange gewartet. Vorwärts! Ein Wink dem Kutscher, ein Peitschenknall, das Gefährt ruckte so heftig an, daß es der Frau Haberland fast den Sonnenschirm aus der Hand gerissen hätte.

Paß auf, du Hundsfott, du verdammter! schrie die Gutsfrau kaum weniger heftig als die sagenhafte Lukretia von Crivitz. Am liebsten hätte sie mit dem Schirm zugeschlagen. Leider war er schon aufgespannt. Sie hielt ihn über sich zum Schutz vor greller Frühlingssonne, aber auch zum Spektakel für das Gutsvolk, es neigte sich ehrerbietig, während die Kutsche dahinholperte, der Mann auf dem Bock mochte sich vorsehen, wie er wollte, der Wagen stuckerte dorfwärts auf schlechtem Wege und schüttelte das aufgeputzte Paar. Der Frau Haberland fiel es schwer, sich mit einiger Anmut schaukelnd im Gleichgewicht zu halten.

Bald rollte man durch die Flur von Wargentin, sie breitete sich unter makellos blauem Himmel, aber wenn sich die Natur auch noch so mühte, ihr Wiesen- und Saatengrün leuchtete kaum so prangend wie die Seide von Frau Haberlands Kleid. Jetzt näherte sich die Kutsche einem Rübenschlag, Pflanzenbüschel von bläulichem Blattwerk, Zeile um Zeile im Ackerbraun. Tagelöhner, mehr Männer als Weiber und einige Kinder, gebückt in einer Reihe gehend, schwangen die Haue, um überflüssige Pflanzen zu tilgen, ein Hackenschlag rechts, ein Hackenschlag links, ein Schritt voran, erneuter Hackenschlag und wieder ein Schritt, gleichmäßige, wiederkehrende Bewegung, als schlüge einer den Takt. Oder konnte es sein, daß der Rhythmus eines Liedes das Arbeitstempo der Häcker bestimmte? Wahrhaftig, sie sangen, leise, als sie der Kutsche ansichtig wurden:

> *Ha – ber – land! Ha – ber – land!*
> *Bist ein arger Schinner.*
> *Früher hast du Vieh geschinnt,*
> *jetzt schinnst du Menschenkinner!*

Als das Gefährt heran war, zogen die Leute schweigend die Mützen. Frau Haberland wedelte mit der Hand. Sie sagte gutgelaunt: Man grüßt uns nicht anders als das gräfliche Paar.

Was nutzt es? fragte Haberland. Die Kinder taugen nicht zur Arbeit, und die Alten ..., übrigens zu wenige auf dem Acker, schau sie an, einer ist krümmer und gichtiger als der andere, und jeder verlangt, daß ich ihn ernähre. In Wanzleben, das liegt im Anhaltinischen, in der Börde, fetter Boden, in Wanzleben haben sie sich zusammengeschmissen, Gutsherren und Pächter, reiche Kaufleute, auch Metzger, jawohl, und betreiben gemeinschaftlich eine Zuckerfabrik mit freien Arbeitern.

Frau Haberland hatte lange genug im Stettinischen an der Ladenwaage gestanden. Sie verstand das Geschäft. Arbeiter, sagte sie, kosten auch ihren Lohn.

Das sei aber dann auch alles, meinte Haberland, im übrigen müßten sie sich selber kümmern, um Häusung, um Kleidung und Fresserei, das sei »eukonomisch« gewirtschaftet. Er setzte ausführlich auseinander, was er unter »Eukonomie« verstand, einem modischen Begriff, den er oft im Munde führte.

Die Frau sagte: Ach ja oder ach was oder ach nein.

Man plauderte, die Kutsche ratterte dahin und hatte bald Klevenower Flur erreicht, die seit alters ein Hohlweg vom Wargentinschen trennte. Er war von Regengüssen ausgeschwemmt, noch tiefer gefurcht als anderswo, es ging abwärts. Der Kutscher zügelte die Pferde, schon mußte sich Frau Haberland an die Seitenlehne klammern. Vorsichtig, Mensch!

Nun kommt die Biegung, die Fahrbahn fällt abermals, der Kutscher reißt die Zügel an sich, erhebt sich vom Bock, er stemmt sich gegen die Gäule, er will sie zu sachterem Schritt zwingen, da sieht er mit einem Mal die Weiber vor sich in der Enge, ein Dutzend vielleicht, dunkel gekleidet, wie sie dahinziehen in schlenkrichten Röcken, mitten im Weg. Jetzt wenden sie erschreckt die Köpfe, sie sehen die herrschaftliche Kutsche heranpreschen, es scheint, daß sie ihr davonlaufen wollen, ein Pferdegespann ist allemal schneller.

Platz für den Herrn Haberland! Der Kutscher läßt die Peitsche sausen.

Aber der Hohlweg ist eng, steil die Böschung zu beiden Seiten. Die Frauen raffen die Röcke, sie meinen wohl, daß sie noch vor dem Kutscher freies Feld erreichen könnten, sie rennen, sie hasten.

Aus dem Weg! Weibervolk, gottverdammtes!

Soll er sie über den Haufen fahren? Oder halten? Der Kutscher fragt.

Der Pächter weiß jetzt, warum es so wenige Tagelöhner waren, die ihn vom Feld her grüßten. Die da vorn sind Häckerinnen aus Wargentin, sie wollen ihm davonlaufen, das dürfen sie nicht. Also drauflos und drauf zu!

Ein Wink und wieder ein Peitschenschlag, volle Fahrt. Trommelnder Hufschlag, Rädergeratter, anfeuernder Ruf.

Die Weiber wenden sich halb im stolpernden Lauf, sehen die Pferdehäupter aufgeworfen, rollende Glotzaugen, schaumtriefende Mäuler fast über sich und werfen sich kreischend gegen die Böschung.

Beinahe unter die Räder gekommen, mit knapper Not gerettet, gelobt sei Jesus Christus, der Herr.

Die Kutsche rollt aus und hält. Her mit euch!

Was jetzt? Das Gefährt sperrt den Weg nach Klevenow, die Weiber könnten die Flucht ergreifen und heimwärts ziehen, ein geschlagenes Häuflein, aber da ist der Trotz, und da ist der Befehl: Her mit euch!

Also rappeln sich die Frauen auf und klopfen den Dreck und die Halme vom Sonntagsrock und gehen mit Widerwillen auf die Kutsche zu, schlängeln sich, eine nach der anderen, zwischen Gefährt und Steilwand durch, zwölf, zählt der Herr Haberland, bis sie ein paar Schritte vor den Gäulen stehen, um sich zu verneigen.

Der Pächter in der offenen Kutsche steht über ihnen, seine Frau blickt herab, verkniffenen Mundes, und dreht den grünseidenen Schirm in den Händen.

Warum seid ihr nicht auf dem Feld?

Sanne Wollner spricht für alle, halbgebückt blickt sie zur Herrschaft auf. Es ist gräflicher Geburtstag, gnädiger Herr, Musik und Tanz auf Klevenow, alles Volk aus den Dörfern geladen. Und die Gefährtinnen bestätigen dienernd und murmelnd: So ist es, Herr. Ein jeder darf heute nach Klevenow.

Haberland schüttelt den Kopf.

Es scheint, als sollte der alte Wollner recht behalten. Er war nebenher gelaufen, heute morgen, als das Weibervolk aus dem Dorf zog. Er hatte versucht, die Frauen zurückzuhalten, übrigens auch vorausgesagt, daß die Stunde ungünstig sei für eine Petition, zu viele Herrschaften auf Klevenow, jedermann stehe nach Feiern der Sinn. Wer wolle dem Elend ins Auge sehen? Aber die eigene Frau hatte nicht hören wollen, die anderen hatten abgewinkt, der Tag verheiße schön Wetter, die junge Gräfin werde bester Laune sein, man höre aller Orten, daß sie mitleidig sei, und so weiter. Da war Wollner zurückgeblieben.

Und nun stehen die Frauen also vor dem Herrn Haberland und vernehmen den Spruch: Ich bin der Herr auf Wargentin. Ich gebiete. Kehrt um, schert euch davon, verdammt noch mal!

Wessen Wort gilt, Pächters Wort oder das des Grafen von Klevenow? Die Weiber stehen steif und starr in ihren dunklen Gewändern, einige verschränken die Arme über der Brust. Kann es denn sein, daß sie sich widersetzen? Der Pächter will es nicht glauben.

Er ruft: Soll ich euch Beine machen?

Frau Wollner hebt abwehrend die Hand. Wir wollen der Patronin nur unsere Aufwartung machen.

Haberland brüllt: Ich bin euer Patron!
Frau Wollner bittet: So hört doch, Herr, Ihr seid nicht im Recht.
Da schlägt er mit der Peitsche zu.
Die Weiber heulen auf, als sei jede von ihnen getroffen. Die Wollner windet sich den Peitschenriemen vom Arm, dann hebt sie die Hand wie zum Schwur, zeigt die blutroten Striemen vor, ihre Stimme schrillt wie gedengelter Sensenstahl: Ich werde zu Klevenow Schutz und Hilfe erbitten wider den ungerechten Pächter auf Wargentin.
Fahr zu, Mensch!
Nun schlägt der Kutscher auf die Gäule ein. Die Frauen springen zur Seite, die Stimme der Wollner gellt immer noch durch die Luft. Ich klage wider den Haberland!
Steine fliegen der Kutsche nach. Bald hat sie den Hohlweg verlassen, Frau Haberland blickt zurück, sieht die Weiber unbeirrt dahinschreiten in ihren dunklen schlenkrichten Röcken. Sie wandern nach Klevenow.
Mein Gott, seufzt die Pächtersfrau, was muß man sich heutzutage bieten lassen.
Der Haberland ist jähzornig von Natur, die Wut pocht ihm immer noch in der Halsader, er muß an den jungen Pfaffen von Wargentin denken, der hatte die Tagelöhner bestärkt in ihrer gottverdammten Aufsässigkeit mit dem Gleichnis vom guten Hirten, frech und in aller Offenheit von der Kanzel herab, während er, der Pächter und also der Herr, im Patronatsgestühl gesessen hatte und meinte, er höre nicht recht, als von einem Mietling die Rede war, dem niemand Gefolgschaft leisten müsse. Er hatte dem Pfaffen Beine gemacht, er hatte ihn davongejagt mit wenigen Knüffen und Püffen, er würde auch mit diesen Weibern fertig werden und deren jämmerlichen Männern. Und wenn er auch nur ein Metzger war von Profession, von Dummsdorf stammte er nicht, mit einem Dorfpfarrer nahm er es allemal auf, hatte sich nämlich sachkundig gemacht beim Doktor Martin Luther selber, dem großen Lehrer der Schrift, der geschrieben hatte, schwarz auf weiß, was gültig war bis auf den heutigen Tag, daß nämlich nichts Teuflischeres sein könne denn ein aufrührerischer Mensch, schlägst du nicht, so schlägt er dich, oder so

ähnlich, drum solle zuschmeißen, schlagen, würgen und stechen, wer da kann, wo ihm der Aufruhr begegnet, und würde Gott gefallen, wenn so geschieht. Und auch das folgende Lutherwort war festgeschrieben: Ein Bauer steckt voller Haberstroh, er ist ohne Verstand, er hört nicht das mahnende Wort, also mag er das Sausen des Schwertes hören. Stich ihn nieder, brenn ihm das Schandmal ins Fell, sonst macht er es tausendmal ärger.

Er aber, der Haberland, als ein guter Hirt, hatte nicht das Richtschwert sausen lassen, sondern lediglich die Peitschenschnur. Er sagte: Ich muß dem Aufruhr wehren. Der Graf ist fein heraus, er macht sich die Hände nicht dreckig, er spielt nicht den Stockmeister, uns, seine Pächter, bedrückt er, kaum steigt der Kornpreis, zieht er die Schraube an.

Ach Gott, sagte die Haberland, Ärger und Ärger. Wärst du doch beim Viehhandel geblieben.

Ich mach schon meinen Schnitt, meinte der Mann. Ich hab an allem gespart und Taler auf Taler gelegt, und wenn er den Zins abermals steigern will, ich verweigere mich.

Sie nickte dazu. Ein tüchtiger Mann wie du kann sich überall ankaufen.

Da erzählte er, was kürzlich im Blatt zu lesen war. Zwei Gebrüder Jacobson, zwei Juden, hatten wahrhaftigen Gottes bei Neustrelitz Adelsgüter erworben. Man stelle sich vor, zwei Juden wurden auf solche Weise erhoben zu Herren und Richtern über die Christenheit in ihren Dörfern.

Das ist ja furchtbar. Frau Haberland preßte die Hand gegen das Herz.

Ihr Mann fragte: Und ich soll mich von diesem Grafen bedrücken lassen, ein vermögender Mann und ein grundehrlicher Christenmensch?

Sie hielt den Sonnenschirm und tätschelte mit der freien Hand seinen Schenkel. Er führte ihre Hand höher hinauf. Nun kicherten beide.

Jetzt war der Weg besser gehalten, und die Kutsche rollte dahin. Aus der lieblichen Talsenke stiegen, rot leuchtend über den Wipfeln, die Türme und Dächer von Schloß Klevenow auf. Frau Haberland freute sich auf den Ball.

5

Es war beinahe, als hätten nicht nur Hoch und Niedrig Wohlgefallen am Geburtstag der schönen Agnes Schwan, sondern der Allmächtige selber, jedenfalls hatte Petrus Herrgottswetter gemacht. Der Himmel war offen, flutendes Licht ergoß sich über die Marken von Klevenow, Wälder und Buschwerk schimmerten im reingewaschenen Frühlingsgrün, aller Unrat im Dorf und Schloß war beiseite gekehrt, Wege und Stege geharkt, jede Unlust schien vergessen. Die Leute hatten das Vieh versorgt, gestreut, gefüttert, gemolken, die Scheuer verriegelt, das Haus bestellt. Die Mütter hatten die Kinder herausstaffiert und schließlich die Truhe geöffnet, die vererbte Tracht und Pracht angelegt, den Männern die Flusen vom Sonntagsrock geklopft. Jeder Lakai trug die neueste Livree, jeder Knecht seinen besten Werggarnkittel, jede Hausmagd hatte die Festtagsschürze übergestreift, das Volk aus den Dörfern der Grafschaft machte sich auf die Wanderschaft, Kutsche um Kutsche rollte heran.

Viele schlenderten schon schloßwärts, um sich auf dem Platz vor der Freitreppe zu sammeln. Sie wurden von einer Blaskapelle aus Schwerin angelockt. Militärmusikanten in knapper Uniform probierten die Instrumente, pausbäckig, mit geschwollenen Hälsen. Trompetenrohr blitzte, der Schellenbaum klirrte, jetzt wurde auf die Pauke gehauen, Preußens Gloria und der Hohenfriedberger Marsch im tiefsten Mecklenburg. Das hob die Stimmung noch höher, jedermann hüpfte das Herz. Was für ein Tag! Hunderte warten schon vor dem Schloß, da flattert schwarzes Trauertuch durch die Menge. Eine Frau bahnt sich eilig den Weg. Wo will sie hin?

In der Halle von Schloß Klevenow hatte sich die fein geputzte Dienerschaft an beiden Seiten der Treppe aufgestellt, zuunterst Sekretär Schlöpke, auch er im roten Rock. An der Spitze des weiblichen Personals stand Linda, die Zofe, hübsch anzusehen im weißen Kleid, man munkelte, es sei abgelegt von der hohen Frau. Bald wird die Herrschaft erscheinen, gleich ist es soweit. Noch mal das Häubchen zurechtgerückt, das Haar betupft, noch mal am Ärmel gezogen und den Blick schon erwartungsvoll nach oben gerichtet, da kreischt mit einem Mal die Turmtür, fällt krachend ins Schloß. Eilige Schritte vom Kellergewölbe her.

Was geht vor?

Jeder wendet wie auf Kommando den Kopf und sieht, es ist Minna Krenkel, die zur Unzeit die Halle betritt, wildes, zerzaustes Haar, Nase gerötet, verschwollene Augen, und sie ist in schwarzes Tuch gehüllt.

Gotteswillen, Fräulein Minna! Schlöpke tritt ihr entgegen.

Linda zischt: Fort mit dir!

Die Krenkel ist schon an ihnen vorüber. Sie läuft über die Galerie und trifft auf den Erblandmarschall. Er trägt zur Feier des Tages die weiße Uniform.

Der Graf ist unwillig: Was soll der Auftritt, Krenkel?

Minna weint. O Gott, mein Vater, er ist mir unter den Händen gestorben. Der Pfarrer ist nicht zu finden. Ich brauch ein paar Männer zur Hilfe.

Der Graf hat ihr mit einem Griff das schwarze Tuch von der Schulter gerissen. Kein Theater, wenn ich bitten darf! Kein Aufhebens. Kein Schatten soll auf den Geburtstag der Frau Gräfin fallen. Wart bis zur Nacht.

Das Hausgesinde ist Zeuge, wie der Herr Erblandmarschall Minna Krenkel herunterputzt. Keiner bedauert sie, bis auf Schlöpke vielleicht. Er hatte warnen wollen, sogar helfen.

Minna bückt sich nach dem Tuch, ihr schwindelt. Die Schamröte steigt ihr ins Angesicht.

Bitte untertänigst um Vergebung, Euer Gnaden.

Scher dich!

Minna knickst, erreicht rückwärtstappend das Treppengeländer, hastet abwärts. Sie schleift achtlos das schwarze Tuch hinter sich her, es fegt die Stufen, und ihr ist, als müsse sie Spießruten laufen, als sie die Doppelreihe der Dienerschaft durcheilt.

Da ist Schlöpke. Er hebt das Tuch vom Boden und nimmt die verstörte Frau beim Arm, um sie hinunter zur Turmtür zu führen.

Dort hinaus, Minna.

Danke, Herr Schlöpke.

Endlich ist es soweit. Von draußen ein Hornsignal, ein Tusch, nun dröhnt es gar vom Kirchturm herüber, der Küster zieht mitten in der Woche die Glocke. Lakaien springen herbei, um die Türen zur großen Terrasse aufzustoßen, dort harren schon einige Damen und Herren aus der Verwandtschaft, die Schwäne von Faulenrost, die Malzahns von Rottmannshagen, die preußischen Schlieffenbachs. Und nun schreiten sie von der Galerie treppab, Gräfin und Graf, festlich gewandet, die junge Frau in zartestem Lavendelblau, mit einem Diadem bekrönt, wunderschön anzusehen, ein Märchenpaar.

Jetzt tritt es Hand in Hand ins Freie, sieht Menschen und Menschen, Kopf bei Kopf, brandende Bewegung, Fähnchenschwenken, hört den Beifall, wie er tosend aufrauscht und, die Glocke übertönend, hundertfaches Geschrei: Vivat, Gräfin Agnes! Vivat!

Da steht lächelnd, Kußhändchen werfend, der Engel von Klevenow. Und noch mehr Geschrei. Die Masse schwillt und wogt wie das Meer.

Die Jäger der Grafschaft sind angetreten, grüne Kluft, Saustutz am Hut, Hirschfänger am Riemen, dreißig kräftige Männer stehen eingehakt. Arm in Arm, der Menge entgegen. Sie müssen nicht nur das hohe Paar vor unbeherrschter Liebe des Volkes hüten, sondern auch die Blumenkinder zu Füßen der Treppe, die dürfen der Frau Gräfin das Geburtstagsständchen darbringen. Aber das können sie nicht, noch immer schreit die begeisterte Menge Vivat und Hoch sall se läwen! Und ist da nicht schon ein unschöner Ruf zu vernehmen, beinahe ein Sprechchor: Sluck sall se gäwen! Sluck sall se gäwen!

Pastor Christlieb in schwarzer Tracht, der Gottesknecht von Klevenow, mit prachtvollem graugelocktem Haar, und ein Mann, der nicht nur dem Wort des Herrn verpflichtet ist, sondern ein wenig auch der Dichtkunst, der Versemacherei, ihm ist eingefallen, zur Feier des Tages die britische Königshymne neu zu betexten, und der Kinderchor hat Tag um Tag in der Kirche geübt. Wie aber soll lieblicher Gesang ankommen gegen das wüste, übermütige Geschrei: Hoch sall se läwen! Sluck sall se gäwen!

Pastor Christlieb erklimmt die Freitreppe, um den Jubel zu

mäßigen, mit bittend aneinandergelegten Händen und hypnotischem, beinahe schielendem Blick auf das Volk.
 Kein Erfolg.
 Er wedelt mit den Händen, er schlägt in die Luft, als könne er so die Hurrastimmung auspatschen wie ein Feuerchen.
 Vergebens.
 Nun kehrt er bedauernd die Innenflächen der Hände nach außen, um der Gräfin zu zeigen, daß sie leer sind, wie er selber machtlos ist, und ruft: Die Seele des Volkes, die Seele, liebe hochverehrte Frau Gräfin, spricht zu Euch, ergreifender, als ich vermöchte...
 Wat hett he sacht? will da so mancher wissen. Man wird neugierig, der Lärm schwillt ab, wie ein Wind sich legt, und der Pastor beweist, daß sein Baß nicht nur das Kirchengewölbe durchhallen kann. Er schreit drohend: Silencius! Und winkt seinen Kinderchen. Und nun zwitschern sie die Jubelhymne von Klevenow mit piepsiger Stimme:

> *Heil dir, du Blütenkranz,*
> *Herrin im Anmutsglanz,*
> *Heil, Agnes, dir!*
> *Fühle, wie tiefbewegt*
> *heut jedes Herz sich regt,*
> *wenn uns dein Engelsbild*
> *segnend erscheint!*

Und nun muß er wohl dargeboten werden, der Anmutskranz. Je zwei Mädchen, je zwei Knaben tragen Blütengirlanden, die zu niedlichen Triumphbögen aufgebunden sind. Jetzt müßten sie hinaufgetragen werden, um die Häupter des Grafenpaares zu überwölben. Aber wo bleibt das Kommando von Pastor Christlieb?
 Der musenfreundliche Gottesmann ist ärgerlich wegen gewisser Mißtönigkeit des Chorgesanges und will die Kinderlein zu guter Letzt doch noch einstimmen, indem er sie drohend ansingt: Heil, Agnes, dir!
 Also noch einmal die Herrin im Anmutsglanz, Luft holen und

nun aufs neue, es scheint, als vermöchten die Blütenkinder der Kirchengemeinde von Klevenow in mehr Tonarten zu jubilieren, als ihre Schwalbennestorgel kennt, das aber zur selben Zeit. Gottlob fällt die Blechmusik ein, kling, klang, diesmal nicht Gloria, sondern auf ländliche Weise, eine Art Hoppsassa, wie es von Böhmen her in Mode kommt, notfalls auch in Pantinen zu tanzen, Polka oder etwas Ähnliches.

Pastor Christlieb ist verzweifelt. Endlich winkt er den Girlandenträgern. Aufstellung also der Ehrenpforten aus Tannengrün, bestickt mit Primeln in allen Farben. Es wird höchste Zeit. Und über allem das Hoppsassa. Alles läuft durcheinander, alles geht schief.

Die Gräfin amüsiert sich königlich. Sie löst sich von der Seite des Gemahls, winkt die Dorfspatzen von Klevenow an ihre Seite, sie fassen einander bei den Händen, und nun ziehen sie, hoppsassa, hoppsassa, unter den hochgehaltenen Girlanden hindurch, geschmückt mit der Grafenkrone, Schneewittchen mit vier mal sieben Zwergen.

Ungeheuerlicher Jubel.

Das hat man noch niemals erlebt oder gesehen zu Klevenow. Die hohe Frau, die schöne Agnes Schwan, macht sich auf liebenswürdige und anmutige Weise mit den Dorfkindern gemein, zum hellen Entzücken des Volkes. Es jubelt, es schreit. Und da ist manche unter den Damen Schwan von Faulenrost, von Malzahn oder von Schlieffenbach, die mit behandschuhtem Finger ihre Rührung aus dem Augenwinkel tupft.

Vivat, Gräfin Agnes! Hoch sall se läwen!

Was für ein Tag.

Minna Krenkel hatte sich mutterseelenallein gefühlt unter all diesen vielen ausgelassenen Menschen, nun hat es der Zufall gefügt oder die Sehnsucht gewollt, daß sie an die Seite von Jörn Tiedemann geraten ist. Sie wird von der Menge gegen ihn gedrängt. Jörn bemerkt es mit Erstaunen.

Minna blickt auf zu ihm. Mein Vater, vor einer Stunde ist er mir gestorben.

Beileid.

Es durchfährt sie, als sie seine hornige Hand in ihren Fingern fühlt, wie am Morgen, am Brunnen, als sie ihn mit den wilden Gäulen ringen sah. Sie fühlt, daß ihr Weibstum nicht erloschen ist, vielleicht hat sie es aufgespart für diesen einen Mann.

Sie fragt: Willst du mir beim Einsargen helfen?
Wann?
In der Dunkelheit.
Er nickt.

Nun redet die Gräfin zum Volk. Sie ist zart, ihre Stimme ist klein, und die Leute sind unruhig.

Was sagt sie, Jörn?

Jörn sagt es weiter an die hinter ihm Stehenden. Ich dank euch allen für die guten Wünsche. Mir selber wünsche ich, es bliebe für immer so lustig wie heute und daß wir als eine große Familie leben auf Klevenow. Jedem Hausstand auf den Schwanschen Gütern will ich einen halben Sack Weizen schenken.

Vivat! Heil, Agnes!

Die Männer werfen ihre Mützen in die Luft.

Und nun spricht der Herr Erblandmarschall. Seine Stimme ist befehlsgewohnt, bis in die letzten Reihen zu vernehmen.

Einen halben Zentner, ich sage es zu!

Und was nun geschieht, das sieht man heute auch zum ersten Mal auf Klevenow. Die junge Gräfin hebt sich auf die Zehenspitzen, faßt das Gesicht des hohen Gemahls mit beiden Händen, um zärtlich seinen Mund zu küssen, vor allem Volke.

Der Graf nutzt die Stille, er tritt an die erste Stufe der Freitreppe, und nun ist er es, der sich auf die Zehenspitzen erhebt, um auf und nieder zu wippen, während er spricht.

Wir sind euch gut, Leute. Dankt es bitte der Frau Gräfin und mir durch Treue im Dienst, durch Redlichkeit und Fleiß. Laßt niemals den Geist der Unzufriedenheit oder der Hoffart einziehen in eure Herzen, hört nicht auf billige Verheißung, auf falsche Botschaft aus der Welt, denn nur in der Treue, in der Treue liegt der Sinn dieses und des künftigen Lebens. Möge also auf unseren Gütern Zucht und Gesittung erhalten bleiben, zum Ruhme Gottes, des Allmächtigen.

Das ist das Stichwort für den Pastor. Er ruft mit segnend erhobener Hand: Amen! über die Leute hin. So soll es sein. Und die vielen Menschen antworten mit Amen darauf, amen, ehe sie sich an den Freibierfässern drängeln und stoßen. Die Kehlen sind heiser geschrien im Danksagungsüberschwang, man muß sie befeuchten. Schon leeren die Männer Becher um Becher, während die Weiber geduldig wartend in der Reihe stehen, um sich auf dem Gesindehof das mitgebrachte Geschirr mit Kesselfleisch füllen zu lassen, und später, wenn der grobe Durst gestillt und der knurrende Magen besänftigt ist, kann man die Herrin noch einmal hochleben lassen, bis das letzte Faß aus dem Keller gehievt ist, bis die liebe Seele Ruh hat und man sich schließlich in die Büsche schlägt, allein oder viel besser zu zweit, um der Leibesnotdurft oder um der Liebe willen.

Der Tag neigte sich, schön, wie er begonnen hatte. Die Sonne sank hinter die Wälder hinab und vergoldete Abschied nehmend die Mauern von Klevenow, daß sie sich wie ein Märchenschloß ausnahmen. Über die Wiesensenke kam die Nacht herauf mit ihren blauen Schleiern, gelb flackerten die Windlichter auf der Terrasse, noch immer waren Türen und Fenster des Festsaals geöffnet, heitere Musik drang nach draußen, Gelächter, Gläserklingen, und noch immer hatten nicht alle Gäste dem hohen Paare Reverenz erwiesen. Es hielt Hof neben der Flügeltür zum Saal.

Agnes Schwan war erschöpft. Wie viele Hände hatte sie drücken, wie viele schwesterliche Wangenküsse tauschen, wie viele leere Worte wechseln müssen.

Dankeschön, sehr erfreut, dankeschön.

Wie viele Kavaliere hatten ihr die Hand geküßt, wie viele auf mecklenburgisch plumpe und schmatzende Art. Sie kämpfte die Übelkeit nieder, sie suchte nach ihrem Spitzentuch.

Mein Gott, Fritz, wie lange noch?

Er sah, wie sich ihr schmales Gesicht verschattete und daß sie immer blasser wurde, es war gewiß der Schwangerschaft geschuldet. Der Graf nahm Agnes in die Arme, mit seinem breiten Rücken schützte er sie vor zudringlichen Blicken, als er sie küßte und fragte: Kannst du noch?

Das muß ich ja, Fritz.

Wie gerne wär ich jetzt mit dir allein.

Ich weiß, mein Lieber.

Majorin Prange, eine imponierende Erscheinung in Witwenrobe, betrachtete das hohe Paar mit mütterlicher Anteilnahme. Friedrich Schwan sagte: Es ist gleich zu Ende, und: halte dich tapfer, Agnes. Jetzt erst kommen die Gäste mit dem kräftigen Händedruck.

Schon trat sie heran in raschelndem steifem Trauerkleid, die Pächterin aus Grabowhofe.

Graf Friedrich nannte den Namen: Frau Majorin Prange.

Die alte Dame quetschte erbarmungslos das Händchen der Gräfin, während sie Gottes Segen herabwünschte.

Sie sei eine der besten Wirtschafterinnen der Begüterung, erklärte Friedrich, und Agnes behauptete, was sie heute schon hundertmal beteuert hatte, sie sei sehr erfreut. Sie verabschiedete die Majorin mit mattem Lächeln und gemessener Neigung des Hauptes, um dann, als das nächste Paar sich näherte, entgeistert zu fragen: Mein Gott, wer ist denn dieser grüne Kakadu?

Da waren sie schon heran, Pächter Haberland und Madame Haberland.

Frau Meta hätte es beinahe ins Kreuz gekriegt, als sie mit rudernder Armbewegung und einer Art Kniefall beschrieb, was sie sich unter einem Hofknicks vorstellte.

Der Mann mimte den Gleichgestellten und hielt die Hand des Grafen mit klammerndem Griff.

Frau Haberland wollte sich gerade über die Wetterlage äußern, als der Graf mit einiger Schärfe sprach: Man hat mir wiederholt geklagt über den Zustand der Häuser zu Wargentin.

Ach, wissen Sie, antwortete Frau Haberland mit wegwerfender Bewegung, die Hofgänger, Faulpelze und Branntweintrinker, einer wie der andere. Sie lassen alles verludern.

Haberland blickte den Grafen aus schwarzen Knopfaugen dringlich an. Hätte ich das Dorf zu Eigentum, würde ich bauen. Der Graf hob belustigt eine Braue, er verkaufe nicht. Er bleibe interessiert, wiederholte Haberland ungerührt.

Da aber die Rede unter den Männern einmal hin und her

gegangen war, meinte Frau Haberland, es sei Zeit für ein Weibergespräch. Schmuck sehen Sie aus, sagte sie anerkennend mit zurückgelehntem Kopf, indem sie die Gräfin aus schmalen Augenschlitzen musterte. Wahrscheinlich litt die Pächtersfrau unter Kurzsichtigkeit. Schmuck, sagte sie, ehrlich, und fügte vertraulich hinzu: Ihre Vorgängerin soll ja nun grade keine Schönheit gewesen sein und außerdem zimperlich.

Agnes Schwan war natürlich von Wesensart, sie verstand Spaß. Die Begegnung mit der ordinären, aber selbstbewußten Pächtersfrau belustigte sie. Sie lachte laut und schallend. Die Haberland fühlte sich im Einverständnis und betatschte schwesterlich den Arm der Frau Gräfin.

Und später, als sie am Arm des Gatten von dannen schritt, um noch einen Blick in den Festsaal zu werfen, sagte sie: Ich weiß gar nicht, was du hast. Haberland, sind doch sehr nette Leute, unsere kleinen Grafen.

6

Minna hatte die Fenster des Gärtnerhauses geschlossen. Fröhlicher Festtagslärm und Musik, die vom Schloß herüberklangen, wollten so gar nicht zu der traurigen Arbeit passen, die sie mit Hilfe von Jörn verrichten mußte.

Endlich ruhte der alte Krenkel im Eichensarg, den er sich längst aus makellosen Brettern hatte zimmern lassen. Da lag er also, klein und zart, ganz friedlich mit gefalteten Händen und so, als sei er es zufrieden, daß er endlich hatte davongehen dürfen. Minna betrachtete den Vater. Sie faßte mit beiden Händen einen Schürzenzipfel, um sich das nasse Gesicht zu wischen, und dachte, wie ungerecht der Tod sei, ungerecht wie das Schicksal oder die Welt.

Dann, plötzlich, blickte sie aus den Augenwinkeln auf Jörn. Auch er stand vor dem Sarg, gesenkten Hauptes, schweigend. Minna räusperte sich. Du wirst dir die Hände waschen wollen. Er hob die Schultern.

Sie goß ihm Wasser in die Schüssel und reichte ihm ein grobes Tuch. Als er sich getrocknet hatte, winkte sie ihm mit einer Wendung des Kopfes in die Kammer.

Jörn folgte zögernd. Er sah, daß der Raum reicher eingerichtet war als in anderen Katen, mit einem großen Schrank und einem Bett, dessen Pfosten gedrechselte Knäufe schmückten.

Minna öffnete beide Schranktüren, sie wollte für den Mann ein paar Hemden ihres Vaters heraussuchen, und vielleicht war ihr gar nicht bewußt, daß sie dem Jörn die Aussteuer wies, ganze Stapel fein gefalteter Tücher oder Bettwäsche. Sie sagte, während sie in der Wäsche kramte: Vater ist tot. Bleib ich allein, so wird man mich aus dem Hause weisen.

Jörn beobachtete, wie sie suchte, und ihm war unbehaglich. Endlich fand Minna ein Hemd, mit Rüschen verziert wie ein Herrenhemd, und tatsächlich hatte es die alte Gräfin einst ihrem Gärtner geschenkt.

Zieh das an, genier dich nicht.

Sie warf, Jörn fing das Wäschestück, betrachtete es lange, schließlich legte er es beiseite und zerrte sich das alte abgebrauchte Hemd über den Kopf. Er war rauh auf der Brust, auch über dem Leibriemen wucherte das Haar keilförmig zum Nabel hoch.

Minna sagte, atemlos auf seinen Leib starrend: Du könntest angelernt werden, an Vaters Stelle treten, wenn die Gräfin zustimmt. Du mußt mehr auf dich halten. Du mußt ihr gefallen, Jörn.

Sie nahm ihm das alte Hemd aus der Hand. Gib her, ich werd es flicken.

Er roch nach Schweiß, sein Geruch erregte sie.

Er sagte kein Wort, um so mehr redete Minna. Ich bin ledig, du bist es auch, Jörn. Für einen Menschen, der allein steht, ist das Leben schrecklich auf den Gütern der Ritterschaft. Zusammen könnten wir uns behaupten. Wir beide haben mehr Verstand als andere. Ich habe das ...

Sie deckte das Bett auf, zerrte einen prall gefüllten Strickstrumpf unter der Matratze hervor und warf Dutzende goldener Taler auf das Laken.

Das hab ich von meinem Vater geerbt.

Jörn war einen Augenblick wie geblendet. Er versuchte zu überschlagen, wenigstens hundert Taler curant, tatsächlich ein Vermögen.

Sie ging einen Schritt auf ihn zu, strauchelte, wahrscheinlich in Absicht, und ließ sich gegen den halbnackten Mann fallen. Jörn stand unbewegt in der Verblüffung.

Sie flüsterte an seiner Brust: Vielleicht könnten wir was Eigenes kaufen, eine Büdnerei. Wir wären nicht mehr so abhängig von den Launen der Herrschaft.

Jörn schob Minna von sich.

Sie sah ihm dreist ins Auge. Ich biete mich an und schäme mich wenig.

Er fragte, ob das die Bedingung sei, damit er zur Stelle und zum Strohsack gelange.

Ja.

Jetzt betrachtete sie ihr Gesicht im kleinen Spiegel zwischen den Fenstern. Die Falten auf der Stirn waren nicht zu übersehen, sie strich mit zwei Fingern wie glättend darüber hin. Ich bin nicht schön, ich bin nicht jung, aber all meine Liebeskraft ist unverbraucht. Ich würde dir eine gute Frau sein. Nimm mich, Jörn.

Der Mann stand noch immer halbnackt. Was sie verlangte, überraschte und verwirrte ihn. Er dachte vieles auf einmal, lach sie aus, geh davon, schlag die Tür zu. Es schien ihm ausgeschlossen, daß er sich je für Minna entscheiden könnte, aber er brachte es auch nicht über das Herz, sie kalt abzuweisen, denn da lag das viele funkelnde Geld, es lag auf dem Bett, er hatte Lust, es anzufassen, und spürte plötzlich, daß sich sein Glied bäumen wollte.

Er war bereit, er würde ihr den Gefallen tun, er würde sie hinhalten, sie wollte ihn haben, mein Gott, mit wie vielen Weibern hatte er schlafen müssen, ehe Gesine auf ihn zugekommen war, und manchmal, wenn er nicht zu ihr gehen konnte, wenn er in der Not war, dann hatte er rasch mal eine der Mägde auf der Futterkiste hergenommen. Was war dabei? So hielt es jeder Kerl in seiner Zunft. Er begann, den Leibriemen zu lösen. Warum sollte er die alte Minna nicht zwischen all ihrem Geld beschlafen. Nein, er würde sie in den Dukaten knien lassen, mit dem Kopf im Kissen, damit er ihr Gesicht nicht sehen müßte, wenn er es ihr rasch machte.

Nebenan lag der Tote.

Es klopfte ans Fenster.

Minna öffnete ärgerlich. Gleich.

Die Sargträger traten ein.

Längst war finstere Nacht, und Jörn trieb sich immer noch auf dem Wirtschaftshof umher. Der Leutevogt saß mit ein paar Knechten um eine Kiste, sie becherten und droschen Karten und winkten ihn näher. Er wollte nicht mit ihnen saufen, es trieb ihn zu seinem Mädchen, nachdem es Minna Krenkel beinahe gelungen war, ihn scharf zu machen. Mein Gott, wieviel schönes Geld hatte doch auf ihrem Bett gelegen, und wie leicht wäre es, die Taler der geilen alten Schachtel abzuluchsen, die Vorstellung erregte ihn immer noch.

Jetzt sah er, daß sich die Knechte nicht nur ans Bier hielten, sondern auch die verbotene Branntweinflasche kreisen ließen. Keine Viertelstunde mehr, und sie würden sich in den Stall schleppen, um ihren Rausch auszuschlafen. Schon stritten sie um den kleinen Gewinn, der Leutevogt lärmte, daß er betrogen sei.

Im Schloß wurde immer noch gefeiert. Einige Leibkutscher, die auf ihre Herrschaft warteten, hatten längst die Lichter in den Laternen angezündet. Sie saßen noch auf dem Bock und blickten mit Geringschätzung auf die Zecher. Die waren inzwischen ins Handgemenge geraten, nannten sich gegenseitig Hurensöhne, doppelte Hundsfötte, Mutterschänder. Einer trat in die Stallaterne, die Schemel fielen um, wüstes Geschrei, Geräusch von splitterndem Holz. Der Leutevogt schlug längelang auf das Kopfsteinpflaster, seine Kumpane packten ihn bei den Füßen, um ihn wie einen toten Hund in einen finstern Winkel zu zerren.

Jetzt war es Zeit für Jörn. Er dachte daran, daß der Erblandmarschall, sein Herr, vor allem Volk Zucht und Sitte beschworen hatte, dennoch würde sein Knecht auf der Stelle das Leibpferd des Grafen stehlen oder doch ausborgen für wenige Stunden der Nacht. Er schlich sich in den Stall, tastete sich vor bis zur Box des Hengstes, tätschelte dessen Hals und Flanken. Freu dich, Schwarzer, wir reiten aus. Er sattelte den Gaul und führte ihn vorsichtig an den schnarchenden Knechten vorüber. Vor einer kleinen Weile hatten sie sich unflätig beschimpft, jetzt lagen sie in schöner Eintracht neben- und übereinander, ein Knäuel übelriechender, verschlungener Menschenleiber.

Bald jagte Jörn quer über Wege und Koppeln dahin, er trieb das Pferd mit Schenkeldruck und leisem Zuruf zur Eile.

Der Rabe sah, wie Jörn über die Kuppel des Hügels ritt, Pferd und Reiter erschienen als Schattenriß vor der rotgelben Scheibe des Mondes. Der Rabe erwartete ihn.

Sanne Wollner lag schlaflos neben dem Mann. Mein Gott, was sollte werden nach dem Auftritt mit Haberland? Manchmal vermengten sich Gedanken oder Bilder, die sie bedrängten, dann war ihr, als sinke sie endlich ab in erlösenden Schlaf, womöglich in einen, der niemals endete. Sie schreckte auf.

Nun hörte sie die Atemzüge des Mannes und der Töchter, aber

auch den Totenwurm, er tickte im Gebälk. Wer von uns ist es, der nächstens die Bretter zum Sarge braucht.

Ich seh alles mit einem Mal, den Streit mit Haberland, die Peitschenschnur, wie eine dünne, giftige Natter um meinen Arm gewunden. War er doch eine Schlange, dieser Mensch, ich würde mit Lust seinen Kopf zertreten. Ich fühl alles mit einem Mal, die Furcht, den Haß, die Verlorenheit, den Trotz und die Angst. Es ist über mir, das geifernde Pferdemaul, das Glotzauge, blutunterlaufen, Herr, erbarme dich. Ich höre mich schreien: Ich werde klagen wider den ungerechten Pächter auf Wargentin. Höllengelächter die Antwort, oder hatten die Jäger so gelacht, als sie uns herankommen sahen in unseren besten Kleidern, aber bestaubt und verdreckt. Heimatloses Volk gehört nicht nach Klevenow. Der Gendarm breitet die Arme, um die Straße zum Schloß zu sperren. Sind wir nicht alle gleich vor Gott, oder sind wir es erst lange nach unserem Tod, wenn uns die Stimme aus den Gräbern ruft, damit wir offenbar werden vor dem Richterstuhl Christi, Hoch wie Niedrig, Arm wie Reich, die Wollner aus Wargentin neben diesem verdammten Haberland, die Frau Gräfin neben der Gesine? Wär ich doch tot, dann wüßte ich, ob er die Herrschaften zur Hölle jagt. Vielleicht hilft mir ein Gebet in den Schlaf.

Vater unser, der du bist im Himmel – du weißt, daß wir Schwansche Untertanen sind so gut wie jeder andere von den Gütern und der Frau Gräfin unser Elend klagen wollten, aber sie haben uns zurückgewiesen in die letzte Reihe und uns statt der Gerechtigkeit eine Kelle Kesselfleisch geschenkt. Es kann dein Wille nicht sein. Wann kommt es endlich, dein Reich? Ich warte so lange schon, Herr, ich bin ein verzweifelter Mensch, ich bete zu dir, und du schickst mir den Totenvogel.

Die alte Wollner erschrak über ihre lästerlichen Gedanken. Sie war hellwach, da hörte sie tatsächlich das Käuzchen rufen, und dann vernahm sie, wie Gesine von ihrem Strohsack kroch, das Kind hatte wohl bei ihr gelegen, es greinte, Gesine flüsterte: Ruhig, mein Herz.

Die Alte sah im Dämmer des Raumes, wie sich die Tochter ein Tuch über den Nachtkittel warf, zur Tür schlich, sie leise öffnete und verschwand.

Es war also nicht das Käuzchen, es war Jörn, der geile Hund, der Verführer, der nachts gerufen hatte, um Gesine vollends ins Elend zu locken.

Luise stand vor ihrem Bett. Die alte Wollner seufzte, dann hob sie die Decke, das Kind rollte sich an der Seite der Großmutter ein. Als die alte Wollner die Wärme des Kindes spürte, wich ihre Herzensangst. Sie drückte das Mädchen an sich, und als sie endlich einschlief, dachte sie, ich will ja für dich sorgen, mein Wurm, aber was vermag ein armer Mensch wie ich?

Ich bin der Rabe im Baum. Meine Ahnen zählten zu den Auserwählten, die Noah in den Kasten nahm vor kaum denkbarer Zeit, und mein Urrabenvater, der Gedächtnis hieß, hatte auf Odins Schulter gesessen. Er hat uns die Fähigkeit zur Entsinnung vererbt, die kein anderes Geschlecht unterm Himmel besitzt. Ich weiß alles, bis auf das wenige, das Gott für sich selber behielt. Ich erinnere mich.

Es war der erste Geburtstag der Gräfin Schwan, den sie auf Klevenow feierte, der Monat Mai, und es war Nacht, als Jörn auf dem schwarzen Hengst geritten kam. Er hielt Gesine vor sich im Sattel, das Mädchen fror, es trug nur ein Tuch überm Hemd. Das Paar dauerte mich, da es noch schlimmer als andere an der Erbsünde leiden sollte.

Die war in der Welt seit Anbeginn, seit Gott der Herr gesprochen hatte: es ist nicht gut, daß der Mensch allein sei, und dem Menschen eine Gefährtin machte, Bein aus seinem Bein, Fleisch aus seinem Fleisch, darum ein Mann Vater und Mutter verlassen und an seinem Weibe hangen wird, denn beide sollen sein ein Fleisch, so steht geschrieben. Und das waren sie längst, Gesine und Jörn.

Aber der Herr hatte auch gesprochen, der Mann und das Weib sollten bei Strafe des Todes nicht vom Baum der Erkenntnis essen, der in Eden stand. Sie sollten also nicht wissen dürfen, was gut oder böse sei, und folglich ohne Gewissen bleiben, denn wer nicht erkennt, was böse ist, weiß nichts von Schuld. Dieser Spruch, der Herr mag verzeihen, will mir nicht weise erscheinen. Womöglich hatte sich Gott, ermattet vom Schöpfungswerk, ein wenig vertan. Nicht alles ist ihm gelungen, nicht jede erschaffene Kreatur hatte Bestand. Niemals hätte Noah ein turmhohes Saurierpaar in die Arche nehmen können, er hatte ja Not schon mit Giraffen und Elefanten. Und die Schlange zweifelte an der Ernsthaftigkeit des Verbotes und sprach: Ihr werdet mitnichten des Todes sein. Gott weiß, wenn ihr eines Tages von den Früchten des Baumes esset, so werden eure Augen aufgetan. Und sie verführte die Frau zur Sünde. Da hatte der Herr die Schlange verflucht und die Frau bestraft, sie sollte mit Schmerzen Kinder gebären, und zum Manne gesprochen: Verflucht sei der Acker um deinetwillen, Dornen und Disteln soll er tragen, dein Brot sollst du essen im Schweiße des Angesichts.

Und so erging es nun Gesine und Jörn. Sie liebten einander, der Mann hing an seinem Weibe, ihr Verlangen war dieser Mann, und sie beide waren ein Fleisch. Aber beide litten auch an dem Fluch, der die Menschen verfolgt seit der Vertreibung aus Eden. Sie sollten büßen für eine Schuld, die sie nicht begangen, sondern die ihnen vererbt war seit alters. Das bedrückte, das verbitterte sie. Sie wußten, was Gut und Böse ist, sie hatten also ein Gewissen, ihre Augen waren aufgetan. Weshalb sollten sie sich führen lassen, als wie mit Blindheit geschlagen? Warum sollten sie sich leiten lassen von irgendeinem Menschen, der ihnen nicht gut war, sich aber anmaßend gleichsetzte mit Gott und Gefolgschaft verlangte? Warum sollten sie alles und jedes mit sich geschehen lassen? Sie lebten also im Widerspruch, da ist das Gesetz, von Menschen gemacht, die sich auf Gott berufen, selbst wenn sie Gottloses verlangen, und da ist das Gewissen.

Wer aber seinem Gewissen folgt, der folgt auch Gott. Das sage ich, der Rabe im Baum.

Sie kamen auf dem schwarzen Hengst geritten, hierher an meinen Baum. Das Mädchen fror in der Nacht, Jörn hob es vom Pferd, um es mit seinem Leib zu wärmen. Das Moos war ihr Bett, die Krone der Eiche schirmte sie. Ich hab gesehen, wie sie einander in den Armen lagen, ich hab gehört, was sie redeten. Das Mädchen sagte: Bald bin ich zwanzig. Die Zeit vergeht, ich warte, ich hoffe. Nur wenn ich bei dir bin, weiß ich, daß ich lebe.

Sie lagen rücklings und schauten aufwärts in den schirmenden

Baum, sie sahen den gelben Mond im Gezweig hängen wie eine Frucht, die ungezählten Sterne wie glitzernde Nüsse zwischen dem Laub. Gesines Mutter, die von ihrer verstorbenen Mutter manch wunderliche Geschichte kannte, hatte erzählt, in den fernen Gestirnen wohnten die Seelen, die aufgestiegen sind in den Himmelsschlund. Ob wir beide, die ohne Häusung sind, wenigstens einen gemeinsamen Stern werden bewohnen dürfen?

Jörn wußte keine Antwort.

Mich dauerten die Liebenden.

Ich sprach: Seid getrost, ihr werdet euch lieben dürfen, nicht nur in aller Heimlichkeit, sondern endlich auch vor aller Welt. Das ist zweifellos wie der Tod. Bis dahin hat es aber Weile. Du bist stark, Jörn, und du sollst handeln nach deinem Gewissen. Und du, Gesine, geschaffen, um zu leiden wie alle Weiber, mußt mehr Schmerzen erdulden als andere, aber dir wird Kraft verliehen, sie zu ertragen, und du wirst leben, beinahe so lange wie ein Baum, nämlich bis in das nächste Jahrhundert hinein.

Ich bin der Rabe im Baum. Ich weiß, daß meine Stimme heiser und krächzend ist, den Liebenden aber erschien sie wie die Stimme des Herrn, der dem Raben verzeihen mag. Sie warfen sich nieder mit dem Gesicht zur Erde, denn sie fürchteten sich sehr, und als ich verstummte, liefen sie. Jörn half dem Mädchen auf das schwarze Pferd und schwang sich hinter sie in den Sattel. Dann ritten sie davon. Ich sah den Schattenriß mitten im gelben Mond.

7

Schlöpke hatte die Post mitgebracht, Zeitungen, ein Dutzend Briefe. Graf Friedrich blätterte sie wie Spielkarten auf den Tisch, Rechnungen, Rechnungen, Mitteilungen der Bank, er schob sie zusammen, reichte sie dem Sekretär, der mochte öffnen, ordnen, später berichten. Übrig blieb die persönliche Post, eines der Kuverts war mit grüner Tinte adressiert und rot versiegelt. Als Friedrich die eigenwilligen Schriftzüge erkannte, überlief ihn das Unbehagen wie ein Fieberschauer. Er brach das Siegel und setzte sich.

Schlechte Nachricht? Agnes fragte, sie saß unweit des Fensters in einem Lehnstuhl.

Friedrich hatte sie heute in sein Arbeitskabinett eingeladen, die Gräfin sollte nach und nach mit den Aufgaben einer Herrin auf Klevenow vertraut gemacht werden. Selbstverständlich mußte sie über Haus und Küche gebieten, über zahlreiche Dienerschaft. Nun hatte Friedrich aber erlebt, in welchem Maß seine Frau vom Gutsvolk verehrt, ja beinahe vergöttert wurde, nach der Kornschenkung nannte man sie allerorten den Engel von Klevenow, und er meinte, die Gemahlin dürfe in ihrem Wirken nicht auf den engen Schloßbereich beschränkt werden, sie sollte sich vielmehr der Wohlfahrt und der Gerechtigkeit in der gesamten Grafschaft Schwan annehmen.

Es war seit vielen Jahren Brauch, daß Schlöpke einmal im Monat über Land fuhr, um in den Dörfern der Begüterung Sprechstunde zu halten. Jedermann durfte vor seinen Tisch treten, bitten oder klagen und konnte gewiß sein, Schlöpke würde ins Tagebuch notieren, was den Ärmsten beschwerte. Da ging es um Heiratsconsens, viel zu häufig wurde er erbeten, in der Regel so oft wie Häusung, da wurden Bretter zur Bettstelle erwünscht oder auch solche zum Sarg. Der Graf war mit Geschäften überlastet, eine Frau wie Agnes würde besser zu gerechtem Urteil finden und entscheiden können, was man den Tagelöhnern zugestehen oder ihnen verwehren sollte. Dazu mußte sie freilich ein wenig angeleitet oder eingeübt werden.

Die Gräfin hatte sich einen Spaß daraus gemacht, im dunklen schmucklosen Habit mit weißem Krägelchen zu erscheinen, und hielt wie eine brave Schülerin die gefalteten Hände im Schoß. Nun sah sie, daß ihr lieber Herr einen Brief geöffnet hatte, dessen Inhalt ihn offenbar verstimmte.

Er sagte: Ein überfälliger Brief oder absichtlich falsch datiert. Das ist ihr zuzutrauen. Sie hat es so arrangiert, daß keine Möglichkeit zur Absage bleibt. Sie kommt mit der regulären Post von Malchin, heute Mittag schon.

Bitte, Fritz, spann mich nicht auf die Folter. Wer kommt?

Iduna, meine Geschiedene. Selbst auf dem Absender der alberne Literatenname Schwan-Schwan.

Was mag sie wollen?

Dich kennenlernen, vorgeblich. In Wahrheit, denke ich, will sie Geld. Ach, wie gerne hätte ich dir die Begegnung mit dieser exaltierten Person erspart.

Er solle sich ihretwegen nicht bekümmern. Wirklich kein Grund zur Verstimmung. Agnes erhob sich und trat an Friedrichs Tisch, um seine Hand zu tätscheln. Ich bin ohne Vorbehalt, außerdem neugierig wie alle Weiber und gespannt, die dichtende Gräfin zu empfangen. Man sagt, sie habe sogar bei Hofe reüssieren können. Ein wenig muß man sich aber vorbereiten. Sie wird die neuen Gästezimmer richten lassen. Und ist diese Krenkel nicht Idunas Kammerfrau gewesen? Man sollte sie rufen lassen.

Agnes eilt zur Tür.

Da steht Schlöpke, das Gutstagebuch unterm Arm, in devoter Haltung, zum Vortrag bereit.

Agnes dreht sich lachend zum Grafen um. Ich sollte dem Sekretarius zuhören, mich üben und lauf einfach meinem Unterricht davon. Muß ich mich wieder setzen, Fritz?

Auch Friedrich lacht. Wir verschieben den Vortrag. Oder hat er Angelegenheiten von Gewicht zu vermelden, Schlöpke?

Schlöpke ist unschlüssig. Dann öffnet er doch das Buch, leckt den Finger, um besser blättern zu können, und findet endlich die Eintragung. Wollner aus Wargentin, so berichtet er zögernd und will der Gräfin offenbar mit geziertem Beamtendeutsch imponieren, Sanne Wollner klage wider den Pächter Haberland, daß derselbe seine Hofgängerin gemißhandelt und geschlagen habe. Desgleichen hat Haberland die Wollner im Gericht angeklagt, daß diese nämlich, ohne persönliche Erlaubnis eingeholt zu haben, nach Klevenow gegangen, etwaig hier ihre Bitten vortragen zu dürfen.

Schlöpke blickt fragend auf.

Ach, das Übliche, befindet der Graf, fragt aber Agnes nach ihrer Meinung.

Sie sagt, schlagen dürfe der Pächter nicht.

Der Graf nickt. Und wie bescheiden wir die Hofgängerin Wollner, liebe Agnes?

Agnes sagt: Schlägt der Haberland, was ich ihm übrigens zutraue, das ist doch dieser Metzger aus Stettin, nicht wahr?

Schlöpke nickt eifrig.

Schlägt dieser Haberland also, so könnte die Hofgängerin den Haberland im Gericht verklagen. Das hebt ihre unerlaubte Entfernung auf.

Also darf keiner klagen. Notier er den Spruch, und dann fort mit ihm.

Schlöpke verneigt sich tief, ehe er, rückwärtstappend und dienernd, das Kabinett verläßt.

Friedrich preßt die Hand aufs Herz. Pardon, Agnes, wie konnte ich annehmen, daß du Belehrung brauchst.

Sie verzeiht mit einem Kuß.

Iduna wurde also erwartet. Anlaß genug, von ihr zu reden, von ihrem entmündigten Vater, von ihrem Großvater, der ja auch jener des Grafen Friedrich Schwan gewesen war, ein bedeutender Mann, übrigens der erste Schwan, der den Grafentitel hatte führen dürfen, er war ein Geisteswissenschaftler von Passion und hohen Graden und ein guter Landwirt dazu. Im mecklenburgischen Ramplin hatte er eine kostbare Bibliothek von etwa zwölftausend Bänden zusammengetragen, ein chemisches Laboratorium eingerichtet und eine Sternwarte erbaut, die ihm zu erstaunlichen Erkenntnissen in der Himmelsforschung verhalf. Als später der erste genaue Mondatlas veröffentlicht wurde, hatte die Berliner Akademie den Privatgelehrten aus Mecklenburg geehrt, indem sie ein Mondgebirge mit seinem Namen bezeichnete. Dieser Friedrich I. verachtete die geistlosen und oberflächlichen Vergnügungen seiner adligen Standesgenossen und war selbst der Jagd abhold, hätte freilich auch nicht gut zu Pferde gesessen. Die überkommenen Gemälde verschweigen, daß der Herr auf Ramplin zwergenhart von Statur und verwachsen gewesen ist. Übrigens war er schon nahe der Vierzig, als er sich endlich mit einem Fräulein vermählte, das als zart und geistvoll geschildert wird, aber leider an Schwindsucht litt. Gottlob genas die junge Frau mit der Zeit und gebar ihrem Gemahl fünf Kinder, von denen nur zwei überlebten, nämlich Ferdinand, der Vater des jetzigen Herrn auf Klevenow, und Karl, der Vater Idunas. Sie und Fritz waren also Geschwisterkinder, und Iduna, eine geborene Schwänin und einem Schwan vermählt, wenn auch nur ein paar Jahre lang, durfte sich nicht zu Unrecht Schwan-Schwan nennen.

Selbstverständlich mußte sie in allen Ehren empfangen werden. Das Grafenpaar, umgeben von einiger Dienerschaft, wartete schon eine Weile auf der Terrasse, als das Hornsignal endlich ertönte. Die Postkutsche fuhr an der Freitreppe vor, es war ein altes, gebrechliches Gefährt und reichlich beschmutzt von langer Fahrt auf schlechtem Wege. Ein Lakai sprang herbei, um den jacklige Schlag zu öffnen. Iduna stieg herab mit dem Gehabe einer regierenden Herzogin, ganz in schwarz gewandet, weite raschelnde Röcke, Hut in die Stirn gerückt, kleiner Trauerschleier, die Augen verdeckend. Kannst du eine Lilie knicken? Bleicher Henker, zittre nicht. Die Verszeile von Friedrich Schiller flog Agnes durch den Kopf, als sie mit beiden Händen ganz wenig den bauschenden Rock hob, um treppab zu eilen.

Sie stehen voreinander, beide mit gebreiteten Armen, Auge in Auge, kurzer kühler Blickabtausch, weiche Wangenküsse, Umarmung. Willkommen, Liebe, auf Klevenow.

Dank, Schwester. Iduna winkt die Nurse mit der kleinen Komteß herbei, drei Jahre alt etwa, während der Scheidungszeit geboren, ein bildhübsches Kind mit Korkenzieherlocken und reizend herausgeputzt wie ein Modepüppchen.

Das ist Mechthild.

Agnes hockt sich ungeniert vor Idunas und Fritzens Tochter ins Gras, um ihr die Hände hinzuhalten. Sag Tante Agnes Guten Tag! Das Kind versteht nicht, es kann nur blöd lächeln, es blinzelt mit entzündeten Augenlidern.

Hat Fritz nichts gesagt?

Nein, Iduna.

Aber nun sieht Agnes, was ihr verschwiegen wurde, Mechthild Komteß Schwan ist nicht bei Troste.

Schon eilt die Dienerschaft mit den zahlreichen Koffern und Kasten treppauf. Die Gräfin preßt die Lippen zusammen, ihre Augen sind tränenfeucht, als sie das Kind hebt und Stufe für Stufe aufwärtssteigt.

Friedrich Schwan kommt ihr entgegen.

Dieser Herkules, denkt Iduna, viel zu fett für sein Alter, niedere Stirn, breites Gesicht, verschwimmende Augen.

Er ist schuld am Unglück meines Kindes. Er hat immer zu viel getrunken, das ordinärste Zeug, das sich denken läßt, Bier und dazu Branntwein, dessen Genuß den Tagelöhnern bei Strafe verboten ist. Und wie eine Stalldirne hat er mich haben wollen, bei jeder Gelegenheit. Mein Gott, ich weiß noch, ich kam nicht davon, ich stand mit dem Rücken an der Wand, und es war, als wenn er mich festnageln wolle. Beinahe noch ekelhafter war es im Bett, als er mir das Knie zwischen die Schenkel schob, um mich gewaltsam umzudrehen. Wenigstens mußte ich es nicht sehen, sein Affengesicht. Er hat mir ein krankes Kind gemacht und uns dann im Stich gelassen.

Sie reicht ihm die Hand zum Kuß.

Guten Tag, mein lieber Fritz.

Grüß dich, Iduna. Tritt ein und fühl dich zu Hause.

Da steht Minna Krenkel, tatsächlich ein Stück Heimat. Die schwarzgewandete Gräfin rauscht auf sie zu. Minna versinkt im Begrüßungsknicks, wird aufgehoben, geschwisterlich umarmt. Die beiden Frauen sind einander vertraut gewesen.

Nimm dich meines armen Kindes an, Minna.

Gern, Frau Gräfin.

Bald ging man zu Tisch.

Iduna, die weit gereist war, solange ihre Mittel gereicht hatten, erzählte von einem Besuch Spaniens. Andalusien habe die prächtigsten Rinderherden, die hiesigen wirkten dagegen kümmerlich. Allerdings sei Kuhmilch eine Seltenheit, die Ziegenmilch freilich besser als in Italien oder Frankreich. – Nein, danke, keine Sauce bitte. – Die Butter ungenießbar, mit Safran gefärbt. Unvergleichlich indessen die Corrida. Sie habe in Sevilla einem Stierkampf beigewohnt, sich inmitten von vierzehntausend begeisterten Menschen befunden und sich tatsächlich enthusiasmieren können wie eine echte Andalusierin. – Ja, ein Glas Wein nehm ich gerne noch. – Die Spanier seien in einem so unbeschreiblichen Rausch von Erwartung und Spannung gewesen und schließlich, nach dem Sieg des Espada, in einem solch wilden Freudentaumel, daß sie sich habe mit fortreißen lassen. Undenkbar, daß sich ähnliches in deutschen Landen zutragen könne, schon gar nicht in Mecklenburg. Hier applaudiert man mit den Fingerspitzen, man hat etwas Scheues, Frostiges, Stumpfsinniges.

Ach, sie war nicht dabei, als Agnes Geburtstag feierte auf Klevenow. Friedrich widersprach seiner Geschiedenen. Keine vierzehntausend Menschen vor dem Schloß, aber an die zweitausend ganz sicherlich, und ein jeder Mecklenburger begabt mit der Fähigkeit zum Enthusiasmus, im Jubel geeint, in der Hingabe an die Herrin. Heil, Agnes, dir!

Friedrich hatte zu hastig gegessen und wohl auch zu heftig entgegnet, er rülpste unversehens. Pardon, die Damen!

Mein Gott, er schlingt immer noch so gierig wie ein Tagelöhner. Daß Sie es gestatten, Agnes.

Ich liebe ihn.

Iduna sah die junge Gräfin eine Weile an, ehe sie wieder auf ihrem Teller herumstocherte. Die einfache Antwort hatte sie verblüfft.

Friedrich meinte spöttisch: Iduna versteht unter Liebe etwas anderes als du, so eine Art von Sphärenharmonie, also etwas ganz und gar Vergeistigtes.

Gott zu lieben, sprach Iduna von oben herab, sei ihr tatsächlich immer das oberste Gebot.

8

Der Juni war sommerlich warm, verschwenderisch in der Blumenfülle, Margeriten und Pechnelken an allen Rainen, wuchernde Gräser, Gesträuch, überschäumend in der Blüte, betäubender Fliederduft, schwellende Saaten. Wenn der Wind über die seidigen Halme ging, war es, als streichele Gott selber die Erde. Kein Wunder, daß sich jede Kreatur des Daseins freute. Die Glucken kratzten und scharrten ihren Küken was vor, die Gänse führten die Gössel zum Teich, selbst unterm schäbigsten Stalldach hingen Vogelnester, zu Hunderten segelten die Schwalben hoch oben, um nach Futter zu jagen, und dem Raben im Baum blieb kaum Zeit, sich zu entsinnen, er flog aus und ein, weil er die Brut atzen mußte.

Jörn war seit dem frühen Morgen draußen vor dem Dorf an der Pferdekoppel Zugange, er schwang den Hammer, klopfte und nagelte und flickte am Zaun herum, bis es Zeit für eine Pause war, er hockte sich auf die oberste Stange des Gatters und schob die Mütze ins Genick. Nun sah er einen Bock im Feld, wie er die Ricke trieb. Das Reh konnte in hohen Sprüngen entfliehen, die Hecke verbarg es eine Weile. Jörn lächelte, als er das Tier kläglich fiepen hörte, nun rief es wieder nach dem Bock. Jörn dachte, die Brunft beginne heuer zu früh, jedenfalls nicht nach dem Kalender. Immerhin war sie auf wenige Sommerwochen begrenzt, während er jederzeit von seiner Leidenschaft getrieben wurde und viel zu selten bei der Liebsten liegen durfte, weil ihn die Standeswelt beschränkte. Die Natur war freundlich gegenüber ihren Geschöpfen, der Bock nahm sich die Ricke, weil sie ihm gefiel, er aber sollte sich womöglich mit der alten Krenkel paaren und wußte nicht einmal, ob sie noch würde Kinder gebären können oder längst verschlossen war.

Jetzt sah Jörn die Kavalkade aus der Senke heraufziehen, voran Graf Friedrich im sportlichen Jagdkostüm, dann zwei Damen, zylinderbehutet, seitlich im Sattel, die eine rot gekleidet, die andere schwarz, die Herrin also in Begleitung der Gräfin Iduna Schwan-Schwan. Minna kümmerte sich übrigens hingebungsvoll um die kleine Komteß und genoß offenbar, daß sie wieder auf der Beletage dienen durfte. Oft blieb sie über Nacht auf dem Schloß, das wäre Gelegenheit, Gesine heimlich in die Kammer neben dem Gewächshaus einzuladen. Ihm war schon erlaubt, dort zu hausen.

Den hohen Frauen folgten drei Bedienstete, grün uniformiert, in gemessener Entfernung. Eines der Pferde trug Picknickkörbe.

Schon sind die Reiter heran. Jörn springt vom Zaun, jetzt zieht er die Mütze, er hat im Ohr, was die Krenkel ihm riet: Du mußt der Gräfin gefallen, Jörn. Also macht er einen Kratzfuß und krümmt sich so tief, daß seine ausschwenkende Hand die Gräser streift, und blickt auf.

Kein Dankesnicken, keine wedelnde Hand.

Wer bin ich auch? Ohne Namen, ein Niemand, ein Nichts. Nicht so viel wert wie ein Pferd. Du sitzt auf meinem schwarzen Hengst, schöne Frau Gräfin. Du kennst ihn nicht so gut wie ich, du hast keine Ahnung, wie oft ich ihn reite, sommers jede Nacht. Gemeinsame Nächte verbinden. Ich rieche wie er, ich bin wild wie er, und jetzt glotzt er mich vertraulich schielend an, während er vorübertrabt. Er grüßt mich, er spielt listig mit dem linken Ohr, wir teilen ein Geheimnis, ja. Alter, und verraten niemandem ein Sterbenswort von unserer Kumpanei. Er wendet grüßend noch einmal das Haupt mit der prächtigen Mähne, wie gern klammert sich Gesine daran fest, wenn ich sie vor mir im Sattel halte. Ja, ruck nur an der Trense, schöne Gräfin, du kannst nicht verbieten, daß er mir kopfnickend winkt. Gib besser acht, daß er dich nicht herunterwirft. Ich brauch nur den Namen zu rufen: Hei, Wotan!

Als die Kavalkade die Kuppe des Hügels erreicht hatte, gab Friedrich Schwan das Zeichen zum Halt. Er deutete ins Land. Alle Fluren, wie sie sich von Horizont zu Horizont wellten in der natürlichen und anmutigen Abfolge von Wiesen und Feldern, Gewässern und Wäldern, alle Dörfer waren ihm zu eigen, und Gott hatte gewollt, daß er, Friedrich Schwan, auf solche Weise erhoben war über das Volk in den Hütten.

Er schwang sich vom Pferd und half den Damen aus dem Sattel. Iduna zuerst. Deine Hand, bitte!

Dann wandte er sich Agnes zu. Vorsicht, Liebe, du bist schwanger, vernünftigerweise solltest du gar nicht mehr zu Pferde sitzen. Er lächelte, als er sie herunterhob, sie küßte ihn zärtlich. Iduna fühlte sich gedemütigt, als sie sah, wie liebevoll dieser Mann mit seiner Gemahlin umgehen konnte, während er sie doch mißhandelt hatte über Jahre hin. Es kam ihr nicht in den Sinn, daß vielleicht auch bei ihr selber Schuld gelegen haben könnte. Sie empfand die vertrauliche Gemeinsamkeit des Paares wie eine persönliche Kränkung, und sie weinte plötzlich. Sie gab aber vor, die Schönheit der Natur überwältige sie, und sagte: Ich liebe diese schwermütige Landschaft. Ach, wie gern würde ich alt werden auf einem der Schlösser Mecklenburgs. Es ist schön hier.

Und es soll noch schöner werden zu Klevenow. Agnes nahm Idunas Arm und führte sie zum Rastplatz unter der Linde hin.

Mit der Geschicklichkeit von Mägden hatten die Jäger inzwischen Decken hingebreitet für die Bequemlichkeit der Damen. Ein schneeweißes Damasttuch ersetzte die Tafel, der Wein stand bereit und die Gläser dazu.

Agnes wollte dem Gast die Lennéschen Pläne vorweisen. Sie winkte einem der Jäger, die Schatulle herzureichen, und plauderte, während sie Iduna einlud, sich zu lagern, ihre Familie besitze gewissen Einfluß bei Hofe zu Berlin und habe den Peter Joseph Lenné gewinnen können. Kennt die Gräfin diesen Mann?

Gewiß doch, alle Welt redet von ihm, seit er Sanssouci so prächtig aufgeschmückt hat.

Und jetzt also ist er den Schwänen dienstbar, der Gärtner des Königs von Preußen.

Kniend richtete Friedrich die Karte auf dem weißen Tuch nach Norden ein, er demonstrierte am Blatt, und indem er auf die natürliche Entsprechung im Gelände wies, was der geniale Landschaftsgestalter ausgedacht hatte und was geschehen sollte.

Dort, gegen Wargentin, aber auch da oder da, überall zwischen dem offenen Feld werden Bäume gesetzt oder kleine Wäldchen gepflanzt, ergänzt durch gürtelartige Baumstreifen, die den Wind brechen sollen und außerdem den Herden Zuflucht bieten, bei afrikanischer Hitze wie auch bei rauher Witterung.

Friedrich begeisterte sich, während er sprach, und es gelang ihm, die Landschaft zu preisen, als zeige sie sich bereits schön gestaltet dem Auge. Wege, siehst du, überall Wege, die unsere Driften und Schläge auf das zweckmäßigste verbinden.

Agnes fiel lachend ein. Da redet der Landwirt von notwendiger Kommunikation. Für mich, Iduna, ist wesentlich, daß all diese Pflanzungen und schön geschwungenen Pfade auf ästhetische Wirkung berechnet sind. Die Landschaft muß sich mit Architektur zu einem harmonischen Ineinander der Dinge verbinden, deshalb soll auch die Kirche einen neuen, höheren Turm bekommen, der weithin kündet: Hier ist Klevenow! Hier ist es schön!

Nun geriet auch sie in Eifer. Ich habe von Fritz verlangt, daß er das Schloß aufstockt, wenigstens so hoch, daß es die Baumkronen überragt. Und selbstverständlich muß er auch den Tagelöhnern hübschere Hütten erbauen.

Iduna sagte: Ich verstehe. Klevenow soll das Sanssouci des Nordens werden. Dann deutete sie mit der Reitgerte gen Wargentin, selbst aus der Ferne war der Verfall der Siedlung zu erkennen. Sie fragte: Verletzt dieses erbärmliche Dorf nicht Ihren Schönheitssinn?

Oh, es störe schon, sagte Agnes, auch hausten keine ordentlichen Leute dort, aber es gehöre ja ihnen, den Schwänen, also könne man es schleifen und unterpflügen lassen. Denken Sie die Hütten fort, sagte sie schwärmerisch, denken Sie dort einen Wald von Fliederbäumen. Im Frühling ist die Luft erfüllt vom schweren Dufte der Syringen, und mittags wird es herüberleuchten wie das Abendglühn. Agnes lächelte schelmisch.

Iduna kam der letzte Satz bekannt vor. Aber das ist doch ...?

Agnes nickte. Von Ihnen, Iduna. Ein Zitat aus »Siegismund Waldmann«.

Die Damen hatten sich eine Decke geteilt, sie saßen voreinander.

Iduna war gerührt. Ich verstehe Sie gut, Agnes, Sie wollen alles, was Sie umgibt, dem Gesetz der Schönheit unterwerfen. Ich muß Sie dafür lieben.

Mit einem Mal faßten sie sich bei den Händen und lagen sich in den Armen.

Iduna flüsterte an der Wange von Agnes: Helfen Sie mir gegen Fritz. Ich bin in der Not. Mein Kind ist krank.

Den Heimweg nahmen die Reiter, wie sie gekommen waren. Die Sonne stand schon gegen Mittag. Jörn richtete noch immer den Koppelzaun. Jetzt stand er innerhalb des Gatters, den Fohlen war er vertraut, er mußte sich ihrer neugierigen Zudringlichkeit erwehren, da sah er die bunt und prächtig kostümierte Kavalkade zum zweiten Mal. Er sah auch, wie sich die Dame in Rot vom Zug löste und allen voran wegab und schloßwärts ritt.

Agnes war großmütig von Natur. Der Gedanke, daß ihr sehr lieber Herr mit Iduna das Ehebett geteilt hatte, beschwerte sie nicht, sondern amüsierte sie eher. Sphärenharmonie, der Ärmste hatte wahrscheinlich leiden und entbehren müssen. Sie war außerstande, sich die beiden als Geschlechtswesen vorzustellen. Im übrigen war sie als eine Schlieffenbach weltläufig erzogen und selbstbewußt, sie mußte sich kaum zwingen, Iduna mit ihrem exaltierten Gehabe zu akzeptieren. Aber nun mißfiel ihr doch, daß sie gedrängt werden sollte, Partei gegen Friedrich zu ergreifen, außerdem war ihr die körperliche Nähe der anderen Frau nicht angenehm. Es hatte gedauert, bis sich Agnes aus der leidenschaftlichen Umklammerung befreien konnte. Ein verschwörerischer Disput von Pferd zu Pferd verbot sich. Dafür wurde Agnes aber mit leidvollen Blicken belegt. Sie ritt davon. Sie war gern zu Pferde, sie gab dem Hengst die Sporen.

Auf der Koppel im Grunde wieherte eine der Stuten trompetenhell, vielleicht witterte sie den Hengst. Agnes ritt, bis ihr der Schreck in den Leib fuhr, bis sie begriff, daß sie den Hengst nicht mehr führte, daß er längst mit ihr durchgegangen war. Sie schrie auf. Es schien ihr, der Koppelzaun stürze auf sie zu, als tanze er auf und nieder, setzte der Hengst zum Sprung an, wäre sie verloren, hatte ja keinen Halt im Damensattel. Der Hut flog ihr davon im rasenden Ritt, sie verkrallte sich in der Mähne des Hengstes, schloß die Augen, und dann hörte sie den Schrei, das Kommando, befehlerisch, unwiderruflich. Wotan! Halt!

Jörn hatte die Gefahr erkannt, den Zaun mit einem Satz übersprungen und sich mit ausgestreckten Armen dem wilden Tier entgegengestellt.

Reit mich nieder, du schwarzer Teufel, zertritt mich unter

deinen Hufen, verdammt, oder zeig, daß du meinem Befehl gehorchst.

Wotan! Halt!

Der Hengst stand mit bebenden Flanken, und Jörn führte die hoch erhobenen Hände an die Oberarme der Gräfin heran, so sacht, als wolle er einen Schmetterling fangen, denn die hohe Frau starrte ihn aus irren Angstaugen an.

Ruhig, ruhig, ich bin ja zur Stelle.

Auch er hatte Angst gehabt und war von kaltem Schweiß überlaufen, das zerschlissene Hemd klebte ihm auf der Haut, als er die Gräfin aus dem Sattel hob und an seinem nassen Leibe abwärtsgleiten ließ, bis sie mit den Stiefelspitzen den Boden ertasten konnte.

Was für ein Weib, verführerisch duftend, ein Weib, wie er noch keins im Arm gehalten, ruhte an seiner Brust.

Jörn ließ sie nicht los, bis die Reiter heran waren, bis die Gräfin Dank sagte und noch einmal Dank!

Jetzt trat er zurück. Der Graf stürmte heran, schwang sich vom Pferd, um die Gemahlin in die Arme zu reißen.

Gotteswillen!

Sie sagte: Ich bin mit dem Schrecken davongekommen.

Friedrich übergab Agnes der Obhut Idunas.

O Gott, Liebste.

Die schwarze Gräfin hat Gelegenheit, ihre Arme um die Freundin zu legen, und Friedrich fingert nach einem Geldstück in der Tasche. Er will den treuen Knecht belohnen, und er will wissen, wie heißt dieser Mann?

Jörn Tiedemann, Euer Gnaden.

Jetzt wird Agnes aufmerksam, den Namen hat sie schon gehört, vielleicht von Minna Krenkel. Bist du es etwa, der das Pfingstkapitel lesen kann?

Ja, Euer Gnaden.

Sie sagt: Wir wollen dich belohnen, Jörn.

Jörn weiß, das ist die Gelegenheit, sie wird niemals wiederkehren. Er muß allen Mut zusammennehmen und fordert keck: So gebt mir Häusung, Herrin. Ich bin eingewohnt zu Klevenow, schon seit zwei Jahren.

Agnes blickt lächelnd auf den Grafen. Er hat eine Liebste, die unserem Haus seit langem treu ergeben ist.

Ein Geldstück hat der Graf nicht finden können, will aber den Antrag wohlwollend bedenken, so sagt er und winkt den uniformierten Dienern. Ein neues Pferd für die Frau Gräfin!

Jörn will mit einem Mal scheinen, als rolle der Hengst die Augen, jedenfalls dreht er spielend ein Ohr. Hast du das alles gemacht, Alter?

Jörn bückt sich zum Kratzfuß. Er grinst unverschämt und krümmt sich so tief, daß niemand sein Gesicht sehen kann.

Ich danke sehr, Euer gräfliche Gnaden.

Der Nachmittag zeigte sich so heiter, daß die Herrschaften den Kaffee im Freien nehmen konnten. Die Hausmägde hatten den runden Tisch fein eingedeckt, er stand draußen auf der Terrasse. Auch sie sollte erneuert, vor allem aber erhöht und verbreitert werden, gedacht war an eine Art von Bastion, nicht etwa kriegerischem Zweck geschuldet, sondern der Schönheit, an einen mächtigen Vorsprung oder Vorbau des Schlosses, der es erlauben würde, Ausschau zu halten über den Park, wie er sich einmal breiten sollte bis zu der uralten Eiche hin, die in der Ferne ihre zerzauste Krone erhob.

Während Friedrich Schwan die beiden Gräfinnen unterhielt, spielte Minna Krenkel unten im Garten mit der kleinen Komteß. Das Kind konnte herzlich lachen, sobald es ihm einmal gelang, den Ball zu fangen.

Eine Weile schauten die Herrschaften dem Spiel zu, jeder von ihnen mochte etwas anderes denken, bis Friedrich sagte, von Agnes wisse er, daß Iduna Sorgen habe.

Sie sei, sagte die schwarze Gräfin leidend, verstört gewesen während der Scheidung, verletzt, außerdem schwanger, sie hätte gar nicht begriffen, wie schamlos sie von ihm übervorteilt worden sei.

Der Graf sagte kalt: Du hattest der Reglung zugestimmt.

Und nun zeigte sich, daß Iduna nicht nur die Leidende spielen konnte. Sie griff an, sie sprach ohne jede Verbindlichkeit. Ich werde gegen dich prozessieren. Meine Anwälte meinen, wir hätten mehr als gute Aussicht auf Erfolg.

Um Gottes willen, Iduna, bloß keinen Skandal. Agnes versuchte, die aufgebrachte Frau zu besänftigen.

Iduna wurde auf sehr unvornehme Weise laut. Ein Skandal sei, wie man sie über das Ohr gehauen habe. Sie lebe nicht standesgemäß, habe kaum Dienerschaft, ihre Tochter und die des Grafen würde niemals für sich selber sorgen können, ihr fehle eine Erzieherin, sie müsse unbedingt einen Reitlehrer engagieren. Wovon, wovon?

Was sie verlange? Friedrich wollte der Sache ein Ende machen.

Sie will ein Gut zu ihrem Nutzen. Er soll Wargentin für sie herrichten lassen.

Friedrich muß sich das Hohngelächter verbeißen. Schrecklicher Gedanke, diese Person ständig in der Nähe zu wissen. Wargentin ist keine Stunde entfernt, Iduna könnte jederzeit herangefahren kommen oder durch den Park herüberschweben, schwarz gewandet, Unmut verbreitend wie eine Gewitterwolke.

Er sagt: Du kannst Laudeck haben. Es ist mir von den Holsteinern zugestorben, von einem Bruder unseres Großvaters. Ein großes Gut, allerdings liegt es in Hinterpommern.

Nun, das ist immerhin etwas. Iduna will innerlich triumphieren, doch ihr Blick bleibt umdüstert. Sie fordert mehr. Die Apanage für sie und ihre Tochter muß großmütig erhöht werden auf Lebenszeit. Sie will sich der Literatur widmen, also befreit sein von drückender Alltagssorge.

Friedrich meint, darüber ließe sich reden, und Agnes, bemüht, das Gespräch in unverfängliche Bahnen zu lenken, fragt: Wo handelt Ihr neuer Roman, meine Liebe?

In unseren Kreisen selbstverständlich.

Wir leben auf dem Lande, sagte Agnes, warum schreiben Sie uns nicht eine Pastorale, eine Art moderner Hirtendichtung.

Vielleicht dachte sie daran, wie merkwürdig ihr zumute war, als sie dieser Knecht im Arme gehalten hatte.

Iduna winkte ab. Sie könne sich durchaus nicht denken, daß ein exklusives Schicksal auf einen Schäfer oder gar Tagelöhner fallen könne. Die Poesie fliehe vor dem Klappern der Werkzeuge wie vor dem Blöken der Schafe. Wie sollen sich große Gefühle, wie sollte sich etwa Geistigkeit entfalten können, wo hungrige

Kinder nach Brot schrien? Nein, nein, meine Liebe, sprach Iduna Schwan-Schwan, ein großes Schicksal ist nur der Aristokratie vorbehalten.

Jörn und Gesine hockten sich gegenüber auf der Pritsche im Arbeitsraum des Gärtnerhauses. Es war mitten in der Nacht. Die Wand hinter ihnen war die Rückfront des Gewächshauses, also ganz und gar gläsern, ebenso die Tür, die beide Räumlichkeiten miteinander verband. Sie hatten kein Licht, aber der Mond leuchtete ihnen, das Glashaus schimmerte silbern und blau, und manchmal, wenn sie auf die bizarren Rankengewächse blickten, wenn sie staunend sahen, daß der Mond sogar das Rot der Kamelien aufglühen ließ, wollte ihnen scheinen, sie seien in einen Zaubergarten versetzt oder es sei der Nick gewesen, der sie mitgenommen habe in sein Schloß am Grunde des Sees, damit sie sicher sein könnten und behütet für viele Stunden.

Sie wurden nicht satt, einer den anderen anzuschauen. Jörn und Gesine kannten sich seit Jahren, hatten aber noch niemals eine so lange Nacht miteinander verbracht und wohl auch noch nie so ungezwungen miteinander umgehen, sich so oft und so erfinderisch umschlingen können, und so war ihnen beinahe, als liebten sie sich heute zum ersten Mal wirklich.

Du bist schön, Jörn.

Aber ich bin doch ein Mann.

Ich habe dich noch nie so ohne Scheu betrachten können. Nun weiß ich, daß du schön bist. Dein Gesicht ist schön. Ich streichele es. Deine Brust ist rauh, ich kraule dein Fellchen. Dein Bauch ist flach, ich streife darüber hin, tiefer, ich berühre, womit du mir am nächsten kommst. Du bist so schön und stark, daß ich dich am liebsten küssen würde.

Sie kniete vor ihm, beugte tief ihren Kopf, damit sie mit den Lippen liebkosen konnte, was sie so sehr an ihm liebte.

Er saß vor ihr, spreizte die Schenkel, stöhnte vor Lust und rieb mit seinen rauhen Händen ihren Rücken. Du bist so glatt. Ich streichel dich gern. Ich kann deinen Hintern sehen, aber du hältst mich fest, ich kann ihn nicht erreichen. Du mußt mich loslassen. Ich faß deinen Kopf, ich richte dich auf. Wir hocken voreinander, wir fassen uns bei den Händen, und nun küsse ich deine Stirn, deine Lider, sogar deine kleine Nase. Ich küsse deinen Mund, ich öffne ihn mit meiner Zunge, ich suche dich. Laß dich zurückfallen, ich halte dich. Ich kann dich riechen, meine Zungenspitze fühlt deine Haut, du schmeckst mir bitter und süß, und nun suche ich weiter nach dir.

Du fehlst mir, Jörn.

Ich bin da.

Jetzt brauch ich dich.

Nimm mich, führe mich zu dir.

Du bist da, du bist da.

Und ich sage dir, ich sage dir, halt an, halt still.

Es war kein Traum, damals unter dem Baum, wir haben die Stimme in Wirklichkeit gehört, die Verheißung vernommen, wir würden endlich auch ein Paar sein vor aller Welt. Gott ist mit den Liebenden, in der Liebe sind wir Gott am nächsten. O Gott, ist das schön.

Sie blieben beieinander bis der Morgen graute, dann holte Jörn den Hengst, und er ritt mit seiner Liebsten heim nach Wargentin.

Friedrich Schwan gestand seiner Geschiedenen mehr zu, als sie erhofft hatte, nun konnte sie getrost zur Abreise rüsten. Minna Krenkel half beim Packen der Koffer, selbst bei dieser Beschäftigung wollte ihr die kleine Komteß nicht von der Seite weichen. Die Nurse war ganz und gar aus Mechthilds Gunst verdrängt worden, das hatte Iduna mit gewisser Besorgnis über die Tage hin verfolgt. Jetzt sagte sie: Das Kind wird dich vermissen, Minna. Du bist die geborene Kinderfrau.

Ich kann nicht mit Ihnen reisen, gnädigste Frau Gräfin. Minna seufzte. Ein Mann halte sie zu Klevenow. Nun erfuhr Iduna, wer es sei, nämlich Jörn Tiedemann. Frau Gräfin müsse sich erinnern, jener Mann, der Gräfin Agnes vor großem Unglück hatte bewahren können und gewiß nun sein Glück machen würde.

Iduna blickte verwundert auf Krenkel. Mein Gott, das späte Mädchen und dieser wilde junge Kerl – vielleicht doch der Stoff zu einer sentimentalen Pastorale?

Sie sagte: Minna, wir werden den hübschen Menschen bitten,

mit uns zu ziehen. Wenn ich mich mit dem Grafen einigen kann, ist in meiner Haushaltung auch Platz für einen Diener. Wir werden ihm eine schmucke Livree schneidern lassen, rot und weiß, auch mein Haus darf die Schwanschen Farben führen. Und wenn wir über Land fahren, in der Kutsche, darf er hinter uns wachen als unser Groom, als dein getreuer Heinrich. Heinrich, der Wagen bricht, nein, Herrin, der Wagen nicht. Ach, könnte ich dich erlösen, Minna.

Die wußte nicht, was sie sagen sollte, aber sie lächelte bei dem Gedanken, daß sie mit Jörn davon könnte, fort aus Klevenow und in die Welt.

Heute abend müsse sie im Gärtnerhaus wieder einmal nach dem Rechten sehen.

Das kleine Komteßchen weinte, es blickte jämmerlich zu seiner Freundin auf, offenen Mundes, und blinzelte mit den entzündeten Augenlidern.

Also gut, Minna ließ sich erweichen, sie werde am Bettchen sitzen und das Händchen halten, bis die liebe kleine Mechthild eingeschlafen sei. Die Komteß lachte kehlig.

9

An diesem Abend hatten Jörn und Gesine wieder einmal im Arbeitsraum neben dem Gewächshaus nebeneinander gelegen, jetzt wuschen sie sich am Kübel mit dem Gießwasser, bespritzten sich übermütig, Jörn warf dem Mädchen das Tuch aus grobem Garn zu, damit es sich trockne, dann reckte er die Arme aus und rief: Ich liebe dich, ich habe dich, ich gefalle der Herrschaft, ich bin ein Glückspilz!

Nackt und naß wie er war, lief er ins Gewächshaus, um nach der schönsten Blume zu suchen, die wollte er seiner Liebsten ins Haar stecken. Als er zurückkam, saß sie auf der Kante der Pritsche und war dabei, sich anzukleiden.

So warte doch, sagte er enttäuscht. Die Nacht hat doch gerade erst begonnen.

Das Mädchen war traurig.

Warum, warum?

Keine Antwort.

Schau, sagte er, schon haben wir ein Bett.

Heimlich, Jörn. Wir müssen uns immer noch verstecken.

Bitte, erinnere dich, was uns verheißen wurde unter der Eiche.

Das war ein Traum.

Ach, sagte er eifrig, haben wir nicht damals noch im Moos gelegen? Der Baum mußte herhalten als Hütte oder Dach. Hier steht die Pritsche für die Liebe. Um Häusung habe ich gebeten. Der Graf hat mich wohlwollend beschieden. Er wird mich zur Heirat zulassen.

Mit mir, fragte Gesine, wirklich mit mir? Ich habe Heimatrecht nur zu Wargentin.

Aber du bist hübsch. Er schob ihr die Kamelie ins Haar, und sie duldete mit geschlossenen Augen, daß er sie schmückte. Du bist sehr hübsch, Gesine, und könntest zu Hofe dienen.

Als meine Frau gehörst du nach Klevenow.

Das Mädchen weinte.

Warum, warum?

Sie werden ein Keuschheitszeugnis fordern, Jörn.

Ach, Gesine, warum hast du keinen Mut? Er saß neben ihr, er war immer noch nicht in den Kleidern und faßte sie bei den Schultern, Er glaubte immer noch, sie würde bei ihm bleiben.

Ihm zu Gefallen war sie heute im feinsten Linnenhemd gekommen, wie für die Brautnacht mit kleiner Falbel geschmückt. Er wollte es wieder abstreifen. Sie nahm sich die Blume aus dem Haar.

Die Frauen müssen die Schande ertragen, ganz allein, wenn sie einem Mann zu Willen waren aus Liebe. Ich bin eine Frau und nüchterner als du. Gesine entzog sich seinem werbenden Zugriff, schob die Träger des Hemdes auf die Schultern zurück. Sie hatte Angst.

Und Jörn?

Er vertraute dem Glück. Vielleicht sei es klug, dem Glück ein wenig nachzuhelfen.

Aber was heißt das?

Das Kind zum Beispiel, die kleine Luise ..., er zögerte.

Ja, was ist mit dem Kind? Gesine schaute den Jörn an, forschend, bitterernst, eine steile Falte in der Stirn. Sie bückte sich nach seiner Werggarnhose und hielt sie hin. Er kriege sie heute nicht noch einmal auf dieses harte Brett.

Jörn warf die Hose zornig von sich. Er sagte: Du mußt doch nicht unbedingt als ledige Mutter in Klevenow erscheinen. Du warst erst sechzehn bei Luises Geburt. Du bist noch keine zwanzig. Luise könnte gut und gerne als dein Schwesterchen gelten. Wir könnten sie bei deiner Mutter lassen, fürs erste.

Gesines Stimme klang hoch und dünn in der Angst. Du willst unser Kind verleugnen?

Mensch, rief er erbittert, ich muß die Stelle haben, ich muß, und ich nehme sie auch ohne Heiratsconsens. Die Passage nach Amerika kostet siebenundzwanzig Taler curant, als Gärtner habe ich sie in anderthalb Jahren verdient für uns drei.

Vier, sagte sie tonlos, wir werden vier sein.

Er erschrak bis ins Innerste. Mein Gott! Er umarmte sie.

Mein Gott, flüsterte das Mädchen an seinem Hals, mich gereut, daß ich Kinder auf eine Welt bringen soll, in der sie so viel leiden müssen.

Die Liebenden wußten nicht, wie lange sie sich umschlungen hielten, um ein wenig Trost zu finden.

Sie fahren auseinander, als krachend die Tür geschlagen wird. Da steht Minna Krenkel. Sie hält eine Laterne mit ausgestrecktem Arm, die ihr haßerfülltes Gesicht aus der Dunkelheit reißt, aber auch den nackten Mann, der schützend seinen Arm um das Mädchen legt.

Minna schreit sich die Empörung aus dem Leib. So war es nicht ausgemacht, Jörn Tiedemann. Zum Bett, zum Haus, zur Stelle gehöre ich, ich, nur ich! Laß es los, das Drecksstück, das Hurenmensch! Sie tritt näher, das Licht schwankt in ihrer Hand. Sieh doch, die Schöne aus Wargentin. Wenn ich dich nicht anzeige, dann nur um seinetwillen. Ihn will ich schonen. Ich will nicht, daß sein Name beschmutzt wird. Ihre Stimme überschlägt sich, als sie schrillt: Scher dich raus, raus, raus!

Jörn reißt ihr die Laterne aus der Hand. Er hat Lust, der Krenkel ins Gesicht zu schlagen, von rechts und von links. Er muß Gesine loslassen. Sie läuft davon, sie flieht. Wäre er nicht immer noch nackt, er könnte ihr folgen. So hält er die Laterne in der einen Hand, mit der anderen packt er Minna Krenkel und stößt sie brutal vor die Spiegelscherbe an der Wand. Er leuchtet der Frau, er sagt: Schau dich an! Meinst du wirklich, ich hätte Lust, zwischen deinen alten Schenkeln zu pflügen?

Minna Krenkel will nicht in den Spiegel sehen, sie hat die Augen geschlossen. Dann, nach einer kleinen Weile, sagt sie kalt: Ich hab dich in der Hand. Mein Angebot gilt.

Jörn war übermüdet und niedergedrückt nach den Erlebnissen der letzten Nacht, er mußte sich zur Arbeit zwingen, hatte wie die anderen Knechte ausgemistet und gefüttert, jetzt striegelte er den Wotan mit harter Bürste. Dem Hengst gefiel es, er hielt still, und sein Fell begann zu schimmern. Der Pferdestall, ein langgestrecktes riedgedecktes Backsteingebäude, war nahezu fensterlos, sein Licht erhielt er durch das weitgeöffnete Tor, hinter dem die Morgensonne stand.

Die beiden Männer kamen den Mittelgang herauf. Sie erschienen wie Schattenbilder vor dem hellen Viereck der Einfahrt und waren in ihrem Umriß überdeutlich gezeichnet. Jörn erkannte auf einen Blick, daß der eine, krummrückig und säbelbeinig, Schlöpke war und der andere, lang und dürr wie ein Stecken, Petters, der Leutevogt. Wieso ist der schon wieder auf den Beinen?

Jörn murmelte ein Stoßgebet: Herr, laß sie vorübergehn, mache, daß sie von mir nichts wollen. Er rieb und bürstete sein Pferd, als gälte es das Leben. Der Hengst spielte mit den Ohren. Ja, Alter, ich höre es auch, das Schlurren, das Tack, Tack von Schritten, die näher und näher kommen, der Leutevogt trägt genagelte Stiefel, so manchen von uns hat er damit in den Arsch getreten. Jetzt verstummt das Geräusch, also stehen sie in meinem Rücken. Ich kehr mich nicht dran. Ich bin bei der Arbeit, fleißig, ich fahre dir kräftig ins Fell.

Jörn Tiedemann!

Hilf mir, mein Freund, donnere die Hinterhufe gegen die Planke, schlag zu, daß die Bretter splittern, jag ihnen Schrecken ein, jag sie davon! Du willst nicht? Gut, gut, Alter, ich gehorche, ich wende mich um. Er tätschelte beruhigend das Pferd, er sagte: Der Hengst ist unruhig.

Ihn wundere es nicht, so der Vogt.

Verdammt, da steht er, mit rotem, verquollenem Gesicht, wäßrigen Augen, hat seinen Rausch noch immer nicht ausgeschlafen, aber offenbar auch nicht vergessen, was sich nächtens begeben hatte, eben an diesem Ort.

Her mit dir!

Jörn verläßt zögernd die schützende Box. Schlöpke taxiert ihn, schweigend, vom Kopf bis zu den Füßen.

Das also ist Tiedemann, denkt er. Ich hab ihn bewußt kaum wahrgenommen. Wollt ich mir jeden Knecht ins Gedächtnis prägen, da hätte ich viel zu tun. Das ist er also, der soll Gärtner werden. Was bringt er mit für die Profession? Er war der Frau Gräfin gefällig, ein Zufall.

Und er soll schreiben können. Ein Hüne, breit in den Schultern, kräftige Brust, stämmige Schenkel in der Werggarnhose. Der ist jung, der könnte an jedem Finger zehn hübsche Weiber haben, und ausgerechnet in den hat sich die arme Minna vergafft oder gar verliebt. Linda, die Zofe, die hatte sich ausschütten wollen vor Lachen, als sie's in der Küche erzählte.

Du bist also Tiedemann?

So heiße ich, Herr Sekretär.

Schlöpke mustert den Jörn immer noch. Ein schöner Kerl, sein Rivale, ein guter Beschäler wahrscheinlich. Schlöpke denkt, daß für ihn selber Häusung und viele Taler curant verloren wären, müßte er Minna Krenkel diesem Menschen überlassen.

Schlöpke sagt: Du bist auf das Schloß befohlen, um zehn. Wasch dich gefälligst zuvor, du riechst nicht gut. Die Frau Gräfin hat eine feine Nase. Sie ist es, die dich bestellt.

Warum, darf man wissen warum, Herr Sekretär?

Schlöpke hebt die Schultern, dann geht er auf die Türöffnung zu, bald ist er ein Schattenbild, scharf umrissen, krummrückig, säbelbeinig gebeugt.

Was wollen die von mir? Petters muß es wissen. Jörn packt ihn beim Arm.

Keine Ahnung. Der Leutevogt bläst ihm den stinkenden Atem ins Gesicht.

Jörn ist angewidert. Solltest du mich angeschissen haben wegen heute nacht, auch ich scheiß dich an, das versprech ich dir.

Petters reißt sich los. Hau ab, Mensch, und geh beim Schäfer vorbei. Mit dem verlausten Kopf kommst du nicht aufs Schloß.

Nun sitzt der Jörn tatsächlich draußen vorm Stall in der Sonne, Ellbogen auf den Schenkeln, Kopf in die Hände gestützt, und der Schäfer geht ihm an die Wolle.

Schneid mir nicht alles ab, Mensch. Ein paar Locken mußt du mir lassen.

Der Alte redet von Gott und den Leuten und von der Ungerechtigkeit auf der Welt.

Jörn hört nicht zu. Er grübelt, er horcht in sich hinein. Ich soll auf das Schloß, warum, warum? Und wie ist das letzte Nacht gewesen? Gesine läuft mir davon. Ich will nur den Hengst nehmen und dann nach meinem Mädchen suchen. Schon bin ich an der Box, da liegt mir der Leutevogt mitten im Weg, schon wieder stockbesoffen, das Schwein. Ich stolper über ihn, er erwacht.

Halt, wohin?

Jeder Branntweintrinker wird vom Hof gejagt, aber der Leutevogt ist ein Büttel und Angeber, dem Grafen unentbehrlich, also wird ihm das Saufen nachgesehen. Jetzt erwischt er mich, grade wie ich den Hengst satteln will.

Halt, wohin?

Ach, hol dich der Teufel.

Der will auf mich los, der schwankt, der hat keine Kraft, den stoß ich mit dem Zeigefinger um. Tatsächlich, er fällt und schlägt mit dem Kopf auf das Stallpflaster. Ach, verreck doch meinetwegen. Kein Mensch weint dir eine Träne nach, nicht einmal deine Alte, die dich nicht ins Haus läßt, wenn du besoffen bist. Ich muß fort, in die Nacht hinaus, nach meiner Liebsten suchen. Wotan, hilf mir, führ mich zu ihr.

Der wilde Ritt durch die mondlose Nacht. Auf zur Koppel! Gesines Kleid ist hell, irgendwo müßte es wehen. Vorüber am Bach, den Hohlweg hinan. Gesine, wo bist du? Gesine, hörst du mich? Gesine, antworte doch! Ich weiß, du bist verzweifelt. Ich bin schuldig an dir, aber ich liebe dich. Du mußt mir verzeihen, und du darfst nicht glauben, daß ich dich auch nur einen Augenblick lang an die alte Schachtel verraten hätte. Dich allein liebe ich und kann dich nirgends finden, nicht am Weg, nicht am Bach. Komm, Alter, wir müssen hinunter zum See.

Dort liegt er vor uns, matt glänzend, unbewegt. Wir preschen am Ufer entlang, wir reiten durchs flache Gewässer, aber ich find nichts von dir, kein Tuch, das du am Busch vergessen hast, keinen Rock, der sich im Wasser treibend bläht, keine Spur im Sand.

Also hinauf nach Wargentin auf kürzestem Weg durch die Gespenstergasse. Mein Gott, wenn ich denke, die alten Weiden haben auch dich so angestarrt, hundert rot glimmende Totenaugen in grindigen Unholdsköpfen, sie haben auch dich festhalten wollen mit ihren Hexenfingern. Trüg ich Sporen, Wotan, jetzt gäb ich sie dir. Wir müssen hindurch. Ich beug mich im Reiten, ich krall mich fest an deinem Hals. Du verstehst mich. Die Funken sprühen unter deinen Hufen auf, so jagst du durch die verwunschene Allee.

Da sind wir schon vor Wargentin. Wotan, halt!

Nun mach ich das Käuzchen, ich rufe klagend in der Nacht, ich schrei nach meiner Liebsten.

Endlich öffnet sich die Tür. Der Alte tritt vor das Haus. Geh, sagt er, und komm nicht wieder.

Aber ich liebe sie.

Gesine leidet an dir. Sie ist krank an der Seele. Und das Kind ist krank. Sie hat keine Zeit, und sie hat keinen Gedanken an dich zu verschwenden. Geh!

Der Schäfer sagt: Fertig.

Jörn spiegelt sich im Stallfenster. Ja danke. Er ist es zufrieden.

Dann duckt er sich prustend unter dem Brunnenstrahl. In der Knechtekammer hängt seine Sonntagshose. Er steigt hinein. Im Spind liegt das linnene Hemd mit den gerüschten Manschetten. Die Krenkel hatte es ihm geschenkt. Du mußt mehr auf dich halten, Jörn. Er zögert lange, einen besseren Kittel besitzt er nicht, er streift ihn doch über den Leib.

Und als er endlich vor der Frau Gräfin steht, ist er gut anzusehen und beinahe so schmuck wie ein junger Herr.

Da bist du ja, Jörn Tiedemann. Die hohe Frau ist freundlich und nennt ihn gar ihren Ritter.

Alle Furcht ist von ihm genommen. Jörn verneigt sich, aber selbst als er sich beugt, kann er den Blick nicht von der Herrin lassen. Sie mag kaum älter als Gesine sein, auch erst um die Zwanzig, vielleicht. Da sitzt sie im duftigen Sommerkleid, die Korkenzieherlocken reichen ihr bis zu den bloßen Schultern. Sie ist ihm geneigt, und wenn sie nicht die Herrin wäre, so wäre sie ein sehr schönes Mädchen, dem man dreist ins Gesicht lächeln dürfte.

Sie sagt: Du freust dich ja so, Jörn Tiedemann.

Weil ich vor Euer Gnaden stehen darf.

Das wird kein gutes Ende nehmen. Der Sekretär Schlöpke sorgt sich. Woher nimmt dieser junge Mensch seine freche Selbstsicherheit?

Auf dem Stehpult im gräflichen Arbeitskabinett ist das Gutstagebuch aufgeschlagen. Schlöpke hat Vortrag gehalten. Gleich wird er protokollieren, wie wunderbar sich das Schicksal eines gewöhnlichen Stallknechtes wenden kann. Auch Schlöpkes eigenes Geschick wird es wahrscheinlich betreffen. Alles liegt in gräflicher Hand. An Gottes Gerechtigkeit glaubt er nicht mehr, zu vieles hat er auf den Gütern erfahren, zu viel Bitterkeit in seinen Büchern festgeschrieben. Aber heute ist die junge Gräfin Schwan entschlossen, Glück zu stiften. Ein Wink, Schlöpke trägt vor, was ihm angesagt worden ist.

Der Stallknecht Jörn Tiedemann soll zum Hilfsgärtner auf Klevenow angelernt werden. Derselbe soll des weiteren die Parkkolonne der Tagelöhner als deren Vorarbeiter führen dürfen. Jörn ist in einem Maße überwältigt, daß er die Hände über der Brust kreuzt, als er sich verneigt.

Die Gräfin erhebt sich, und nun ist es, als schwebe Fortuna in eigener Person heran. Sie nähert sich ihrem Knecht und Retter, lächelnd, sie ist eine kleine zierliche Frau, die aufblicken muß zu dem Menschen, dessen Glück sie in dieser Stunde machen will, und sie empfindet, wie sehr das die eigene Seele erhebt. Wir erteilen Consens zur Heirat mit Minna Krenkel, der treuen Dienerin unseres Hauses. Bedanke dich, Jörn Tiedemann. Und wahrhaftig, sie reicht ihm die Hand zum Kuß.

Aber Jörn tritt zurück, legt Abstand zwischen die Frau Gräfin und sich und vergißt allen Respekt. Er hebt die Hände, als wolle er Unheil von sich schieben. Nein, das kann Euer Wille nicht sein.

Der Mensch schlägt sein Glück aus. Ist der denn nicht bei Troste? Die Gräfin schaut fragend den Schlöpke an, als könne er das Rätsel lösen.

Der Sekretär hebt die Schultern.

Vielleicht ein Irrtum, Euer Gnaden.

Ausgeschlossen. Minna Krenkel hat nachdrücklich um Heiratserlaubnis gebeten.

Ja, stammelt Jörn, die alte Minna mag wollen, aber ich will sie nicht. Ich kann sie nicht leiden. Ich liebe Gesine Wollner aus Wargentin.

Ende der Audienz. Er mag gehen.

Wenn es erlaubt ist. Euer gräfliche Gnaden, Schlöpke meldet sich mutig zu Wort. Frau Gräfin haben angesagt, der Stallknecht soll zum Hilfsgärtner und zum Vorarbeiter der Parkkolonne erhoben werden. Soll ich das streichen?

Vorarbeiter mag er bleiben.

Jörn faßt wieder Mut. Herrin, laßt mich zur Heirat mit Gesine Wollner zu. Ich bitte!

Die Gräfin sagt: Du hast mir einen Dienst erwiesen, dennoch muß ich, um dem wilden Leben und der Unzucht auf den Gütern ein wenig zu steuern, es bei jedermann gleich halten. Die Dirne mag ein Keuschheitszeugnis beibringen.

10

Am Rande des Moores, zwei, drei Steinwürfe hinter den letzten Häusern von Wargentin, stand die Torfhütte, eine Doppelreihe windschiefer verwitterter Pfosten mit zerschlissenem Rieddach darüber. Hier verwahrten die Tagelöhner das Arbeitsgerät, hier konnten sie einen Regen abwarten oder mittags Schutz vor der Sonne suchen, denn auf der öden Fläche zwischen Moor und Wald erhob sich weder Baum noch Strauch.

An diesem Sonntagmorgen waren vier Männer aus Wargentin zur Hütte unterwegs, Hinrichs, Deters, Rädecke und Genz, ihn ließen seine Gefährten vorausgehen, er war schon zu hohen Jahren gelangt, nämlich zweiundsechzig, und sollte das Schrittmaß nach seinen Kräften bestimmen. Wochentag für Wochentag plagten sich die Tagelöhner des Haberland für geringes Entgelt, aber heute war der Tag des Herrn, und sie fürchteten Gott weniger als ihren Patron. Der Allmächtige würde ihnen nicht verargen, daß sie sich einmal zu eigenem Nutzen quälten. Der Pächter bedrückte sie nach Belieben, wenn es ihm beifiel, konnte er untersagen, daß sie Torf für die eigene Herdstelle stachen. Vieles war ungewiß, sicher aber, daß Winter würde wie jedes Jahr und sie versorgen mußten.

Die Männer waren in aller Herrgottsfrühe aufgebrochen. Sie tasteten sich, einer hinter dem anderen, auf dem Wege voran, der gesäumt war von Binsen und scharf riechendem Kraut und selbst sommers nicht ungefährlich, er konnte sich jederzeit im Sumpf verlieren. Keiner der Männer sprach, jeder hielt den Blick gesenkt und achtete auf den Pfad, jeder hatte das Schuhwerk geschultert und ging gebeugt, als trüge er statt löchriger Stiefel Zentnerlast. Keiner wußte, was würde morgen sein, den Tag darauf und den nächsten, den Männern haftete die Sorge an der Seele, wie der Wegedreck an ihren nackten Zehen klebte. Der Morast unter ihren Füßen schmatzte und quatschte bei jedem Schritt. Es war beschwerlich wie Arbeit, einen Fuß vor den anderen zu setzen.

Als der alte Genz den Kopf hob, sah er den roten Sonnenball aufsteigen hinter dem schwarzen Gestänge des abgestorbenen Birkenwäldchens, der Sumpf hatte es wohl schon vor Jahrzehnten erstickt. Genz sah die Sonne, die alles belebende, solange er sie erblickte, atmete er, wenn auch schon mit Mühe, und so lange würde er sich durch dieses Leben schleppen, geduldig seinem Tod entgegen.

Da war die Hütte erreicht.

Um Christi willen, halt!

Der Alte versperrte den Zutritt zur Hütte, die Gefährten glotzten über seine ausgebreiteten Arme hinweg. Was sie erblickten, ließ sie erstarren. Auf hochgestapeken Torfsoden lag, wie auf einem Katafalk, der Leichnam eines Kindes.

Wer mochte das sein?

Sie wagten schließlich, näher zu treten, und wußten bald, die da lag, bekleidet nur mit einem Hemd und mit Strümpfen, war Luise, die Enkeltochter der Wollners, das Hurenkind der Gesine. Genz schob vorsichtig das Hemd ein wenig aufwärts. Da sahen die Männer, daß der ausgemergelte Kinderkörper bläulich gefleckt war wie von Hieben.

Der Alte flüsterte: Mein Gott, sie werden es doch nicht totgeschlagen haben, das arme Wurm.

Und nun? Man kann nicht an der Leiche vorbei zur Arbeit, als sei gar nichts geschehen. Sie berieten, was zu tun sei. Am besten auf und davon, nichts gesehen haben, nichts bezeugen müssen.

Deters wandte sich schon heimwärts, Hinrichs riß ihn zurück. Man darf den Leichnam nicht liegenlassen wie ein Luder, zum Fraß womöglich für irgendein Raubzeug, einen Fuchs oder Luchs.

Genz zog sich den linnenen Kittel über den Kopf. Hier, sagte er, wickelt es ein, das tote Kind. Macht euch auf und zeigt es dem Haberland vor. Er ist der Gerichtsherr in Wargentin.

Sie gingen, wie sie gekommen waren.

Rädecke schritt voran, er war der Jüngste, er mußte die Tote tragen. Der alte Genz blickte ihnen eine Weile nach, ehe er sich einen Stecken ergriff und sich dorfwärts tastete. Als er die Katzenzeile von Wargentin endlich erreicht hatte, sah er die

Weiber, wie sie vor den Hütten beieinanderstanden und die Köpfe zusammensteckten. Gesine Wollner war bereits ins Gefängnis geworfen.

Als Verlies mußte einer der Keller des alten Gutshauses von Wargentin herhalten, ein Gewölbe, feucht und modrig und nur spärlich erleuchtet. Der schmale vergitterte Fensterschacht unterhalb der Decke ließ kaum Atemluft eindringen, geschweige denn einen einzigen Sonnenstrahl.

Als der Büttel Gesine in Haft nahm, hatte die alte Wollner der Tochter gerade noch ein Tuch zuwerfen können, dennoch fror die Gefangene erbärmlich. Es war nicht allein die Kälte des Raumes, es war auch die Verzweiflung, die sie zittern machte. Gesine hockte auf der Strohschütte, eingehüllt in das grobe Tuch, Ellbogen auf den Knien, Gesicht zwischen den Händen. Sie fand nicht einen Gedanken, der sie tröstete.

Das Kind ist tot. Sein Kind ist tot. Er hat es verleugnen wollen, nun ist er gestraft und wird sich grämen wie ich. Oder freut es ihn gar, weil er einer Sorge ledig ist? Mein Kind ist tot. Ich hab es nicht gehütet, so wie ich hätte sollen, sondern bei Jörn gelegen und meine Lust gehabt, als es zu Tode kam. Nun muß ich leiden und büßen. Vielleicht hat meine Mutter recht, wenn sie redet, daß ich den Teufel im Leib hätte. Wie soll mir der Herrgott beistehen können? Jörn steht mir nicht bei, kein Mensch steht mir bei, ich bin allein auf der Welt. Was soll ich allein auf der Welt? Ach, wäre ich tot, dann müßte ich nicht schon wieder gebären und wäre sicher, mein Kind würde weder Unrecht leiden noch Unrecht tun.

Ich hör die äußere Tür, Schritte auf der Treppe. Wer steigt herab zu mir? Mein Gott, holen sie mich jetzt schon zum Gericht?

Der Riegel wurde beiseite geschoben, die Tür geöffnet. Der Büttel trat zur Seite, er ließ die Gattin des Gutsherrn ein, die Frau Haberland. Ihr folgten die Töchter Lieschen und Lottchen, beide sollten zu Damen erzogen werden, sie besuchten wochentags in Güstrow ein Pensionat für höhere Töchter. Nun zeigte ihnen die Mutter zur Belehrung und Ermahnung die Gefangene vor.

Frau Haberland hob die Laterne. Sie sagte: Schaut hin! So ergeht es einem Menschenkind, das sich gegen Gott und seinen Gutsherrn versündigt, weil es sich der Hurerei ergibt.

Der Büttel schob einen Napf mit Suppe auf den Schemel, er gab einen hölzernen Löffel dazu und befahl: Iß!

Gesine war so hungrig, daß sie auf Knien hinüber zu dem dampfenden Essensnapf rutschte und zu löffeln begann, obwohl die Herrschaft zusah, als wohnte sie der Fütterung eines wilden Tieres bei.

Lieschen sagte: Sie sieht gar nicht aus wie eine Mörderin.

Ach Kind, erklärte die Frau Haberland, wie oft versteckt sich der Teufel hinter einer hübschen Larve.

Lottchen fragte: Wird sie auf Wargentin gehängt?

Wir werden ja sehen, sprach die Mutter.

Auf dem Gut hatte sich allerlei Volk versammelt, Hofgänger aus Wargentin, Leute aus anderen Dörfern. Das Gerücht von einem Kindermord war von Haus zu Haus geflogen, von Flecken zu Flecken und hatte Neugierige angelockt. Sie wollten die Mörderin in Augenschein nehmen, den Urteilsspruch abwarten. Gewiß würde man die Delinquentin unmittelbar nach dem Gericht auf einen Karren stoßen, um sie dem Henker zuzuführen.

Fort mit euch, ihr Faulpelze, Nichtsnutze und Tagediebe! Schert euch zum Teufel, ich werde euch Beine machen! Haberland wollte die Fremden vom Hof haben, sie machten sich mit dem Gesinde gemein, die Arbeit in den Ställen ruhte, und das war nicht sein einziger Verdruß.

Lieschen und Lottchen langweilten sich auf Wargentin und behaupteten, das Läuten der Hofglocke sei beinahe ihre einzige Abwechslung. Er hatte den Töchtern nicht erlauben wollen, dem Gericht gegen Gesine Wollner beizuwohnen, und ihnen bedeutet, die Ordnung gestatte es nicht. Die Mädchen hatten in der Enttäuschung geweint, und die Mutter hatte dem Gatten einen Vogel gezeigt. Sie mißbilligte, daß der Mann den eigenen Kindern das bißchen Zerstreuung oder Vergnügung nicht gönnen wollte.

Nun ließ der Haberland die üble Laune an den zugelaufenen

Leuten und seinen Hofgängern aus, aber soviel er auch lärmte und drohte, die Menschenmenge verlief sich nicht, im Gegenteil, sie wuchs und wuchs, und da die Leute der Angeklagten nicht ansichtig wurden, hielten sie sich an deren Familie schadlos, umringten die Wollners, begafften und bestaunten sie. Dem Alten mißfiel das, er grämte und schämte sich und blickte vor sich nieder, aber Sanne Wollner hatte ihre halbwüchsigen Töchter in die Arme genommen, um beide schützend an sich zu pressen, so starrte sie der Neugier dreist und furchtlos entgegen.

Endlich Rädergeratter, Peitschenknall und ein Ruf: Sie kommen! Platz für die Herren vom Gericht.

Das Schauspiel kann beginnen. Die Menge bildet eine Gasse, die Schwansche Kalesche rollt hindurch. Der Kutscher hält, und schon ist Haberland zur Stelle, um den Gerichtsrat zu empfangen, einen unbeholfenen, weil schwer beleibten, rotgesichtigen Mann. Er ist wohl längst über die Fünfzig hinaus, der Herr Doktor Wohlbehag, Advokat zu Malchin, ein Weiberfeind, wie manche wissen wollen, dafür dem Rotspon zugeneigt, dem guten Essen auch, ein Hagestolz auf jeden Fall, noch immer umsorgt von der betagten Mutter, sie ist als vorzügliche Köchin berühmt, pflegt aber kaum sein Äußeres, wie der Anzug verrät, der befleckt ist von Schnupftabak und Saucenresten.

Gott zum Gruß, Herr Advokat.

Seien Sie gegrüßt, Herr Haberland.

Nun steigt der Herr Gerichtsphysikus Doktor Kuhfeld aus der Kalesche, gefolgt vom Aktuar, dazu ist heute der Sekretär Schlöpke aus Klevenow bestimmt.

Na, dann wollen wir mal, meine Herren.

Haberland weist den Herrschaften den Weg. Und nun läuft ein Raunen durch die Menge, sie teilt sich von neuem, denn ein jeder möchte sie wohl zu Gesicht bekommen, ihr aber nicht zu nahe sein und weicht zurück vor Gesine Wollner, die im Verdacht steht, das eigene Kind erschlagen zu haben. Da kommt sie endlich. Der Büttel führt sie ins Gericht, an den vielen Menschen vorüber, die glotzen und schweigen, verfolgen sie mit dem Blick und lockern die Fäuste, hatten doch aber vorgehabt, das Weibsstück zu schmähen und zu bespeien. Und dann geht ein Seufzer über den Platz. Ach Gott, so jung das Mädchen, so schön und so verdorben und verloren. Herr, sei der armen Seele gnädig.

Jeder, der die Gerichtsstube betrat, mußte den Schragen erblicken. Er stand vor der weißgekalkten Wand, der Tür gegenüber, ein grob gezimmerter Bock, der die hölzerne Platte trug. Das tote Kind lag darauf, starr und bleich und von ein paar schillernden Fliegen umschwirrt, es war Sommer. Haberland wies auf die Leiche und verriet, halblaut redend, dem Doktor Wohlbehag, was er dachte. Wenn ein Tagelöhnerbalg nicht freiwillig stirbt, so wird nachgeholfen. Es ist doch merkwürdig, Herr Gerichtsrat, das heckt und heckt beinahe so fleißig wie die Karnickel, aber mehr als drei Fresser bleiben selten am Tisch. Er lachte meckernd. Der Gerichtsrat verzog nur wenig das Gesicht, er mochte diesen Haberland nicht.

Auch Gesine sah zuerst den Leichnam ihrer Tochter, als sie in den Raum gestoßen wurde. Sie schlug die Hände vor den Mund, als wolle sie einen Schrei ersticken, dann stürzte sie ihrer Mutter in die Arme. Die Wollners standen nicht weit vom Schragen, einer neben dem anderen, vor der Wand.

Der Büttel riß Gesine zurück und führte sie in die Mitte der Stube. Da stand sie nun vor ihrem Richter.

Der Advokat Doktor Wohlbehag saß zwischen dem Haberland und dem Medikus Kuhfeld. An der Schmalseite des Tisches hatte Schlöpke Platz genommen, er prüfte mit der Fingerkuppe die Spitzigkeit seiner Feder und blickte über den Rand der kleinen runden Brille hinweg auf Gesine, die ihn dauerte. Aber der Advokat musterte die Angeklagte ungerührt, mit gewisser Abneigung sogar. Seit Adams Zeiten, also beinahe seit Anbeginn, galt das Weib als Verleiblichung der Sünde. Auch diese, die vor ihm stand, so blond und zart, war höchstwahrscheinlich in rohes Verbrechen verstrickt. Wie gut, daß er gefeit war, weil ihm nicht nach Weiberfleisch verlangte. Es gelang ihm, mit der Zunge ein paar Bröckchen zu lockern, die sich zwischen den schadhaften Zähnen verfangen hatten, winzige Reste einer Kaninchenpastete, die seine Mutter zum Frühstück gewärmt hatte. Er zog die Fasern schmatzend an den Gaumen und hörte, wie Haberland die Verhandlung eröffnete, indem er die üblichen Floskeln herunterleierte, die von Gott dem Herrn und der Gerechtigkeit handelten, bis er schließlich die Anklage verlas, Kindesmord also wieder einmal. Beschuldigt war Gesine Wollner, gebürtig von Wargentin, neunzehn Jahre alt, evangelischer Konfession.

Haberland hatte dem Schlöpke die Daten angesagt und Gesine deren Richtigkeit benickt. Nun war die Reihe an Doktor Wohlbehag. Er sprach mit hoher, dünner Stimme, die in erstaunlichem Gegensatz zu seiner Leibesfülle stand, und fragte, auf den Schragen weisend, wem das tote Kind zugehöre.

Gesine stand verschüchtert und verschreckt und brachte keinen Ton heraus.

Da rief die Wollner von der Wand her: Es ist unsere Luise. Die Tränen kamen der Gesine, als sie den Namen hörte.

Wie alt?

Wieder gab die alte Wollner Auskunft: Drei Jahre, gnädiger Herr. Im Juni vierundvierzig geboren.

Bist du die Mutter?

Ach nein. Die alte Wollner sagte: Ich habe die Kleine gepflegt, weil ... Gesine, sie mußte ja tagtäglich zu Hofe dienen bei dem Herrn Haberland.

Schlöpkes Feder ging kratzend über das Papier. Er wiederholte halblaut: Hofgängerin auf Wargentin.

So lange war Gesine dem Haberland kaum aufgefallen unter dem zahlreichen Gesinde, jetzt taxierte er sie mit sachlichem Interesse. Er sagte: Jung, hübsch und gut gewachsen, so wünschte ich alle Weiber auf Wargentin. Du hättest dein Glück machen können, als meine Hausmagd. Leider hast du das Gesetz gebrochen, und eins ist gewiß, auf eine Kindsmörderin wartet nicht der Stock, sondern der Block. Haberland fuhr mit flacher Hand durch die Luft, als ließe er das Richtschwert sausen.

Gesine schluchzte. Ich habe mich nicht kümmern können, wie ich sollte, aber ich hab mein Kind nicht umgebracht. Es war krank.

Darauf kommen wir noch. Der Richter fuhr fort im Verhör. Bist du verheiratet?

Die Angeklagte schüttelte den Kopf. Kein Consens.

Mit wem hast du Hurerei getrieben?

Jörn Tiedemann ist mein Liebster, sagte Gesine.
Von hier?
Schlöpke mischte sich ein. Der Mann dient zu Klevenow, Euer Gnaden.
Und Haberland fragte mit Hohn: Machen dir's meine Knechte nicht gut genug?
Gesine blickte ihrem Patron ins Gesicht. Ich hab den Jörn lieb, gnädiger Herr, ausgerechnet den Jörn.
Wenn die Kuh rindert, rief lachend der Haberland, so ist ihr scheißegal, welcher Bulle springt.
Da mußte selbst der Herr Doktor Wohlbehag grinsen.
Aber den alten Wollner hielt es nicht an der Wand, er trat ungerufen an den Gerichtstisch, um seine Tochter in Schutz zu nehmen. Er packte sie bei den Schultern und schrie: Sie ist kein Vieh, Herr, auch wenn Ihr sie schindet. Ein Vieh ist sie nicht.
Wer weiß, wozu sich der Alte hätte hinreißen lassen in seiner heiligen Wut. Der Richter mußte dem Büttel winken.
So unverhüllt war dem Pächter der Haß noch nicht begegnet. Er fühlte sich auf böse und aufrührerische Weise gekränkt und ängstigte sich für einen Augenblick. Haberland verlangte: Das muß ins Protokoll! Der Mann ist heftig und widersetzlich. Das muß festgeschrieben werden. Ich bestehe darauf.
Fragend blickte Schlöpke auf den Richter Doktor Wohlbehag. Dem Advokaten mißfiel die Art und Weise, in der Haberland die Verhandlung führte. Vielleicht würde er bei Gelegenheit dem Herrn Erblandmarschall Schwan auf Klevenow bedeuten müssen, daß sein Pächter zum Dirigenten eines Patrimonialgerichts wenig tauge. Er gab dem Haberland mit hoher keifiger Weiberstimme zu bedenken, daß, sollte der Tagelöhner verwiesen werden, auch die groben Sprüche des Herrn Vorsitzenden zu Protokoll genommen werden müßten.
Haberland antwortete mit wegwerfender Geste.
Da schöpfte der arme Wollner wieder Mut. Vielleicht war das Wort von Gottes Gerechtigkeit doch kein leeres Gerede, vielleicht wollte ihr dieser gelehrte Herr aus Malchin wirklich dienen, dann müßte erlaubt sein, sich gegen den unbilligen Pächter zu wehren.
Wollner sagte: Herr, man hat uns gar nicht angehört, man hat

das Mädchen abgeführt und festgesetzt wie eine Verbrecherin. Der Haberland überschüttet es mit Spott und Hohn. Ich bitte herzlich um Gerechtigkeit.

Glaubte dieser armselige Tagelöhner tatsächlich, er könne das Gericht einnehmen wider den Patron? Haberland erhob sich, er stützte sich mit den Fingerspitzen auf die Tischplatte und sagte drohend: Du stehst vor dem Großherzoglichen Herrn Richter, Mensch. Hier sitzt der gräflich Schwansche Sekretarius und dort der weitbekannte Medikus und Gerichtsphysikus Herr Doktor Kuhfeld aus Malchin. Ich bin dein Herr im Gut und also auch im Gericht. Alles hat seine Ordnung. Und nun frage ich deine Tochter: Das Balg dort auf dem Schragen, war es dir nicht im Wege? War es deinem Fortkommen nicht hinderlich? Hast du nicht fortgewollt nach Klevenow, wo Mägde mit Hurenbälgern nicht zugelassen sind? Vielleicht wolltest du gar auf und davon nach Amerika?

Doktor Wohlbehag nickte. Es war wichtig und richtig, was da erfragt werden sollte.

Antworte!

Gesine blickte eine Weile vor sich nieder, bis sie zögernd gestand. Ja, es gefällt mir nicht zu Wargentin. Ich wollte fort von hier.

Haberland konnte triumphieren. Er blickte, geringschätzig lächelnd, hinüber zum Advokaten Wohlbehag. Er hatte diesem hochstudierten Herrn vorgeführt, wie solch verstockten Weibern beizukommen ist. Sie gibt es zu.

Hat fortgewollt, notierte Schlöpke.

Und nun wollte der Richter wissen, auf welche Weise das Kind zu Tode kam.

Frau Sanne Wollner gab zu Protokoll, und Schlöpke übertrug in gutes Amtsdeutsch, was sie sagte.

Gesine, ihre Tochter, welche leider durch ein uneheliches Kind zu Fall gekommen, habe seit drei Jahren tagtäglich zu Hofe gehen müssen auf Wargentin, also auch letzten Sonnabend. Selbigen Tages hätten auch ihr Mann wie sie selbst die Tagesfron abgeleistet in der Flur gegen Klevenow. Sie habe aber wegen kranken Fußes den Felddienst vorzeitig verlassen und, daheim angekommen, ihre Enkeltochter gesehen, das uneheliche Kind der Gesine, beim Flechtzaun in Krämpfen liegen, nach Luft schnappen und springen, wie ein Fisch auf dem Trocknen. Am Abend dann ...

Am Abend ..., so flüsterte Schlöpke, während seine Feder kratzte.

... sei das Kind tot gewesen.

Hast du den Arzt gerufen?

Frau Wollner verstand diese Frage nicht, und Doktor Wohlbehag wiederholte sie.

Die alte Wollner blickte wie Rat suchend auf Schlöpke und stammelte: Ja, hätte uns denn der Herr Haberland die Gnade erwiesen und ein Pferd gegeben?

Eine Kutsche womöglich für ein sterbendes Tagelöhnerkind, merkwürdig, in welchen Kategorien städtische Herrschaften dachten. Schlöpke schüttelte verwundert den Kopf.

Die alte Wollner nahm das wahr und sagte: Der Herr Sekretär Schlöpke wird Ihnen bezeugen können, gnädiger Herr Richter, daß uns schon zwei Kinder gestorben sind, einfach so. Sie hob den Schürzenzipfel und schneuzte sich bekümmert.

Klarer Fall. Haberland wies dem Herrn Doktor Wohlbehag die flache Hand. So einfach ist ein Fresser vom Tisch. Habe ich es nicht gesagt?

Da sagte der alte Wollner ungefragt: Für alle langt's freilich nicht, was Ihr uns laßt, ein winziges Kabelchen Kartoffelland, kein Fuder Heu und keine Weide, die Kuh kann kaum noch stelzen, geschweige denn was melken. Wovon sollen wir leben?

Haberland grinste hämisch. Er genoß es, dem frechen Menschen zu entgegnen: Ach, ich weiß doch, daß ihr mich bestehlt, so wie ihr vor mir jeden Gutsherrn bestohlen habt. Ihr nennt das euer Gewohnheitsrecht. Ich mach der Betrügerei ein Ende. Er schlug mit flacher Hand auf den Tisch, als wolle er so den Spruch besiegeln, und fügte drohend hinzu: Von jetzt ab teile ich zu, was das Gut übrig hat, mehr nicht, und solltet ihr dreist am Hungertuch nagen.

O Gott, rief die alte Wollner jammernd, das müßte der gnädige Herr Großherzog wissen.

Der Advokat hob beschwichtigend die Hände. Zurück zum

Verhör. Er wandte sich der alten Wollner zu. Du sagst, das Kind starb einfach so?

Die Frau nickte bekümmert.

Und nun wurde der Physikus Doktor Kuhfeld aufgerufen. Der machte sich für ein Weilchen an dem Leichnam zu schaffen, betastete ihn, beroch ihn, wendete ihn, hob eine Hand und ließ sie wieder fallen, um schließlich festzustellen: Schlecht genährt, das Kind, wie beinahe alle Tagelöhnerkinder. Aber keine Anzeichen von Gewalt, nirgends Würgemale oder dergleichen. Normale Leichenflecke, will mir scheinen. Ich kann's mit meiner Unterschrift bezeugen.

Kein Kriminalfall, wie er beinah vermutet hatte. Der Gerichtsrat nickte und blickte mit gewisser Unwilligkeit auf Haberland, der hatte ihm aus dummem Übereifer eine lästige Kutschfahrt eingebrockt, ihn sogar um eine gute Mahlzeit gebracht. Kein Kriminalfall also.

Aber wie kam der Leichnam in die Torfhütte? Diese Leute hatten jedenfalls was zu verbergen.

Gesine antwortete stockend: Ach Herr, die Stube ist niedrig und heiß in der Nacht. Wir müssen zu viert auf der Schütte liegen. Das tote Kind brauchte Luft, deshalb habe ich es nachts zur Hütte getragen.

Und warum hat man der Toten die Kleider fortgenommen?

Frau Wollner sagte: Ein Paar Strümpfe, ein Hemd, das ist alles, was Leute wie wir einem Toten mitgeben können.

Die Menschenmenge hatte, Kopf bei Kopf stehend, fast eine Stunde auf dem Hof ausgeharrt und gesummt wie ein Bienenschwarm. Als das Gericht endlich vor die Tür trat, nahmen die Männer die Mützen vom Kopf, und es ward still wie bei einem Begräbnis.

Die Herren standen vor dem Gutsvolk, wie sie am Gerichtstisch gesessen hatten, der Advokat Wohlbehag zwischen dem Pächter Haberland und dem Physikus Doktor Kuhfeld, zur Seite der gräflich Schwansche Sekretär Schlöpke.

Noch war die Angeklagte vom Büttel nicht vorgeführt, da verlas Haberland den Spruch. Er rief: Kein Mord! Und die Menge brauste auf in der Genugtuung, aber auch Enttäuschung.

Haberland wiederholte: Kein Mord! Ich bin froh darüber wie ihr, denn die Angeklagte stammt ja aus unserem Dorf.

Einige Leute murrten immer noch, viele rührten beifällig die Hände, manche wollten schon davon.

Haberland rief: Ich verlese das Urteil. Das Kind Luise Wollner war von der Mutter nachlässig gehalten, deshalb starb es. Gesine Wollner wird deshalb verurteilt, fünfzig Pfund Flachs zu spinnen und bis Erntedank an meine Oberwirtschafterin in Wargentin abzuliefern.

Strafarbeit wegen eines bedauerlichen Todesfalles, das Urteil erscheint vielen ungerecht. Sie rufen pfui und buh und schmähen lauthals das Gericht.

Und nun ist sie endlich zu sehen, dort vorn auf der Balustrade, die Kindsmutter, kalkweiß im Gesicht, der Büttel schiebt sie nach vorn. Sie nimmt das Urteil ohne jede Regung an, sie nimmt es hin wie eine Fügung, wird spinnen müssen, bis ihr die Finger bluten, und ist doch wahrhaftig gestraft durch den Verlust des Kindes. Immerhin, der Büttel muß sie gehen lassen, und der Henker ist um seinen Spaß gekommen, der hätte leichte Arbeit gehabt, schaut hin, die hat ja ein so dünnes Hälschen. Da geht sie an ihren Richtern vorüber, treppab, und ist rührend anzusehen, sie trägt das tote Kind auf den Händen.

Die Menge schweigt, und so manche unter den Weibern muß sich, von Beileid überwältigt, mit dem Schürzenzipfel die Augen trocknen.

Gesine, gefolgt von den Eltern und Schwestern, trägt schwer an ihrer Last. Sie geht Schritt für Schritt auf die vielen Menschen zu, bis sie vor ihnen steht.

Ein leichter Wind hat sich aufgemacht, er bewegt ihren Rock, er spielt schmeichelnd mit ihrem Haar. Die Leute weichen nicht, nun kommt wohl die Neugier doch noch auf ihre Kosten, will gar umschlagen in Bewunderung, denn solch ein Leidensbild hat man im Leben nicht gesehen. Man kann es beinahe vergleichen mit jenem düsteren Gemälde, das in der Kirche hängt, Christus der Herr ist vom Kreuz genommen, und die Mutter Maria trägt den grünlichen Leichnam auf ähnliche Weise wie diese da, Gesine Wollner aus Wargentin, eine der ihren, ihr Kind. Womöglich ist sie ausersehen zu Wunderbarem. Die Menge steht starr. Die Herren vom Gericht können nicht davon. Vielleicht steht auch ihr Kutscher mitten unter den gaffenden Leuten.

Was geschieht auf Wargentin?

Haberland sieht, daß ein paar der verrückten Weiber in die Knie sinken vor der Verurteilten mit dem toten Kind, ganz so, als sei ihnen eine Heilige erschienen, schon schicken sich andere an, dem Beispiel zu folgen. Man ist nicht wundergläubig katholisch in Mecklenburg, aber nun glaubten wohl einige in ihrer Dumpfheit und Stumpfheit gar an ein Mirakel zu Wargentin.

Haberland schreit: Schert euch davon!

Die Menge widersetzt sich schweigend, und sie weicht nicht, soviel der Haberland auch schreit.

Gesine wendet langsam den Kopf, um einen Blick auf ihren lärmenden Herrn und Richter zu werfen, dann schaut sie die vor ihr Stehenden und Knienden an und sagt leise:

Bitte, laßt mich hindurch.

Genz steht der Gesine am nächsten, er ist ein alter Mann, schon gebeugt, weißhaarig, weißbärtig, und viele achten ihn hoch. Er wendet sich den Leuten zu und schwingt die Hände auseinander, beinahe so, als wolle er dicht stehende Halme eines Ährenfeldes teilen.

Da teilt sich tatsächlich die Menge. Der Weg ist frei bis zum entgegengesetzten Ende des weitläufigen Hofes hin. Dort steht vor dem Stallgemäuer der junge Rädecke mit einem hölzernen Schiebebock. Er läßt ihn über das Kopfsteinpflaster holpern, zieht die Mütze vor Gesine, die bettet ganz behutsam, als wolle sie dem Kind nicht weh tun, den Leichnam auf ein Fuder von frisch geschnittenem Weidegras und deckt ihn mit ihrer Schürze zu. Der junge Rädecke duldet nicht, daß sie selber die Holme packt, er schiebt die Karre. Genz bietet Gesine den Arm, Wollner führt seine Frau, dann folgen die Schwestern, dann folgen beinahe alle, die so lange ausgeharrt hatten, um nun dem toten Kind das Geleit bis hinunter ins Dorf zu geben.

Und der Rabe kreiste über Wargentin.

Er sah, daß Gesine mit ihrem Jammer nicht alleine war, und

wußte, daß ihr dennoch einer fehlte. Er rief: Ich such den Jörn. Ich schicke ihn zu dir.

Gesine vernahm die krächzende Stimme und blickte zum Himmel auf. Da sah sie den Raben. Er schwang sich hoch auf im Gegenwind und flog davon.

11

Es war schon gegen Mittag, als der Rabe tief unter sich auf der alten Chaussee, die sich, aus dem Preußischen kommend, hinüberwand auf Mecklenburg zu, den Schwansche Planwagen, gezogen von zwei kräftigen Gäulen, erblickte.

Jörn hockte in der Schoßkelle und trieb die Pferde zur Eile. Er wollte vor dem Abendläuten in Klevenow sein, denn die Fracht machte ihm Sorge. Es waren Rosenbäumchen, Ziersträucher und Blumen aller Art und Farbe, in Weidenkörbe verpackt, von Moos geschützt oder mit Stroh umwunden, sie durften nicht welken oder gar verderben.

Der Parkintendant des Königs von Preußen hatte die Auswahl des kostbaren Pflanzgutes höchstselbst getroffen, soundso viele Rosen jeder Spezies und noch mehr Stauden mit seltsamen Namen wie Cassia oder Wigandia solanum, sogar Musa, Bananen, die man im Freien halten konnte, und alle diese Blumen oder Blattpflanzen sollten die Teppichbeete vor dem Schloß Klevenow schmücken und prächtig erblühen, wie im Garten von Sanssouci.

Der Herr Lenné war ein freundlicher Mann, er hatte gemeint, das gräfliche Paar müsse große Stücke auf den jungen Kutscher halten, da es ausgerechnet ihn mit so wichtiger Mission betraue, und er hatte gemahnt, die Pflanzen frisch und feucht zu halten auf der langen Fahrt nach Klevenow, oder der Teufel solle den Kutscher holen. Jörn fühlte sich beinahe wie der arme Müllerssohn im Märchen, dem schwere Prüfungen auferlegt waren, ehe er die Königstochter hatte heiraten dürfen. War's nicht der, oder war es ein anderer, der drei goldene Haare aus dem Bart des Teufels hatte stehlen müssen, ehe er Heiratsconsens erhielt?

Jörn dachte an Gesine. Er war seit Tagen unterwegs, und er hatte das Mädchen nicht gesehen seit dem schrecklichen Auftritt mit der Krenkel, die ihn ertappt hatte, splitternackt neben der Liebsten auf der Pritsche im Gärtnerhaus. Krenkel war scharf auf ihn, und Gesine war ihm böse.

Gesine muß ihm verzeihen und wieder mit ihm schlafen, vielleicht schon heute nacht. Er wird sich heimlich den schwarzen Hengst holen und zu ihr fliegen. Er wird sich nicht abweisen lassen durch das Gegreine des Alten, sondern die Liebste mit sich nehmen und zur Eiche hinreiten, zu ihrem Bett unter den Zweigen. Eile dich, Jörn!

War es die innere Stimme, die ihn weitertrieb, oder hatte er gar mit sich selber geredet? Nun vernahm er ein Krächzen. Jörn beugte sich unter der Plane vor, da sah er den Raben.

Endlich hatte Jörn Klevenow erreicht. Er lenkte den Wagen in den Schatten, sprang ab und warf einem der Knechte die Zügel zu. Erbarm dich der Gäule, bitte! Ich muß sofort zur Herrschaft, Auftrag vom Gärtner des Königs.

Der Rosengarten vor der Terrasse von Schloß Klevenow zeichnete sich schon im Umriß ab. Ein paar Dutzend Tagelöhner aus den umliegenden Dörfern hatten den alten Bewuchs gerodet, die Fläche aufgegraben und geglättet, die spiegelbildlich geordneten Beete hoben sich deutlich vom hellen Kies der Wege ab, und die Gutstischler legten letzte Hand an filigrane Ziergerüste, morgen würden die Maler Zugange sein, um die Leisten weiß zu lackieren.

Die junge Gräfin im leichten, weitgebauschten Sommerkleid schlenderte am Arm des Herrn Erblandmarschalls über die noch kahle Fläche. Schlöpke folgte dem Paar, Buch unterm Arm, Stift hinterm Ohr, gewärtig, jederzeit zu notieren, was man ihm auftragen würde.

Gräfin Agnes war gutgelaunt. Ja, sagte sie, mein Lieber, das ist gut gemacht. So hat es Lenné mir gezeichnet, geschwungene Teppichbeete, dahinter die Boskette. Ich kann mir alles bewachsen denken, das Spalier über und über mit Rosen berankt. Schlöpke, ist die Bestellung für meinen Küchengarten aufgegeben? Der Kutscher, sobald er von Potsdam kommt, soll anderntags nach Schwerin.

Jawohl, Euer Gnaden. Schlöpke versprach es.

Da sah er den Jörn Tiedemann sich nähern und dachte, wenn man vom Teufel redet ... Und sollte der Mensch nicht erst morgen zurück sein?

Jörn kam über den abgezirkelten und frisch geharkten Kiesweg herangestolpert und stand dann vor dem überraschten Grafenpaar, verschwitzt, schmutzig vom Weg, mit verklebtem Haar und stoppligem Bart.

Die Gräfin sah den ungewaschenen Mann kühl von der Seite an. Sie wußte, daß er lesen und schreiben konnte, dennoch mußte er ein Dummkopf sein, wie hätte der Kutscher sonst sein Glück ausschlagen können, die Hochzeit mit Minna Krenkel.

Auch der Graf war nicht freundlich. Gut, daß er endlich da ist, Tiedemann, aber er hätte sich sofort beim Herrn Inspektor melden müssen. Also mach er sich gefälligst davon!

Verzeihung. Jörn verneigte sich unbeholfen, er hielt nämlich einen großen verhüllten Korb in den Händen, den hatte er während der Fahrt in einer Eiskiste aufbewahren müssen, jetzt zog er das Tuch weg.

Die Gräfin sah Rosen in reinen Farben, leuchtend vom Gelb bis hin zum tiefsten Rot, frisch und schön betaut, als hätte man sie im Augenblick geschnitten.

Jörn sagte: Ich sollte die Rosen aus des Königs eigenem Garten auf der Stelle überbringen, so war der Befehl des Herrn Lenné. Ein Gruß für Euer gräfliche Gnaden.

Die Gräfin belächelte das Rosenwunder gerührt. Der Intendant der Königlichen Gärten war also nicht nur ein Mann von Geschmack, er war einfallsreich und galant, und sie dankte dem Kutscher mit einem freundlichen Blick. Sie sagte: Es scheint, daß du einiges gutmachen möchtest, Jörn Tiedemann, und Graf Friedrich ist dir gewogen. Er wird dich als Untergärtner bestätigen. Du darfst dich bedanken.

Jörn verneigte sich tief. Ich bin Euch dankbar, Euer Gnaden. Als er sich aus der Verbeugung aufrichtete, entschwebte die Frau Gräfin. Die Rosen hielt sie im Arm.

Jörn blickte ihr nach. Da stand Schlöpke an seiner Seite, er flüsterte: Dein Kind ist tot. Über Gesine Wollner wurde zu Gericht gesessen. Mord konnte ihr nicht nachgewiesen werden.

Den Jörn durchfuhr es eiskalt. Um Christi willen! Ich muß zu ihr! Ich muß zu ihr!

Du mußt in der Frühe nach Schwerin, sagte Schlöpke.

Jörn packte den Sekretär bei den Schultern und schüttelte ihn wie einen schlappen Sack. Verschaff mir Urlaub, Mensch!

Jörn hatte nicht bis zur Dunkelheit warten können, um in aller Heimlichkeit das schwarze Pferd zu holen, sondern sich zu Fuß auf den Weg gemacht, so wie er war, verschwitzt und bestaubt. Er folgte dem Pfad, der sich am Bach entlangschlängelte, kaum breiter als ein Wildwechsel, und hinauf nach Wargentin führte. Ihm schien, als wollte dieser Weg nicht enden, zuletzt rannte er, vielleicht war es das schlechte Gewissen, das ihn hetzte.

Ich hätt sollen auf der Hut sein vor der Krenkel, ich hätt dich nicht mitnehmen dürfen ins Gärtnerhaus, Gesine, aber wann hatten wir je eine Nacht wie diese, und ich liebe dich, das darfst du nicht vergessen. Ich hätt mich nicht dürfen abweisen lassen vor euerm Katen. Der Alte hat mich wie einen dummen Jungen heruntergemacht. Ich hätt nicht davonreiten dürfen im Männertrotz und weil es mich ärgert, daß mir mein Mädchen nicht öffnen will. Mein Gott, die Weiber mögen mich, aber du bist es, die mich hat, und ich hab keine andere neben dir, aber du bist mir davongerannt, als hätte ich Böses getan, du hast mir angst gemacht. Ich mußte dich suchen bei Mondeslicht, auf der Koppel, nirgends dein helles wehendes Kleid, am Bach vorüber, den Hohlweg hinan, nirgends ein Zeichen von dir, kein Tuch und kein Fetzen am Dornbusch, gottlob, also lebtest du, also hab ich das Käuzchen vor deiner Tür gemacht, geklagt und nach dir geschrien, bis mich der Alte verwies: Geh endlich, geh!

Da hat sie noch leben müssen, Luise, meine Tochter. Warum hast du mich nicht an ihr Bett gelassen? Auch du hast getrotzt, Gesine. Warum bist du nicht zu mir herausgekommen? Ich hielt das Pferd am Zügel, hättest du mir ein einziges Wort gegönnt, ich wäre mit dem Kind nach Malchin geflogen, ich hätte den Doktor wachgeschrien.

Keuchend erreichte Jörn das erste Haus von Wargentin, die Kate der Wollners war verlassen. Dann vernahm er vom Anger her Hammerschlag.

Die Familien des Dorfes waren unter der Linde versammelt. Die Weiber hatten herausgesucht, was sie an schwarzem Zeug in der Truhe verwahrten, die abgebrauchten Röcke der Tracht, schwarze Schürzen, manche hatten nur ein schwarzes Kopftuch umgebunden, und nun standen sie mit verschränkten Armen, ihnen zu Füßen die Kinder, die brauchten nicht zur Ruhe gemahnt zu werden, sondern blickten mit großen Augen auf das bleiche Kind. Es lag auf der Karre, bewegungslos, und war noch vor Tagen mit ihnen herumgelaufen. Nun war es zwischen den Latten der Stoßkarre anzuschauen wie das Christuskind in der Krippe, das freilich war zu einem Lebensweg auserwählt gewesen, der auf Golgatha enden sollte, gewaltsam, mit blutigem Kreuzestod. Luise hatte sanfter sterben dürfen, und viele halfen ihrer Mutter, wie es Brauch war in Wargentin. Die Frauen standen schweigend, die Kinder hockten im Grase, und alle verfolgten, was sich unter der Linde begab.

Die Männer aus Wargentin hatten, aufgereiht vor der trauernden Gesine und ihrer Familie, gewartet, bis ein jeder sein Beileid bekunden und ein Brettchen zum Sarge übergeben konnte. Gesine nahm das Mitleid mit einem Händedruck an, das Brettchen reichte sie dem alten Genz, damit der Sarg an Ort und Stelle gefügt werden konnte. Jeder Mann tat einen Hammerschlag.

Da stand mit einem Mal Jörn Tiedemann vor den Leuten und starrte auf Gesine. Genz legte den Hammer beiseite. Alle sahen, daß Jörn, dieser große, kräftige Mann, kein Wort über die Lippen brachte, sondern nur die Hände ausstreckte, bittend wie ein Kind.

Gesine hatte sich lange in der Gewalt gehabt, jetzt sickerten ihr die Tränen über das Gesicht. Die alte Wollner verkniff mißbilligend ihre dünnen Lippen. Mein Gott, was geschieht? Die wird doch nicht etwa vergeben und vergessen, sich wieder zusammenschmeißen wollen mit diesem Kerl, der sie im Stich gelassen hatte vor dem Gericht und jetzt erst daherkommt zum Allerletzten und Schlimmsten. Und wie ist er anzuschauen? Während ein jeder aus Wargentin gekleidet ist, wie es die Stunde gebietet, jedenfalls so gut, wie es ein jeder vermag, tritt dieser Mensch an die Bahre des Kindes in Dreck und Speck und gradeso, als käme er vom Scheunendrusch.

Jetzt kommt er, rief die alte Wollner anklagend, jetzt erst, und schob sich zwischen Jörn und ihre Tochter, als fürchte sie, der Strolch könne Gesine etwas antun wollen. Ach, wäre er doch geblieben, wo er hingehört, in dem verdammten Klevenow. Das Mädel war hübsch wie keine zweite und hätte ihr Glück machen können zu Wargentin, sogar der Haberland hat es gesagt. Jetzt sieht sie wie dreißig aus, muß dulden und leiden, denn er hat sie um den Verstand geredet mit seinen Versprechungen, er hat sie in seiner Geilheit bedrängt, er hat sie ins Unglück gebracht.

Alle hörten es, die unter der Linde standen, Männer, Weiber und Kinder.

Gesines Vater verdroß, was seine Frau in der Verbitterung herausschrillte. So wild hatte nicht einmal der Haberland Gesine vor dem Gericht angeklagt, und der Jörn wäre im Recht gewesen, wenn er sich vor den Leuten gewehrt und verteidigt hätte, aber er senkte, wie er so vor der Alten stand, nur den Kopf und sagte: Verzeih mir!

Nein, das konnte und das wollte Sanne Wollner nicht. Sie wies mit der Hand auf Jörn. Nicht mal ein Brettchen zum Sarg hat er mitgebracht.

Schweig, rief der alte Genz.

Sein Wort galt wie das eines Richters im Dorf.

Wollner schob seine Frau beiseite. Nun waren sie endlich beieinander, Gesine und Jörn.

Er fragte: Wo ist das Kind?

Sie nahm ihn bei der Hand und führte den Mann zu der hölzernen Karre hin. Er schlug die Hände vors Gesicht, keiner sah, wie er weinte.

Und der Abendwind ging rauschend im Baum, da hat nur der Rabe vernommen, was Jörn und Gesine sprachen.

Jörn flüsterte: Es zerreißt mir das Herz.

Gesine wisperte, sie glaube ihm.

Er raunte: Außer dir hab ich niemanden lieb. Sie verlangte, daß er nie von ihr lassen solle.

Und sie gaben sich beide die Hand darauf über das tote Kind hinweg.

Jörn würde handeln nach seinem Gewissen, der Rabe wußte es nun, er hatte genug getan und gesehen und gehört und konnte davonfliegen zu seinem angestammten Baum, der mit drei Wurzeln tief in der Erde fußt.

Wollner trat heran, er sagte: Der Sarg ist fertig.

Da barg Gesine das Kind behutsam in ihrer Schürze. Jörn half ihr, die Tote zu betten, dann nahm er den Hammer zur Hand, um die Kiste zu vernageln. Gesine hat ihm, Stück für Stück, die Nägel zugereicht.

12

Heinrich Christlieb, der Pfarrer von Klevenow, war wohl an die Sechzig, hielt sich aber aufrecht, und sein Haupt war immer noch umwallt von graugelocktem Haar in jugendlicher Fülle. In seinem Habitus ähnelte der alte Herr beinahe einem Künstler. Er liebte die Dichter und griff gelegentlich selbst zur Feder.

Für die Gräfinmutter Sophie war es jedesmal ein Fest gewesen, wenn Christlieb ihr an Winterabenden eines der Shakespeareschen Dramen vorlas, ja beinahe vorspielte, denn er konnte seine Stimme verstellen und die unterschiedlichsten Figuren der Handlung, seien es nun grobschlächtige Krieger oder hohe Damen, auf eine Weise charakterisieren, daß die alte Gräfin selbst vor dem lebhaftesten Kaminfeuer ein kalter Schauer überlief, beispielsweise beim verzweifelten Schrei Richard III.: Ein Pferd, ein Pferd, mein Königreich dafür!

In den letzten Jahren waren Christliebs Vortragskünste auf dem Schlosse nicht gefragt gewesen. Die Gräfinmutter war verstorben, und Gräfin Iduna hatte der Gesellschaft am liebsten eigene Schöpfungen zum Besten gegeben. Also hatte ihm Johanna, die gutmütige Ehefrau, des Winters zuhören müssen, obwohl sie manche der Dramen schon auswendig wußte und nicht alle schätzte; so mißbilligte sie heftig, daß in einem der Königsdramen die Jungfrau von Orleans entgegen der Wahrheit als Metze und Dienerin der Hölle abgeschildert war.

Vom wöchentlichen Gottesdienst oder den übrigen geistlichen Verrichtungen wurde Pfarrer Christlieb längst nicht mehr beschwert. Die Predigten, schon von seinem Vorgänger übernommen, waren von ihm mit eigenen Gedanken angereichert, er hatte sie für jeden Sonntag bereit, und mußte ein Mensch unter die Erde gebracht werden, so besorgte das Christlieb mit aller gebotenen Würde, längst aber ohne jede Regung der Seele, Gottes Gnade war den Toten ohnehin gewiß. Für die Lebenden aber, wenn sie seiner bedurften, hatte der Pfarrer ein warmes Herz.

Die Nachmittage widmete er noch immer den geliebten Büchern, die Vormittage, jedenfalls vom Frühjahr bis zum Herbst, seinen Bienen, die er ebenso schätzte wie das Ergebnis ihres sammlerischen Eifers, den Honig. Er war gerade dabei, eine Königin zu suchen, die ihm immer wieder entschlüpfte, und hätte sie beinahe im Rasten gehabt, wäre nicht Johanna im Bienenhaus erschienen, aufgeregt und auch ein wenig aufgebracht, weil Christlieb seelenruhig schmauchte und verschleiert wie eine Haremsdame imkerte, während ihn draußen vor der Kirche das junge Grafenpaar erwartete. Mein Gott, wie hatte er die vorfahrende Kutsche überhören können?

Seelenruhe eignete nicht nur dem Gottesknecht, sondern auch dem Bienenvater. Jede heftige Regung, jeder Schweißausbruch ist dem Völkchen lästig und stachelt es an. Der Pfarrer wedelte den Rauch gegen den Bienenrahmen, zog sich mit aller Gemächlichkeit zurück und sagte: Ruhig, Johanna.

Seine Frau war besorgt. Das hohe Paar feierte regelmäßig den Gottesdienst und absolvierte anschließend das Fünfminutenschwätzchen vor der Kirchentür. Was aber wollten Graf und Gräfin mitten in der Woche?

Der Pfarrer nahm den Schleier ab. Er sagte: Der Herr Erblandmarschall ist frisch vermählt. Es wird wieder Gesellschaften geben auf dem Schloß, womöglich soll ich wieder Shakespeare lesen. Er warf seiner Frau den Hut mit Imkerschleier zu, fuhr sich mit gespreizten Fingern durch die graue Lockenpracht, um sie gefällig aufzuschütteln, und schritt erhobenen Hauptes der Herrschaft entgegen.

Die Gräfin, wie immer aufs schönste gewandet, trug heute einen übergroßen, rot bebänderten Sonnenhut. Sie stand versonnen vor einer der alten Grabstellen und versuchte, die Inschrift zu entziffern. Der Erblandmarschall indes schien ungeduldig, er zog die Uhr, als Christlieb herangekommen war.

Wir sind mit den Malzahns auf Grubenhagen verabredet und würden gern pünktlich sein, Herr Pfarrer.

Pardon. Christlieb verneigte sich vor den Herrschaften. Die Patronin überließ ihm die Hand zum Kuß und sagte vermittelnd: Die Bibel wird ihn abgehalten haben.

Die Bienen, sagte Christlieb der Wahrheit gemäß, man muß sie oft länger besorgen, als man mag, verehrte gnädige Frau. Unversehens wird ein Völkchen von Erregung gepackt, und wir haben das Nachsehen, sobald es ins Brausen und Schwärmen gerät.

Er bat die Herrschaften, ins Pfarrhaus einzutreten.

Dankeschön, aber soviel Zeit ist leider nicht. Die Frau Gräfin möchte den Herrn Pfarrer nur wissen lassen, daß Gutsarbeiter mit schwerem Gerät erscheinen werden, schon morgigen Tages, um die Friedhofsmauer niederzureißen. Leider hat man ihn nicht beizeiten unterrichtet, die hohe Frau muß um Vergebung bitten, sie tut es mit heiterstem Antlitz.

Ja aber, der Pfarrer muß sich um Fassung bemühen, die Mauer steht ja beinahe so lange wie das Gotteshaus, an der Apsis kann es bewiesen werden, das nämliche Feldgestein. Und gebietet nicht der Respekt vor der Arbeitsleistung vorangegangener Generationen gewisse Rücksichtnahme?

Man will es sich heute gutgehen lassen auf Klevenow. Was ist dagegen einzuwenden? Schloß, Dorf und Landschaftspark werden gebunden zu einem schönen Ineinander der Dinge. Ein berühmter Landschaftsgestalter und ein bedeutender Architekt bemühen sich. Die alte Mauer paßt nicht ins Bild, also muß sie fallen, wie alles andere auch, das häßlich ist oder hinderlich.

Der Graf entschuldigt sich lächelnd. Der Schönheitssinn seiner lieben Frau Gemahlin sei nun einmal ausgeprägt.

Christlieb erfährt, daß auch die Kirche keine Gnade vor den Augen der Dame gefunden hat. Für die Friedhofsmauer ist kunstvolles Backsteinwerk vorgesehen, beinahe filigran, den alten Meistern nachempfunden, und die Kirche selbst, romanisch im Kern, soll à la mode von einer neugotischen Turmspitze überragt werden.

Die reizende Patronin hängt sich in den gewinkelten Arm des alten Herrn und läßt sich zwischen den Gräberreihen spazierenführen. Sie ist eine große Dame, anmutig und liebenswert, und der Herr Pfarrer erliegt ihrem Charme. Warum soll er sich gegen Neuerungen sperren? Dem Herrn wird angenehm sein, daß die Herrschaft sein Haus aufschmücken will.

Das Kirchenschiff erscheint der Frau Gräfin übrigens zu dunkel, die kostbaren mittelalterlichen Buntglasfenster sind von Epitaphen verstellt, die merkwürdigen Inschriften kaum noch zu entziffern. Und ein neuer Taufstein muß her. Die hohe Frau versucht, den Herrn Pastor mit einem ganz kleinen Augenwinkern ins Vertrauen zu ziehen. Er versteht nicht. Da legt sie wahrhaftigen Gottes die Hand auf ihren Bauch.

Nein, ist das die Möglichkeit? Und welche Freude für das Volk der Begüterung. Christlieb patscht in die Hände, und der Herr Erblandmarschall lächelt beinahe ein wenig dümmlich in männlichem Selbstgefühl.

Gottes Segen also.

In einem halben Jahr, sagt die Gräfin, sei es soweit. Eine kurze Zeit, bedenke man, was bis dahin getan werden müsse. Die Renovierung der Kirche ist vordringlich. Wahrscheinlich werden Damen und Herren des Hochadels Paten des Grafenkindes sein. Die hochverehrte verwitwete Großherzogin Alexandrine von Mecklenburg-Schwerin ist bekanntlich eine Tochter der guten Königin Luise und den preußischen Schlieffenbachs, den Eltern der Gräfin, bestens bekannt, ja beinahe befreundet. Übrigens hängt eine Kopie des berühmten Schadowschen Gemäldes in der Galerie des heimatlichen Schlosses Ahrendsee. Es zeigt Ihre Königliche Hoheit als bildschöne junge Mutter mit den beiden Kindern. Der kleine Friedrich Franz hält eine Orange im Patschhändchen, Gott, und heute ist er auch schon fünfundzwanzig Jahre alt und längst Landesherr.

Liebe Agnes, der Erblandmarschall unterbrach freundlich den Vortrag seiner Gemahlin und wies hinüber zur Kutsche, es wird Zeit, und zum Pastor gewandt: Also, mein Lieber, die Kirche wird von Grund auf erneuert, und zwar in allernächster Zeit. Der Hofmalermeister Seidenschnur in Schwerin hat das nötige Gerüst, kann aber nur noch sommers darüber verfügen, bis Erntedank werde alles vorüber sein, bis dahin könne Gottesdienst am gewohnten Ort nicht gefeiert werden, der Marstall verfüge über ausreichend Räumlichkeit.

Die junge Gräfin war freundlich mit dem Pfarrer umgegangen, die alte Gräfin, Gott hab sie selig, hatte ihn als einen Mann von

Geist und Bildung geradezu verehrt. Der Erblandmarschall wies ihn an auf befehlerische Weise. Christlieb fühlte sich gedemütigt, und zweifellos hatte der Umgang mit dem Werke Shakespeares seinen Sinn für dramatische Wirkung geschärft. Er hielt seine Hand hinters Ohr und fragte, als sei ihm Tempelschändung angeraten worden: Ich soll im Pferdestall predigen?

Wieder war es die Frau Gräfin, die den alten Mann mit Liebenswürdigkeit gewinnen wollte. Er könne bei ihr im Schloß Andacht halten für Familie und Hausgesinde, die vorübergehende Unbequemlichkeit müsse hingenommen werden, um der Anmut willen, die später jedermann in Klevenow genießen dürfe.

Ach, der alte Herr wußte mehr vom Leben der Tagelöhner und gab zu bedenken, daß nicht jeder den Kopf würde heben können, um auf Schönheit zu blicken, da er zu oft den Buckel krümmen müßte bei harter Arbeit.

Graf Friedrich wies den Einspruch zurück. Er berief sich auf ein Wort, das sein Vater oft im Munde geführt hatte:

Ein Bauer, der nicht muß, rührt weder Hand noch Fuß. Der Mecklenburger sei dumpf und stumpf, er brauche strenge Zucht.

Moralität, Herr Erblandmarschall, Moralität, rief der Pfarrer, und diesmal gab ihm die Gräfin recht.

Der Unkeuschheit muß der Kampf angesagt werden, auch der hohen Frau geht es um die Moral, und eben um dieses Prinzips willen sollen ja auch die häßlichen Katen niedergerissen werden. Nicht nur das Ungeziefer gehört ausgetilgt, auch der menschliche Nichtsnutz. Hurer und Branntweintrinker müssen des Dorfes verwiesen werden. Sie wird helle Wohnungen bauen lassen, jedenfalls im Hauptdorf Klevenow, für fleißige Untertanen, und diese sollen den Leuten in allen Dörfern der Begüterung ein Beispiel geben. Da ist sie übrigens einig mit ihrem Gartenmeister aus Potsdam, der geschrieben hat: Das Wichtigste, was wir mit unserem Vorhaben erhoffen, ist die Wirkung und die Macht des Beispiels. Wer auf schön gestaltete Landschaft schaut, wer einen schönen Katen bewohnt, wer in einer schönen Kirche beten darf, der wird auch schöne Gedanken haben.

Der alte Pfarrer war nicht beeindruckt vom schwärmerischen Vortrag der Gräfin. Man werde sehen, in welchem Maße die

Verschönerung Gutes bewirke, vor allem aber, ob das Beispiel der Schwäne Nachahmung auf anderen Gütern finde. Er, Christlieb, glaubt an die Macht der Gebote, die freilich gelten seit je für Hoch und Niedrig gleichermaßen, und er gibt die Schließung der Kirche zu bedenken. Den Tagelöhnern jedenfalls kommt sie gelegen, sie dienen Werktag für Werktag zu Hofe und müssen die eigene Wirtschaft liegenlassen, deshalb karren sie am Sonntag das Holz aus dem Wald, heuen und mähen und roden und nennen das ihren Gottesdienst. Wissen die Herrschaften übrigens, was sich in Wargentin begibt? Auch dort ist die Kirche geschlossen, und die Leute halten sich ebensowenig an die Gebote wie ihr Pächter. Wohin soll das führen? Was geschieht, wenn sich zu bodenloser Einfalt des Volkes ein bodenloser Mangel an Religiosität gesellt? Was geschieht, wenn das Volk aufbegehrt in wilder Wut?

Die Gräfin ist geängstigt.

Graf Friedrich beruhigt sie. Wir können jederzeit die Dragoner rufen, meine Liebe. Und schließlich, was er befiehlt, erlaubt keinen Widerspruch. Ich verfüge die Schließung der Kirche, sie ist mein persönliches Eigentum, und Sie, Herr Pfarrer, sollten sich nicht über Jesum erheben, er hat dem Volk unter freiem Himmel gepredigt. Sagt es mit gehobenen Brauen, sehr von oben herab und reicht der Gemahlin den Arm, dies übrigens auch mit herrischer Gebärde. Adieu. Ein ganz leichtes Winken der Dame mit behandschuhtem Finger, Kehrtwendung, aufrauschende Gewänder.

Christlieb verneigt sich mit einiger Erbitterung. Persönliches Eigentum also die Kirche, ein erhabener Käfig, in dem sich der Herr Erblandmarschall Gott den Allmächtigen zu halten meint wie andere Leute ein Vögelchen. Sie sollten sich nicht über Jesum erheben, ein böser Vorwurf und ungerecht.

Nicht nur der alte Pfarrer ist im Innersten betroffen, seine Frau, die unter der Tür des Pfarrhauses steht, hebt die gefalteten Hände vor den Mund. Mein Gott, wie hat Christlieb wagen können, der Selbstgerechtigkeit zu widersprechen, und er läßt es an gebotener Höflichkeit mangeln, steht trotzig an nämlicher Stelle, wo ihn das gräfliche Paar verlassen hat nach dem kalten Verweis. Er wird ihnen doch nicht das Geleit verweigern. Heinrich! Sie ruft ihn an, und gottlob, da setzt er der Herrschaft endlich nach, und die Pfarrfrau rafft die Röcke, um dem Gatten nachzueilen.

Christlieb ist an der Kirchhofspforte, er öffnet sie dienernd dem Grafenpaar, jetzt wird er winkend die Hände heben, um auf solche Weise Ergebenheit zu bekunden.

Nein, er tut es nicht, und die Herrschaften steigen nicht ein, der Kutscher, wie zu sehen ist, muß die unruhigen Gäule an die Kandare nehmen.

Was geht vor?

Was begibt sich draußen auf dem Wege?

Das ist ein Geräusch, wie es viele Füße machen, ein Schlurren und Tappeln und Klappern, darüber jammernder Gesang. Das ist wohl ein sehr altes Lied:

> *O Traurigkeit, o Herzeleid,*
> *ist das nicht zu beklagen.*
> *Das arme Kind, das arme Kind,*
> *nun wird's ins Grab getragen.*
> *O große Not, Gott selbst ist tot,*
> *er ist ans Kreuz geschlagen.*
> *O große Not, Gott selbst ist tot ...*

Wer klagt dort draußen vor der Mauer auf so herzzerreißende Weise?

Frau Christlieb will es wissen. Sie wagt sich vor das Tor, da sieht sie, was auch Graf und Gräfin und den Pfarrer von Klevenow überrascht.

Viele Menschen schreiten heran, Weiber in abgetragenen dunklen und schlenkrichten Röcken, Feldblumen in den Händen, rot leuchtender Mohn, die Männer auch im Sonntagsanzug, aber mit geschultertem Spaten, als wollten sie zur Arbeit im besten Rock, Kinder und Kinder, die kleinsten von Mutter oder Vater im Arm getragen, die größeren umschwirren die Prozession wie ein ungeordneter Vogelschwarm, und allen voran schreitet ein großer, stattlicher Mann mit einer Kiste, die er auf der Schulter trägt.

Aber das ist doch Jörn Tiedemann. Er führt die Leute den Herrschaften zu.

Der Herr Erblandmarschall ist ein mutiger Mann, er steht breitbeinig mitten im Weg, in den Fäusten die Reitgerte zum Bogen gespannt, er könnte sie schnellen lassen, die Pferde mitsamt dem Kutschwagen zwischen dieses elende Volk treiben, es müßte kreischend die Straße räumen.

Einen Schritt hinter dem Gemahl die hohe Frau. Sie hält mit einer Hand den Sonnenhut, als fürchte sie, ein Sturm könne ihn davonfegen, und der Pastor steht ihr zur Seite.

Die Leute kommen näher und näher, nur noch ein paar Schritte trennen sie von den Herrschaften, da hebt Jörn Tiedemann die freie Hand. Der Aufzug gerät ins Stocken, er steht plötzlich still und stumm, eine einzelne hohe Stimme singt noch: O große Not, Gott selbst ist tot ... Dann schweigt auch sie.

Was soll diese seltsame Prozession in Klevenow?

Jörn Tiedemann nimmt die Kiste von der Schulter, er setzt sie vor sich nieder und neigt sich, die Weiber versinken in unterwürfiger Verbeugung, ihre Röcke fegen den Wegesdreck, die Männer fallen gar ins Knie, wie es auch Jörn Tiedemann jetzt tut.

An solch frommer Ergebenheit kann das Grafenpaar nicht vorüber. Vor ihm liegen die Leute eines ganzen Dorfes im Staub, nur ein paar Kinder stehen und blicken auf zu diesem dicken, feingekleideten Mann, der ein Graf ist und zum Herrn gesetzt über alles Volk der Begüterung. Die junge Frau neben ihm ist schön wie eine Prinzessin und lieblich anzuschauen. Die Kinder staunen, manche stopfen ihre Fäuste in die Mäuler.

Und wieder will eines der alten Weiber den Choral anstimmen: O große Not, Gott selbst ist tot, da spricht der Graf endlich zu Jörn Tiedemann.

Woher kommt er mit diesen Leuten?

Von Wargentin, Euer Gnaden.

Die Gräfin blickt schräg. Hat dieser junge Mensch nicht erst heute die Rosen überbracht aus des Königs von Preußen eigenem Garten und ihr damit beinahe das Herz gerührt. Die Gräfin sagt: Er gehört nach Klevenow und ist ein tüchtiger Bursche. Er weiß, daß wir ihn privilegieren wollen. Aus welchem Grunde macht er sich gemein mit diesen Leuten?

Jörn sagt: Meiner Tochter wegen, und deutet auf die Kiste. Er gibt das Zeichen, und alle, die auf den Knien gelegen hatten, um als getreue Untertanen ihrer Herrschaft Ehrerbietung zu erweisen, sie erheben sich, und sie tun es geräuschvoll, sie rappeln sich ächzend auf.

Jörn steht vor den Leuten von Wargentin, er sagt: Manchmal, an Sonntagen, wenn ich nicht zu Hofe dienen mußte, habe ich Luise auf meinen Schultern reiten lassen. Nun ist sie tot, und ich dachte, es gefällt ihr, wenn ich sie noch einmal auf der Schulter über die Felder trage, auf der Suche nach einem Grab. Die Gräfin spürt mit einem Male, wie sich das Leben in ihrem Leibe regt, das bewegt ihr Gefühl. Was ist das doch für ein merkwürdiger Mensch? Er hat sie und das Ungeborene aus Gefahr errettet, er ist der Rosenritter, und immer ist er der Knecht, der sich ihrem guten Willen nicht fügen will.

Jetzt zieht er eine abgemagerte, verhärmte junge Frau an seine Seite und wagt es, sie vorzustellen. Hier ist die Mutter des toten Kindes, Gesine Wollner, Euer Gnaden. Ich möchte so gern, daß sie mir zugehören darf.

Ob die Person in seinem Register stehe, will Graf Friedrich vom Pfarrer wissen.

Christlieb verneint, und der Graf will endlich davon. Beerdigt das Kind dort, wo's hingehört.

Unruhe bei den Leuten, Kopfschütteln, Gemurre, geballte Fäuste sogar.

Jörn erklärt, was die aus Wargentin erregt. Dort herrscht nicht mehr Gottes Gerechtigkeit.

Der Pfarrer Christlieb muß es sorgenvoll benicken.

Aber was heißt das? Es wird doch einen Kirchhof geben, wie in jedem anderen Dorf der Schwanschen Begüterung.

Es gibt keinen Pfarrer mehr. Der Pächter Haberland hat ihn davongejagt. Weiß man das nicht zu Klevenow?

Die Frau Wollner wagt sich nach vorn. Vor wenigen Wochen, als sie in Begleitung von ein paar Weibern bis vor das gräfliche Schloß gezogen ist, um Geburtstagswünsche zu überbringen, aber auch Klage, hatten sie die Büttel handgreiflich zurückgewiesen. Aber nun steht sie der schönen Herrin Auge in Auge gegenüber.

Das Leben hat die alte Wollner kurzgehalten, und der ständige Vorwurf ist ihr ins Gesicht gekerbt. Sie muß sich zur Ruhe zwingen. Wenn das Mädelchen schon kein ordentliches Leben haben konnte, so soll es doch mit einem ordentlichen Vaterunser unter die Erde. Verhelft ihm zu einem christlichen Begräbnis, ich bitte Euer Gnaden.

Selbst wenn die Herrschaft kein Einsehen haben sollte, der Pfarrer Christlieb wird sich den Bittgängern nicht verweigern. Er blickt finster auf den Herrn Erblandmarschall, er hatte ihm ja vor einem Weilchen erst im Disput von der Schließung der Kirche berichtet. Dies ist die Folge, aufgebrachtes Volk. Nun kommt es uns in Klevenow auf den Hals, wo die Bediensteten künftig in Schönheit leben sollen, ein Beispiel solchen wie denen aus Wargentin. Man kann die armen Menschen nicht umkehren heißen. Niemand kann es tun, nachdem Gesine vor der Gräfin in die Knie fällt.

Herrin, Jörn Tiedemann ist seit Jahren mein Liebster. Er hat vergebens um Heiratsconsens nachgesucht. Wir müssen warten und warten. Dabei bin ich schon wieder schwanger.

Das Geständnis ist der Frau Gräfin unangenehm. Sie weicht vor Gesine zurück, als fürchte sie, die käme auf den Knien gerutscht, um ihr den Rocksaum zu küssen. Sie will nicht angerührt werden von dieser Person.

Gesine blickt zur Patronin auf. Jörn und ich, wir haben das Warten gelernt, aber mein totes Kind kann nicht warten, es braucht ein Grab.

Da nickt die Gräfin schließlich dem Pfarrer zu. Der Erblandmarschall zuckt mit den Schultern.

Folgt mir! Nun geht der Pfarrer von Klevenow dem Zug voran, gemessenen Schrittes, wie es die Würde der Toten gebietet. Jörn setzt sich den Sarg auf die Schulter, und da ist es wieder, das Tappen von vielen Füßen, das Schlurren und Klappern und darüber schwermütig klagender Gesang:

O Traurigkeit, o Herzeleid ...

Als der letzte Wargentiner an dem hohen Paar vorübergezogen ist, wendet sich die Gräfin dem Erblandmarschall zu: Fahrt ohne mich nach Grubenhagen, mein lieber Herr. Ich will dem Begräbnis beiwohnen.

Graf Friedrich ist verstimmt, aber er widerspricht der Gemahlin nicht, er bestellt sogar den livrierten Kutscher zu ihrem Schutz und schwingt sich höchstselbst auf den Bock. Endlich kann die Peitsche sausen.

13

Haberland war für den Vormittag aufs Schloß geladen. Schlöpke hatte die Nachricht überbracht.

Worum es denn ginge?

Das hatte der Sekretär nicht gewußt oder nicht sagen wollen. Vielleicht sollte der Pachtzins gesteigert werden? Haberland würde gerüstet sein.

Wie auch immer, man durfte es sich zur Ehre rechnen, auf den Stammsitz der Schwäne gebeten zu werden.

Frau Meta wollte den Gatten um jeden Preis nach Klevenow begleiten. Der hatte einige Mühe, seiner Frau das neue hellgrüne Festkleid auszureden, zuviel Seidenglanz, zuviel Gerüsch für den hellichten Vormittag, man ginge ja nicht zu Balle.

Nun gut, sie entschied sich für eine Robe von gedeckterem Grün, die das Blondhaar und ihren rosigen Teint ebenfalls prächtig zur Geltung brachte, und nun genoß es die Pächtersfrau, neben dem Gatten in der Halle von Klevenow Stufe für Stufe aufzusteigen. Sie hob die Röcke grade so weit, daß die Spitzen der Lackstiefel sichtbar wurden, und war um Anmut so eifrig bemüht, daß ihr die Zunge aus dem Munde schlüpfte. Sie wollte keinesfalls stolpern oder fallen, vielleicht gar über den eigenen Rock, und wie ein Plumpsack auf der Treppe liegen, der Dienerschaft zum Gespött.

Ein Livrierter führte das Paar über die Galerie. Da hatte die Frau Haberland zu staunen über die vielen Damen und Herren, die aus schwer vergoldeten Rahmen auf sie herunterblickten. Sie rammte ihren Mann mit dem Ellbogen in die Seite und meinte, er und sie könnten sich getrost auch einmal abmalen und golden einrahmen lassen, vielleicht nicht so protzig wie all diese Schwäne da, sondern manierlich, so, daß man Seite an Seite gerade übers Sofa paßte. Den meisten Künstlern ginge es nicht gut, man könne sie kommen lassen wie eine Hausschneiderin, einige pinselten sogar für gute Kost und freies Logis.

Da war der Herr Schlöpke zur Stelle. Er schien befremdet über die Anwesenheit der Pächtersfrau: Bitte zu folgen. Der Empfangssalon war ausgestattet mit einem verblichenen Gobelin und ein paar erlesenen barocken Möbelstücken. Frau Haberland sah sich verwundert um, so reiche Leute und so alte Möbel. Sobald unser Schloß in Ordnung ist, will ich mich modern einrichten.

Da rief Schlöpke schon: Der Herr Erblandmarschall lassen bitten! Und Frau Haberland näherte sich mit rauschenden Volants der Tür.

Schlöpke wedelte abweisend mit den Händen. Den Herrn Pächter Haberland auf Wargentin!

Da hatte der zarte Sekretär freilich die Mahnung an die falsche Adresse gerichtet. Die dicke, aufgeputzte Pächtersfrau hob das Kinn wie zum Angriff und sagte: Nun reden Sie mal bloß keinen Quark, junger Mann.

Auf einen Zusammenprall wollte es der Sekretär nicht ankommen lassen, er wich sozusagen der Gewalt.

Frau Haberland drang vor ihrem Gatten ins Arbeitskabinett des Grafen Friedrich ein. Der saß hinter einem riesengroßen Schreibtisch, und neben ihm saß eine riesengroße gefleckte Dogge, und vielleicht war es dieses Tier, das der Frau Haberland gewissen Respekt abnötigte. Sie ging seufzend in die Hocke, um eine Art von Hofknicks anzudeuten, vermutlich hatte die Zofe wieder zu arg geschnürt, aber sie kam ohne Hilfe auf die Beine und lächelte zutraulich.

Tagchen, Herr Graf!

Der Erblandmarschall sagte in der Verblüffung: Ich hatte zu einem Gespräch unter Männern geladen.

Frau Haberland winkte ab, wie es schien mit ein wenig Geringschätzung. Ach Gottchen, um was wird es gehn? Um Geld. Alles dreht sich heutzutage darum, und von Geld verstehe ich 'ne ganze Menge, wissen Sie, ich hab ja lange genug an der Ladenkasse gestanden, damals, als wir noch den Fleischerladen hatten im Pommerschen.

Sie schlenkerte, ungeniert plaudernd, einen feingestickten Pompadour mit beiden Händen vorm Bauch und fuhr großmütig fort: Aber wenn's um was geht, was sich nicht gehört für Damenohren, dann klopf ich eben mal bei Ihrer Frau an, vielleicht hat sie Lust auf ein Weibergespräch über Putz und andere Leute.

Jetzt musterte sie die Gardinen, rieb mit den Fingern den Stoff, um dessen Qualität zu fühlen, nickte und sagte: Bißchen düster, die Samtportiere.

Der Graf hatte Sinn für Humor, ihn belustigte die laute Selbstbewußtheit der Frau, vielleicht beeindruckte sie ihn sogar. Er befahl seinem Sekretär: Schlöpke, geleiten Sie Madame!

Der wollte es nicht recht glauben. Zur Frau Gräfin etwa?

Ja, sagte der Graf, warum eigentlich nicht.

Und schon rauschte Frau Haberland hinaus, wie eine Fregatte unterm Wind.

Eine imposante Erscheinung, und sie hatte ihren Willen durchgesetzt.

Haberland blickte ihr nach mit gewissem Besitzerstolz und wandte sich dann lächelnd dem Grafen zu: Die Frauen wollen mitreden. Es ist der Zug der Zeit.

Friedrich Schwan hätte dem Haberland beipflichten können, auch seine Gemahlin hatte ihren eigenen Kopf und erlaubte sich, da und dort in seine Befugnisse einzugreifen, oftmals eigensinniger, als ihm lieb sein konnte, aber er selber hatte ihr schließlich die Pflege der Wohlfahrt und Gerechtigkeit innerhalb der Begüterung anvertraut und durfte sich nicht wundern, wenn sie diese Aufgabe wichtig nahm. Es war ihm allerdings schwergefallen, ihre Anwesenheit bei der Beerdigung des Hurenkindes gutzuheißen, immerhin hatte Agnes aber mit sicherem Instinkt und in aller Güte verhindert, daß die Tote in die Reihe gelegt wurde, und den Pfarrer überreden können, die Beisetzung am Rande des Friedhofs vorzunehmen. Möglicherweise war Agnes nicht aus Anteilnahme für das tote Kind der merkwürdigen Trauergesellschaft gefolgt, sondern des hünenhaften Knechtes wegen, der hatte ja tatsächlich Gefahr von ihr abgewendet, aber kaum verdient, daß die Herrin ausgerechnet ihn zu einem schönen, sauberen Leben bekehren wollte. Er, Friedrich, hätte die gute Tat mit ein paar Talern vergolten und den Burschen davongejagt. Agnes wünschte ihn, trotz aller Verfehlungen, in der Parkkolonne zu belassen. Also, auch Friedrich Schwan hätte sich äußern können über das Selbstbewußtsein moderner Frauen. Was ging es diesen Pächter an?

Er deutete einladend auf einen Stuhl und klopfte dann auf ein Buch, das auf dem Schreibtisch lag.

Dies, Herr Haberland, sind die Tagebücher. Schlöpke notiert, was die Leute auf meinen Gütern besorgt. Viele beklagen sich über den Pächter Haberland.

Der Erblandmarschall blätterte hin und her und nannte einige der Beschwerden. Er verweigert Häusung und Heiratsconsens, er vorenthält die Kornschenkung anläßlich des Geburtstages der gnädigen Frau Gräfin, er schlägt, er hat den und den ausgeworfen vom Gute und so weiter und so weiter.

Haberland hob ungerührt die Schultern. Querulanten gibt's überall, Herr Erblandmarschall.

Vor ein paar Tagen hatten sich die Leute aus Wargentin zusammengerottet und waren nach Klevenow gezogen wegen der Grabstelle für ein Hurenkind, davon hatte sich Graf Friedrich durch Augenschein versichern müssen. Er berichtete mit Schärfe. Die Frau Gräfin und ich, wir mußten uns ganz allein dem Aufruhr entgegenstellen und wollen das ein zweites Mal nicht erleben. Sie achten Gottes Gebote nicht, Herr Haberland. Sie haben den Pfarrer davongejagt.

Haberland verwahrte sich: Kein guter Mann, soviel ich weiß, nicht einmal ausstudiert, und hätte ich nur gewollt, er wäre dem Gericht angezeigt worden, denn er hat die Leute zum Widerstand aufgewiegelt, nahezu unverhüllt, von der Kanzel herab, mit dem Gleichnis vom guten Hirten. Mir, dem Mietling, Herr Erblandmarschall, brauche niemand zu folgen. Der Stockmeister hatte den Pfarrer zu Loyalität gemahnt, nun gut, ein wenig gerüttelt. Da hat der Mann die Beine untern Arm genommen und ist bis Malchin gerannt. Er hat die Herde verlassen, die bockigen Lämmlein.

Der Pfarrer muß wieder her.

Haberland wandte ein, daß er ihn weder lohnen noch die Kirche instand halten könne von den wenigen Talern, die der gnädige Herr ihm, dem Pächter, lasse. Außerdem sei er für Kirchenfragen nicht zuständig und wirtschafte zu ungünstigen Bedingungen auf Wargentin. Der Haberland lächelte verschlagen. Wenn Sie nicht wünschen, daß sich der hübsche Friedhof von Klevenow überfüllt, dann müssen Sie was lockermachen für die Renovierung des Gotteshauses und eine Pfründe in Wargentin. Oder aber Sie verkaufen mir das Gut. Als Eigentümer wäre ich selbstverständlich in der Pflicht.

Graf Friedrich wunderte sich über die Dreistigkeit dieses Mannes und wiederholte, was er dem Haberland schon einmal gesagt hatte, er verkaufe nicht. Ebensowenig sei er interessiert an einer Verlängerung des Pachtvertrages, und er nannte auch die Gründe. Er benötige die Ländereien von Wargentin zur Arrondierung des Landschaftsparkes, aber auch als Trift für seine Herden.

Haberland nickte, als fände er bestätigt, was er längst befürchtet hatte. Er sagte: Das ganze erbärmliche Dorf, es steht Ihnen buchstäblich im Wege, und nach Ablauf der Pachtfrist, in zwei Jahren also, gleich ob ich ein sanfter oder grober Pächter war, ich müßte davon mit Sack und Pack, mit Kind und Kegel.

In aller Offenheit ja, bestätigte ihm der Graf. Für diese Frist aber, Herr Haberland, verlange ich, daß Sie die heilige Ordnung der Dinge achten.

Haberland lachte frech. Heilige Ordnung! Ich bin ein Kaufmann, Herr Erblandmarschall.

Ein Metzger, so hörte ich.

Haberland nickte. Mir war nichts vererbt außer meiner Tüchtigkeit. Ich hab gelernt, die Dinge zu betrachten, wie sie sind, und nicht, wie wir sie wünschen. Und da sehe ich sie nun im Widersinn erstarrt. Er lachte spöttisch. Heilige Ordnung. Ich denk gar nicht dran, dafür mit meinem Geld zu zahlen.

Wie reden Sie mit mir? Dieser Mensch ließ jeden Respekt vermissen. Graf Friedrich hatte nicht übel Lust, nach Schlöpke zu rufen und den Haberland hinausweisen zu lassen.

Der sagte: In aller Offenheit, Herr Erblandmarschall, bitte glauben Sie mir, Ihre Güter fressen sich selber auf. Es war lange kein Krieg, viel zu viele Menschen leben auf den Gütern der

Ritterschaft, hundertfünfzigtausend, glaube ich, oder sogar mehr. Und alle sollen versorgt werden, nur weil es in Mecklenburg so Brauch ist von alters her. Ich versuche, der Überzahl Herr zu werden. Sie tun's doch nicht anders zu Klevenow durch Verweigerung von Hochzeit und Häusung, durch Maßnahmen gegen Hurerei. Alles Unsinn, das sag ich als Kaufmann.

Und nun erklärte der Haberland, wo er die Lösung sah. Er hatte sich in Feuer geredet, erhob sich vom Stuhl und ging zum Erstaunen des Erblandmarschalls auf und nieder im Arbeitskabinett. Die Menschenflut muß abströmen, freiwillig oder mit unserem kräftigen Nachdruck, dorthin, wo die Fabrikschlote rauchen. Und wir auf den mecklenburgischen Gütern müssen lernen, wie in einer Fabrik zu produzieren, mit freien Lohnarbeitern, mit jungen, kräftigen Menschen.

Interessant, wie Sie die Welt betrachten, Haberland. Graf Friedrich war ebenfalls aufgestanden, er hatte sich eine Zigarre angeraucht, nun bot er im plötzlichen Impuls auch dem Pächter das Kästchen dar.

Haberland langte zu. Er hatte den hohen Herrn also neugierig gemacht und würde weiter vortragen dürfen. Besten Dank, Euer Gnaden. Er biß die Zigarre mundgerecht und setzte sie genüßlich in Brand. An Jahren war er dem Erblandmarschall bedeutend voraus, gewiß auch an Lebenserfahrung und Gewitztheit im Geschäft. Er sagte gutgelaunt:

Sie reden zuviel von Gottesfurcht und solchen Sachen. Ich verrate Ihnen das neue Zauberwort, und er sprach es aus, Silbe für Silbe akzentuierend: Eu – ko – no – mie.

Selbstverständlich war der Begriff auch dem Grafen längst geläufig. Er wiederholte belustigt: Eu-ko-no-mie. Sie sprechen das Wort nicht richtig aus.

Hauptsache ich weiß, was es meint, sagte Haberland ungerührt, und kann danach handeln. Jetzt betrachtete er ein Ahnenbild, das eine Wand des Kabinetts zierte. Es zeigte jenen Schwan auf Rechlin, der so reich gewesen war, daß der Maler entgegen der Wahrheit den Buckel fortgelassen, dafür aber sein Modell aufs stattlichste gereckt und gestreckt hatte. Der werteste Herr Papa, so wollte Haberland wissen.

Graf Friedrich verneinte. Das ist mein hochseliger Großvater Friedrich I. Graf Schwan, einer der reichsten Männer Deutschlands und einer der gelehrtesten dazu. Er hat mit Herder korrespondiert.

Ein Mann solchen Namens war dem Haberland unbekannt.

Wissen Sie, sagte der Graf, ich bin den neuen Ideen gegenüber sagen wir ... befangen. Auf einem so alten Familienbesitztum wie dem unseren werden nicht nur Ländereien vom Vater an den Sohn weitergegeben, sondern selbstverständlich auch Haltungen. Wir stehen in der Tradition.

Das ist ja das Schlimme, junger Mann, ich meine untertänigst Euer Gnaden. Ich tauge nicht zum Patriarchen, aber ich mache mich anheischig, Ihnen in ein, zwei Jahren eine Schnapsbrennerei aufzubauen und zu betreiben, mit Lohnarbeitern, die Ihnen mehr abwirft als zehn Ihrer Tagelöhnergüter. Ich bin so sicher, daß ich vom Gewinn nicht mehr als fünf Prozent verlange.

Haberland war ein kalter Rechner, wenn es um seinen Vorteil ging, aber er hatte auch Phantasie und sich oft genug ausgedacht, wie er handeln, was er aus Wargentin machen würde, vorausgesetzt, das Gut wäre sein eigen, und er vermochte ohne weiteres Schwansche Ländereien, Vermögenswerte und damit geschäftliche Möglichkeiten in seine Gedankenspiele einzubeziehen, um dem Erblandmarschall darzulegen, wie man einträglich, dann freilich nicht herkömmlich, wirtschaften müsse. Er war so auf seinen Vortrag konzentriert, daß er die Zigarre vergaß und die Asche auf dem Teppich verstreute, und er argumentierte so lange, bis ihn Graf Friedrich, am Fenster stehend, unterbrach.

Ah, da sehe ich unsere Damen. Er winkte den Pächter an seine Seite, und nun erblickte auch der Haberland unten im Garten die Frau Gräfin mit einem Sonnenschirm und neben ihr die stramme Meta, wie sie den Kiesweg heranschritten.

Bald erkannten auch die Damen ihre Männer hinter dem Fenster des Arbeitskabinetts. Frau Haberland stieß die Frau Gräfin an und zeigte mit dem Finger hinauf. Darauf öffnete sie ihren Pompadour, um ihm ein Schnupftuch zu entnehmen, das schwenkte sie übermütig wie eine Fahne, legte schließlich gar eine Hand an den Mund und schrie: Huhu, huhu!

Man verlangt nach uns. Der Graf bat den Haberland, ihm zu folgen.

Die Pächtersfrau hatte zutraulich über die Verhältnisse der Familie geplaudert. Der Frau Haberland gefällt es nicht in Wargentin. Am schönsten ist es ja doch im Pommerschen gewesen, damals in der Metzgerei. Man war jung, man hatte mittun dürfen im Geschäft, dessen Seele sie gewesen sei, und niemals wieder hat sie sich so gut gefühlt wie seinerzeit des Abends nach Ladenschluß, wenn sie Münze auf Münze türmen, den Zugewinn zählen und mit eigenen Augen sehen konnte, was an Vermögen gewonnen war, während man zu Wargentin den Eindruck hat, käme zu nichts. Die Töchter seien flügge, an flottem Wesen ihr nachgeraten, die Älteste sei siebzehn und habe schon einen Verehrer, sogar einen von Soundso, aber hier, die Frau Haberland machte die Geste des Geldzählens und lachte glucksend, von wegen hier, da sei ja nun gar nichts.

Die Gräfin war's gewohnt, daß Leute geringen Standes in ihrer Gegenwart angestrengt und gestelzt daherredeten, ihr gefiel das ungenierte Gehabe der Pächtersfrau, sie lachte, wo's angebracht schien, wie eben jetzt. Sie sagte ach ja und soso, sie fragte nach und sorgte auf solche Weise, daß Frau Metas Redefluß, der die Gräfin amüsierte, ungehindert strömte.

So hatte man sich unversehens einer Gruppe von Hofarbeitern genähert, sie hoben einen der Entwässerungsgräben für den Park aus. Jörn Tiedemann führte die Kolonne, er überragte die Gefährten um Haupteslänge und grüßte die Damen so artig, daß er der Frau Haberland auffallen mußte.

Hübscher Mensch, bemerkte sie und erfuhr, er heiße Jörn Tiedemann. Frau Haberland wunderte sich. Kennen Sie alle Leute mit Namen?

Das versuche sie durchaus, meinte die Gräfin, und die Frau Haberland scherzte, manche Melker könnten ja wahrhaftig ein Rindvieh vom anderen unterscheiden.

Diesmal lachte die Frau Gräfin nicht.

Die Haberland blickte sinnend auf Jörn zurück. Merkwürdig, sagte sie, was für propere Exemplare die unterste Klasse manchmal hervorbringt.

Leider sei dieser Herkules in schlechte Gesellschaft geraten, bemerkte die Gräfin, er habe sich mit einer Dirne aus Wargentin eingelassen, einer gewissen Gesine Wollner.

Nein! Frau Haberland kennt die Familie. Gesindel, und die Tochter ein Flittchen. Das Kind ist kürzlich zu Tode gekommen unter heiklen Umständen, nachweisen konnte man leider nichts.

Inzwischen hatte man plaudernd die Rosenlaube erreicht, sie war noch unberankt, aber schon luden weiß lackierte Gartenstühle ein, Platz zu nehmen. Minna Krenkel richtet den Kaffeetisch, seit einiger Zeit durfte sie wieder auf dem Schlosse dienen, und sie verneigte sich vor der Pächtersfrau beinahe so ehrerbietig wie vor der Herrin.

Ach bitte, Frau Haberland. Agnes Schwan deutete auf einen Stuhl und ließ sich selber einen Sessel zurechtrücken. Ein Wink, Minna Krenkel reichte die Gebäckschale herum.

Wo war man gesprächsweise stehengeblieben? Ach ja, dieser Knecht, nicht nur stattlich von Statur, er besitzt auch gewisse Vorzüge geistiger Art, jedenfalls verglichen mit seinesgleichen, kann rechnen und schreiben und hat kürzlich einmal dem Gesinde das Pfingstkapitel gelesen mit all diesen schwierigen Namen, nicht wahr, Minna, die da kamen aus Mesopotamien und Kappadozien ...

Minna Krenkel nickte errötend, und Frau Haberland winkte ab, um freimütig zu gestehen, sie kenne sich nicht aus, dahinten in der Türkei.

Und diesen gescheiten Menschen wolle sich nun ausgerechnet die Gesine Wollner aus Wargentin einfangen, immerhin sei sie schon wieder schwanger, vertraute ihr die Gräfin an.

Ja, ist es denn die Möglichkeit? Frau Haberland war ärgerlich, wahrscheinlich wolle das Luder zu Wargentin in die Wochen, und Haberland hätte ein Armenbalg mehr auf dem Halse. Gottlob sei man gewarnt. Der Herr Justitiar aus Malchin habe versichert, schwangere Hurenmenschen dürfe man mit Recht und Billigkeit ins Graue Haus nach Güstrow verbringen lassen.

Das müsse aber bitte ohne jedes Aufhebens geschehen, verlangte die Gräfin und blickte ernst auf die Krenkel, die würde hoffentlich begreifen, daß ihr die Patronin eine Gefälligkeit erweisen wollte.

Minna senkte die Lider. Mit einem Male schämte sie sich.

Da schritten die Herren heran, zum Erstaunen der Gräfin lebhaft im Gespräch, ihnen zur Seite die tapsige Dogge, nicht so plump wie ein Kalb, aber so groß immerhin und gehorsam wie ein wohlerzogenes Kind. Platz, Iduna, die Hündin hieß also wie des Grafen geschiedene Gemahlin und ließ sich augenblicks auf die Hinterläufe nieder. Friedrich Schwan führte den Gast der Gattin zu.

Den Herrn Haberland kennst du ja wohl?

Der Pächter versuchte linkisch, einen Handkuß anzubringen, er schmatzte geräuschvoll in die Luft, und seine Frau, die den Vorgang mit hämischem Interesse verfolgte, hätte beinahe aufgelacht. Sie mußte sich, war man für eine Weile getrennt gewesen, bei der Begrüßung durch Haberland mit einem Schlag auf den Hintern begnügen.

Gott zum Gruß, Euer gräfliche Gnaden.

Agnes Schwan konnte sich denken, daß ihr lieber Herr diesen Haberland kaum ohne Grund mitgebracht hatte, und belächelte ihren plumpen Ritter nur wenig. Bitte sehr, sie wies den Männern ihre Plätze an und sagte: Die Herren scheinen im Einverständnis.

Der Graf nickte lebhaft. Er will Wargentin in eine Schnapsbrennerei verwandeln, und ich bin seinem Plan geneigt.

Die Gräfin ließ sich tatsächlich verblüffen. Du willst Schnaps brennen? Den Park verschandeln, lieber Friedrich?

Schon hob Haberland die Hand, um den Einwand zu entkräften, aber Friedrich Schwan ließ ihn nicht zu Wort kommen, sondern zeigte sich als ein Mann, der rasch dazulernen kann. Erstens, meine Liebe, muß man die Fabrik nicht auf den Hügel stellen, und zweitens, wenn doch, dann könnte man sie wie eine englische Burg auftürmen lassen, etwa im Tudorstil.

Die Gräfin war sofort gewonnen, sie dachte an Potsdam, dort war die Dampfmaschinenhalle des Wasserwerkes an der Havel tatsächlich wie eine Moschee erbaut worden, der obligate Schlot als schlankes Minarett getarnt. Agnes Schwan wünschte sich eine toskanische Mühle auf dem Hügel von Wargentin.

Warum nicht, warum nicht? Der Phantasie sind keine Grenzen gesetzt, meinte der Pächter. Aber zuerst will er dafür sorgen, daß zu Klevenow niemand mehr Aufruhr macht, und in Wargentin wird er Baufreiheit für Park und Fabrik schaffen, binnen Jahresfrist muß das Dorf abgerissen sein.

Graf Friedrich hob die Brauen und stellte seine Bedingungen: Nicht im geringsten darf gegen Landesgesetz verstoßen werden. Nun, das versteht sich, die Herren gaben sich die Hand darauf.

Ich weiß ja nun nicht, sagte Frau Haberland, bei uns im Pommerschen galt ein Geschäft erst dann, wenn es begossen war. Die Gräfin lachte herzlich, dann schickte sie Minna Krenkel nach einem Kognak aus.

14

Man redete von einer Jahrhundernternte auf der Schwanschen Begüterung. Sonnenschein und Wachsregen hatten sich seit dem Frühjahr die Waage gehalten, bis dann im späten Sommer der Himmel tagtäglich blaute. Kaum einer der Tagelöhner entsann sich solch ungetrübten Erntewetters, und Haberland, dessen ständige Rede war, das Gut werfe nicht ab, was er erhoffte, konnte endlich mit Gewinn rechnen.

Bis in den Abend schwankten die Erntewagen, hochaufgetürmte Fuder, dem Gutshof zu, bald war die Scheuer bis unters Dachgebälk gefüllt. Dennoch bereute der Pächter keinen Augenblick, worauf er sich mit dem Erblandmarschall geeinigt hatte. Gelänge der Plan, woran er nicht zweifelte, würde er bald ein besseres Gut, ein größeres, erwerben können.

Eines Tages waren alle Felder der Wargentiner Flur geräumt. Der September hielt Einzug, immer noch sommerlich warm, aber die Sonne ermattete, gegen Abend zog herbstlicher Dunst herauf. Die Wälder hinterm See verschleierten sich, und der Morgen kam spät über den Hügel. Statt Mücken und Fliegen fingen die Spinnen Tautropfen in den Netzen ein, die glitzerten und gleißten bei Sonnenaufgang im Gesträuch. Irgendwo sammelten sich schon die Kraniche und riefen einander, das klang wie sehr helles, sehr fernes Glockengeläut. Der Sommer mußte Abschied nehmen.

Nun waren die Tage des Scheunendruschs gekommen, keine andere Arbeit laugte die Tagelöhner so aus, und dennoch wurde sie ersehnt, weil seit alters die Gutsherren und Pächter das Gesinde um diese Zeit gut bewirten mußten. Die Redensart hat es ja festgehalten, daß einer fressen könne wie ein Scheunendrescher. Auch Frau Haberland fügte sich dem Brauch und hatte, ihrer Gewohnheit entgegen, nicht gespart, sondern ein Kalb schlachten lassen. Niemand sollte der Herrin nachsagen, sie könne sich nicht leisten, ihre Leute gut zu beköstigen. Das war ganz in

Haberlands Sinn, die Mahlzeit mußte üppig sein, es sollte sich herumsprechen im Dorf, keiner würde zu kurz kommen wollen, keiner daheim bleiben. Der Pächter hatte die Leimruten ausgelegt, und tatsächlich waren mit Ausnahme der Greise und kleinen Kinder alle Leute zum Hofdienst erschienen und plagten sich seit Stunden in der großen Scheune, die Wollners mit den drei Töchtern, die Hinz und Genz und Rädeckes, und wie sie alle hießen.

Wollner war schwach auf der Brust, er litt schon lange an Atemnot, oft war ihm, als drohe ihn diese Arbeit zu ersticken, und wenn auch kein Feuer loderte, so ähnlich wie die große Scheuer von Wargentin stellte sich Wollner den Höllenschlund vor. Es war stickig heiß, beinahe so finster wie in einem Sack, und sah man auf zu den schmalen Lichtkeilen, die durch die Oberluken drangen, so mußte man glauben, quirlende Brandwolken darin zu erkennen, es war aber wirbelnder Staub und Grannengeflirr.

Die Menschen durften nicht davon. Sie standen, Männer, Weiber und Halbwüchsige, keuchend und schwitzend im Gefach, vermummt des herumfliegenden Dustes wegen und warfen einander die Garben zu, von der Höhe herunter zur tieferen Ebene und weiter bis zur Tenne, dort standen die jüngsten Männer, die kräftigsten, mit ihren Flegeln im Kreis und droschen auf die Garben ein. Die Arbeit der Drescher war die härteste. Sie durften nur rasten während der Augenblicke, die den Frauen genügten, das leere Stroh beiseite zu harken und die Körner zusammenzufegen. Aber auch die übrigen Leute gönnten sich keine Ruhe und keinen Spaß, obwohl so manchen jungen Kerl gelüstete, einem erhitzten Mädchen den Rock zu heben, um es hinter einem Balken kurz und kräftig herzunehmen. Keiner durfte den anderen aus dem Auge lassen, jeder arbeitete dem nächsten zu, gleichmäßig wie nach dem Ticktack einer lauten Uhr. Niemand durfte sich versehen oder versäumen, sollte nicht das Werk aller stocken oder stille stehen. Solange ein jeder frisch war, während der Morgenkühle, machte das keine Mühe, da war es für eine Weile sogar vergnüglich, einander Geschicklichkeit zu beweisen und Kraft, sich die Garben wie Spielbälle zuzuwerfen, aber

die Menschen erschöpften bald, sie atmeten schwer in der Schwüle und mußten sich gegenseitig ermuntern, antreiben, indem sie sich wie im Sprechchor Befehle zuriefen, zuerst scherzhaft:
Pack an!
Stak to!
Schmiet af!
Schia to!
Und die Dreschflegelmänner schlugen den Takt.
Nach und nach aber, je mehr die Leute ermüdeten, je krummer sie wurden, desto erbitterter und lauter ging ihr Singsang:
Pack an!
Stak to!
Schmiet af!
Schia to!
Und beinahe schien, als wollten sie zustoßend und wegwerfend nicht nur den Garbenberg unter dem Scheunendach abtragen, sondern dazu ein wenig von der eigenen Last, als wollten sie zuschlagend sich ihrer Kümmernisse erwehren, der dumpfen Ängste, die sie quälten. Ja, es war beinah, als wollten sie Zorn ablassen, als vermuteten sie unter dem Stroh und der Streu den Mann, der sie nach Belieben bedrängen und bedrücken durfte.
Schmiet af!
Schia to!
So ging das, bis endlich die Hofglocke schepperte.
Mit dem letzten Glockenschlag verstummte der Arbeitslärm, aber es ward nicht still auf der Tenne, denn nun vernahm man, laut wie das Fauchen des Blasebalgs in der Schmiede, den keuchenden Atem der Tagelöhner von Wargentin. Sie waren erlöst von der Tagesfron, frei für die nächsten Stunden und für eine kurze Nacht. Die Leute waren in einem Maße erschöpft, daß sie gesenkten Hauptes mit hängenden Armen verharrten, wo sie stundenlang gestanden, so als hielten sie merkwürdige Andacht. Sie schlossen sogar die Augen, als wollten sie das Innere suchen, aber da war nichts außer schlaffer Leere. Mag sein, daß die Frauen, die Männer, die Halbwüchsigen nur geblendet waren, denn jetzt waren die Tore weit aufgetan, das Tageslicht hatte sie mit Gewalt überfallen, und es dauerte ein Weilchen, bis sie sich

blinzelnd mit der Helligkeit vertraut machen und einander betrachten konnten, freilich ohne sich zu erkennen, sie waren sich durch die Arbeit fremd geworden, die Gesichter von Staub und Schmutz verfärbt, so daß sie irgendwelchen schwarzhäutigen Hottentotten aus dem innersten Afrika ähnelten, die einander mit blauweißen, blutunterlaufenen Augäpfeln glotzend musterten. Der Schweiß rann ihnen über Stirn und Wangen, er grub helle Rinnen in den Staub, er malte groteske Falten in maskenstarre Gesichter, aber keiner hatte Lust, kichernd auf den anderen zu weisen, jeder wußte, daß er selber gezeichnet war. Nur einer lachte, als er der starren Gestalten ansichtig wurde, das war Haberland. Sein Schattenriß erschien übergroß in der hellen Toröffnung. Er lachte, dann rief er: Raus mit euch! Und zuerst einmal die Weiber an den Brunnen, wegen der Sittlichkeit.

Endlich löste sich die Erstarrung. Kichernd und schwatzend hasteten die jungen Frauen hinaus, humpelnd folgten ihnen die alten. Noch beugte sich niemand unter den Pumpenstrahl oder eilte, die Röcke zu heben, um hockend Wasser zu lassen. Die Leute verharrten staunend. Beinahe war ihnen, als erblickten sie, der Finsternis endlich entronnen, das Paradies. Stine und Rieke rissen sich die Tücher vom Kopf und stießen Gesine an, die zwischen ihnen stand. Sieh doch, das Hofgeviert wie eine Festwiese hergerichtet. Die langen hölzernen Tafeln vorm Ziegelrot des Gemäuers, das Bierfaß im Schatten des Baumes, die Schaffnerin, wie sie die Teller zurechtrückt. Das Klirren irdenen Geschirrs kann lieblicher klingen als Musik. Atme tief und du erschnüffelst den Duft von gesottenem Fleisch, von frisch gebackenem Brot, und du ahnst, wie es schmecken wird, wenn du den Fladen brichst und in die fette Soße stippst. Schau, die Hausmägde, eine hinter der anderen in langer Reihe, sie tragen dampfende Schüsseln. Gebt acht, kein Schlückchen der Suppe darf überschwappen. Und die Frau Haberland ist reizend anzusehen, wie sie daherschreitet inmitten der beiden dicken Töchter, eingezwängt in teures gerüschtes und geblümtes Zeug, alle drei aber wie Mägde verkleidet, weiße Hauben, weiße Schürzen. Die Herrin von Wargentin will sich nicht nehmen lassen, an diesem einen Tag ihre Bediensteten höchstpersönlich zu bedienen, oder gibt es doch vor, jedenfalls trägt sie eigenhändig ein Brett mit dem frischen Brot herbei.

Kaum einer, der die beiden Gendarmen im Schatten der Hofmauer bemerkt oder den Stockmeister neben dem Scheunentor. Was hatten die verloren auf einem Fest zu Wargentin, das an Würde und Bedeutung heranreichte an Erntedank? Aber jeder sieht, wie die Frau Haberland an der Schürze die bemehlte Patschhand streift, um sie dem Sekretarius aus Klevenow zu reichen, dem Herrn Schlöpke. Warum trägt er ein dickes Buch unter dem Arm?

Und wieder die barsche Stimme von Haberland: Die Weiber an den Brunnen!

Komm, Schwester, laß uns die ersten am Wasser sein und die ersten bei Tisch.

Aber so haben viele gedacht, sie drängen und schubsen sich am Trog, bespritzen sich, tauchen die Hände ein, baden das Gesicht, öffnen den Kittel, um sich Hals und Brust zu netzen. Die Männer schauen belustigt zu, denn da sind welche unter den Weibern, die haben einiges herzuzeigen.

Plötzlich Kindergeschrei vom Hoftor her, das ist mit einem Seil gesperrt, und dahinter drängen sich die Kleinen, winkend, rufend: He Mutter, he Vater! Sie können nicht erwarten, daß man sie einläßt, damit sie sich laben können an den Brocken, die ihnen die Eltern übriglassen. Der Tag ist hart gewesen, nun mag uns ein guter Abend versöhnen, so denken viele.

Da hören sie den Knall, laut und dumpf wie ein kleiner Kanonenschuß. Stockmeister und Büttel haben die Scheunentore zugeschlagen, und da ist der Befehl: An die Wand! An die Wand!

Die Weiber, wie sie sich noch halb gebückt am Brunnen wenden, reißen im Schreck die Mäuler auf, denn sie sehen die Männer von den Schießgewehren der Gendarmen bedroht, Hände in Abwehr erhoben, als sollten sie erschossen werden. Schon stehen sie mit dem Rücken an der Wand.

Was geschieht da aus heiterstem Himmel zu Wargentin?

Die Weiber, in Angst, klammern sich eine an der anderen fest.

Haberland brüllt: Visitation!

Ach, das ist es. Die Männer lassen die Hände sinken, sie sehen sich an. Die ältesten unter ihnen leben seit Jahrzehnten auf Wargentin, manche sind in der Katzenzeile geboren, und beinahe seit sie denken können, jedenfalls seit sie fronen müssen, ist es der Brauch, daß man sich nach dem Dreschen die Hosentaschen vollstopft, daß man den Gutsherrn um ein paar Körnerchen bestiehlt, um den gierigen Hühnern daheim einmal ordentlich die Schnäbel zu stopfen.

Jeder achtet den alten Genz. Er ist gewiß seit dreißig Jahren eingewöhnt und der Haberland erst seit Monaten Pächter auf Wargentin, außerdem kommt er von Pommern her, was weiß er vom Landesbrauch. Genz preßt die flachen Hände gegeneinander, als wolle er beten. Herr Haberland, ich bitte Sie um Jesu willen.

Haberland ruft: Nur der Schuldige muß sich fürchten, und wir wollen uns ein bißchen beeilen, ja, das Essen wird kalt. Er tritt ganz nah an den alten Mann heran, der Pächter ist nicht nüchtern. Wer aber angesoffen ist, kann manchmal verführt werden zu Freundlichkeit. Der junge Rädecke steht neben dem alten Genz. Er sieht dem Pächter ins Gesicht, er sagt mit einem kleinen Lachen: Dem Ochsen, der da drischt, man soll ihm das Maul nicht verbinden.

Aber eins draufhaun, darf man wohl. Der Haberland schlägt zu.

Da kreischen die Weiber auf im Zorn.

Haberland wendet sich halb, er deutet auf die Gendarmen, dort stehen sie, Gewehr im Anschlag, Hand am Abzug, kein Zweifel, daß sie abdrücken würden. Der Pächter darf sich behütet fühlen. Er sagt: Ihr bestehlt mich. Ihr freßt meinen Tieren das Futter weg, sie werden jeden Tag klappriger.

Wir auch!

Es ist lange her, daß Sanne Wollner Anlaß hatte, ihren Mann wertzuschätzen oder gar zu lieben, hatte ihm ja vor Wochen erst vorgehalten, in Torgelow, ja, in Torgelow, da gibt es noch richtige Männer.

Aber nun sieh doch den Alten. Er geht auf den Pächter zu, bis er dicht vor ihm steht. Er reißt sich das morsche Hemd bis unter den Nabel auf und weist ihm den Leib, der ist wie das Leiden Christi anzusehen. Knochen und Haut.

Ich sehe, was ich schon lange weiß, sagt Haberland kalt. Du taugst nicht mehr zum Tagelöhner auf Wargentin. Und noch einmal: Visitation!

Haberland höchstpersönlich tastet jeden der Männer ab, jeder von ihnen hat Körner im Hosensack. Als letzter steht Kamps in der Reihe.

Er ist verzweifelt und hebt die großen Hände, spreizt die Finger und krümmt sie ein wenig, als wolle er damit dem Pächter an den Hals. Herr Haberland, Ihr habt das Deputat gekürzt gegen Landesbrauch. Die Familie ist groß. Ich wühle tagtäglich mit diesen Händen im Korn, das schmeiß ich Ihren Tieren vor. Meine Kinder schrein nach Brot.

Haberlands Geduld ist erschöpft, er ruft: Maul halten! Hosen runter! Wird's bald!

Was hilft es also, da ihnen niemand hilft? Die Männer müssen sich demütigen, sie lassen die Hosen herunter, treten erst mit dem einen Fuß heraus, dann mit dem anderen. Der Büttel hebt mit spitzen Fingern die Hosenbeine, er schüttelt das Korn aus den Taschen. Augenblicks macht sich Haberlands Federvieh darüber her.

Da stehen die Männer, dürrbeinig, froschbeinig manche und viele mit blankem Arsch. Die Frau Haberland lacht schrill in geiler, zitternder Belustigung, was dem jungen Rädecke unter dem kurzen Hemde hängt, das ist wahrhaftig ein anderes Ding als das Zipfelchen von ihrem Herrn Haberland. Und nun legen viele vom Hausgesinde den Kopf in den Nacken, falten die Hände vorm Bauch und lassen die Mäuler klaffen in schadenfrohem Gelächter.

Anziehen!

Und nun, ihr Männer von Wargentin, glaubt nicht, ihr wäret ausgelacht und damit genug gestraft. Knöpft eure Hose ordentlich, schlingt euch den Strick wieder um den Leib und vernehmt, was der Sekretarius Schlöpke aus dem gräflichen Klevenow notierte und nun anzusagen hat.

Wollner, Kamps, Hinrichs und Rädecke sind des Diebstahls überführt. Sie werden ausgeworfen vom Gute, desgleichen Genz, Fricke, Deters wegen früherer Vergehen.

Genz denkt, da fehlt kein einziger Name. Es ist also wahr, was wir gerüchtweise erfahren hatten, daß wir des Dorfes verwiesen werden sollen. Und so hat er also die Handhabe gefunden, der Haberland, dieser Schinder. Und wäre es wahr, daß wir alle ins Unglück sollten, wo ist dann Gottes Gerechtigkeit? Du sollst das Recht deines Armen nicht beugen und laß dich nicht gelüsten deines Nächsten Hauses ... noch seines Ochsen, noch seines Esels, noch alles, was dein Nächster hat, so steht geschrieben. Aber siehe, es geschieht dennoch so zu Wargentin. Warum hält Gott die eigenen Gebote nicht? Genz, der älteste, der würdigste unter all den Wargentinern, verlegt sich noch einmal aufs Bitten. Um Gottes Willen, um Gottes Willen, Herr Haberland!

Der Pächter sagt: Ich bin kein Unmensch, also laß ich Gnade vor Recht ergehen. Jetzt ist September, bis Weihnachten dürft ihr bleiben und die restlichen Tage abdienen. Erst dann reiß ich die Feuerstellen ein, erst dann müßt ihr ziehen. Und nun laßt es euch schmecken.

Dort steht Frau Haberland. Sie meint, daß ihrem Mann einiges mangelt an Gutsherrenart, daß er nicht alles so unverblümt und gradezu dahersagen müßte, und die Leutchen, mögen sie auch faul sein oder alt, ein wenig dauern sie die Hausfrau auf Wargentin. Möglicherweise sind Ausnahmen angeraten. Warum sollte man einen Mann wie diesen Rädecke nicht im Gut behalten. Frau Haberland neigt freundlich das Haupt, bis ihr das Doppelkinn schwillt, patscht in die Hände und ruft: Zu Tisch, zu Tisch! Und die Tagelöhner, die Weiber, die Männer, stehen verbissenen Mundes und starren auf die gefüllten Schüsseln. Keinen Bissen von diesem Hund! Umstoßen die Tafel, das Geschirr zerschlagen, in den Dreck mit dem Festtagsschmaus, so denken viele, aber zwei von den Kindern können ihren Hunger nicht verbeißen, sie kriechen unter der Absperrung hindurch, um sich ein paar Kartoffeln zu holen. Andere folgen dem Beispiel, und dann ist kein Halten mehr. Was ihnen zusteht, das steht ihnen zu! Alle miteinander stürzen zur Tafel und wollen sich wenigstens am guten Essen schadlos halten. Sie schlingen gierig. Vergebens senkt Frau Haberland die Lider und faltet die Hände zum Gebet: Komm, Herr Jesus ...

Wer kann verlangen, daß man sich dem Herrn gegenüber dankbar erweist? Was ist zu halten von einem Gott, der bitteres Unrecht erlaubt? Kein Gebet also, kein Gewinsel um Gnade mehr, aber ein freches, aufrührerisches Lied.

Kaum ist der gröbste Hunger gestillt, da schlagen die Leute mit den Fäusten den Takt:

> *Haberland, Haberland,*
> *du bist ein arger Schinner,*
> *früher hast du Vieh geschinnt,*
> *jetzt schinnst du Menschenkinner.*

Die Frau Haberland ist zu Tode erschrocken. Der Pächter sagt: Am besten, du gehst für eine Weile mit den Kindern nach Güstrow. Ich geb dir Anweisung mit auf das Bankhaus Möller. Kauf eine gute Aussteuer für die Mädchen und laß dir Zeit dabei. Am besten, du fährst gleich morgen früh.

15

Du großer Gott! Auch Minna Krenkel beschwor den Herrn, als ihr Schlöpke am Abend verriet, welchen Spruch er zu Wargentin hatte verlesen müssen. Ihr fiel ein, was die gnädige Frau Gräfin und Madame Haberland seinerzeit in der Rosenlaube abgesprochen hatten, das Hurenmensch sollte ohne Aufhebens in die Korrektionsanstalt nach Güstrow verbracht werden, und wenn es auch um die verachtete Gesine ging, irgend etwas mußte an diesem leichtlebigen Mädchen sein, da ein so guter Mann wie Jörn es lieben konnte. Es mißfiel der Krenkel, ja, es lastete ihr auf dem Gewissen, daß Gesine Wollner auf so hinterhältige Weise sollte beiseite geschafft werden.

Jörn Tiedemann lag auf seiner Pritsche in der Knechtekammer und blätterte in einem Andachtsbuch. Es war längst Feierabend, die anderen Knechte dösten auf den ledernen Laken oder hockten unterm Fenster, um ein zerrissenes Kleiderstück notdürftig zu flicken; das kam ihnen beinahe wie schwere Arbeit vor, jedes Weib würde die Nadel geschickter handhaben können, und das war noch der geringste Grund, weshalb es sie nach einer Frau verlangte, aber alle miteinander hatten nicht Consens zur Heirat erhalten und mußten wie Mönche in der Knechtskammer hausen.

Jörn las den anderen vor, was er gerade im Buch aufgeschlagen hatte, einen Teil der Weihnachtsgeschichte: Sie legten ihn in eine Krippe, weil in der Herberge kein Platz für sie war. Obdachlos ist der Herr, Gast bei denen, die keine Heimat haben.

Christus ist nicht besser dran gewesen als sie, das würde die Knechte trösten können. Jörn wollte mit ihnen reden. Da stand auf einmal Minna Krenkel in der Tür und verlangte nach ihm.

Die Männer grinsten. Immer das alte Lied, da kommt eine vorbei, wahrscheinlich scharf wie ein Rasiermesser, aber wo soll man's ihr machen?

Jörn durchmaß den Raum zwischen den Pritschen mit langen

Schritten. Er packte Minna Krenkel grob beim Handgelenk, um sie mehr treppab zu stoßen, als zu führen. Erst vor der Tür gab er sie frei.

Warum läßt du mich nicht in Ruhe?

Minna rieb ihren Arm. Jörn hatte ihr weh getan. Sie sagte: Ich nehm jede Kränkung auf mich, deinetwegen.

Ich liebe eine andere.

Minna sagte: Das ändert nichts an meinem Gefühl für dich. Niemand kann es töten. Sie nicht, indem sie mit dir schläft, und du nicht, indem du mich zurückstößt. So stark ist meine Liebe, seit ich dich zum ersten Mal gesehen habe unter den Männern. Da du mich nicht haben willst, so will ich dir wenigstens nutzen. Es braut sich Schreckliches zusammen in Wargentin. Gesine ist in Gefahr.

Woher weißt du das?

Minna schloß die Augen. Frag nicht. Geh zu ihr. Und als sie nach zwei Atemzügen die Lider wieder hob, sah sie ihn schon davonlaufen.

Die Ravensteine, wahrscheinlich Überreste eines Hünengrabes, lagen auf einem öden Stück Land nahe dem Wald. Keiner der Wargentiner Tagelöhner entsann sich, daß es je beackert worden war, und so glich es wohl dem Felde, das der Herr im Auge hatte, als er Eva und Adam aus Eden vertrieb: Verflucht sei der Acker um deinetwillen ... Dornen und Disteln soll er dir tragen. Darüber hinaus trug das Ödland bei den großen Steinen zerschlissenes Wacholdergestrüpp und Heidekraut, schön anzusehen, wenn es im Herbst fliederfarben erblühte. Dennoch mieden die Menschen den Ort, selbst die alte Chaussee nach Malchin machte einen großen Bogen darum.

Die Sage ging, hier bei den Ravensteinen sammelten sich alle Hexen Mecklenburgs, ehe sie auf ihren Besen den Blocksberg hinauf zum Sabbat ritten. Der Ort war verschrien wie die Leute, die er augenblicks behauste. Zigeuner hatten ihr Lager aufgeschlagen. Die Männer, wie die hübschesten der Weiber, zogen von hier aus über die Dörfer, um ihre Dienste anzubieten. Die Zigeunerinnen verstanden die Zukunft aus der Hand zu lesen, diese Kunst war gefragt, viele der Dörfler wünschten sehr, daß ihnen ein bißchen Glück verheißen würde. Außerdem galten die Zigeuner als geschickte Kesselflicker, es war nicht die Welt, was die Tagelöhner im Topf hatten, und von dem wenigen sollte nichts ins Feuer rinnen. Man bedurfte also der Zigeuner, und man fürchtete sie, denn manche hatten keine Art und begegneten solchen, die nicht kaufen oder handeln wollten, grob und unverschämt. So war's der Haushälterin des Herrn Haberland ergangen. Die dicke Oberschaffnerin hatte eines der Weiber von der Schwelle gewiesen und war dafür unflätig beschimpft worden, der Teufel möge sie im Arsche ficken. Eine Vorstellung, die manchen Wargentiner erheiterte, da befände sich der Haberland ja in bester Gesellschaft, einige wollten nämlich wissen, der Pächter beschlafe die Oberwirtschafterin, das aber hoffentlich Bauch an Bauch und auf christliche Weise.

Besser also, man ließ keinen Zigeuner ins Haus, und nicht einmal die mutigsten Männer hatten sich ins Lager bei den Ravensteinen gewagt, sie hätten ja verhext werden können, der Kleider beraubt, wenn nicht gar des Lebens.

Nun waren aber Jörn und Gesine gerade auf dem Weg dorthin. Der Mann hatte sich hastig auf den Weg gemacht. Das Mädchen war ihm entgegengelaufen, getrieben von Unruhe, mit fliegendem Haar, mit wehendem Rock. Sie streckten, noch im eiligen Lauf, die Arme aus, als kämen sie so rascher zueinander, hatten sich endlich, konnten sich umschlingen.

Dir droht Gefahr, hab ich gehört. Jörn keuchte.

Wir alle sollen fort von Wargentin. Die Männer schicken mich, sie brauchen dich, weil du lesen und schreiben kannst. Sie warten bei den großen Steinen.

Sie hatten sich Holzklötze zurechtgerückt und hockten ums Feuer, sechs Männer aus Wargentin, und der siebente, der alte Genz, stand neben einer Zigeunerin, die hatte sich ein buntes glänzendes Tuch um Haupt und Schulter geschlungen wie ein junges Weib, war aber uralt und die Mutter der Sippe. Das Zigeunervölkchen hielt sich im Hintergrund, es saß bei den Wagen. Wenn das Feuer hochloderte, wenn die Funken stoben, wurden ein paar Gesichter aus der Dunkelheit gerissen, glühende

Kinderaugen, ein bärtiges Männerantlitz, der Umriß eines kleinen zottigen Pferdes. Das Feuer fauchte, knisterte und knallte. Genz schwatzte halblaut mit der Alten. Von den Wagen her war die Geige zu hören. Die Melodie klang rein, aber fremdartig, sehr traurig auch. Die Männer ums Feuer senkten die Köpfe, ihnen wurde noch schwerer ums Herz. Genz bot der Alten vier Kruken mit Kornbrand an. Wenn es auch mit Strafe bedroht war, einer der Tagelöhner hatte sich noch immer ans Brennen gewagt, die übrigen nach Belieben zur Maische beigesteuert, Grünmalz oder Zucker, auch Kartoffeln, wenn's an Korn mangelte, und ein jeder mußte dem Brenner zur Hand gehen oder Schmiere stehen, und jeder hatte es gern getan. Beim Weibe liegen, solange man im Saft stand, einen Schluck nehmen, solange er schmeckte, was hatte das Leben Besseres zu bieten an Genüssen. Heuer verbot sich die Brennerei, Korn wie Kartoffeln waren rar. Wenn man sich nicht wehrte, würde man womöglich winters nicht mehr im Dorf sein, und sollte sie dieses Unglück ereilen, mußte für den Auszug vorgesorgt werden. Auch aus diesem Grunde hockten die Männer am Feuer vor den Ravensteinen. Es war ihnen bitter angekommen, die Bannmeile zu übertreten.

Also vier Kruken. Genz zeigte sie nacheinander vor.

Ehrliche Ware?

Da mußten die Wargentiner lachen.

Gute Ware?

Probier! Genz griff nach der Kruke, die unter den Männern kreiste. Das Feuer wärmte, dennoch fröstelten sie bei dem Gedanken, an verrufenem Ort zu sein unter andersartigen Leuten und Schnapphähnen. Probier! Genz reichte der Alten die Kruke hin.

Es ging dem Kamps gegen den Strich, daß er aus einer Pulle trinken sollte mit solchen, die ehrlos waren, den Schindern und Henkern gleich. Das sagte er und spuckte ins Feuer.

Worin unterscheiden wir uns, fragte Genz, da auch wir heimatlos sein werden, wenn Gott uns nicht beisteht. Er wischte mit dem Ärmel über den Krukenrand und nahm einen Schluck, nachdem die Alte getrunken hatte.

Die nickte beifällig und fragte nach dem Preis.

Er verlangte Brotgetreide.

Die Alte lachte, ihr Mund, nahezu zahnlos, klaffte schwarz.

Wie kann einer Tagelöhner sein und kein Korn haben, da allerorten gedroschen wird. Sie bot zwei Säcke.

Genz verlangte drei.

Sie einigten sich schließlich auf diesen Handel nach einem weiteren Zug.

Da trat Gesine aus der Dunkelheit, gefolgt von Jörn.

Die Alte betrachtete beider Hände im Feuerschein. Ich seh eine Hochzeit, eine Wiege, ein schönes Kind.

Das hätte jeder weissagen können. Jörn lächelte. Er strich seiner Liebsten zärtlich über den Bauch.

Die Männer von Wargentin lachten. Auch die Zigeuner lachten, und der die Geige so meisterlich strich, spielte ein lustiges Lied.

Der alte Wollner hatte sich erhoben, von Genz die Kruke erbeten, jetzt reichte er sie dem Jörn zum Begrüßungstrunk. Er sagte: Jörn Tiedemann, du bist nicht von Wargentin, wie diese Männer im Kreis, aber du hast meine Tochter zur Frau... Wer hatte da höhnisch aufgelacht?

Zur Frau, wiederholte der Alte mit Nachdruck, gleichgültig, ob die Herrschaft Consens erteilt hat oder nicht. Also bist du einer der unseren und von uns der Gescheiteste. Du sollst einen Brief schreiben, gerichtet an seine Königliche Hoheit, den Landesherrn zu Schwerin. Bei ihm wollen wir Schutz und Hilfe erflehen wider den Schinder Haberland.

Erflehen, hatte Wollner gesagt, das Wort bedeutete Demut, sich beugen müssen, betteln um ein Geschenk. Mußte denn erbeten werden, was sollte von Gott gegeben sein und sich also von selber verstand, Gerechtigkeit auf Erden? Den Männern ums Feuer drückte noch immer aufs Gemüt, was ihnen der Haberland angetan, daß sie sich hatten der Hosen entledigen und dastehen müssen, dem Hausgesinde zum Spott.

Der Schnaps hatte sie befeuert, sie riefen durcheinander und begleiteten, was sie schrien, mit fahrigen Gesten. Erflehen, erflehen, so kriecht doch gleich auf dem Bauch, freßt Dreck wie die Schlange, werft euch nieder in den Staub, leckt ihnen die Stiefel, Ergebenheit ändert nichts.

Gemach! Jörn versuchte, die Männer zu beschwichtigen. Es sei richtig, den Landesvater um Hilfe anzugehen. Das wolle er versuchen, aber Ruhe bitte. Er kenne nicht alle am Feuer von Angesicht und müsse die Namen wissen, das Alter und so weiter. Aber, verdammt, er hat nichts zum Schreiben.

Genz, der Älteste, der Weiseste, hatte an alles gedacht. Da ist ein festes Buch, du kannst es auf den Knien halten. Da ist ein Stift. Ich reiß einen brennenden Ast aus dem Feuer, das ist die Fackel, mit der ich dir leuchte. Und später wirst du alles ins reine pinseln müssen, ins feine. Kannst du auch schöne Schnörkel machen für den Anfangsbuchstaben?

Jörn wird es versuchen. Vielleicht so:

An Seine Königliche Hoheit Friedrich Franz II. von Gottes Gnaden, Großherzog von Mecklenburg, Graf Schwerin, der Lande Rostock und Stagard Herr.

Ich male viele Arabesken, und nun kommt ihr an die Reihe. Ich schreibe:

Wir sieben, die alleruntertänigst Unterzeichneten – ja, ein bißchen Ergebenheit muß sein – also untertänigst, mit Namen ...

Jörn sieht den Alten an, und der sagt: Genz. Schon zu Jahren gelangt, zweiundsechzig, davon eingewohnt vierzig zu Wargentin.

Und der nächste Name?

Kamps, sechsundvierzig Jahre, davon neunzehn ansässig im Dorf.

Und der nächste?

Wollner, fünfundfünfzig Jahre, davon neunundzwanzig in Wargentin.

Und dann Deter, neununddreißig und auch schon dreizehn Jahre in Wargentin.

Sie alle sind angestammt in diesem Dorf, und Haberland, der sie der Heimat berauben will, ist erst vor Jahresfrist zu ihnen gekommen. Die Männer wünschen ihm die Pest an den Hals.

Gesine sieht den rötlichen Lichtkeil in die Schwärze geschoben, an seinem Grunde das Feuer, das die Gesichter der Männer verzerrt. Das Mädchen fürchtet sich. Mein Gott, sie reden, als wollten sie nicht bitten, sondern sich verschwören.

Du mußt nichts fürchten, flüstert die alte Zigeunerin. Ich hab deine Hand gesehen. Unter diesen am Feuer dort sehe ich manchen von Galgenvögeln umflattert, aber du wirst lange leben, wenn du dem Unglück widerstehst.

Hat Gesine diese Weissagung nicht schon einmal vernommen und sich sehr gefürchtet, damals unter dem Rabenbaum, und gemeint, es wäre die Stimme des Herrn gewesen, die aus dem Baume rief, obwohl sie nicht wohllautend klang, sondern krächzend und ebenso undeutlich wie das Genuschel der Zigeunerin? Du wirst leben bis in das nächste Jahrhundert hinein. Gesine hörte noch einmal, was sie vergessen hatte.

Mit diesem da wirst du ein großes Stück des Weges wandern. Die Zigeunerin wies auf Jörn.

Gerade erhob er sich, Genz stellte sich neben ihn, um mit der Fackel zu leuchten, und nun hörten alle, was er geschrieben hatte:

Der Pächter Haberland bedrückt und schadet uns nach Belieben. Er will nur junge Leute auf dem Gute dulden. Wir aber sollen aus dem Dorfe ziehn und werden nirgends eine Niederlassung finden. Haberland tritt unser angestammtes Menschenrecht mit Füßen. Wir werden mit einem Male brotlos und erwerbslos sein und dem Staat zur Armenversorgung anheimfallen müssen, wir alle, die sich bis dahin ernährt hatten fleißig und redlich.

Bei diesen Worten sprangen alle auf, die so lange gesessen hatten, und riefen: Fleißig und redlich, jawohl.

Und Jörn sprach: Es darf nicht geschehen, daß sieben Familien sollen Unrecht erleiden, obwohl sie sich Jahr für Jahr erwiesen als Euer Königliche Hoheit getreue Untertanen.

Da riefen alle: Getreue Untertanen, getreu, getreu.

Sie liebten ihr Dorf wie ihren Gott und ihren angestammten Landesherrn, und wenn sie sich in dieser Nacht auch bei den gespenstischen Ravensteinen verschworen hatten, so taten sie es trotz allem Geschrei doch auf eine friedfertige Weise, denn sie setzten alle ihre Hoffnungen auf einen einzigen Mann.

Genz sagte, was die meisten dachten: Er muß helfen, unser allergnädigster Landesherr, denn er nennt sich Großherzog von Gottes Gnaden, also wird er einstehen müssen für Gottes Gerechtigkeit.

Und wenn nicht?

Kamps war es, der mürrisch so fragte, um sich dann selber die Antwort zu geben. Wenn nicht? Dann müßte es mit dem Teufel zugehen auf dieser Welt, und dann, zum Teufel, mag sie doch zugrunde gehen.

Das war kein guter Trinkspruch, aber die Männer, am Feuer stehend, leerten den Krug.

Als die Wargentiner heimkamen, brannten noch immer die Feuer auf den Herdstellen. Die Frauen hatten sich gesorgt, nun waren sie froh, daß sie ihre Männer wiederhatten und ein paar Scheffel Korn dazu, die wurden gerecht verteilt von Katen zu Katen. Und nun gute Nacht.

Wollners Hütte war die letzte in der Zeile. Sanne Wollner hatte endlich ihre Scheffel Brotgetreide im Kasten, nun lehnte sie mit verschränkten Armen am Türbalken. Stine und Rieke schliefen längst. Draußen standen Jörn und Gesine, wortlos, Hand in Hand.

Der Alte schob die Mütze aus der Stirn, er kratzte sich das Haar und zögerte, gute Nacht zu sagen. Sollte er dem Jörn, der allen einen Dienst erwiesen, adieu sagen vor offener Tür, damit er davongehe und hinabstolpere nach Klevenow bei stockfinsterer Nacht? Er suchte den Blick seiner Frau. Die hob unschlüssig die Schultern.

Der Alte sagte: Jeder weiß, daß es verboten ist, Fremde unter seinem Dach zu beherbergen. Wir zählen dich zur Familie, also bleib.

Gesine küßte Jörn und zog ihn ins Haus. Sie küßte auch die Mutter und wußte nicht, wann sie das letzte Mal zärtlich zu ihr gewesen war. Sanne Wollner murrte ein wenig, daß sie und der Alte die Bettstelle räumen mußten, um zu den Töchtern zu kriechen.

Das ist das Bett, von Feuer schwach erleuchtet, und dort stehen die Liebenden, bereit zur schwarzen Hochzeit. Sie sind nicht allein im Zimmer, aber durch die Herdstelle abgeschirmt, also doch für sich. Sie entkleiden sich. Der Kessel ist warm. Gesine gießt Wasser in die Schüssel, sie stellt sie auf dem Schemel zurecht, um sich zu säubern. Dann reicht sie dem Jörn das Tuch und das kostbare Seifenstück und legt sich, um ihm vom Bett aus zuzusehen. Er steht im Hemd, beugt sich und bläst den Schaum auf der Schüssel beiseite, um Wasser zu schöpfen und das Gesicht zu netzen. Dann zieht er das Hemd über den Kopf, er wäscht sein Geschlecht, er schaut dabei lächelnd auf das Mädchen, und es geniert ihn nur wenig, als ihm das Glied aufsteht in der eigenen Faust. Gleich wird es Gesine haben.

16

Es war ein Schönwetterseptember, mittags hätte man meinen können, im hohen Sommer zu sein, und der Hof zögerte, den Heiligen Damm zu verlassen. Vielleicht hatte man aus diesem Grund die Badekarren noch nicht auf den Sand gerückt, außer dem jungen Fürsten warf sich aber kaum jemand in die See.

Der Hofmeister und ein Lakai standen fröstelnd am Strand, und die Frau Großherzoginmutter Alexandrine betrachtete das kleine Gefolge unmutig, denn zweifellos gehörte es in die Nähe des Herrn, also ebenfalls ins kalte Wasser. Alexandrine war seit wenigen Jahren verwitwet, und der Sohn, erst fünfundzwanzig Jahre alt und von zarter Körperlichkeit, ähnelte ihrem Gemahl Paul Friedrich. Der junge Mann sprang immer wieder in die Wellen, bis sich die Fürstin entschloß, zu tun, was an ihrer Stelle jede besorgte Mutter getan hätte, sie rief, in der Ungeduld zu laut und zu schrill, in das Wellengetöse: Jetzt reicht es aber wirklich, Fritz! Friedrich Franz II., Großherzog von Mecklenburg, gehorchte, wenn auch widerwillig. Er watete an Land, nackt und bloß, wie er geschaffen war. Die Mutter betrachtete die magere, ephebenhafte Gestalt und dachte, daß der Junge sich bald als Ehegemahl würde behaupten müssen, der Hof verhandelte mit Heinrich LXIII. von Reuß-Schleiz-Köstritz, dessen Tochter Auguste Wilhelmine als hübsch, aber etwas füllig geschildert wurde.

Endlich war der junge Mann an Land. Die Fürstin gebot ihrer Dame, sich abzuwenden, und hielt eigenhändig das Badelaken.

Du bist unvernünftig, Fritz.

Ach, Mamachen, sagte der Großherzog und bibberte mit einem Male wie ein ganz kleiner Junge. Ach, Mamachen, vielleicht ist der Sommer schon morgen vorbei. Gönn mir doch das bißchen Sport.

Die Frau Mama mußte ihn an Verpflichtungen geistiger Art erinnern. Für den Abschluß der Saison und als deren Höhepunkt gewissermaßen war eine besondere Attraktion zu erwarten. Iduna

Gräfin Schwan-Schwan, Mecklenburgs bedeutende Schriftstellerin, hatte sich bereitgefunden, der vornehmen Gesellschaft ein neues Werk vorzustellen. Die Lesung sollte im Großherzoglichen Palais zu Doberan stattfinden, aber noch weilte man am Strande. Die Großherzoginmutter sagte: Ich muß Euer Königliche Hoheit zur Eile mahnen.

Warum?

Aber du kannst doch nicht vergessen haben, Fritz, daß wir diese dichtende Schwänin empfangen müssen.

Und so war denn der schöne, ovale Saal des alten Palais wieder einmal zu Ehren gelangt. Er war wegen seiner eigenartigen Tapeten berühmt, sie zeigten Abbildungen antiker Motive, von denen jede einzelne wie ein kolossaler Kupferstich wirkte. Die Kronleuchter schimmerten im Kerzenlicht, ebenso das Geschmeide der Damen.

Die versammelte Gesellschaft war illuster, ihr Mittelpunkt ohne Zweifel die verwitwete Großherzogin von Mecklenburg und gewiß nicht nur wegen ihres königlichen Ranges. Alexandrine war über die vierzig hinaus, aber immer noch eine schöne Frau, sie trug ein ausgeschnittenes Kleid, einen Spitzenschleier über den bloßen vollen Schultern. Ihr zur Seite der knabenhafte Herrscher des Landes. Ihm war, wie allen Herren, ein legerer Anzug nicht erlaubt, aber die Damen trugen sich des warmen Wetters wegen noch sommerlich hell in zartesten Farben.

Und dort also, unter dem Kandelaber, saß die Dichterin, eine beinahe düstere Erscheinung inmitten der Farbenpracht. Sie hatte sich zu einer Robe entschlossen, die dem Habit einer Ordensschwester nicht unähnlich war, wenn auch aus kostbarstem Stoff gefertigt. Iduna Schwan-Schwan war ganz in Schwarz erschienen. Der Großherzog hatte sie freundlich willkommen geheißen, und da saß sie also, bleichen Gesichtes, halb geschlossenen Auges, die Fingerspitzen der einen Hand an der durchsichtigen Schläfe, sich konzentrierend, sinnend, während die Fächer der Damen auf und nieder gingen, als bewegten prächtige Falter ihre Flügel. Dann aber glommen die Augen, die mandelförmig waren, wie die einer jüdischen Prinzessin. Die Dichterin begann ihren Vortrag mit leiser Stimme, ein wenig zögerlich, wie eine Seherin. Sie begleitete jeden Satz mit einer schönen Geste und blickte ihm fragend nach, als wolle sie sich vergewissern, daß er, im Saale schwebend, auch jedes erlauchte Ohr erreichte.

Iduna hat den Pegasus gesattelt, einen schneeweißen Zelter. Nun fliegt sie in das zwölfte Jahrhundert zurück, Wälder und Wälder, so weit das Auge blickt, und wie Silberfäden die Flüßlein, der Warnow zustrebend und endlich dem Meer. Kaum ein Weg, der den Urwald durchschneidet, da und dort eine Blöße im Grünen, karge Felder und Wiesen, ein Dorf in der Mitte, riedgedeckte Lehmhütten, im Kreise stehend, Schweine auf dem Anger, Schweine am Waldessaum.

Mein Gott, wo bin ich?

Ich schwebe über wendisches Land, nun seh ich ein Feuer, Rauch, der zum Himmel quillt. Mein Zelter wirft das Haupt auf, er wiehert. Du mußt dennoch gehorchen, tiefer hinab, näher heran, Pegasus, ich muß wissen, was sich begibt.

Ich bin anno Domini 1167. Ich sehe das Feuer, sehe wendisches Volk auf den Knien, aber es sind Priester meines Glaubens, die in hoch erhobenen Fäusten das Heilandskreuz halten. Nun tritt ein Mann heran in kostbar gewirktem Fürstenmantel, ein stolzes Weib an seiner Seite, der schmale Kronreif schmückt ihr Haupt. Es sind Pribislaw und Woizlawa, sie wohnen einer Götzenverbrennung bei und verfolgen mit frommem Schauder, wie sie sich im Gottesfeuer bäumen und endlich vergehen, heidnische Idole, die Swantevit heißen und Tryglow und Jarowiz, der gar sieben abscheuliche Gesichter hat und acht Hände, die Schwerter tragen, aber keines erhebt sich aus der Glut, kein Blitz zischt auf, kein Meer bricht herein, denn dein Wille, Allmächtiger, geschieht im Himmel, also auch auf Erden, und so müssen sie sich beugen. Ich sehe ihn, ich sehe, nur Schritte von diesem Ort entfernt, den Sohn des Heiden Niklot. Er bricht in die Knie, überwältigt im reinsten Sinne, um das Kreuz zu küssen, und bestimmt, daß am Ort seiner Läuterung zu Doberan ein Kloster zu gründen sei und bald auch ein Münster.

Dieser Dom war in allen deutschen Landen berühmt seiner wunderwirkenden Reliquien wegen. Sie wurden den frommen

Pilgern Jahr für Jahr vorgezeigt, darunter eine Serviette, die der Bräutigam während der Hochzeit von Kanaan gebraucht hatte, ein wenig Flachs vom Spinnrocken der Mutter Gottes, das Messer, womit Dalila den Samson schor, eine Flasche mit ägyptischer Finsternis und ein ledernes Ringlein, die Vorhaut Sichems, des Stadtkönigs, der Dina, Jakobs Tochter, liebte, leider war er nicht im rechten Glauben.

An dieser Stelle hielt Iduna einen Lidschlag inne, sie litt an Kurzsichtigkeit und vergewisserte sich halbgeschlossenen Auges, ob ihr Vortrag Eindruck machte.

Alexandrine, die Großherzogin, blickte etwas irritiert auf den knabenhaften Landesherrn. Friedrich Franz lächelte amüsiert. Sie macht es ganz reizend, Mamachen.

Ich bin der Rabe im Baum, ich weiß, was damals geschah. Es ist so und so ähnlich oft geschehen, hart an der Gegenwart wie am Grunde der Geschichte, Gewalt und Wortbruch haben eine uralte, schmähliche Tradition, so steht schon im Buch der Bücher geschrieben.

Mein Rabenvater hatte in dem Baum gesessen, der neben Sichem stand, als Jakob sein Lager aufschlug vor der Stadt, und sich Dina in des Stadtkönigs Sohn vergaffte und litt, daß er bei ihr lag. Da warb Hemor, des Landes Herr, für seinen Sohn und sprach zu Jakob: Sein Herz sehnt sich nach Dina. Gebt sie ihm doch zum Weibe und wohnt bei uns. Mein Land soll euch offen sein.

Jakobs Söhne antworteten betrügerisch. Wir wollen euch gefällig sein, wenn ihr werdet, wie wir sind, und beschneidet, was männlich unter euch ist.

Die Männer gehorchten. Am dritten Tag, da sie im Fieber lagen, nahmen die Söhne Jakobs das Schwert und gingen in die Stadt und erwürgten den Hemor wie seinen Sohn und alles, was männlich war, und nahmen alle ihre Habe, Kinder und Weiber und Schafe und Rinder.

Ähnliches trug sich zu im Obodritenland, als Heinrich der Löwe geritten kam.

Niklot, der König, erwehrte sich lange der deutschen Räuber;

als sie wieder ins Land fielen, sprengte er kühn in die feindlichen Heerhaufen hinein. Mein Urrabenvater, der wie all meine Väter Gedächtnis hieß, flog über die Walstatt hin und wieder her und sah, daß Niklot fiel und wie sie Wartislav, seinen erstgeborenen Sohn, in Gefangenschaft nahmen.

Den ließ Heinrich der Löwe vor sich kommen und sprach: Niklot, dein Vater, König der Obodriten, ist tot. Ich aber stehe mitten in seinem Land, da es Gottes Wille ist, daß Gutes über Böses triumphiert. Ich laß dir Freiheit und Leben, wenn du zu deinem Volke sprichst, daß es abschwöre dem Bösen und die Götzen verbrenne.

Wartislav beugte sich nicht. Da ließ Heinrich der Löwe den Fürstensohn hängen und machte sächsische Barone zu Herren des Landes, die saßen auf den Burgen in Schwerin, Ilow, Quitzin und Mickelenborg und wurden der Obodriten dennoch nicht Herr.

Da schickte Heinrich der Löwe zu Pribislaw, dem Bruder des ermordeten Wartislav, und sprach: Ich bin der Sieger im Obodritenland. Meine Leute wollen bei euch wohnen und werben, aber das können wir nicht, solange ihr Heiden seid, denn es wäre uns eine Schande. Ich gebe dir den Osten des Obodritenreiches als Lehen zurück, außer Schwerin, das muß ich den sächsischen Ministerialen lassen, und du wirst dich fortan Fürst des Deutschen Reiches Römischer Nation nennen dürfen, um den Preis der Bekehrung.

Pribislaw sprach: Ich bin bereit, mit meinem Volk Christus den Herrn zu bekennen, um des lieben Friedens willen. Zum Zeichen dafür will ich ein Kloster gründen und ein Münster bauen zu Doberan.

So ist es tatsächlich geschehen. Das Kloster wuchs, und seine Gärten blühten, aber die Wenden, gleich ob sie Christen waren, galten den Deutschen als verächtlich, sie durften bedrückt werden nach Belieben, und kaum daß Pribislaw, des Reiches Fürst, gestorben war und beigesetzt vor dem Altar des hölzernen Münsters zu Doberan, empörten sich die Obodriten und erhoben sich mit Gewalt und schonten nicht den geheiligten Ort. Sie gingen des Nachts in das Kloster und erwürgten die wehrlosen Mönche und

Laien und ihren Abt und setzten das Münster in Brand, so daß der Himmel rot war wie von Blut gefärbt, in der Novembernacht.

Fortan galten die Wenden erst recht als niedrig von Gesinnung, heimtückisch, böse und faul. Die Herren trieben sie wie Wild vor sich her auf der Flur, schlugen sie oder hängten sie in die Bäume und riefen bald deutsche Bauern ins Land, daß der Pflug vollende, was das Schwert nicht hatte bewirken können. Und so ging ihr Lied:

> *Na Oestland will wy varen,*
> *nach Oestland will wy mee.*
> *All över de Berge und Dale*
> *und över de blaue See.*

Aber nicht lange, da waren auch die getäuscht und nicht frei und also besiegt, gleich ob deutsch oder wendisch, sie waren leibeigen den sächsischen und wendischen Baronen.

Ich bin der Rabe im Baum. Ich weiß, daß er bis heute nicht gesprengt ist, der gnadenlose Ring von Wortbruch um Wortbruch, Vergeltung um Vergeltung, Auge um Auge, Zahn um Zahn, Gewalt um Gewalt. Das ist die Wahrheit, und so lange ist es schlecht bestellt um Gottes Gerechtigkeit auf Erden.

Man applaudierte, als Idunas Vortrag beendet war, die Damen trugen Handschuhe, die dämpften das Geräusch, und es verbot sich, daß die Herren laut klatschend die Hände ineinanderschlugen, obgleich einige von ihnen beeindruckt waren von der Erscheinung der Dichterin wie von ihrer merkwürdigen Erzählung, diesem Geisterritt zurück in wilde heidnische Zeiten.

Freundlicher Applaus also. Die Dichterin dankte mit gemessener Neigung des Hauptes. Und nun durchmaß der Landesherr eiligen Schrittes den Saal, um Iduna die Hand zu küssen. Er wisse wohl, daß ihre Erzählung als Huldigung an das Haus der Pribislawen zu deuten sei, Dank also, er beugte sich noch einmal über die blasse, ringgeschmückte Hand, und Iduna, die sich als Fürstin auf dem Geistesfeld verstand, lächelte hoheitsvoll auf den Großherzog herab und bemerkte, daß dessen Haupthaar auf bedenkliche Weise gelichtet war.

Jetzt führte Friedrich Franz II. Iduna Schwan-Schwan der Frau Großherzoginmutter zu. Alexandrine von Mecklenburg Schwerin würdigte die Dichterin leutselig eines kleinen Gesprächs, ihre Erzählung sei interessant, irgendwie.

Oh, ich danke von Herzen, Euer Königliche Hoheit.

Lächeln hin, Lächeln zurück. Hofknicks, aufrauschender schwarzer Taft, Ende der Audienz.

Der jugendliche Großherzog geleitete die Dichterin zu einem zierlichen Sofa mit vergoldeten Beinen und Armlehnen.

Ich bitte, Gräfin.

Iduna hätte herzlich gern die Huldigung der Gesellschaft entgegengenommen, viele der Herren und Damen starrten sie an mit dringlichem Blick, als erwarteten sie einen Wink, der sie näher bitte, aber der Landesherr hat Lust auf ein Gespräch.

Selbstverständlich kennt er die Familiengeschichte, und, merkwürdig, er ist zur Zeit mit Pribislaw beschäftigt, hat jedenfalls den Herrn Archivrat Lisch beauftragt, nach der Ruhestätte des Ahnherrn zu suchen. Ein schwieriges Unterfangen, müssen Sie wissen. Die große Messingplatte, mit der die Stelle Hunderte von Jahren bezeichnet war, ist während des Dreißigjährigen Krieges von den Schweden gestohlen und weggeschleppt worden, ebenso das kupferne Dach des Münsters, jahrelang war eines der bedeutendsten Bauwerke der Backsteingotik Norddeutschlands dem Verfall preisgegeben.

O diese gnadenlosen protestantischen Heilsbringer aus dem Norden. Herzog Albrecht I. hatte sie im Lande dulden müssen, aber, pardon, Königliche Hoheit, war er im Recht, als er den Abfall von der heiligen Mutterkirche per Dekret befahl und seinem Volk das Luthertum verordnete?

Es gibt ein Pergament aus dem Jahr 1552. Iduna hat es gelesen und sich den altertümlichen Text eingeprägt. Er betrifft diesen Ort: In dissen sulven yar worden de monick uth Doberan verdreven von den hertogen von mecklenborg.

Friedrich Franz hebt lächelnd die Schulter. Jedenfalls hatte das Gebäude der heiligen Kirche Risse bekommen, häßliche Schwären, Sprünge im Fundament. Erneuerung war unerläßlich.

Aber mußte man deshalb die Seele aus dem uralten Gemäuer

entweichen lassen? Die Dichterin blickt mit schmerzlichem Ausdruck auf ihren Landesherrn.

Ach die Seele, Gräfin. Ich denke mir das Münster immer noch belebt. Verschwunden sind die sonderbaren Reliquien, die lederne Vorhaut des Sichem. Der Großherzog kann unbefangen lachen. War es nicht auch das erste Glied vom Daumen des heiligen Christopherus, für dessen Anblick die Gläubigen zahlen mußten? Und übrigens, Herzog Albrecht ist am Tage des Dekrets auch erst fünfundzwanzig Jahre alt gewesen. Könnte ich handeln wie er, ach Gräfin, ich würde die Macht vernünftig gebrauchen.

Da leuchteten Idunas Augen schwärmerisch. Königliche Hoheit würde das Volk gewiß wieder unter den schützenden Mantel der Mutter Gottes stellen. Der Abfall, ach, er habe die deutschen Lande auf verhängnisvolle Weise getrennt und einander entfremdet. Manchmal wolle ihr scheinen, seit damals sei das deutsche Blut erstarrt.

O nein. Wäre er, wie Albrecht, tatsächlich im Besitz von Macht, er würde den Mecklenburgern eine bessere Verfassung verordnen. Erstarrung bemerke auch er. Die alte Ständeordnung scheine ihm eine der Ursachen dafür. Man klage ihm immer wieder über Mißstände in Mecklenburg. In Glaubensdingen, übrigens, sei er liberal.

Ach tatsächlich?

Der Landesherr und die Dichterin verfochten gegensätzliche Positionen. Es schien beinahe, als hätten sie Spaß daran, jedenfalls waren sie so in das Gespräch vertieft, daß ihnen entging, was sich im Saale begab.

Alexandrine, die majestätische Großherzoginmutter, und der erste Staatsminister näherten sich dem plaudernden Paar. Pardon, Gräfin, ich muß Ihnen den Großherzog entführen. Der Landesherr erhob sich wie ein gehorsamer Junge augenblicks. Es redet sich so nett mit unserer Dichterin, Mamachen, weil sie mir nicht zum Munde spricht. Grade disputieren wir über den Liberalismus.

Oh. Alexandrine von Mecklenburg hob eine Braue. Sie hängen ihm an, Gräfin?

Ich verabscheue ihn, sagte Iduna, denn er gibt vor, der Freiheit das Wort zu reden, will aber die gesamte staatliche und religiöse Ordnung umstürzen. Er überhebt sich, er stellt sich über Gott und Gottesgnadentum.

Die Hoheit sagte: Interessant. Ihr mißfiel das exaltierte Gehabe der Dame. Mein Gott, warum müssen sich Literaten und nun gar dichtende Gräfinnen einmischen in die Politik?

Interessant, wiederholte sie, irgendwie, und neigte das Haupt zum Abschiedsgruß.

Aber der Landesherr wollte sich noch nicht trennen. Die letzte Frage, Gräfin: Wie sollen wir mit dem allgemeinen Unmut fertig werden, dem Elend, der maßlosen Unrast der Seele, wenn nicht durch freieres Denken, durch Geistigkeit.

Durch Gott, sagte die Dichterin, durch die Schärfung des Pflichtgefühls, von unten wie oben.

Diesmal folgte ihr Alexandrine von Mecklenburg. Sehr richtig, wiederholte sie, Pflichtgefühl von oben wie von unten, von unten.

17

Kein Regen mehr, kaum eine Wolke über Klevenow, Altweibersommer. Das wäre ein Grund, sich des Lebens zu freuen, auf der Bank vorm Haus zu sitzen, mit geschlossenen Augen, Hände vorm Bauch, und sich von der Oktobersonne noch einmal wärmen zu lassen, ehe es November wird, neblig und kalt.

Und sie sitzen auch nebeneinander auf dem weißlackierten Bänkchen vorm Klinkerrot der Gärtnerei, Minna Krenkel und Schlöpke. Aber sie freuen sich nicht.

Schlöpke muß erzählen, wie das gewesen ist gestern nacht, hat ja sonst keinen Menschen, mit dem er sich austauschen kann, und was er berichtet, verdüstert die Seele. Es geht Minna an, und es geht ihr nahe, wie man sieht. Sie ist in diesen baumlangen Kerl vernarrt. Sie hört Schlöpke zu und nimmt gar nicht wahr, daß ein Mann neben ihr hockt, der sie mag und auf seine Weise begehrt.

Mein Gott, jung ist er nicht, schön ist er nicht, aber es pocht ihm ein Herz in der Brust, das für Minna schlägt. Natürlich lockt ihn auch der Gedanke an hundert Taler curant, an ein eigenes Heim. Das Alter wäre sorgenfrei, kein Kummer mit Kindern, wir sind beide zu alt, und ich weiß nicht, ob da noch ein Feuer brennt, ob Minna Spaß hätte an geschlechtlichem Verkehr, also ich kann es lassen. Da war niemals viel, das ich hätte rausstecken können, aber glaubt man den Knechten, dann muß dieser Jörn außergewöhnlich beschlagen sein, nimmt man ihm die Beischläferin für längere Zeit, wo soll er hin mit seiner Kraft. Minna bietet sich an, vielleicht wird er's ihr machen, und die genießt womöglich solch einen Lümmel zwischen den Schenkeln. Was gelte dann ich? Also auch mich geht es an, mich geht es an, was in der Nacht geschah.

Die Herrschaft kann nicht wegen jeder Angelegenheit den Gendarmen rufen, also heißt es: Schlöpke, er sorgt dafür! Schlöpke, er nimmt es zu Protokoll! Was da getan werden muß, wahrhaftigen Gottes, geschieht, weil es die Herrschaft so wünscht.

Aber mir wird es angehängt. Du Schwein, hat er gesagt. Ich gelte beinahe als unehrlicher Mann, vor dem man ungestraft ausspeien darf. Ich sag das, ich denk das, weil ich ja auch schon in den Vierzigern bin und auf meine zweifelhafte Profession pfeifen könnte, wenn, ja wenn sie doch endlich das Bett mit mir teilen wollte und die hundert Taler curant.

Warum reden Sie nicht weiter, Herr Schlöpke?

Ich war in Gedanken. Wir sind zu dritt gewesen, der Stockmeister, der Büttel und ich. Stockfinstere Nacht. Der Büttel hielt die blakende Fackel, er hatte geklopft, und Wollner öffnete spaltbreit die Tür.

Was gibt es mitten in der Nacht?

Wozu lange palavern oder verhandeln. Der Stockmeister trat die Tür ein, der Büttel warf die brennende Fackel auf den Herd, da hatten wir Licht. Ich trat als letzter ins Haus, und da sehe ich nun die alte Wollner und ihre Töchter auf der Schütte, wie sie sich erschreckt aufrichten zum Sitz, und das junge Paar, wie es halbnackt aus dem Bette springt. Das Mädchen stellt sich vor diesen Jörn, als wäre es der, den wir holen wollten. Sie starrt mich an aus riesengroßen Angstaugen, und ich muß sagen: Gesine Wollner, du hast die Schwangerschaft vor der Herrschaft verborgen, das ist strafbar, deshalb und wegen fortgesetzter Hurerei wirst du ins Arbeitshaus nach Güstrow verbracht.

Nein, schreit der Liebhaber. Er schiebt das Mädchen hinter sich. Nun steht er vor mir, spreizbeinig, seitlich ausgereckte Arme, geballte Fäuste, das Hemd ist bis zum Nabel aufgeschlitzt, ich seh, der ist wüst behaart, der ist wild wie ein Tier in der Wut, der ist fähig zum Mord. Hätte ich Stockmeister und Büttel mir nicht zur Seite gewußt, ich wäre auf und davon.

Nein, schreit dieser Jörn, und dreimal nein! Sie ist meine Frau vor Gott und ihren Eltern. Ich liebe sie. Ein Kind ist uns schon gestorben, und ich will nicht, daß ein zweites zu Schaden kommt. Ja, sie trägt wieder eins von mir.

Vor Gott und ihren Eltern – solche Worte von einem Pferdeknecht. Da steht er, Zornadern wie Seile am Hals, jeder Muskel gespannt, als sei er zu allem fähig, als könnte er den Stützbalken eintreten, damit der Katen über uns zusammenbricht und alles unter sich begräbt. Aber das Mädchen, sehe ich, das hat ein dünnes Hälschen, ein zerbrechliches. Sie beugt den Nacken und beginnt sich anzukleiden und sagt etwas sehr Merkwürdiges, eine Zigeunerin habe ihr Glück verheißen, auch die Stimme im Rabenbaum. Ja, wahrhaftig, eine Stimme im Baum. Es ist ja schon mancher vor Schreck um den Verstand gekommen. Sie sagt, Jörn solle sich ergeben ins Unvermeidliche, aber der tut es nicht, der tut gar nichts, der steht bloß so da, daß sich Büttel und Stockmeister keinen Schritt näher wagen, und starrt auf mich mit einer solchen Verachtung und sagt: Wir sind nicht schuld, daß uns Häusung wie Heiratsconsens immer wieder verweigert werden. Schon dreimal habe ich nachgesucht, das weißt du besser als ich, Mensch. Du führst doch die Gutstagebücher.

Ja, das ist wahr, das ist wahr, aber nun habe ich einen Haftbefehl. Schlöpke, er sorgt dafür. Ich muß Gesine Wollner mit mir nehmen, draußen wartet der Gefangenenwagen. Dieser Tiedemann hat es getan, er hat vor mir ausgespuckt. Er hat gesagt: Du spielst dich auf als Polizei und duldest Unrecht, also tust du nicht gut, du Schwein.

Stellen Sie sich vor, Fräulein Minna, der hat mich ein Schwein genannt. Büttel und Stockmann haben sich jeder an einen seiner Arme gehängt. Der hat die Männer abgeschüttelt, als wäre das gar nichts. Schon ist er sie los. Einen Schritt zum Herd, die Fackel brannte, es war wieder Glut. Die Weiber schrien wie am Spieß. Er hat den roten Schürhaken aus dem Feuer gerissen, der zischte wie ein Richtschwert durch die Luft, der hätte uns das Fell verschmort, den Schädel zerschlagen, wäre nicht das Mädchen dem Mann in den Arm gefallen.

Tu es nicht, Jörn, oder du endest am Galgen!

Da war es vorbei mit seiner Gewalttätigkeit. Die hatte Gewalt über ihn. Er hat geweint, er hat sie geküßt und müssen gehen lassen.

So ist es gewesen, Fräulein Minna. Sie wissen nun, die junge Wollner ist fort, wie der Haberland und die Frau Gräfin es wünschten. Und dieser Tiedemann, müssen Sie wissen, ist ein gefährlicher Mensch – besser, ich sag es ihr –, das nimmt kein gutes Ende mit diesem Kerl. Der hat das Zeug zu einem Galgenvogel. An so einen hängt man sich nicht einmal in Gedanken, der reißt einen mit in den Abgrund. Also, dieser Tiedemann ist ein gefährlicher Mensch. Er hat mich, er hat die Bediensteten des Grafen Schwan auf Klevenow angegriffen. Ich werde es der Herrschaft anzeigen müssen.

Minna Krenkel war dem Herrn Sekretär gegenüber zum erstenmal vertraulich im Ton. Sie sagte ganz ruhig, aber mit glockentiefer Stimme: Das wirst du nicht tun, Schlöpke.

Gegen Abend, als sie zum Schloß hinüberging, traf sie den Jörn. Er lümmelte an der Mauer neben der Gesindepforte, verschränkte Arme, gekreuzte Beine, lässig, als sei nichts geschehen, aber näher tretend sah sie, wie blaß er war und daß er ihr entgegenblickte wie ein Fieberkranker. Er streckte die Hand nach ihr aus und zog sie neben sich. Sie roch, daß er schwitzte, es stieß sie nicht ab.

Willst du mir helfen, Minna?

Sie nickte. Aber, mein Gott, was wollte der Mann?

Nächstens ist Hubertusjagd in den Forst von Klevenow, abends ein großes Fest hier im Schloß.

Ja, das wußte sie, war ja von der Herrschaft angewiesen, bei den Vorbereitungen zu helfen.

Unser gnädiger Landesherr wird erwartet. Ich muß ihn sprechen. Bitte, Minna, wenn es soweit ist, hilf mir in den Saal. Sie erschrak, der Mann verlangte Unmögliches. Polizisten würden zu Dutzenden aufgeboten sein. Sie sah ihn an und sah, daß er lächelte.

Nur dir trau ich es zu.

Sie nickte.

18

Am dritten November, der als Todestag des heiligen Hubertus gilt, herrschte auf Schloß Klevenow von früh an geschäftiges Treiben.

Alle Herde des riesigen Küchengewölbes waren befeuert, die Mamsell trieb Köchinnen und Küchenjungen an, bei der Abendtafel sollten wenigstens vier Schüsseln gereicht werden, die herrschaftlichen Schützen hatten tagsüber nur einen leichten Imbiß einnehmen können und würden hungrig sein. Ein Geschwader von Hausmägden zog von Treppe zu Treppe, von Stockwerk zu Stockwerk, um letzte Staubflusen auszutreiben, und Agnes Schwan persönlich inspizierte jedes der vielen Gästezimmer. In der Suite der seligen Gräfin wurden gar neue Teppiche gelegt und frische Gardinen gehängt, denn hier sollte die Frau Großherzoginmutter nächtigen, es hatte als sicher gegolten, daß sie den Landesherrn zur Hubertusjagd begleiten würde. Hausknechte hantierten mit Leiter und Hammer, um den großen Saal mit frisch geschnittenem Tannengrün auszuschlagen, damit er balsamisch dufte und ein waidgerechtes Aussehen bekomme.

Das Dorf wirkte wie ausgestorben. Die Weiber mußten heute allesamt bei Hofe dienen, um das Schloßgesinde zu entlasten, auch auf dem Wirtschaftshof wie auf der Tenne sollte ja gefeiert werden. Die Herrschaften, gleich ob sie aus der Nachbarschaft oder von weither angereist waren, hatten Bedienstete im Gefolge, sie alle mußten bewirtet werden.

Die Männer aus Klevenow krochen seit Stunden durchs Waldesdickicht, um mit dem Klopfholz und mit Hei-hei-Geschrei den Jägern das Wild vor die Büchsen zu treiben. Wenn der Wind über die Wälder strich, trug er mancherlei Geräusch bis Klevenow, Hörnerklang, das Kläffen der Meute, das Geschrei der Treiber, am häufigsten aber das Knallen und Peitschen von Gewehrschüssen. Es hörte sich an, als würde Krieg gegen die Tiere des Waldes geführt, dabei war es gerade Hubertus, der die Waidgenossen zur Mäßigung verpflichtet hatte. Dieser Mann soll ein Heide und der wildeste der Jäger gewesen sein, bis ihm an einem Karfreitag mitten im Tann ein Hirsch erschien, der ein schimmerndes Kreuz zwischen den Geweihstangen trug, was den Hubertus so erschreckte, daß er den Jagdspieß zerbrach und gelobte, fortan ein frommer Mensch zu sein und die Tiere zu achten. Dieses Gelübde hat er wohl gehalten, jedenfalls wird erzählt, daß sich Hubertus als Klosterbruder und später als Abt nur mit Hundezucht beschäftigt habe und übrigens in der Lage gewesen sei, Menschen, die vom tollwütigen Hund gebissen waren, mit Hilfe eines wunderbaren goldenen Schlüssels zu heilen.

Den Leuten von Klevenow hatte der Hubertustag viel Arbeit gebracht, am Abend war jeder herzlich erschöpft, dennoch hielt es keinen Menschen in den Hütten, alles, was Beine hatte, strebte dem festlich erleuchteten Schloß zu. Dort konnte das erlegte Wild angestaunt werden, aber auch die Gäste des Grafenpaares von Klevenow, samt und sonders von Adel, sie standen im Lichte ungezählter Fackeln auf der Freitreppe, nach Rang und Würde gestaffelt, zuoberst die Damen, in der Mitte die hochgestellteste unter ihnen, die Großherzoginmutter Alexandrine, neben der schönsten, der jungen Agnes Schwan. Auf der ersten Stufe der Landesherr neben dem Erblandmarschall Friedrich Graf Schwan, umgeben von einem Dutzend Jägern, viele darunter, deren Namen Klang hatte in Mecklenburg wie die Herren Malzahn auf Rosenhagen. Ihnen zu Füßen war auf dem Rasen die Strecke gelegt. Da ruhten auf der rechten Seite, den letzten Bissen im Geäse, die Hirsche, nach Stärke geordnet, zwölf an der Zahl, darunter ein kapitaler Sechzehnender, und ihre Häupter waren auf eine Weise verdreht, daß die prächtigen Geweihe aufs trefflichste zur Geltung kamen. Danach folgte das weibliche Rotwild, wie bei den Hirschen das kräftigste Stück am rechten Flügel, danach das Dammwild, das Rehwild, die Sauen und zu guter Letzt ein paar Füchse mit lustig hochgebogener Rute, wie im Flammenschein zu erkennen war, denn zu selten der Strecke loderten die Feuer.

Die Großherzogin war von dem Spektakel angerührt, sie schloß mit einer Hand den Mantel enger am Hals und flüsterte der Gräfin Agnes zu: Es ergreift mich immer wieder. Man schiebt dem erlegten Wild ein Tannenzweiglein als letzten Bissen ins Maul. Eine edle Geste und humanistisch, irgendwie.

Und Agnes bestätigte etwas angestrengt: Humanistisch, Euer Königliche Gnaden.

Die Großherzogin dankte mit einem Händedruck. Wir sind ja alles Gottes Geschöpfe, nicht wahr.

Und nun Hörnerklang, es wird »Hirsch tot« geblasen und endlich Halali. Die Jagd ist aus.

Es war kein Zufall, daß Jörn Tiedemann unter den vielen Menschen, die sich vorm Schloß drängten, auf Minna Krenkel traf. Sie hatte ihn gesucht und mit gewisser Rührung gesehen, daß er jenes Rüschenhemd trug, das sie ihm einmal geschenkt hatte, es schmückte ihn sehr. Sie fragte leise: Willst du es wirklich wagen, Jörn?

Es gibt keine bessere Gelegenheit, Minna. Sie sonnen sich im Erfolg, alle sind gutgelaunt.

Und gut bewacht. Überall Soldaten, Gendarmen.

Deshalb mußt du mich durch die Küche in den Saal schleusen.

Dann komm.

Im großen Saal von Klevenow fühlte man sich heute abend tatsächlich in einen herbstlichen Wald versetzt. Gräfin Agnes hatte viele Komplimente entgegennehmen können, die Gäste wußten, daß die Arrangements nach ihrem Geschmack gefertigt worden waren, nicht nur Tannengezweig, sondern auch purpurnes Blattwerk der Roteiche an den Wänden wie auf der Tafel, Immortellengebinde und statt kostbarer Tafelaufsätze echtes Waldmoos in Meißner Schüsseln, mit Pfifferlingen besteckt, die aus Butter nachgestaltet waren. Und welchen der Gäste hätte es nicht schockiert und später erheitert, als er fußhoch raschelndes Laub durchwaten mußte, ehe er den Festsaal betreten konnte, denn zur Feier des Tages waren in der Halle zwei Fuder goldgelber Ahornblätter verschüttet worden, vermischt mit getrocknetem Salbei, Pfefferminze und anderem Kraut, das erfrischend duftete. Auch das ein reizender Einfall der Hausherrin.

Großherzogin Alexandrine war entzückt. Sie rief: Originell und so künstlerisch, irgendwie.

Die Hoheit hatte den Erblandmarschall zum Tischherrn, zu ihrer Rechten den Sohn und Landesherrn, dem es gefiel, Ritter der schönen Agnes Schwan zu sein. Friedrich Franz trug wie die meisten der Herren eine grüne Jagduniform, die Damen, in Samt und Seide, bevorzugten ebenfalls grün oder weißrot und kontrastierten auf solche Weise aufs hübscheste zur schwarzweißen Kleidung der Domestiken.

Also, die Schwäne wie auch ihre Gemahlinnen neigen wohl samt und sonders dem Künstlerischen zu? Die Großherzoginmutter erinnert sich, das ist zu Beginn des Jahrhunderts gewesen, sie selber ein ganz kleines Mädchen in Begleitung von Maman, der guten Königin Luise, als man, vom Heiligen Damm kommend, auf Remplin die Pferde wechseln wollte. Bei ihrem Herrn Onkel, Graf. Er hatte zu Ehren der preußischen Königin und eigens für die Stunde der Rast ein türkisches Zelt fertigen lassen, kostbarer blutroter Seidenstoff, die Königin sollte ihren Tee im Schatten nehmen können. Mama hat es oft erzählt, man hatte nur ein halbes Stündchen unter goldbestickten Seidenbahnen verweilt und den Sonnenschutz kaum verlassen, da brannte alles nieder – brannte alles. Ihr Onkel selber, lieber Graf, hatte die Fackel geworfen und sich mit den Worten verneigt: Nach einer Königin Luise soll kein Sterblicher mehr das Gezelt betreten.

Die Königliche Hoheit wandte sich noch einmal der schönen Agnes zu. Der Graf Schwan auf Remplin hatte viel Gold verschwendet zur Erheiterung seiner Gäste, Sie, Gräfin, verschwenden goldenes Laub zum gleichen Zweck. Das ist ein sympathischer Unterschied, irgendwie.

Man applaudierte und belachte herzlich den königlichen Scherz, und nun bewegte die Hoheit selber beifällig die Hände, denn vor ihr beugte sich ein großgewachsener Mann, er trug eine saubere Werggarnhose und ein weißes, rüschenbesetztes Hemd, ein Mann aus dem Volk und bestellt offenbar. Die Großherzoginmutter nickte noch einmal der Gräfin zu, ganz reizender Einfall, und fragte leutselig, wer der junge Mann sei.

Jörn hatte sich seine wohlgesetzte Rede Satz für Satz eingeprägt. Er sah die Hoheit eindringlich an, rechte Hand auf dem Herzen.

Ich bin Jörn Tiedemann und ein getreuer Untenan Euer Königlichen Hoheiten. Ich spreche für die Tagelöhner von Wargentin und für andere meinesgleichen, denn viele von uns mit ihren darbenden Familien, mit ihrem abgehungerten Vieh werden nicht zuwege kommen, falls Ihr unsere Klage überhört, und wir müßten mit unseren Frauen, unseren Kindern bald ohne Hemde einhergehen, brotlos und erwerbslos sein, obwohl wir uns Jahr für Jahr erwiesen als Euer Hoheiten getreue Untertanen.

Graf Friedrich springt auf, um den Saalwächtern zu winken.

Mein Gott, was geschieht im Saal von Klevenow? Da ist ein Knecht, der auf freche Weise die Königlichen Hoheiten belästigt und bedrängt. Es ist unerhört!

Friedrich Franz von Mecklenburg greift ein: Man laß ihn sagen, was er von uns will!

Jörn zeigt die Petition vor. Bitte, steht uns bei wider die ungerechten Gutsherren oder die Pächter, wie den Haberland auf Wargentin. Oder verhelft uns doch zu eigenem Land, auf dem wir in Frieden siedeln und Gott dem Herrn dienen können.

Eigenes Land? Das ist ja ein Agitator. Wer hat ihn geschickt? Wie kommt der in den Saal? Und er könnte bewaffnet sein. Die feine Gesellschaft lärmt ungehalten wie in einem Wirtshaussaal. Packt ihn! Bindet den Lumpen! Werft ihn nieder! Die Gendarmen, verdammt, wo bleiben sie?

Graf Friedrich blickt finster auf seine Gemahlin, sie hatte diesen Strolch privilegieren wollen, jedermann weiß es oder wird es erfahren. Ein Wink, da stürzen sich vier Büttel zugleich auf Jörn. Er wehrt sich nicht, er wäre mit ihnen gegangen, aber sie reißen ihn nieder und schleifen ihn an den Füßen durch den Saal, als solle er augenblicks aufs Blutgerüst.

Jörn schreit: Es herrschen Willkür und Ungerechtigkeit!

Endlich schließt sich die Tür, man ist der Gefahr entronnen. Herzklopfen, aufatmen, man müht sich um Fassung und Haltung, greift zum Riechsalz, man wedelt mit dem Fächer, es ist vorbei, am besten, man redet nicht mehr über den Eklat.

Graf Friedrich neigt sich. Ich muß mich sehr entschuldigen, Eure Königliche Hoheiten.

Oh, sagt die Herzoginmutter, ein Ausnahmefall, wie er überall vorkommen kann, nicht wahr, meine Herren, nicht wahr, meine Damen.

Und die Gesellschaft stimmt beifällig zu, mein Gott, die Suppe wird kalt.

Und wenn er nun recht hätte, dieser Mensch? Die Verhältnisse sind nicht überall, wie sie sein sollten. Es gibt Mißstände.

Totenstille mit einem Mal. Mein Gott, wer hat das gesagt?

Man schaut sich um, man schaut sich an, man will es nicht glauben. Der Landesherr hat es gesagt. Er sieht sich angestarrt aus hundert erschreckten Augenpaaren, und nun erweist sich, daß Alexandrine, die Großherzoginmutter, königlichen Geblüts ist und mit staatsmännischem Geschick begabt.

Sie erhebt sich und blickt lächelnd in die Runde. Meine Damen, meine Herren, erlauben Sie ein Wort. Im Ausland, sie blickt ernst auf Friedrich Franz, ihren Sohn, im Ausland, da haben Eure Königliche Hoheit zweifellos recht, besonders in den großen preußischen Städten, herrschen ja nun tatsächlich Armut und Mangel unter der Arbeiterschaft. Ich weiß, wovon ich rede, ich bin die Schwester des preußischen Königs. Bei uns hingegen hat jede Familie ihr Auskommen, mit seltenen Ausnahmen, Ausnahmen natürlich, wie leider durch die Auswanderung nach Amerika bestätigt wird. Aber wie erfolgt sie? Mit eigenen Mitteln, höre ich, eigenen Mitteln. Bei uns in Mecklenburg gehören die Dienstleute des Gutsherrn zu dessen Familie, nicht wahr.

An dieser Stelle konnte die Frau Großherzoginmutter starken Beifall entgegennehmen, und als er abebbte, sagte sie: Wo das nicht so ist, liegt die Schuld doch nicht in unseren Verhältnissen, sondern immer an dem einzelnen, der seine Pflicht vergißt, nach unten hin oder nach oben, nach oben. Trinken wir auf unsere guten patriarchalischen Verhältnisse in Mecklenburg, die sich fortpflanzen mögen, irgendwie.

Minna Krenkel war zum Tafeldienst eingeteilt worden. Sie hatte sich Jörns wegen versäumt, nun eilte sie, ein Tablett in den

Händen, treppan, da sah sie, wie ihn die Büttel heranschleiften. Sie hielten Jörn an den Beinen gepackt und zerrten ihn wie einen Kadaver hinter sich her, wollten so mit ihm die Treppe hinab.

Mein Gott, sie werden ihm den Schädel auf den steinernen Stufen zerschlagen. Das hat er nicht verdient. Ein Mann, der damals am Brunnen die ungebärdigen Gäule mit den Häuptern hatte zu Boden zwingen können.

Als sie Jörn an ihr vorüberschleppten, wagte Minna nicht, ihn anzurufen, aber es gelang ihr, für einen Lidschlag lang, seinen Blick festzuhalten. Da ist es, als wollte er noch einmal beweisen, welche Kraft in ihm steckt. Er hebt den Oberkörper ein wenig an, dreht sich blitzschnell und schlägt die Hände in das Ornament des Treppengeländers, krallt sich fest, bäumt sich auf und streckt sich, zurückschnellend, mit solcher Gewalt, daß die Büttel auf den Stufen das Gleichgewicht verlieren, sie müssen ihn loslassen, stolpern oder rollen die Treppe hinab, alle vier.

Geschrei und Getöse. Oben auf der Galerie laufen die Leute zusammen. Jörn kommt auf die Beine, noch taumlig, er strafft sich und steht zerschunden im zerfetzten Hemd vor Minna Krenkel, der ist himmelangst, aber sie hat sich so lange beherrscht, nicht aufgeschrien, nicht im Schreck das Tablett von sich geworfen, sie wird sich auch jetzt nicht gehenlassen, sie sieht ihn an, sie sagt kein Wort, die Augen werden ihr naß.

Jörn hätte sich vielleicht mit einem kühnen Sprung übers Treppengeländer retten können, nicht weit von ihm öffnet sich ein Fenster zum Park, er tut es nicht. Er steht vor Krenkel und lächelt ganz wenig. Dies alles geschieht, kaum daß Zeit vergeht, während weniger Pendelschläge der Uhr, aber Minna Krenkel wird ihr Lebtag daran denken.

Er sagt adieu, und dann wischt er ihr behutsam mit zwei Fingern die Träne aus dem Gesicht, er berührt sie, und Minna wendet das Gesicht unter dem zärtlich streifenden Finger, um die Liebkosung für den Bruchteil einer Sekunde länger zu fühlen. Sie hätte gern seine Fingerkuppen geküßt, aber da sind die Büttel schon. Jörn hält ihnen die gekreuzten Hände entgegen, damit sie es leicht haben, ihn zu binden.

Das Hubertusfest dauerte bis tief in die Nacht, und so lange wurde in den Küchengewölben und auf den Gängen des Schlosses über Jörn Tiedemann geredet, solch ein kühner Mann, solch ein guter Mann, hätte in Brot und Lohn stehen können, die Frau Gräfin wollte ihn gar privilegieren, aber er hat alles vertan und verschenkt, nicht einmal um seinetwillen, sondern wegen der armen Leute von Wargentin, denn von dort stammt Gesine, sein Mädchen. Und wohin hat man den tapferen Menschen verbracht? Schlöpke wußte Bescheid. Er kommt nach Dömitz, dort auf der Festung werden die Aufrührer eingekerkert, die politischen, denn das sind die gefährlichsten Verbrecher. Und was geschieht mit den Leuten von Wargentin?

Sie müssen aus dem Gute ziehn, da hilft kein Wenn und kein Aber.

19

Sanne Wollner braucht keine Uhr, nicht mal den Hahnenschrei und kaum einen Gedanken, wenn sie früh aus dem Bette muß. Sie tut das Gewohnte, jeden Tag um die gleiche Zeit, sei es morgens sommerhell oder stockfinstere Nacht, wie jetzt im späten Herbst. Die Turmuhr des Kirchleins von Wargentin fehlt ihr längst nicht mehr, es ist Glock fünf, wenn sie die Hand auf das Zudeck des Alten schlägt: Hoch! Er grunzt jedes Mal unwillig und erhebt sich im Augenblick, tappt zur Tür und schlägt draußen das Wasser ab.

Ich geh auf den Eimer, vor dem Haus ist es bitter kalt. Ich höre die Töchter stöhnen, die haben es gut, können sich auf die andere Seite drehen, noch ein Weilchen Schlaf genießen. Ich schüre die Glut, ich mache Feuer auf dem Herd. Der Mann trägt das Wasser vom Brunnen heran, jeden Tag. Er tut dies, ich tu das, wir gehen uns zur Hand in gewohnter Weise, ein Schwapp in die Schüssel, den Rest in den Kessel, er netzt das Gesicht, ich tu das gleiche, schlecht gelaunt, ein Handtuch für alle und er mault, weil es stinkt, als wüßte er nicht, daß erst Freitag gewaschen wird. Mein Gott, ich kann den Alten auch nicht erriechen, kaum noch ein Zahn im Maul, kaum noch ein Haar auf dem Kopf, aber jeden Sonnabend muß ich ihm zu Willen sein und wüßte was Besseres. Aber ich sag nichts, ich klag nichts, ich bin es gewohnt wie das andere Tageseinerlei, wie die Stallarbeit bei dem Herrn Haberland, das Füttern, das Misten, das Melken, das Kannenschleppen, das Kochenmüssen mit kaum was im Topf, die Sorge um eigenes Vieh, das Futtermausen. Der Mann macht das Frühstück, mal Kartoffeln, mal Brei, ich jag die Töchter aus dem Nest. Ich tu, was ich tun muß, ich tu das Gewohnte, im Sommer, im Winter, jeden Tag, gleich ob mir die kleine Luise starb, mein Gott, ich hab auch dran gelitten, ich weine für mich und tu das Gewohnte am nächsten Morgen, Glock fünf. Ich schlag die Hand auf das Zudeck des Alten: Hoch! Ich tu, was ich tun muß, gleich ob die

Büttel Gesine holten, gleich ob Jörn tobte und wie verzweifelt schrie, sie ist fort, er ist fort, Luise ist tot. Aber wir sind immer noch vier, und die Kuh zählt wie das Schwein und die Hühner, jedes Vieh schreit mich ums Fressen an. Ich muß sorgen und arbeiten, wo er kann, geht mir der Alte zur Hand. Ich sag nichts, ich klag nicht, ich weiß, solange ich das Gewohnte tue, habe ich mein Leben, meine kleine Freude, daß meine Töchter hübscher als andere sind, daß die Hühner gut legen, daß ich zu Bett gehen kann, wenn ich müde bin, daß wieder Tag wird nach jeder Nacht, daß ich Glock fünf meine Hand auf das Zudeck des Alten schlagen kann: Hoch, daß ich tun darf, woran ich gewohnt bin.

Aber jetzt in der Früh tu ich es nicht, obwohl Glock fünf längst vorüber ist. Ich denke und denke. Ich hab mich zu spät gelegt, zu lange mit den anderen Weibern bei Anna Genz am Herd gesessen. Jede hatte was Neues gehört. Also, der Haberland hat die Frau aus dem Haus geschickt. Warum? Und warum kommen die Töchter am Wochenende nicht mehr nach Wargentin? Warum hat er das Hausgesinde entlassen, bis auf die dicke Oberwirtschafterin? Und ein Großteil vom Vieh ist weggeschafft, ob er den Gutsbetrieb anhalten wird? Freilich, noch ist Arbeit genug, wir müssen anstelle des Gesindes zu Hofe dienen, bis er uns zum Teufel jagt. Wohin dann? Wohin mit Mann und Kindern, dem ganzen Bettel, den ein jeglicher noch besitzt, paar Betten, paar Decken, zwei Stühle, zwei Truhen und das irdene Zeug. Soll das alles auf den Mist? Der eine hat ein Geschwister da oder dort, vielleicht eine Bleibe über den Winter, der andere hofft auf die große Stadt, in Berlin soll Arbeit sein. In Rostock auch. Und die Rädeckes sind ja noch jung, die wollen fort nach Amerika, die Fahrt kostet immer noch siebenundzwanzig Taler curant. Ach, hätte ich doch siebenundzwanzig Taler curant, oder der Haberland lebte nicht mehr, beides wäre gut. Ich bin zu spät ins Bett, und der Alte hat so lange mit den anderen Männern bei Kamps am Herd gesessen, sie haben getrunken und geredet. Sie wollen nicht warten, bis sie der Haberland, einen nach dem anderen, entläßt oder unbehaust macht, sie wollen sich verweigern, vielleicht begreift er dann, was er an seinen Tagelöhnern hat, der Herr Haberland auf Wargentin.

Sanne Wollner hörte, wie sich der Mann erhob, ohne daß sie

ihn geweckt hätte, wie er zur Tür tappte, sie aufstieß und draußen das Wasser abschlug. Sie sah im Türspalt, daß der Morgen graute, verschränkte die Arme hinter dem Kopf und streckte sich im Bette aus. Der Alte kam mit dem Wasser vom Brunnen, ein Schwapp in den Kessel, den Rest in die Schüssel, dann trat er zum Bett und schlug die Hand auf das Zudeck der Frau: Hoch!

Sanne Wollner grunzte unwillig, erhob sich aber im Augenblick. Verkehrte Welt, sagte sie, mein Gott, was soll werden?

Was die Alten bekümmerte, wovon sie immer wieder sprachen, machte den Kindern von Wargentin am wenigsten zu schaffen, sie fühlten sich geborgen, solange Vater oder Mutter in der Nähe waren, sie gingen arglos in den Tag und genossen sogar, daß er anders verlief als üblich. Da unterschieden sich Rieke und Stine Wollner nicht von den Rädeckebälgern, die noch in die Hosen machten, weshalb sie sommers nacktärschig herumliefen, was sich jetzt im Herbst verbot und ihrer Mutter Arbeit bescherte.

Heute sollte Brot gebacken werden. Jede Familie hatte ihren Anteil zum Teig beigesteuert, er war in der Hütte der alten Genz angesetzt worden und hatte, sorgsam zugedeckt, über Nacht am warmen Herd geruht. Brot backen war Weibersache, aber die Männer hatten das Wellenholz heranschaffen müssen, fest geschnürte Bündel von Buchenreis und Knüppeln, sie waren schon gestern neben der Backhütte gestapelt worden, damit man heute tüchtig würde einheizen können. Das hatte aber noch Zeit, und Zeit lassen konnte man sich auch in Wollners Hütte. Vater brauchte nicht zu Hofe zu dienen oder wollte das nicht, auch die Mutter war nicht eilig. Sie hatte die dunklen Feiertagskleider aus der Truhe geholt und saß am Tisch, als wollte sie gleich zur Beerdigung. Rieke und Stine wunderten sich. Wir backen Brot zu Wargentin, sagte die Wollner, das ist ein Fest, und da wir's vielleicht zum letzten Mal tun, ist es auch so was wie eine Beerdigung.

Die Töchter wollten die Mutter begleiten, vielleicht würde die Truhe dann auch für sie geöffnet, um das Sonntagszeug herauszuholen. Bitte, Mutter!

Unsinn. Sie müßten dem Vater im Hof und Schuppen beim

Aufräumen helfen. Was brauchbar war an Gerät, sollte auf den Wagen geladen, das andere aber hinter dem Hause verbrannt werden. Sie würden also zündeln dürfen, das lockte die Mädchen mehr als der Backofen. Gar nicht lange, da zerbrachen und zertraten sie schon, was sich an unnützem oder schadhaftem Zeug angesammelt hatte, alte Körbe, morsche Kisten und Kasten, schichteten es zum Scheiterhaufen, warfen verrottete Strohsäcke dazu, und wie Rieke und Stine machten es die Kinder der übrigen Familien, und so loderten denn bald die Feuer die Katenzeile dorfauf, dorfab. Und viel später, wenn die Leute in anderen Dörfern vom Scherbentanz zu Wargentin erzählen werden und ob das Verbrechen hätte verhindert werden können, wird der eine oder andere sagen, er habe sie schon am Morgen dieses schrecklichen Tages herüberleuchten sehen, die Fanale des Aufruhrs.

Der Dorfbackofen war uralt und immer wieder ausgebessert worden, genügte aber noch seinem Zweck. Das Bauwerk war etwa mannshoch, ein Feldsteingefüge trug die gemauerte Haube, die einer großen, umgestülpten Schüssel ähnelte und mit einer gußeisernen Klappe zu verschließen war. Das altertümliche Häuschen war gegen die Böschung gelehnt, und die es an dieser Stelle einst errichtet hatten, mußten gescheite und praktische Männer gewesen sein, denn nur zwei, drei Schritte entfernt sprang ein Quellstrahl, kinderarm dick, aus der Hausteinmauer in einen steinernen Trog. Brunnen wie Ofen wurden von den Wargentinern seit eh und je gemeinschaftlich genutzt, aber in zurückliegender Zeit, manchmal erzählte der alte Genz davon, hatten die Leute von Wargentin viel mehr an gemeinsamem Eigentum besessen, die Allmende nämlich, Weide, Wald und sogar Ackerland, von dem alle Nutzen zogen. Jetzt gehörte ihnen wenigstens das Wasser noch, das aus dem Brunnen floß, und der alte Ofen auf dem Anger, er war von einer Linde beschützt, sie hatte längst die Blätter abgeworfen, es raschelte, wenn die Bäckerinnen hin und wider gingen.

Es waren sieben Frauen, schwarz gekleidet, sie hatten schon wer weiß wie oft am Backhaus hantiert und wußten längst, wie sie sich die Arbeit teilen konnten.

Reich mir die Reisigbündel. Ich beschicke den Ofen, das Feuer machst du. Selma Kamps hebt die Arme, dick wie Männerschenkel, sie reißt den Teig aus dem Trog mit bemehlten Händen, die braucht keine Waage, einmal zugepackt und wieder zwei Hände voll von gleichem Gewicht, die klatscht sie aufs Brett. Sanne Wollner formt Laibe daraus, groß wie Stoßkarrenräder, kreisrund, die sind schön anzusehen und werden noch besser schmekken. Du bestreichst die Brote mit kaltem Brunnenwasser, ich ritze die Familienrunen ein, damit später jeder weiß, was ihm gehört. Mutter Genz schaut nach dem Ofen, sie öffnet die Klappe, die kann riechen, ob der Ofen heiß genug ist. Ich hol die Stange mit dem frischen Reisigbesen, ich kehre die Asche samt den Glutresten aus, schau, wie das stiebt und sprüht. Und nun eilt euch bitte, tragt die Laibe herbei. Du legst sie aufs Brett. Wer schiebt sie hinein? Du machst das gut, Selma. Ein Brot liegt fein aufgereiht hinter dem anderen. Nun schlagt die Klappe zu, klinkt den Riegel ein. Jeder macht, was er am besten kann. Wer hat am wenigsten getan? Ida, die junge Frau Rädecke, schon wieder schwanger, flink bei der Feldarbeit, aber für den Haushalt zu ungeschickt, der Mann, heißt es, tut daheim alles für sie. Und warum? Weil sie alles macht, daß er gern bei ihr liegt. Die ist gut zu leiden, und sie kann so hübsch snaken. Ida, das Brot muß backen, wir müssen warten, erzähl uns was.

Also, et was mal ne Königin wäst, de harr'n lütten Jungen krägen, in den 'n sin Teeken was stahn, he süll von en Hirsch umbröcht warn, wen he tein Johr ölt wier. Ach je, ach je, wat dohn, wat dohn?

Heute erzählte Ida nichts, sie war so bedrückt und schweigsam wie ihre Gefährtinnen und ging ihnen zur Hand, so gut sie es vermochte. Vielleicht würden sie die Zigeuner aufheitern können, die beiden Wagen, gezogen von struppigen, kopfnickenden Pferdchen, kamen über den Anger herangerollt, die Töpfe und Kessel, zu selten der hochbeladenen Gefährte angebracht, klapperten und schepperten. Die Kinder hielt es nicht länger bei den Feuern, da wartete ein besserer Spaß. Vielleicht werden die Zigeuner eine Vorstellung geben, unter denen ist immer einer, der Rad schlagen kann oder zaubern. Und wer macht schönere Musik als der Schwarzbart dort mit der Geige? Der musiziert im Daherschreiten, vielleicht kann er das auch im Kopfstand tun, das wäre ganz große Kunst. Die Kinder liefen den Wagen nach, und die Männer, sie hatten hinter dem Haus ihre Gerätschaft zusammengesucht, die Männer stützten sich auf Forken oder Hackenstiele und sahen den Kindern nach, die ihnen davonliefen. Der Wind kam vom Backhaus und wehte den Duft von frischem Brot herüber, sie empfanden es wie einen Zuspruch. Brot würde sein, eine Weile zu essen, so lange waren sie vor dem Schlimmsten bewahrt. Wollner dachte, daß seine Eltern, die noch in der Leibeigenschaft fronen mußten, einen Spruch gekannt hatten, der sie tröstete: Wenn die Not am höchsten ist, ist Gott am nächsten. Da es so gut auf dem Anger roch, war er womöglich nicht weit.

Als die Zigeunerwagen hielten, war der freie Platz zwischen Backhaus, Brunnen und Linde von Kindern belebt. Die Mütter duldeten es, die Brote waren im Ofen, der Schub für den nächsten Schuß ruhte wohlverhüllt in der Mulde, es war also ein wenig Zeit. Auch die Zigeuner konnten noch nicht davon. Die Mutter des Stammes hockte in der Schoßkelle des ersten Gefährts und sprach zu Anna Genz: Zehn Brote für uns, so war es abgemacht.

Es dauert noch ein Weilchen, geduldet euch.

Selma Kamps sagte: Laß deinen Fiedler musizieren, damit uns die Zeit nicht so lang wird.

Die Uralte nickte, und da geigte er wieder, keine fremdländische Weise, sondern, hör doch, wir kennen es alle, dieses Hoppsassa, hoppsassa, hoch das Bein! Und nun findet tatsächlich eine Vorstellung statt, Staunen und Stöhnen, vom Wagen herab steigt ein Mädchen, wenig älter als Stine und Rieke, höchstens vierzehn und schön wie die Königin von Saba, mit lang wallendem schwarzem Haar und wippender Brust. Und einem Rock, hat man je hierzulande solch glitzerndes Gewebe gesehen, ob das Brokat ist, rot und durchwebt mit Silberfäden und vielleicht wer weiß wo gestohlen? Die Weiber von Wargentin, schwarz gekleidet in abgenutztes Tuch, das vom vielen Tragen glänzt, sie sperren Maul und Augen auf und ihre staunenden Kinder nicht anders. Und schau doch, da hebt sie den buntglänzenden Rock mit spitzen Fingerchen und stellt sich auf die Zehen, wahrhaftig, das schöne Kind kann auf einer Schuhspitze stehen und sich gleichzeitig drehen wie aufgezogen, hoppsassa, hoppsassa, hoch das Bein, hoch das Bein, und der Zigeuner streicht die Geige, daß es sogar den Wargentiner Weibern ins träge mecklenburgische Blut schießt, die Königin von Saba schlägt das Tamburin, daß man sich in der Hüfte biegen, den Hintern ein wenig bewegen muß, den Rock wenigstens zaghaft schwenken, mein Gott, wie lange waren wir nicht zum Tanz, und schau, wie die Schöne herumwirbelt. Jetzt verneigt sie sich vor dem ältesten Rädeckesohn, der ist noch nicht vierzehn und hatte sie angegafft, aber nun, da er mit ihr herumspringen könnte, hoppsassa, hoppsassa, grinst er blöde in der Verlegenheit und wird rot bis über die abstehenden Ohren. Aber Rieke Wollner faßt nach der lockenden Hand, und nun drehen sich beide, die Prinzessin aus Ägypterland und Rieke Wollner aus Wargentin, daß deren blonde Zöpfe fliegen. Was für ein Spaß! Großes Gelächter, Riesenapplaus, und die Rieke hat sich was abgeguckt, die verbeugt sich beinahe so anmutig wie die Zigeunerin.

Da tritt der Herr Haberland in den Kreis, zornig, krebsrot im Gesicht, und allen vergeht das Lachen.

Er sagt: Nicht gestreut in den Ställen, nicht gefüttert, nicht gemolken. Kein Mensch auf dem Hof. Verdammt noch mal, wo stecken die Männer!

Er hat sich zu Fuß vom Schloß heruntergemüht, er sitzt nicht gut zu Pferde, er hat es nicht gelernt, der Herr Haberland, und es sind ja auch nur ein paar Schritte vom Herrenhof hinunter ins Dorf. Nun steht er also im Kreis der Weiber, Kinder und Zigeuner, im teuren Rock, gestützt auf einen feingeschnitzten Knüttel, und fragt nach seinen Tagelöhnern. Wo stecken sie, verdammt noch mal!

Die Weiber schieben Sanne Wollner einen Schritt nach vorn. Sie steht vor dem Haberland, eine abgerackerte Frau, Gesicht wie ein Mann, kaum Fleisch auf den Wangen, die Mundwinkel bitter gekerbt und schon faltig der Hals. Sie sagt: Ihr habt uns ausgeworfen vom Gut, die Petition ist zerrissen, die Männer rüsten für den Treck.

Der Haberland stößt den Knüttel in den Staub. Das ist gegen

Abmachung und Gesetz. Wer soll mir das Vieh füttern? Wer soll putzen und striegeln? Wer wahrt mir das Feuer im Herd?

Tu's selber, sagt die Wollner, und die Weiber stimmen ihr kreischend bei.

Der Haberland will es nicht glauben. Warum hat er den Stockmeister davongehen lassen? Wer soll die Gendarmen holen? Er schwenkt den Zeigefinger in der Luft. Ihr seid alle in meiner Schuld, Männer wie Weiber, ihr müßt mir bis Neujahr dienen.

Die Wollner hat nichts vergessen. Sie kann es vor sich sehen, während sie vor dem Pächter steht, wie er sie mit seinem Gespann verfolgte, damals im Hohlweg, als sie der Gräfin Agnes zum Geburtstag aufwarten wollten, sie und die sechs Weiber hinter ihr, wie das Gespann näher und näher raste, wie die Gäule beinahe über ihnen waren. Nichts ist vergessen, nicht ihre bittend erhobene Hand, nicht der Peitschenhieb, die Schnur wie eine Natter um den Arm gewunden. Jetzt wird sie's ihm heimzahlen, dem Pächter von Wargentin. Die Wollner sagt: Wir können nicht warten, bis Schnee liegt. Uns friert jetzt schon bei euch, Herr Haberland. Bis Weihnachten wollen wir eine Herberge gefunden haben, eine gerechte Herrschaft oder ein kleines Stück Land.

Oder ein Grab, so spricht zittrig die alte Anna Genz.

Den Haberland rührt es nicht. Schert euch in die Ställe! Ich befehle es! Er hebt den Knüppel, er brüllt.

Die Weiber lachen ihn aus. Auch die Kinder fürchten sich nicht vor dem wütigen Mann, vielleicht wird er mit dem einen Bein in die Erde fahren und sich in zwei Teile reißen wie das Rumpelstilzchen, weil es nicht kriegen konnte der Königin ihr Kind.

Der Haberland schüttelt den Kopf. Wie weit müßt ihr abgesunken sein? Bis auf den Grund der Hölle, sage ich, da ihr euch der Herrschaft verweigert und euch gemein macht mit Tataren und Vagabunden, mit Ehrlosen...

Da meint er also die Zigeuner. Die Mutter des Stammes hebt beschwörend eine Hand gegen den Haberland: Bedenke, wie kurz das Leben ist. Die Königin von Saba faßt mit spitzen Fingern den Glitzerrock, sie knickst vor dem Pächter, und der Fiedler geigt etwas Schrilles, das klingt wie ein hohnvoller Tusch.

Ja, sagt die Wollner, sie sind heimatlos, wie wir es sein werden. Die sind uns gleich, deshalb backen wir das letzte Mal auf Wargentin und wollen das Brot mit den Zigeunern teilen.

Und von wo stammt das Mehl?

Sanne Wollner verschränkt die Arme vor der mageren Brust. Sie hebt die Schultern. Woher, ja woher? Sie wendet sich nach den Gefährtinnen um, vielleicht wissen die es? Der Müller hatte grade guten Wind, zusammengefegt aus allen Winkeln, von den Hamstern im Felde. Wer dumm fragt, kriegt dumme Antwort.

Der Herr Haberland hebt den Knüttelstock. Ich bin der Herr auf Wargentin, und wenn meine Leute auch auswärts sind, ich laß mir nicht auf der Nase herumtanzen. Mit ein paar aufrührerischen Weibern werde ich ganz alleine fertig. Ich bestimme, wer vom Hof geht und zu welcher Zeit. Und wenn ihr mir dreist davonlaufen solltet, ich setze euch nach, ich finde euch, ich hole euch und müßt ich euch in Wismar vom Schiff führen lassen. Ihr kommt nicht davon nach Amerika, ehe nicht abgearbeitet ist, was ihr mir schuldet.

Der Herr Haberland ist groß und dick, mit einem Knüppel bewehrt. Die ihn umringen, sind Weiber, frech und aufsässig zwar, aber an die Knute gewöhnt, wie ihre erbärmlichen Kinder. So denkt er wohl. Da sind noch ein paar Zigeuner, sie werden nicht wagen, Hand anzulegen an einen deutschen Herrn. Der Herr Haberland ist übermütig, er hat keinen Sinn für Gefahr. Jeder Vogel sucht das Nest vor dem Sturm, jedes Wild hat eine Witterung, der Herr Haberland begreift nicht, daß ihm Unheil droht. Er kann nicht mehr bei sich sein, als er mit einem Mal die Backmulde umstößt, der gesäuerte Teig fließt in den Dreck. Er tritt die Bretter mit den schön geformten Broten um, da liegen sie zu seinen Füßen, und er kann mit seinen Miststiefeln darauf herumtrampeln. Der Pächter versündigt sich vor Gott und vor diesen Menschen, die gebettelt und gebetet haben: Unser täglich Brot gib uns heute.

Ein paar Tage nicht hungern müssen, das war die letzte Hoffnung der Leute von Wargentin. Der Haberland macht sie zunichte. Sie sehen fassungslos, wie das Unglaubliche geschieht, und für einen Augenblick sind sie starr, die Frauen, die Kinder und auch die Zigeuner, aber dann brüllen sie auf in Haß und Verzweiflung. Das ist ein furchtbarer Schrei aus fünfzig Kehlen zugleich.

Hätt ich doch siebenundzwanzig Taler curant oder der Haberland lebte nicht mehr, beides wäre gut, wir könnten zu Schiff nach Amerika oder brauchten nicht aus dem Gute zu ziehn. Das hatte Sanne Wollner gedacht, als der Morgen graute, jetzt war sie arm wie zuvor, aber der Haberland war des Todes, als die Leute so schrecklich geschrien hatten, und er wollte es nicht glauben.

Ihm war, als erlebe er die Wirklichkeit wie in schlimmen Träumen.

Das kann nicht sein, irgendwas hat mir das Hirn vernebelt, ich habe zu lange gesoffen, oder der Schlag hat mich getroffen und mir die Sinne verwirrt, daß ich sehen muß, was gar nicht ist. Warum schrei ich die Leute nicht auf gewohnte Weise nieder? Warum versagt meine Stimme? Warum habe ich Angst?

Ich geh rückwärts, stolpernd, gewinkelter Arm schützend vorm Gesicht. Ich wage nicht, diesen Megären den Rücken zu kehren, könnte ja sein, eine erschlüge mich hinterrücks. Sieben Weiber in schwarzen, schlenkrichten Röcken, gefolgt von Bälgern, kommen mir näher, einen Schritt und den nächsten und wieder einen, ich strauchele, sieben Weiber tappen und tasten sich auf mich zu wie große, häßliche, hungrige Katzen mit grünlichen Augen, aus denen Mordlust flackert, vierzehn Tatzen mit gekrümmten Krallen, die mich fangen wollen, packen, zerfleischen, zerreißen. Mein Gott, bin ich denn schon zur Hölle gefahren!

Ich laß dir das Kirchlein richten, noch vor dem Fest, du lieber Gott. Ich hole den Pfarrer zurück, gleich ob er die Schrift verdrehte, aber verschone mich vor dem Übel, und vergib mir meine Schuld, wie ich vergebe meinen Schuldigern, diesen Leuten da, wenn sie doch frommer wären und nicht so widersetzlich. Mir ist taumelig, ich kann nicht vom Fleck, aber ich muß davon, muß ins Haus, an den Schrank, an das Gewehr, und hab ich's geladen, dann gnade euch Gott, dann schieß ich, dann schlage ich, dann schmeiße ich zu, dann würge ich und gedenke, daß nichts teuflischer ist unter der Sonne als ein aufrührerischer Mensch, schlägst du nicht, schlägt er dich mit all den Deinen dazu. Diese da, die alte Wollner, kriegt die erste Ladung in den Wanst, ein Schrei, und sie krümmt sich, bäumt sich auf und fällt den anderen Weibern vor die Füße. Ja, wälze dich im Blut, bis du verreckst. Wer wagt den Schritt über die Tote hinweg? Wer will die nächste Kugel in den Bauch?

Hätt ich doch Luft, ich muß verschnaufen. Ich stehe, da stehen sie auch, sie kommen nicht näher, die schwarzen Weiber. So ist es brav. Schaut, ich will euch nichts tun, den Knüttel hab ich verloren, meine Hände sind leer, ich hebe sie bittend und verleg mich aufs Handeln. Schließlich bin ich ein Christenmensch und bekenne Schuld, ich sage: Tut mir leid, tut mir leid, daß ich den Sauerteig verschüttete. Der Jähzorn hatte mich fortgerissen, aber ihr müßt nicht glauben, daß ihr niemals wieder backen könntet. Ich gebe euch eigenen Sauerteig, ich erstatte euch Roggenschrot aus meinen Beständen und dazu, wenn ihr wünscht, paar Scheffel feinstes Weizenmehl für das Festtagsgebäck.

Die Weiber, halb in der Hocke, kreischen, sie schlagen sich auf die Schenkel, als hätte ich einen Witz gemacht, aber bei Gott, ich schwöre, es ist mein heiligster Ernst, ich ersetze den Schaden.

Die Wollner ruft: Wir holen uns selber, was wir brauchen. Auf zum Schloß!

Auf zum Schloß, das ist die Parole, und nun rollen die Zigeunerwagen heran. Die Alte hat gesagt: Bedenke, wie kurz das Leben ist. Ich werd es mir von diesen Weibern nicht nehmen lassen. Also ein Schritt zurück und wieder einer. Sie folgen mir Tritt für Tritt, wie hungrige Katzen. Aber jetzt bleiben sie stehen. Was geschieht? Sie wenden sich um, winken und schreien. Vom Dorf her kommen ihre Männer gelaufen, mit Spießen und Stangen, mit Dreschflegeln bewehrt.

Jetzt kann ich endlich zum Gut hinaufrennen, während sie schreien: Haltet ihn! Haltet ihn! Steine fliegen mir nach, fallen links von mir, rechts von mir, verfehlen mich, treffen mich, und ich lauf um mein Leben, ich keuche, ich fühle mein Herz am Hals, ich höre es hämmern. Bald hab ich's geschafft, und bin ich erst am Haus, die Treppe hinauf, bin ich am Schrank, hab ich erst mein Gewehr geladen, dann knall ich euch ab wie die Hasen.

Da ist die letzte Biegung im Weg, da ist das Schloß, jetzt

kommt der Baum, dann kommt das Hoftor, dann kommt der Stall, da ist die Treppe. Vor der Tür wartet die Schaffnerin.

Hilf mir, Olga!

Ich stürze. Da haben sie mich, packen mich, halten mich fest. Ich schließe die Augen und erwarte den Henkersstreich.

Nichts. Ich habe mein Leben noch und also auch ein bißchen Hoffnung und blinzele, da seh ich, es sind Rädecke und Kamps, die mich halten. Das werd ich mir merken, das zahl ich euch heim.

Die Schaffnerin in der Tür, meine Olga, wird mir helfen, Mordsweib, Hintern wie ein Tausendtalerpferd, Busen wie ein Gebirge, Bauch prall in die Schürze gebunden, die wiegt so viel wie drei von diesen elenden Wargentiner Tagelöhnern zusammen, die kann es mit jedem aufnehmen. Da schreit eines von den Weibern: Zur Seite, Olga, oder der Teufel soll dich, du weißt schon wo!

Gelächter. Olga zuckt zusammen, sie gibt die Tür frei für das Gesindel. Und vorwärts! Wer hat mich in den Arsch getreten? Alle ins Haus, in die Halle. Ich bin eingekeilt in das widerlich stinkende Volk, Weiber, Männer, Kinder, Zigeuner und deren Bankerte. Jetzt sehen sie sich staunend um, Halle riesengroß, himmelhoch, schön geschnitzte Galerie, keiner von denen hat je das Herrenhaus betreten, die laß ich höchstens bis in das Comptoir, draußen vom Hof zu erreichen, dort standen sie vor mir, in Demut gekrümmt, Mütze in den Händen drehend, von unten herauf schielend, bitte um dies, bitte um das, gnädigster Herr Haberland.

Ich werde mich nicht vor ihnen krümmen, ich fang es gescheiter an. Fünfzig Leute in der Halle, ich rufe: Ihr sollt alle meine Gäste sein! Die verstehen Spaß, einige klatschen sogar. Olga, komm her! Da steht sie, so stramm in die Kleider gezwängt, als wären die ihr auf den Leib genäht, glatte blaue Schürze, rot eingefaßt, die hat so ein hübsches Gesicht, so ein spitziges Kinn bei all ihrem Fett.

Olga, das sind meine Gäste. Den Schlüssel zum Weinkeller bekommen die Männer, und die Weiber führst du bitte in die Vorratskammer, wo unsere Schinken hängen, die prall gefüllten

Schweinsblasen, die Schlackwurstringe. Und zwar auf der Stelle, oder der Teufel soll dich da oder dort.

Sie lachen und kreischen. Hab ich euch erst mal besoffen gemacht, bin ich erst mal am Schrank, habe ich erst mal das Gewehr in der Hand, dann gnade euch Gott. Ja, lauft nur hübsch auseinander, verteilt euch im Haus, ich stehe mit dem Rücken an der Wand, mir gegenüber nur noch drei von den Tagelöhnern, meine Wächter, zwei könnte ich mit links fertigmachen, den alten Genz und Wollner, diese Mumie von einem Mann, aber Kamps hat Kraft, das ist einer von denen, die sich an mir vergriffen haben, das merk ich mir, Kamps. Die übrigen durchsuchen den Keller, ich hör sie rumoren, die Weiber plündern derweil Küche und Vorratskammern, Händepatschen, bewundernde Ausrufe, ach und oh, was zum Fressen zwischen die Kiemen, was zum Saufen in Aussicht, da kommt Freude auf, wie ich es ausgedacht hatte. Mein Wille geschieht.

Also rede ich mit den drei Männern. Die Weiber haben es mit der Gefühligkeit, sie sind nur mäßig begabt mit Geisteskraft und lassen sich fortreißen, aber ihr seid gescheit und müßt begreifen, Wiedergutmachung, das ist mein heiliger Ernst, also helft mir und laßt mich frei, es wird euer Schaden nicht sein. Ihr glaubt nicht? Wir können es schriftlich machen, aber leider, ihr habt ja nicht schreiben gelernt. Also, was wollt ihr?

Du sollst dich mit uns gemein machen. Du sollst dich erst einmal mit uns besaufen. Der alte Genz sagt du zu mir, als hätte ich mit so einem je die Schweine gehütet.

Ich hab keine Wahl. Warum soll ich nicht Brüderschaft trinken mit meinen Tagelöhnern? Und da sind sie heran mit den Flaschen. Wer hat das Pack gelehrt herauszufinden, welches die teuersten Weine sind? Keiner fragt nach dem Korkenzieher, sie schlagen den Flaschen die Hälse ab, am Kaminsims, an den Fensterbänken, sie schütten den Wein in Töpfe und Krüge, die ihnen die Weiber reichen, sie lassen sie kreisen. Ja, sauft nur, sauft, bis ihr zu Boden sinkt.

Und da ist Rädecke. Was trägt er mir zu, vorsichtig, als hielte er die Heilige Monstranz in den Händen? Ein Nachtgeschirr, bis zum Rand gefüllt, öliger Portwein, ich kann es riechen. Er hebt mir das Gefäß bis zum Mund. Trink das aus, Haberland! Du sollst trinken, du Hund!

Ich höre sie johlen, trampeln und toben und setze den Nachttopf an, aber ich muß an den Schrank, ich muß ans Gewehr, ich muß es laden, damit ich zwischen euch halten kann. Ich werde nicht saufen, ich tu nur so, verschlucke mich, laß das Zeug an mir herunterrinnen bis in die Hosenbeine, als hätte ich eingepißt wie ein kleiner Junge. Und sie schreien sich beinahe die Seele aus dem Leib im hellen Vergnügen, der Herr Haberland hat sich vor allem Volk zum Schwein gemacht! Nun dasselbe von vorn.

Der Zigeuner kratzt die Fiedel, die Kinder auf der Treppe, auf der Galerie schlagen mit ihren Holzpantinen den Takt, klapp, klapp, trapp, trapp, da tanzen sie auf mich zu, voran die Zigeunerin, ein Paradiesvögelchen, sie schwebt und wiegt sich und berührt gar nicht die Diele, so einer hätte ich's ganz gerne auch mal gemacht, und hinter ihr die ungeschlachten Wargentiner Weiber in ihren schwarzen Schlotterröcken, eine häßlicher als die andere, hochschwanger die jüngste, Bauch bis unters Kinn, die trampeln und stampfen, daß die Bohlen ächzen, klapp, klapp, trapp, trapp, die Schwangere wackelt mit dem Bauch, die andern mit dem Arsch, so tanzen sie den Teufelsreigen. Sie reißen mich in ihre Mitte, umkreisen mich, schließen enger den Ring, daß ich ihre höhnischen Visagen ganz nahe sehe, ihre Glotzaugen, die Mäuler aufgerissen, ihre Zahnstümpfe, die Häßlichste von allen ist die Wollner. Du hast mich geschlagen, Haberland, dafür mußt du mit mir tanzen, und nun dreh dich, dreh dich wie ein Kreisel, den die Peitsche schlägt. Die Geige kreischt, und die Weiber kreischen, während sie mich umzingeln, die Männer schlagen anfeuernd die Hände zusammen, dreh dich, klapp, klapp, trapp, trapp! Ich dreh mich, der Strudel dreht sich, saugend, schneller und schneller, der Strudel reißt mich hinab.

Am Vormittag des nächsten Tages wurde eine Kompanie des Großherzoglich Mecklenburgischen Dragonerregiments Nummer 16 unter Führung des Sekondelieutenants von der Recke-Vollmerstein alarmiert und rückte auf Wargentin vor. Sie fand das Dorf menschenleer. Auch auf dem Gutshof keine Menschenseele.

Von der Recke-Vollmerstein war in Begleitung von zwölf Dragonern mit aufgepflanztem Seitengewehr, als er sich schließlich dem Herrenhaus näherte. Da öffnete sich das Portal, ein kleiner Junge trat heraus, etwa vier Jahre alt, hob das Hemd und pinkelte auf die Freitreppe, wobei er von der Recke-Vollmerstein zutraulich anlächelte. Der Kompanieführer ließ die Türen öffnen. Man fand das Herrenhaus voller schlafender Menschen, sie lagen in allen Räumen und in allen Betten des Hauses. Stabsarzt Doktor Franke, der die Truppe begleitete, stellte fest, daß alle betrunken waren, auch viele der Kinder.

In der Halle des Hauses ruhten die Männer und Weiber, so wie sie nach einem offenbar wüsten Gelage hingesunken waren. In ihrer Mitte, zwischen den Scherben zerbrochener Gläser und Weinflaschen lag der Pächter Haberland. Er war tot.

20

Minna Krenkel hauste schon seit Monaten mutterseelenallein im Gärtnerkaten, aber sie hielt auf Ordnung, als hätte sie Familie, als lebte der Vater noch oder die Mutter könne ihr auf die Finger schauen. Die alte Frau Krenkel hatte als Gärtnersfrau nicht zu Hofe dienen müssen und war eine penible Hausfrau gewesen, aber sie war nun auch schon an die zwanzig Jahre tot. Jeden Sonnabend scheuerte Minna die Dielen und streute weißen Sand, wie es ihre Mutter gehalten. Sie putzte alle vierzehn Tage die Fenster, wusch die Gardinen vor jedem Fest und polierte das kupferne Küchengerät, sobald das kleinste Fleckchen seinen Schimmer trübte, sie hantierte gern im elterlichen Häuschen. Was hätte sie sonst auch tun sollen? Und vielleicht war sie so gewissenhaft, weil sie insgeheim hoffte, daß doch mal einer käme, ein Mann von Statur, der sagen würde: Alles ist nach meinem Sinn, das Haus in Schuß, die Hausfrau reinlich, hier würde ich gerne bleiben, um daheim zu sein.

Wenige Tage nach dem Hubertusfest klopfte Schlöpke. Ob er hereinkommen dürfe?

Aber bitteschön, Herr Schlöpke.

Wenn sie den Mann auch nicht sonderlich schätzte, er war ein Gast und hatte gewiß Neuigkeiten mitgebracht. Ob er einen Kaffee wolle?

Nur dann, wenn sie auch einen trinke.

Na gut. Sie setzte den Wasserkessel auf den Herd, klemmte sich dann die Kaffeemühle zwischen die Knie und mahlte, während er sie mit Nachrichten aus dem Schloß unterhielt.

Das Wichtigste: Der Erblandmarschall hatte in der Frühe nach dem Physikus Dr. Kuhfeld ausgeschickt. Er wird die erfahrenste Hebamme aus Malchin mitbringen. Übrigens sei auch die alte Gräfin Schlieffenbach angereist, um der Tochter beizustehen. Vielleicht würde man schon zur Nacht die Geburt eines Erbgräfleins oder die einer Komteß ausrufen können.

Minna wunderte sich nun doch ein wenig. Niemand habe der Frau Gräfin während der Hubertusfeier anmerken oder ansehen können, daß sie knapp vor der Niederkunft sei, sie hat ja allerdings auch die teuerste Schneiderin zu Diensten.

Übrigens wußte Schlöpke, daß es den Königlichen Hoheiten gut auf Klevenow gefallen hatte. Niemals habe die Frau Großherzoginmutter einem reizenderen Fest beigewohnt. Für die nächste Saison ist das gräfliche Paar eingeladen, den Hoheiten im Bade auf dem Heiligen Damm Gesellschaft zu leisten. Friedrich Franz, der junge Landesherr, werde dann höchstwahrscheinlich mit der Reuss-Schleiz-Köstritz vermählt sein. Die Großherzogin Alexandrine verspricht sich gewissen Einfluß, geistige Anregung sozusagen, durch unsere Gräfin auf die neue Landesmutter, die schüchtern sei und aus kleinen Verhältnissen stamme, Reuss-Schleiz-Köstritz, ich bitte Sie, was ist das, gemessen an Mecklenburg-Schwerin. Dieses Köstritz soll längst nicht so groß wie das kümmerliche Strelitz sein. Das alles hat Schlöpke von Linda.

Und was weiß er von Jörn Tiedemann?

Nichts Neues, leider, und nichts Gutes. In Dömitz macht man mit Aufrührern kurzen Prozeß.

Aber, Herr Schlöpke, doch nicht wegen einer Bittschrift. Minna überbrüht den Kaffee, es duftet wunderbar in der geräumigen Küche des Gärtnerhauses, Minna gießt ab und füllt zwei große Tassen. Milch oder Zucker?

Beides bitte.

Sie sitzen sich gegenüber am Tisch vor dem Küchenfenster, gerüschte Tüllgardinen wie bei feinen Leuten, der Geranientopf auf der Fensterbank blüht immer noch rot, obwohl in sieben Wochen Weihnachten sein wird.

Kurzer Prozeß, Herr Schlöpke, doch nicht wegen Überreichens einer Petition.

Kann ja sein, es steckt mehr dahinter. Schlöpke rührt in der Tasse. Übrigens rätselt man, wie der Mensch in den Festsaal gelangen konnte. Der muß Helfershelfer gehabt haben, Fräulein Minna.

Aber man weiß nichts. Minna gießt den Kaffee in die Untertasse, schlürft und blickt dabei dem Schlöpke in die wäßrighellen Augen.

Da sagt der: Wird man von mir auch nicht erfahren.

Dann ist es ja gut, sagt Minna.

Der Sekretär hatte den Jörn Tiedemann nicht aus den Augen gelassen, trotz des Trubels, der am Hubertustag in den Küchen- und Kellergewölben des Schlosses herrschte, jeder rannte beinahe jeden über den Haufen, weil alles umeinander lief, bloß dieser Lulatsch nicht, der hatte an der Wand gelehnt, bis ihm Minna winkte mit einer kleinen Neigung des Hauptes, sie trug an diesem festlichen Tag den aschblonden Zopf wie einen Kranz um den Kopf gewunden. Schlöpke hatte bewundernd auf Minna geschaut, da mußte er sehen, wie sie mit diesem Menschen verschwindet. Mein Gott, der führt die Frau womöglich in einen dunklen Kellerwinkel und zwingt sie, sich über eine Truhe zu werfen, damit er ihr hinterrücks die Röcke heben kann, dieser Bock.

Nein, es ist Minna gewesen, die den Tiedemann bei der Hand faßte, um ihn über eine Hintertreppe in den Saal zu schleusen. Sie war im Komplott. Nun hat Schlöpke sie wissen lassen, daß er es weiß. Dann ist es ja gut, sagt Minna und nennt ihn einen guten Menschen.

Dem geht das Herz auf bei diesem Lob. Leider hat er schlechte Nachricht für Minna.

Noch ein Täßchen?

Aber gern, Fräulein Minna. Hübsch, wie sie das macht, wie sie mit einer Hand die Kanne hebt, mit den Fingerspitzen der anderen nur so auf den Deckel tippt, um ihn zu halten. Wie lange ist Ihr Vater schon tot?

Das ist auch schon ein halbes Jahr.

Schlöpke seufzt, er sieht Minna dringlich an. Folgendes hat er gehört. Die Arbeit am Park soll beschleunigt werden, ein Großteil der Bäume wie das kostbare Gesträuch muß noch vor Wintereinbruch gesetzt werden. Der Hofgärtner des Königs von Preußen hat die Oberleitung, aber der Herr Lenné kann nur dann und wann und nur stundenweis vor Ort sein und wird deshalb ein paar versierte Gehilfen nach Klevenow entsenden, Eleven aus seiner Schule, die könnten für eine Weile bleiben, deshalb braucht man das Gärtnerhaus als Unterkunft für die Mitarbeiter des Herrn Lenné, als Planungscomptoir und so weiter. Sie sollen aus dem Hause ziehen, Fräulein Minna.

Das sagt er ihr so einfach ins Gesicht? Minna erhebt sich und räumt die Tassen ab, das Porzellan klirrt, als wollte es zerspringen. Hat er ihr nicht schon ein paarmal geklagt, wie bitter es manchmal ist, Mund der Herrschaft zu sein oder gar die Hand? Er sieht doch, wie hübsch die Stuben gehalten sind, so sauber, daß er selber gern hier zu Hause wäre. Minna sagt: Ich habe meine Lebenszeit in diesem Haus verbracht, fast vierzig Jahre. Es ist wie mein eigen, ich hänge dran, Herr Schlöpke. Das alles gilt der Herrschaft nichts, was zählt, ist Geld. Sie wissen doch, daß mir ein kleines Vermögen zugestorben ist, hundert Taler curant. Ich möchte kaufen.

Schlöpke ist beeindruckt. Prächtiges Weib, kein bißchen weinerlich. Sie will also kaufen? Er sagt, daß er um Aufschub nachsuchen wird, vor dem Fest kann man Minna kaum vertreiben, und jetzt erst mal die Geburt eines Herrenkindes, verläuft sie gut, wird die Herrschaft milde gesonnen sein.

Als sich Schlöpke erhebt, weil nichts mehr zu reden ist, stürmen mit einem Mal die Glocken vom Kirchturm. Minna wendet verblüfft den Kopf.

Die Feuerglocke, sagt Schlöpke. Ein Unglück, hoffentlich nicht auf dem Schloß.

Draußen hasten Leute vorbei. Minna öffnet das Fenster. Was gibt es?

Die Tagelöhner von Wargentin, zuerst haben sie den Herrn Haberland umgebracht, nun stecken sie die Häuser an.

Großer Gott!

Spätestens als die Gräfin niederkommen sollte, stellte sich heraus, daß es den herrschaftlichen Gemächern an Kommodität mangelte. Das Badezimmer konnte nicht ordentlich beheizt werden, die Mägde mußten das warme Wasser eimerweise von der Kellerküche bis in die Beletage aufwärtstragen, wo es bald erkaltete. Die Geburt verzögerte sich, also wurde das Personal angewiesen, das Badewasser auszutauschen. Es schwappte über beim Treppan, Treppab, rann über die Stufen, und ein Uneingeweihter hätte vermuten können, in Schloß Klevenow sollte ein Brand bekämpft werden.

Es war längst Abend geworden. Von Wargentin wetterleuchtete es herüber, der Himmel war rot gefärbt, und jedesmal, wenn eines der Strohdächer vom Feuer erfaßt wurde, stoben die goldenen Funken auf. Ein ganzes Dorf brannte nieder. Das erregte die Dienerschaft. Übrigens waren in Klevenow Teile der Wirtschaftsgebäude und Ställe für die Truppen des Großherzoglich Mecklenburgischen Dragonerregiments requiriert worden, auch das hatte für Unruhe gesorgt. Das Hin und Her auf den Treppen wiederum, die Kommandorufe vom Hof, das Rattern der Fahrzeuge regten die Gräfin auf, sie lag im Bett und jammerte.

Doktor Kuhfeld schüttelte den Kopf. Da war ja in jedem Bauernhof besseres Hantieren, jedenfalls leichterer Umgang mit den Gebärenden. Die junge Gräfin litt seit Stunden, manchmal schrie sie wie verzweifelt.

Graf Friedrich machte sich Vorwürfe, ließ aber auch den Physikus aus Malchin nicht aus. Hätte er die Gemahlin doch vorsorglich in die Hände von Spezialisten gegeben.

Doktor Kuhfeld hörte mit gewisser Geringschätzung zu. Er hatte genügend Ehegatten kennengelernt, die sich bei der Niederkunft ihrer Frauen verhielten, als gehörten sie in das Wochenbett. Er versicherte dem Erblandmarschall wie dessen Schwiegermutter, der Gräfin Schlieffenbach, einer stattlichen Matrone, selbstverständlich habe die Frau Gräfin nicht die Konstitution eines groben Bauernweibes, aber so eng im Becken, daß man fürchten müsse, sei sie auch wieder nicht. Sie ist zimperlich, und hier liegt das Problem. Doktor Kuhfeld war allseits so hochgeschätzt, daß er unverblümt reden konnte. Die Frau Gräfin müsse sich halt ein wenig anstrengen, beinahe wolle ihm nämlich scheinen, sie wehre sich gegen die Geburt.

Der Graf wollte aufbrausen, die Schlieffenbach legte beschwichtigend die Hand auf seinen Arm. Ihr leuchtete ein, was der Medikus sagte, und schließlich verwies sie alle des Zimmers, auch ihren Schwiegersohn, um mit der Tochter allein zu sein.

Agnes lag in den Kissen, verschwitztes Haar, Kinn auf der Brust, Mund wie im Zorn verbissen. Die Mutter trocknete ihr

Stirn und Gesicht. Jede Frau muß es erleiden, alles wird gut, mein Kind.

Agnes keuchte.

Er ist ein Bauer, grob von Wesen, ungeschlacht und ungebildet, er hat nur zwei Dinge im Sinn, die Jagd und das Bett, Vergnügungen geistiger Art sind ihm fremd, ich will ihn nicht mehr bei mir haben, ihn niemals wieder ertragen, er mag sich meinetwegen eine Hure mieten, mich soll er in Ruhe lassen, denn seinetwegen erleide ich diese Qualen.

Sie wußte nicht, ob sie das alles sagte oder nur dachte. Sie keuchte, und die alte Schlieffenbach tupfte ihr mit einem Tuch die nasse Stirn und redete beruhigend: Alles wird gut, alles wird gut. Wir sind Weiber und manchmal arm dran, ich weiß ja, ich weiß. Es ist nun mal unser Beruf, die Widerwärtigkeit des Ehebettes zu ertragen, und am Ende immer wieder das Wochenbett. Was jedes Weib vermag, warum solltest du es nicht vermögen, mein Kind?

Agnes dachte, er trinkt zuviel, womöglich hat er mir auch ein blödes Kind gemacht, die Schwäne sind ein abgelebtes Geschlecht, der Großvater ein verwachsener Zwerg, ein Gelehrter aus lauter Verzweiflung, der Onkel ein verrückter Verschwender, Idunas Kind ist mongoloid, mein Gott, womöglich muß ich ein Geschöpf zur Welt bringen, das mich mein Lebtag anglotzt, stumpf und dumpf aus rotgeränderten Augen, ich will kein krankes Kind, ich will überhaupt kein Kind.

Sie jammerte: Ach Mutter, warum habt Ihr mich grade dem Schwan von Klevenow vermählt?

Agnes! Die Mutter mahnte nun schon ein wenig ungeduldig. Die junge Gräfin war wie im Fieber, sie fühlte wieder eine Wehe nahen. O Gott! Sie verkrampfte sich und hielt die Luft an, als könnte sie sich so der Schmerzen besser erwehren, ihre Hände ballten sich zu Fäusten.

Hör zu, Agnes! Die alte Gräfin packte ihre Tochter bei den Armen. Du bist von Adel, also ist dir von Gott bestimmt, dich einem Mann von Rang zu vermählen. Friedrich Schwan ist der reichste Mann in Mecklenburg, an seiner Seite lebst du wie eine Fürstin. Nimm dich endlich zusammen!

Da war die Wehe heran, eine Woge von Schmerz, die Agnes überschwemmte. Sie schrie, ihr Mund war weit aufgerissen, ihr Gesicht verzerrt und häßlich.

Die Mutter sagte laut und böse: Jetzt wird anständig geboren, oder, bei Gott, meine Hand fliegt dir von rechts und links ins Gesicht.

Dann rief sie nach Doktor Kuhfeld. Es ist soweit.

Graf Friedrich stand am Fenster des Flurs und starrte in die Nacht. Wargentin brannte immer noch. Recht so, dachte er, kein Stein soll auf dem anderen bleiben, wüst und leer mag es bleiben an der Stätte des Aufruhrs. Da vernahm er endlich den kläglichen Schrei des Kindes und schlug die Hände vors Gesicht.

Bald wurde er ins Zimmer der Gräfin gerufen. Er warf einen Blick auf das Bett, und ihm war, als läge dort in den Kissen ein fremder Mensch, ein Mädchen, kaum erwachsen, durchsichtig und zart. Nun präsentierte ihm seine Schwiegermutter das Neugeborene auf einem mit Spitze verzierten Kissen. Ein Sohn. Friedrich schnaufte und schniefte in der Ergriffenheit.

In gewisser Hinsicht hat Agnes recht, dachte die Schlieffenbach, sie wird noch zu tun haben mit der Verwandlung dieses reichen Mecklenburgers in einen Edelmann. Jetzt weint er gar. Sie dirigierte ihn an das Wochenbett, dort brach er in die Knie, ein wenig zu theatralisch, auch zu schwerfällig, und küßte die Hand seiner Gemahlin. Ich danke dir, Agnes.

Die Gräfin lächelte matt. Ich habe dir einen Erben geboren, einen Knaben ohne Makel, Doktor Kuhfeld wird es dir versichern. Sie hob ein wenig den Kopf und schaute sich um, die Gräfinmutter, Arzt und Hebamme hatten den Raum verlassen, die Gatten waren unter sich. Agnes flüsterte: Du hältst mir fern, was mich aufregen könnte. Die Vorhänge sind geschlossen, aber ich weiß, daß Wargentin brennt, die Revolution, nicht wahr? Sie kann auch uns erreichen.

Friedrich versuchte, seine Frau zu beschwichtigen. Wir haben das 16. Großherzoglich Mecklenburgische Dragonerregiment zu unserem Schutz, befehligt von unserem Vetter von der Recke-Vollmerstein.

Agnes Schwan gab sich nicht zufrieden. Jetzt, da der Sohn geboren war, galt alle Sorge ihm. Sie sagte: Ich fürchte um das Kind. Ich muß es in Sicherheit bringen. Ich muß. Ich will fort von hier, sobald ich reisen kann. Laß uns nach Italien gehen, bitte Fritz, versprich es mir.

Friedrich Schwan stimmte schließlich zu.

Die Taufe des kleinen Kuno Schwan auf Klevenow fand im engsten Kreise statt, nämlich nur in Gegenwart der Eltern und der Großmutter Schlieffenbach. Pfarrer Christlieb war angewiesen, die Zeremonie so kurz wie möglich zu halten, denn noch am Abend des gleichen Tages wollte das herrschaftliche Paar nach Italien abreisen.

Gräfin Agnes ließ es sich nicht nehmen, den Sohn im reich verzierten Spitzenkleidchen persönlich an den Taufstein zu tragen. Sie hatte sich erstaunlich gut erholt, war schön und stolz wie eh, keine Spur von Ängstlichkeit, keine Freundlichkeit gegenüber dem Pfarrer, und am Ende auch kein Wort des Dankes für die schönen und zu Herzen gehenden Worte, die Christlieb trotz gebotener Eiligkeit eingefallen waren ... Und ob ich schon wanderte im finsteren Tal, ich fürchte kein Unglück, denn du bist bei mir.

Auch der Pfarrer war gerufen worden, als sich die Gräfin in Qualen gewunden hatte, er wußte um ihre dunklen Stunden, sah aber heute in ihren Augen nicht die geringste Bewegung der Seele, kaum daß sie den Kopf neigte, als er sich beim Abschied an der Kirchentür beinahe bis zum Boden beugte. Und der Graf redete befehlerisch: Sollte Christlieb bemerken, ja hegte er nur den geringsten Verdacht, das oder das seiner Pfarrkinder pflege Umgang mit irgendwelchen Agitatoren, müßte unverzüglich die Polizei in Malchin unterrichtet werden. Christlieb wünschte sich sehr, dies würde nicht nötig sein.

21

Der Tag war grau und verhangen, gegen Abend kam Wind auf, er trieb Regen vor sich her, und das klobige Gemäuer, das über Güstrow aufragte, nahm sich in der Dämmerung geradezu bedrohlich aus. Eine Zeitlang hatte es den mecklenburgischen Herzögen als Residenz gedient und als das schönste Renaissanceschloß im deutschen Norden gegolten, war aber längst verlassen worden und heruntergekommen zu einem Gebäude von üblem Ruf, denn hier verwahrte man heimatloses Gesindel, Landstreicher, Landarme, Bettler, Huren und andere Übeltäter, damit sie sich bei strengster Zucht zu ordentlichem Lebenswandel bekehrten. Der einstige Fürstensitz mußte zur Korrektionsanstalt herhalten, so die offizielle Benennung des Bauwerkes, das besser bekannt war und in ganz Mecklenburg gefürchtet unter dem Namen das Graue Haus.

Im November 1847 betrug die Zahl der aufbewahrten Personen 258 Männer, 57 Weiber und 7 Kinder, in summa 322 Stück.

Für den Abend wurden Neuzugänge erwartet. Zum Außenposten vor dem Haupttor war heute Sergeant Völschow kommandiert, ein langgedienter Soldat des Herzoglich Mecklenburgischen Landwehrregiments. Er war zwischen vierzig und fünfzig und hatte von Alters wegen die straffe militärische Haltung, wohl aber auch die strenge Gesinnung eingebüßt. Der Mann war lang, aber krummrückig, schnurrbärtig und führte seine Kahlköpfigkeit auf die Tatsache zurück, daß er zu oft habe Helm tragen müssen, heute hatte er sich mit einer Militärmütze von grobem Stoff bedeckt und die Ohrenklappen heruntergelassen, denn es war bitter kalt. Völschow mußte im Schilderhaus Schutz suchen, dort hockte ein Kater, mit dem er sich angefreundet hatte, ein mächtiges Tier, grau gestreift und schon alt, jedenfalls fehlte ihm bereits ein Reißzahn. Der Sergeant duldete das Tier, weil es auf Posten langweilig war, so hatte er ein Geschöpf, zu dem er sprechen konnte, wie im Augenblick. Schei – Schei – Schei –

Scheißwetter. Kein Hund wird vor die Tür gejagt, aber Völschow schie – schie – schie – schiebt Wache. Er empfand das als Ungerechtigkeit, und der Kater widersprach nicht, sondern nagte an einem Wurstzipfel, den der Sergeant mitgebracht hatte. Völschow war gutmütig von Charakter, seines Sprachfehlers wegen ein wenig gehemmt, er neigte nicht zu Tätlichkeiten und wäre für die Arbeit im Strafvollzug gradezu prädestiniert gewesen, hätte ihm nicht eines im Wege gestanden, er war sexuell leicht ansprechbar und hatte sich hin und wieder fortreißen lassen, mit gefangenen Weibern, die es darauf ankommen ließen, im Dienst geschlechtlich zu verkehren. Aus diesem Grund war er nach Güstrow strafversetzt worden, im Grauen Haus waren die Anfechtungen gering, die meisten der aufbewahrten Weiber befanden sich in Gesellschaft ihrer Männer, Völschow waren sie zu alt und häßlich, nur eine nahm er aus, weil sie sich vorteilhaft von den anderen Frauen unterschied, Gesine Wollner, leider aber im siebenten oder achten Monat schwanger.

Völschow war gespannt auf die Neuzugänge, ausschließlich Personen weiblichen Geschlechts und Kinder, so war bekanntgeworden. Der Wind pfiff um das Schilderhaus, der Sergeant hob eine der schützenden Ohrenklappen. Er hatte sich nicht getäuscht, da war noch ein anderes Geräusch, Hufschlag auf dem Kopfsteinpflaster des Weges, der von der Stadt heraufführte, das Schlurfen vieler Füße, anfeuernde Rufe aus rauher Kehle: Vorwärts! Vorwärts! Völschow hatte kaum Zeit, sich einigermaßen wirkungsvoll vor dem Schilderhaus aufzustellen, da sah er sie schon aus der Dämmerung auftauchen, zwei Büttel, die auf schweren Gäulen geritten kamen, und ein Schwarm vermummter Gestalten. Er zählte sieben Weiber, die einander stützten, eine schwächer und abgebrauchter als die andre, sie stolperten heran, die jüngste von ihnen, watschelnd wie eine Ente, hatte Mühe, ihren aufgetriebenen Bauch vor sich herzutragen, mehr als ein Dutzend Kinder gingen in diesem Elendszug, die größeren schleppten die kleinen, sie alle wirkten erschöpft und so, als müßten sie sich mit letzter Kraft gegen den Wind stemmen, um endlich bis ans Tor zu gelangen.

Halt! Die Berittenen schwangen sich vom Pferd und näherten

sich dem Posten. Spät geworden, sagte der eine. Gesindel aus Wargentin, aus diesem Mörderdorf. Der andere schlug den Klopfer ans Tor. Öffnen! – Öffnen! so hallte es von innen wieder.

In früherer Zeit hatte man nur über eine Zugbrücke in den Hof des Fürstenhauses gelangen können, jetzt wurde der tiefe Graben zwischen Innen- und Außentor von einem Bohlensteg überspannt. Einlaßforderndes Klopfen also, der Ruf Öffnen und Antwort aus dem Grauen Haus, schließlich Gepolter auf der Bretterbrücke, das Krachen der Riegel, das schwere Tor tat sich knarrend auf und gähnte wie der Höllenschlund, bis sich zwei Wärter mit Fackeln zu seiten der Einfahrt postierten. Hinein mit euch! schrie der Oberbüttel, soll ich euch Beine machen. Der zweite Büttel wollte an Grobheit nicht nachstehen. Dalli, dalli! Er ließ die Peitsche knallen, gleich würde er sie sausen lassen. Die Wargentiner Weiber mit ihren Kindern ließen sich wie eine Viehherde in ihr Gefängnis eintreiben. Schon schloß sich hinter ihnen das eisenbeschlagene Außentor, einen Augenblick lang hörte Völschow die Bohlen poltern, dann fiel auch das innere Tor krachend ins Schloß. Der Spuk war vorbei, Ruhe, keine Regung mehr.

Der Kater strich schnurrend um die Beine des Sergeanten, Völschow nahm ihn auf den Arm, um ihn zu streicheln, er sagte: Hast du gesehen, nur Kroppzeug, die Weiber. Aber unter den Kindern waren zwei Mädchen, vielleicht zwölf Jahre alt, Völschow dachte, wenn sie ein paar Jahre blieben, um sich auszuwachsen, mit denen könnte man vielleicht etwas anstellen. Sie erinnerten ihn übrigens an Gesine Wollner.

Als sich das Außentor der Korrektionsanstalt vor Wochen hinter Gesine geschlossen hatte, war sie verzweifelt und beinahe wie von Sinnen gewesen und hatte immer nur das eine denken können: Warum? Warum muß ich es sein, der das Schreckliche widerfährt? Was habe ich getan oder verbrochen, daß Gott mich straft und dies alles erleiden läßt?

Übrigens hatte sie Sergeant Völschow damals vom Außenposten übernommen, um sie ins Innere der Anstalt zu führen. Das Mädchen war entstellt von der Schwangerschaft, aber immer noch hübsch von Angesicht, sie hatte ihn gedauert, als er sie stehen sah, in der einen Hand das Bündel, in das ihre Habseligkeiten verknotet waren, mit der anderen die Decke am Hals schließend, die sie umhüllte.

Komm, hatte er beinahe väterlich gesagt, aber sie rührte sich nicht, sie stand wie angenagelt oder wie gelähmt und starrte in die Tiefe.

Dieser Augenblick ist in Gesines Gedächtnis eingebrannt, sie hat manches Mal davon geträumt: krachend schließt sich das Außentor hinter ihr, und da steht sie nun vor dem hölzernen Steg, der den Abgrund überspannt. Der Sergeant ist freundlich, er sagt: Geh. Aber sie kann keinen Fuß vor den anderen setzen, denn ihr schwindelt mit einem Mal.

Ich sehe, wie sich der Steg zum Ende hin verjüngt und verengt, dahinter öffnet sich gähnend ein neues Tor, wie weit ist es bis dorthin, fünfzig Schritte vielleicht, wenn ich sie gehe, bin ich gefangen, ich werde in diesem Grauen Haus mein Kind gebären müssen, das werden sie mir nehmen, einer dreckigen Amme überlassen oder zu einer Engelmacherin tragen.

Ein Kind hat mir der Tod genommen, das andere werden mir die Wärter nehmen, was soll ich dann im Leben? Vor mir der hölzerne Steg, enger und enger werdend, ich komm nicht hinüber, ich schaff es nicht, unter mir die Tiefe, saugend, am Grunde Felsengestein, ein Sprung, es ist im Augenblick vorbei, verzeih mir Jesus Christ. Komm, sagt der Sergeant, geh, sagt der Sergeant, aber ich kann nicht, weil mir schwindelt. Kein Wunder, sagt der Sergeant, in diesem Zustand, und will wissen, was mein Vergehen ist. Ach Herr, ich hatte einen Liebsten, und ich liebte ihn sehr. Der Sergeant winkt ab, an dreihundert Personen verwahrt das Graue Haus, Landstreicher, Huren, Schuldenmacher, aber keiner weiß, aus welchem Grund er zur Besserung muß. Komm, sagt der Sergeant, geh, aber ich will nicht, ich will in die Tiefe, vergehen, ausgelöscht sein, nicht mehr denken müssen, nicht mehr leiden. Der Sergeant reißt mich vom Geländer zurück, er stößt mich über die hölzerne Brücke und sieht mich mitleidig an, ehe er mich den Wärtern übergibt. Und wieder fällt ein Tor ins Schloß. Ich muß tun, was man mich heißt, ich ziehe mich splitternackt aus, und alles fällt von mir ab mit meinen Kleidern, meine Würde und jeder Gedanke an Jörn und jeder Gedanke an Gott und also jede Hoffnung. Da ist ein Arzt, ich laß mich taxieren und betasten, ich schlüpfe in einen härenen Kittel, um zu büßen, und will nicht wissen wofür, ich weine drei Tage und drei Nächte, ich lasse mich gehen, ich lasse mich fallen und falle und wäre abgestürzt ins Bodenlose, hätte ich nicht plötzlich das Kind in mir gefühlt, hätt ich nicht die Augen der Weiber gesehen, die den Schlafsaal mit mir teilen, wäre nicht eine Hand gewesen, die mir ein Stück Brot entgegenhielt, hätte ich mich nicht der Verheißung erinnert. Ich hab mich in den Schlaf geweint, da hör ich die Stimme im Baum, sie verspricht, daß ich leben werde, und ich erwache unter den Schläferinnen und lege die Hände auf meinen Leib, um besser zu fühlen, ich spüre das Leben und bin getröstet in dieser Nacht und weine nicht mehr, ich laß mich zurücksinken in den Schlaf und erwache mit Zuversicht. Mögen die Wärter lärmen, um mich aus dem Schlaf zu jagen, ich erhebe mich ruhig, mögen sich die Weiber in meiner Nachbarschaft zanken, ich kleide mich an, mag die Suppe im Blechnapf stinken, ich schlürfe sie, mag mich der Spinnmeister an der Maschine beschimpfen, ich arbeite Stunde um Stunde und will mich nicht gänzlich erschöpfen, ich erspare mir, was an den Kräften zehrt, die Tränen und das Fallenwollen, das Aufbegehren gegen die Wärter, das Sich-nicht-fügen-Können, die Angst, den Streit mit den Mitgefangenen. Ich habe meine Zuversicht und wieder eine Hoffnung, so dachte Gesine und wußte nicht, ob es Gott gewesen war, der sie zu Kräften kommen ließ, nachdem sie wieder beten konnte, oder ihr Wille, der Wunsch, sich für das Kind und für ihren Liebsten zu erhalten.

Sie ließ sich nicht unterkriegen, und eines sehr späten Abends im November, als der Werkmeister Kittendorf sie und ein Dutzend anderer Weiber endlich aus der Arbeit entlassen hatte, ging sie nicht den Gefährtinnen nach, um so schnell wie möglich an den Suppenkübel zu gelangen, sie schritt über den Gefängnishof, wie es ihrer Haltung, aber auch der Schwerfälligkeit ihres Leibes angemessen war. Da hörte sie Geschrei, und dann erkannte sie unter den Frauen und Kindern, die bei Fackelschein eingetrieben wurden, die Mutter und ihre Geschwister. Gesine blieb stehen, mitten auf dem Gefängnishof, und breitete die Arme aus. Sanne Wollner, Rieke und Stine liefen auf sie zu. Der Werkmeister Kittendorf und die Fackelträger sahen, daß sich die vier Menschen in den Armen lagen und duldeten es für eine Weile. Die alte Wollner jammerte und beklagte ihr Schicksal mit erbitterten Worten, die beiden Mädchen weinten, und Gesine tröstete sie. Wie gut, daß wir zusammen sind, nun können wir einander beistehen.

Die Renovierungsarbeiten in der Kirche zu Klevenow waren nahezu abgeschlossen, die Gerüste endlich gefallen. Wände wie Gewölbe strahlten in kaltem, makellosem Weiß, und die altertümlichen Beschriftungen der Epitaphien glänzten golden. Auf den Kirchenbänken waren da und dort ein paar Farbkleckse zurückgeblieben, Pastor Christlieb hatte versucht, sie mit Hilfe heißer Seifenlauge zu entfernen, für heute wollte er's genug sein lassen. Der Wasserkessel summte auf der Platte des eisernen Kanonenofens, der unweit des Eingangs stand. Heute war tüchtig eingeheizt worden, es war ja nicht mehr weit von Advent und bitter kalt in der Kirche. Christlieb fror, er wärmte die Hände am Ofen, als die Kirchentür aufgestoßen wurde.

Einer der Knechte vom Schloß, er hieß Kleinjohann, schleppte ein beinahe mannshohes Kruzifix herein. Schlöpke war ihm behilflich, beide lehnten die Schnitzerei gegen die frisch gekalkte Wand, und der Pfarrer wollte ihnen schon wehren, da sah er, was ihm gebracht worden war, nämlich ein altehrwürdiges Triumphkreuz, das über Jahrhunderte in der Kirche von Wargentin gehangen hatte. Christlieb trat näher und berührte das Schnitzwerk mit den Fingerspitzen. Das ist also alles, was von der Kirche in Wargentin geblieben ist.

Schlöpke sagte: Ein Berg von Steinen noch. Die herrschaftliche Bestimmung lautet, das Triumphkreuz soll uns hier zu Klevenow gemahnen. Was sonst noch nach der Zerstörung übrig ist, Trümmer, alte Gräberplatten und so weiter, darf für den Wegebau beim Park verwendet werden.

Christlieb nickte. Er ließ sich auf die erste Kirchenbank sinken, und Schlöpke übergab ihm einen dicken Folianten, ehe er sich neben den Pfarrer setzte. Es handele sich um das Kirchenbuch von Wargentin, der Pfarrer solle es abschließen und dann verwahren. Auch dies eine Order des Herrn Erblandmarschalls.

Christlieb legte das Buch beiseite. Ein voll behaustes Dorf ist in Rauch aufgegangen, ich aber frage mit Abraham: Herr, willst du dem Ort nicht vergeben um der zehn Gerechten willen, die darin wären.

Ach, nicht einen hätte er gefunden, meinte Schlöpke.

Will er etwa die Kinder unter die Gottlosen rechnen? Der Pfarrer runzelte die Brauen.

Jedenfalls haben sie dem Frevel beigewohnt, das ist Fakt, Herr Pfarrer. Die Tagelöhner wie ihre Weiber haben zuerst den Haberland auf kannibalische Weise umgebracht, dann aber in selbstzerstörerischer Wut die eigenen Hütten niedergebrannt, das Herrenhaus und am Ende sogar die Kirche. So steht es in der Kriminalakte, und genauso muß es im Kirchenbuch heißen.

Gott weiß, was die Wahrheit ist, murmelte Christlieb.

Auch Schlöpke hatte seine Zweifel. Wenn es ihn aber auch dann und wann beschwerte, er hatte noch immer getan, was ihm von seiner Herrschaft aufgetragen. Wer bin ich, was habe ich? Solange ich nichts habe oder bin, kann ich mir keine eigne Meinung leisten, so dachte Schlöpke. Er wollte sich dem Pastor gegenüber nicht zu seinen Bedenken äußern oder hinreißen lassen zur irgendwelchen Bemerkungen, die man später vielleicht gegen ihn benutzen könnte. Er wollte davon und sagte: Ich muß tun, wie mir geheißen, Ihr solltet es auch tun. Er riet dem Pfarrer, sich an die Tatsachen zu halten, und zählte sie auf: Ein Dorf ist verschwunden. Sieben Tagelöhner mit Namen Genz, Kamps, Wollner, Rädecke, Deters und so weiter müssen in Bützow unters Beil, wenn unser gnädiger Landesherr nicht Gnade vor Recht ergehen läßt. Die Weiber und Kinder sind fortgeführt ins Graue Haus nach Güstrow.

Christlieb sagte: Und das gräfliche Paar wartet im sonnigen Sorrent, bis Gras über die Sache gewachsen ist.

Schlöpke nickte. Er winkte den Kleinjohann hinaus und wollte ihm nach, da sah er, wie Minna Krenkel in die Kirche trat,

Tannenzweige im Arm. Sie will den Altar zum Advent schmücken, so sieht das aus.

Schlöpke eilt, sie artig zu begrüßen, hat sie ja kaum zu Gesicht bekommen, geschweige denn mit ihr reden können seit der Kaffeestunde im Gärtnerhaus.

Minna sieht ihm entgegen, düster, ein wenig unwillig sogar, sie will kein Gespräch, sie will den Pfarrer treffen.

Die Herrschaft ist davon, Fräulein Minna. Wir bleiben zurück wie elternlos und dürfen nicht einmal zeigen, daß wir traurig sind.

Ach, Herr Schlöpke, ich fühle mich wirklich so, als lebte ich ganz allein in Gottes großer Welt.

Schlöpke möchte trösten, er möchte werben. Minnas Hände sind immer noch mit dem stachligen Nadelgezweig befaßt und darin wie verkrallt. Er wagt es, ihre Handrücken zu streicheln. Sollten wir uns nicht endlich aneinander halten?

Ach, Minna weiß nicht.

Da neigt er sich ihr noch näher zu und flüstert: Ich habe die Ausweisung aus dem Gärtnerhaus verschwinden lassen. Sie brauchen sich nicht zu sorgen, solange die Herrschaft auf Reisen ist, da kann es zweimal Weihnacht werden.

Minna zwingt sich zu einem lächelnden Gesicht. Ich weiß gar nicht, wie ich danken soll.

Ach, Schlöpke wüßte schon. Er macht den Verschmitzten und grinst auf eine Weise, daß Minna nun doch lieber rasch auf Wiedersehn sagt. Sie läßt ihn stehen und will hinüber zum Altar, da gewahrt sie das Wargentiner Kreuz, verharrt und bricht davor in die Knie, um ein Gebet zu sprechen.

Schlöpke sieht es mit Verwunderung. Er geht.

Minna kniet immer noch vor dem Kreuz, als Pastor Christlieb neben sie tritt. Was ist dir, Minna?

Sie blickt auf. Mich dauern die Kinder von Wargentin, Herr Pfarrer.

Mich auch, Minna.

Sie neigt die Stirn wieder auf die gefalteten Hände. Ich hätte so gern einen Sohn gehabt oder eine Tochter. Ich wäre ihnen eine gute Mutter gewesen. Gott hat es nicht gewollt. Ich hab mein Herz an einen Mann gehängt, der mich nicht mag.

Christlieb bückt sich, um Minna aufzuhelfen. Schlöpke mag dich. Der alte Mann legt den Arm um Minnas Schulter und führt die Frau hinüber zur ersten Kirchenbank, dem Ofen gegenüber. Du bist ja ganz kalt, Minna, wärme dich.

Sie ist in ihre Gedanken versunken und versteht gar nicht, daß er vom Ofen spricht. Sie lehnt sich gegen den Pfarrer, sie hat niemals jemanden gehabt, an den sie sich hätte anlehnen können, jetzt tut sie es, beinahe unbewußt, weil sie innerlich friert und nach menschlicher Wärme sucht, und der alte Pastor behält das späte Mädchen im Arm. Sie sagt schließlich: Jörn Tiedemann ist zu Dömitz eingekerkert. Eine von den Wargentiner Frauen, Gesine Wollner, soll ihm ein Kind gebären. Man wird es ihr nicht lassen, man wird es einem unkeuschen Paar aufzwingen, irgend jemandem, der es nicht haben will. Herr Pfarrer, können wir nicht wenigstens dieses eine Kind aus dem Unglück retten? Es ist unschuldig an allem.

Was verlangst du von mir? Schau, ich bin ein Gottesknecht und ganz ohne Macht. Mit diesen Worten entläßt Christlieb Minna aus der schützenden Umarmung, er schiebt sie vorsichtig von sich.

Minna fragt: So darf also nichts auf der Welt nach eigenem Wunsch und Willen geschehen, gar nichts?

Christlieb braucht eine Weile, ehe er antwortet. Du warst Gräfin Idunas vertraute Dienerin. Vielleicht kann sie dir weiterhelfen. Sie hat sich als Schriftstellerin einen Namen gemacht und gewissen Einfluß bei Hofe. Aber niemand wird dir das Kind anvertrauen, solange du ledig bist. Nimm Schlöpke.

22

Sodom und Gomorrha in Mecklenburg. So war im Malchiner Tageblatt zu lesen. Die Tagelöhner von Wargentin wie ihre fanatisierten Weiber hätten den Pächter Haberland auf bestialische Weise umgebracht, dann aber in selbstzerstörerischer Wut die eigenen Hütten niedergebrannt, das Herrenhaus und schließlich die Kirche, und der bildungsstolze Redakteur hatte kommentierend hinzugefügt: Strengste Strafe den Verbrechern, Schmach und Schande allen Feinden des Vaterlandes, die eine Saat von Fürsten- und Herrenzähnen in die aufgerissenen Acker der Zeit streuen wollen, ohne zu bedenken, daß aus solcher Drachensaat nur Geschöpfe erwachsen können, die sich gegenseitig erwürgen.

Ich weiß, was wirklich geschah. Ich bin der Rabe im Baum. Meine Ahnen zählten zu den Auserwählten, die Noah in den Kasten nahm vor kaum denkbarer Zeit, und mein Urrabenvater, der Gedächtnis hieß, hatte auf Odins Schulter gesessen, seit damals ist uns die Fähigkeit der Entsinnung vererbt, die Gabe der Unvergeßlichkeit, die kein anderes Geschlecht unter dem Himmel besitzt. Ich weiß alles bis auf das wenige, das Gott für sich selber behielt.

Mein Rabenvater hatte auf einem Baum im Hain Mamre gesessen, als der Herr erschienen war, um dem alten Abraham wie seinem hochbetagten Weibe die Geburt Isaaks zu verheißen. Er hat gehört, daß Sara hinter der Tür lachte, aber auch daß der Herr den Untergang Sodoms verkündete, es sei ein großes Geschrei in der Stadt, die Leute täten nicht, was gut ist und recht, und sollten vertilgt werden um ihrer Missetaten willen. So hat es mein Rabenvater vernommen, so steht es im Buch der Bücher geschrieben, und so ist es geschehen, wie inzwischen jedermann weiß.

Auch in Wargentin war ein großes Geschrei, und die Sünden der Leute wogen schwer, aber dem Herrn war nicht eingefallen, vom Himmel herab Schwefel und Feuer auf den bedrückten Ort regnen zu lassen, deshalb machte sich der Graf zum Richter und schickte seine Büttel mit der Lunte aus und vergalt den Tagelöhnern, wie sie es dem Pächter vergolten hatten, mit Gewalt. Ich habe die Flammen gesehen und den Rauch, der noch Tage später über dem Hügel stand, und als er endlich verflogen war und als sich der Winter aus den Fluren zurückgezogen hatte, kamen Leute, die sammelten das Trümmergestein um reichlichen Tagelohn, und andere kamen mit Pferden und Haken, damit der Pflug begrabe, was das Feuer übriggelassen, und wieder andere kamen, die streuten Samen in den aufgepflügten Weiler, daß Gras wachse über die Stätte, die Jahrhunderte ein vollbehaustes Dorf gewesen. Dies alles geschah nach dem Willen des Herrn Erblandmarschalls Friedrich Graf Schwan auf Klevenow, der wünschte, mit dem Dorf würde auch die Erinnerung getilgt an Scheußlichkeiten, die einmal dort geschehen waren.

Aber ich erzähle die Geschichte, wie sie wirklich war, damit sie niemals vergessen werde.

Als der Kalender am 20. März die Tag- und Nachtgleiche anzeigte, wurden die Wargentiner Weiber mit ihren Kindern schon seit vier Monaten im Grauen Haus von Güstrow aufbewahrt. Um diese Zeit standen noch alle im Leben, ja beinahe schien es, sie hätten sich nach einem Leiden erholt. Das war kein Wunder, die Frauen wurden nicht zeitiger als daheim aus dem Schlaf gerufen, durften aber früher auf die Pritsche, die nicht härter war als die Schütte im heimatlichen Katen, und was machte ihnen die zehnstündige Arbeit in der Spinnerei oder Flechtwerkstatt aus, da sie Tagesfron von klein auf gewohnt waren. Keine Sorge um das tägliche Brot, keine Sorge um abgehungertes Vieh, um das Hemd auf dem Leibe, das Feuer auf dem Herd, die Anstaltsleitung kümmerte sich, und wenn die Kohlsuppe von Fett eben nicht glänzte, heiß war sie allemal, und an Kümmel und Salz kein Mangel im Grauen Haus.

Der Oberinspektor der Korrektionsanstalt, ein Baron von Nettelblad, hielt streng auf Zucht und Ordnung, erschien aber den Wargentinerinnen, gemessen am Pächter Haberland, als ein besserer Herr. Sie hatten sich so lange in Ungerechtigkeit fügen müssen, daß sie sich ohne Mühe an ihr Gefängnis gewöhnen konnten. Eine hohe steinerne Mauer trennte sie von der Welt, aber auch vor ärgster Daseinsangst und Heimatlosigkeit, denn was ihnen in der Freiheit hatte genommen werden sollen, das Dach über dem Kopf, hier war es ihnen gewiß. Was hatte ihnen Ungebundenheit schon bedeutet, solange sie mit hundert Geboten oder Zwängen gefesselt waren als Tagelöhner des Herrn Haberland auf Wargentin. Anders die Kinder, sie schauten in den Himmel, sooft sie es vermochten, sie blickten den Wolken nach, die im Freien flogen, und da es der alte Küster duldete, der werktags zwei Stunden lang ihr Lehrer war, malten sie mit Kreide an ihre Gefängnismauern, was sie entbehrten, es waren Blumen, Bäume, Sträucher und Schmetterlinge. Manchmal brachte ihnen der Sergeant Völschow den Kater mit, der ließ sich gefallen, daß sich die Kleinen um ihn rissen, da ein jedes Kind ihn streicheln wollte und mit Mäusen füttern, die leicht zu fangen waren, weil es im Grauen Haus von ihnen wimmelte.

Übrigens war die Kinderschar gewachsen. Zuerst hatte Ida Rädecke ein Mädchen zur Welt gebracht, und kurze Zeit später war Gesines Sohn geboren worden, den nannte sie Jörn wie seinen Vater. Der Ida hatte Anstaltsmedikus Doktor Vogel beigestanden, ein finster raunziger Mann, von dem bekannt war, daß er jeder Hinrichtung in Mecklenburg beiwohnen mußte, um den Tod des armen Sünders zu bezeugen. Nun hatte er einem unschuldigen Wesen ins Leben geholfen, nebenbei bemerkt mit sanften Händen, wie Ida den Frauen versicherte.

Als bei Gesine die Wehen heftig einsetzten, war niemand da, den man hätte rufen können, denn es geschah am Heiligen Abend. Die meisten Wärter und alle Beamten hatten die Anstalt gleich nach der Bescherung verlassen. Im Betsaal des Hauses war jedem Gefangenen ein Stück Christbrot in die Hand gedrückt worden, und der Anstaltspfarrer hatte aus der Weihnachtsgeschichte gelesen: Es begab sich zur Zeit, da ein Gebot von Kaiser Augustus ausging, daß alle Welt geschätzet werde. Da machte sich auch auf Joseph aus der Stadt Nazareth ... daß er sich schätzen ließe mit Maria, seinem vertrauten Weib, die war schwanger.

Wenig später verspürte Gesine das Ziehen im Leib und dachte, mein Gott, es wird doch nicht ausgerechnet heute geschehen sollen, an Weihnachten, wenn aber doch, so muß der Herr im Himmel es gut meinen mit dem Kind wie mit mir.

An diesem Abend feierten die Beamten wohl längst mit ihren Familien unterm fein geputzten Weihnachtsbaum. Sergeant Völschow hatte wieder mal ein schlechtes Los gezogen und es fluchend ein Schei – Schei – Scheißspiel genannt, daß er am 24. Dezember zum Spätdienst mußte. Wenigstens brauchte er nicht draußen vor dem Tor zu stehen, und da es heute kein Vorgesetzter verwehren konnte, weil keiner im Hause war, hatte er zu seiner Gesellschaft den alten, fetten Kater mitgebracht. Nun machten beide im Haus die Runde, der krummrückige Völschow latschte über die Gänge, den klirrenden Schlüsselbund in der Faust, neben ihm tappte der Kater mit stolz aufgerichtetem Schwanz. Der Sergeant vernahm schon von weitem die Unruhe aus dem Saal der Wargentiner, sie waren in einem der ehemaligen Pferdeställe untergebracht. Aufmachen! Fäusteschlagen von innen gegen die Tür, und zuerst dachte Völschow an Revolte. Als er aufgeschlossen hatte und eingetreten war, sah er, wie Gesine, umringt von den Frauen, sich in Schmerzen wand, und wußte im Augenblick warum. Er stammelte: Schö – schö – schöne Bescherung. Wo denn zu dieser Stunde den Anstaltsarzt finden?

Die alte Frau Genz beruhigte ihn. Im abgelegenen Wargentin hatte man auch nicht immer nach Hilfe ausschicken können, und Anna Genz hatte Dutzende Male beispringen müssen, daß sie so gut wie eine gelernte Wehmutter war. Sie hatte das Regiment am Lager der Gebärenden, nun wies sie den Sergeanten an, sie brauche eine Schere, wenigstens ein scharfes Messer, das Gerät müsse ausgekocht werden. Hat er den Schlüssel zur Küche? Völschow nickt.

Dann ab mit ihm, eine Waschschüssel muß her, warmes Wasser. Sanne Wollner mag ihn begleiten.

Das häßlichste aller Weiber, dachte Völschow. Er hörte Gesine stöhnen, den unterdrückten Schrei. Bleib bei mir, bitte, Mutter!

Selma Kamps, die Dicke, wurde ausgeschickt, dem Völschow zu helfen. Vergeßt die Kerzen nicht, wir brauchen Licht, und sputet euch um Christi willen.

Gesine verbiß den Mund, um niemanden mit Geschrei zu erschrecken. Da lockte Ida Rädecke die Kinder in einen Winkel des Raumes. Achtet nicht auf Gesine, hockt euch nieder, hört mir zu. Et was mal ne Königin wäst, de harr'n lütten Jungen krägen ...

Bald kam Selma mit der Wasserschüssel, der Sergeant mit sauberem Gerät und mit Licht. Wie weit es sei? Die alte Genz schob den neugierigen Mann hinüber zu den Kindern, und Völschow gehorchte. Sanne Wollner hielt die keuchende Tochter und summte beruhigend. Anna riet der Gebärenden leise, wie sie es anstellen müsse. Nicht lange, da hielt die Alte das Neugeborene schon an den Füßen: Ein Junge.

Die Kinder hörten den Schrei. Dürfen wir hinüber, Ida, es anzuschauen?

Wartet, erst wollen wir dem Kind ein Weihnachtslied singen. Es ist ein Ros entsprungen aus einer Wurzel zart ..., so plärrten die Kinder mit hellen Stimmen, wahrhaftig nicht glockenrein, wohl aber mit heiliger Andacht, und manche der Weiber wischte sich die Tränen, weil es gar so seltsam war, daß einer von ihnen, ein Wargentiner, sich in den Geburtstag teilen durfte mit Jesus Christus dem Herrn.

Es ist ein Ros entsprungen, so sangen die Kinder also und zerdehnten sehnsüchtig die alte Weise. Inzwischen windelte Großmutter Sanne das Kind und legte es in die Krippe, die gab es wahrhaftig, weil die Geburtsstube ein Stall gewesen war. Die anderen zündeten alle Kerzen an, und es war ihnen weihnachtlich zumute.

Keiner wußte, wie es geschehen war, ein Engel des Herrn wird wohl nicht zu ihnen getreten sein, dennoch hatte sich die Geburt eines Christkindes im Grauen Haus herumgesprochen, nun klopften sie gegen die Türen ihrer Schlafsäle, die Landstreicher und Landarmen, die Huren und Bettler, die das Haus zu ihrer Besserung verwahrte, und riefen: Laßt uns doch das Kind sehen!

Sergeant Völschow hatte zu tun, er mußte nach da laufen und nach dort, um den Tunichtguten aufzuschließen und sie später wieder einzusperren, denn viele wollten sehen, was geschehen war, und dem Kind Geschenke darbringen. Sie hatten keine

Schätze, weder Gold, Weihrauch noch Myrrhe, der eine schenkte einen selbstgefertigten Kamm, der zweite eine besonders fein geflochtene Matte, der dritte ein Beutelchen Tee, das er irgendwo gestohlen. Heiß Wasser war in der Küche noch, Völschow erbot sich, den Wargentiner Weibern einen Kessel aufzubrühen, nachdem er all die komischen Heiligen aus dem Morgenlande wieder eingeschlossen hatte, er wisse sogar, wo Zucker und Rum aufbewahrt würden.

Also, der Sergeant will einen Tee aufgießen zur Feier und zum festlichen Beschluß des Geburts- und Weihnachtstages, Stine und Rieke, die beiden Hübschen, sollen ihn begleiten und folgen ihm tatsächlich bis in die Küche. Da dachte der Mann, er habe gute Werke heute zur Genüge getan, nun dürfe er sich wohl ein bißchen Weihnachtsfreude gönnen, er knöpfte sich auf und zeigte den Mädchen vor, was einen Mann vom Weibe unterscheidet, das ließ er sie anfassen, bis er zufrieden war. Wenn ihr das Maul haltet, soll es euer Schaden nicht sein.

Als die Kinder später zurückkehrten, zeigte jede verlegen lächelnd vor, was sie unter der Schürze trug, ein Pfündchen Zucker, das teilten sie mit den anderen. Auch in der Folge geschah es, daß Rieke und Stine beschenkt wurden, einige der Weiber rätselten warum und kamen auf schlechte Gedanken, nicht so Sanne Wollner, die Mutter, sie lächelte stolz, es hatte immer zu ihren kleinen Freuden gezählt, daß ihre Töchter hübscher waren als andere, die schönen haben es leichter als die häßlichen Vögel, das Leben geht nun mal so.

Als also Tag- und Nachtgleiche war, am 20. März, wurde der Gefangenenalltag für die Wargentiner auf merkwürdige Weise unterbrochen.

An diesem Tag war Gesine zum Dienst in die Krankenstube abkommandiert, alle anderen, Weiber wie Kinder, hockten im Arbeitssaal auf ihren Schemeln und flochten an den Matten, als das Tor aufgeschlossen wurde, obwohl es noch weit bis Mittag war. Der Leiter der Korrektionsanstalt, der Herr Baron von Neddelblad höchstpersönlich, trat ein, gefolgt von einer Dame ganz in Schwarz und einer schlicht gekleideten Person, die sich im

Hintergrund hielt. Die Frauen sprangen von ihren Plätzen, wie es das Reglement des Grauen Hauses verlangte, sie verneigten sich und riefen: Guten Tag, Euer Gnaden.

Baron Neddelblad flüsterte der Dame zu: Die Wargentiner Mörderinnen.

Die starrten zur Tür, als wäre ein Geist erschienen. Das ist doch die schwarze Gräfin. Wir kennen sie, ein paar Jahre lang ist sie unsere Patronin auf Klevenow gewesen, die geschiedene Iduna Schwan-Schwan, und die andre haben wir auch schon gesehen, Minna Krenkel, die Gärtnerstochter aus Klevenow. Was haben die hier zu suchen?

Weitermachen!

Sie rückten geräuschvoll die Schemel zurecht, als das Kommando erklang, und hockten sich zur Arbeit nieder.

Da schritt sie vorüber im rauschenden Gewand, die schwarze Gräfin, sie blieb vor der Wollner stehen, weil ihr das Gesicht bekannt erscheinen wollte.

Du bist doch –

Susanne Wollner, Euer Gnaden.

Die Gräfin war befangen, sie sagte, als mache sie Konversation: Wie geht es dir?

Besser als daheim, antwortete die Wollner. Es gibt zweimal täglich warme Suppe im Grauen Haus.

Kurze Zeit später wurde Gesine in die Räume des Barons von Neddelblad befohlen. Mein Gott, warum? Sergeant Völschow, der sie führte, wußte nur, daß Besuch gekommen war.

Für mich?

Keine Ahnung.

Gesine trug einen Gefängniskittel von grobem Zeug, das Haar nach Vorschrift ganz und gar vom Kopftuch verhüllt. Das großfenstrige Wartezimmer war lichtdurchflutet, Völschow sah, daß Gesine bleich war, aber doch die Schönste unter den Weibern im ganzen Beritt.

Da kam Baron Neddelblad schon durch die Tür. Er wies in den angrenzenden Raum: Hinein mit dir.

Gesine stieg aus den Holzpantinen und trat zögernd ein. Sie erschrak, als sie Gräfin Iduna erkannte und die Krenkel neben ihr.

Sie verbeugte sich tief und blieb lange gekrümmt, um ihre Verblüffung zu beherrschen.

Erhebe dich, gebot schließlich Iduna Schwan. Sieh mich an. Gesine gehorchte, und nun war es Iduna, die ein Weilchen brauchte, um ihr Erstaunen zu verbergen. Sie hatte gewußt, wen sie zu erwarten hatte, ein Geschöpf aus der untersten Hefe des Volkes, die aber vor ihr stand, hoch aufgerichtet, war mädchenhaft und selbst in der Vermummung edel von Erscheinung.

Du hast schon zwei Kinder geboren, höre ich?

Gesine hielt den Blicken stand. Ja, Euer Gnaden, eine Tochter Luise, sie starb letzten Sommer, dafür lebt mir ein Sohn, Jörn. Er ist ein Christkind, gerade zur Weihnacht geboren, hier im Grauen Haus. Gesine zeigte keine Spur von Unterwürfigkeit, eher klang es trotzig, als sie sagte: Da war es das reine Glück, daß meine Mutter, daß auch meine Schwestern ins Gefängnis geworfen waren, wie Euer Gnaden sicher wissen, sie standen mir bei in der Heiligen Nacht. Sie haben das Kind gewindelt und in die Krippe gelegt, wir hausen im Stall, durchs Fenster hoch oben sah ich den Stern.

Ich muß doch sehr bitten. Gräfin Iduna verwahrte sich gegen solch herausfordernden Vergleich.

Aber Gesine ließ sich nicht einschüchtern. Es war mir ein Trost, Frau Gräfin, daß auch Christus der Herr arm dran war und heimatlos im Stall von Bethlehem.

Du versteigst dich.

Ach, Frau Gräfin, ich weiß, daß kein Mensch tiefer fallen kann. Ich gelte vor Gott und aller Welt als eine große Sünderin. Gesine senkte das Haupt.

Sie bekannte also ihre Schuld, es gefiel der Gräfin, sie lächelte und sprach. Einer Gefallenen können viele Sünden vergeben werden um vieler Liebe willen, so steht in der Schrift. Wir Menschen dürfen uns nicht überheben. Übrigens weiß ich, daß du Unrecht leidest. Iduna senkte die Lider blinzelnd, sie litt an Kurzsichtigkeit, und machte einen Schritt auf Gesine zu. Du warst gar nicht im Dorf, als die Scheußlichkeiten geschahen.

Einen Augenblick lang hoffte Gesine, die Gräfin würde sie erlösen aus der Löwengrube. Wie oft war unter den Gefangenen die Rede gewesen, man käme frei, sobald sich eine Person von Stand verbürge mit gutem Geld und gutem Wort. Vielleicht suchte die Dame eine Dienerin für die kleine kranke Komteß. Aber nun erfuhr Gesine, was die Gräfin von ihr wollte: Den kleinen Jörn. Auch sie sei eine Mutter, und es jammere sie bei dem Gedanken, daß da ein unschuldiges Kind hinter Mauern verwahrt werden solle.

Erst nach einer Weile sagte Gesine: Es ist kalt im Grauen Haus. Seit mein Sohn auf der Welt ist, wärmt er mir das Herz. Wenn er mit winziger Faust meinen Finger umklammert, so gibt er mir selber Halt. Er zwingt uns zur Heiterkeit, Frau Gräfin, die andern und mich. Wir lächeln ihn an, mitten im Elend, bis er uns widerlächelt. Das verschafft uns ein wenig Zuversicht, und wenn ich ihn spüre, seine Haut an meiner Haut, bin ich an seinen Vater erinnert, dann weiß ich, wie sehr ich diesen Mann liebe. Was mich aufrecht hält, ist dieses Kind. Das soll ich hergeben? Nein.

Iduna war betroffen, sogar ein wenig beschämt. Sie sagte: Vielleicht weißt du, daß ich Bücher schreibe. Ich interessiere mich für Menschen, ich hab Phantasie, aber hab mir nicht vorstellen können, daß eine wie du, eine Tagelöhnerin, großer und edler Empfindungen fähig wäre. Du hast mich belehrt, und glaub mir, ich will dir das Kind nicht nehmen. Meine Sorge ist, daß es die andern tun. Sie trat dicht an Gesine heran und senkte die Stimme: Die Gefängnisleitung.

Eher brächte ich es um, flüsterte Gesine.

Die Gräfin nahm sie bei den Armen, um sie ein wenig zu rütteln, wie es eine Mutter zuweilen tut, wenn sie ihr Kind zur Vernunft mahnen will. Damit man dich dort hätte, wo man alle Wargentiner wohl am liebsten sähe, auf dem Block. Ich weiß jemanden, der das Kind für dich bewahrt.

Wer ist das?

Minna Krenkel trat neben die Gräfin: Ich.

Wie hätte sich Gesine nicht der schrecklichen Stunde erinnern sollen, damals im nächtlichen Gärtnerhaus, Krenkels Gesicht, verzerrt im Lampenschein, klirrende Stimme, haßerfüllt: Scher dich aus meinem Haus, du Drecksstück, du Hurenmensch!

Du?! Gesine lächelte voller Hohn. Da du meinen Jörn nicht haben konntest, Minna Krenkel, so willst du seinen Sohn.

Ja, sagte Minna ganz einfach, denn was ihr Gesine vorhielt, kam der Wahrheit nahe. Ja, sagte sie, ich würde gerne für ihn sorgen, solange ihr beide es nicht könnt.

Solche Offenheit entwaffnete Gesine und machte sie weich. Sie sah der Krenkel in die Augen, bis sie endlich nickte.

Dann wurde ihr erlaubt, das Kind zu holen. Sie übergab es ohne eine Träne und ohne jedes Wort der anderen Frau, bei der es jedenfalls besser aufgehoben war als im Grauen Haus.

Minna Krenkel begriff im Augenblick, wie der Knabe getragen und gehalten werden mußte, sie wiegte ihn vorsichtig, und ihr kamen die Tränen, als ihr das Kind entgegenlächelte. Sie sagte: Glaub mir, ich weiß, was du mir an das Herz gelegt hast.

Auch die Gräfin hatte sich rühren lassen, sie versprach beim Abschied, nichts wolle sie unversucht lassen, um Gesine aus dem Gefängnis zu befreien, sie habe einflußreiche Freunde. Frau Gräfin, warum wollen Sie das alles für mich wagen?

Weil du ein Schicksal trägst, sprach die Dichterin und dachte bei sich, ach, wie sehr hasse ich diese selbstgerechten Schwäne auf Klevenow. Was ich heute tu, tu ich ihnen zum Tort und tue damit ein gottgefälliges Werk. Dann reichte sie der Gesine abschiednehmend die Hand zum Kuß.

23

Einige Tage später suchte Iduna Schwan-Schwan im Schweriner Schloß um eine Audienz beim Landesherren nach, der ihr bei der Befreiung des Kindes aus Gefängnishaft durch seine Fürsprache geholfen hatte. Die Beamten machten ihr wenig Hoffnung, daß man sie würde vorlassen können.

Die Stadt war unruhig in diesen Märztagen, beinahe an jeder Straßenecke klebten Plakate, Iduna hatte gelesen, was die Regierung und Lehnskammer auf solche Weise bekanntmachte. Ein Pressefreiheitsgesetz, auf freisinnigste Grundlagen gestützt, sei mit Wirkung vom 16. März 1848 in Kraft. Seine Königliche Hoheit, Großherzog Friedrich Franz II., bürge mit seiner Person für die Bewahrheitung der Regierungsmaßregel und sei gleichzeitig mit der Vollziehung von Entschließungen beschäftigt – so der amtliche Text –, welche das Wohl des Großherzogstums auf dauernde Weise sichern würden. Man hatte erfahren, der junge Landesherr wünsche, daß sofort ein Landtag berufen werde, daß alle Zollbarrieren in Deutschland endlich fielen, ja er wolle sogar prüfen, ob landhungrigen Leuten möglicherweise ein Stück Land zur Errichtung kleiner Wirtschaften zu erschwinglichen Bedingungen überlassen werden könne.

Auf den Plätzen in unmittelbarer Nähe des Schlosses standen Leute in kleinen und großen Gruppen beieinander, nach Haltung und Kleidung zu schließen, Personen der mittleren wie auch gehobenen Stände, Arbeiterschaft hatte sich nur bis zum Rande des Schloßgartens gewagt. Gräfin Iduna konnte unbesorgt die Kalesche verlassen, Polizei wie Militär waren Herr der Lage, ganz im Gegensatz zu Berlin, wo es zu schrecklichen Ausschreitungen gekommen war. Eben darüber disputierte man vor dem Schweriner Schloß. Iduna hörte es mit halbem Ohr, dreihundert Tote, man hat sie alle zum Schloß geschleppt, um sie dem König vorzuweisen unter dem Absingen von Chorälen, was die Sache auch nicht besser macht. Es heißt, den Befehl zu dem Blutbad habe der Prinz von Preußen gegeben, erst alles versprochen und dann schießen lassen, das hat keine Art, und die Opfer, zumeist honorige Leute, die brav ihre Steuern zahlen wie wir, allerdings sollen bei den Gefallenen auch mehrere Dutzend vorbestrafte Diebe gewesen sein, ja, Geheimräte waren freilich nicht darunter.

Iduna ließ sich mit den vielen Menschen zum Schloß treiben. Deputierte der Bürgerschaft von Rostock, Abordnungen der Landstädte, Vertreter der Ritterschaft, sie alle wollten dem Landesherrn ihre Forderungen vorstellen, und viele dieser Forderungen widersprachen sich, die einen verlangten Nachgiebigkeit, die anderen Härte, was die einen im Namen der Gerechtigkeit begehrten, hießen andere ungerecht, wofür die Bürger im Namen der Freiheit stritten, galt den Rittern als Auflösung aller Ordnungsbande und der wahren Freiheit entgegengesetzt, Prinzipien prallten aufeinander, ein Schicksalsgewitter schien sich gewaltsam entladen zu müssen, und vielleicht waren auch in Mecklenburg weitere Blutopfer unvermeidlich.

Quo vadis, dachte Iduna Schwan-Schwan, quo vadis, Friedrich Franz? Du wirst dich nicht retten können durch Beugsamkeit. Hab ich dir nicht vorgestellt, letzten Sommer in Bad Doberan, wie leicht es dem Rationalismus gelingt, liberales Gedankengut ins Radikale zu verwandeln? Ich arbeite an einem Essay zu dieser Thematik und hätte ihn Euer Königlichen Hoheit gerne vorgestellt.

Iduna wartete immer noch auf eine Audienz, als der Zufall wollte, daß Irene von Bülow vorüberkam, Hofmeisterin der Großherzoginmutter und eine Bewunderin Idunas, nicht erst seit der Lesung in Doberan.

Man läßt Sie nicht vor, Verehrteste, ich muß bedauern, aber Sie sehen ja selbst, was im Haus geschieht. Die Deputationen geben sich die Klinken in die Hand. Seine Königliche Hoheit konferiert in Permanenz. Vielleicht kann ich Sie entschädigen. Sie winkte der Gräfin, ihr in die Gemächer der Großherzoginmutter zu folgen, und erwirkte tatsächlich eine Audienz, obgleich die Königliche Hoheit Besuch hatte.

Wen bitte? Iduna blinzelte irritiert, sie verstand kaum zur Hälfte, was ihr Frau von Bülow verschwörerisch zuwisperte. Mein

Gott, sie wird doch nicht auf den Prinzen von Preußen treffen, den Bruder der Alexandrine von Mecklenburg und den Seiner Majestät des Königs von Preußen.

Da öffnet man schon die Tür. Ich bitte!

Iduna versinkt im tiefsten höfischen Knicks.

Ich bin privat, Gräfin, und empfange nur en famille. Also bitte nicht so zeremoniell. Bescheidenheit steht uns an in einer Zeit, da die Throne wackeln.

Iduna Schwan-Schwan besitzt ein geschultes Gedächtnis und wird diesen bemerkenswerten Satz nicht vergessen, ebensowenig, wie Alexandrine von Mecklenburg zu dieser Stunde gekleidet ist. Die Hoheit trägt ein schlichtes rotschottisch kariertes Popelinekleid, und sie sieht prachtvoll aus, wenn auch ein wenig versorgt. Sie ist gefaßt inmitten aller Unruhe, die bis in den sonst so abgeschirmten Palast brandet.

Handkuß, Lächeln hin, Lächeln zurück.

Bülow berichtet mir, daß Sie durch das Schloß irren und überall vergebens klopfen. Ich möchte Sie nicht gehen lassen, unverrichteter Dinge, unverrichtet. Was kann ich tun?

Ach, Iduna hatte Seiner Königlichen Hoheit, dem Herrn Großherzog, nur danken wollen für eine hochherzige Tat.

Oh, das hätte Ihre Königliche Hoheit gewiß erfreut in diesen schlimmen Stunden, da ihn jedermann mit Forderungen überfällt. Schreiben Sie ihm, Gräfin, oder warten Sie, ja, warten Sie. Vielleicht erscheint er bei mir, denn er weiß immerhin, ich habe Besuch, Besuch, der auch Sie interessieren mag. Die Literaten verstehen sich ja wohl als Chronisten der Zeit, irgendwie.

Die Besten jedenfalls, bestätigte die dichtende Gräfin, auch heute ganz in Schwarz gewandet, und senkte bescheiden die Lider.

Die Hoheit sagte: Ich möchte Ihnen eine Persönlichkeit vorstellen, die es auf schicksalhafte Weise nach Schwerin verschlagen hat, schicksalhaft.

Iduna blickte ihrer Kurzsichtigkeit wegen aus schmalen Augenschlitzen auf einen Mann, der sich vom Stuhl erhob. Er war dezent gekleidet in feinstes englisches Tuch und von erheblicher Körpergröße wie Leibesfülle, ein Adonis freilich nicht, sein mächtiger Korpus stand im Widerspruch zu den kurz geratenen Beinen, große Glatze, dicke Nase.

Das kann nicht der Bruder Ihrer Königlichen Hoheit sein. Wenn dieser Mann eine Ausstrahlung besitzt, dann ist sie gewöhnlich, und er macht ein Schafsgesicht, als Alexandrine von Mecklenburg endlich seinen Namen nennt.

Krug, Hanfried Krug, der Kammerdiener des Prinzen von Preußen, unterwegs in geheimer Mission und größter Gefahr entronnen, entronnen. Ach bitte, liebste Bülow, den Tee.

Hanfried Krug, der Kammerdiener, scheint nicht nur fähig, seinem hohen Herrn beim Lever die Hosen und die Socken zuzureichen, er ist von Berufs wegen auch ein politischer Mensch, jedenfalls in der Nähe gewesen, als sich Unerhörtes begab, und zwar auf folgende Weise. Der Mann – Glatze geneigt, fragender Blick – kann die Augen aufschlagen wie das zarteste Weib. Soll er noch einmal von vorn?

Die Großherzogin nickt ihm aufmunternd zu, dann nimmt man Platz, die Damen ordnen raschelnd die Gewänder, Krug hebt die Rockschöße, ehe er sich niederläßt, damit er sie nicht in unschöne Falten presse mit dem Gesäß.

Iduna hält den Henkel der Teetasse zwischen Daumen und Zeigefinger, kleiner Finger abgespreizt, und auf gleiche Weise hat sich Krug an die Nase gefaßt und reibt diese, als befördere das die Erinnerungskraft.

Also, in der besagten Märznacht hatte Seine Majestät König Friedrich Wilhelm IV. mit dem Gesicht auf den Händen gelegen, unfähig zu einer Entscheidung, und jedes Mal, wenn es draußen krachte, fuhr Seine Majestät auf mit dem Ruf: Es kann nicht sein. Das Volk liebt mich. Und die Frau Königin hatte den Gemahl fußfällig angefleht, der Unruhe ein Ende zu machen. Aber Majestät wiederholten in einem fort: Das Volk liebt mich. Keine Gewalt, nicht schießen! Was aber nutzt die schlagkräftigste Armee, wenn sie partout nicht soll zuschlagen dürfen? So fragte Krug, um fortzufahren: Gewehr im Anschlag, Seitengewehr aufgepflanzt, Augen zu und durch, dies wäre die richtige Taktik gewesen. So auch die Meinung des Bruders Seiner Majestät, des Prinzen von Preußen, durfte aber nicht sein. Da haben sich zwei

Gewehre der Infanterie sozusagen von selber entladen, wie sagt man, im Eifer des Gefechts, und dann mußte doch noch ganz schön geschossen werden, mit Erfolg übrigens, ratz, batz, und die Truppe hatte aufgeräumt. Leider kein Aufatmen, denn nun ist ein Befehl des Königs von Preußen von seinen Generälen mißverstanden worden. Die siegreiche Garde weicht, da hatte mit einem Mal der revolutionäre Pöbel das Sagen in Berlin, die Straße regierte. Krug war dabei, als sich jene schmachvolle Szene auf dem Balkon des Schlosses zutrug. Da steht er, Krug, im Hintergrunde, und vorn an der Balustrade der König Friedrich Wilhelm IV., entblößten Hauptes. An seinem Arme die Königin, bleich und schlapp, sie hatte ihr Krankenbett verlassen müssen, um der Demütigung der Hohenzollern beizuwohnen. Der König also ohne Hut, während man unten die Leichen der erschossenen Barrikadenkämpfer vorüberträgt. Und nun schreien die Aufrührer gar nach der Auslieferung des Prinzen von Preußen, sie schmähen ihn: Bluthund oder Kartätschenprinz. Irgend jemand hatte das Gerücht ausgestreut, er habe am 18. März den Schießbefehl erteilt. Alles Lüge. Dennoch bestand Seine Majestät, der König, darauf, der Bruder habe das Berliner Schloß unverzüglich zu verlassen. Seit dieser Stunde ist man auf der Flucht, zuerst mit Damen, später leider ohne. Spandau, Pfaueninsel, Perleberg, endlich rüber nach Mecklenburg.

Der 23. März, der Geburtstag des Prinzen, wird wohl der bitterste in seinem Leben gewesen sein. Frau Prinzeß weinte und weinte. Gräfin Oriola, die Palastdame, hatte das Taschentuch der Königlichen Hoheit mehrmals wechseln müssen, und da niemand anderes daran dachte, hatte er, Krug, sich in aller Herrgottsfrühe aufmachen müssen, um einen Geburtstagsstrauß zusammenzupflücken, mein Gott, wie heißen diese gelben Blümelein, die vorzugsweise auf Friedhöfen wachsen?

Winterlinge. Gräfin Iduna kannte sich aus. Sie war sich nicht mehr sicher, ob man den Prinzen von Preußen bedauern sollte, nachdem sie erfahren hatte, welches Mahl ihm der findige Krug mit Hilfe einer Gärtnersfrau bereitete. Iduna notierte es des Abends in ihr Tagebuch, und in welchem Sinne, von welchem Standpunkt immer man später die März-Ereignisse interpretieren würde, eines war verbürgt, was der Prinz von Preußen am 23. März 1848 auf der Flucht gegessen hatte, vier Schüsseln immerhin, nämlich Kartoffelsuppe, Aal gestopt, Kalbsbraten und zum guten Beschluß Pudding mit Obstsauce. Der Prinz hatte also gestärkt auf seinem Schicksalspfade wandeln können, war aber in Mecklenburg auf so bedauerliche Weise bedroht und belauert worden, daß man zu einer Finte hatte greifen müssen.

Seine Königliche Hoheit, in einen unscheinbaren grauen Mantel gehüllt, schwarzweiß karierten Schal um Hals und Kinn geschlungen, Mütze ins Gesicht gezogen, schlugen sich seitwärts in die Büsche, um auf heimlichem Wege die Bahnstation Hagenow zu erreichen, wo ein Abteil erster Klasse nach Hamburg reserviert war, während er, der Kammerdiener, sich in der Staatskalesche mit verhängtem Fenster auf den Weg machte, um die Verfolger nachzuziehen. Die Täuschung gelang. Krug, tagtäglich auf Tuchfühlung mit den Majestäten, gab sich auch im Salon der Großherzogin Alexandrine ungeniert. Er hatte sich heiser geredet, hüstelte fein hinter vorgehaltener Hand, pardon, und mußte schließlich krächzen, um auf solche Weise anzudeuten, daß seine Kehle trocken war.

Einen Tee bitte, liebe Bülow.

Krug hätte lieber was Kaltes.

Ein Glas Wein?

Krug fragte, ob zufällig eine Flasche Lübzer Bier im Schloß vorrätig wäre.

Die Fürstin, beladen mit Sorge um das Schicksal der Hohenzollern und Pribislawen und ein ganzes Großherzogtum, hatte Gelegenheit, sich über das drollige Gehabe des Kammerdieners zu belustigen. Sie lächelte amüsiert, aber gewiß doch, Herr Krug, gewiß, und berichtete der Gräfin Iduna, ihr Königlicher Bruder sei inzwischen in Sicherheit. Er hatte sich in Hamburg, auf einer Schute versteckt zwischen Kisten und Warenballen, hinaus auf Reede begeben, um an Bord des englischen Dampfers John Bull zu gehen. Jetzt war er auf der Fahrt nach Hull. Gott, was für Zeiten. Der Prinz also in Sicherheit, Sicherheit, aber dem armen Krug ist es beinahe an den Kragen gegangen, kaum eine Stunde von hier.

Der Kammerdiener nickt.

Man hat vor einer Schenke gehalten, Augenblickchen nur, um sich eine Erfrischung reichen zu lassen, da wird die Kalesche mit einem Mal von einem Dutzend angetrunkener Bauernlümmel umringt. Eine Reisetasche mit Monogramm, außen angeschnallt, angeschnallt, verrät, wem der Wagen zugehört, und einer der Banditen, dessen Bruder auf einer Barrikade in Berlin um das Leben gekommen sein soll, einer der Kerle hat einen blutdurchtränkten roten Lappen auf eine Mistgabel gespießt und fuchtelt damit herum und schreit: Blut für Blut! Er wolle den Prinzen erstechen, heraus mit ihm. Heraus, brüllt auch das betrunkene Volk, es rüttelt an der Kutsche und verlangt sofortige Auslieferung Seiner Königlichen Hoheit. Da beweist sich Mannesmut. Der Schlag wird geöffnet. Wer steigt herab und weist die Zudringlichen mit gebieterischer Gebärde zurück? Wer entblößt das Haupt und neigt es und belegt durch, nun ja, Kahlköpfigkeit, daß er nicht der Prinz von Preußen ist? So fragt Alexandrine von Mecklenburg voll Bewunderung, und der getreue Kammerdiener Krug blickt an seiner Nase herunter und macht in der Bescheidenheit ein Schafsgesicht.

Dann wird ihm das wohlverdiente Bier gereicht.

Iduna Schwan-Schwan vertraute diese merkwürdigen Begebenheiten ihrem Tagebuch an, wie auch die folgenden Sätze: Vom Landesherren doch noch empfangen worden. Gutes Gespräch. Übereinstimmung in vielen Dingen, wie seinerzeit in Doberan. Gemeinsamkeit auch in der Bewertung der wilden Zeitumstände. Auch Friedrich Franz von Mecklenburg will nicht leugnen, daß es Übelstände, Mißbräuche, Unvollkommenheit und Ungerechtigkeit gibt. Habe Seiner Königlichen Hoheit dennoch angeraten, nicht weiter nachzugeben, denn alle, die nach Reformation schreien, wünschen nicht die Verbesserung oder Reinigung der bestehenden Ordnung, sondern deren Vernichtung. Hübsches Gleichnis vom Gärtner gefunden. Wenn ein guter Gärtner erkennt, daß ein Baum in seinem Garten sich mit allzu vielem wilden und dürren Gezweig bedeckt oder daß er zu üppige Blüten treibt und nicht zur vollen Höhe wachsen kann, so haut er die unteren Zweige ab, er verschneidet den Baum, er bricht einen Teil der unnützen Blüten aus, damit die übriggebliebenen um so gewisser Früchte tragen. Die aber heute nach Veränderung und Verbesserung rufen, wollen nichts anderes als den Baum abhauen von der Wurzel des Lebens. Habe aber Seiner Königlichen Hoheit geraten, Milde zu zeigen gegenüber den Leuten von Wargentin, das Todesurteil an den Männern nicht vollstrecken zu lassen. Habe um baldige Freilassung von Gesine Wollner und Jörn Tiedemann gebeten. Beabsichtige, gegebenenfalls beide, die mir verpflichtet sind, in meinen Dienst zu nehmen. Eines Sinnes auch mit Königlicher Hoheit über Englandbesuch des Prinzen von Preußen und die Italienreise des Grafen Schwan von Klevenow. Ein Mann von Adel entzieht sich seiner Verantwortung nicht durch Flucht.

24

Als der Mai mit frischer Frühlingsfarbe prahlte und das Ziergesträuch im Park von Klevenow zum ersten Mal schüchtern erblühte, schneeweiß und rosenrot mitten im grünen Rasen, war aus Minna Krenkel Madame Schlöpke geworden. Kein Aufhebens, kein Brautstaat, keine Feier. Nur wenige Leute hatten in den Kirchenbänken ausgeharrt, als Pastor Christlieb das Paar nach dem Gottesdienst traute. Die Sprüche wie immer, dieselben Fragen, das übliche Ja, dennoch war Pfarrer Christlieb nicht sicher, ob das späte Mädchen und der ältliche Mann durch kirchlichen Segen und Eintragung in das Register wirklich aneinander gebunden, also ein Fleisch sein würden, wie es Gott gefällig war. Als ihr Schlöpke den goldenen Ehereif über den Finger schob, hatten Minnas Hände gezittert, kaltes Gesicht, der Kuß geschlossenen Auges, als wolle die Frau nicht sehen, wer sich ihr zuneigte mit gespitzten Lippen. Immerhin rang sich Minna ein scheues Lächeln ab, als sie, vom Traualtar kommend, dahinschritt, Schlöpke aber glänzte vor Genugtuung und nahm die Glückwünsche der wenigen Kirchgänger gerührt entgegen, danke schön, danke, ich danke.

Schlöpke war endlich im Hafen. Er hatte die Abwesenheit des Grafenpaares genutzt und mit geschickter Verhandlungsführung gegenüber dem Gräflich Schwanschen Rentamt dafür gesorgt, daß Minna in Besitz des hübschen Gärtnerkatens von Klevenow kam, ohne daß sie die letzten Taler aus ihrem Sparstrumpf hätte schütteln müssen, ein Rest des Vermögens blieb noch auf der hohen Kante, man durfte zufrieden sein.

Minna fand sich bald in die neue Gemeinsamkeit. Sie hatte lange genug an ihres Vaters Seite leben müssen und wußte, was es heißt, mit einem Mann zusammenzusein, für sein leibliches Wohl zu sorgen, für seine Wäsche und ihm selbstverständlich beizustehen in seiner Kränklichkeit. Auch Schlöpke hatte, wie seinerzeit Minnas Vater, einen schwachen Magen und mußte fürsorglich bekocht werden.

Was Liebe bedeutet, hatte die Frau sich oft in ihren Träumen vorgestellt und in der hoffnungslosen Leidenschaft für Jörn als bitteres Gefühl erfahren, die Erfüllung aber niemals erlebt. Schlöpke jedenfalls brachte ihr Fleisch nicht zu begehrlichem Zittern. Was er selber bei Gelegenheit verlangte, würde er lernen müssen mit der Zeit zu entbehren, die Wiege des kleinen Jörn stand neben ihrem Bett, und das Kind durfte nicht in seiner Ruhe gestört werden. Der Kleine war ihr ein und alles und auf eine Weise ans Herz gewachsen, daß Minna vergaß, wer das Kind geboren hatte, ihr gehörte er zu. Sie schlief beseligt, solange der Junge an ihrem Bett ruhig atmete, sie schreckte auf, sobald er grunzte oder greinte, und hätte selber weinen mögen, wenn er bitterlich schrie, dann wiegte sie ihn, stopfte ihn den honiggetränkten Schnullerstöpsel ins Mäulchen, sei ruhig, mein Herz, die Mama ist bei dir, bis das Kind endlich beruhigt war. Sie legte es trocken, sobald sie nur den geringsten Verdacht hegte, es könne sich eingenäßt oder gar eingedreckt haben. Vorm Gärtnerhaus flatterten manchmal so viele Windeln auf der Leine, als würde ein halbes Dutzend Bälger großgezogen.

Übrigens zerrissen sich die Weiber die Mäuler darüber, daß Schlöpkes Ziehkind wie ein Grafensohn gehalten, nämlich tagtäglich gebadet werde in einem eigens vom Böttcher gefertigten Zuber. Es war die schönste Tagesstunde für Minna, wenn sie den Kleinen im warmen Wasser schwenkte und wusch, um ihn anschließend mit dem Laken trockenzureiben, bis er vor Vergnügen kreischte und strampelte. Es rührte sie, daß dieses kleine Wesen ihre Zuwendung mit Freundlichkeit und ungeschickter Zärtlichkeit vergalt. Manchmal dachte sie, mein Gott, beinahe vierzig habe ich werden müssen, bis ich erfahren durfte, wie einer Mutter ums Herz ist, wenn ihr das Kind mit den Händen ins Gesicht patscht oder nach ihren Haaren grapscht, also hat es einen Sinn gehabt oder ist gar Gottes Wille gewesen, daß ich all meine Zärtlichkeit aufsparen mußte, ich kann sie an diesen Jungen verschwenden, er füllt mein Leben und mein Wesen, er ist meine Liebe. Sie wußte, daß ein wenig von ihrem späten Glück dem Schlöpke zu verdanken war, und lohnte es ihm dann und wann. Sie reichte ihm das Kind, damit er es herze, ja, einmal geschah es sogar, daß sie mit dem Handrücken Schlöpkes Wange streifte, da fing er ihre Hand, um sie zu küssen. So half das Kind den beiden, daß sie sich nach und nach wie eine Familie fühlten.

Eines Sommersonntags hieß es, Pfarrer Christlieb wolle eine Proklamation des Landesherrn von der Kanzel verlesen, und beinahe alles Volk aus den nahegelegenen Dörfern der Schwanschen Begüterung, Gutsbedienstete wie Tagelöhner, machte sich auf den Weg nach der Kirche von Klevenow.

In den Bänken, die dem Altar gegenüber aufstiegen, drängten sich Männer und Weiber, Jung und Alt, dicht bei dicht. Die Orgel rauschte auf und dröhnte auf eine Weise, daß mancher arme Tagelöhner sich erschauernd duckte und dachte, Gott müsse schrecklich groß sein bei solch gewaltiger Stimme.

Minna indes, neben Schlöpke sitzend, lächelte verzückt. Er neigte sich ihrem Ohr zu. Was freut dich so, Minna?

Sie sagte: Ich denke an meinen Jungen.

Die Schwalbennestorgel von Klevenow war weit berühmt wegen ihres Klanges, aber auch ihres mechanischen Werkes und der Instrumente wegen, die sie künstlich nachahmen konnte, sei es Drommetenschall, das Schluchzen einer Geige. Der Küster war ein Meister des Fachs, nachdem er alle Register gezogen und die drohenden Akkorde hatte verzittern und verhallen lassen, ließ er Gott einen guten Mann sein und die Hirtenflöte ertönen, süß und rein, er spielte eine schlichte Weise, die vielen vertraut war wie das Lied der Nachtigall.

Minna lächelte. Sie flüsterte: Ich kann gar nicht fassen, daß der Junge seit heute sitzt. Er ist weit für sein Alter. Du hast doch auch gesehen, daß er sitzt?

Da verriet Schlöpke, was der Kanzlei der gräflich Schwanschen Verwaltung per Post mitgeteilt worden war. Gesine Wollner solle demnächst vom Grauen Haus freikommen, wie Tiedemann von Dömitz. Ein Gnadenakt des Landesherrn.

Minnas Lächeln erstarb. Sie senkte den Kopf bis auf die gefalteten Hände.

Schlöpke strich ihr übers Haar. Beide sind bestrafte Verbrecher. Sie bekommen niemals Heimatrecht auf der Schwanschen Begüterung. Keine Heimat, keine Arbeit, das ist die Folge. Sie müssen dir kniefällig danken, wenn du das Kind behältst.

Inzwischen hatte Christlieb das prachtvolle, graugelockte Haar zurechtgeschüttelt und die Kanzel erklommen, er packte mit beiden Händen das Pult, als suche er daran Halt, und blickte hinunter auf die Lämmlein seiner Herde, da saßen sie, Kopf bei Kopf, so viele, wie seit der Weihnachtsandacht nicht, und schauten zu ihm auf. Er sah die ausgemergelten Gesichter und Hunderte von Augenpaaren auf sich gerichtet, erwartungsfroh, als hätte er an diesem Sonntagmorgen alles Heil zu künden. Christlieb wußte um viele ihrer Kümmernisse, und so sprach er zu ihnen.

Wir schauen zurück den Weg und können nicht totschweigen, es waren harte Monate und Wochen, die wir durchwandern mußten auf steinigem Pfad. Manchmal haben wir einander gefragt, geht es nicht bergab mit uns, tiefer und tiefer, statt bergan, wie man uns immer wieder verheißen? Ist wirklich Frühjahr geworden, da uns doch scheinen will, unsere Tage würden nicht heller, sondern trüber und dunkler? Ach, unsre Rücken sind krumm, unsre Schultern sind wund. Werden wir all diese Lasten noch tragen können, die uns aufgebürdet werden? Sind wir denn wirklich, wie eine Redensart meint, unseres eigenen Glückes Schmied? Fragen, Fragen, Beunruhigung. Ich habe euch oft gesagt, Gott hilft niemandem, der sein Eisen rosten läßt. Ihr habt mein Wort beherzigt, bei aller Bedrückung gesät und dem Patron einen Park gepflanzt gen Morgen hin, schön wie zu Eden, mit allerlei Sträuchern, lustig anzusehen, und Bäumen mit Früchten, gut zu essen. Und habt auch den eigenen Garten bestellt, und siehe, die Saat ist aufgegangen. Ihr werdet ernten und hattet doch die schrecklichen Flammenzeichen gesehen in der Winternacht über Wargentin und fürchten müssen, auch uns drohe Vertilgung. Gott hat es nicht zum Äußersten und Allerschlimmsten kommen lassen. Wir werden ernten, wir schauen voraus und können also hoffen. Und die Männer von Wargentin müssen nicht unter das Beil. Das danken sie unserem gesalbten Landesherrn Friedrich Franz von Gottes Gnaden, Großherzog von Mecklenburg, Fürst zu Wenden, auch Graf Schwerin, der Lande Rostock und Stargard Herr.

Da glaubten manche, es sei Zeit für das Vaterunser und begannen es herzubeten.

Pastor Christlieb, hoch oben in der Kanzel stehend, verlas die Botschaft des Landesherrn, während in den Bänken die Hoffnung murmelte und wisperte. Christlieb winkte dem Küster, der gute Mann ließ noch einmal die Hirtenflöte singen, zärtlich lullend wie das Eiapopeia, damit sie besänftigend wirke auf die Gemüter.

Schlöpkes Ohren waren so geübt, daß er Verschiedenes gleichzeitig vernehmen konnte, und so etwa hat es sich angehört. Laut von der Kanzel das Wort: Ihr habt mir viel über Bedrückung geklagt und Beschwerde geführt über eure beschränkte Lage.

Und voller Inbrunst flüsterte es vielstimmig und schallte wider im Gewölbe: So ist es Herr. Steh uns bei in der Not. Unser täglich Brot gib uns heute.

Ich werde den Übelständen abhelfen, da, wo sie begründet gefunden, und euch gewähren, was ihr mit Recht und Billigkeit beanspruchen könnt, so daß euch nicht mangele an demjenigen, was eure Lebensverhältnisse fordern. Ich bin euch gut.

Wir hören die Flöte, den lieblichen Gesang, uns ist, als sähen wir die Lerche jubelnd steigen, höher und höher, sie mag in den Himmel fliegen, um von uns zu grüßen, Herr, wir danken dir, wir danken, dein Wille geschehe endlich auch auf Erden. Unser täglich Brot, mach es sicher, und verhilf uns doch zu einem Stückchen Land. Mach wenigstens, daß uns das Gärtchen zugeeignet wird, das wir Jahr für Jahr bestellen.

Pastor Christlieb zögerte, ehe er die nächsten Sätze aus der Botschaft des Großherzogs verlas. Beinahe alle hatten den jungen Landesherrn angestaunt während der Hubertusjagd in Klevenow. Er war ihnen wie ein Märchenprinz erschienen, und sie glaubten, was er ihnen durch Christlieb hatte ausrichten lassen: Ich bin euch gut.

Herr, wir danken dir, danken dir. Unser täglich Brot, mach es sicher.

Da tönte die Stimme wie eine erzene Glocke: Eine Verteilung von Grundbesitz, wie sie von gottlosen Einflüsterem verheißen ist, würde die Besitzenden des Eigentums berauben, sei dasselbe groß oder klein, sei der Besitzende, wer er wolle. Eine Landnahme durch euch ist mit dem Recht, das ich zu schützen habe, nicht vereinbar, und ich werde sie verhindern.

Die Flöte singt nicht mehr, die Lerche steigt nicht mehr, die Hoffnung fällt zur Erde wie ein Stein. Da wird der Singsang in den Bänken lauter. Ihr laßt uns im Stich, Herr. Ihr verachtet und verratet uns. Wir beten zu Gott dem Allmächtigen: Führe uns nicht in Versuchung, sondern erlöse uns von dem Übel. Und wenn es die Regierung nicht vermag, so schaffe du das Böse aus der Welt.

Wieder die Stimme von oben: Ich, Friedrich Franz, bin euer Schutz und Schirm, aber ich werde nicht dulden, daß ihr eingreift in die Habe eines anderen und daß ihr widerstrebt oder eure Pflicht verletzt, wie leider immer noch geschieht, hierzulande und anderswo. Ich erwarte, daß ihr meine Ermahnung hört und in Ruhe der weiteren Entwicklung der mecklenburgischen Zustände entgegenseht.

Was nun? Das Amen, noch einmal das Vaterunser, der Choral, Bewegung in den Kirchenbänken, Getöse.

Schlöpke schaut sich um. Vielleicht kann er einen Unruhestifter ausmachen. Wer schiebt sich dort durch die Reihen? Wer tappt am Stock durch den Mittelgang, krumm wie ein Wurzelholz? Die alte Ulla, eine Magd, die das Gnadenbrot ißt und in einer Kammer neben den Ställen haust. Beinahe zu jeder Sprechstunde erscheint sie vor dem Gutssekretär Schlöpke, um ein paar Bretterchen für ihre Bettstelle zu fordern, die alte wäre vermorscht und verfault. Man hat ihr's verweigert, weil die Uralte ohnehin nicht mehr lange wird leben können und bei ihrem Tod frische Bretter braucht für einen Sarg. Ulla hat nicht verstanden. Jetzt steht sie nicht weit von Christlieb, hält die Hand hinters Ohr und ruft, in ihrer Schwerhörigkeit viel zu laut: Wat is mit de Taustänn in Mäkelborg?

Blifft allens bit ollen! Das schreit Kleinjohann.

Schlöpke hat es bei sich registriert. Auch, daß in der Kirche von Klevenow brüllend gelacht worden ist, als hätte sich der liebe Gott einen ganz großen Spaß erlaubt.

25

Es war in der Abendstunde, als ein Mann zwischen den Gräberreihen auf dem Friedhof von Klevenow dahinging. Der Mann war groß und hager, er trug sein Bündel am geschulterten Stecken und näherte sich schließlich der Feldsteinmauer, die den Gottesacker einfriedete. Dort ging er gesenkten Hauptes eine Weile auf und ab, bückte sich da und dort, hockte sich nieder, um einen Brombeerzweig beiseite zu biegen oder eine Ranke aufzuheben, aber falls der Mann dort an der Mauer etwas suchte, gefunden hatte er nichts. Er schlenderte bis zu einem niedrigen Staketenzaun, der den Pfarrhof vom Totenacker trennte, stand eine Zeitlang unschlüssig, bis er doch die Gartenpforte aufschob.

Christlieb und seine Frau saßen bei der Abendmahlzeit, sie war heute ein Fest für den Pfarrer, denn Johanna hatte frisches Brot gebacken. Christlieb aß es für sein Leben gern, mit Griebenschmalz bestrichen, das er kräftig salzte. Was der Patron an Salär für seinen Pastor sparte, die Hausfrau machte es durch gutes Wirtschaften wett, sie fütterte ein Schwein, hielt Gänse, sogar ein paar Perlhühner, denen nachgesagt wurde, sie seien nicht nur besonders weiß und schmackhaft im Fleisch, sondern verleideten durch ihr gellendes Geschrei jeder Ratte den Aufenthalt in Hof und Haus. Mit einer behäbigen Pfründe war der Pfarrer von Klevenow nicht gesegnet, aber Not litt er wahrhaftig nicht und dankte Gott, daß er zum Brot seinen Käse hatte und einen Rotwein dazu.

Er hatte sich gerade ein Glas eingeschenkt, als gegen die Tür gepocht wurde. Christlieb wollte sich erheben, die Frau kam ihm zuvor. Ich schau nach. Sie ging rasch über den großen Flur des Pfarrhauses, der wie die Kirche mit Ziegelsteinen ausgelegt war, und öffnete.

Der Mann stand groß und schwarz gegen das Abendlicht. Die Frau konnte sich nicht denken, wer der Besucher war, und fragte ein wenig ängstlich: Ihr wünscht?

Ich möchte den Herrn Pfarrer sprechen.
Zu dieser Stunde?
Vielleicht ist es ihm nicht recht, wenn ich am hellen Mittag erscheine.
Also einer, der das Licht scheuen mußte. Wer seid Ihr?
Jörn Tiedemann.

Als Pfarrfrau wußte Johanna, daß sie den Namen des Herrn nicht mißbrauchen sollte, dennoch rief sie: Ach du großer Gott! Ihr fiel ein, was Christlieb kürzlich von der Kanzel hatte verlesen müssen: ... Jörn Tiedemann ist, wie andere Verbrecher auch, durch Gnadenerlaß Seiner Königlichen Hoheit des Großherzogs von Mecklenburg vorzeitig von Dömitz freigekommen. Ihm wird bei Strafe untersagt, sich innerhalb der Graf Schwanschen Begüterungen aufzuhalten, wie es keinem Schwanschen Untertanen erlaubt ist, den Rebellen zu beherbergen.

Die Frau schwankte zwischen Furcht und christlichem Gewissen, dann trat sie aber beiseite und sagte: Komm herein! Sie nahm ihm das Bündel ab, bat ihn, den Stecken in die Ecke zu stellen, und führte Jörn in die Küche.

Wir haben einen Gast.

Falls es den Herrn Pfarrer überraschte, wen die Frau so spät ins Haus brachte, er zeigte es nicht, sondern nickte nur. Guten Abend, Jörn.

Er rückte einen Stuhl zurecht, ging nach einem Glas, das er für den Besucher füllte, während die Frau zum Messer griff und ganz selbstverständlich ein paarmal ums Brot schnitt. Du wirst hungrig sein.

Jörn trank vorsichtig und aß gierig, und die beiden Alten sahen schweigend zu, wie er's sich schmecken ließ. Sie drangen auch nicht in ihn, als er schließlich die Ellbogen auf den Tisch stützte und sein Gesicht hinter den Händen verbarg. So saß er, bis die Frau endlich den Tisch abräumte und Christlieb sich erhob, um noch eine Flasche zu öffnen. Er klopfte seinem Gast wie tröstend auf die Schulter.

Jörn blickte auf, er bedankte sich, es schien, daß er gehen wollte.

Bleib, sagte Christlieb, wenn du magst. Die Frau wird dir ein Bett richten, und rede, wenn es dein Herz erleichtert.

Wie es in Dömitz war, mag Jörn nicht erzählen. Unvergeßlich der Augenblick, da ihn das Festungstor endlich ausspeit, um sich krachend hinter ihm zu schließen. Man hat die Häftlinge einzeln entlassen, wahrscheinlich in der Furcht, sie könnten beieinander bleiben als eine räuberische Bande.

Ich bin allein. Ich bin vor dem Tor und will es noch nicht glauben. Mir ist, als hätte ich verlernt, die Füße zu gebrauchen, ich versuche ein paar Schritte, vorsichtig, als taste ich über einen Balken. Ich kann es, ich gehe und bleibe gleich darauf lauschend stehen. Kein Blick zurück, Lots Weib war dem Unheil schon entronnen und erstarrte zur Salzsäule, weil sie sich zweifelnd vergewissern wollte. Der Herr ist streng, der Festungskommandant war es auch, wir durften kein anderes Buch als die Bibel lesen. Also kein Blick zurück, aber lauschen muß ich doch, ob hinter mir die Schritte der Verfolger auf den Steinen hallen. Nichts, ich bin allein. Keiner folgt mir. Da nehm ich die Beine untern Arm, ich laufe im Sturmschritt durch die Gassen, ich fliege und bin endlich vor der Stadt, keuchend. Da liegt unter der ungeheuren Himmelswölbung flach und grün das Land, da seh ich die Chaussee, die es schnurgerade durchschneidet, da geh ich endlich meine Straße, die mich heimwärts führen soll. Ich schreie hei, hei, weil ich mein Leben fühle, werf das Bündel hoch in die Luft und fang es wie einen Ball und weich aus Lust vom Wege ab, lauf mitten hinein in die Sommerwiese, laß mich rücklings ins Gras fallen, wälze mich vor Vergnügen, dreh mich auf den Bauch, wie gern hätt ich die Liebste unter mir, ich bin am Leben, kann wieder ein Mann sein, ich muß zu Gesine.

Wunderbar der Augenblick der Freiheit und bitter die Erkenntnis, wie eingeschränkt die Freiheit ist.

Jörn sagte: Man hat mir ein Papier von Dömitz mitgegeben, damit jeder weiß, wer ich bin und was dem entlassenen Sträfling verboten ist. Ich darf mich nicht aufhalten zu Klevenow.

Aber du sitzt an unserem Tisch. Wir teilen das Brot mit dir und den Wein. Du wirst ein Dach überm Kopf haben zur guten Nacht.

Der Pfarrer schenkte nach. Jörn bedankte sich, dann sagte er: Seit Tagen bin ich auf der Wanderung und das erste Mal satt. Ich hatte kein Geld, war zum Betteln zu stolz, zum Stehlen zu feige. Manchmal hab ich mich heimlich unter eine Kuh auf der Weide gehockt und mir was ins Maul gemolken, und dann weiter, weiter nach Wargentin. Endlich bin ich nahe dem Ziel, muß nur noch den Hügel erklimmen, da wird mir angst wie in bösen Kinderträumen, ich finde das Dorf nicht wieder, ich weiß, hier hat es gestanden, aber ich finde Gesines Haus nicht mehr, und dann, Ihr wißt es, Herr Pfarrer, daß uns letzten Sommer die kleine Luise gestorben ist. Ich habe das Kind in der Totenkiste auf meinen Schultern bis zum Friedhof von Klevenow getragen, ich finde das Grab nicht mehr.

Christlieb war betroffen und die Frau zufrieden, daß sie jetzt nicht am Tisch sitzen mußte. Sie spülte das Geschirr in der Schüssel und sah sich vor, daß sie nicht allzu laut klapperte.

Also, der Haberland ist zu Tode gekommen bei diesem gräßlichen Scherbentanz...

Der Jörn weiß es, das hat sich bis Dömitz herumgesprochen.

Das Dorf ist niedergebrannt.

Wie das?

Der Pastor hebt seufzend die Schulter. Niemand kann es mit Sicherheit sagen, eins ist gewiß, die Leute wurden alle miteinander fortgeführt, einen Tag nach des Haberlands Tod lebte keine Seele mehr in Wargentin. Wer hätte das Kindergrab an der Mauer pflegen sollen?

Jörn starrt den Pastor Christlieb an, bis der die Lider senken muß.

Ich hätte es tun können, auch ich bin ein sündiger Mensch und hab drauf vergessen. Aber die Stelle weiß ich noch, ich hab ein Kreuzlein in die Mauer geritzt. Morgen, in aller Frühe, wollen wir ein paar Blumen aus Johannas Garten holen und dort niederlegen.

An diesem Abend erfährt Jörn Tiedemann noch manches, was er nicht hatte wissen können, daß die Männer von Wargentin nicht unters Beil gemußt hatten, aber im Lande wollte man sie nicht behalten, sie durften fort nach Amerika samt ihren Weibern und Kindern, von Hamburg mit dem nächsten besten Schiff. Aus den Augen, aus dem Sinn.

Mein Gott, Gesine, Gesine!

Sie wird nach Klevenow kommen, denn Minna Krenkel, die jetzt Schlöpke heißt, verwahrt ihr den Sohn.

Meinen Sohn?

Ja, er heißt Jörn.

Ich muß ihn sehen, ich muß ihn haben, ich hol ihn auf der Stelle.

Schon ist er aufgesprungen. Die Pfarrersfrau läßt einen Teller fallen. Sie schiebt die Scherben mit dem Fuß beiseite und stellt sich dem Jörn in den Weg. Tu es nicht, ich bitte dich! Sie drückt den Mann mit sanfter Entschiedenheit zurück auf den Stuhl und sagt: Minna pflegt das Kind, als wäre es ihr eigen. Das tut sie mit Gesines Wissen. Wenn einer das Kind holen kann, dann der, der es Minna gegeben hat. Es ist allein Weibersache, misch dich nicht ein. Gesine wandert wahrscheinlich von Güstrow herüber. Geh ihr entgegen.

So laßt mich fort. Dem Jörn war der Wein zu Kopf gestiegen, der Pfarrer schenkte dennoch ein. Er sagte: Morgen ist auch noch ein Tag, und hoffte, der Rotspon würde den Mann schläfrig machen.

Es war schon dunkel in der Küche. Johanna stellte das Licht auf den Tisch. Jörn trank. Er sagte: Morgen, ganz früh, mach ich mich davon. Vielleicht steht der schwarze Hengst auf der Koppel. Wir kennen uns lange, wir mögen uns. Ich rede zu ihm: Hei, Wotan! Er spitzt die Ohren, er dreht sie mir zu. Da pfeif ich. Er setzt übern Zaun, ich schwinge mich auf, reite Gesine entgegen, ich habe sie endlich, heb sie zu mir herauf und führe sie heim nach Klevenow. Wir holen das Kind. Und was dann?

Ihr müßt um Vergebung bitten, beide. Wofür?

Hör zu, Jörn, die Heimkehr des gräflichen Paares ist angesagt, dieser Tage schon, da wieder Ruhe herrscht im Land.

Jörn stützt den Kopf in die Hände. Ich bin betrunken. Es kann nicht wahr sein, was der Pfarrer erzählt. Man wird an der Grenze von Klevenow eine Ehrenpforte errichten, mit Blumen bekränzt, mit Bändern geschmückt. Die Schwanschen Fahnen wehen im Sommerwind. Von Malchin kommend, wird sich die Kalesche nähern, während aus der Senke das festlich geschmückte Volk von

Klevenow heraufzieht, um die lang vermißte Herrschaft mit Jubel zu empfangen. Er, Christlieb, will eine zu Herzen gehende Ansprache halten und um Vergebung wie Versöhnung bitten, und dann wird er Gesine und Jörn bei den Händen nehmen, um sie dem hohen Paar zuzuführen.

Das träum ich nicht, das sagt der tatsächlich.

Ihr werdet demütig sein und in die Knie brechen.

Nein.

Was wird dir denn abverlangt, Mensch, fragt Christlieb aufgebracht. Dein bißchen Stolz sollst du verleugnen. Was ist das gegen Christus den Herrn, der das Kreuz auf sich nehmen mußte? Ihr werdet euch niederwerfen und um Vergebung bitten. Da es vor allem Volk geschieht, wird euch der Graf zum Hofdienst annehmen müssen.

Jörn ist betrunken. Er flüstert:

> *Wenn wir noch knien könnten,*
> *wir lägen auf den Knien...*

Kennt Ihr den Vers?

Christlieb schüttelt die grauen Locken.

Jörn sagt: Manchmal haben wir das Lied in Dömitz gesungen, leise, leise, niemand durfte uns hören. Er wispert:

> *Der Mann ist uns der beste,*
> *der grad und aufrecht steht...*

Aufrecht, Herr Pfarrer.

> *Wozu noch bittend winseln,*
> *ihr Männer, ins Gewehr.*
> *Heut ballt man nur die Fäuste,*
> *man faltet sie nicht mehr.*

Merkt Euch den Namen des Dichters, er ist einer von uns, Freiligrath.

Christlieb sieht Johannas Augen angstgeweitet im flackernden

Licht. Sie verschließt ihren Mund mit den Händen, als wären die verschwörerischen Sätze ihr entschlüpft.

Der Pfarrer ruft: Komm zu dir, Jörn. Das ist aus und vorbei!

Jörn sagt: Wir werden doch träumen dürfen von einer gerechteren Welt. Der Wein macht ihn kühn, er fühlt zwischen Christlieb und sich keine Schranke, sie trennt nur das Licht. Jörn wirft sich halb über den Tisch, er packt mit seinen Händen die des Pfarrers, er zieht ihn heran, Christlieb läßt es geschehen, er ist wohl auch schon angetrunken.

Johanna nimmt das Licht fort, sie hätten sich wohl das Haar versengt, so nahe sind sie einander, Aug in Auge, Stirn vor Stirn. Zu Bett, gebietet Johanna.

Christlieb muß bitten, daß sie sich ein wenig geduldet. Jörn hält ihn immer noch gepackt.

Der flüstert: Ich stell mir vor, wir wären Brüder. Beinahe dreihundert Nächte haben wir in den Kasematten von Dömitz davon geredet. Ich stell mir vor, wir hätten die Republik, dann hätte auch ich, Jörn Tiedemann, eine Stimme, die wiegt. Damit würde ich einen Abgeordneten erwählen, einen Mann, dem ich traue. Du bist ein solcher Mann, Herr Pfarrer. Stellen Sie sich vor, Sie hätten meine Stimme, dann dürfte ich meine Würde behalten, brauchte mich vor niemandem in den Dreck zu werfen, nicht zu Kreuze zu kriechen, nicht zu bitten und zu betteln. Ich würde zu Ihnen gehen und klagen: Weil sie mich liebte, weil unsere Liebe der Herrschaft mißfiel, sind Gesine und ich ins Gefängnis geworfen und der Heimat beraubt. Hilf du uns, steh du uns bei gegen die Ungerechtigkeit.

Für eine Weile lag er übern Tisch gebeugt, das Gesicht auf den Armen, vielleicht weinte er.

Der Pfarrer erhob sich schwerfällig, er half dem betrunkenen Jörn behutsam auf. Kommt, Bruder. Beide schwankten ein wenig und suchten in der Unsicherheit Halt aneinander und lagen sich mit einem Mal in den Armen.

Jörn stammelte: Was für ein Traum.

Christlieb sagte: Erfüllt er sich, dann hätten wir das Himmelreich auf Erden.

Die Schwalben segelten hoch oben im Himmelsblau, keine Wolke trübte die Festtagsfreude, kaum, daß ein Windchen ging. Es war längst noch nicht Mittag an diesem Tag im August und fast schon ein wenig zu heiß, als die Stadt Malchin das gräfliche Paar aus Italien zurückerwartete.

Der Bürgermeister erinnerte sich nicht, je so viele Menschen auf dem Geviert des Marktplatzes gesehen zu haben, an die Tausend gewiß, wenn nicht mehr. Sie standen hinter der Absperrung, aufgeputzte Bürgersleute, plaudernd und schwitzend in den vorderen Reihen, die Damen in leichten Sommergewändern wedelten mit dem Spitzentuch Kühlung gegen Hals und Dekolleté, die Herren im Sonntagsrock lüpften ab und an die Hüte, um das Schweißband zu trocknen oder diesen und jenen zu grüßen. Im Rücken der feineren Leute drängte sich gewöhnlicheres Volk, darunter viele Hofgänger aus der Schwanschen Begüterung samt ihren Weibern, ihnen war voller Tagelohn ausgezahlt worden, damit sie sich sauber kleideten und hinüberzogen nach Malchin, um die Herrschaft hochleben zu lassen. Das war eine bessere Sache, als etwa heute mit der Sense Korn schneiden zu müssen oder die Garben zu binden, es war ja Erntezeit.

Vor dem Rathaus war ein hölzernes Gerüst errichtet, mit Stoff behangen, weiß und rot, wie zu Gardinen gerafft in schönen Bogenschwüngen, gehalten von sonnenblumengroßen Kokarden in den Schwanschen Farben. Hoch auf dem Gerüst stellten sich die Honoratioren dem Volk zur Schau, der Herr Bürgermeister im Frack, der Herr Pastor im Talar und, seht nur, die Herrschaften von Adel, die Herren Ritter in Uniform, die Edelfrauen in feiertäglicher Robe, einige gar dekoriert mit seidener Ordensschärpe, rot oder blau, die von der rechten Schulter zur linken Hüfte läuft und in einer Schleife endet. Vor dem tuchbespannten Gerüst hatten sich die Herren der Liedertafel Polyhymnia aufgestellt, genauer, das stadtbekannte Oktett dieses Gesangvereins, Persönlichkeiten reiferen Alters, bärtig und wohlbeleibt, in Bratenröcke gezwängt, zylinderbehutet, und sangen schön, einige konnten im schwärzesten Baß erdröhnen, wie die dicken Orgelpfeifen in der Kirche von Klevenow, andere fistelten in höchsten Tönen, schlossen genießerisch die Augen dabei und machten Mündchen wie

Damen, die o sagen möchten ... Dich, mein stilles Tal, grüß ich tausendmal.

Da schießen die beiden Böller vom Stadtrand Salut. Das ist das Zeichen: Sie kommen, sie kommen!

Nun ist es Zeit für die Blaskapelle. Manche Hofgänger hatten sie schon letztes Jahr beim gräflichen Geburtstag in Klevenow angestaunt, Militärmusikanten im bunten Rock, aus Schwerin beordert. Sie setzen, kaum haben die Herren von Polyhymnia ausgehaucht, die Instrumente an. Trompetenrohr blitzt, der Schellenbaum klirrt, da wird auf die Pauke gehauen, daß es die reine Freude ist, da schallt über den Marktplatz hin der Radetzkymarsch, frisch komponiert von Herrn Johann Strauß zu Ehren des Generals, der die Revolution in Österreich niederschlug ... wenn der Hund mit der Wurst übern Eckstein springt ...

Jetzt Hufschlag und Peitschenknall, Hälserecken, Fähnchenschwenken, tausendfaches Geschrei. Die beiden Schwanschen Kutschen rollen heran und halten vor der Tribüne. Lakaien öffnen den Schlag, Graf Friedrich springt als erster heraus, behend, er ist schlanker geworden und reicht galant der Gemahlin die Hand. Seht doch den schneeweißen Arm, nun der Schuh, so fein und so klein wie das Silberpantöffelchen vom Aschenputtel, als sie zu Balle ging. Jetzt die Röcke, Seide, gerüscht und gebauscht, nun zeigt sie sich in ganzer Person und steigt herab, jungmädchenhaft, Agnes Schwan. Es gibt keine schönere Frau im Großherzogtum, und es fällt jedermann leicht, der Anmut zu huldigen. Der Beifall braust auf, hurra wird gerufen, vivat geschrien.

Inzwischen ist der zweiten Kutsche Linda entstiegen, die Kammerfrau, mit Kuno, dem Erbgräflein. Es wird hinaufgereicht, Frau Gräfin Mama führt dem reizenden Kind die Hand und läßt es winke, winke machen, da rasen die Leute vor Begeisterung, da ist kein Halten mehr, da wird die Sperre durchbrochen, da ruft der Herr Bürgermeister über den Platz und über die Köpfe der vielen Menschen hin: Heut ist ein schöner Tag, ein denkwürdiger wohl auch für unsere liebe Stadt Malchin, da niemand mehr gegen uns andrängt mit ungestümer Forderung oder maßlosen Wünschen, sondern anbrandet in Zuneigung und Liebe. Denkwürdig der Tag, da das gräfliche Paar wieder heimgekehrt ist nach

Mecklenburg, so hat denn alles wieder seine gute alte gottgewollte Ordnung. Das gräfliche Paar, es lebe hoch!

Hoch, hoch, hoch, so schreit es aus tausend Kehlen, darüber das Glockengeläut und noch mal die Böller mitten hinein in den Jubel.

Was geschieht jetzt? Zwei junge Mädchen in ländlicher Tracht, Mägde aus Schloß Klevenow, werden auf die Tribüne gewinkt, die Honoratioren treten zur Seite, die Mädchen enthüllen, was unter einem Tuch verborgen war. Sie tragen einen Sessel nach vorn, der ist ausgeschlagen mit rotem Samt, und rücken ihn vor der Patronin zurecht.

Und nun spricht der Herr Bürgermeister, teils zum Markt hin, teils zur Tribüne gewendet, und erklärt, was es mit diesem Möbel auf sich hat. Der Sessel wird Ihnen, hochverehrte Frau Gräfin, von den Klevenowschen Untertanen zum Geschenk gemacht, eingestickt sind die Namen der treu ergebenen Dienerschaft von Schloß und Gut Klevenow.

Die beiden Mädchen sind aufgeregt, sie zeigen, wie man sie geheißen hat, mit Fingern auf die Bordüre mit den handgestickten Buchstaben: Dat bün ick, un dat bün ick. Sie knicksen ungeschickt.

Die Frau Gräfin ist gerührt, sie reicht den Mägden beide Hände zum Kuß hin, und wenn die hohe Frau unschlüssig gewesen wäre, wie es nun weitergehen solle nach dem Protokoll, das Oktett von Polyhymnia sagt es an mit einem scherzhaften Canon: Nu sett juch man, Fru Gräfin Schwan ...

Agnes Schwan spielt das Spielchen auf reizende Weise, sie hebt die Schultern, sie gibt sich zögerlich und schlägt die Hand wie ein verlegenes Schulmädchen vor den Mund.

Die Herren von der Liedertafel müssen ihr noch einmal singend zureden: Nu sett juch man, Fru Gräfin Schwan ...

Ach, die Szene ist allerliebst, denn nun hebt sie mit spitzen Fingern endlich ein wenig das weite bauschige Gewand und läßt sich auf den Thronsessel plumpsen. So ein Spaß! Da haben die Leute etwas zu lachen, einige wollen sich gar auf die Schenkel hauen im Übermut, sie jubeln und toben, und keiner hätte denken können, daß die überschäumende Begeisterung auf dem

Marktplatz von Malchin noch zu überbieten wäre. Da erhebt sich Agnes Schwan und tritt an das fahnentuchbespannte Geländer. Beinahe jeder weiß, daß die Gemahlin des reichsten Grundherrn in der Umgebung eine geborene Schlieffenbach ist und aus Preußen stammt. Agnes Schwan ruft mit glockenheller Stimme: Ich bin glücklich, daheim zu sein!

Dieser Satz erweist sich als die Krönung der Begrüßungsfeierlichkeit, die sich unversehens in ein Volksfest verwandelt, denn der Herr Erblandmarschall Friedrich Graf Schwan will seiner liebsten Herrin an Popularität nur ungern nachstehen und stiftet zwanzig Faß vom besten Lübzer Bier, Faß für Faß wird aus dem nahen Ratskeller herbeigerollt. Jeder mag sich besaufen!

Nun ist es aber Zeit zur Abfahrt. Ein Wink des Grafen, die Schwanschen Kaleschen fahren zum zweiten Mal vor, die Gäule sind unruhig, der herandrängenden Menschen wegen, mit Mühe und Not und nur, indem sie einander bei den Händen packen, Hintern zum Volk, gelingt es den Gendarmen, eine Gasse freizuhalten. Man hat das Gerüst verlassen, Graf und Gräfin nehmen Abschied, mannhafter Händedruck, Hackenknallen und Handkuß, schwesterliche Fühlungnahme, Wange an Wange, adieu und auf bald!

Mit einem Mal Geschrei in der Nähe, eine keifige Weiberstimme: Laßt mich! Ich muß und ich will und ich werd euch was zeigen!

Eine Frauensperson fuchtelt mit zusammengeklapptem Sonnenschirm und will ihn, so scheint's, auf einen der standhaften Gendarmen niedersausen lassen. Gott behüte, doch nicht im letzten Augenblick ein Skandal!

Der Herr Bürgermeister persönlich greift ein: Liebe Frau! Er hebt beschwichtigend die Hände, aber die Person will nicht mit dem Bürgermeister reden.

Hu, hu, Frau Gräfin! Agnes Schwan wendet den Kopf, zusammengezogene Brauen, hohe Stirnfalte und ein Blick, als hätte die Katze ins Himmelbett gejungt. Aber das ist doch ...

Sie kennen mich, schreit die Frau. Ich bin dem Haberland, Gott hab ihn selig, sein bestes Stück.

Die arme Frau des Mordopfers, man wird sie durchlassen müssen.

Frau Haberland kann ihren Auftritt genießen. Sie schreitet den Sonnenschirm als Spazierstock nutzend, herbei, wie immer gekleidet in verschwenderische Stoffülle, ganze Kaskaden von Taft, ein bißchen Schwarz und viel glänzendes Taubengrau, das Trauerjahr nähert sich dem Ende.

Tagchen, Frau Gräfin! Tagchen, Herr Graf!

Agnes Schwan war es gelungen, mit tausend Menschen umzugehen und sie zu gewinnen, jetzt weiß sie nicht recht, wie sie sich verhalten soll. Die Begegnung ist peinlich, aber der Haberlandmord ist schrecklich gewesen, und irgend etwas muß sie schließlich sagen.

Ich hatte noch gar keine Gelegenheit, Ihnen mein Beileid auszusprechen.

Gott, antwortet die Frau, ich hab den Ärmsten nach Malchin fahren und ihn hier begraben lassen. Sehr schmuckes Denkmal, schwarzer Marmor und darauf ein schneeweißer Engel mit Palmenzweig. Er hat mir ein schönes Stück Geld hinterlassen, mein guter Mann, ach ja, ach ja ... Nun kommen ihr doch die Tränen. Sie zieht ein Schnupftuch aus dem Dekolleté. Ach je, ach je, ach je ... daß der Verewigte nicht hat erleben dürfen, wie gut ich ins Geschäft gekommen bin. Die Fleischerei Markt, Ecke Penzliner, sie ist mein und hat Zulauf, tüchtigen Gesellen hab ich eingestellt, kräftiger Mann, vielleicht was fürs Herz, aber ich werde den Laden unter seinem guten Namen weiterführen, steht in goldenen Buchstaben auf der Schaufensterscheibe: Haberlands Witwe, feine Fleisch- & Wurstwaren. Wäre zu schön, wenn ich könnte darunter malen lassen: Gräflich Schwansche Hoflieferantin.

Wir werden sehen. Die Gräfin stieg ein, und dann fuhr sie davon mit den Ihren, und so geschah es, daß die Frau Haberland mitten unter den Damen und Herren von Adel stand und mit ihnen dem Grafenpaar nachwinkte.

Zu den Habseligkeiten, die Gesine beim Abschied aus dem Grauen Haus mitnehmen durfte, zählte das grobe wollene Tuch, das ihr die Mutter gerade noch hatte zuwerfen können, damals in der Nacht, als der Sekretär Schlöpke mit den Bütteln nach Wargentin gekommen war, um sie zu verhaften.

Weißt du noch, Jörn?

Nichts hab ich vergessen, Gesine.

Nun war das Tuch beider Bett, sie hockten darauf am Ufer des Sees, ihre Wäsche, ihre Kleider, verschwitzt und verschmutzt von der langen Wanderung durch den August, hatten sie ins Wasser geworfen, gewaschen, so gut es ging, und triefnaß an die unteren Äste der Uferbäume gehängt, damit die Sonne alles trockne, sie stand noch nicht im Mittag, und sie selber hatten den langentbehrten sommerwarmen See genossen, waren hinausgeschwommen, nicht allzu weit, Gesine war keine ausdauernde Schwimmerin, hatten einander gejagt, sich tauchend gesucht, übermütig im Flachen gebalgt und ihren Spaß gehabt, und sie hatten sich heftiger geliebt als in früheren Tagen, sie waren nach langer Trennung so hungrig aufeinander, daß sie sich satt machen mußten, kaum daß sie die Kleider am Ufer hingeworfen hatten und gleich darauf wieder.

Inzwischen hatten sie Muße gehabt, sich gegenseitig zu befragen, wie es ihnen ergangen war. Du mußt mir alles sagen, nichts darfst du auslassen.

Aber nun dachten sie schon wieder an sich, an den schönen Augenblick, saßen voreinander auf dem Tuch, das ihr Bett war, und konnten sich einer am anderen begeistern. Du bist so bleich und so zart, aber mädchenhaft wie eh und je. Ich streiche mit beiden Händen über deine Schultern hin, gleite über deine Arme abwärts, jetzt faß ich deine Hüfte, deine Flanken, dein Hintern ist immer noch so seidenglatt, daß mir die Hände abrutschen möchten.

Deine Brust ist breiter geworden, Jörn, laß mich dein Fellchen kraulen.

Schau, wer dir ungeduldig entgegensteht? Er hätte gern deine Hand.

Schon wieder? Hat er niemals genug?

Niemals, Gesine.

Der hat einen Nasenstüber verdient, ich werd ihm das Fell über die Ohren ziehen, den werd ich tüchtig rütteln müssen.

Ja, tu das, tu's! Aber rück noch ein bißchen näher, ich möchte deine Brüste wiegen, während ich dich küsse.

Sie schmusten und stöhnten ein Weilchen, und diesmal war es Gesine, die es eilig hatte und keine Minute warten wollte. Jetzt, da ich dich endlich wiederhabe, will ich dich behalten.

Schließlich mußte sie ihn doch hergeben, beide lachten darüber und schliefen ein.

Später fiel ein Schatten auf die nackten Schläfer, sie erwachten. Es war aber keine Wolke, die sich vor die Sonne geschoben hatte, der schwarze Hengst stand vor ihrer Decke und peitschte mit dem Schweif und schüttelte unruhig die Mähne, um sich des ekelhaften Ungeziefers zu erwehren, das ihn plagte. Plötzlich waren die Fliegen da, die Sorgen auch, Jörn sprang auf. Er brach einen dicht belaubten Zweig vom Busch und strich dem Tier über das Fell. Nun war er selber umschwirrt und umsirrt. Rasch in die Kleider, sie waren beinahe trocken, Jörn warf Gesine zu, was ihr gehörte, und er redete mit dem Hengst. Wotan, du bist ein Freund.

Wir sind ausgeritten, Gesine zu suchen. Weißt du noch, wie sie uns auf dem Weg entgegenkam, wie ich mir das Hemd über den Kopf riß und es wie eine Fahne schwenkte, um sie schon von weitem zu grüßen, wie sie uns schließlich erkannte und die Arme hochriß? Ich hab sie wieder, aber wir beide müssen uns trennen, mein Freund, vielleicht auf immer. Das hatte ich dir vor ein paar Stunden schon mal erklärt und dich davongeschickt, Klatsch auf den Hintern, troll dich, mein Alter, hau ab, spring ins Gatter zurück, gib dich gefangen.

Gesine hatte den Rock gebunden, die Bluse geknöpft, sie flocht schon an ihrem Zopf. Jörn, red mit mir.

Ja doch, Gesine.

Was wollen wir tun? Beinah strafender Blick, weil er immer noch den Gaul betätschelte. Jetzt dachte sie an das Kind. Wir müssen den Jungen holen.

Ja doch, Gesine.

Also hinunter nach Klevenow zur Krenkel, die jetzt Schlöpke heißt, anklopfen mit hartem Knöchel: Da sind wir.

Und können wir sorgen?

Jörn hatte kein Geld, aber Gesine ein paar Groschen in der Spinnerei des Grauen Hauses verdient, für eine Weile mag es reichen.

Wir sind seit fünf Stunden beieinander, und fünfmal haben wir's beredet, daß wir kein Dach über dem Kopf haben, aber eins finden müssen. Wann wird das sein, und wo wird das sein? Müssen wir wirklich mit Gräfin Iduna bis nach Pommerland? Jörn hat schreiben und lesen gelernt, er kann sogar das Einmaleins, aber wie soll er die Zukunft ausrechnen können mit so vielen Unbekannten? Eins ist sicher, das Grafenpaar wird zurückerwartet, heute schon, spätestens morgen.

Jörn sagt: Wir sollen uns niederwerfen und um Vergebung bitten. Kannst du's über dich bringen, Gesine?

Gesine hat das Bündel geschnürt, sie wirft es über die Schulter, sie sagt: Du bist in Dömitz gewesen, ich war im Grauen Haus, wir haben beide durch die Hölle gemußt und sollten uns nicht überwinden können, dem Kind zuliebe?

Wenn du meinst? Er reichte ihr seine Hand.

Sie schauten noch einmal aufs Wasser, das unter der Sonne funkelte, und lächelnd aufs zerdrückte Gras, wo ihr Bett gewesen war, dann gingen sie davon.

Der Hengst folgte ihnen, sie wollten ihn bis ans Gatter geleiten, Gesine wünschte aber, daß sie über Wargentin wanderten.

Jörn warnte die Liebste, der Anblick werde sie ins Herz treffen, und er mußte sie in den Arm nehmen, als sie nach einer Weile dort angekommen waren, wo das häßliche Wargentin einst gestanden, das Gesines Heimat gewesen war.

Sobald der Saft aufstieg im Frühling, erinnerte sie sich, hat mir Vater einen Weidenzweig zurechtgeschnitten, mit dem Messergriff geklopft, bis sich die Rinde löste und mir eine Hirtenflöte geschnitzt. Wo hat die Weide gestanden? Wo hat es gelegen, mein Dorf? Keine Spur mehr von Hütten oder Höfen, selbst die Straße mit ihren seit Jahrhunderten eingefahrenen Wagengeleisen war verwunschen und verschwunden, auf der Ebene wucherten Gräser und üppig ein Kraut, das sommers fliederfarben blüht und überall dort zu finden ist, wo ein Stück Wald gerodet wurde oder eine Brandstätte gelegen hat, es heißt das Weidenröschen.

Gesine sagte: Eines Tages, wenn ich längst gestorben bin, wird man irgendwas aufpflügen, einen Scherben vielleicht, von dem ich gegessen habe. Wer wird dann noch von uns wissen und wie arm wir dran gewesen sind?

Jörn führte sie weiter. Wir haben das Leben, sagte er, wir haben uns, wir haben das Kind, das ist eine ganze Menge.

Der alte Markstein mit seinen runenartigen, verwitterten Zeichen erhob sich immer noch, wo er vorzeiten die Fluren von Klevenow und Wargentin getrennt hatte. Jetzt hätte er den kaum merklichen Übergang von freier Landschaft in den Garten von Klevenow bezeichnen können. Der Stein wurde seiner eigenartigen Form und seines Alters wegen geduldet, weil er aber gar nichts hermachte, war in seiner Nähe von den Gutszimmerern die Ehrenpforte errichtet worden, beinahe schon ein Triumphbogen, so breit und so hoch, daß ihn sogar eine Postchaise hätte unbehindert passieren können.

Schlöpke, im feinsten Sonntagsstaat, beaufsichtigte ein paar Mägde, die letzte Hand an den Blumen- und Bänderschmuck legten, da noch eine Rose steckten, dort noch eine Schleife banden. Das Werk war gelungen, Schlöpke heiterer Laune, da sah er mit einem Mal, wie Jörn und Gesine hügelabwärts stiegen. Die beiden hielten sich im gemächlichen Wandern an den Händen und kamen daher, nicht wie schuldbewußte Menschen, sondern wie dreiste Liebesleute, die nichts anderes im Sinn haben, als den Tag zu genießen. Statt eines schäbigen Köters folgte ihnen ein edles Pferd, es gab nur eines auf Klevenow, das ihm an Schönheit und Rasse glich.

Oder sollte es tatsächlich Wotan selber sein, das Leibpferd des Erblandmarschalls? Wie ginge das denn zu? Nun trabte das Tier, frei und ledig, wie es war, neugierig auf den Gutssekretär zu. Fort! Was soll das? Komm mir bloß nicht zu nahe! Wotan fletschte das prächtige Gebiß, und schon pflückte er die frischesten Rosen vom Festgerüst. Schlöpke schüttelte hilflos die Fäuste.

Da war Jörn heran, kräftiger Schlag auf den Hintern: Troll dich, Wotan! Hau ab! Und leb wohl, mein Alter.

Wotan preschte davon. Er würde die Koppel finden, sich für eine Weile gefangen geben, die Hürde wieder nehmen, sobald es ihm gefiel. Jörn sah dem Tier nach, bis es sich in der Ferne verlor.

Da war auch Gesine. Schlöpkes Blick war so umdüstert, daß er sie ängstigte. Sie nickte einen Gruß und hing sich in Jörns Arm.

Schlöpke stammelte in der Erregung. Wollt ihr ... wollt ihr etwa nach Klevenow? Ausgerechnet heute, ausgerechnet jetzt. Das hohe Paar kann jeden Augenblick eintreffen. Hier wird es begrüßt. Hier sollen die Pferde ausgeschirrt werden, damit wir uns vor den Wagen spannen können, die treu Gebliebenen, um die Herrschaft heimzuführen nach Klevenow.

Jetzt begriff Jörn, was Pfarrer Christlieb ihm abverlangen wollte, daß er sich kleinmachte, sich demütigte, damit ihm vielleicht erlaubt würde, sich selber das Joch aufzuerlegen. Er schüttelte den Kopf. Ist der Einfall von dir?

Wegwerfende Geste, Schlöpke schlug mit der Hand in die Luft und lächelte geringschätzig. Mein Gott, mußte man sich wirklich belästigen lassen von einem ehemaligen Sträfling? Und wie sieht er aus? Wie ein Gehängter, zerknittertes, mürbes Zeug am Leibe. Das Weibsstück nicht anders.

Und da schreitet schon aus der Senke der Zug festlich gekleideter Menschen herauf. Jeder hat die Sonntagstracht aus der Truhe geholt zu Ehren des Jubeltages. Jeder ist gut gelaunt, zieht daher, schwatzend und lachend. Blumengebinde in den Händen. Der Pastor ist unter ihnen, und allen voran geht ein Trupp Schwanscher Forstgehilfen und Jäger in moosgrüner Uniform, die spiegelblank geputzte Waldhörner mit sich tragen. Gleich wird der Festzug heran sein.

Gesine hält Ausschau. Wo geht unter diesen vielen Leuten eine Frau, die ein Kind auf den Armen trägt? Ich seh Minna Krenkel nicht.

Madame Schlöpke, verbessert der Gutssekretär unmutig.

Gesine entschuldigt sich. Mir ist der alte Name geläufig, aber ich weiß, sie ist eure Frau, hätte sich ja sonst meines Kindes nicht annehmen dürfen.

Sie blickt, während sie spricht, nicht auf den Mann, sondern wendet suchend das Gesicht hin und her.

Aber nun verstellt ihr Schlöpke den Blick. Das Kind ist uns ans Herz gewachsen, mir auch, jawohl, auch mir. Und jetzt kommt ihr dahergelaufen, einfach so, und wollt es wegtragen. Wohin? Zurück ins Unglück?

Der Mann bläst ihr seinen Atem ins Gesicht, Gesine wäre ihm gern ausgewichen, aber sie muß dem Mann standhalten, hat ja auch einen Halt an Jörn. Der kennt seinen Sohn nicht, Herr Sekretär, der will ihn sehen.

Der Zug ist heran, viele Menschen, unter ihnen die stärksten der Knechte und Tagelöhner, es ist ja kein Kinderspiel, an Stelle der Postpferde ein schweres Gefährt wie die Schwansche Reisekalesche zu ziehen, und wem das über die Kräfte geht, wie den Frauen und ihren Bälgern oder den Männern, die schon bei Jahren sind, der wird das Maul aufreißen können, damit der Jubel auch laut genug erschallt.

Die Jäger postieren sich zu seiten der Ehrenpforte und stoßen probehalber schon mal ins Horn, sind keine Musikanten von Profession, aber solche von gutem Willen. Noch hört es sich schaurig an, was sie blasen, den Leuten geht es gar nicht ins Ohr, weil viel mehr ins Auge fällt, was sich am Markstein begibt.

Da stehen Jörn Tiedemann aus Klevenow und Gesine Wollner aus Wargentin, einem Nest, das es gar nicht mehr gibt, jeder kennt sie, hat von ihnen geredet, vielleicht sogar Mitleid empfunden. Die beiden wurden bestraft, weil sie zu schwach waren gegenüber der Begierde des Fleisches, weil sie einander nicht hatten widerstehen können, weil sie sich liebten, und jeder hat Liebe am eigenen Leibe erfahren, auch ohne Consens, ist nur nicht erwischt worden, gottlob, aber mit Vergnügen der Versuchung erlegen. Bis auf eine vielleicht, Minna, jetzt Schlöpke, endlich unter der Haube und mit einem schönen Kind in der Wiege. Vielleicht verbirgt sie sich deshalb unter den Leuten. Sie hat Angst, denn da stehen Gesine und Jörn, um an sich zu nehmen, was ihnen gehört. Und Schlöpke will es ihnen weigern. Der breitet die Arme, bis hierher und nicht weiter, als könnte er angehen gegen Jörn, der ist ein bißchen vom Fleische gefallen seit Dömitz, ein bißchen zu spack, aber wenn der zuschlägt, wenn der mit einem Fausthieb Schlöpkes Kinnlade trifft, wenn der ihm bloß das Knie ins Gemächte rennt, falls da was ist, dann gnade Gott dem mickrigen Herrn Gutssekretär. Gleich wird sich was tun, gleich wird was Schreckliches geschehen.

Zum Glück hat die Herde den Hirten dabei, den Pastor Christlieb. Er müßte wissen, wie die Geschichte weitergehen soll. Tatsächlich, da reckt er den Arm, wedelt winkend mit der Hand, und Minna gehorcht. Sie tritt hervor, mit erhobenem Kinn, sie bietet den armen, hergelaufenen Eltern die Stirn und preßt es fest an sich, das Kind, und Schlöpke weist auf das Paar. Er schreit: Sie sind amnestiert, Gnade ist ihnen vor Recht ergangen. Was wollen die beiden hier, wo sie nichts mehr zu suchen haben? Ich will es euch sagen, Aufregung machen, Unruhe und schon wieder Aufruhr.

Ach, ach. Da geht ein Murren durch die Reihen.

Ich bitte um Mäßigung. Christlieb schiebt den Sekretär zur Seite. Gesine kann ihr Kind endlich sehen. Sie stößt den Jörn an. Groß ist er geworden, hübsch ist er geworden, blonde Haare wie du. Sie löste sich unwillkürlich von dem Mann, streckte beide Hände nach ihrem Sohn aus und ging Schritt für Schritt auf ihn zu.

Bitte, Minna, darf ich ihn haben.

Die wendet sich ab, als müsse sie das Kind vor einem plötzlichen Angriff schützen. Sie blickt über die Schulter auf Gesine zurück, abweisend, bis Christlieb ermahnt. Minna!

Es dauert, bis sie's übers Herz bringen kann, der anderen das Kind zu reichen. Sie will's schließlich tun, da sträubt sich der Kleine, macht sich steif, das Gesichtchen, krebsrot, ist ein einziger weit aufgerissener brüllender Schlund. Das Kind erkennt in der Fremden die Mutter nicht. Gesine muß es begreifen, sie preßt die Lippen aufeinander, weil sie den Sohn nicht noch mehr erschrecken will, ihre Arme, eben noch ausgestreckt, baumeln kraftlos in den Gelenken. Und Minna ist es, die das Söhnchen küßt, ihm zärtliche Laute ins Ohr raunt und es wiegt, bis es zur Ruhe kommt, dann aber, immer noch summend, tritt sie, das Kind auf den Armen, neben Gesine hin.

Du mußt keine Angst haben, die Frau tut dir nichts. Minna streichelt Gesines Wange und hat sie einmal ein Dreckstück genannt in wütender Eifersucht, ein Hurenmensch, und hätte in diesem Augenblick vor aller Augen triumphieren können.

Ich bin es, die das Kind aus dem Rattenloch geborgen hat, in das diese geworfen war, denn sie hatte nicht gutgetan. Ich bin es gewesen, die das Kind hegte und pflegte, ihm gar einen eigenen Badezuber hat böttchern lassen. Ich bin es, in der das Kind seine Mutter erkennt. Ihr alle müßt es bezeugen, also soll das Kind bleiben bei der, die es liebt.

Minna triumphiert nicht, sie streichelt Gesines Wange. Ei, ei, du mußt dich nicht fürchten. Das Kind scheint es zu glauben, es fremdelt nicht länger, Gesine darf es auf den Armen halten, sie zeigt es dem Jörn, ganz vorsichtig, und der Jörn lächelt, bis ihm der Sohn mit einem kleinen Lächeln antwortet.

Die Leute von Klevenow erlebten, was kaum einer von ihnen für möglich gehalten. Minna, jetzt Schlöpke, hatte den Sohn seiner wirklichen Mutter überlassen. Viele waren angetan und angerührt, und manche mußten sich die Nase schneuzen.

Da schmetterte das Posthorn. Schluß also mit den Herzenssachen und an die Pflicht gedacht. Es ist an der Zeit, daß sich die Leute gefällig aufstellen, so wie sie es ein paarmal geprobt haben.

Der Pastor winkte, und nun hätten die grün uniformierten Bläser nach da gemußt und die Jubler und Vivatschreier nach dort, Schlöpke hätte alle Männer, die sich ins Joch spannen wollten, paarweise gruppieren müssen, und, mein Gott, die Kinderchen, Kränze im Haar, müßten längst die Pforte sperren mit dem symbolischen Seidenband.

Nichts dergleichen geschieht, denn mitten im Weg stehen Minna und Gesine, die ihren Sohn endlich in den Armen hält, unweit von beiden die Männer, als sei die Geschichte noch immer nicht zum guten Ende gekommen.

Jetzt muß ich wohl ein Machtwort sprechen. Christlieb tritt auf die beiden Paare zu, die der heranrollenden Schwanschen Kalesche im Wege stehen, und spricht beschwörend: Gesine, du hast dein Kind, und du, Jörn, wirst unserer Absprache gedenken und dich neben deiner Liebsten niederwerfen, sobald die Kutsche hält. Ihr beide auf den Knien werdet dem hohen Paar das schöne Kind vorweisen, und glaubt mir, um seinetwillen wird sich die Herrschaft erbarmen und euch vergeben.

Jörn blickt auf Gesine. Gesine sagt: Wir wollen unser Glück im Pommerland suchen. Dann gibt sie rasch, als könne sie der

Entschluß gereuen, Madame Schlöpke das Kind zurück. Behalt es, bis wir Häusung haben.

Beide gehen davon, ohne sich noch einmal umzusehen. Die Leute blickten ihnen nach, und vielleicht wäre der oder der gern mit ihnen gewandert. So geschah es, daß die Bläser zu spät einsetzten, die Kinder gerade noch die Pforte sperren konnten, und der Jubel des Volkes gemäßigter ausfiel, als das Grafenpaar erwartet hatte. Aber das Ausschirren der Pferde war so vorzüglich einstudiert worden, daß es ohne geringste Verzögerung geschah. Auch Schlöpke spannte sich ins Joch.

Minna blieb am Markstein, bis die Kalesche, von gebeugten Männern gezogen, davonholperte und die Leute gegangen waren, dann schritt auch sie den Hügel abwärts. Sie hielt das Kind im Arm. Sie weinte.

Ich bin der Rabe im Baum. Meine Ahnen zählten zu den Auserwählten, die Noah in den Kasten nahm, und mein Urrabenvater, der Gedächtnis hieß, hatte auf Odins Schulter gesessen. Er hat uns die Fähigkeit zur Entsinnung vererbt. Ich weiß alles, bis auf das wenige, das Gott für sich selber behielt, und ich höre, was mir das Blattwerk des Baumes raunend verrät. Ich schaue voraus, denn meine Eiche ist wie der Weltenbaum, der mit drei Wurzeln in der Erde fußt, die eine Wurzel heißt Werden, die andere Sein, die dritte Wurzel heißt Schicksal.

Ich hab im Baum gesessen, als Minna Schlöpke Gesines Kind auf den Armen hielt und den anderen folgte, die sich fügen mußten. Sie wähnte sich im Glück. Minna wird das Kind zu einem schönen Mann aufwachsen sehen und wird noch manche Träne weinen müssen.

Ich hab im Baum gesessen, als Jörn Gesine bei der Hand nahm, um mit ihr nach Pommerland zu ziehen auf der Suche nach Heimat und Häusung. Er ging seinem Tod entgegen, wie es die Schicksalswurzel verriet, aber Gesine wird leben, beinahe so lange wie ein Baum.

Schwarze Hochzeit
auf
Klevenow

Ich bin der Rabe im Baum. Meine Ahnen zählten zu den Auserwählten, die Noah in den Kasten nahm vor kaum denkbarer Zeit. Und noch früher hatte mein Urrabenvater, der Gedächtnis hieß, auf Odins Schulter gesessen. Er hat unserem Geschlecht die Fähigkeit zur Entsinnung vererbt, die Gabe der Unvergeßlichkeit, die kein anderes Geschöpf unter dem Himmel besitzt. Ich weiß alles, bis auf das wenige, das Gott für sich selber behielt.

Ich weiß, wie es nach der Sintflut auf Erden ausgesehen hatte. Da war nichts außer ein paar nackten Kuppen, die aus dem Wasser ragten, mit Schlamm bedeckt, glänzend wie mein Gefieder, und die Flut war grau wie der Himmel und war bewegt, denn der Herr hatte Wind gemacht, daß die Wasser endlich fielen. Und sonst war also nichts, keine Vielfalt von Wesen und Dingen, nichts außer dem Tag und der Nacht, dem Schlamm, dem Wasser und dem schwärzlichen Himmel darüber, weder Gelb noch Blau, das sich zu Grün hätte vermischen können, kein Rot, kein Licht und kein Leben, denn das Wasser hatte einhundertfünfzig Tage auf Erden gestanden und nicht nur die Farben getilgt, sondern auch alles, was lebte, vom Menschen an bis zum Vieh und dem Gewürm und den Vögeln unter dem Himmel.

Zwar steht geschrieben, daß sich am siebzehnten Tag des siebenten Monats, nachdem sich das Gewässer verlaufen hatte, die Arche auf dem Berg Ararat niederließ, und daß nach vierzehn Tagen Noah an dem Kasten das Fenster auftat, aber kein Mensch hat erfahren, daß der alte Mann mit einem Mal nicht wußte, wie die Geschichte weitergehen sollte, Noah war ratlos, da ließ er meinen Rabenvater fliegen. Der flog hin und her, bis sich das Gewässer verlief, und als endlich die Sonne wieder aufstieg über dem Erdenball, als alles vorüber war, auch jede Gefahr, tat Noah, was uns bis heute verbittert, er schickte statt seines tapferen Raben die Taube aus, damit sie das Zweiglein vom Ölbaum hole. Seit damals gilt dieser Vogel als Friedensverheißer, seit damals gibt es die Ungerechtigkeit auf der Welt, seit damals nennt man uns die Unglücksraben.

Freilich hatten wir viel öfter Schlimmes als Gutes heraufkommen sehen. Ich wußte, daß anno 1870 ein Unglücksjahr werden würde, denn die Adler stiegen zur Unzeit auf, um triumphierend ihre Kreise zu ziehen, und gleich darauf brannte die große Scheuer von Klevenow nieder. Die Leute standen und starrten, und ihnen wurde himmelangst, als die Gefache zusammenstürzten und das Feuer aufbrüllend die Balken verschlang und das brennende Strohdach mit solcher Gewalt von sich schleuderte, daß wirbelnde Funkenbälle in den Nachthimmel flogen. Das Feuer war furchtbar und gewiß zum Schaden für den Herrn Erblandmarschall, der es nicht hatte löschen lassen können, obwohl eine Zeitlang vier Männer wechselseitig die Holme der Spritze drückten. Der Schloßteich war zugefroren, und die Pumpe versagte den Dienst, so hatte man die Flammen gewähren lassen müssen, bis sie von selber zusammensanken. Ich habe den Rauch gesehen, der tagelang über Klevenow stand, ich habe den Gestank von Tod und Verwesung gerochen, da hat kein Mensch in der Schwanschen Begüterung an ein Verhängnis gedacht, ich allein wußte, daß sich der Patron den Tod geholt hatte, als er nach der Brandnacht endlich ins Bette kroch.

Ich bin der Rabe im Baum, und ich erzähl die Geschichte, wie sie wirklich war, damit sie niemals vergessen werde.

1

Er stirbt, hatte Minna Schlöpke gesagt.

Sie war schon in aller Frühe zum Schloß hinübergelaufen, wegen der Aprilkälte hatte sie nur ein fransenbesetztes Tuch um die Schultern geworfen, ihr graues Haar, zu einem straffen Nackenknoten aufgesteckt, war unbedeckt. Dennoch knicksten die Mägde, und jeder der Knechte lüpfte achtungsvoll die Mütze, als begegne er einer Persönlichkeit von Stand.

Vor Jahren, als Minna Krenkel schon an die Vierzig war und noch immer nicht unter der Haube, hatte mancher sie belächelt und bespöttelt, aber nun war sie schon lange die Frau des Gutssekretärs Schlöpke, eines Vertrauten des Grafenpaares, und die Mutter des zwanzigjährigen Jörn, des schönsten und stattlichsten Mannes von Klevenow, einige erinnerten sich noch, auf welch merkwürdige Weise sie zu diesem Kind gekommen war.

Minna dankte für jeden Gruß mit kleinem Lächeln und gemessener Neigung des Kopfes, aber sie vergab sich nichts gegenüber dem gewöhnlichen Gesinde, im Gegenteil, zuweilen tadelte sie sogar den einen oder anderen der Leute, was gar nicht ihres Amtes war. So auch an diesem Morgen, als ihr der Stallknecht Kißtorff in den Weg stolperte, offenbar nicht nüchtern und so widerlich stinkend, daß Minna die Nase rümpfte und die Brauen hob.

Unsere gnädige Frau Gräfin verachtet die Branntweintrinker. Vergiß das nicht, Kißtorff.

Der Mann erschrak. Bloß nix für ungut, Madame Schlöpke.

Besser dich!

Minna genoß Wertschätzung in Klevenow, kann aber auch sein, die Leute buckelten und machten sich klein, weil sie fürchteten, sie könnte der Herrschaft dieses oder jenes zutragen.

Vom Vater her war Minna ein kleines Vermögen zugestorben, ihr gehörte der Gärtnerkaten, den der alte Krenkel bis zu seinem Tode bewohnt und bewirtschaftet hatte. Das Gewächshaus nebenan war nicht abgerissen worden. Minna hatte eine glückliche

Hand mit den Blumen. Sobald es Zeit wurde, mußte Schlöpke heizen, und seine Frau war in der Lage, Tulpen- und Narzissenzwiebeln vorzutreiben und blühen zu lassen, wenn sich in der kalten Natur noch kein Stengelchen aus dem Boden wagte. Die Blumen trug sie immer noch auf das Schloß. Es bedeutete ihr mehr als Geld, wenn die Frau Gräfin ihre Nase in einen Strauß versenkte und aufblickend: Danke, Krenkel! sagte. Merkwürdigerweise rief die Gräfin sie immer noch bei ihrem Mädchennamen.

Heute wollte Minna Blumen ans Krankenbett tragen, um zu erfahren, wie es um den Grafen stand, der siechte seit jener Brandnacht, und das Schlimmste war zu befürchten. Frauen ihres Alters und ihrer Lebenserfahrung haben einen Blick für das Sterben, sie wissen besser als mancher Arzt, ob der Gevatter Tod noch am Fußende des Bettes wartet oder schon zu Häupten des Ablebenden steht. Sie hatte den Vater dahinscheiden sehen und war verzweifelt gewesen, daß er damals zur Unzeit abberufen wurde. Obwohl sie nie ein Wort darüber verlor, trug sie es dem Herrn Erblandmarschall bis heute nach, daß er sie in ihres Vaters Todesstunde vor den Augen des Hausgesindes aus dem Schloß gejagt hatte. Sie kann es vor sich sehen, kann die eigene Stimme hören: O Gott, mein Vater, er ist mir unter den Händen gestorben. Der Pfarrer nirgends zu finden, alle Menschen beim Fest. Ich brauch ein paar Männer zur Hilfe, bitte, Euer Gnaden! Darauf der Graf, keifig, zornig, sie hat den Ton bis heute im Ohr: Kein Theater wegen einer solchen Sache, kein Aufhebens, wenn ich bitten darf. Auf den Geburtstag meiner Gemahlin soll nicht der geringste Schatten fallen. Wart bis zur Nacht! Und als sie den Erbmarschall ungläubig angestarrt hatte, reckte er gebieterisch den Arm. Scher dich davon!

Am Eingang zur Gesindetreppe traf Minna auf Kleinjohann. Der war einer der vier Männer gewesen, die den Sarg des Vaters am Seil in die Grube hinabgesenkt hatten. Auch Jörn Tiedemann gehörte zu ihnen. Warum denk ich an den? Das ist auch einer, der mich gedemütigt hat. All meine Liebesfähigkeit war für ihn aufgespart, aber er wollte mich nicht haben. Kann sein, der ist schon tot, und ich wäre ein wenig getröstet, weil ihn dann die andere auch nicht mehr haben könnte. Aber ich habe ihren Sohn, ich habe Gesines Sohn!

Morgen, Kleinjohann!

Minna und er waren gleichaltrig, manchmal verblüffte es sie, daß der Mann immer noch so knabenhaft schlank ist und einen vollen Haarschopf trägt von so gelblichem Weiß, daß er beinahe für blond gelten könnte. Aber er darf das Maul nicht auftun wie im Augenblick, er besitzt kaum noch so viele Zähne wie Finger an einer Hand, und man kann kaum verstehen, was er nuschelt.

Morgen, Madame Schlöpke!

Kleinjohann konnte nicht die Mütze ziehen, er hatte mit beiden Händen einen Holzkorb gepackt und deutete mit heftigem Kopfnicken eine Art von Verbeugung an.

Minna schätzte den Mann, ihm war es gelungen, durch Fleiß und Fügsamkeit vom Stallburschen bis zum ersten Hausknecht aufzusteigen. Er durfte die herrschaftlichen Kamine von Klevenow befeuern und hatte von Amtes wegen Zutritt zu allen Räumen, die das Grafenpaar bewohnte, auch zu den heimlichsten. Also hörte und sah er mehr als jeder andere und war womöglich in Dinge eingeweiht, die selbst dem Gutssekretär Schlöpke verborgen blieben.

Es gab da so ein Gerede. Armgard Löwenholm, die zukünftige Gemahlin des Erbgrafen Kuno, weilte schon seit Wochen auf Klevenow, aber die Hochzeitsfeier war immer wieder verschoben worden. Lag es wirklich daran, daß der Erblandmarschall nicht leben und nicht sterben wollte? Oder hatte es andere Gründe? Es hieß, die Brautleute mochten einander nicht.

Morgen, Madame Schlöpke, nuschelte Kleinjohann. Er wollte Minna den Vortritt auf der Turmtreppe lassen.

Bitteschön! Die Frau war nicht eilig, sondern hatte Lust auf ein Gespräch.

Wie geht es seiner gräflichen Gnaden heute morgen?

Er klappert mit den Zähnen, sagte Kleinjohann und grinste über das ganze faltige Gesicht, möglicherweise ertrug er den Gedanken an den Tod nur, indem er sich darüber lustig machte. Dem Hausknecht war eingefallen, daß er selber wegen Zahnlosigkeit kaum was hätte, mit dem sich in der letzten Stunde klappern ließe. Minna blickte ihn so verweisend von der Seite an, daß sich Kleinjohann rechtfertigen mußte.

Da ich ihm einheize mit einem Höllenfeuer, kann es nicht die Kälte sein, die seine gräfliche Gnaden zittern macht, sondern doch wohl die Todesfurcht. Dabei hat Pastor Pistorius stundenlang an seinem Bette gesessen und ihm all die Sachen vorgebetet, die uns der Katechet damals in der Schule eingebleut hatte. Wißt Ihr noch? Der Mensch lebet kurze Zeit und ist voll Unruhe. Er gehet auf wie eine Blume und fallet ab. Ich höre all diese Sprüche, wenn ich im Kamin nachlege und kann sogar ihren Sinn verstehen. Aber der Herr Erblandmarschall möchte partout nicht abfallen und will nicht wahrhaben, daß ein großer Herr davonmuß nicht anders als der Geringste unter seinen Knechten. Er verlangt, daß der Leibarzt Wunder verrichtet. Es wird ja auch alles getan, daß der Herr Erblandmarschall hübsch langsam stirbt. Ich, wenn es denn sein müßte, wollte rasch davon. Aber ich bin ein armer Mann und kann mir das langweilige Sterben nicht durch allerlei Kurzweil versüßen lassen. Beinahe täglich wird am Krankenbett musiziert. Letzten Sonntag hatte der Herr Graf sogar gewünscht, daß im äußersten Fall der Malchiner Kirchenchor erscheinen solle, um ihn auf dem Wege ins Jenseits mit schönem Gesang zu begleiten. So nimm denn meine Hände und so weiter.

Die Treppe war schmal und wendelte sich steil in die Höhe. Minna hatte darauf bestanden, einen Henkel des Holzkorbes zu fassen. Beide keuchten ein wenig, als sie den Korb vor der Tür des Krankenzimmers niedersetzten.

Kein Mensch auf den Gängen. Gewöhnlich war der hohe Herr von einem Schwarm von Ärzten und Bediensteten umgeben, zu dieser Morgenstunde schien er von allen guten Geistern verlassen. Kannst du mich einlassen, jetzt, wenn du nachlegen mußt? fragte Minna flüsternd.

Kleinjohann hob die Schultern, dann öffnete er vorsichtig die Tür. Er erblickte eine Diakonissin, die hatte wohl zu lange am Bett gewacht, nun war sie eingenickt, gefaltete Hände vorm Bauch, Kinn auf der Brust, die Haube verdeckte ihr Gesicht. Kleinjohann nickte, und während er leise zum Kamin hinübertappte, schlich sich Minna näher an das Bett.

Der Erblandmarschall lag rücklings, offenen Mundes, und blickte zur Decke auf, deren kunstvolle Stukkatur in ihrer Mitte die strahlenverzierte Sonne zeigte. Das Sonnenzimmer galt als das hellste und schönste im Schloß, und eben hier hatte der kranke Erblandmarschall vor ein paar Tagen sein Leidenslager aufschlagen lassen. Er starrte zur Decke, schien aber nichts wahrzunehmen, nichts zu sehen, nichts zu hören.

Minna vernahm das Geräusch, aber sie konnte nicht unterscheiden, ob es die Nonne war, die leise röchelte, oder der todkranke Herr. Sie sah, wie sich die wächsernen Hände unmerklich bewegten, als lebten allein sie noch, daß sich die Finger krümmten, als versuchten sie, auf dem damastenen Bezug zu kratzen. Minna wußte Bescheid. Er scharrt sich schon die Grube, dachte sie und wandte sich um. Sie sagte: Er stirbt.

Er stirbt.

Das hatte auch der Gerichtsmedikus Kuhfeld der Gräfin knapp und kalt bedeutet und ihr ernst ins Gesicht geblickt. Sie hatte genickt, wortlos, wie im Einverständnis, am liebsten hätte sie: Endlich, gesagt. Er wird sich nicht länger quälen müssen. Aber auch sie selber war ja nun von gewissen Pflichten erlöst, die ihr schwerer und schwerer geworden waren, selbst der Frömmste kann einmal ermüden, und das Mitleid erschöpft sich, wenn es Stunde für Stunde gefordert wird.

Sie schwieg.

Ein Beruhigungsmittel?

Danke.

Agnes Schwan war einverstanden, daß der Doktor nicht im Hause warten konnte, bis alles zu Ende war. Ein sehr dringender Fall bei Gericht, sie wollte nicht fragen, womöglich eine Hinrichtung.

Bitte, was sein muß, muß sein. Ein Achselzucken.

Kuhfeld versicherte, daß der Sterbende im Augenblick keines besonderen Beistandes bedürfe, er liege in der Agonie, die Diakonissin wache.

Man verabredete sich für den Nachmittag. Ja, gewiß wäre es freundlich, wenn Frau Gräfin einen Wagen schicken wollten, damit man die Formalitäten erledigen könnte, Totenschein und so weiter, und er werde keinesfalls vergessen, die Schneiderin aus Malchin mitzubringen wegen Vervollständigung der Trauerkleidung.

Danke, Doktor Kuhfeld. Die Gräfin hatte dem Mann zum Abschied die Hand zum Kuß gereicht, jetzt war sie allein und gestattete sich, die Schultern hängenzulassen, den Rücken zu krümmen und die Hände vors Gesicht zu schlagen. Sie weinte nicht, sie stöhnte nur ein wenig.

Die Gräfin war eine geborene Schlieffenbach, viele Männer ihrer Familie waren Offiziere, Soldaten der Könige, Kampfesmut und Todesverachtung waren Voraussetzung für ihren Beruf, und die Frauen hatten das zu billigen gelernt. Es mußte Agnes Schwan mißfallen, daß es ihrem Gemahl an Haltung mangelte, als es ans Sterben ging. Er war jedem Gespräch über seinen möglichen Tod ausgewichen und hatte nicht einmal über seinen Letzten Willen mit sich reden lassen, geschweige denn darüber, auf welche Weise und in welcher seiner Kirchen er bestattet zu werden wünschte.

Agnes blickte auf den Spiegel mit dem üppig geschnitzten Rahmen. Ob man ihn würde verhängen können, wie es Brauch war bei den Leuten im Dorf, sobald ein Angehöriger gestorben war?

Sie trat näher und hob das Gesicht. Es war glatt und nahezu faltenlos, Agnes Schwan war jetzt um die vierzig, stattlich und stolz, aber keineswegs matronenhaft, sondern noch immer eine schöne Frau. Sie strich sich vor dem Spiegel eine Strähne aus der Stirn, ehe sie sich abkehrte, um die silberne Tischglocke zu läuten.

Schlöpke zu mir!

Wenig später trat der Gutssekretär ein. Er verneigte sich, so tief es sein Alter erlaubte.

Schlöpke war immer ein Mann von eigenartiger Gestalt gewesen, lang und dünn wie ein Stecken, dabei krummrückig, so stand er vor seiner Patronin, im schwarzen Habit, kahlköpfig bis auf den weißen Lockenkranz über die Ohren, mit feuchten Hundeaugen und so gramvollen Falten im Gesicht, als habe das Schicksal statt der Frau Gräfin ihm selber einen furchtbaren Nackenhieb versetzt. Und es traf ihn tatsächlich, daß der Herr der Güter im Sterben lag und Graf Kuno ans Regiment kommen mußte. Das war beinahe, als wechsele das Zeitalter, und in den Sternen stand, ob Schlöpke dann noch würde zu Hofe dienen dürfen als Vertrauter der Herrschaft, als ihr Ohr, als ihr Gedächtnis, als ihr Mund, denn noch immer war er es, der mit den Pächtern reden mußte wegen Steigerung des Pachtzinses oder den Tagelöhnern mitzuteilen hatte, ob einem Ersuchen um Häusung oder Deputat entsprochen werden konnte oder nicht.

Trotz des Ernstes der Stunde mußte die Gräfin ein wenig lächeln. Der Bratenrock des Gutssekretärs war gewiß Jahrzehnte alt, möglicherweise hatte ihn Madame Schlöpke waschen müssen, und er war geschrumpft, jedenfalls schien es, als hätte der Mann zu große Füße und zu breite Hände, die gesteiften weißen Manschetten waren ihm mehr als handspannenlang aus den Ärmeln gerutscht, und der Gräfin ging durch den Kopf, ob man einen Menschen von so merkwürdiger Erscheinung als Leichenbitter auf alle Schwanschen Güter entsenden sollte oder ob man ihm gar noch, knapp vor seiner Pensionierung, einen Traueranzug anmessen lassen sollte. Sie war nüchternen Sinnes und dachte, wesentlicher als der Anzug ist der Kopf, kein Mensch kann trauriger in die Welt blicken als dieser Schlöpke, es wird Eindruck machen, wenn er die Todesbotschaft überbringt. Die Gräfin bat ihn, Platz zu nehmen. Sie selber ließ sich im Sessel nieder.

Also, wie hat man das gehalten bei Trauerfällen in der Schwanschen Familie?

Zu dienen, Euer gräfliche Gnaden.

Der Gutssekretär wirkte nur noch halb so gebrechlich, als er einen Folianten auf den spitzigen Knien hielt, jetzt war er in seinem Element. Er leckte den Zeigefinger an und blätterte, bis er gefunden hatte, was er suchte, einen Bericht über das jüngste Begängnis im Hause Schwan.

Die selige Gräfin Mutter Wilhelmine, geborene Freifrau von Both, starb auf Remplin. Noch am Tag ihres Todes erhielten die Altäre aller Schwanschen Kirchen neue Stammlichter, armesdick, von bester Wachsqualität und von zwanzigfacher Länge eines Daumengliedes, mit Flor umwickelt.

Wir brauchen die Kerzen wahrscheinlich heute noch. Die Gräfin seufzte.

Schlöpke hob beschwichtigend seine rötlich behaarte Hand. Sind schon herangeschafft. Sobald die Glocke von Klevenow den Heimgang des Erblandmarschalls verkündet und die Glocke von Malchin geantwortet hat, wird er die Berittenen in alle Dörfer der Begüterung ausschicken.

Die Lichte, übrigens, sind das Geringste. Die Beisetzung erfordert vielerlei, schwarzes Tuch zum Beispiel, ballenweise. Nun muß Schlöpke doch schniefen in plötzlicher Ergriffenheit.

Pardon, Euer Gnaden. Er greift zum Sacktuch.

Mein Gott, wozu wird ballenweise Tuch benötigt?

Ergibt sich alles aus dem Zeremoniell. Am besten, wir halten uns an die Leiche von Frau Wilhelmine Schwan. Jedes Detail ist in den Büchern notiert. Schlöpke läßt das Sacktuch verschwinden, er faßt sich und hält Vortrag, wie das von ihm erwartet wird.

Also, der Leichenwagen, mit sechs herrschaftlichen Schimmeln bespannt, fährt pünktlich neun Uhr morgens an der Freitreppe des Schlosses vor. Jäger und Stallburschen tragen die Leiche feierlich, gemessenen Schrittes heraus. Das wird man üben müssen, Euer Gnaden, sonst treten sich unsere Grobiane in die Hacken oder stolpern gar, und es geht womöglich mit unserem lieben Herrn Erblandmarschall holterdiepolter treppab, statt daß er mit Kraft und Anmut gehoben werde auf den Katafalk, beziehungsweise auf die Plattform des Wagens. Sobald er dort steht, der eichene Sarg, bedeckt mit den Schwanschen Wappen und Fahnen, von Kränzen umstellt, mit Blumen geschmückt, eröffnet der erste Beireiter mit sechs der schmucksten Stallbediensteten den Zug, Sonntagslivree, Schwansches Rot, schneeweiße Handschuhe, jeder trägt eine große Florschleife am linken Arm, schwarz bezogen die Silbersporen, die blinkenden Knöpfe, die Griffe der Hirschfänger, alles in Schwarz. Und nun wird es ein wenig heikel, Euer Gnaden. Er zögert.

Sprechen Sie weiter, Schlöpke.

Unser Beireiter ist ein Mann von unbestreitbaren Verdiensten, allerdings auch von so erheblichem Leibesumfang, daß er sich regelrecht in die Hosen einkeilen muß. Gebe zu bedenken, ob ein livrierter Fettsack an der Spitze der Trauerprozession daherreiten sollte, man will ja nicht Heiterkeit erregen in einer solch dunklen Schicksalsstunde.

An dieser Stelle schwieg Schlöpke und klappte ein paarmal mit den Augendeckeln.

Ja, was schlagen Sie denn vor?

Mein Sohn Jörn könnte einspringen, im Fall, daß Frau Gräfin gnädigst zustimmen wollen.

Die Patronin nickte. Warum nicht, er gilt ja als der stattlichste Mann im ganzen Beritt. Was man leider von ihrem eigenen Sohn nicht sagen konnte, es versetzte ihr einen kleinen Stich mitten ins Herz, als Schlöpke in eitlem Besitzerstolz behauptete, nichts als Freude mache der Junge seiner Mutter und ihm.

Jörn also voraus mit sechs Reitern, und nun wird Forstmeister Wachsmund mit den berittenen Jägern den Leichenwagen umringen, ein jeder grün uniformiert, mit weißem Federbusch auf dem Hut. Und was ich beinah vergessen hätte, die sechs Schimmel vor dem Wagen mit seinem großen, schwarzen frisch gespannten Baldachin werden selbstverständlich an der Außenseite der Halfter Doppelschleifen von Trauerflor tragen, während bei allen übrigen Pferden im Zug einfache Schleifen genügen sollten, so denke ich. Jörn also voraus, dann die Reiter, der Leichenwagen, von berittenen Jägern flankiert, und nun die Glocken vom Turm, jetzt setzt sich der herrschaftliche Wagen in Bewegung, der Ihre, Frau Gräfin, ebenfalls von sechs Schimmeln mit schwarzer Schabracke gezogen, wir nehmen die schönsten Pferde aus dem Klevenowschen Baugespann. Ihm folgen die weiteren Trauerwagen, diese nur zweispännig, nach Gütern geordnet.

Aber ich bitte, Schlöpke, es sind nur Schritte vom Schloß zur Kirche hinauf.

Verzeihung, Euer Gnaden, der Brauch gebietet, daß dem Herrn Erblandmarschall eine letzte Rundfahrt gestattet wird, so als geruhe der hohe Leichnam, die Güter noch einmal in Augenschein zu nehmen, zumindest die nahe gelegenen, und selbstverständlich den Park. Und aus jedem Gut schließt sich ein weiterer Trauerwagen an, gezogen von Schimmeln, wir beharren auf dem feierlichen Schwarzweiß. Übrigens, auf dem Friedhof gehen Euer gräfliche Gnaden ganz allein dem Sarg voraus und werden an der Kirchentür von zwei Pastoren in die Mitte genommen. Der Altarraum ist ganz und gar mit schwarzem Tuch ausgeschlagen, zwanzig Ellen zu drei Gulden dürften, genügen, auf jeden Fall sollte der Stoff den Boden bedecken. Es empfiehlt sich übrigens, daß Euer Gnaden in die Knie sinken, sobald der Sarg niedergesetzt worden ist, um denselben, zumindest andeutungsweise, zu küssen. Eine solche Geste rührt ungemein.

Schlöpke überflog noch einmal die Seite, ob er nicht etwa ein Detail ausgelassen habe. Er nickte zufrieden und hatte das Buch kaum geschlossen, da sah er aufblickend, daß die Gräfin leidend ihre Fingerspitzen gegen die Schläfen drückte. Er sagte tröstend: Frau Gräfin können die Sorge um die Feierlichkeiten mir allein überlassen und dürfen versichert sein, daß die herrschaftliche Leiche bis zum Turmtor der Kirche so würdevoll geleitet wird, wie es in Klevenow seit eh und je gehalten wurde. Was im Gotteshaus geschieht, ist Sache der Geistlichkeit. Ich empfehle, sich die Trauerpredigt vorlegen zu lassen. Pastor Pistorius neigt zu ausschweifender Rede, und womöglich verfaßt er gar ein Gedicht.

Danke, Schlöpke, Sie haben freie Hand.

Der Mann erhob sich augenblicks und dienerte, rückwärts gehend, so lange, bis er hinter sich die Tür fühlte. Hier richtete er sich noch einmal zu seiner ganzen spillrigen Länge auf.

Die Gräfin blickte ihn fragend an.

Das Trauermahl, sagte Schlöpke, wir werden wohl mit einhundertfünfzig Gästen rechnen müssen, und vier Schüsseln sollten doch wenigstens gereicht werden. Minna, meine Frau, könnte bei den Zurichtungen helfen.

Meinetwegen, die Gräfin stimmte zu. Ich überlasse Ihnen sogar, die Einladungen für die Trauerfeierlichkeiten vorzubereiten. Übrigens wünsche ich nicht, daß Gräfin Iduna unter meinen Gästen ist.

Agnes Schwan mißbilligte die Vorliebe der Dichterin für auffällige schwarze Roben ebenso wie deren exaltiertes Gehabe. Unerträglich der Gedanke, Iduna könnte am Beisetzungstage in Klevenow erscheinen, um sich in den Vordergrund zu drängen, als zweite Witwe sozusagen. Möglicherweise würde auch sie am Sarge niederbrechen wollen, ihre Trauer jedenfalls auf eine Weise zur Schau stellen, daß der eine oder andere Außenstehende die geschiedene Frau des Erblandmarschalls für die wirkliche Witwe Schwan halten könnte.

Keine Einladung, gebot Agnes. Und es erübrigt sich, unseren Vetter von der Recke Vollmerstein zum Trauermahl zu bitten. Er ist uns nützlicher, wenn er im pommerschen Laudeck bleibt, bis unsere bankrotte Dichterin in einem Damenstift untergebracht ist.

Schlöpke dienerte. Ich weiß Bescheid, Frau Gräfin hatten mir ja die Order diktiert.

Der Sekretär wurde entlassen mit dem Auftrag, Armgard Löwenholm ins Arbeitskabinett der Gräfin zu bitten.

Minna und Schlöpke trafen sich auf der Galerie. Sie kam vom Sonnenzimmer her, die Blumen immer noch im Arm, der Erblandmarschall hätte weder ihre Farbe noch ihren Duft wahrnehmen können, und der Sekretär hatte vergeblich bei Komteß Armgard angeklopft, sie sei schon in aller Herrgottsfrühe ausgeritten, so ihre Zofe, und Schlöpke mußte mißbilligend den Kopf schütteln. Er wußte, daß die Braut des Erbgrafen eine passionierte Reiterin war, hätte sie aber nicht diesen Sonnabend, der höchstwahrscheinlich der Todestag des Patrons werden würde, ihre Leidenschaft zügeln können?

Da war Minna heran. Sie flüsterte: Er stirbt.

Schlöpke nickte. Er sagte: Mir und dir ist es von der Gräfin Agnes aufgetragen, dafür zu sorgen, daß er gut unter die Erde kommt.

Ihm ging durch den Kopf, daß er sich nahezu unentbehrlich gemacht hatte, daß er kaum jemanden wußte, der ihn aus seiner Vertrauensstellung drängen könnte, daß sie es also gut haben würden auf ihre alten Tage, Minna und er. Da standen sie nun, beide aus den untersten Schichten stammend, auf der Galerie von Schloß Klevenow, gewissermaßen erhoben und ganz nahe den herrschaftlichen Gemächern.

Komm, sagte Schlöpke. Er reichte Minna den Arm, sie hakte sich ein und hielt die Blumen beinahe wie einen Brautstrauß, als sie nebeneinander die schön geschwungene Haupttreppe zur Halle abwärts stiegen.

2

Armgard Löwenholm verschmäht den Damensattel, sie ist gestiefelt und gespornt, und wie ein Mann sitzt sie zu Pferde, im roten Jagdrock, aber zylinderlos, jeder Hut würde davonschwirren, so wild jagt sie daher, mit flatternden Haaren, vorgebeugt bis zum Hals des Pferdes. Es braucht kaum die Sporen, sie ruft: Spring! Da setzt der Rappe gehorsam an, steigt auf und fliegt über das beinahe mannshohe Gesträuch.

Bravo, Wotan! Sie tätschelt das Tier: Brav, brav. Als die Komteß den Kopf wendet, ist der Bedienstete heran, auch sein Pferd hatte die Hecke mühelos genommen.

Gratuliere, Euer Gnaden!

Du bist so gut wie ich.

Aber ich bin ein Mann.

Ja, das ist dieser Jörn Schlöpke wohl, kräftig und sehnig, gut geschnittenes Jungengesicht, verwegene Augen, er wird wenig über zwanzig sein, wie Armgard Löwenholm auch. Sie mustert ihren Begleiter ungeniert, stramme Schenkel, straffes Gesäß, der Junge gefällt ihr.

Kurze Rast auf dem Hügel, dort unten in der Senke liegt Klevenow, Schloß, Dorf und der Park, geschaffen vom Gärtner des Königs von Preußen, wunderschön anzusehen in seinem harmonischen Ineinander von Gewässern, Wegen und Wiesengrün, von Häusern und Bäumen.

Jörn fragt: Zum Schloß, gnädigste Komteß?

Sie ruft: Zu den Ställen! und prescht im Augenblick voran, daß Jörn Mühe hat, ihr zu folgen. Sie hat das bessere Pferd, aber auch er kann wie der Henker reiten, nimmt mit Heiheigeschrei die Hecken, die Koppelzäune, die Hindernisse im Weg. Es macht ihm Spaß, sich mit der Komteß zu messen. Er ist vor ihr im Hof und lacht der Dame übermütig entgegen.

Sie sagt, noch keuchend: Du bist besser als ich.

Ich bin ein Mann. Er sagt das wie zu seiner Entschuldigung.

Die Komteß schaut auf ihn herab. Der Junge ist frech in seiner Selbstsicherheit, auch nicht ganz korrekt gekleidet, offener Hemdknopf, das Brusthaar kriecht ihm bis zum Hals hinauf.

Sie sagt schließlich: Du bist mein Knecht.

Nun hat er es eilig, der Dame aus dem Sattel zu helfen, aber sie ist schon abgesprungen, mit einem einzigen Satz.

Das Hofgesinde läuft herbei.

Armgard Löwenholm behält die Zügel in der Hand, sie tätschelt den Hals des Hengstes.

Ich will ihn selber zu den Boxen führen.

Jörn nickt, scheucht die dienernden Stallburschen mit herrischer Geste davon, und nun versorgt er seinen Falben, trocknet ihm mit einem Strohwisch das Fell, gibt ihm zu saufen, und es gefällt ihm, daß Komteß Armgard ihrem Rappen die gleichen Dienste erweist. Das ist eine erstaunliche Frau, er bewundert sie. Die hat Pferdeverstand wie ein guter Bauer, und ebenso selbstverständlich kann sie hantieren, hat den feinen roten Rock längst an einen Nagel gehängt, die Blusenärmel aufgekrempelt.

Sie blickt über den Rücken der Pferde auf Jörn. Schläfst du hier im Stall?

Er verneint. Bei meinen Eltern, Euer Gnaden.

Und da? Sie deutet auf einen Verschlag, dort steht eine hölzerne Pritsche mit ledernem Laken.

Für den Notfall, sagt Jörn. Dort wache oder schlafe ich, wenn eine der Stuten fohlt.

Es ist schwül im Stall, es riecht scharf nach dem Schweiß der Pferde, nach ihrem Mist. Die Tiere machen sich über den wohlverdienten Hafer her. Armgard könnte davon, aber sie tut es nicht, lehnt träge gegen die Futterkiste und wischt sich mit dem Handrücken die Schweißperlen aus der Stirn. Ihr ist heiß, die Ausdünstungen der Tiere erregen sie. Sie hat Lust, etwas Verrücktes zu tun. Sie hat Lust auf diesen Kerl.

Warum geht sie nicht, fragt sich Jörn. Worauf wartet sie? Er fühlt die Spannung, körperlich, wie ein feines Ziehen bis in die Fingerspitzen.

Da hört er leise seinen Namen rufen und sieht im Halbdunkel des Stalles, wie die Komteß an ihrer Bluse nestelt und knöpft. Das

Blut steigt ihm zu Kopf, das Hemd klebt ihm auf der Haut, er möchte sich's vom Leibe reißen.

Sie befiehlt: Hol mir Wasser!

Er gehorcht, und als er schließlich zurückgekehrt ist, muß er die hölzernen Bottiche so heftig niedersetzen, daß ihm das Wasser überschwappt. Armgard erwartet ihn, vom Gürtel aufwärts prachtvolles Fleisch, so nahe, daß er es riechen kann, daß er es berühren könnte, hätte er den Mut, die Hände auszustrecken. Wenn es ihn zu einem Mädchen treibt, muß er rasch zur Sache kommen, keine Zeit für die Werbung. Willst du nicht, nehm ich mir die Nächste vor, in einem Winkel des Stalles, an einer Wand. Wie gut eine Frau riecht, weiß Jörn längst, aber nackt hat er noch keine gesehen. Der Anblick überwältigt ihn, er zerrt sich tatsächlich das nasse Hemd übern Kopf, und dann weist er die Innenseite beider Hände vor, die strotzenden Adern der Unterarme. Sie soll sehen, wie wild ihm die Pulse klopfen, und nun ballt er sogar die Fäuste. Ach, Euer Gnaden!

Sie sagt: Du mußt mir aus den Stiefeln helfen.

Er sieht sie an, offenen Mundes. Beinahe jeder kennt die Geschichte von Herrin und Knecht, die kein gutes Ende nahm, Joseph im Ägypterland, knapp am Richtschwert vorbei. Da ist auch das Lied von Füchsin und Hahn, was von der Liebe blieb, waren die Federn im Strauch.

Armgard lächelt. Starr mich nicht blöde an, Junge. Dreh dich um, bück dich. So ist es gut. Er faßt zwischen den Beinen hindurch nach ihrem Stiefel und spannt ihn zwischen seine Schenkel ein.

Sie neckt ihn mit wippender Stiefelspitze, daß er keine Lust hat, wieder loszulassen. Er tut, als bekäme er das Leder nicht vom Fuß, bis die Herrin ihren Knecht so nachdrücklich in den Hintern tritt, daß er lachend ins Knie fallen muß. Einmal und ein zweites Mal, die Stiefel hat er beide, er hält sie lächelnd in den Händen, als er sich erhebt und vor seiner Dame steht.

Die Stiefel will sie nicht. Jörn läßt sie zu Boden fallen, als Armgard seinen Gürtel öffnet. Kein Spuk also und kein Traum, er kann sie haben, hier im Stall. Er muß sie nicht einmal bis auf das Lederlaken hinübertragen, er braucht nur ihre Schultern zu packen, sie läßt sich auf die Futterkiste fallen. Er braucht nur ihre Beine zu heben, sie selber zeigt ihm den Weg.

Da werden sie mit einem Mal vom Lärm der Glocken im Turm überfallen und wissen, was das Geläute bedeutet, aber beide jagen schon so zügellos aufeinander zu, daß sie nicht mehr anhalten können.

Armgard Löwenholm und Jörn Schlöpke, Leibkutscher auf Klevenow, werden ihr Lebtag daran erinnert sein, daß ihnen die Sterbeglocken der Kirchen von Klevenow und Malchin zur schwarzen Hochzeit geläutet hatten, das wird sie binden wie eine Fessel.

Die Glocken verhallten erst, als Armgard Jörn erlaubte, ihr beim Waschen über dem hölzernen Bottich behilflich zu sein, und sie bedankte sich bei ihm auf gleiche Weise, so zärtlich, daß er augenblicks wieder bereit war. Sie mußte ihn erlösen. Dann hatten sie noch eine Weile nebeneinander auf der Kiste gehockt, bis sie lächelnd sagte: Du bist ein Mann.

Ich bin ein Knecht, Euer Gnaden.

Das muß nicht so bleiben, Jörn Schlöpke.

Armgard Löwenholm entstammte einer deutsch-dänischen Adelsfamilie, die in Jütland begütert war. Eine ihrer Vorfahrinnen soll die berühmt-berüchtigte Marie Grubbe gewesen sein, Vizekönigin von Norwegen, die ihren Gemahl, den ersten Kavalier des Reiches, verlassen hatte, um einen gewöhnlichen Schiffer zu heiraten, mit dem sie die Fähre zwischen Falster und Moen betrieb und eine Schankwirtschaft dazu. Ein Rätsel für die Zeitgenossen im 17. Jahrhundert, obwohl Marie lachend bekannt haben soll, es lebe sich mit ihrem Fischer vergnügter, als mit dem Gemahl aus königlichem Blut.

Wie ihre sagenhafte Ahnfrau war Armgard Löwenholm dunkelgelockt und von bräunlicher Hautfarbe, und merkwürdigerweise ist auch sie wie Marie als Halbwaise aufgewachsen. Der Vater, in königlich dänischen Diensten, hatte nach dem frühen Tod seiner Frau das freie Leben genossen und das Kind der Obhut zweifelhafter Kinderfrauen überlassen, die es oft genug vernachlässigten. Jedenfalls wuchs die kleine Komteß beinahe wild auf, trieb sich in den Ställen herum, mit allem vertraut, was Arbeit mit dem Vieh, aber auch Paarung oder Geburt betraf. Sie war mit Mägden und Knechten befreundet, konnte wie der Teufel reiten, wie ein Kutscher fluchen, während ihr Französisch mangelhaft blieb. Als dem vielbeschäftigten Vater endlich auffiel, daß ihm eine schöne Tochter heranwuchs, die eines Tages bei Hofe würde vorgestellt werden müssen, war es beinahe zu spät. Er hatte Armgard kurzentschlossen in eines der bekannten Schweizer Pensionate gesteckt, damit ihr Lebensart vermittelt würde, ebenso ein Französisch, das für ordentliche Konversation in den Salons genügte. Aber in Lausanne gab es weder die richtigen Pferde noch Gelegenheit wie in Jütland, über die Heide zu reiten. Ihre adligen Mitschülerinnen kamen Armgard unnatürlich und albern vor, sie nannte alle miteinander blöde Kühe. Kurz und gut, der Aufenthalt in der Schweiz mißfiel der jungen Komteß so heftig, daß sie es kaum ein Jahr lang ausgehalten hatte. Der Vater konnte ihr vorhalten, was er wollte, nach den Sommerferien weigerte sie sich, Dänemark zu verlassen, und Löwenholm, der ein nüchterner Mann war, hatte die Achseln gezuckt und gedacht, Armgard habe sich leider nicht zu einer vorbildlichen Edelfrau entwickelt, sei aber schön und so reich, daß es ihr wahrscheinlich an Bewerbern nicht mangeln werde.

So war es auch gekommen, allerdings konnte kein Mensch verstehen, warum sie sich schließlich für den schmalbrüstigen Kuno Schwan entschied, auch der Vater nicht. Sie hatte ihm lachend erklärt: Er riecht gut, Papa, also wäscht er sich, im Gegensatz zu manchem unserer dänischen Herren. Das spricht für ihn. Gräfin Agnes, seine Mutter, besitzt den größten Marstall Norddeutschlands und wundervolle Pferde. Ich könnte in Klevenow so gut wie in Jütland ausreiten, und sie würde mir erlauben, Pferdezucht im großen Stil zu betreiben. Das bedeutet, Papa, ich hätte was zu tun, das mir Spaß macht, und brauchte mich nicht wie andere Damen meines Standes zu Tode zu langweilen. Wenn ich denn heiraten muß, warum sollte ich nicht Kuno Schwan nehmen und meinen Neigungen leben dürfen wie du.

Die Verbindung zur Grafenfamilie in Klevenow war übrigens

durch Vermittlung der holsteinischen Schwäne zustande gekommen. Seit Wochen weilte Armgard Löwenholm zu Gast auf Klevenow, und heute also hatte die Sterbeglocke geläutet, der Erblandmarschall Graf Friedrich Schwan war verschieden, und nach Ablauf der Trauerzeit, wahrscheinlich aber etwas früher, würden Armgard und Kuno vermählt werden.

Die Komteß schritt dem Schloß entgegen. Das Erlebnis mit Jörn belastete sie nicht, es hatte ihr Spaß gemacht.

Armgard nahm ein paar Stufen auf einmal, als sie die geschwungene Treppe zur Galerie hinaufsprang, klopfte an die Tür des Salons, trat ein und sah sich angestarrt von drei vorwurfsvollen Augenpaaren. Gräfin Agnes saß auf dem Sofa, kerzengerade, beherrscht, schon in Trauerrobe, ihr zur Seite Linda, Zofe der Gräfin beinahe seit den Kindertagen, ebenfalls schwarz gekleidet, ganz in sich zusammengesunken, überwältigt vom Schmerz über den Dahingegangenen, der wohl eine Zeitlang mehr gewesen war als nur ihr Patron. Kuno lehnte im Sessel, er trug einen strengen, dunklen Anzug, war aber mit einem bunten Seidenschal geschmückt, denn er neigte zu Halsweh und Erkältung.

Und da stand sie nun, die künftige Gräfin Schwan, die dänische Armgard Löwenholm, gestiefelt und gespornt, in Männerhosen und rotem Jagdrock. Man war gewöhnt, ihr manches nachzusehen, aber das ging zu weit. Linda trocknete die Tränen, sie trauerte so ehrlich, daß ihre Stupsnase gerötet war, sie schaute von unten herauf, fassungslos, und schüttelte den Kopf. Auch die Gräfin war indigniert. Sie fragte sich beim Anblick der künftigen Schwiegertochter, ob diese Dänin wohl als Gemahlin Kunos tauge. Der junge Graf zog die Mundwinkel mißbilligend bis zum Kinn hinab. Er war übrigens künstlerisch begabt und hatte, um sich über die schlimmen Stunden hinwegzubringen, an einer Stickerei gearbeitet, an einem Wappenschwan, von schwarzen Eichenblättern umrahmt. Die Arbeit war für den Sargdeckel des Vaters bestimmt.

Armgard blickte an sich hinunter, und jetzt erst fiel ihr ein, daß sie unpassend gekleidet war, Sie geriet, was äußerst selten geschah, in Verlegenheit und errötete ein wenig.

Pardon, Euer Gnaden.

Sie sprach demütig, als bereue sie einen Fehler, aber dann faßte sie sich und hatte im Augenblick eine Entschuldigung parat. Ich war hinter den Wäldern, als ich die Glocke hörte, und ich komm, wie ich bin, auf der Stelle, weil ich nicht warten kann, mein Beileid auszusprechen.

Und schon schritt sie mit klirrenden Sporen über das Parkett, beugte ein Knie vor der Gräfin, ergeben und anmutig wie ein Page.

Es tut mir unendlich leid, Maman.

Die Gräfin erlaubte, ihr die Hand zu küssen. Steh auf, mein Kind.

Armgard gehorchte, sie nickte herablassend der Zofe zu und drückte Kuno die Hand.

Er sagte: Du riechst am frühen Morgen schon nach Pferd und Tran.

Bin aber gewaschen, versichere dich.

Armgard antwortete ein wenig schärfer, als sie vielleicht gewollt hatte, und Agnes versuchte zu vermitteln.

Kein Streit in dieser Stunde, bitte.

Jetzt erfuhr Armgard, daß man immer noch auf den Gerichtsmedikus Doktor Kuhfeld warte. Der Wagen aus Malchin müsse jeden Augenblick vorfahren, werde übrigens die Schneiderin mitbringen wegen der Trauerroben. Ein Modeheft lag bereit, Linda wollte es Armgard reichen.

Die fragte: Darf ich den Toten sehen?

Agnes Schwan nickte.

Der Erblandmarschall lag im Sonnenzimmer auf dem Sterbebett. Er starrte zur Decke, offenen Mundes, so, als sei er maßlos erstaunt, daß man ihn, den Herrn der Güter, ohne jeden Beistand das Leben hatte ausatmen lassen.

Armgard schloß ihm die Augen, dann wandte sie sich um, und nun war sie es, die Linda und Kuno vorwurfsvoll anstarrte. Nicht einmal das Kinn hatte man dem Toten aufgebunden.

Gib mir dein Seidentuch, Kuno. Rasch!

3

Der Gärtnerkaten, den die Schlöpkes bewohnten, unterschied sich von den Hütten der Tagelöhner, er war geräumiger als die übrigen Häuschen und besser eingerichtet. In Minnas Küche stand statt der üblichen offenen Feuerstelle unter gewaltiger Rauchhaube längst ein gemauerter Herd mit eisernen Ringen über den Feuerungslöchern. Für die Stube war eine Kommode aus schön gemasertem Kirschbaumholz angeschafft worden, und als besonderes Prunkstück ein Spiegel, so groß, daß man sich vom Kopf bis zu den Füßen hinab betrachten konnte. Das letztere hatte Schlöpke für überflüssig gehalten, wahrscheinlich legte er keinen Wert darauf, sich die eigene traurige Erscheinung vor Augen zu führen, aber es war Minnas Geld, von dem noch einiges im Sparstrumpf steckte, das mochte sie verzehren wie sie wollte, und warum sollten die Schlöpkes in der niedrigen Stube nicht aufstellen, was gewöhnlich den Salon feiner Leute zierte. Man konnte Postkarten oder fromme Bildchen zwischen Glas und Rahmen schieben, und Minna versah oder vertat sich nicht, wenn sie morgens vor dem Spiegel die strenge Frisur richtete. Dabei hielt sie die Haarnadeln zwischen den Lippen fest, nahm eine nach der anderen heraus, um sich den straffen grauen Zopf aufzustecken. Eine Schönheit war sie zu keiner Zeit gewesen, und die Jahre hatten sie nicht ansehnlicher gemacht, dennoch gefiel es ihr, wenn sie sich versichern konnte, daß sie gekämmt und gekleidet war, wie sich das gehörte. Heute stand Jörn vor dem Spiegel. Die Mutter hatte die blanken Knöpfe seiner Sonntagslivree mit schwarzem Tuch überzogen und eine große Florschleife am Ärmel befestigt. Der rote Rock war sorgfältig gebürstet, nun half sie ihrem Sohn hinein, der knöpfte zu und war prächtig anzusehen, beinahe wie ein junger Ulanenoffizier in knapp sitzender Uniform.

Schau ihn an, deinen Sohn.

Schlöpke saß in der Nähe des Fensters an seinem Arbeitstisch über den Büchern, jetzt blickte er auf. Du mußt dich sputen, wenn du mit den Trauerlichten pünktlich in Ullrichshusen sein willst. Hast du die Sterbeglocke nicht gehört?

Jörn antwortete nicht. Er reckte sich in der Livree, zog die Jacke straff, warf sich in die Brust und lächelte. Er benahm sich wie ein bunter Käfigvogel, den das eigene Spiegelbild entzückt.

Du hast die Glocke nicht gehört? fragte Minna noch einmal.

Ja, ja. Jörn dachte, ich bin ein Knecht, aber das muß nicht so bleiben, sie hat es gesagt.

Du bist nicht bei der Sache, Jörn.

Er nickte.

Geht's um ein Mädchen?

Jörn lächelte.

Wer ist es, Jörn?

Die schöne Armgard Löwenholm, Mutter.

Minna legte im Schreck die Hände an die Lippen. Mein Gott!

Ich hab sie beinahe jeden Tag begleiten dürfen. Ich gefalle ihr, sagte Jörn herausfordernd. Und sie gefällt mir auch.

Minna behielt den Jungen im Blick, als sie zu Schlöpke hinüberging. Beinahe schien es, als wolle sie auch räumlich abrücken von ihrem Sohn, der so Ungeheuerliches redete. Sie stützte sich auf Schlöpkes Schulter und sagte: Dein Vater und ich selber auch, wir haben unser Lebtag im Dienst der Herrschaft gestanden. Gott weiß, daß wir fleißig und strebsam gewesen sind, aber wir haben uns niemals etwas angemaßt. Die Treue zur Herrschaft war unsere Verheißung, die Treue war unsere Ehre, die Treue war unser Glück. So haben wir unsere Pflicht erfüllt und sind zu was gekommen. Wir haben den Garten, das Haus, hübscher als manches andere im Dorf, ein paar Taler im Strumpf. Das alles soll einmal dir gehören.

Schlöpke faßte nach Minnas Hand, die immer noch auf seiner Schulter ruhte, und es rührte ihn sehr, daß sie mit Worten fast so schön wie aus dem Lesebuch beschreiben konnte, was ihrem Leben Sinn gegeben hatte.

Du mußt dich bescheiden. Geh nicht vom Wege ab, mein Junge.

Was ihm die Mutter predigte, hörte sich für Jörn an wie eine

Botschaft aus längst vergangener Zeit. Die Eltern waren ja beide auch schon alt und grau und konnten beinahe als seine Großeltern herhalten. Mochten für sie solche Lehren gegolten haben, er dachte nicht daran, sie zu beherzigen, und als ihn die Mutter noch einmal anflehte: Geh nicht vom Wege ab, um Christi willen! wendete er ruckartig den Kopf vom Spiegel ab und zitierte höhnisch jenen Spruch, den er in der Schule gelernt hatte:

> ... *entbehre gern, was du nicht hast.*
> *Ein jeder Stand hat seinen Frieden,*
> *ein jeder Stand hat seine Last.*

Er lachte.

Schlöpke schwollen die Zornadern am Hals, als er den Jungen so frech und aufsässig daherreden hörte. Er erhob sich, trat an Minnas Seite, und wahrhaftig, er war schrecklich anzusehen, wie er da stand, lang und krummrückig mit totenbleichem Gesicht.

Er sagte: Hör auf! und sei dankbar. Du weißt nicht, was die Mutter deinetwegen auf sich nehmen mußte.

Er würde doch nicht in der heftigen Gefühlsaufwallung das Geheimnis preisgeben, das die Herkunft Jörns umgab? Der Junge durfte niemals erfahren, als wessen Kind und unter welch furchtbaren Umständen er in der Weihnacht geboren war. Minna hob warnend die Hand, dann ging sie zu ihrem Sohn hinüber und packte ihn bei den Armen.

Sie war viel kleiner als der Junge, dem reichte sie gerade bis an die Brust, und sie mußte zu ihm aufblicken, als sie sagte: Ja, ich habe gebangt um dich und gelitten, aber nun bist du herangewachsen, ein Bild von einem Mann, unser ganzer Stolz. Versteh doch, wir haben Angst, daß man dich beredet und beneidet um ein zweifelhaftes Glück. Mein Gott, du wirst uns alle ins Unglück bringen.

So sehr sie aber den Jungen mit ihren Worten und ihrer Liebe bedrängte, er machte sich steif unter ihren Händen, und schließlich schob er sie von sich. Er setzte die Mütze auf und prüfte im Spiegel ihren Sitz. Entschuldigung, der Dienst. Guten Tag, Mutter! Guten Tag, Vater!

Die Beisetzungsfeierlichkeiten für Friedrich Schwan vollzogen sich so akkurat, wie Schlöpke sie vorbereitet hatte.

Der Leichenwagen fuhr auf die Minute genau an der Freitreppe von Schloß Klevenow vor, Jäger und Stallburschen trugen die Leiche heraus, so gemessen, wie es dem ländlichen Dienstpersonal abverlangt werden konnte. Jörn, als der erste Beireiter, führte den Zug an, schön wie ein Prinz von Geblüt. Minna kamen die Tränen, als er vorüberritt.

Am Vorabend der Beerdigung war auf Klevenow eine Nachricht eingetroffen, die für Beunruhigung gesorgt hatte. Der Schweriner Hof ließ die Gräfliche Kanzlei wissen, daß Ihre Königliche Hoheit, die Großherzoginmutter Alexandrine, als Vertreterin der Wendischen Krone an der Trauerfeier teilnehmen würde. Das war eine hohe Ehre, eine Sorge allerdings auch, das Zeremoniell mußte geändert werden, aber Schlöpke war es schließlich gelungen, das Großherzogliche Gespann, das von Malchin heraufkam, unmittelbar hinter dem Gefährt der Frau Gräfin Schwan in den Zug einzufädeln. Wenig später hielten die Wagen, wie vorgesehen, bei den ersten Häusern. Die Gäste stiegen aus, nur die Frau Großherzoginmutter und die Gräfin Schwan durften bis in die Nähe der Friedhofsmauer fahren. Dort wurde mit Müh und Not eine Gasse freigehalten, denn die Menschen standen zu Hunderten, barhäuptig und schweigend, am Wege, Männer, Weiber und Kinder aus den Dörfern der Begüterung, die den Sarg des toten Patrons sehen wollten. Die Orgel rauschte auf, die Glocke dröhnte, der Sarg wurde von acht Stallburschen in nagelneuer Livree vorbeigetragen. Mag sein, daß der Frau Gräfin übel wurde angesichts der Menschenmenge, die näher drängte. Sie schwankte ein wenig und wurde von der Großherzoginmutter gestützt, und so kam es schließlich, daß dem Sarge zwei Damen von majestätischer Erscheinung vorausschritten. Die Fürstin stand Agnes zur Seite, sie half der Gräfin mütterlich auf, als diese niedergesunken war, um den Sarg zu küssen.

Auch später, beim Trauermahl, blieben sie Seite an Seite. Die alte Hoheit versuchte, der Witwe Schwan Trost zu spenden, indem sie von Todesfällen sprach, die das Großherzogliche Haus erschüttert hatten.

Friedrich Franz und Anna von Hessen, denken Sie, Gräfin, waren ja kaum ein Jahr lang vermählt, als die junge Frau im Kindbett starb. Der Schlag hatte den Großherzog unvorbereitet getroffen, aus heiterstem Himmel, sozusagen. Er war fassungslos, fassungslos, denn erst drei Jahre zuvor war ihm die erste Gemahlin dahingegangen, die gute Auguste, deren wunderbares seliges Sterben nach längerer Leidenszeit Seine Königliche Hoheit keineswegs im Glauben erschütterte, aber nach Annas Tod haderte er mit Gott, verweigerte sich und trug die finstersten Gedanken im Herzen, bis sich endlich die Bilder, ja, so kann man es sagen, bis sich die Bilder der beiden Entschlafenen ineinanderschlangen, ineinanderschlangen, irgendwie. Dennoch hat es drei Jahre gedauert, ehe sich Fritz zum dritten Mal vermählte mit der achtzehnjährigen Marie von Schwarzburg, einem allerliebsten Kind.

Agnes dachte etwas despektierlich, erstaunlich sei es schon, daß Friedrich Franz, der beinahe fünfzig und ein Glatzkopf war, die blutjunge Prinzessin hatte heimführen dürfen. Ein Wunder sei es freilich nicht, das armselige Schwarzburg-Rudolstadt konnte sich nicht einmal mit Klevenow messen, also war der alternde Großherzog keine schlechte Partie.

Wie schön, sagte Agnes ein wenig angestrengt, wie schön für Seine Königliche Hoheit.

Sie war es leid, länger von Todesfällen in den mecklenburgischen Landen zu hören, und versuchte, das Gespräch auf ein politisches Gleis zu lenken. Die alte Hoheit galt als wohl informiert. Man sagte, sie sei im tiefsten Herzen preußisch geblieben, wie Agnes auch.

Verzeihung, Euer Königliche Gnaden, ich hab von einem Wort gehört, das Bismarck zugeschrieben wird: Hätten wir nach dem gewonnenen Krieg von 1866 das Wort preußisch schon mit deutsch substituieren können, wir wären heute zwanzig Jahre weiter in der Einheitspolitik.

Das trau ich ihm zu, sagte die alte Hoheit lächelnd und geriet ins Schwärmen. Was für ein Mann! Ich bin ihm lange nicht begegnet, aber Fritz hat ihn damals bei der Truppe gesehen und mir beschrieben, wie er da saß auf einem gewaltigen Fuchs, hoch aufgereckt, aufgereckt, im grauen Mantel, mit stahlblauen Augen, die unterm Helmrand blitzten. Bismarck sei ihm erschienen wie ein Riese aus altdeutscher Zeit.

Er soll an Magenkrämpfen leiden, meinte die Gräfin, und reizbar sein.

Kein Wunder, der Mensch lebt ungezügelt und unmäßig. Er schläft bis in den hellen Tag, dann treibt er sich wie ein Förster in den Wäldern von Varzin herum, frißt, mit Verlaub, ich muß es so sagen, frißt wie ein Scheunendrescher und hat sich angewöhnt, nicht vor sieben Uhr abends an den Schreibtisch zu gehen. Arbeit bis zehn oder elf, worauf er ein überreichliches kaltes Nachtmahl verschlingt. Natürlich kein Schlaf bei zerstörter Verdauung, zerstörter Verdauung. Der König von Preußen, mein Bruder, hat ihm vorgestellt: Können Sie wirklich nicht so viel Energie aufbringen, um Ihre extravagante Natur der Lebensordnung eines deutschen Hausvaters anzupassen?

An dieser Stelle lachte die Gräfin, obwohl sie beim Trauermahl saß. Hat die Gräfin Bismarck keinen bessernden Einfluß auf ihren wilden Mann?

Kaum, meinte die Großherzoginmutter. Sie hat zu tun, die vielen Besucher von der Schwelle zu weisen. Sie kommen aus allen Himmelsrichtungen gefahren, um sich dem Begründer Norddeutschlands vorzustellen. Ich weiß von einem Geheimrat aus Königsberg, der trug zwei dicke Bände »Geschichte der Deutschen« unter dem Arm und wünschte dringend, vorgelassen zu werden. Niemals, sprach die Gräfin Bismarck, auch auf eine halbe Minute nicht. Da wisperte der Mann verschwörerisch, ein französischer General habe für den Sommer den Krieg gegen Preußen angekündigt, Krieg! Darauf die Gräfin Bismarck: Bis zum Sommer hat es ja noch Zeit.

Krieg, sagte Agnes, glauben Königliche Hoheit auch an einen Krieg?

Wie sollten die deutschen Stämme endlich zu einem Ganzen geschmiedet werden, wenn nicht durch einen Krieg, sagte die Großherzoginmutter und lächelte ganz wenig.

Die Gräfin dachte an Kuno, ihren zarten Sohn. Dort saß er, blaß und schlank, zur Rechten der alten Hoheit und zur Linken der blühenden Armgard Löwenholm.

Jetzt stand er auf, das Glas in der Hand, und blickte schweigend in die Runde, bis das Geschwätz an der Tafel nach und nach verstummte. Trinken Sie mit mir auf das Andenken meines hochseligen Papas, des Erblandmarschalls Friedrich Schwan auf Klevenow.

Sie rückten geräuschvoll mit den Stühlen, die schwarzgekleideten Trauergäste, und für einen Augenblick dachten sie wohl tatsächlich an den Verewigten.

Ich bin der Rabe im Baum und habe gesehen, vor vielen Jahren, daß es Gesine und Jörn nicht fertigbrachten, sich selber ins Joch zu spannen und ihren Sohn der Minna Schlöpke überließen: Bewahr ihn, bis wir Häusung haben. Niemand in Klevenow hat die beiden seit damals wiedergesehen, aber die Leute reden heute noch: Der eine behauptet, er habe das Paar getroffen, da oder dort auf einem Markt, zu Hamburg oder Wismar, wo sich Jörn als Kettensprenger zur Schau gestellt haben soll, während Gesine mit dem Bettelteller unter den Leuten ging, der andere meint, sie wären auf und davon nach Amerika, und wieder andere erzählen, die beiden seien längst verdorben und gestorben.

Ich weiß, wohin das Paar gezogen ist, und daß Gesine eines Tages nach Klevenow zurückkehren wird. Ich bin der Rabe im Baum und erzähle die Geschichte, wie sie wirklich war.

4

Das Herrenhaus von Laudeck, ein bescheidener, ebenerdiger Bau, mit gaubengeschmücktem Ziegeldach, lag wie ein verwunschenes Schloß hinter einem Wall von Flieder- und Jasmingesträuch. Der Frühling hielt sich heuer viel zu lange fest, es schien, als wollte gar nicht Sommer werden. Das Buschwerk prangte und duftete betäubend bis in den Juni hinein. Das verheiße Unglück, unkten die alten Leute.

Iduna Schwan-Schwan hatte das abgelegene Schloß in einen Musenhof verwandelt und eine Zeitlang gleichgesinnte Dichter oder Maler um sich versammelt, darunter solche von Namen und Rang. Wie die Vossische Allgemeine berichtete, fanden die Laudecker Gespräche sommers statt, wenn das Wetter hielt bis in den frühen Herbst, und während die Tagelöhner bei der Ernte schwitzten und stöhnten, prüften die Herrschaften im schattigen Garten, was an geistigem Ertrag in die Scheuer zu bringen war. Selbst der weltberühmte Fürst Pückler hatte sich mit Gräfin Iduna ausgetauscht, und ein anderes Mal trug Charlotte Birch-Pfeiffer dramatische Dichtungen vor, darunter das Erfolgswerk »Die Waise von Lowood«.

Seit letztem Jahr allerdings hatte die Schloßgräfin von Laudeck nur eine Nonne zur Begleitung, wenn sie sich im verwilderten Park erging. Möglicherweise waren unter Idunas Sommergästen zu viele gewesen, reich an künstlerischer Begabung, aber nicht im üblichen Sinne begütert. Sie hatten der großherzigen Frau oft über Monate hinweg auf der Tasche gelegen. Die Gräfin befand sich in Schwierigkeiten. Ihre Einnahmen aus dem Buchgeschäft flossen spärlich, manches Werk hatte sie auf eigene Kosten drukken lassen müssen. Die Apanage für Komteß Mechthild, die Tochter aus Idunas geschiedener Ehe mit dem Erblandmarschall Friedrich Graf Schwan zu Klevenow, war unmittelbar nach dem Tode des schwachsinnigen Mädchens gestrichen worden, und was der Gutsbetrieb von Laudeck bei sinkenden Kornpreisen abwarf, genügte nicht mehr zu einem standesgemäßen oder gar geselligen Leben.

Wie es um Idunas Finanzen stand, war ihrem Haus anzusehen. Sie liebte es um der romantischen Patina willen, die auf dem Gebäude lag. Man muß es Häusern wie Menschen gestatten, in Würde zu altern, hatte die feinsinnige Gräfin manchmal unter dem Beifall ihrer Gäste bemerkt. Wer sich aber heute den Weg durchs Gesträuch bahnte, stand der Verwahrlosung gegenüber, grindigen Fassaden. Manche der überhohen, grün gestrichenen Fensterläden, einst der besondere Schmuck des Landschlößchens, hingen schief in den Angeln. Viele der Wirtschaftsgebäude des Gutes verlangten nach der Maurerkelle, nach frischem Putz.

Noch schlimmer war es um die Behausungen der Gutsarbeiter und Tagelöhner bestellt. Die Katen links und rechts des zerfurchten Weges durch Laudeck-Norderend hielten sich nur noch mit Mühe im schiefen Fachwerk aufrecht. Den Genremalern unter den Laudecker Sommergästen hatten sie vorzügliche Motive für pittoreske oder elegische Bilder geboten.

Die stattlichen Häuser in Laudeck gehörten den wenigen wohlhabenden Bauern. Das ansehnlichste und stolzeste Gehöft war das von Rogalla in Laudeck-Süderende. Er besaß die Ausspanne mit Schankwirtschaft und dazugehöriger Fleischerei. Die freie Fläche inmitten des Gevierts von Wohnhaus, Scheunen und Ställen, war so weitläufig, daß beinahe der gesamte gräflich laudecksche Schloßkomplex darauf Platz gefunden hätte.

Das Kirchlein von Laudeck am Norderende stand kaum einen Steinwurf von der schäbigen Katenzeile entfernt. Das war wohl das einzige Privileg der armen Gutsleute, wenn ihre Stunde schlug, wenn sie die Sense oder die Haue aus der Hand legen mußten und den hölzernen Löffel dazu, war ihr Weg nicht weit bis zur Grube. Niemand kann sagen, Sankt Michael zu Laudeck hätte sich über das Dorf erhoben. Das Gotteshaus wurde von ein paar knarzigen Linden überragt, an deren Stämmen der Efeu bis ins Geäst hinaufgekrochen war. Das Bauwerk war schmucklos, immerhin weiß gekalkt zwischen den klobigen Gefachen der Außenwände, aber kaum so groß wie Rogallas Scheune, in der sogar Tanzvergnügen stattfinden konnten oder Puppenspiele zur

Erbauung von jung und alt. Zu einem Turm hatte es nicht gereicht, der hölzerne Glockenstuhl stand zu ebener Erde, und die einst mannshohe Feldsteinmauer, die den Totenacker lange Zeit geschützt und umfriedet hatte, war gen Osten hin eingesunken und zur Geröllhalde verkommen.

Auch das deutete auf einen Patron von geringem Vermögen.

Die Leute von Laudeck hatten sich an die Mauerbresche längst gewöhnt und nahmen es als einen Vorzug, daß sie, von den Gräbern aufblickend, ungehindert in die Ferne schauen konnten bis ins scheinbar Endlose oder Unendliche hinein.

Das Grab am äußersten Ende des Friedhofs war von Feldsteinen begrenzt, und vor dem Grab kniete eine Frau im groben Alltagszeug. Sie war barhäuptig und trug eine lange blaue Arbeitsschürze. Diese Frau war Gesine Wollner, seit vielen Jahren schon Tiedemann. Nebenan im Kirchlein hatten sie und Jörn endlich heiraten können, hier wurde ihr zweitgeborener Sohn auf den Namen Jan getauft, und hier war, schon vor einigen Jahren, der Leichnam Jörn Tiedemanns aufgebahrt und eingesegnet worden, ehe man ihn in die Erde senkte, damit er wieder zu dem werde, woraus er gekommen war.

Gesine hatte ihn lange beweint in einsamen Nächten. Jetzt war sie an die Vierzig oder wenig darüber hinaus, aber immer noch mädchenhaft von Erscheinung. Man erkennt ja auch nicht auf einen Blick, wenn blonde Frauen ergrauen. Andere ihres Alters und Standes gingen längst gebeugt unter der Last ihrer Jahre oder waren schwerleibig geworden, so daß ihnen die Arbeit nicht mehr von der Hand gehen wollte. Gesine dagegen schien ungebrochen. Sie hatte sich die Unverdrossenheit der Jugend bewahrt.

Sie kniete vor dem Grabe Jörns, der neben ihrer alten Mutter, Sanne Wollner, beerdigt war. Der Wind hatte ein paar vertrocknete Blätter vom vergangenen Jahr herübergeweht, die sammelte sie in ihrer Schürze und zupfte Unkrauthalme aus, die Grabstelle sollte ein gepflegtes Aussehen haben. Manchmal hatte sie bei solcher Gelegenheit gehört, daß neben ihr oder hinter ihr trauernde Weiber die Toten im Grabe ansprachen oder gar anklagten, weil sie ihre Frauen ohne Schutz zurückgelassen hatten. Gesine war von klarem Verstand, sie wußte, Jörn würde sie nicht hören, aber sie dachte an ihn, während sie hantierte, und war so in ihre Arbeit vertieft, daß sie nicht wahrnahm, wie ein Wagen am schmiedeeisernen Gatter des Friedhofs vorfuhr und hielt.

Sie konnte nicht sehen, daß sich der Kutscher Zeit nahm, als er den Bock verließ, um der Patronin herunterzuhelfen, und daß es auf plumpe, beinahe respektlose Weise geschah.

Ein Lümmel stützt sie, aber Gräfin Iduna steigt herab mit dem Gehabe einer regierenden Fürstin.

Auch sie scheint wenig verwandelt, wirkt freilich mehr abgehungert als gertenschlank, muß ja die Fünfzig längst überschritten halben, und ist wie einst gekleidet in dunkle raschelnde Gewänder, das ergraute Haar mit einem Gespinst aus schwarzer Spitze bedeckt, das ihr wie eine spanische Mantille bis über die Schultern fällt. Sie betritt den Friedhof, gefolgt von einer dicken Nonne, die schwarz gewandet ist wie die Herrin und das runde Gesicht unter einer weißen Flügelhaube versteckt.

Die Gräfin schreitet zwischen den Gräberreihen, aufrecht und stolz, als rausche sie über das Parkett eines höfischen Saales. Die Nonne, beladen mit Gießkanne und Gerät, wankt und watschelt eilig hinter ihr.

Und da ist das Grab mit dem Denkmal für Mechthild, das blöde Komteßchen. Schwarzer Marmor, eine geborstene Säule, umwunden von der Schlange, dem Sinnbild des Bösen, des Übels, von dem wir trotz vieler Bitten noch immer nicht erlöst worden sind. Sie verweilen beide in Andacht mit betend verkrallten Fingern, die Nonne und die schwarze Gräfin.

Zu ihrer Lebzeit ist der dahindämmernden Komteß nur wenig ins Bewußtsein gedrungen. Iduna spricht, als könne die Tote endlich ihre Mutter verstehen: Da bin ich, Kind, um Abschied zu nehmen.

Und es mag ihrem Sinn für theatralische Wirkungen geschuldet sein, wenn sie später der Nonne gebietet, die Glocke zu ziehen.

So lange hat Gesine auf den Knien gelegen. Sie fährt kratzend und glättend mit bloßen Händen über die Grabfläche hin. Das wimmernde Geläut schreckt sie auf. Die schwarze Gräfin steht neben ihr.

Man sieht einander kaum. Man trifft sich vor den Gräbern, so die hohe Frau von Laudeck.

Mein Gott, wie sich jetzt erheben, wie sich mit einiger Würde verneigen? Gesine hält mit beiden Händen ihre Schürze, die mit allerlei Unrat gefüllt ist, zum Rosenwunder wird er sich nicht verwandeln. Sie weiß nicht, wohin mit dem Zeug. Da hat sich die Gräfin schon gebückt, um Gesine schwesterlich aufzuhelfen.

Ach, vielen Dank, Euer gräfliche Gnaden.

Gesine leert die Schürze über die eingestürzte Mauer hinweg, schüttelt sie aus, klopft sich die Hände ab, dann den groben Rock, während die Gräfin versucht, die verwitterte Schrift auf den beiden schlichten Holzkreuzen zu entziffern. Sie kneift die Lider zusammen, denn sie trägt aus Eitelkeit noch immer keine Brille.

Gesine wischt schließlich mit ihrer Schürze über die Buchstaben hin. Sanne Wollner, das war meine Mutter.

Von den Wargentiner Weibern, von den Mörderinnen eine.

Sie hat gebüßt.

Gesine schmückt das zweite Grab mit einem Wildblumenstrauß, Mohn, Margeriten, Kornblumen, ein paar feine Gräser dazwischen. Wie oft hatten sie im Feld beieinander gelegen, unter den Wolken, weil kein Bett für die Liebe war.

Sie sagt: Hier liegt Jörn, mein Mann.

Ein Unfall, nicht wahr?

Gesine blickt der Gräfin fassungslos in die Augen. Jörn ist zu Tode gekommen um der kleinen, blöden Komteß willen. Kann es die Gräfin vergessen haben, wie das Kind über den Gutshof lief? Wer weiß denn, von welchem Kerl sich Mechthilds Kinderfrau gerade hinter eine Stalltür hatte ziehen lassen?

Ein Pfau war radschlagend daherstolziert. Die Komteß verfolgte ihn mit rauhem kehligen Rufen. Sie mochte Tiere, war aber so grob und tapsig bei ihren Zärtlichkeiten, daß sich jede Katze fauchend wehrte, jeder Hofhund knurrte. Dem Pfau wollte sie eine Feder aus dem Schwanz reißen.

Die Männer sahen es lachend.

Sie waren dabei, das große Scheunentor in die Angel zu heben. Schon damals war auf Laudeck vieles heruntergewirtschaftet und abgebraucht und hatte oft nur auf unzulängliche Weise erneuert werden können. Die Angel reißt wieder aus, das Tor will kippen, noch stemmen sich die Männer dagegen und halten es mit letzter Kraft.

Gesine hat sich wohl hundert Mal erzählen lassen, was geschah, wie die Komteß dem Pfau nachläuft, ihn der Scheune entgegenhetzt, wie einer der Männer erschrickt, vielleicht hat er die Gefahr erkannt, das Kind davonjagen wollen, mit einem Schrei, mit einer scheuchenden Gebärde, und dabei den gewaltigen, aufrecht stehenden Torflügel losgelassen. Die anderen halten vergeblich dagegen. Das Tor steht für die Dauer von ein paar Lidschlägen in der Schwebe, dann neigt es sich, zuerst ganz wenig, dann fällt es mit fauchender Gewalt, wird die Komteß erschlagen.

Aber da ist Jörn, der nicht zur Seite springt, sondern das Kind packt und von sich schleudert. Er selber kommt zu Fall dabei. Das Tor zerschmettert ihm die Beine, weit schlimmer, als es der beste Henker hätte tun können, als es noch üblich war, einen armen Sünder aufs Rad zu flechten. Das linke Bein ist nur ein paarmal gebrochen, man würde es schienen und mit einiger Not richten können. Das andere ist ein blutiger Brei.

Herrgott, und kein Chirurg weit und breit. Aber der Schäfer ist beinahe so gut wie ein Medikus, vielleicht kann er sogar geschickter mit dem scharfen Messer hantieren. Er trennt, während vier Männer den brüllenden Jörn niederdrücken, das zerschlagene Glied vom Schenkel.

Die Nacht im Heidekaten, die letzte gemeinsame Nacht auf dem Strohsack.

Sie hält Jörn im Arm. Er weint wie ein Kind. Sie versucht, ihn zu trösten.

Ich bin bei dir, mein Lieber.

Du wirst mir hinüber helfen.

Wohin, Lieber?

Du weißt, über den Berg.

Ohne dich bin ich nichts. Du mußt bei mir bleiben.

Dir zur Last, Gesine? Ein Mann, der nie wieder wird arbeiten können, ein Krüppel.

Ach, Jörn, ich liebe dich auch, wenn du an der Krücke hüpfen mußt.

Aber der Schmerz.

Sie teilen den Strohsack, und Gesine weiß, das tun sie diese Nacht zum letzten Mal. Sie hält den Jörn im Arm. Er brüllt vor Schmerzen. Er will, daß sie ihn erlöst. Hol das Messer, stoß zu, trag mich zum Teich, wirf mich hinein. Sie erinnert sich, da steht noch die Branntweinflasche, der Schäfer hatte sie vorsorglich mitgebracht. Sie wird sich sachte lösen von Jörn, sich erheben, den Schnaps holen, ihm einflößen, damit er den furchtbaren Schmerz betäuben kann.

Er wird ruhiger mit einem Mal, und dann weiß Gesine, warum. Sie hört das Geräusch. Jörns Blut tropft auf den Backsteinfußboden der Kammer, gleichmäßig, wie eine Uhr tickt, und stetig, wie mit dem Pendelschlag, rinnt ihm das Leben aus dem Leibe.

Sie summt ihm ein Wiegenlied.

Er seufzt wie getröstet. Vielleicht hat ihm die Mutter das gleiche Lied gesungen, als er ein kleiner Junge war, ganz sicher in ihrer Hut.

Die Mutter schüttelt's Bäumelein,
da fällt herab ein Träumelein.

Er ist nicht allein, als er hinüber muß.

Du bist der schönste und der beste und der stärkste unter allen Männern gewesen, so will ich mir dein Bild bewahren. Du mußt nicht auf Knien durch ein elendes Leben rutschen. Sie preßt den Liebsten an sich, um ihn mit dem eigenen Leib zu wärmen. Sie singt und summt und lullt ihn zärtlich in den Tod und löst sich erst im kalten Morgenlicht von der Seite des Verstorbenen, leise, ganz vorsichtig, als fürchte sie, Jörns Todesschlaf zu stören. Sie wagt nicht, den Liebsten laut und ungehemmt zu beweinen, sie krümmt sich, sie verbeißt den Schmerz, aber jeder Augenblick der letzten Nacht mit Jörn ist ihr für immer ins Gedächtnis gebrannt.

Sie blickt die Gräfin an und sagt schließlich: Ja, ein Unfall, Euer Gnaden.

Da dämmert es auch der Herrin wieder. Jörn Tiedemann? Er war es doch, der das Pfingstkapitel lesen konnte mit all diesen komplizierten Begriffen, ... die da kamen aus Kappadozien und Mesopotamien und Asien, nicht wahr? Ein Mann, der das Zeug gehabt hätte, sich über seinen Stand zu erheben.

Er starb als Euer Knecht.

Jedenfalls zu jung, meint die Gräfin. Sie berührt Gesine am Arm und führt sie mit sich zur Grabstelle von Mechthild.

Die Nonne hat alles aufs schönste gerichtet.

Gräfin Iduna sagt: Erst mit zwanzig hatte sie gelernt, den eigenen Namen zu schreiben. Kannst du schreiben?

Gesine ist in Verlegenheit. Auch nur den Namenszug. Aber ich kann ein bißchen lesen.

Sie schrieb wie gestochen: Mechthild Schwan. Dann mußte sie dahin. Und nur um ihretwillen hatte ich alles auf mich genommen. Weißt du denn noch, wie wir vor zwanzig Jahren von Mecklenburg aufgebrochen sind nach Osten, den Argonauten gleich, auf der Suche nach dem Goldenen Vlies. Ach, es ist keine gute Geschichte daraus geworden. Ich muß absatteln. Nur der Rest eines bescheidenen Vermögens wird mir bleiben. Ich habe mich in ein adliges Damenstift eingekauft.

Gesine hatte bis zu dieser Stunde kein Wort von diesen Argonauten gehört. Möglicherweise waren es irgendwelche Fabelwesen. Keinem vernünftigen Menschen wäre in den Sinn gekommen, in Hinterpommern einem goldenen Fell nachzuspüren. Jörn und sie hatten ein Dach überm Kopf gebraucht. Im halb verfallenen Heidekaten draußen vor dem Dorf hatten sie es schließlich gefunden, aber es niemals zu den eigenen vier Wänden gebracht, in denen sie sicher vor Vertreibung gewesen wären.

Daß die Frau Gräfin würde absatteln müssen, hatten die Gutsleute lange befürchtet. Die Patronin war ihnen sonderbar von Wesensart erschienen. Sie hatte sich mit seltsamen Menschen umgeben, mit Künstlern und solchen Leuten, und dabei ein Vermögen durchgebracht. Manchmal ist sie freundlich gewesen. Winters, wenn der Wind durch die Ritzen der Scheunenkirche von Laudeck so eisig pfiff, daß man kaum die klammen Hände hatte falten können, war es den Leuten erlaubt, am Gottesdienst im wohlbeheizten Saal von Schloß Laudeck teilzunehmen, beinahe so, als gehörten sie zur Familie.

Jetzt wird die hohe Frau Laudeck verlassen. Die Leute müssen zurückbleiben. Was soll aus ihnen werden?

Gesine fragt danach.

Gräfin Iduna muß eine Weile im Pompadour kramen, bis sie ein Geldstück findet, einen Taler. Kauf dir was, eine Schürze, ein Tuch.

Gesine hält in der Verblüffung das Goldstück auf der flachen Hand, und die Frau Gräfin schaut so merkwürdig von der Seite her, unter blinzelnden Lidern. Es wird sie doch nicht gereuen? Gesine umschließt den Taler mit der Faust.

Da spricht die Gräfin aus, was ihr gerade durch den Kopf ging. Dort im Stift fehlt mir jemand für den groben Dienst. Ich brauche eine Magd. Komm mit nach Dobbertin. Für dich käme es der Rettung gleich, denn ohne mich wirst du in Laudeck ausgeworfen sein und heimatlos, wie damals in Wargentin.

Die Gräfin will wenigstens einen Mensch dem Untergang entreißen. Der Gedanke erhebt ihre Seele. Sie lächelt.

Aber Gesine schüttelt den Kopf. Ich muß hierbleiben, bei meinen Toten und bei Jan, meinem Sohn.

Gräfin Iduna lächelt nicht mehr. Du verweigerst dich deinem Glück? Es muß einen Grund haben. Womöglich ist wahr, was ich nicht glauben wollte. Du treibst dich mit einem Polen herum, eine Frau deines Alters, eine Deutsche. Pfui Teufel. Verächtlicher Blick, Raffen der Röcke, Kehrtwendung und ein gebieterischer Wink zu der Nonne hin. Die knickst schwerfällig, aber in frommer Ergebenheit.

Die schwarze Gräfin schreitet über den Kies. Die dicke Klosterschwester folgt watschelnd mit den Geräten.

Gesine sah den dunklen Gestalten eine Weile nach. Sie hatte der Schloßgräfin von Laudeck im Zorn das Goldstück nachwerfen wollen und es doch nicht fertiggebracht. Sie ließ es in die Schürzentasche gleiten. Dann huckte sie sich den Tragekorb auf, hakte die Ösen der Gurte ein und verließ den Friedhof dort, wo die Mauer eingebrochen war und den Weg freigab zu den Feldern hin.

Der Weg, eine Wagenspur breit, zog sich am Rande der Senke hin, bis er sich schließlich in der Heide verlief.

Gesine wußte nicht, wie oft sie vom Gut zum Heidekaten hinaus hatte wandern müssen oder in umgekehrter Richtung. Nach der Arbeit hatte ihr manchmal scheinen wollen, als wären es nur ihre Füße, die im Trott das Gewohnte wiederholten, ohne eigenes Zutun, immer wieder den gleichen Schritt, da ist die Steigung, dahinter das Karnickelloch am Rande des Steges, ein drittes Mal werd ich mir die Knöchel nicht stauchen, Tritt zur Seite, dort liegt der Stolperstein, ich weiche aus, ich brauch kaum noch den Augenschein. Aber manchmal, wie heute, unter der Nachmittagssonne, empfand sie, daß es schön war, dahin zu gehen, und konnte sich sattsehen an den Farben, mit denen der Frühling malte, sich des Tageslichtes freuen, der frischen Luft, und mit einem kleinen Seufzer genießen, noch im Leben zu stehen.

Als sie zurückblickte, waren das Kirchlein und die Dächer des Dorfes hinter dem Hügel versunken. Sie schaute voraus, da war niemand, der ihr entgegenkam. Sie blieb stehen.

Viele Tiere konnte sie in der kleinen Stallung hinter dem Katen nicht halten, ein paar Hühner und Enten, eine Ziege. Aber jedes Vieh schrie sie um Futter an. Wozu mit leerer Kiepe heimwärts ziehen? Zwei Schritte vom Weg stand die Luzerne besonders saftig und dicht. Gesine setzte den Tragkorb ab und kramte Sichel und Wetzstein heraus. Sie spuckte auf den Stein, schärfte das mondsicheldünne Blatt und wollte grade ins Feld hinauf, als sie das Kaninchen sah, wie es frech und furchtlos mümmelte, ein großes, wohlgenährtes Tier, zum Greifen nahe. Gesine fuhr mit der Zungenspitze über die Lippen, als könne sie den Braten schon schmecken. Das wäre was für die Pfanne oder wenigstens für die Suppenschüssel. Gesine ließ das Tier nicht aus den Augen, während sie das Handwerkszeug geräuschlos aus den Händen legte und ihre Finger nach dem Tragkorb streckte, fast ohne Bewegung, Millimeter für Millimeter. Es gelang ihr sogar, den Korb wie mit Geisterhänden zu drehen, aber als sie ihn endlich vorschnellend über das Karnickel stülpen wollte, flitzte das Tier davon, und sie selber stürzte längelang in den Sand.

Der erschreckte Eichelhäher in der Krüppelkiefer flatterte zeternd auf und rettete sich zur nächsten Birke hin.

Lachend rappelte sich Gesine hoch und klopfe den Schmutz aus ihren Röcken. Hoffentlich hatte ihr keiner bei der kindischen Jagd zugesehen. Oder war da einer? Ist da einer?

Sie blickte sich um. Kein Mensch, wohin sie spähte. Also nahm sie Kiepe und Sichel und schlich sich in die Tiefe des Luzernefeldes, wie viele ihresgleichen handelte sie nach dem Spruch: Nimm dir, soviel du kannst, von selber gibt der Reiche nichts.

Dann kniete sie, sichelte und sichelte, ein wenig zu hastig, wie's wohl jeder tut, der kein reines Gewissen hat. Sie ärgerte sich über den Eichelhäher. Er galt als der klatschhafteste unter den Vögeln und lärmte immer noch, als sollte jedermann erfahren, daß in der gräflichen Flur gestohlen wurde.

Gesine rief: Mein Gott, schimpf doch nicht so, weil ich ein bißchen Futterkram vom Herrenacker hole.

Aber der Vogel gab keine Ruhe. Er krächzte mißtönend weiter im Baum, und Gesine kam nicht auf den Gedanken, daß möglicherweise sie es war, die gewarnt werden sollte vor irgend jemandem, der näher schlich. Sie raffte mit der Sichelspitze das geschnittene Futter zu sich heran. Höchste Zeit, daß sie sich davonmachte. Es konnte nicht weit von Abend sein.

Sie war so beschäftigt, daß sie den Mann im Feld nicht bemerkte. Er war nicht groß, aber robust von Statur, dunkelhaarig, schnauzbärtig, behaart an Brust und Armen. Das gestreifte Melkerhemd trug er, der Schwüle wegen, offen, die Ärmel aufgekrempelt bis über die Ellbogen, die Werggarnjacke hing ihm locker auf den Schultern.

Der Mann hieß Roman Koschoreck und diente auf Laudeck wie Gesine auch. Jetzt stand er hinter der Frau, verstellte seine Stimme, er ahmte einen gräflichen Feldhüter nach: Im Namen des Gesetzes!

Gesine wollte herumfahren, im Schreck gelang ihr die Wendung nicht, sie setzte sich, ganz ohne Anmut, auf den Hintern, stützte den Oberkörper mit abgespreizten Armen, und dann lachte sie aus vollem Halse. Das Gesicht hob sie Koschoreck entgegen, und wieder erstaunte es sie, daß er merkwürdige Augen hatte, hell, beinahe meergrün, und schwarz bewimpert, wie die einer Frau. Sie war dem Manne schon lange gut.

Hast du mich erschreckt!

Roman mochte ein paar Jahre jünger als Gesine sein, aber es war nicht nur der Altersunterschied, der sie voneinander trennte.

Er ließ sich nieder, lächelte und half bei der Arbeit. Beide knieten vor dem Tragekorb, rafften das Futter, drückten es fest und kamen einander näher, unversehens oder weil sie es wollten.

Als sein Gesicht ihre Wange berührte, empfand sie, wie rauh er war. Sie hatte es gern, daß er sich an ihr rieb, so lange, bis sie endlich das Gesicht wendete, um ihn zu küssen, behutsam, mit streifenden Lippen. Ihre Hände ließen die Arbeit und tasteten nach einander. Gesine spürte jäh das Flämmchen der Lust, sie sagte atemlos: Mein Gott, wenn uns einer erwischt.

Beim Mausen?

Beim Schmusen, Roman.

Wir sind allein im Feld, Gesine. Nur du und ich.

Sie waren sich selten so nahe gewesen wie in diesem Augenblick.

Koschoreck war ein Knecht, in seiner Gilde war es nicht üblich, über Gebühr zu werben. Es war ja auch wenig Zeit dafür. Der Mann knöpfte sich auf und zeigte vor, daß er ein stattlicher Kerl war.

Nimm ihn dir, Gesine.

Er führte ihre Hand, während er Gesine gierig küßte.

Sie knieten immer noch voreinander, aber nun mußte er zu ihr und versuchte, sie auf den Rücken zu werfen. Aber das wollte sie nicht.

Mach du dich lang, Roman. Ich versteck dich unter meinen Röcken, sagte sie und hockte schon über ihm. Sie hatte kaum aufgestöhnt, da war er bereits erlöst, ächzend und leise fluchend: Verdammt.

Gesine lachte, ein wenig ernüchtert, und wartete, daß er sich zurückzöge, aber der Mann blieb zu ihrem Erstaunen und bewegte sich sacht.

Laß mich los, Roman.

Sie war über ihm, das Gesicht abgekehrt. Vielleicht hatte sie nicht gewollt, daß er ihr bei der Liebe in die Augen blickte.

Er hielt ihre Hüften gepackt, Daumen auf dem Hintern, und preßte sie gegen seinen Leib.

Laß mich los! Sie wollte davon.

Er holte sie zurück mit einem kräftigen Ruck. Ich kann nicht. Ich will nicht.

So stritten sie keuchend hin und her, bis er fühlte, wie sie ein Zittern überlief. Mein Gott.

Später lag er mit ausgebreiteten Armen im Feld.

Sie sagte: Ein Pole, eine Deutsche, ein Katholik, eine Protestantin. Was soll das werden?

Liebe. Er lächelte leichtfertig.

Roman, ich bin eine alte Frau.

Für mich bist du jung. Du bist allein, ich bin allein, und das Leben ist schwer. Er sprang auf. Für zwei ist es bloß halb so schwer. Er zog sie herauf zu sich mit seinen kräftigen Händen, als wolle er ihr so die Wahrhaftigkeit seines Spruches beweisen. Seine Jacke lag noch im Feld. Er hob sie auf, schwenkte sie mit großer Geste, wie es kürzlich der Magier in Rogallas Scheune getan hatte, zeigte sie Gesine von der Innenseite wie von außen und zauberte im Handumdrehen ein paar Tauben aus den Ärmeln. Die legte er in den gefüllten Tragekorb wie in ein Nest, gab ein halbes Dutzend Hühnereier dazu. Da siehst du, vier Hände schaffen mehr als zwei.

Ach, Roman. Als sie diesmal seinen Namen nannte, klang es beinahe wie ein Verweis.

Er hob beide Hände, um seine Unschuld zu beteuern. Nicht gestohlen, gefunden. Du kannst alles nehmen. Und dann preßte er die Hand aufs Herz. Nimm mich.

Gesine band ihre Arbeitsschürze los, faltete sie und deckte damit Eier und Tauben zu, und er begriff, daß sie mit dieser Handlung sein Brautgeschenk angenommen hatte. Er ließ sich die schwere Kiepe aufladen, und dann wanderten sie dem Heidekaten zu.

Nach einer Weile fragte Gesine: Du willst mich also haben?

Ja.

Dein Kaplan, was sagt er dazu?

Das wußte er nicht.

Sie sagte: Roman, niemand läßt uns beide zur Hochzeit zu.

Er antwortete: Wir lieben uns. Gott wird verzeihen.

Das hörte sie nicht zum ersten Mal. Wer hatte gesagt, daß ein Mensch in der Liebe Gott am nächsten sei? Ist es Jörn gewesen, oder hatte sie selber einmal so gedacht? Oder hatte es die Stimme gerufen, vor einer Ewigkeit, damals im Baum? Oder im Traum?

Sie faßte im Dahingehen nach seiner Hand, hob sie und führte sie an ihre Wange. Da war ihr, als würde sie tatsächlich von Kraft durchströmt, und wußte, daß es sich leichter ging, mit diesem Mann an der Seite. Sie dachte, Kunststück, er trägt ja an meiner Stelle die Kiepe.

Nach einer Weile bat sie Roman: Bitte, setz den Tragkorb ab.

Warum?

Du wirst sehen.

Er gehorchte.

Sie nahm die Schürze auseinander und fand in der Tasche, wonach sie gesucht hatte. Lächelnd wies sie ihm die Münze vor.

Mensch, sagte Roman überwältigt. Du hast mich und ein Goldstück dazu. Gesine, du bist reich.

Sie meinte, ein bißchen fehle noch zu ihrem Glück.

Der Heidekaten war beinahe fremdländisch anzusehen, wie er sich zwischen das Eibengestrüpp und die säulenförmigen Wacholderbüsche duckte, von denen die mächtigsten so hoch wie das Haus selber ragten. Und im Spätsommer, wenn die Heide blühte und sich der karge Boden mit einem violetten Teppich bedeckte, war kein Fleckchen weit und breit merkwürdiger und schöner als das um den Heidekaten.

Dennoch galt der Ort als verrufen. Kein Mensch wußte noch warum. Vielleicht hatte hier der Schinder gehaust oder der Henker, zu einer Zeit, als zu Laudeck ein Halsgericht getagt hatte. Das war freilich lange her, und wahrscheinlich stand seit damals die Hütte mit dem überhohen Strohdach, das schadhaft war und bereits vom Dachgebälk durchstoßen. Solange Jörn gelebt hatte, war es immer wieder ausgebessert worden, wie der windschiefe

Bretterstall, der sich an das Gemäuer lehnte. Nun hatte Gesine ihre Not damit. Das Beste an dem erbärmlichen Gehöft war der Ziehbrunnen mit dem feldsteinummauerten Schacht und einem Balken, so neu wie der hölzerne Eimer an der Kette. Falls das halb verfallene Gebäude brannte und jemand auf den Gedanken käme, es retten zu wollen, an Wasser war jedenfalls kein Mangel.

Jan, Gesines achtzehnjähriger Sohn, hatte der Ziege Zeit gelassen, sich satt zu saufen, und ihr an Futter vorgeworfen, was er gerade fand. Jetzt wollte er melken, das war eigentlich Weibersache, aber die Mutter war über die Zeit ausgeblieben, wer weiß, was sie aufgehalten hatte. Er ging also seufzend in die Hocke, aber das Tier, an Gesines Hände gewohnt, widersetzte sich.

Der Junge war seinem Vater nachgeraten, ein Hüne von Gestalt, breitschultrig und blond. Er mußte sich klein machen und krumm legen, um der Ziege das Euter zu streichen. Das Tier war neben dem Stall im Freien angebunden. Er gab ihm gute Worte, aber wäre mit dem Vieh zu reden gewesen, dann hätte es sich wohl wie die heimtückische Märchenziege beklagt, wovon soll ich satt sein, ich fand kein einzig Blättelein, das jammernde Mäh, Mäh schrie es tatsächlich heraus. Jan mußte sich mit leerem Bottich aufrichten und hatte Lust, der Ziege einen Fußtritt zu versetzen, da sah er die Mutter kommen, neben der Mutter einen Mann. Wer mochte das sein? Er konnte es nicht ausmachen. Die Gestalten gingen schattenhaft vor der Abendsonne her. Der Begleiter der Mutter trug eine Kiepe, so viel war zu erkennen. Also ein Händler vielleicht, ein Hausierer. Einer, der sich hoffentlich bald wieder davonmachen würde. Seit der Vater unter der Erde lag, hatte die Mutter keinen Mann nach Hause mitgebracht, geschweige über Nacht in der Kammer beherbergt.

Daran dachte wohl auch Gesine. Sie errötete, als sie vor dem erwachsenen Sohn stand, um ihren Freund vorzustellen. Das ist Roman.

Keiner der zwei Dutzend Gutsleute war dem anderen fremd. Jeder hatte jedem schon zur Hand gehen müssen bei der Feldarbeit oder im Stall. Einer hatte mit dem anderen, wer weiß wie oft, ein Bier getrunken in Rogallas Schenke. Koschoreck also.

Kräftiger Händedruck.

Kein schlechter Arbeiter übrigens. Der Pole hätte sich sonst kaum so lange auf dem Gut halten können. Kein übler Kerl, kein Säufer, dieser und jener soll er's gemacht haben und gilt als gut beschlagen, aber kein größerer Bock als andere auch.

Ich kenn ihn, sagte Jan. Ein Schulterzucken, das soviel wie meinetwegen bedeuten sollte, aber ein Unbehagen überkam den Jungen doch bei dem Gedanken, daß dieser Pole vielleicht bei seiner Mutter würde liegen wollen. Er konnte sie sich nicht vorstellen als ein Weib, das es noch mit Männern trieb. Mein Gott, sie ist mindestens vierzig, und nach diesem Roman drehen sich weit Jüngere um, der kann so viele haben, wie er Finger an den Händen hat, den wird es doch nicht nach einer alten Frau verlangen. Da kann nichts sein. Er half dem Roman, die Kiepe abzusetzen.

Gesine lüpfte die Schürze und zeigte alle Schätze her, die darunter verborgen waren. Schau, das hat er mir geschenkt.

Der Junge grinste anerkennend. Er sagte: Du wirst ihn zum Essen einladen müssen, Mutter.

Gesine lächelte erleichtert und küßte ihn, ehe sie ihre Befehle erteilte.

Jan, schaff Wasser heran. Und du, Roman, trägst mir das Holz zum Herd. Dann wechselte sie die Schürze und machte sich selber an die Arbeit.

Wenig später prasselte das Feuer unter der gewaltigen Rauchhaube, die zur Hälfte die Rückwand der schwarzen Küche bedeckte. Es zischte und brodelte, ein feiner Bratenduft wehte durch den Raum und machte die Männer leckrig. Sie ließen sich am Tisch nieder, der war vor das Fensterchen gerückt. Dort saßen sie für eine Weile im Abendschein.

Gesine hatte sich, wer weiß wie lange, ins eintönige Tageseinerlei fügen müssen. Jetzt genoß sie es, einen Gast zu bewirten. Das war beinahe ein Fest. Sie suchte unter dem irdenen Zeug nach heilen Tellern und Schüsseln, die zueinander paßten, kramte zu den Messern auch dreizinkige Gabeln heraus. Sie deckte zur Feier des Tages ein Leinentuch auf den Tisch und fuhr glättend mit den Händen darüber, denn es war zu lange gefaltet gewesen und hob sich an den Knickstellen.

Da muß doch irgendwo in den Borden von Weihnachten her die Kruke mit dem Branntwein stehen. Jan, schaust du nach?

Das Herdfeuer rückte das wenige und um so kostbarere Kupfergerät an den Wänden ins Licht. Zu den Allerärmsten mußte sich Gesine nicht rechnen. Der Roman sollte es sehen. Aber am Tisch war es schon dunkel. Sie stellte eine Wachskerze zurecht, und als sie Licht machte, war ihr feierlich zumute.

Sie sagte: Kommt und trinkt mit mir, und goß aus der Kruke jedem einen kräftigen Schluck in den Becher. Stoßt mit mir an. Ich freu mich so.

Bald konnte sie ein paarmal ums Brot schneiden, die Täubchen waren gar. Gesine trug sie in der eisernen Pfanne herbei und legte jedem der Männer eins vor. Schwer sind sie ja nicht, riechen aber beinahe so gut wie gebratene Gänse.

Jan wollte wissen: Und du?

Ach, hungrig sei sie nicht, würde aber mal kosten. Sie drehte sich von Jans Taube ein Flügelchen ab. Schon tunkte der Junge das Brot ins Bratenfett und schmatzte genießerisch.

Roman reichte ihr auf der Gabel ein ganzes Taubenbein, und es rührte sie sehr, als er ihr sogar das winzige Geflügelleberchen auf den Teller schob, das zu verzehren ein Privileg der Männer in Polen wie in deutschen Landen war.

Als Jan endlich von seinem Teller aufblickte, sah er Gesines schmale, verarbeitete Hand auf Romans Handrücken, der von Sehnen und strotzenden Adern durchzogen war.

Der Junge schaute der Mutter voll ins Gesicht. Die wußte nicht, wie sie sich erklären sollte. Da sagt Jan: Na ja, du hast die Zähne noch. Du siehst noch ganz hübsch aus, Mutter.

Tatsächlich, der Junge schmeichelte ihr. Das mußte ihr gefallen. Sie strich mit den Fingerspitzen eine Haarsträhne aus dem Gesicht, anmutig wie eine ganz junge Frau. Sie sagte: Der Roman und ich, weißt du ... Wir könnten ...

Ja, was denn?

Sie wollte den Satz nicht zu Ende bringen und hätte bloß zu sagen brauchen: Wir könnten uns zusammentun oder zusammenbleiben oder zusammenleben. Aber da flog ihr der Gedanke durch den Kopf: Schwarze Hochzeit. Schwarze Hochzeit in Wargentin. Das Dorf ist ausgetilgt, das Haus verschwunden, Jörn längst dahin, wie der Vater, wie die Mutter. Die Schwestern sind fort nach Amerika. Aber die Bilder bleiben. Die Büttel treten die Tür ein, sie werfen die brennende Fackel auf den Herd, nun haben sie Licht, damit Schlöpke den Spruch verlesen kann. Wegen andauernder Hurerei, Gesine Wollner, wirst du fortgeführt ins Graue Haus. Ich muß den Gefangenenwagen besteigen, da bin ich schwanger. Mein Gott, mit wem. Ich will nicht dran denken, ich will es nicht wissen. So wenig, wie Jan das alles wissen muß. Jörn ist so lange begraben. Ich lebe heute und glaube, daß ich den Polen liebe oder brauche. Roman, ich mag dich. Er sagt kein Wort. Er schaut mich an. Er hat keine Ahnung, woran ich denke. Schwarze Hochzeit, wieder einmal. Heut tritt mir keiner die Tür ein, aber die Leute werden mich durch die Zähne ziehen. Sollen sie es doch. Ich hebe das Kinn und frage: Ist eine einzige unter euch Weibern im Dorf, die so angesehen wird von einem Mann, mit Augen, die kann er glimmen lassen, wie es die wilden Tiere tun bei Nacht, wenn sie der kleinste Lichtschimmer trifft. Ich bin es, die seine Augen leuchten macht. Ich lasse mich gern von seinen rauhen, zärtlichen Händen berühren. Ich liege mit Lust bei ihm. Ich will mit ihm zusammenbleiben. Warum nicht schon heute nacht?

Der Junge sagte, als habe er alles, was sie gedacht hatte, tatsächlich vernehmen können. Einverstanden. Ich will von Laudeck fort und wäre eine Sorge los, wüßte ich, du bist nicht allein hier draußen in der Heide.

Nach einer Weile sagte Gesine: Auch ich will fort. Ich will mein Leben nicht in diesem elenden Heidekaten zu Ende bringen. Zuletzt schrie sie: Ich will hier heraus! Ich will raus!

Roman begriff nicht, warum Gesine so heftig aufbegehrte. Gemessen an der Erbärmlichkeit seines Knechtequartiers kam ihm die Hütte beinahe stattlich vor. Und ein geschickter Handwerker war er auch. Er meinte, man könnte was machen, stützen, mauern.

Gesine erhob sich vom Tisch. Es war, als habe sie dem Mann nicht zugehört. Halt mir das Licht! Sie war die Herrin der Hütte.

Roman folgte ihr, achselzuckend, mit brennender Kerze, bis

zur Wand neben der Herdstelle hinüber, die ebenso verrußt und verräuchert war, wie die niedrige Balkendecke. Und Jan, der immer noch an einem Taubenknochen nagte, gesellte sich den beiden zu.

Gesine nahm den Schürhaken und versuchte, damit einen Umriß in die Wand zu ritzen. Das gelang ihr nur unbeholfen. Jan zerbrach den Taubenknochen, er benutzte ihn als Griffel, folgte den Linien, die seine Mutter vorgezeichnet hatte, und schabte auf der geschwärzten Wand so lange, bis sich ein heller Grundriß abzeichnete, der eines Hauses.

Ja, so ungefähr hat die Zeichnung ausgesehen, sagte Gesine. Rogalla hatte sie in seinem Laden ausgehängt. Manchmal werden Büdnerstellen gegründet, dort, wo Güter unter den Hammer kommen. Kann sein, auch Laudeck wird aufgesiedelt, oder doch ein Teil davon. Die Frau Gräfin, jedenfalls, hat mir gesagt, daß sie wird absatteln müssen und sich in ein Stift einkaufen. Ich sollte als Magd mit ihr gehen, aber ich bleib lieber hier und bau ein Haus. So eines.

Sie erläuterte den beiden Männern die Einzelheiten, indem sie auf die merkwürdige Wandkratzerei deutete. Küche, Stube, mit einer Luke in der Diele, darunter das Kartoffelloch. Und hier die kleine Kammer.

Groß genug für uns, sagte Koschoreck.

Für Jan, sagte Gesine. Für Jan möchte ich die Siedlung haben, für seine Kinder, für die Tiedemanns.

Koschoreck blieb stumm in der Enttäuschung. Er versuchte, Gesine das Licht zu übergeben. Er wollte gehen.

Aber die Frau hielt ihn zurück. Sie kratzte auf der Wand und fügte dem Grundriß des Katens zwei weitere kleine Räume hinzu. Schau her, Roman, das wird die Einliegerwohnung. Vorn die Küche, dahinter die Kammer, immerhin so groß, daß Platz für zwei Betten ist. Das muß uns zum Altwerden genügen.

Nun wollte Koschoreck auf jeden Fall die brennende Kerze loswerden und gab sie dem Jan, denn er brauchte beide Hände, um Gesine an sich zu reißen und sie zu küssen.

Du nimmst mich also.

Wenn du mir hilfst.

Das versprach er und neigte sich, um ihr die Hand zu küssen, so ritterlich, wie das nur ein Pole vermag.

Darauf mußte ein Schnaps getrunken werden. Sie saßen noch eine Weile am Tisch, und die Kerze flackerte, so heftig ging ihr Atem, so lebhaft lachten und redeten sie.

Jan freute sich, daß die Mutter guter Dinge war, und Gesine freute sich, daß der Junge ihren Liebhaber gelten ließ, und der Pole war froh, daß er sich bei später Nacht nicht mehr auf den Heimweg durch die Heide machen mußte. Er war sicher, Gesine würde ihn bei sich liegen lassen. Er freute sich darauf.

Gesine sagte: Wir drei müssen schuften, alles zusammenkratzen und zusammenlegen für die Anzahlung. Da, das habe ich schon. Sie warf den Taler auf den Tisch. Wir brauchen hundert davon, hundert Taler curant.

5

Das Flüßchen schlängelte sich durch die Wiesen der Ebene, so verspielt, wie es der Schöpfung gefallen hatte. Aber die Chaussee kam schnurgerade vom Horizont herunter, wahrscheinlich hatten preußische Vermessungsingenieure den eingesessenen Hinterpommern vorexerzieren wollen, was korrekte Straßenführung bedeutet. Zur Begrenzung waren Alleebäume angepflanzt worden, mit Fleiß aber solche, deren Kronen nicht ausschweifend wachsen würden, nämlich Pyramidenpappeln. Die standen in exaktem Abstand zueinander und nahmen sich wie überdimensionale Meßlatten aus. Allerdings war den Straßenbauern gegen Laudeck zu die Natur auf unordentliche Weise ins Gehege gekommen, mit einem Ineinander und Gegeneinander von Moränen, Gesteinsschutt also, der vor Urzeiten abgelagert worden war.

Am Fuße des vorgeschobenen Hügels schüttete sich ein armdicker Quellstrahl aus, die nahe Umgebung versumpfend. Dort hatten sich scharf duftende Kräuter angesiedelt, auch Lattich, dessen Blätter so groß waren wie die des Rhabarbers in den Bauerngärten. Man hätte das Hindernis vielleicht überbrücken können, entschloß sich aber aus Gründen der Sparsamkeit, die Trasse eben an dieser Stelle zu knicken, die Quelle zu bändigen und mit einem Rohr unter dem Schotter hindurchgurgeln zu lassen. An dieser Quellkehre war ein bevorzugter Rastplatz entstanden. Wer zu Fuß herangewandert war, konnte sich am ummauerten Brunnen niederwerfen und erfrischen. Die Gespanne, oft von weither unterwegs, hatten genügend Platz anzuhalten, und die Kutscher konnten die ermüdeten Gäule an den Trog führen.

Es war Frühsommer, ein hoher, wolkenloser Himmel wölbte sich über dem Land, als ein Trupp von etwa einem Dutzend Männern über die Landstraße in Richtung Laudeck wanderte. Die meisten von ihnen waren jung, erst um zwanzig vielleicht oder nicht einmal so alt, gekleidet in abgebrauchtes Zeug. Sie hatten ihre Habseligkeiten zum Bündel geschnürt und trugen es geschultert am Stock. Es waren Schnitter, und der sie unter Vertrag genommen hatte, mit großen Versprechungen und kleinem Handgeld, hieß Micha Stollinski, ein Pole, Anfang Dreißig. Er war als Vorschnitter schon eine Weile im Geschäft und konnte frei und ledig an der Spitze des Zuges gehen, die Jüngsten in der Gruppe schleppten zusätzlich zu ihrem Bündel Stollinskis Gepäck.

Der Vorschnitter war ein zu klein geratener Mann, ein Gernegroß und Wichtigmacher und in Wahrheit komisch anzusehen, wenn er sogar aus dem Dahingehen ein Stolzieren machte oder sich in die Brust warf, was ihm nur dann gelang, wenn er gleichzeitig seinen Arsch herausstreckte. Jeder der Schnitter war von Stollinski abhängig, keiner wagte, sich über den Mann lustig zu machen, er war brutal von Charakter und konnte unversehens zuschlagen.

Längst waren die Schnitter wegemüde, sie versuchten, sich mit Gesang bei Laune und im Tritt zu halten. Einer von ihnen, Gorski, spielte auf der Harmonika. Und so ging der Gassenhauer, der wie ein Marschlied geschmettert wurde:

> *In einem Polenstädtchen,*
> *da lebte einst ein Mädchen,*
> *das war so schön.*
> *Sie war das allerschönste Kind,*
> *das man in Polen findt,*
> *aber nein, aber nein, sprach sie,*
> *ich küsse nie.*

Beim: das man in Polen findt, stieg die Melodie, und die Männer erhoben ihre Stimmen mit komischer Inbrunst, ebenso beim: Aber nein, aber nein, sprach sie. Und dann lachten sie albern. Ausgeschlossen, daß sich ihnen ein Mädchen verweigerte, die jungen Männer hatten den Weg lang damit geprahlt, wie die Weiber nach ihnen gierten.

Bald war der Refrain wiederholt, das Lied gesungen, ein neues nicht angestimmt. Gorski klopfte den Speichel aus der Mundharmonika. Er rief dem Stollinski zu: Wo treffen wir die Frauen?

Ein Dutzend Garbenbinderinnen sollten sich nämlich zu ihnen gesellen. Sie wurden sehnsüchtig erwartet und würden gewiß nicht Aber nein, aber nein sagen, wollte man sie in die Büsche ziehen.

Stollinski sagte: Steigen erst in Stettin zu, damit nicht schon bei Anmarsch drauf und drüber.

Mensch, rief einer der Schnitter, was haben wir vom Leben?

Mal ein Weib, mal einen Rausch.

Da hörten sie plötzlich Hufeklappern und Räderrattern von rückwärts her.

Alle wendeten sich um. Hallo, hallo!

Ein Panjewagen, gezogen von einem kleinen, munteren Gaul, rollte näher. Der da gekrümmt in der Schoßkelle hockte, mußte ein Jude sein, zu erkennen am Kaftan, am Bart, an den Schläfenlocken, die unter dem Hut herabbaumelten. Neben dem Juden saß ein Mädchen, blutjung, mit langem mahagonifarbenen Haar und den Augen einer persischen Prinzessin.

Für eine Weile verschlägt es den Männern die Sprache. Die da heranfährt, ist tatsächlich das allerschönste Kind, das in Polen, geschweige denn in Pommerland, zu finden ist. Gorski verneigt sich so tief, daß seine Mütze den Straßendreck fegt.

Das Mädchen fährt vorüber. Einen Augenblick lang hatte Schönheit die Roheit überwältigt. Nun ist es wie zuvor. Großes Männergeschrei. Laß sehn, Jude, wer mit dir fährt! Halt an! Einige grölen den Refrain des Gassenhauers, andere rennen, hast du, was kannst du, dem Wagen nach, um ihre Bündel darauf zu werfen. Jede Ordnung ist dahin. Stollinski muß sich mächtig in die Brust werfen und den Arsch herausstrecken, als er flucht: Do stu piorunów! Dann setzt er seinen Leuten nach. Die sind schon am Brunnen angekommen, haben noch einmal den Anblick des Mädchens genießen wollen, sich wohl auch erhitzt. Nun kühlen sie Arme und Stirn am eiskalten Wasserstrahl und trinken sich satt.

Schmul Rosenzweig, so heißt der Jude, ein Lumpenhändler von Profession, hält, noch gekrümmt in der Schoßkelle sitzend, die Zügel, seine Tochter sieht lächelnd dem Treiben der Männer zu, als Stollinski an den Wagen tritt.

Wohin?

Erst einmal bis Laudeck, sagt Rosenzweig, dort soll ein Gut unter den Hammer kommen. Und dann weiter. Er deutet in die Ferne, nach Westen hin. Es scheint, als wolle er niemals mehr zurück in sein Schtetl. Vielleicht steht es nicht mehr, die Häuser sind aus Holz gefügt, sie brennen wie Zunder, wenn einer die Fackel wirft.

Stollinski sagt: Gott erbarm sich. Armes Polen, ist siebenmal geplagt.

Rosenzweig nickt. Niemand weiß das besser als ein Jude.

Der Vorschnitter betrachtet das Mädchen aus Glitzeraugen. Fand sich irgendwo ein Weib, das ihm gefiel, so durfte er es als erster nehmen, das galt als ungeschriebenes Gesetz in der Kolonne. Den Mann juckt es, er kratzt sich unwillkürlich am Oberschenkel, dann wendet er sich dem Alten zu. Ich mache so ähnlich wie Moses, führe Schnittervolk in Gelobtes Land.

Der Jude meint, die Tochter und er wollten nach Amerika.

Stollinski winkt ab. Scheiß auf Amerika. Er zieht mit den Leuten nach Mecklenburg. Schönes Land, beinahe wie Paradies. Er sagt: Fehlt mir Eva, und reicht dem Mädchen die Hand, als es die Schoßkelle verlassen will.

Sie neigt dankend den Kopf. Das Mahagonihaar schimmert auf.

Und wie ist Name?

Sie heißt Mala.

Sehr schönes Name für sehr schönes Mädchen. Der Mann nickt beifällig.

Schmul Rosenzweig hat inzwischen den Gaul angebunden. Nun macht er sich mit zwei hölzernen Eimern auf den Weg zum Brunnen. Als Stollinski das bemerkt, ergreift er seinen Spazierstock am spitzen Ende und fängt den Juden wie mit einem Haken ein. Hiergeblieben!

Der Vorschnitter deutet auf seine Männer, einige laben sich immer noch am Brunnen, und sagt: Erst die Christenmenschen, der Jud zuletzt.

Hör zu, Rosenzweig macht sich unwillig frei, ich bin kein Brunnenvergifter.

Kann man wissen? Stollinski grinst. Jetzt scheucht er die Schnitter zur Seite, um sich selber, prustend und spritzend, zu erfrischen. Dann gibt er die Wasserstelle frei.

Für die Schnitter ist das der Anstoß, den Juden zu hänseln, wie Stollinski es vorgemacht hat. Hat der Alte seine Eimer gefüllt, tritt auch schon einer der Männer dagegen. Versuch's noch einmal, Jude. Der hat kaum frisches Wasser im Bottich, da wird ihm der nächste Fußtritt versetzt.

Es ist das billigste Vergnügen, wenn sich der Mensch lustig macht auf Kosten eines anderen, den er für armseliger als sich selber hält. Aber ein Spaß ist es wohl doch. Die Schnitter brüllen vor Lachen, sie schlagen sich auf die Schenkel, bis das Mädchen zornig ihren Kreis durchbricht.

Da ist es mit einem Mal so still, daß man hören kann, wie der Jude keucht. Er steht mit geschlossenen Augen. Mala nimmt ihm die Eimer ab, wortlos. Nun will sie zur Quelle.

Tu's nicht! Gorski tritt aus der Reihe. Er wird an Malas Stelle zum Brunnen gehen. Sie reicht ihm zögernd die Eimer.

Die Männer, Mundwinkel hämisch herabgezogen, sehen einander an. Dem werden sie's geben. Der Spielverderber hat Strafe verdient wie dieser Itzig, dieser Knoblauchfresser. Einen Tritt in den Arsch, ein paar Stöße gegen die Eimer. Schon hat einer der Schnitter Anlauf genommen, aber der Nebenmann ist des Spektakels überdrüssig oder will noch eins draufgeben. Jedenfalls stellt er dem Angreifer blitzschnell ein Bein, daß der längelang hinschlägt und sich am Kinn eine Wunde reißt. Nun darf auf Kosten des Gestürzten gelacht werden. Oder gibt es eine Massenschlägerei?

Der Blessierte rappelt sich auf, wischt mit dem Handrücken das Blut aus dem Gesicht. Jetzt ballt er die Fäuste. Wahrhaftig, er will auf den anderen los.

Aber da ist Stollinski, der gebieteisch sein: Do stu piorunów! brüllt. Scheiß! Schluß jetzt und Ruhe im Puff!

Also keine Schlägerei.

Hat das Mädchen begriffen, daß der Vorschnitter eine Respektsperson ist? Er stolziert um Mala herum, mit gestrammten Arsch, so ein Siegerlächeln im Gesicht. Er suche eine hübsche Schnitterin, großes Geld, kleine Arbeit.

Im Bett. Das hat Gorski hämisch gerufen. Im Bett!

Stollinski grinst selbstgefällig, er ist nicht gekränkt wegen des Zwischenrufs, im Gegenteil, es hebt sein Selbstgefühl, daß ihm andere die Vorzugsstellung neiden.

Jeder, der sich in die armselige Zunft der Schnitter eintragen läßt, weiß, was ihn erwartet. Der Gemeinschaftsschlafsaal der Schnitterkaserne, nach Geschlechtern getrennt, Feldarbeit zwölf Stunden täglich, oftmals unter gnadenloser Sonne, ausreichende Kost und am Ende der Saison der ersehnte Lohn.

Alle sind gleich in der Kolonne. Nur der Vorschnitter genießt Privilegien. Er bewohnt eine gesonderte Stube und darf sie teilen mit dem Weib, das ihm am besten gefällt. Seine Beischläferin ist frei von der üblichen Tagesfron und wird dennoch wie eine Garbenbinderin entlohnt. Sie braucht sich nur um den Vorschnitter zu mühen, seine Wäsche, seine Stube, sein leibliches Wohl, dazu gehört nun einmal, daß sie ihm zu Willen ist, so oft es ihn verlangt. Der braucht sich nicht wie seine Untergebenen zu schinden, der kann seine Kräfte sparen für die Nacht, und mancher junge Schnitter ist um den Schlaf gebracht, wenn er die Bettlade hinter dem Verschlag krachen hört und regt sich auf, bis er sich unter der Decke einen herunterreißen muß, oder man behilft sich, wenn der Bettnachbar ein hübscher Junge ist, in der Fleischesnot auch mal über Kreuz.

Stollinski sucht also eine Schnitterin. Der Jude soll ihm Mala überlassen. Entsetzt flieht das Mädchen in die Arme des Vaters. Gelächter.

Rosenzweig sagt: Sie haben mir alles genommen. Laßt mir das Mädchen.

Dann hält er den Schnittern die leeren Hände hin und fragt: Sind wir nicht alle Brüder in der Armut?

Ach, meint Stollinski, ein Jude kommt immer zu Geld, und will wissen, ob der Händler wenigstens die Bündel der Schnitterkolonne auf seinem Panjewagen bis Laudeck transportieren kann.

Der Jude nickt. Dann hilft er seiner schönen Tochter auf den Sitz.

6

Sie muß fort, die Gnädige. Morgen schon.

Roman hatte es der Gesine verraten. Er war bestellt worden, um den Reisewagen mit dem Gepäck der Herrin zu beladen, von einer Unmenge Kisten, Kasten, Truhen und dergleichen war die Rede. Er nannte auch den Zeitpunkt der Abreise: Glock zwölf.

Iduna Schwan-Schwan hatte sich bis zuletzt gesträubt, Laudeck zu verlassen, und die Herren des Gräflich Schwanschen Rentamtes Klevenow immer wieder um Aufschub gebeten. Mein Gott, das schmutzige Geld! Was wog es gegen geistige Werte?

Die Gräfin galt als eine Schriftstellerin von Rang. Sie trug sich mit Plänen zu einem umfangreichen Mecklenburg-Roman. Selbstverständlich würde die Geschichte der Schwäne und ihres Adelshauses, des größten und reichsten in Norddeutschland, eine Rolle spielen. Die Familie, meinte Iduna, sei ihr wie der Kunst gegenüber in der Pflicht und solle ihr ein paar Zimmer auf Laudeck als Dichterwerkstatt überlassen. Sie werde nicht weichen, es sei denn, man trage sie aus dem Schloß mit den Füßen voran, so hatte sie pathetisch ausgerufen.

Der Familienabgesandte von der Recke-Vollmerstein, ein ehemaliger Militär, hatte ihr zugehört, sie aber mit dem groben Wort: Zapfenstreich! beschieden. Zapfenstreich, Gnädigste!

Zapfenstreich also. Die Stunde der Vertreibung hatte geschlagen. Sie mußte Abschied nehmen von einem Gemäuer, das sie nahezu ein Vierteljahrhundert behaust hatte. Der Gräfin war, als müsse sie schuldlos auf den Block, als warte draußen schon der Henker, die groben Fäuste auf das Richtbeil gestützt. Und wie für das letzte Stündlein war sie auch gekleidet, in tiefstes Witwenschwarz.

Sie stützte sich auf das Geländer der Galerie, starrte in die Halle hinab und hob leidend eine Hand, als Roman, der Pole, mit Gepäck an ihr vorüberpolterte.

Die dicke Nonne watschelte näher, um der Gräfin zuzuzischeln: Haltung, gnädige Frau.

In diesem Augenblick sprang Jan Tiedemann die Stufen empor, Koschoreck hatte ihn als Gehilfen mitgebracht, damit er sich ein Trinkgeld verdienen konnte.

Gräfin Iduna sah in das magere Jünglingsgesicht, in mitleidige Augen und glaubte wohl, da komme ein Ritter Georg daher, ein Helfer jedenfalls, dem sie vertrauen könne. Sie fragte: Wer bist du?

Jan Tiedemann, Euer gräfliche Gnaden.

Führe mich.

Am Fuße der schön geschwungenen Treppe wartete von der Recke-Vollmerstein, Inspektor Laudenschlag stand neben ihm und zog die Uhr, denn es wurde Zeit, daß sich die Gräfin endlich davonmachte. Mehr und mehr Menschen versammelten sich vor dem Schloß. Der Lärm wuchs. Das Getöse war bis in die Halle zu hören. Nur die Dichterin schien so in sich versunken, daß sie nichts vernahm.

Von der Recke-Vollmerstein hatte gehört, daß sich Iduna Schwan-Schwan manchmal sonderbar verhalte, jetzt war er davon überzeugt, daß sie nicht alle Tassen im Schrank habe, wie eine ordinäre Redensart den Zustand geistiger Verwirrung beschreibt. Sie gebot einem Stallknecht: Führe mich!

Dieser Bursche war wohl gerade vom Melken oder Misten gekommen, jedenfalls roch er so, die Gräfin aber hielt ihm die behandschuhte Linke hin, als sei er ein Ritter oder Edelknabe, und ließ sich treppabwärts führen. Sie dankte schließlich mit einer gemessenen Neigung des Hauptes.

Wird's bald! Von der Recke-Vollmerstein kehrte den Daumen zur Tür hin und scheuchte den Jan davon. Dann knallte er, wie vor einem höhergestellten Offizier, die Hacken zusammen. Haben wunderschönen Tag zur Reise gewählt, liebste Cousine.

Jetzt sah die Gräfin die vielen Menschen auf dem Hof und schauderte. Mein Gott!

Von der Recke-Vollmerstein versuchte, der verwirrten Frau die Furcht zu nehmen. Er sprach wie zu einem Kinde: Gnädigste können den Ärger mit dem Gutsvolk ganz mir überlassen und von heute an getrost der Kunst leben oder ganz in Gott.

Iduna entging die Ironie. Sie blickte auf die Leute und sagte:

Sie sind krank gewesen, und ich habe sie besucht. Sie sind hungrig gewesen, und ich habe sie gespeist. Und was ich ihnen, den Geringsten, getan habe, nicht genug vielleicht, das habe ich immer auch dem Herrn getan.

Von der Recke-Vollmerstein grinste unverschämt. Wir stehen ihm mit straffer Betriebsführung zu Diensten. Scheint dem da oben auch zu gefallen. Na, dann wollen wir mal.

Inspektor Laudenschlag stieß die Tür auf.

Gesine stand unter den Wartenden. Sie fühlte sich verloren zwischen all den Menschen, die gekommen waren, um die einstige Herrin noch einmal zu sehen, aber auch um einzufordern, was ihnen zustand. Noch im letzten Jahr hatten sie ihren Tagelohn auf die Hand bekommen, auch das gewohnte Deputat, ein paar Sack Korn nach der Ernte, also das tägliche Brot, dazu Kartoffeln für den Futtertrog wie für den Familientisch. Daß der Gutsbetrieb nachlässig geführt wurde, war den Tagelöhnern zum Vorteil ausgeschlagen, was ihnen mangelte, holten sie heimlich von den Feldern und hielten zu Laudeck für ein Gewohnheitsrecht, was anderswo als Diebstahl geahndet wurde. Das alles war aus und vorbei. Die Gräfin würde davonfahren, zurück blieben die Ungewißheit und die Ängste. Der Lohn von diesem Jahr stand aus. Niemand wußte, ob er morgen noch Broterwerb hatte, wie lange noch ein Dach überm Kopf. Gesine dachte, daß die Patronin sie als Dienerin nach Dobbertin mitnehmen wollte, sie hätte sich dafür von Jan und Roman trennen müssen. Zu hoch der Preis.

Aber ist das tatsächlich der Grund gewesen, das Angebot auszuschlagen?

Dobbertin ist Mecklenburg, ich will nicht zurück nach Mecklenburg, nicht einmal zurückdenken möchte ich. Was gewesen ist, ist gewesen, geschehen ist geschehen. Ich hab es vergessen und will mir irgendwas ins Gedächtnis fallen, irgendwas aufscheinen von ferne her, ich dräng es zurück in die Dunkelheit, ich schlag es mir aus dem Kopf. Niemand soll mich erinnern, niemand von meinem Geheimnis erfahren. Nur dem Herrn hab ich in schlaflosen Nächten Schuld eingestanden. Aber immer ist wieder ein Tag gewesen, die Arbeit, die Sorge, und wieder ein Kind.

Ich bin arm dran. Was hab ich denn, außer meinem bißchen Stolz. Ich bin niemandem Rechenschaft schuldig und kann auf die Stunde warten, nach meinem Tod, da alle in den Gräbern die Stimme hören werden. Jeder muß vor den Richterstuhl Christi, auch die Schwäne von Klevenow, auch Minna Krenkel, auch Schlöpke, der mich verhaftet hatte. Ich kenn die Geschichte vom Jüngsten Gericht, wir alle sind gleich im Tode, also gleich vor Gott. Herr, ich hab niemals gebarmt und mein Schicksal bejammert und auf das bessere Jenseits gehofft, ich hab versucht, jeden Tag meine Pflicht zu tun, du wirst mich dafür nicht zum Teufel jagen.

Jan und Roman schoben sich durch die Menge, Gesine winkte die Männer neben sich, hakte sich ein und vergaß im Augenblick, was sie bedrängt hatte.

Mit einem Mal kam Bewegung in die Menge, man reckte die Hälse, man hob sich auf die Zehenspitzen, man drängte einander zur Seite, jeder wollte wissen, was da vorn geschah.

Das Eingangsportal des Herrenhauses öffnet sich. Heraus tritt Gräfin Iduna, gekleidet wie zur Beerdigung, aber mit modisch geschnürter Taille und weit gebauschten Röcken. Jetzt bleibt sie stehen und zaudert. Mag sein, sie will ein paar Abschiedsworte sagen, scheint aber, von der Recke-Vollmerstein wünscht keine Verzögerung. Er deutet zur Kutsche hin, die wartet, zur Abfahrt bereit, am Fuße der Freitreppe, und nun hätte die Patronin davongehen sollen. Da führt sie die Fingerkuppen gegen die Lippen und wirft Kußhändchen unter das Gesinde. Zu billig dieser Abschied, ein ordentliches Lebewohl hätten die Leute von Laudeck erwartet, ein Wort, das die Nachzahlung der ausstehenden Löhne verspricht, aber nicht, daß sich die schwarze Gräfin aufführt wie die Primadonna im Sommertheater. Der eine oder andere hat es auf dem Jahrmarkt erlebt, daß eine Komödiantin nach dem aufrauschenden Beifall Kußhändchen verschenkte, aber hier hat kein Mensch applaudiert.

Unmut wird laut. Die will uns verarschen, ruft jemand mit heiserer Stimme. Gelächter, dann aber Buhgeschrei, und nun die Forderung aus vielen Kehlen: Wir wollen unseren Lohn! Was ist mit dem Deputat? Mißmut, gellende Pfiffe.

Die Gräfin knickt ein. Die dicke Nonne kann, hinzuspringend, Iduna Schwan-Schwan gerade noch vor dem Umfallen bewahren. Ist das schon wieder Theater? Oder ist ihr übel, soll sie uns leid tun, muß sie ins Haus zurück?

Die Menge drängt nach vorn. Da packen die dicke Nonne und von der Recke-Vollmerstein auch schon zu. Es sieht aus, als würde die Gräfin mehr in die Kutsche hineingeworfen als gehoben. Die Nonne steigt nach, Tür zu, von der Recke-Vollmerstein knallt die Hacken zusammen, der Kutscher gibt den Gäulen die Peitsche, und ab geht die Post, fehlt nur das Hornsignal, vielleicht hätte es die Pfiffe der aufgebrachten Menge übergellt. Dem Gefährt fliegen Flüche nach, ein paar Steine sogar.

Und nun erlebt jedermann, daß der Graf von der Recke-Vollmerstein beim Militär gewesen ist, ein Befehliger, daß er eine Kommandostimme besitzt, laut genug, ein ganzes Regiment zusammenzubrüllen. Er schreit: Aus! und noch einmal: Aus! Genauso gebieten die Jäger ihren Hunden, die Beute loszulassen. Aus! also. Tatsächlich, die Meute kuscht. Es wird ruhiger auf dem Platz. Und nun: Acht gehabt, Leute! Mal herhören!

Also Maul aufgesperrt, Augen gemacht, Hand hinters Ohr gelegt. Wir wollen wissen, was uns angesagt wird.

Die Zeit der Weiberwirtschaft ist vorüber! Das klingt nicht schlecht. Das ist kein übler Satz. Hat sie nicht alles verkommen und verschlampen lassen, die schwarze Gräfin, das eigene Haus, geschweige denn unsere Hütten?

Das alles soll Vergangenheit sein. Die Zeit der Weiberwirtschaft ist vorüber. Da es uns elender kaum ergehen kann, verheißt das Wort Besserung. Da muß man ein wenig die Hände rühren und Beifall spenden. Zustimmung vernimmt jeder gerne. Den neuen Herrn dort vorn wird es freundlicher stimmen.

Schneidiger Mensch, bißchen zu klein geraten, wahrscheinlich wippt er deshalb auf den Fußspitzen. Er muß sich größer machen, als er ist.

Und was spricht er jetzt?

Ein Teil des Ackerlandes und sämtliche Waldungen gehen zurück in den Schwanschen Besitz. Der Rest wird aufgesiedelt. Der Wirtschaftsbetrieb zu Laudeck ist eingestellt.

Eingestellt. Das Wort verschlägt jedermann die Sprache. Die Leute senken die Köpfe, als wäre ihnen verkündet worden, daß Seine Majestät der König von Preußen verstorben ist, und tatsächlich entblößen die Männer ihre Häupter, als stünden sie am Rande eines Grabes. Warum sollten wir nicht die Mütze ziehen, um uns selber zu bedauern und zu betrauern, da wir nun herrenlos sind und arbeitslos, wieder einmal verstoßen, ausgesperrt wie Bösewichte? Wir sind angeschissen.

Ein Fauchen geht über den Platz, als machten viele zugleich den letzten Seufzer. Oder ist es der Wind, der die Schürzen, die Röcke der Weiber rascheln läßt?

Mein Gott, was nun?

Aber dann schrecken die Menschen auf. Ein häßliches Geräusch zerschmettert die Stille, lärmender Hammerschlag. Was geht vor?

Der Herr von der Recke-Vollmerstein bedeutet uns, daß er es bitter ernst meint mit der Schließung des Gutes. Zimmerleute steigen die Treppe hoch, mit Brettern, vorsorglich zugeschnitten. Sie vernageln das Schloßportal, die Fenster, es ist, als drückten sie dem unbelebten Haus die Augen zu, als schlügen sie Bretterkreuze als Zeichen des Todes an das Herrenhaus. Ihr könnt es hören und müßt es sehen, was dort ins Holz getrieben wird, sind die Nägel zu unserem Sarg. Dort wird unsere Hoffnung begraben, und wir stehen dabei, gottergeben, mit hängenden Armen, als hätten wir nichts zu tun, als zu seufzen und drei Hände voll Dreck in die eigene Grube zu werfen. Viele denken so oder so ähnlich und grämen sich und empfinden es beinahe als Hohn, als der Graf von der Recke-Vollmerstein sich wippend auf die Schuhspitzen erhebt, um zu rufen: Wer fleißig und sparsam war, darf sich um eine Büdnerstelle bewerben.

Als Gesine das hört, krallt sie ihre Finger in Koschorecks Arm. Wir könnten siedeln, Roman.

Wovon?

Roman zwängt sich mit vorgeschobener Schulter durch die Gutsleute. Er will dem Grafen näher sein, nicht herausschreien müssen, was er zu beklagen hat.

Euer Gnaden, sie schuldet uns Lohn und Deputat, die Frau Gräfin. Ein Monat, zwei Monate, drei Monate.

Jetzt schiebt sich auch Gesine nach vorn, damit sie dem Roman zur Seite ist. Er sagt die Wahrheit. Wir alle sind betrogen.

Mit einem Mal wollen viele zur Freitreppe hin, murrend und rufend.

Wir haben kein Geld. Wir wollen das Deputat. Wir brauchen unseren Lohn!

Der Herr wird ihnen glauben müssen, wenn er ihre bettelnden Augen sieht, die bittend ausgestreckten Hände. Die Menge drängt vor, sie brandet und wogt, wird womöglich bis auf die Freitreppe schwappen.

Von der Recke-Vollmerstein springt zurück, als fürchte er, nasse Füße zu bekommen. Er will es noch einmal versuchen mit der Kommandostimme, mit dem gebrüllten Befehl: Aus! Aus!

Das kann er sich schenken. Die Menge schwenkt plötzlich um. Da wird eine Händlerglocke geschwungen, von rückwärts ist Pferdegetrappel zu vernehmen. Eine Stimme, marktschreierisch: Lumpen, Felle, Lumpen!

Dort, wo vor ein paar Minuten erst die Kalesche mit der schwarzen Gräfin den Gutshof verlassen hatte, fährt Schmul Rosenzweig mit dem Panjewagen ein.

Der hat uns grade noch gefehlt, ein Lumpenhändler, so ein Kaftanjude. Wo was zerbricht und verrottet, wo was zugrunde geht, findet so einer immer noch was, das er zu Geld machen kann.

Roman schreit: Jud, was zahlst du für das Fell, das man uns über die Ohren gezogen hat?

Und Gesine – die ihr nahestehen wissen, daß sie im Zorn heftig werden kann wie ihre Mutter, Gott hab sie selig, die Sanne Wollner aus Wargentin, ihr ist eine Nachfolgerin erwachsen –, Gesine ruft: Nimm uns ganz, Mensch. Wir sind ja nichts anderes als Haderlumpen!

Da ihnen nichts bleibt, als sich selber zum besten zu halten, haben die Leute von Laudeck endlich was zu lachen. Sie stimmen der Gesine kreischend zu, und was der Herr Major jetzt von der Freitreppe herunterruft, das hebt ihre Laune.

Neue Zeiten brechen an, wenn auch der eine oder andere von den Veränderungen arg betroffen scheint, niemand soll es bedauern und niemandem wird es schlechter gehn. Ich lad euch alle miteinander zu Rogalla in die Ausspanne ein. Ich spendiere euch Freibier, und ich hab eine Zahlstelle eingerichtet. Wer Forderungen gegenüber der Frau Gräfin Schwan-Schwan zu erheben hat, mag sich dort melden.

Und dann kommt das Fest bei Rogalla.

Ein Abend, sommerlich lau, ein Schicksalsabend, wie Gesine viel später wissen wird, wenn sie mit Gott hadert und erfahren will, ob es wirklich sein unerforschlicher Ratschlag gewesen, daß Jan sich an diesem Abend hatte blindlings verlieben müssen, ob es der Herr tatsächlich hat schicken und fügen wollen, daß dieser widerliche Stollinski für eine Nacht bei Rogalla rastete, so daß er den Roman und ihren Sohn als Schnitter mieten konnte für eine Saison, die mit Mord und Totschlag enden sollte. Wie oft wird sich Gesine die Faust gegen die Stirn schlagen und sich fragen, ob das Schreckliche wäre zu verhindern gewesen, hätte sie sich mit allen Kräften gegen die Fahrt der Männer nach Mecklenburg gestemmt.

Aber noch ist kein Gedanke an Todesgefahr, noch beschwert Gesine nichts, als sie in Begleitung von Jan und Roman dem Dorf entgegenwandert.

Gesine freut sich auf das Fest, sie hat sich schöngemacht. Da war das Kleid in der Truhe, seit der Hochzeit mit Jörn hatte sie es nicht mehr getragen, seit beinahe zwanzig Jahren, nun hat sie es herausgekramt, erst einmal prüfend vor sich gehalten, dann ist sie hineingeschlüpft und hat triumphierend gelacht, als es in der Taille wie damals paßte, bißchen knapp über der Brust allerdings. Warum soll sie den Knopf am Ausschnitt nicht offenlassen, sie könnte was herzeigen, der Hals allerdings, das sieht sie mißbilligend in der Spiegelscherbe, ist ein wenig zu sehnig, zu dünn. Aber da findet sich in der Truhe das blutrote Tuch, Jörn hat es ihr vor einer Ewigkeit geschenkt, es schmeichelt und schmückt und läßt jedermann sehen, wie lavendelblau das einzige Festkleid ist, das sie besitzt, solchen Stoff gibt es heutzutage nicht mehr, Jörn hatte ihn bei einem jüdischen Händler preiswert gekauft und die Mutter das Gewand in wochenlanger Arbeit zusammengestichelt. Mit der alten Sanne ist eine Künstlerin gestorben, der Rock nämlich, wenn Gesine sich tanzend dreht, schwebt auf und gibt ein Gutteil ihrer Beine preis. Das Problem sind die Schuhe, rissig und alt, am besten, sie bewegt sich würdevoll auf Rogallas Fest und vermeidet, daß sich die Säume kreiselnd heben.

Gesine hat sich also hübsch gemacht, am Nachmittag sogar die Haare mit Kernseife gewaschen und sich zum Gaudium der Männer ein Hühnerei auf dem Kopf zerschlagen und einmassieren lassen. Die gewesene Gnädige soll das so gehalten haben, warum darf es eine Magd nicht probieren? Zu guter Letzt hatte Roman einen Eimer Wasser aus der Regentonne geschöpft und Gesine mit einem Schwall über den Kopf gestürzt, daß sie kreischend und prustend protestieren mußte. Als das Haar aber von Sonne getrocknet war, ist es ihr weich und schimmernd über die Schultern gefallen, beinahe zu schade, in einen straffen Zopf geflochten zu werden, also hat sie es so aufgesteckt, daß sich wenigstens über der Stirn und an den Schläfen ein paar Locken ringeln können und Roman staunen muß, wie hübsch die Frau ist, an deren Seite er zum Fest gehen darf.

Rogalla hat es auch gesehen.

Gesine und ihre Begleiter waren beinahe als letzte erschienen. Musik schon von weitem, Ziehharmonika und darüber jammernd die Geige, bald auch Rauchgeruch, der Duft gebratenen Fleisches, da dreht einer seit Stunden einen Ochsen am Spieß über glimmenden Buchenkloben, und dort steht der feiste Rogalla, um die Gäste zu begrüßen, dienernd, mit breitem Grinsen und gekrümmtem Rücken, solange es sich um Herrschaften handelt, die sich die Ehre geben, Herr von der Recke-Vollmerstein und die Frau Baronin, sie schreitet unterm Sonnenschirm daher, geblümt, gebauscht und gerüscht, er trägt den Jägerloden wie eine Galauniform. Herzlich willkommen unter Rogallas bescheidenem Dach.

Nun stapeln Sie mal nicht so tief. Jedermann weiß, daß Sie der reichste Mann von Laudeck sind.

Nach Euch, Euer Gnaden, nach Euch.

Ich bin nur die Treuhand meines Vetters, des Grafen Schwan auf Klevenow, der allerdings wiegt hundertmal schwerer als Sie, Herr Rogalla, geldmäßig, versteht sich.

Gelächter.

Na, und dann recht viel Spaß.

Und nun der Bückling nicht ganz so tief. Guten Abend, gnädige Frau Laudenschlag.

Die junge Frau des Inspektors ist hübsch herausgeputzt, aber grämlich von Angesicht. Ihr Gemahl wird überflüssig, sobald das Gut unter den Hammer kommt.

Herr Inspektor, ich begrüße Sie. Wissen Sie schon, wohin?

Keine Ahnung, denke aber, Herr von der Recke-Vollmerstein wird mich vermitteln.

Pastor Reinecke ist ohne Gemahlin erschienen. Sie fühlt sich nicht. Alle wissen, daß es im Pfarrhaus ab und an Prügel setzt, könnte sein, die Pfarrfrau hat ein blaues Auge und kann deshalb nicht unter die Leute.

Migräne, Herr Rogalla.

Na, Gott sei Dank nichts Ernstes.

Auch Pastor Reinecke wird mit Verbeugung und einladender Geste hereingebeten.

Bei den Gutsleuten genügt ein Kopfnicken und Durchwinken. Vielleicht zählt der Wirt die Köpfe, er hat nichts zu verschenken, die Gutsverwaltung muß zahlen.

Und da steht also diese Gesine, mit Sohn und wahrhaftigen Gottes schon wieder in Begleitung des Polen. Für den ist kein Platz in Laudeck, wenn der Gutsbetrieb eingestellt wird, und auf meinem Hof will ich nur dulden, was deutsch ist.

Rogalla, kaum über fünfzig, steht noch im Saft. Sein Eheweib wird gleichaltrig sein und verfügt über einen Leibesumfang, der beträchtlich ist, sehr zu Rogallas Kummer. Liegt so eine erst mal rücklings im Bett, dann liegt sie, ein Berg von Fleisch, nicht vom Fleck zu bewegen. Wie soll man der Reglosigkeit beikommen? Ein schweres Stück Arbeit. Und an die jungen Stallmägde macht er sich nur ungern heran, die mögen's oft nicht so, wie er es haben will. Diese Gesine wird sich nicht zieren wie die Zicke am Strick, immer noch hübsch die Person und so rank.

Rogalla fällt allerhand ein, daß die Frau bald ohne Brot sein wird, daß sie in seiner Gaststube bedienen könnte, so hübsch gekleidet wie jetzt, und nach Mitternacht, sobald die Stühle auf den Tischen stehen, gleich nach dem Kassensturz, wenn die Alte gurgelnd schnarcht, könnte man auf dem Wachstuchsofa beieinander sitzen, der Frau das Halstuch lockern, um ein bißchen vorzufühlen.

Der Wirt läßt sich tatsächlich zu einer angedeuteten Verbeugung herab. 'n Abend, Frau Tiedemann, und so hübsch zurechtgemacht. Kompliment!

Man gibt sich Mühe. Man ist ja schließlich nicht jeden Tag zu Gast bei dem Herrn Rogalla.

Du kannst, wenn du magst, tagtäglich Arbeit haben und zwar in der Schankstube. Ein Posten, der lohnt, weil kaum einer der Gäste beim Trinkgeld knausert. Der Dienst, freilich, dauert bis in die Nacht, sie kann nicht in die Heide zurück zu so später Stunde. Eine Kammer wird sich finden.

Das ist ein Angebot. Sie könnten beieinanderbleiben, die Männer und sie. Gesine lächelt. Ist das Ihr Ernst?

Rogalla nickt. Er lächelt auch.

Aber Roman blickt scheel auf den Wirt. Hat er Arbeit auch für ihn?

Nein. Aber dort an der Scheune wirbt einer Schnitter an, ein gewisser Stollinski, auch so ein Pole. Soll auf der Stelle Handgeld zahlen.

Gesine nimmt Romans Arm, jeder mag sehen, daß sie einander zugehören, auch Rogalla soll es wissen. Roman, wo ist der Junge?

Jan ist davon. Er hat ein Mädchen gesehen, das sieht fremdländisch aus, wie eine Prinzessin aus dem Morgenland, nachtschwarze Augen und Brauen geschwungen wie die Mondsichel. Das Mädchen lehnt gegen die Planken der Scheune und hält ein buntes Kätzchen im Arm, ein Glückskätzchen also, das es streichelt, Jan ist, als handle er unter Zwang, es zieht ihn hin zu dem Mädchen. Er geht seinem Schicksal entgegen.

Gesine plaudert mit Rogalla, viele beobachten es. Die Wirtin bekommt den durchdringenden Blick. Es ziemt sich nicht, daß sich eine Stallmagd aufzäumt, als sei sie von Stand. Ausgerechnet diese Schlampe, diese dahergelaufene Person, da war auch ein dunkler Punkt in der Vergangenheit, Genaues weiß man nicht, womöglich hatte es mit einem Verbrechen zu tun.

Im Grasgarten, unter dem Apfelbaum, sind weißlackierte Tische und Stühle aufgestellt, sie nehmen sich hübsch aus vor dem rot geklinkerten Stallgemäuer und bieten den Herrschaften Platz, den Damen in sommerlich hellen Roben, den Herren in Loden oder Leinen. Die Frau Wirtin, assistiert von hübschen Mädchen, bedient höchstpersönlich die Honoratioren, und Frau von der Recke-Vollmerstein greift zum Lorgnon. Da geht eine Frau, die hebt sich ab, weil sie nicht ländlich gekleidet ist wie andere aus dem Gesinde. Sie trägt ein blaßblaues Gewand und ein blutrotes Halstuch dazu, entgegen jeder Mode. Wer ist der Mann an ihrer Seite?

Frau Rogalla neigt sich der Dame zu, flüsternd, als verrate sie Gruseliges. Sie stehen zusammen, sie gehen zusammen, sie liegen zusammen, eine Deutsche und ein Pole.

Nicht möglich!

Frau Rogalla sagt: Auf einem großen Hof wie unserem sieht man manches und nicht nur, wie sich das Vieh bespringt, gnädige Frau.

Das ist ja furchtbar.

Endlich kommt Rogalla mit den Krügen, bestes pommersches Bier, das tropfend überschäumt.

Die Frau Wirtin preßt mißbilligend die untere Gesichtspartie gegen den Hals, daß sich ihr Doppelkinn mehrfach wulstet. Wird aber Zeit!

Pardon, ich hatte zu tun.

Die Wirtin hat es gesehen. Wenn sich der Mann doch nicht dauernd mit den Leuten gemein machen würde.

Das Bier also für die Herren.

Setzen Sie sich doch einen Augenblick zu uns, Herr Rogalla!

Erst einmal Prost und dann das Biertischgespräch.

Irgendwas liegt in der Luft. Bismarck seit vielen Tagen in Varzin. Der Kanzler rührt sich nicht, sondern liegt auf der Lauer wie der Luchs im Gebüsch. Und der Franzose bläst sich immer noch auf wegen der spanischen Thronfolge durch einen Hohenzollern. Es riecht nach Krieg.

Aber Sie glauben doch nicht, Herr von der Recke-Vollmerstein, daß man heutzutage ins Feld zieht aus dynastischem Interesse? Die Zeiten sind vorbei, als die Heere rasch mal einen Landstrich erobern konnten, um anschließend Winterquartier zu beziehen.

Herr Pastor, Kriege sind unvermeidlich. Es muß zu Streitigkeiten kommen, solange die Nationen ein gesondertes Dasein führen. Wie soll man sie schlichten, wenn nicht mit Waffengewalt? Der Franzose will Rache für Sadowa.

Und was glauben Sie denn, wie hoch sich seine Staatsschulden belaufen, meine Herren. Ich will was Kühnes sagen, heutzutage hat die Börse so großen Einfluß gewonnen, daß sie in der Lage ist, die bewaffneten Mächte für ihre Interessen ins Feld zu rufen. Jawohl, heutzutage werden Kriege geführt, um die Forderungen der Hochfinanz zu liquidieren.

Bei allem Respekt, das können Sie selber nicht glauben.

Ja, was hat sich denn in Übersee abgespielt?

Wir leben im Herzen Europas, Herr von der Recke-Vollmerstein.

Sehr wohl, Herr Pastor, aber einen deutschen Nationalstaat haben wir immer noch nicht, deshalb sind wir im Nachteil gegenüber anderen, die sich gesundstoßen.

Trinken wir auf Bismarck in Varzin. Er möge was ausbrüten, das Deutschland zum Vorteil gereicht.

Na, und nun hören Sie doch mal rüber zum Volk. Ganz hübsche Musik, finden Sie nicht?

Noch ein Bierchen, Herr Rogalla, und, wenn ich bitten darf, einen Kümmel dazu.

Es ist noch hin bis zur Ernte, leer das Gefach von Rogallas Scheune. Man hat das Gerät beiseite geräumt, die Leiterwagen auf den Hof gerollt, die Tore vorn und an der Rückseite aufgetan. Nun ist ein lichtdurchfluteter, geräumiger Saal entstanden. Man weiß ja nicht, ob das Wetter hält. Wohin dann mit den Menschen? Die Knechte haben frisch geschnittenes Tannenreis ans Gebälk genagelt, wilde Kamille und Minze auf den Estrich gestreut, damit es nicht länger nach Muff und Moder stinkt. Wer weiß, in welchem Scheunenwinkel eine verreckte Katze herumliegt oder ein anderes Aas. Bohlen und Bretter, wie Schiffsplanken breit, auf Böcke und Klötze gelegt, sind provisorische Tische oder Bänke, auch nicht härter als das Kirchengestühl. Auf Rogallas Tenne finden mehr Leute Platz als in Sankt Michael zu Laudeck, und sie können sogar die Ellbogen bequem auf den Tisch stützen, wenn sie das gut gewürzte und gegarte Fleisch mit den Fingern zerrupfen, ehe sie sich's in die Mäuler stopfen. Schon sitzt das halbe Dorf im Gefach, schmatzend und schwatzend, weit über hundert Leute, Weiber, Männer und Kinder. Das Bierfaß ist angezapft. Schwitzende Mägde eilen mit den Krügen hin und her, und es ist also Schmul Rosenzweig, der die Geige kratzt. Wozu doch ein Jud alles taugt. Und es ist Gorski aus der Schnitterkolonne, der sich müht, mit seiner Harmonika der Melodie zu folgen, die schwermütig ist, aber so rhythmisch fordernd, daß sie ins Blut geht. Irgendwas Polnisches oder ein jiddisches Lied. Die Leute pressen ihr Gesäß auf die Planken, ein guter Platz kann nicht besser behauptet oder verteidigt werden als mit dem Hintern. Aber manche wiegen den Oberkörper, klopfen mit der Schuhspitze den Takt und würden tanzen, wäre die Freßlust nicht stärker. Heut ist die letzte Gelegenheit, sich auf Kosten der Laudecker Herrschaft den Wanst vollzuschlagen.

Zwei unter den vielen haben weder Essen noch Trinken im Sinn, sondern starren sich an mit solcher Verwunderung, weil es gerade jetzt geschieht, daß sie aufeinander zugehen, als hätten sie sich ein Leben lang erwartet. Endlich stehen sie sich gegenüber.

Jan sagt: Ich wollte, das Kätzchen, das du im Arm hältst, wäre ich.

Das Mädchen lacht. Ein Hüne, dieser Junge, er ist es, der sie auf den Arm nehmen könnte.

Wo kommt sie her?

Von weit, aus russisch Polen. Das Schtetl brannte, sie haben fortgemußt und beinahe alles verloren. Das Kätzchen hat sie mitgenommen, damit ihr was zur Erinnerung bleibt.

Sie ist jüdisch?

Kopfnicken. Und er?

Er ist deutsch, das sagt Gesine, die den Jungen beim Ärmel packt. Komm!

Nie hat er sich so unwillig von seiner Mutter frei gemacht.

Sie sagt: Der Buchhalter wartet. Du weißt doch, wir brauchen das Geld.

Jan hebt beschwörend eine Hand gegen das Mädchen. Lauf nicht davon.

Der Scheune gegenüber, vor der Wand des Wohnhauses, hat Buchhalter Krause die Zahlstelle eingerichtet, ein Stuhl, auf dem er hockt, ein Tisch, auf dem die Lohnlisten liegen und eine stählerne Kassette steht. Daneben ein schnauzbärtiger, bewaffneter Polizist mit Pickelhaube, damit erst gar keiner auf den Gedanken kommt, in die Kasse zu greifen.

So wenig der Restlohn, keine drei Taler? Das stimmt nicht.

Gesine will aufmucken, aber dann läßt sie es sein.

Gendarm Gründlich hält die Pickelhaube im Arm, um das Schweißband trockenzureiben. Der Abend ist warm, der Durst ist groß, der Mann ist ungeduldig. Da stehen immer noch ein Dutzend Leute hintereinander in der Reihe. Geht es nicht rascher?

Also dankeschön, Unterschrift und der nächste.

Jan und Roman haben ein wenig mehr auf der Hand. Männer werden besser entlohnt. Gesine nimmt ihnen ganz selbstverständlich die Münzen ab und verknotet den kleinen Schatz im Schnupftuch, das sie in den Falten ihrer Röcke verbirgt.

Also dann. Jan will davon.

Gesine hält ihn energisch fest, indem sie sich einhakt.

Der Roman bietet ihr zur Linken den Arm.

Auf ein Wort noch. Sie redet im Dahingehen von Jörn. Er hat gesagt, damals in Klevenow vor zwanzig Jahren, wir müssen Geld haben, wenigstens siebenundzwanzig Taler curant, so viel kostet die Passage nach Amerika. Wir sind nicht davongekommen. Er hat inzwischen sein Grab, wir sind noch immer ohne Bleibe, und nun liegen wir wieder einmal auf der Straße.

Rogalla bietet ihr eine Stelle.

Weißt du, um welchen Preis?

Sie gehen auf die Feuerstelle zu. Langsam verglimmen die Buchenkloben, manchmal verzischt noch ein Tropfen Fett rauchend in der Glut. Was am Spieß hängt, ist kaum mehr als das sperrige Gerippe eines Ochsen, aber der Bratenduft steigt noch in die Nase und lockt die Leckrigen an, auch die Katzen des Dorfes schleichen mit gierig gesträubten Barthaaren herum, und in der Dämmerung stehen Hunde mit grünlichen Augen, wie hungrige Wölfe. Sobald sich einer näher wagt, wird er mit Flüchen und Steinwürfen zurückgejagt ins Dunkel.

Gesine sagt: Der Mensch braucht ein kleines Stück Land, eine Hütte darauf, bißchen was Eigenes, sonst hat er keinen Schutz auf dieser Welt und keine Heimat. Jeder kann den Stein auf ihn werfen, jeder kann ihn davonjagen. Wir müssen die Häuslerstelle haben, also müssen wir zusammenhalten. Wenn Gesine gewollt hätte, daß sie sich feierlich verschwören sollten, dann wäre der Ort falsch gewählt gewesen.

Sie stehen vor dem Bratspieß.

Spät seid ihr dran.

Hatten ja auch den weitesten Weg.

Der sie anredet, ist Dallmann, der Schmied, rotgesichtig, mit nacktem Oberkörper, Lederschürze vorm haarigen Bauch, beinahe wie ein Schinder anzusehen. Der kennt sich aus mit dem Feuer, und was ein Selcher verstehen muß, hat er sich angenommen. Der pökelt den Spießbraten mit gesalzenem Rotwein, und wer ein Eisen zur Weißglut bringt, der macht allemal einen Ochsen gar. Viel ist nicht übriggeblieben, selbst die Herrschaften von Adel haben heute gefressen wie die Scheunendrescher, aber zwischen den Rippen hängt noch manch saftiges Stückchen Fleisch. Dallmann wetzt das Schlachtermesser am Stahl, greift zur langen, zweizinkigen Gabel und spießt ein paar feine Happen auf.

Probier mal, Gesine.

Sie muß den Bauch einziehen und sich weit nach vorne beugen, damit ihr nichts auf das Festkleid tropft.

Ganz nahe, in Frau Rogallas Grasgarten, schießt der Rhabarber ins Kraut. Jan stiehlt ein paar Blätter, die geben Teller und Mundtücher ab.

Einfälle hat der Junge. Gesine lacht, als sie sieht, daß sich der Sohn saftige Fleischbrocken aufhäufen läßt, und will zugreifen.

Da faßt sie ins Leere. Der Kerl ist verschwunden. Der will die kleine Jüdin füttern. Noch eine Sorge. Sie macht einen langen Hals, hebt ärgerlich das Kinn, um nach Jan auszuspähen. Umsonst.

Längst ist der Abend vom Wald herübergekrochen, der Umriß von Rogallas Scheune steht nachtschwarz vorm gläsernen Abendhimmel, darin die Toröffnung, ein riesiges gelbes Rechteck. Hunderte feiern unter blakenden Stallaternen und hätten allen Grund zur Sorge. Keine Spur von Trauer, weil Laudeck abgewickelt wird.

Fast jeder hat ein paar Münzen auf die Hand gekriegt und kann sich außerdem am Freibier schadlos halten. Die Ängste sind weggespült. Neue Zeiten brechen an, hat der Herr von der Recke-Vollmerstein gesagt. Warum sollen wir ihm nicht glauben. Heute geht es uns gut, also warum nicht lärmen, lachen und tanzen?

Ach, die Musik!

Laß uns hinübergehen, Gesine. Wo den Jungen finden, wenn nicht dort unter den Leuten.

Die wenigsten sitzen an den Tafeln, die Musik hat sie von den Bänken gerissen, dieses lockende Lalalei, lalalei.

Mein Gott, wie hoch hinauf will sie noch steigen, diese jubelnde Melodie? Ob das Mazurka ist? Was Zwingendes, Wildes jedenfalls, das die Paare herumspringen läßt, keuchend und kreischend, krebsrote Gesichter, naßgeschwitzte Hemden.

Gesine, darf ich bitten!

Keine Zeit für ein Ichweißnicht, Ichkannicht. Schon hat sie der Pole an erhobener Hand mitten hinein in den Trubel geführt.

Das ist ein Mann, mit größerer Grandezza kann sich kein Schlachtschitz bewegen, und keiner kann besser tanzen.

Jetzt kommt das Lalalei, lalalei, wirbelnde Drehung, hoch auffliegender Rock. Gesine pfeift auf zerschlissenes Schuhwerk, auf ihre vierzig Jahre, sie läßt sich von Roman führen, noch einmal der Wirbel und dann der weitgreifende Schritt, Joschke, Joschke, spann dem Loschek ...

Wer kann sagen, ob den Tanzenden die Musik so einpeitschend in die Glieder gefahren ist, daß sie sich schneller und schneller drehen, um dann mit den Füßen zu stampfen, Joschke, Joschke, oder ob es die Zuschauer sind, die im Kreis stehen oder im Scheunengebälk hocken und mit ihren Händen den Takt schlagen, anfeuernd, schneller und schneller, daß der arme Schmul Rosenzweig die Fiedel so heftig traktiert, bis ihr die Saite reißt.

Aus jetzt, Schluß jetzt und Tusch, Geschrei und Riesenapplaus, und wenn es vielleicht polnisch oder jiddisch war, das die Leute tanzend mitgerissen hatte, was sie jetzt brüllen, klingt deutsch: Bier her! Bier her!

Und eine Ovation den Herrschaften dort drüben. Hoch solln se läwen. Schluck solln se gäwen!

Milder Schein der Windlichter fällt auf die Tische im Grasgarten, und die Sterne hängen im Laub der Bäume. Die Kerzen leuchten von unten her und malen den Damen und Herrn von Stand Nasenschatten auf die Stirn.

Scheint, daß die Baronin von der Recke-Vollmerstein Lust auf ein Tänzchen hat. Sie taxiert die möglichen Tänzer, den salbadrigen Pastor Reinecke, wie Rogalla zuviel Bauch, und der Inspektor Laudenschlag reicht ihr gerade mal bis ans Dekolleté. Der eigene Gemahl, leider ein geborener Kavallerist, ist säbelbeinig gewachsen, und seine Tanzkunst reicht zur Not für den Schieber. Ach, das Volk hat es gut, beinahe unbegrenzte Auswahl. Da paart sich ganz selbstverständlich, was zueinander paßt. Und hört doch, man läßt uns leben. Die Baronin winkt mit dem Spitzentuch. Sie sagt: Es amüsiert mich doch sehr, so nahe bei den Leuten zu sein.

Unsere liebe Iduna Schwan-Schwan ist heute mittag beinahe von ihnen gesteinigt worden.

Die kleine griesgrämige Frau des Inspektors hatte bislang kaum zur Unterhaltung beigetragen, aus Furcht, sie könnte was Falsches von sich geben. Nun verkündet sie mit großem Nachdruck, was ihr auf jeden Fall richtig erscheint: Die besitzlose Klasse ist unberechenbar.

Allerdings auch enttäuscht worden, gibt von der Recke-Vollmerstein zu bedenken. So wie in Laudeck kann heutzutage nirgendwo mehr gewirtschaftet werden. Der Technik gehört die Zukunft.

Übrigens, dies hat Herr Pastor Reinecke neulich im Blatte gelesen, soll der Franzose ein Zündnadelgewehr entwickelt haben, das doppelt so weit wie eine deutsche Waffe schießt.

Mein Gott, da muß man sich ja fürchten vor dem Krieg, sagt die kleine Frau Laudenschlag und wird auf eine Weise von den Damen und Herren angesehen, daß sie ängstlich nachfragen muß: Hab ich was Falsches gesagt?

Es dauerte, bis Schmul Rosenzweig eine neue Saite aufgezogen hatte. Viele Paare freuten sich über die Pause. Gehen wir nach draußen, schauen wir den Mond an, lassen wir uns in Gras fallen, ehe uns der Tau den Hintern näßt.

Gorski genoß, daß er von den Tanzenden nicht angetrieben wurde, sondern sich selber zum Spaß ein bißchen herumklimpern konnte, nur mit der rechten Hand, zögerlich, als suche er nach der Melodie, die doch jeder kannte: In einem Polenstädtchen, da lebte einst ein Mädchen ...

Und dort lehnte sie, die Schöne, an den Planken neben Stollinskis provisorischem Büro, einer umgestülpten Transportkiste, darauf die Stallaterne, damit jeder, der sich einschreiben wollte, Licht hatte, den Namenszug auf das Papier zu setzen oder seine drei Kreuze. Eine zweite Lampe hing zu Häupten Stollinskis, um zu erhellen, was mit Kreide auf ein Brett gemalt worden war: Gesintevermietung Micha Stollinski.

Neben Mala stand Jan. Er zählte lächelnd das Handgeld nach, ehe er es in der Hosentasche verschwinden ließ.

Als Gesine ihren Jungen endlich gefunden hatte, war es zu spät.

Was tust du hier? Sie fragte heftig, sie sah nicht mehr schön aus wie am Nachmittag, eine Zornfalte zwischen den Brauen, als hätte sie den Jungen bei einer Missetat erwischt.

Das ist Mala, Mutter.

Ja, ich weiß, ein jüdisches Mädchen.

Sie gefällt mir, Mutter. Leider muß sie schon am Morgen weiterziehen in Richtung Stettin.

Der Stein wollte ihr grade vom Herzen fallen, da sagte der Junge: Ich werde mit ihr gehn, jedenfalls für eine Weile. Ich hab mich als Schnitter verdingt für eine Saison, nach Mecklenburg.

Es verschlug ihr die Sprache, sie konnte sich nur auf die Lippen beißen, nur den Kopf schütteln in der Erbitterung. Erst nach einer Weile fuhr sie den Stollinski an: Machen Sie das rückgängig, Herr! Der Mensch war ihr im Augenblick zuwider, wie einer, der zuviel Knoblauch gefressen hat und ihr mit Fleiß den stinkigen Atem ins Gesicht bläst. Stollinski grinste, wie nur ein Betrüger grinsen konnte, ein Dummenfänger, der die Beute im Netz hat.

Vertrag ist Vertrag, geschrieben ist geschrieben, ausgezahlt ist ausgezahlt.

Ich gebe das Handgeld zurück. Ich will nicht, daß er nach Mecklenburg geht. Der Junge bleibt hier.

Stollinski schien verwundert. Viel schönes Land, das Mecklenburg, liebe Frau.

Gendarm Gründlich mußte feststellen, daß sich vor der Gesindevermittlung Leute drängten, beinahe konnte von einer Zusammenrottung gesprochen werden. Wie oft gibt's Streit und Schlägerei, wenn Ausländer und deutsche Menschen aufeinandertreffen. Eine Frau fuchtelte aufgeregt mit den Händen herum. Ist es nicht diese Gesine vom Heidekaten? Den besten Leumund hat sie nicht. Gründlich stülpte die Pickelhaube auf den Schädel, um einen amtlichen Eindruck zu machen, verhakte beide Daumen hinterm Koppelschloß und trat in den Kreis.

Was gibt es?

Nichts, was die Polizei verbieten müßte. Stollinski hatte den Gendarmen längst mit einem Trinkgeld gespickt, er konnte sich leisten, frech zu sein. Und er pries Mecklenburg: Weniger Gendarm als in Preußen, auch weniger Floh, was einen piesacken kann. Bißchen mehr Arbeit, na gut, dafür bißchen mehr Geld. Schnaps billig, Weiber umsonst.

Die an der Kiste standen, lachten, kaum einer war nüchtern, jeder starrte auf Mala, sie hielt sich an dem Jungen fest, Gorski ließ den Blasebalg seiner Harmonika fauchend Luft holen, und schon vernahm jeder die Melodie vom Polenmädchen: Aber nein, aber nein, sprach sie, ich küsse nie.

Die Männer lachten. Gründlich lachte auch und tippte an die Pickelhaube. Kein Streit also, er konnte sich zurückziehen.

Roman Koschoreck, der hinter Gesine stand, packte die Frau an den Schultern und schob sie beiseite. Keine Angst, ich laß den Jungen nicht alleine ziehen.

Ein Schritt auf die Kiste zu. Hast du noch einen Platz frei, Stollinski?

Für einen Landsmann immer.

Handschlag, Unterschrift, zehn Mark auf den Tisch.

Stollinski blickte in die Runde. Haben alle gesehen, korrektes Vertrag. Morgen früh ziehen wir.

Und wohin geht die Fahrt?

Grafschaft Klevenow, das ist feinstes Revier von ganz Mecklenburg.

Roman konnte Gesine gerade noch an sich reißen, sonst wäre sie zu Boden gestürzt.

Der Morgen kam nebelverhangen und kalt. Gesine fror, als sie in aller Frühe die Tür des Katens verriegelte. Sie hüllte sich enger in das dünne Umschlagtuch, das auch ihr Haar bedeckte, und folgte den beiden Männern. Der Pfad durch die Heide war schmal, er gestattete nicht, daß sie nebeneinander bis zur Wegscheide wanderten. Sie konnten nicht miteinander reden, es war ja auch alles gesagt.

Gestern hatte Gesine, nachdem ihr schwarz vor Augen geworden war an Stollinskis Tisch, versucht, die Männer von ihrem Vorhaben abzubringen, zuletzt sogar weinerlich, was sonst ihre Art nicht war.

Es geht mir nicht gut. Wie soll ich ohne euch zurechtkommen? Ihr könnt mich doch nicht alleine zurücklassen.

Wie sollte Roman begreifen, was der Grund ihrer Erschütterung war. Er mußte für launisch halten, was sie gegen die Reise vorbrachte.

Nach der Ernte sind wir mit praller Börse zurück.

In ihrer Verzweiflung war Gesine drauf und dran gewesen, das Geheimnis preiszugeben, hatte es aber in Gegenwart des Jungen nicht über die Lippen gebracht. Da war auch die Hoffnung, daß es zum Schlimmsten nicht kommen werde, solange sie schwieg. Es wird sein, als gingen Fremde aneinander vorüber. Was soll geschehen? Und es war überhaupt nicht sicher, daß die Kolonne auf dem Klevenower Stammgut arbeiten würde. Die Grafschaft ist groß, Gesine kennt längst nicht die Namen aller Dörfer.

Als sie in der letzten Nacht endlich den Heidekaten erreicht hatten, nahm Gesine die Schnapskruke vom Brett, schenkte den Männern ein und vergaß auch sich selber nicht.

Auf gute Fahrt!

Sie hatte kein Wort mehr über die Sache verloren, sondern den Männer geholfen, ihre Bündel zu schnüren. Viel war es nicht, was sie mitnehmen konnten, ein bißchen Wäsche, ein Sonntagshemd, eine Sonntagshose. Was sie tagtäglich brauchten, trugen sie am Leibe. Zu guter Letzt schenkte Gesine die beiden Stücke Lavendelseife her, die sie wer weiß wie lange im Fach verwahrt hatte, damit die Wäsche einen feinen Duft bekäme.

Haltet euch sauber in Mecklenburg.

Dort, wo der Pfad die Chaussee erreichte, standen sie noch ein Weilchen schweigend beieinander, schauten sich an, lächelten sich zu und mußten nicht lange warten, bis sie Hufeklappern vernahmen, das Knarren von Wagenrädern, das Schlurren vieler Schuhe auf dem Weg. Aus den Nebelschwaden, die über den Wiesen schwammen, tauchte der Panjewagen auf. Eine Zeitlang schien es, als fahre das Gespann des Juden über den Wolken, die jederzeit in den Himmel aufschweben konnten, und die Schnitterkolonne, die dem Gefährt folgte, watete bis zu den Knien im Nebel, unsicher und taumelig, als wisse sie nicht den Weg, die Männer hatten alle zuviel getrunken.

Als Jan Mala in der Schoßkelle erkannte, umarmte er, hastig Abschied nehmend, seine Mutter und war schon davon.

Gesine und der Pole sahen, wie der Junge mit hochgerissenen Armen dem Wagen entgegenstürzte.

Er ist manchmal zu wild und zu unbeherrscht, sagte die Frau.

Roman versprach, auf ihn zu achten. Er küßte Gesine, dann fragte er: Wartest du auf mich?

Ja, das wollte sie tun.

Nun war die Kolonne heran, der Wagen vorübergerollt, sie mußten sich trennen.

Der Mann war schon einen Schritt von ihr entfernt, und sie hielt ihn immer noch fest mit ausgestreckter Hand.

Was ist?

Sie sagte: Roman, mir lebt ein zweiter Sohn dort in Klevenow. Er müßte jetzt über zwanzig sein. Er hieß Jörn.

Willst du, daß ich nach ihm suche?

Gesine nickte. Aber stell es heimlich an. Er kann nichts von mir wissen. Frag nicht, warum ich ihn fortgeben mußte. Ich wüßte gern, wie er aussieht, und ob er uns nachgeraten ist, dem Jörn, seinem Vater, und mir.

Ich bin der Rabe im Baum. Meine Ahnen zählen zu den Auserwählten, die Noah in den Kasten nahm, und noch früher hatte mein Urrabenvater, dessen Name Gedächtnis war, auf Odins Schulter gesessen. Er hat uns die Gabe der Entsinnung vererbt. Ich weiß alles, bis auf das wenige, das Gott für sich selber behielt.

Mein Urrabenvater hatte im Baum gesessen auf der Insel, die Patmos heißt, und hinter sich die Stimme, stark wie eine Posaune, gehört. Die Zeit ist nahe, hatte der Herr gerufen, und mein Rabenvater hatte ein Pferd gesehen, rot wie Feuerbrand, der darauf saß, war der Haß. Er reitet mit blutigem Schwert immer noch um die Welt, damit sich die Menschen gegenseitig vertilgen. Und er hatte ein fahles Pferd über den Horizont heraufreiten sehen, der darauf saß, war der Tod, und ihm folgte die Hölle nach, um ein Großteil der Erde zu vernichten mit Schwert, Hunger und Pest. Noch ist das sechste Siegel nicht erbrochen, noch ist er nicht gekommen, der große Tag des Zorns. Noch habe ich ihn nicht herabfahren sehen, den starken Engel mit dem Schlüssel zum Abgrund und einer schweren Kette in der Hand. Ich warte darauf, daß er den verdammten Satan ergreift, um ihn für tausend Jahre zu fesseln, damit er die Völker nicht länger verführen kann. Noch reitet der Haß auf dem Pferd, rot wie Feuerbrand, noch hetzt er an allen vier Enden der Welt, damit sich die Unvernunft versammle und waffenklirrend auf die Ebenen der Erde steigt. Herr, die Völker erwürgen sich gegenseitig, größere die großen und kleinere die kleinen, bis endlich die Brüder haßerfüllt gegen die Brüder stehen.

Auf meiner Erde ist der Teufel los, und hätte ich Schwingen wie ein Adler, ich würde mitten durch den Himmel fliegen und schreien: Es ist Zeit für das Gericht!

Ich bin der Rabe und leider abgeschweift in meiner Weltenangst. Mein Baum steht in Klevenow. Was dort im Sommer achtzehnhundertsiebzig geschah, war ein Verbrechen aus Haß. In den Gutstagebüchern wie im Kriminalbericht wird es als Unglücksfall beschrieben, aber ich erzähle die Geschichte, wie sie wirklich war, damit sie niemals vergessen werde.

7

Man saß am Frühstückstisch auf der Schloßterrasse von Klevenow. Wegen des warmen Julitages hatte Gräfin Agnes die Witwenrobe gegen ein nebelgraues Sommerkleid getauscht. Die Komteß war in Weiß, schulterfrei schon am Morgen, gebräunt bis zum Rüschenrand des Dekolletés. Graf Kuno zeigte immer noch, wie sehr er um den Vater trauerte, er hatte den Hemdkragen mit einer schwarzen Florschleife gebunden.

Was für ein Tag.

Gräfin Agnes blickte hinab in ihren Blumengarten. Die Rosen blühten so inbrünstig, als sollte niemals wieder Sommer werden. Selten war der Gräfin der Park so schön erschienen, wie heute unter der Morgensonne. Da war zur Linken die romantische Burgruine, künstlich errichtet und wie ein Dornröschenschloß umrankt. Zur Rechten, über das Gewölk der Büsche ragend, der Marstall, weitläufiger und stolzer als beinahe jedes herzogliche Schloß in Mecklenburg, und in der Mitte der Schwanenteich, in dem sich die Bäume spiegelten und der Himmel darüber, so wie es Lenné geplant hatte, die Anmut sollte sich verdoppeln. Und hinter dem Teich dehnte sich das Wiesengrün in der Senke, von Bäumen umstellt, viele vor kaum einem Vierteljahrhundert erst gesetzt und inzwischen zu einem lebendigen Schutzwall erwachsen, der hier und dort unterbrochen war, damit er den Blick freigab bis zu den fernen Hügeln hin. Der Gräfin ging durch den Kopf, daß der Gärtner des Königs damals in den vierziger Jahren in Klevenow nichts vorgefunden hatte außer der Tristesse, dem sumpfigen Grund, öder baumloser Steppe und dem grauen, halbverfallenen Dorf Wargentin in der Ferne. Es war verschwunden und vergessen, seit Parkrasen die Brandstelle überdeckte.

Sie sagte: Lenné hat niemals gesehen, wie der Garten herangewachsen ist in vollendeter Harmonie. Ich sollte den alten Herrn für ein paar Tage einladen, falls er noch lebt.

O ja, Armgard wollte ihn gerne kennenlernen. Sie stieß ihren Bräutigam, Beistand heischend, an.

Der Erblandmarschall versuchte gerade, weiche Eier aus dem Glas zu löffeln. Jetzt bekleckerte er die Trauerschleife und hatte Mühe, sie mit der Serviette zu säubern. Er sagte verärgert: Den Rabenbaum hätte er schon damals fällen sollen.

Armgard widersprach. Der Baum ist tausend Jahre alt, mindestens. Schließlich hat er am Hünengrab schon gestanden, laß mich mal rechnen, Kuno, als die alten Römer ...

Die sind nicht bis Klevenow gekommen, entgegnete der Graf, immer noch verstimmt.

Aber wieso nicht, wenn sie doch bis Britannien gefahren sind?

Das liegt im Westen, Armgard. Klevenow befindet sich im Osten.

Sie gestand lächelnd ein, daß ihre Kenntnisse in Geographie wie in deutscher Geschichte mangelhaft waren. Aber wer, wenn nicht die Römer, war es dann, der vor tausend Jahren unter dem Baum von Klevenow hätte picknicken können? Belehre mich.

Die Slawen, ehe sie von den alten Deutschen aufs Haupt geschlagen wurden.

Ach, die Deutschen. Jetzt war es Armgard, die spöttisch ihre Stimme erhob. Die Dänen sind es gewesen. Sie war ganz sicher, hatte nämlich einmal das wandbreite Gemälde in Frederiksborg betrachtet, das den Triumph des Bischofs Absalom darstellte. Er war es, der das slawische Heiligtum Arkona in Schutt und Asche gelegt hatte.

Ja, aber das geschah auf Rügen, liebe Armgard. Und das ist eine Insel im Norden. Bis Klevenow konnte der wilde Bischof nicht segeln. In unserer Gegend ritt Heinrich der Löwe auf Heidenjagd.

Meinetwegen. Dort steht der Baum, ich kann mich in seinen Schatten stellen, ich kann seine Rinde berühren, tausendjährige Runzeln, ich fühle sie und bin verbunden mit Heinrich dem Löwen. Ich nehme an, daß auch er ihn berührt hat, als er die heidnischen Slawen in die Äste hängen ließ.

Jetzt war Armgard tatsächlich im Eifer, sie wandte sich der

Gräfin zu. Sie werden nicht zulassen, Maman, daß Kuno die Eiche fällt.

Auch der Graf ereiferte sich. Ich kann die verdammten Raben nicht leiden, die in ihrer Krone hausen, dauernd dieses mißtönige Geschrei.

Grade im Augenblick ertönte es wieder.

Gräfin Agnes hatte dem Dialog amüsiert gelauscht, jetzt wendete sie den Kopf, da sah sie den Reiter, einen jungen, uniformierten Mann, der mitten durch den Park daherstürmte, sein Pferd überflog die Wassergräben, die Wege, die feingestutzten Hecken, zerfetzte den Rasen unter trommelnden Hufen, pflügte eine häßliche Spur.

Agnes erhob sich vom Frühstückstisch, sie raffte die Röcke, um an die Brüstung zu treten und dem rücksichtslosen Reiter ein Donnerwetter entgegenzurufen.

Da sprang er schon ab.

Die Terrasse war aus Feldsteinen gemauert und so hoch wie eine Bastion. Der Mann mußte den Kopf in den Nacken legen, als er hinaufschrie: Nachricht vom Hofe, Eure Gnaden! Frankreich hat Preußen den Krieg erklärt.

Mein Gott! Die Gräfin beugte sich über die Brüstung. Er mag sein armes Pferd versorgen lassen, und in die Küche mit ihm. Man soll ihm ein gutes Frühstück servieren.

Sie hatte es kommen sehen. Zu lange war schon die Rede vom Krieg. Jetzt, da er erklärt war, schien die Gräfin betroffen. Sie nahm wieder am Tisch Platz.

Krieg mit Frankreich!

Dann hat Bismarck also endlich erreicht, was er wollte. Armgard sagte es wie nebenbei, während sie mit dem Löffel ein gewürfeltes Zuckerstück in die Kaffeetasse senkte.

Wie bitte? Kuno blickte mit solcher Mißbilligung auf die Komteß, daß sie sich verteidigen mußte.

Für mich, sagte sie, ist der Staat der beste, der stark genug ist, einen Krieg zu verhindern. Ich brauch keinen Krieg, ich mag keinen Krieg.

Das durfte nicht wahr sein. Kuno zerknüllte die Serviette. Begriff Armgard nicht, was auf dem Spiele stand? Die Zukunft der deutschen Dinge. Es ging um das Schicksal der deutschen Nation, um die Jahrhundertfrage. Und da äußerte sich seine zukünftige Frau wie eine Gegnerin.

Nun sagte sie sogar: Jedenfalls hätten die Leute warten können, bis wir die Ernte vom Feld haben.

Ich denke vaterländisch, sagte Kuno mit Schärfe, und du machst dich lustig. Ja, Maman, sie macht sich lustig über uns.

Agnes hob beschwichtigend die Hand.

Pardon, Kuno. Armgard dachte nicht daran zu kuschen. Du weißt, daß ich dänisch bin und die Preußen nicht mag, seit wir Krieg mit ihnen hatten. Erst ein paar Jahre her, und nun schon wieder Krieg. Du wirst ins Feld ziehen müssen, alle unsere jungen Dienstleute werden ins Feld ziehen müssen. Sie unterbrach sich, wie in plötzlicher Ergriffenheit, und Agnes Schwan mußte denken, sie ängstigt sich um ihren Bräutigam, die Gute. Aber die Komteß hatte ein kleines sehnsüchtiges Ziehen im Leib verspürt und an ihren strammen Beireiter gedacht, den sie in der nächsten Stunde treffen wollte. Übrigens war nicht auszuschließen, daß sie der wilde Liebhaber geschwängert hatte, eine neue Sorge, die sie jäh überfiel.

Armgard war ehrlich betroffen. Sie sagte: Zurück bleiben die Frauen mit ihren Kümmernissen.

Kuno seufzte: Es ist ja nicht nur, daß du dänisch bist und ich bin deutsch. Wir denken verschieden in so vielen Dingen.

Ach, Kinder, sagte Agnes Schwan, wir sind allein auf der Terrasse, außer dem Raben dort oben auf dem Wasserspeier kann uns niemand hören. Wir müssen denken und empfinden, wie es der Besitz erfordert. Ihm gehört die Priorität, und dann erst urteilen wir mecklenburgisch oder preußisch, dänisch oder deutsch. Schaut hinaus in den Park, soweit das Auge reicht, alles unser. Hier ist unsere Heimat, und ob nun der preußische König unterliegt, was ich nicht wünsche, oder Napoleon zugrunde geht, was schert uns das, solange der Schwansche Besitz überdauert. Armgard, du hast in dieser Stunde an die Ernte gedacht. Du bist eine Schwiegertochter nach meinem Herzen.

Und nun zeigte es sich, daß die schöne junge Armgard Löwenholm nicht nur geradeheraus und ländlich rauh von Sitte war, wenn es sein mußte, konnte sie sich höfischer als eine Prinzessin bewegen.

Sie kniete vor Agnes Schwan, um ihr die Hand zu küssen. Sie sagte: Kuno wird in den Krieg ziehen müssen, und ich hätte ihm so gern einen kleinen Erbgrafen geschenkt. Bitte, lassen Sie uns bald vermählen, Maman. Sie barg ihren Kopf in Agnes' Schoß und duldete, daß ihr die Gräfin zärtlich übers Haar strich. Sie kniete eine ganze Weile, so lange jedenfalls, wie sie zu ihrer Sammlung brauchte, sonst hätte sie dem Grafen womöglich frech ins Gesicht gelacht. Sie würde aus Klevenow nicht weichen.

8

Der Krieg, für den wir rüsten, wird ein gewaltiger sein, so war auf der Titelseite des Mecklenburgischen Anzeigers zu lesen. Es sind zwei große Staaten, die ihre Kräfte miteinander messen wollen. Beide sind reich an Hilfsquellen jeder Art, reich an Kriegsmaterial, reich an geübten Streitkräften, weshalb kein Mensch ermessen kann, wie weit ein solcher Schicksalskampf die Kreise ziehen wird. Dennoch darf nicht an der Überlegenheit der deutschen Armee gezweifelt werden. Schon der Krieg von 1866 hat ganz Europa mit Bewunderung erfüllt. Alle Welt staunte über die Waffentüchtigkeit, die Ausdauer und die Intelligenz der preußischen Krieger. Wir aber weisen heute auf den Geist hin, der das ganze deutsche Volk belebt. Aus seinem Schoße sind die Heldenkrieger hervorgegangen. In diesen Tagen werden sie von einem einzigen großen Gefühl beherrscht, dem des zu allem entschlossenen Ingrimms gegen die leichtsinnige französische Nation wie deren nichtsnutzige Regierung. Deshalb wurde die Kriegserklärung, welche uns Frankreich entgegenschleuderte, mit Jubel aufgenommen, denn jedermann ist überzeugt: Nur der Krieg, nur ein bis zur äußersten Entscheidung getriebener Krieg kann uns den dauerhaften Frieden geben. Jetzt gibt es keine Parteien, keine Stände, keine Sonderinteressen mehr. Der Krieg ist zur Ehre aller geworden.

Damit niemand auf den Gedanken käme, die Kriegszurüstung beschnitte die allgemeine Volksfürsorge, hatte der umsichtige Redakteur unter dem Leitartikel einen Bericht eingerückt mit der Schlagzeile: Idiotenanstalt bei Schwerin eröffnet. Der Leser erfuhr, diese Anstalt zur Aufbewahrung geistesschwacher Kinder sei am 17. Juli 1870 in dem zur Eisengießerei des Herrn Voigt gehörigen Wohnhause mit zwölf männlichen Idioten eröffnet worden.

Die Truppenverschiebung per Eisenbahn hatte Jahr für Jahr während der großen Herbstmanöver exerziert werden müssen. Im Sommer 1870 war aus kriegsmäßiger Übung bitterer Ernst geworden. Statt mit Handelsware aller Art wurden die Güterwaggons mit jungen Soldaten beladen, sie fuhren von Ost nach West, von der Elbe zum Rhein, vom Süden zu den Meeresküsten im Norden hinauf, und wenn sie auf einem Bahnhof halten mußten, sahen die jungen Kämpfer Kriegsgerät an sich vorüberrattern, Munitionstransporte, Kanonen und Haubitzen, die auf Plattenwagen festgekeilt waren, Geschützrohre, mit Blumensträußen und Laubgewinden geschmückt, als sollten diese nicht Tod und Verderben speien, sondern lediglich Böller schießen bei irgendeinem Schützenfest.

Die Kriegszurüstungen durften nicht gestört, die Schienenwege nicht überlastet werden, aus diesem Grunde war ein Güterwagen älterer Bauart am Bahnhof Penzlin auf ein Nebengleis geschoben und offenbar vergessen worden.

Bis Stettin hatte alles seine Ordnung gehabt, Stollinski, der Vorschnitter, konnte fünf Frauen zusteigen heißen, eine von ihnen hätte er gern auf dem Bahnsteig stehen lassen wie ein überflüssiges Gepäckstück, das war Olga Kalusa, seine Beischläferin während einiger Erntesommer, jetzt auch schon über dreißig. Aber Olga, eine hochbusige Blondine mit schönen braunen Augen, hatte nur die Hand hinters Ohr gehalten, als verstehe sie nicht, was Stollinski brabbelte von leider voll besetzt und nächstes Jahr vielleicht, dann hatte sie mit ihrer rauhen Männerstimme Quatsch! gerufen und Gorski so gebieterisch die Hand hingehalten, daß er sie mitsamt der Bündel hinaufhieven mußte.

Seit Stettin saß sie nun oder lag an Stollinskis Seite, der selbst in diesem Viehwaggon sein Privileg behauptete. Er hatte ein Geviert abgezirkelt, das er zu seiner Bequemlichkeit beanspruchte, während sich die anderen wie die Heringe aneinander pressen mußten, wenn sie sich zum Schlaf niederlegten.

Olga achtete darauf, daß keines der Weiber die Bannmeile überschritt, um sich dem Vorschnitter zu nähern. Die hübsche Mala hatte sie ins Herz geschlossen, die war in den blonden Hünen verschossen, wie jedermann sehen konnte, und bedeutete keine Gefahr.

Und nun stand der Waggon also bei Penzlin auf einem Abstellgleis und wartete auf die Lokomotive.

Die Schnitter genossen den unfreiwilligen Aufenthalt. In Klevenow erwartete sie gnadenlose Tagesfron, hier am Bahndamm waren sie ungebunden und besaßen alles, was ein anspruchsloser Mensch zu seiner Zufriedenheit benötigt. Da war ein Wäldchen nicht weit, in dem sie ihre Notdurft verrichten oder Holz sammeln konnten für das Lagerfeuer. Kartoffeln stahlen sie von den Feldern, manchmal auch Hühner, die sich zu weit von den Gehöften entfernt hatten, was sich jeder Fuchs holen durfte, mußte einem hungrigen Schnitter erlaubt sein. Da war auch ein Bächlein, klar genug, sich satt zu trinken oder sich, wenn's nötig war, zu waschen. Auf einer Sommerwiese neben dem Bahndamm konnten die Leute in der Sonne liegen oder abends ums Feuer hocken. Gorski spielte ihnen oft das Lied, das sie in diesen Tagen zu ihrer Hymne erkoren: Lustig ist das Zigeunerleben, faria faria, fa. Und manchmal glaubten sie, ihre Freiheit sei ihnen von Gott geschenkt, gewiß nur für eine Weile, aber die wollten sie auskosten, so lange es ging. Kaum einer besaß eine Uhr, sie mußten zählen, was die Stunde vom Penzliner Kirchturm geschlagen hatte. Niemand dachte daran, ihnen eine Zeitung vorbeizutragen, sie wußten nicht einmal, ob Frankreich und Preußen schon aufeinander eingeschlagen hatten und konnten den lieben Gott einen guten Mann sein lassen, während alle Welt doch rackern mußte.

Nur zwei Männer machten sich Sorgen. Der eine war Stollinski, er wußte nicht, wie lange das Geld für die Kolonne reichen würde, ab und an mußte ja einer in die Stadt laufen, um Brot zu kaufen, ein Stück Butter oder eine Flasche Schnaps. Er wollte auch keineswegs von der Schwanschen Kämmerer regreßpflichtig gemacht werden, deshalb ging er jeden zweiten Tag zum Bahnhof, verlangte, daß man nach Klevenow telegraphiere, er sitze fest mitsamt der Truppe, höhere Gewalt, und er fragte immer wieder nach einer Lokomotive. Vergeblich, sie sahen es ja, sie hörten es in der Nacht, daß die Militärtransporte vorüberrollten. Es ging darum, den Übermut der französischen Nation zu dämpfen, was bedeutete es da, ein paar Polacken sitzenzulassen, wo sie waren, auf einem Abstellgleis bei Penzlin.

Größere Sorgen als Stollinski machte sich Schmul Rosenzweig.

Er saß mit den anderen am Feuer, er aß mit ihnen, was koscher war, er spielte ihnen mit seiner Fiedel auf, so oft sie es verlangten, aber er grämte sich, weil er sah, daß sich der blonde Jan, der Goi, und seine einzige Tochter näher und näher kamen. Eine Zeitlang wollte er mit dem eigenen Gespann in Richtung Hamburg davon, aber auch auf den Landwegen hatten Militärtrains die Vorfahrt. Überall, hieß es, würde scharf kontrolliert, an jedem Chausseehaus Polizei. Jedenfalls war es leichter, per Bahn von Mecklenburg nach Hamburg zu gelangen als über die Straßen. Der Jude machte sich zwei-, dreimal am Tag zum Bahnhof auf und drängte auf Weiterfahrt. Dem Bahnhofsvorsteher kam dieser Mann unheimlich vor, war ja auch merkwürdig genug anzusehen in seinem Kaftan, schwarz behütet trotz der Sonnenhitze und mit lang herunterhängenden Schläfenlocken, wie sie sich sonst nur die Weiber drehten. Dieser eigenartige Mensch blickte den mit Kriegsgerät beladenen Zügen nach, bis sie in der Ferne verschwunden waren, mit Kanonen, Pferden oder Leuten, womöglich war er ein Spion in französischen Diensten.

Der Bahnhofsvorsteher war zu gesundem Mißtrauen in Kriegszeiten angehalten worden und zur Meldung verpflichtet, sobald sich Absonderliches auf dem Bahnhofsareal begab. Vorsicht ist besser als Nachsicht, dachte der Beamte und unterrichtete das Kriminalkollegium in Penzlin, daß sich ein fremdländisch aussehender Mann auf der Station auffällig verhalte. Das Kriminalkollegium war als Untersuchungsgericht für alle nicht besonders peinlichen Fälle verantwortlich, es unterstand einem Herrn von Malzahn, Freiherrn zu Wartenberg, der sich entschloß, den Vorsteher der berittenen Gendarmerie von Waren um Hilfe zu bitten.

Schmul Rosenzweig sorgte sich um seine schöne Tochter. Sie hockte im Schneidersitz ihm gegenüber zwischen den anderen am Feuer, nur dieses eine Licht in der Finsternis, rötlich flammende Scheite, ein paar Menschen im Kreis, Polen und Deutsche, ein Jude und seine Tochter, schöne Gesichter, vom Licht aus der Schwärze gerissen, häßliche Gesichter, gute Augen, böse Augen.

Mein Gott, ich sitze im Kreis mit diesen Andersgläubigen und bin froh, daß ich mich an ihrem Feuer wärmen darf. Ich schau in ihre Gesichter, aber du, ewiger Gott, läßt jeden einzelnen an dir vorüberziehen und wägst und schreibst den Urteilsspruch. Du weißt, wie viele vergehen, du weißt, wer leben wird, wer sterben muß durch Feuersglut und Wasserflut, durch Krieg und Hunger. Schmul Rosenzweig redete mit Gott. Da sah er, wie sich die Hand Jan Tiedemanns zu Mala hin bewegte und ihre Hand der seinen entgegenkroch, bis sie sich ineinander verhakten. Mein Gott, er ist ein Goi, das Mädchen erst sechzehn Jahre alt, so lange schon mutterlos. Ich liebe sie und hab sie gelehrt, meine Hausfrau zu sein. Sie hat mir die Stube reinlich gehalten, sie weiß, wie man ein Scholet kocht, sie hat mir am Sabbath die Lichte gebenscht, die Menorah hab ich aus der brennenden Hütte gerettet, auch ein wenig Geschirr für Fleischernes und Milchernes. Im Kaftan trag ich einen kleinen Schatz versteckt, damit wir in der neuen Heimat einen Anfang haben, Mala muß bei mir bleiben, wenn ich wie ein Jude leben will. Ich darf sie nicht verlieren.

Rosenzweig fürchtete sich und wollte nicht länger vor Augen haben, was er für sein Unglück halten mußte. Er ließ sich rücklings fallen und starrte hinauf in den finster gähnenden Himmelsschlund. Warum betet ein Mensch? Er hofft auf Gutes, er wünscht, das Böse abzuwenden. So wie Rosenzweig hatten schon die Urväter zu Gott gesprochen: Höre unsere Stimme, o ewiger Gott, erbarme Dich unser und nimm unser Gebet in Wohlgefallen an. Amen.

Seit Stollinskis Kolonne auf das Abstellgleis geschoben war, durfte Schmuls Panjepferd auf der Wiese grasen, jetzt wieherte das Tier in der Nacht, vielleicht war ein Fuchs vorbeigeschnürt. Der Jude erhob sich. Es ist Zeit, Mala, wir wollen uns niederlegen.

Das Mädchen gehorchte auf der Stelle.

Rosenzweigs Wägelchen war an eine der Schmalseiten des Waggons festgekeilt. Der Mann hatte auf dem Gefährt die wenigen Habseligkeiten verstaut, die ihm noch geblieben waren, das Geschirr, den Leuchter, Bettzeug, ein paar Decken. Aber als sein reichster Schatz galt ihm die Tochter. Er hatte darauf bestanden, daß sie sich auf dem kleinen Leiterwagen zur Ruhe legte, dort war sie geschützt durch die hölzernen Sprossen und lag beinahe so gut wie in einem Himmelbett. Ihr zu Füßen rollte sich der Vater ein. Er hörte noch eine Weile, wie die Leute draußen in der Nacht miteinander redeten oder leise sangen. Bald schlief er so fest, daß er nicht wahrnahm, wie Mala in der Morgenfrühe vorsichtig aus dem Gefährt kletterte und den Güterwagen verließ.

Jan stand mitten auf der Wiese. Er hatte an der Feuerstelle nach Resten gesucht, die von der Abendmahlzeit übriggeblieben waren, ein paar Kartoffeln, in der Asche gegart, ein paar Brocken Brot, nun bot er sie auf flacher Hand dem Pferdchen an, das gerne naschte.

Mala trat lächelnd neben den Jungen, damit sie zusehen konnte, wie gut dem Gaul die Leckereien mundeten.

Ob er uns beide trägt?

Ich denke schon.

Jan schwang sich auf, seine Füße reichten fast bis zum Boden. Das Tier war kaum stattlicher als ein kräftiger Esel, aber es duldete den Reiter.

Mala band die Leinen los, ließ sich hinaufheben von dem Jungen. Er setzte das Mädchen vor sich zurecht, und dann ritten sie tiefer und tiefer in die Wiese hinein, bis dorthin, wo Gesträuch und Gestrüpp einen Weiher umstanden. Sie sahen das Reh und sein Kitz, die ihnen aus dem Wege sprangen, den Reiher, der sich aus dem Ufergebüsch erhob, sie hörten, wie hell die Morgenvögel sangen.

Da war der Teich, blank wie eine Spiegelscheibe. Mala und Jan entkleideten sich wortlos und wateten ins Wasser, Hand in Hand, damit einer dem anderen beistehen konnte, falls es gefährlich würde. Beide konnten nicht schwimmen, sondern lediglich eintauchen ins laue Gewässer, ein wenig herumalbern, dort wo sie sicheren Boden unter den Füßen hatten.

Später, am Ufer stehend, froren beide, sie hatten vergessen, Tücher mitzunehmen, mit denen sie sich trocknen konnten. Jan hob sein Hemd auf, um Mala den Rücken zu reiben. Es schien ihr zu gefallen, sie machte sich summend krumm, wendete sich plötzlich, damit sie der Junge in die Arme schließen konnte, und es erschreckte sie, als sie spürte, daß ihm jäh sein Glied aufstand.

Er lachte und schlüpfte rasch in die verschlissene Hose. Dann warf er ihr die Kleider zu. Ich hab dich lieb, Mala.

Ach, sie liebte ihn auch.

Dann zieh mit mir.

Ich bin mosaisch, Jan.

Na und? Meine Mutter hat einen Polen gern, den Koschoreck, du kennst ihn. Selbstverständlich reden die Leute, es schert sie nicht.

Sie wrang sich das Wasser aus dem nassen Haar. Es gibt einen Brauch bei uns, wenn ein Mädchen davongeht, gegen den Willen der Eltern, mit einem Andersgläubigen, mit einem Goi, dann ist sie für ihre Familie gestorben. Ein Rosenstrauch wird an ihrer Stelle beerdigt.

Ihr Gesicht war naß, es war nicht zu erkennen, ob ihr das Wasser aus den Haaren tropfte oder aus den Augen. Als Jan sie küßte, schmeckte er das Salz.

Er sagte: Ich kann mir nicht denken, daß wir uns übern Weg gelaufen sind für nichts und wieder nichts. Wir sind für einander bestimmt, das fühl ich, das weiß ich. Das ist unser Schicksal. Es kann nicht sein, daß es uns beide bis an diesen Ort verschlagen hat, damit wir auseinandergehen und haben uns nicht ein einziges Mal geliebt.

Er hockte neben Mala am Ufer, nackt bis auf die Hose, sein Hemd hing klatschnaß im Gezweig.

Mit einem Mal sah sie, daß ihn fror. Komm zu mir, sagte sie, damit ich dich wärmen kann, mein Lieber.

Sie blieben am Teich, bis es die Sonne war, die ihre Leiber erhitzte, bald würde sie im Mittag stehen.

Plötzlich war ihnen angst. Wir müssen zurück.

Betretene Gesichter am Bahndamm, Schweigen.

Wo ist mein Vater?

Helle Aufregung am Morgen, euretwegen. Schmul Rosenzweig hat die Hände zum Himmel gereckt, wildes, gellendes Geschrei, als sollte der ferne Gott ihn hören, und dann sieht es aus, als wollte sich der Mann den Kaftan in Stücke reißen. Mala ist fort, der Gaul ist fort. Der verdammte Goi hat das Mädchen entführt.

Er weint und schluchzt, er schlägt sich die Fäuste gegen die Brust, und wir anderen stehen im Kreis und wedeln mit den Händen, als könnten wir so die Verzweiflung dämpfen.

Still, Schmul, sagt Koschoreck. Jan ist wie mein eigener Sohn, ich bürge für ihn.

Die blonde Olga zeigt deinem Vater das buntscheckige Kätzchen. Sie wäre nicht davongegangen ohne ihr Glückstier.

Das scheint ihm einzuleuchten. Er nimmt die Katze, er streichelt sie und trägt sie aus dem Kreis.

Jetzt kommt der Mann mit der roten Mütze gelaufen. In knapp zwei Stunden fährt ein Viehtransport ein, euer Waggon wird angehängt.

Schiefer Blick auf unsere Lagerstätte. Die Weiber hatten Wäsche zum Trocknen ins Gras gelegt. Schafft euern Dreck beiseite, sonst laß ich euch Beine machen.

Also gut, wir räumen das Lager. Wir packen die Bündel, jeder hat's eilig.

Dein Vater, Mala, steigt auf den Damm, um Ausschau zu halten.

Sie werden schon kommen, Schmul.

Dein Vater schüttelt den Kopf. Ich rieche das Unheil.

Und dann sehen wir, wie er die Schaufel vom Wagen holt, daß er ein Loch zu schaufeln beginnt, dort könnt ihr's sehen, neben dem Wildrosenstrauch.

Mensch, was tust du da, Jude?

Ich schaufle ein Grab, ich werde die Rose begraben und Kaddisch sprechen:

Geheiligt und gepriesen sei Dein großer Name in aller Welt... lasse Frieden walten über uns, ganz Israel und die gesamte Menschheit. Amen.

Da hören wir das Klappern der Hufe von rückwärts her und wenden uns. Euer Gaul war's nicht.

Zwei berittene Gendarmen kommen heran, einer von Rang, das ist an den Litzen zu sehen, den blinkenden Kragenspiegeln. Hinter ihnen rennt keuchend der Bahnhofsvorsteher, erhitztes Gesicht, rot wie die Mütze, und reckt seinen Arm aus und zeigt deinen Vater an.

Dieser da ist der Verdächtige.

Schmul Rosenzweig läßt die Schaufel fallen und hebt die Hände, als sei ein Gewehr auf ihn gerichtet.

Ich bin aus dem Königreich Polen ausgewiesen, aber ein ehrlicher Handelsmann.

Was hat ein streunender Jude in Mecklenburg verloren?

Dein Vater zeigt einen Zettel mit Behördenstempel. Die Gendarmen haben es schwarz auf weiß, daß er auf der Durchreise ist, nach Moisling hin, der reichen israelitischen Gemeinde bei Lübeck. Dort wird man ihm nach Hamburg weiterhelfen, nach England weiter und weiter.

Der gemeine Gendarm ist abgestiegen. Er kann lesen, was geschrieben steht, der Paß ist ordentlich, er reicht ihn an den Silberbetreßten. Der sitzt immer noch auf dem hohen Roß und sagt, sein Gefieder sträube sich, sobald er eine jüdische Visage erblicke, und will wissen, ob Schmul im Besitz von Reisemitteln sei.

Dein Vater kramt in den Taschen, es dauert, bis er zögernd die Faust öffnet und ein paar schwere Goldstücke auf der flachen Hand vorweist.

Wir armen Hunde kriegen den gierigen Blick, wir hatten ja keine Ahnung, daß Schmul Rosenzweig ein reicher Mann ist.

Ergaunert und erstohlen, so meint der Offizier und wendet sich an den Bahnhofsvorsteher und sagt: Jeder dieser polnischen Kaftanjuden pflegt verbrecherischen Umgang mit der niederen Menschenklasse in deutschen Landen. Ihre gemeinsame Sprache ist das Rotwelsch. Man sieht ja, mit welchem Abschaum sich der Jude auf Reisen begeben hat.

Da sind wir also gemeint, die Schnitter. Da geht uns das Messer in der Tasche auf, da hat sich Stollinski stark gemacht, Arsch zusammengekniffen, Brust rausgestreckt.

Gesindevermittlung Micha Stollinski. Ordentliches Vertrag mit Herrschaft Klevenow. Bitteschön, Papier einzusehen.

Ist dieser Jude ihm zur Arbeit verpflichtet?

Der Jude nicht.

Sie haben ihn gefesselt, zwischen ihre Gäule genommen und im Trab abgeführt.

Wohin?

Der kommt nach Güstrow, ins Graue Haus.

Jan wiegte Mala tröstend, bis ihm Koschoreck die Hand auf die Schulter legte.

Von rückwärts rollte dampfend und stampfend die Lokomotive heran.

Wir müssen das Pferd noch verladen, rasch.

9

Selbst bei seiner Einweihung vor Jahrzehnten war der Bahnhof von Waren nicht so festlich geschmückt wie an diesem Julitag 1870. Alle Bahnsteige wie naß gewischt, Mastbäume hoch aufgerichtet, Fahnen im Wind, üppige Girlandenbögen von der Schalterhalle bis hin zu den frisch gechlorten Aborten, und selbst diese wimpelbekränzt, denn heute war ein großer Tag für die Stadt.

Eine Batterie des Großherzoglich Mecklenburgischen Dragonerregiments Nummer 18, unter Führung des Herrn Rittmeisters Viereck auf Viereck, sollte per Bahn verladen werden, um die zum Küstenschutz abkommandierten Einheiten zu verstärken.

Menschen und Menschen auf dem Bahnhofsgelände, Angehörige, die ihre Söhne verabschieden wollten, Offizianten, wie der Herr Landrat von Rodde, die Herren der Ämter, die Vertreter der Stände, zur Feier des Tages schwarz befrackt, mit Ordensschärpe und Zylinder, Damen in wehenden Sommerkleidern, Neugierige und etwa zwei Dutzend Ehrenjungfrauen, dickzöpfige, stämmige mecklenburgische Landeskinder in schneeweißem Musselin, sie trugen Blumensträuße in den festgeballten Fäusten.

Übrigens bewegte sich auch Armgard Löwenholm, in Begleitung des ersten Beireiters Jörn Schlöpke, unter den Leuten und hatte zu tun, im Gedränge ihren wagenradgroßen Hut auf dem Kopf zu behalten.

Schon hörte man fröhlichen Lärm aus der Ferne, die Kavalleristen ritten über die Teterower Straße heran, voraus die Musik, klirrender Schellenbaum, wummernde Pauke, Fanfaren, gellendes Blech. Was klingt verführerischer, als dieses schneidige Tschingteratätä, Tschingteratätä? Es machte, daß sich die Damen viel zu weit aus den Fenstern der Bürgerhäuser hängten, um der Reiterei zu winken, und alle Kinder der Stadt den Zug begleiten wollten, zum Glück war schulfrei befohlen, also hüpften sie über die Bürgersteige, die Jungen im Matrosenanzug, die Mädchen in frisch gewaschenen Sonntagskleidern und mit riesigen Schleifen im Haar.

Jetzt bogen die Reiter mit klingendem Spiel in die Bahnhofstraße ein, blau uniformierte Männer, in den Sätteln wippend, silbern schimmernde Blechmützen. Es sah aus, als ritte Gottes eigenes Regiment heran.

Endlich die Kommandostimme: Das Ganze halt!

Rittmeister von Viereck auf Viereck meldete, daß die Truppe, wie befohlen, zur Stelle sei.

Für die Honoratioren war im Rücken des Bahnhofsgebäudes ein hölzernes Gerüst aufgeschlagen, mit Fahnentuch bespannt und girlandenbehängt.

Als Landrat von der Rodde Komteß Armgard in der Menge erkannte, versuchte er, sie auf die Tribüne zu winken, schließlich handelte es sich bei der Dame, wie man wußte, um die Braut des reichsten Grundherrn in Mecklenburg.

Bitte sehr, meine Gnädigste!

Aber die Dame machte keinen Gebrauch von der Einladung.

Ich danke sehr, Herr Baron.

Da wurde auch schon die Meldung gebrüllt: Truppe, wie befohlen, zur Stelle!

Jetzt mußte die Ansprache folgen. Herr von der Rodde rückte den Zwicker zurecht und stützte sich mit beiden Händen auf das Geländer.

Meine lieben mecklenburgischen Heldensöhne, ich grüße Sie.

Beifall.

Meine sehr verehrten Damen und Herren, nahezu zwei Wochen sind ins Land gegangen, seit jenem verhängnisvollen Tage, da von der Seine die Nachricht kam, die uns tief bewegte: Der Krieg ist erklärt!

Heute nun, meine lieben Dragoner, erfüllt es unsere Herzen mit Freude und Stolz, daß Ihr hinausreiten werdet, um den frivolen Übermut des französischen Cäsarentums in den Staub zu treten.

An dieser Stelle seiner Rede wurde Herr von der Rodde durch einen gellenden Pfiff gestört. Er wiederholte irritiert: In den Staub, und sah er zu seinem Entsetzen einen Güterzug, der in aller Gemächlichkeit auf Gleis zwei näher rollte. Mein Gott, doch nur zur Durchfahrt, hoffentlich.

Herr von der Rodde mußte seine Stimme heben und scharf akzentuieren, damit die Menge verstand, daß der alte Gott auch diesmal den Sieg ans deutsche Banner heften würde.

Kreischende Räder, quietschende Bremsen, die Lokomotive atmet fauchend aus. Sie hat ein halbes Dutzend Viehwaggons nach Waren geschleppt. Geladen ist Rindvieh, wahrscheinlich soll es nach Rostock weitergeleitet werden und ist zur Versorgung der hungrigen Truppen an der Heimatfront bestimmt.

Den Beschluß des Zuges bildet ein Waggon ältester Bauart mit weit geöffnetem Tor, das gleich seine Fracht ausspeien will, Männer und Weiber, schäbig gekleidet wie das Lumpengesindel.

Die Störung muß um jeden Preis verhindert werden. Der Landrat gestikuliert zum Bahnhofsvorstand hinüber. Ach, im Festtagsrummel ist dem Mann auf dem Stellwerk ein Fehler unterlaufen. Das Signal für den Viehtransport war nicht auf Halt gestellt.

Es ist alles zu spät, und während die Soldaten, hoch zu Roß, Augen ge- ra- de- aus! eiserne Disziplin bewahren, während die Honoratioren wie erstarrt auf der Tribüne verharren, während Herr von der Rodde immer noch den Arm ausreckt, als könne er sich mit fünf gespreizten Fingern gegen das Unheil wehren, quillt schon der liederliche Haufen aus dem Güterwagen, werfen sich Schnitter und Garbenbinderinnen lärmend die Bündel zu, staunend, mit den Fingern auf den Festschmuck weisend, Girlanden bunte Fahnen, offenbar alles zu ihrem Empfang aufgeboten.

Stollinski begreift im Augenblick, daß seine Kolonne ungewollt eine vaterländische Veranstaltung stört. Er weiß so wenig wie alle anderen, wie dem noch abzuhelfen ist, versucht aber, angesichts der Kavallerie, so etwas wie eine militärische Haltung einzunehmen, also Arsch gestrammt, Brust rausgestreckt und die Mannschaft angebrüllt: Zieht Mütze, macht Verbeugung, macht euch angenehm!

Und das probieren seine Leute nun, indem sie groteske Kratzfüße darbieten.

Herr von der Rodde flüstert erbittert: Polnische Zustände auf einem gut deutschen Bahnhof.

Da wird krachend, zu allem Überfluß, auch noch ein Panjewagen heruntergelassen. Das scheint leichter zu veranstalten, als das dazugehörige Pferd über die Planke auf den Bahnsteig zu locken. Ein schwarzhaariges Mädchen gibt der sturen Rosinante gute Worte, zerrt mit den Männern am Strick, vergeblich. Die flatternden Fahnen schrecken das Tier, auch das Rindvieh fängt zu blöken an.

Wer lacht da!

Es ist Armgard Löwenholm, die sich nicht mehr halten kann.

Aber schon rufen andere: Sauerei! Was hat das Pack hier verloren? Raus mit ihnen!

Herr von der Rodde schüttelt erbittert das Haupt. Wie konnte geschehen, daß bei einer militärischen Veranstaltung von solchem Rang vergessen wurde, eine halbe Hundertschaft Polizisten abzukommandieren?

Nun der Ruf: Freiwillige vor!

Ein paar beherzte Zivilisten schicken sich an, den Bahnsteig von Gleis zwei zu stürmen. Ein würdeloser Zustand soll beendet werden, am besten zurück mit dem Gesindel in den Waggon, Klappe zu, Riegel vor! Und fort mit ihnen bis dorthin, wo der Pfeffer wächst.

Wahrscheinlich wäre die Geschichte so ausgegangen, aber da ist Armgard Löwenholm.

Jörn hatte ihr gesagt, der Mensch mit dem komischen Gehabe sei Stollinski. Er kennt den Vorschnitter seit der letzten Saison.

Dann los! Armgard Löwenholm rafft mit beiden Händen die Röcke bis unters Knie und setzt, ohne jede Anmut, über die Gleise, gefolgt von Jörn. Sie stellt sich dem Warener Volkssturm entgegen.

Halt, das sind Schwansche Leute!

Sie, eine couragierte junge Frau, sorgt augenblicklich für den geordneten Abzug von Stollinskis Kolonne.

Jörn mag sie ein Weilchen unter Aufsicht halten.

Auf dem Rückweg nimmt die Komteß nicht den Weg über die Gleise, sondern schreitet über die Bahnsteige zurück, ohne Eile, im weißen, weitschwingenden Kleid, das mit einer Schärpe von Schwanschem Rot gegürtet ist. Hunderte schauen ihr zu, als wohnten sie einem Ereignis bei.

Jetzt ist sie vor dem Ehrengerüst angekommen und muß den

wagenradgroßen Hut mit flacher Hand auf dem Kopf halten, als sie nach oben blickt.

Bitte gütigst um Entschuldigung, Herr von der Rodde.

Und nun kann es endlich weitergehen mit dem Programm. Der Landrat ruft:

Laßt uns einstimmen in den Ruf, der durch alle deutschen Gaue schallt. Hoch Deutschland, hoch König Wilhelm, hoch deutsches Schwert!

Und der Warener Gesangverein intoniert ein brandneues Lied, während die Soldaten ihre Pferde auf die Rampe führen, geleitet von den strammen blondzöpfigen Maiden.

Der Feind ist da, hurra, hurra!
Sein Hochmut übersiedet.
Wacht auf, ihr Tapfern, fern und nah,
euch ward das Schwert geschmiedet.
Die Eisenkraft aus deutschem Mark
macht unsre gute Klinge stark,
den Störenfried zu hauen, zu hau – hau – en.

Das also ist Jörn Schlöpke. Wie ein Herr geht er mit dem Stollinski um. Wer deutsch versteht, kann hören, daß man sich auf längeren Fußmarsch einzurichten hat, von Waren bis Rottmanshagen, dann weiter nach Gielow, dort ist man schon in der Nähe von Klevenow.

Der also ist Jörn Schlöpke. Roman Koschoreck kennt jede Linie von Gesines Gesicht, so genau, daß er sie malen könnte. Wie oft ist er mit streifendem Finger darüberhin geglitten, über die Stirn, die Brauenbögen, die Wangenknochen, die Lippen, so zärtlich, so lange, bis sie auf seinen Finger biß. Wenn er diesen Mann betrachtet, erkennt er Gesines jugendliches Antlitz, oder doch vieles davon, die hellen Augen, die klare Stirn. Von ihrem Mann wird er die buschigen Brauen haben, die Nase, das energische, gespaltene Kinn. Jan hat es auch. Koschoreck wird also schreiben können: Tatsächlich, er lebt in Klevenow, dein zweiter Sohn, und er ist euch nachgeraten, vom Äußeren her, ein schöner Kerl. Freilich stolz wie ein Spanier.

Jan hatte das bockige Pferdchen vor den Panjewagen gespannt, jetzt, da es das gewohnte Joch spürte, bewegte sich das Tier, wie man es von ihm verlangte, ließ sich willig führen, während Mala schon in der Schoßkelle hockte. Fußmarsch also bis Klevenow. Wie gut, daß wir einen Bagagewagen haben. Ein Wink den Kumpanen. Werft die Bündel auf, Freunde!

Jan schwang sich in die Schoßkelle, aber die Rechnung war ohne den Wirt gemacht, ohne Stollinski. Der schlenderte heran, Brust raus gestreckt, ebenso den Hintern, den kann er im Näherwatscheln schwenken wie ein eitler Enterich.

Runter vom Wagen!

Jan zeigte fragend auf sich.

Ja, du.

Mala sagte: Er bleibt.

Wer bestimmt?

Das ist mein Wagen, sagte Mala fest und blickte in die Runde der Schnitter, die das Gespann umstanden. Jedes der Weiber, jeder Mann konnte bezeugen, es gehörte dem Juden Schmul Rosenzweig, wegen Spionageverdachtes zu Penzlin festgenommen, aber hoffentlich bald in der Freiheit. Sie ist die Tochter des Händlers. Ist da einer, der ihr den Anspruch auf Pferd und Wagen streitig machen will?

Stollinski lächelte wieder sein Gaunerlächeln, als hätte er die Beute schon im Sack. Wie alt ist schönes Mädchen?

Sechzehn.

Also, wie sagt man, volljährig nicht. Er ist wie ein Vormund. Er meint es gut, und jetzt: Do stu piorunów, runter vom Wagen, verdammt.

So ein Panjegefährt muß keine hochaufgetürmten Fuder dorfwärts karren, es ist für den Handel bestimmt, beinahe zierlich, gemessen an einem mecklenburgischen Leiterwagen. Auch ein kleiner Mann kann mühelos in die Schoßkelle langen. Stollinski tut es. Er packt Jan grob am Hemd, er würde es ihm zerfetzen, wäre nicht Koschoreck.

Laß ihn los!

Stollinski weiß, wo er sich Verstärkung holen kann. Dieser Bengel wird sich jedenfalls nicht höchst angenehm den Arsch kutschieren lassen, während er, der Oberste der Truppe, über die Landstraße latscht.

Er verneigt sich vor Jörn Schlöpke.

Der sagt: Die Saison fängt gut an, Stollinski.

Der Vorschnitter hebt die Schultern, die Hände und deutet mit dem Kopf auf Koschoreck und Jan. Sind beide nicht vom Stamm, müssen erst lernen, daß Stollinski ist tüchtigstes Vorschnitter von ganzes Mecklenburg.

Jörn tippt den Jan mit der Reitgerte an. Steig ab!

Und der Junge gehorcht.

Koschoreck hatte ihm zugeflüstert: Wir haben kein Futter für das Pferd, keinen Stall, keine Remise für den Wagen. Wir müssen das alles erst klären. Gib nach.

Der Junge steigt ab, widerwillig, ohne jede Eile, und dann stehen die beiden Männer voreinander. Dem Roman klopft das Herz am Hals, als er es sieht. Jan, der Jüngere, ist kaum größer als Jörn, aber kräftiger, stämmiger, weil von klein auf an harte Arbeit gewöhnt. Der eine ist gekleidet in feines Tuch, der andere steht da in zerschlissenem Werggarnzeug, aber was für ein Kerl, mein Gott. Sieht denn keiner, außer ihm, daß sie einander ähneln wie Brüder? Und sehr viel später, wenn er Gesine Rechenschaft geben muß, wird sich Koschoreck fragen, ob es in diesem Augenblick geschah, auf dem Bahnhof von Waren, daß Jörn Schlöpke und Jan Tiedemann begannen, einander zu hassen.

Jan war also abgestiegen, weil es ihm der andere befahl, und Mala wollte es nicht verstehen.

Sie rief: Das ist eine Ungerechtigkeit!

Jörn Schlöpke sah, das Mädchen war schön. Er gab ihr freundlich zur Antwort: Ihr müßt dem Vorschnitter gehorchen, und mir übrigens auch.

Jan war größer als der andere und war ihm ähnlich. Mag sein, daß er sich ihm ebenbürtig fühlte. Er fragte: Bist du der Herr?

Stollinski erschrak über die respektlose Anrede. Das sein Leibkutscher von seine gräfliche Gnaden. So gut wie ein Herr.

Auch Mala stieg ab.

10

Als sich die Schnitterkolonne Klevenow näherte, schien das Land unter dem offenen Himmel zu leuchten, Koppeln und Wiesen, die Wäldchen auf den Hügeln waren in ein wundervolles Abendlicht getaucht, und Schloß Klevenow ragte rötlich schimmernd wie eine Märchenburg über den bläulichen Baumkronen auf. Kaum einer der Leute hatte Augen für so viel Schönheit, jeder wurde von Hunger und von Durst geplagt, und nicht nur Jan verfluchte den verdammten Stollinski, der mit Malas Gespann vorausgefahren war, Klevenow gewiß längst erreicht und sich den Wanst vollgeschlagen hatte. Hätte das Schwein nicht wenigstens die armen Weiber mit sich nehmen können? Mala taumelte vor Müdigkeit. Jan hatte es schwer, sie zu stützen.

Roman Koschoreck war wohl der einzige unter den Leuten, der jeden Baum und jeden Turm beachtete, die Dinge hatten Wert für ihn, weil auch Gesine sie gesehen hatte. An diesem Ort, oder nicht weit davon, hatte sie gelebt, auf diesem Weg ist sie gegangen, auf diesem Feld mag sie die Garben gebunden haben. Ich muß mir das alles einprägen, damit ich es beschreiben kann, dachte er, während Jan wie alle übrigen voranstolperte und nur eins im Sinn hatte, wo find ich endlich den Platz, an dem ich mich neben Mala hinwerfen kann für die Nacht.

Die Schnitterkaserne, ein zweistöckiger Bau, hatte das harmonische Ineinander von Landschaftsgarten und Architektur nicht stören dürfen, deshalb war sie hinter dem Marstall versteckt.

Im Erdgeschoß, neben dem Eingang, lag die kleine Wohnung für den Vorschnitter. Wer die Kaserne betreten oder verlassen wollte, mußte an Stollinskis Tür vorüber. Zu ebener Erde war auch der Männerschlafsaal eingerichtet, während sich die Frauen im ersten Stock niederlegen mußten.

Neben der Schnitterkaserne stand der Brunnentrog, groß wie eine Badewanne und offenbar aus einem einzigen Sandstein gehauen. Es gab Leute im Dorf, die behaupteten, es handele sich um eine steinerne Leichenkiste, um einen Sarkophag, ein uraltes Ding jedenfalls, das am Schloß als Pferdetränke gedient hatte, bis es nach jahrhundertelangem Gebrauch mehr und mehr beschädigt und zuletzt hierher gebracht worden war. Ein beinahe armdicker Quellstrahl ergoß sich in den Trog, und als die Schnitter endlich heran waren, stürzten sie darauf, um zu trinken.

Stollinski schrie: Zuerst Formalität!

Am Eingang der Schnitterkaserne war ein Tisch aufgestellt, dahinter sahen die Ankömmlinge einen ordentlich gekleideten alten Mann, der dünn war und bleichgesichtig, blankschädelig bis auf einen weißgelockten Halbkranz, der ihm über die Ohren und bis in den Nacken hing. Das war der Gutssekretär Schlöpke, und vor ihm, auf dem Tisch, lag eine Namensliste, die abzuhaken war. Die Formalitäten also.

Jan sah, wie erschöpft Mala war. Er rief: Wir sind den langen Tag unterwegs und sehr hungrig, Herr. Gibt es nicht eine Kleinigkeit zu essen?

Und die Schnitter umringten den Jungen zustimmend.

Stollinski bestimmte: Vorstellung, Männer zuerst. Er nannte die Namen: Gorski, Josef, Augustiniak, Stanislaw, Butt, Ignatz, Galinski, Thomas.

Die Aufgerufenen traten an den Tisch, um sich von Schlöpke mustern und abhaken zu lassen, dann mußten sie unterschreiben oder wenigstens ihre drei Kreuze machen.

Und weiter: Kwiatkowski, Michael, Watzek, Woijcech, Hase, Anton und so weiter, bis Jan Tiedemann an der Reihe war.

Schlöpke erklärte: Ihr besiegelt mit eurem Namenszug den Arbeitskontrakt mit dem Gräflichen Rentamt zu Klevenow und bestätigt, daß ihr mit dem Lohn, dem Essen, der Arbeitszeit von zwölf Stunden einverstanden seid, auch mit dem Quartier selbstverständlich.

Wir haben es noch gar nicht gesehen, sagte Jan.

Schlöpke hob das Gesicht. Seine Augen waren alt, er putzte die Nickelbrille, während er zu dem ellenlangen Mann aufblinzelte.

Den kenne ich, dachte Schlöpke, den habe ich schon einmal gesehen, so einer hat mich, als ich nichts als meine Pflicht getan im Dienste der Herrschaft, ein Schwein genannt und vor mir ausgespuckt.

Schlöpke fühlte sich angegriffen und sagte drohend: Aufwiegelei wird geahndet wie jeder Bruch des Vertrages. Wir sind im Krieg, und jeder von euch untersteht der deutschen Gerichtsbarkeit.

Jetzt hakte er die Brillenbügel mit spitzen Fingern hinter den Ohren fest und blickte noch einmal hoch, da wurde ihm mit einem Mal himmelangst. Mein Gott, was ist mir, daß ich auf einmal Gespenster sehen muß. Das ist Jörn Tiedemann und kann doch gar nicht Tiedemann sein. Besser, ich sag was Vermittelndes. Er meinte, schlecht sei die Unterkunft zu Klevenow nicht, gewiß besser sogar als anderswo, gut gestopfte Strohsäcke, wollene Decken.

Wird sich Arsch schon wärmen, rief Stollinski dazwischen.

Schlöpke war noch nicht am Ende, frohe Botschaft zu verkünden. Was die Kost betreffe, könne sich ein Gut wie Klevenow trotz der Kriegszeit immer noch leisten, das Gesinde satt zu machen.

Dann wollte er den Namen wissen.

Tiedemann.

Tiedemann, wiederholte Schlöpke. Er legte die Feder aus den zitternden Fingern. Wo kommst du her?

Gut Laudeck in Pommern.

Gehört es nicht der Gräfin Iduna Schwan-Schwan?

Ja, Herr. Sie hat absatteln müssen. Deshalb bin ich ja hier.

Dein Vater heißt?

Jörn Tiedemann, Herr. Er ist schon lange tot.

Und deine Mutter?

Sie lebt mir, Gott sei Dank.

Wie ist der Name?

Gesine. Jan wunderte sich sehr über das merkwürdige Verhör.

Da erhob sich Schlöpke taumelnd. Das Herz, das Herz.

Der Vorschnitter mußte den alten Mann stützen.

Der sagte: Sie sammeln die Unterschriften, Stollinski. Die Liste muß heute noch in die Kanzlei.

Als sie sich ein paar Schritte von den Schnittern entfernt

hatten, machte sich Schlöpke frei. Danke, es geht schon wieder. Schräger Blick zurück. Er sagte: Dieser Bengel gefällt mir nicht. Stollinski teilte die Abneigung des Alten. Ist frech auch zu mir. Dann sieh zu, daß du ihn loswirst.

Später konnten die Quartiere bezogen werden, zuerst von den Weibern, wie der Vorschnitter bestimmte. Er ging voraus, öffnete die Tür zu seiner Behausung und winkte eine nach der anderen wie zur Musterung vorbei, diese erschien ihm zu mager, jene zu fett oder zu häßlich, aber jede sollte doch wenigstens einen Blick auf das Paradies werfen dürfen, ehe sie mit dem Bündel die Treppe hinauf mußte, um sich im Massenquartier eine Pritsche zu suchen. Seine Wohnung konnte sich sehen lassen, in der Kammer zwei solide Bettstellen nebeneinander und an der Wand, über den Kopfenden, eine Bierreklame in wundervollen Farben, zwei dicke Brauereipferde vor einem Wagen, der mit einem Dutzend Fässern beladen war, und darüberhin zogen schneeweiße Wolken im Blauhimmel. In der Küche eine richtige Kochmaschine, auf den Borden emailliertes Blechgeschirr, nur wenig beschädigt. Auch hier die Wände mit Plakaten geschmückt, die für Kathreiners Malzkaffee warben und irgendein Waschmittel.

Stollinski sperrte mit ausgestrecktem Arm den Aufgang nach oben, er ließ Mala nicht hinauf, nachdem auch sie sich lange genug hatte sattsehen dürfen.

Du wirst es gut haben bei mir. Er lächelte.

Mala schüttelte den Kopf. Sie war ohne Furcht, im Eingang standen die Männer mit verschränkten Armen, Roman, Jan und Gorski.

Jan sagte: Sie hat keine Lust.

Und als Stollinski den Kopf wendete, um den Jungen strafend anzublicken, war Mala schon unter dem Arm hindurchgeschlüpft. Die Frauen auf der Treppe empfingen sie lachend.

Nach der Musterung war nur Olga Kalusa übriggeblieben, die Stollinski unbedingt gegen eine junge Beischläferin hatte tauschen wollen. Da stand sie, gegen die Wand gelehnt, und lächelte und kaute an einem Kürbiskern.

Dann du, befahl Stollinski.

Olga kaute ein Weilchen, ehe sie sagte: Ich muß mir überlegen.

Sie fiel mit dem Hinterkopf gegen das Gemäuer, so brutal hatte der Vorschnitter zugeschlagen.

Olga strich sich die Haare aus dem Gesicht, spuckte die Kernschale auf die Dielen und hob die Schultern. Dann griff sie nach ihrem Bündel und ging hinein.

11

Sie ritten tagtäglich aus, Armgard Löwenholm und Jörn Schlöpke, inzwischen zum ersten Stallmeister aufgestiegen. Die Komteß hatte durchgesetzt, daß er vom Kriegsdienst freigestellt worden war, solange die mecklenburgischen Truppen zum Schutz der Nord- und Ostseeküste abkommandiert blieben.

Oft ritt der Stallmeister schon in aller Morgenfrühe am Schloß vor und führte das Leibpferd der Komteß mit sich. Er brauchte nicht lange zu warten, bis Armgard erschien, ihm ein Bündel zuwarf, das er lachend fing. Er mußte nicht einmal aus dem Sattel, um ihr in den Steigbügel zu helfen, sie schwang sich mühelos auf ihr Pferd, es machte ihr Spaß, sich selber zu beweisen, wie selbständig und sportlich sie war. Übrigens enthielt das Bündel die Badelaken.

Was die Kommoditäten betraf, war Schloß Klevenow nicht auf dem modernsten Stand, und Armgard wollte nicht einsehen, daß sie sich morgens in einer Schüssel, wenn auch von feinstem Porzellan, erfrischen sollte, wo ihr doch sommers mit dem nahegelegenen See ein besseres Waschbecken zur Verfügung stand, groß genug, daß man zu zweit hineintauchen konnte. Manchmal ritten sie sogar zu ihrem Vergnügen nackt auf den Pferden ins Wasser.

Kuno Schwan wußte bald, daß die zukünftige Schloßgräfin von Klevenow und ihren Stallmeister mehr als ein dienstliches Verhältnis verband. Dieser Jörn war ihm übrigens bekannt und während der Knabenjahre sogar vertraut gewesen.

Sie waren gleichaltrig und hatten beide bei Pastor Christlieb am Konfirmationsunterricht teilgenommen. Merkwürdigerweise waren es nur zwei Knaben gewesen, die seinerzeit auf die Einsegnung hatten vorbereitet werden müssen. Es war dem alten Christlieb gelungen, Gräfin Agnes davon zu überzeugen, daß es eine überflüssige Anstrengung sei, den Jungen des Gutssekretärs im Gemeinderaum zu unterrichten, um anschließend im Schloß dem Erbgrafen das gleiche zu erzählen. Kuno hatte ins Pfarrhaus gedurft und eine ganze Weile genießen können, ohne Aufsicht des strengen Hauslehrers zu sein. Ja, bald schien es dem jungen Grafen, als gäbe es nichts Unterhaltsameres und Aufregenderes, als die wöchentliche Stunde im Pfarrhaus und die Stunde danach.

Zuerst hatten sie nachbeten müssen, was ihnen Christlieb über das Wesen Gottes beibrachte und eine Art lustigen Singsangs veranstaltet zur ernstesten Sache der Welt.

Der Alte fragte: Wer hat Himmel und Erde erschaffen und alles, was darin ist und darauf ist?

Die Knaben antworteten prompt: Der dreieinige Gott!

Nun wieder der Alte schelmisch: Wo ist er denn, der liebe Gott?

Die Knaben wußten es. Im Himmel und allenthalben.

Und wie ist sein Name?

Jörn und Kuno plärrten: Gott Vater, Sohn und heiliger Geist.

Jetzt stellte sich der alte Pastor dumm und fragte, als sei er maßlos erstaunt: Wie denn, haben wir mehr als einen Gott?

Die Kinder mußten ihm erklären: Es sind drei, die da zeugen im Himmel, der Vater, das Wort und der Heilige Geist, und diese drei sind eines, also haben wir einen dreieinigen Gott in einem göttlichen Wesen.

Sie sagten den Text auf, wie es dem Pastor gefiel, konnten aber nicht im mindesten begreifen, daß drei Dinge eine einzige Sache sein sollten.

Später nach dem Unterricht trieben sich die beiden Knaben im Dorf herum oder in den Ställen, und der körperlich weit entwickelte Jörn durfte den jungen Grafen in die Geheimnisse des Lebens einweihen und ihm beweisen, daß Geschlechtlichkeit eine Sache war, von der das Wort und der Geist im Himmel gewiß keine Ahnung hatten.

Sie standen im Pferdestall dicht hinter einer rossigen Stute, sie hob den Schweif, und der Graf sah staunend, daß sich die Geschlechtsöffnung des Tieres bewegte, sich auftat und schloß, als wolle sie nach etwas schnappen.

Paß auf. Jörn hatte eine Forke ergriffen und dem Tier das dicke

Ende des Stieles, wer weiß wie weit, in die Öffnung geschoben. Jetzt du.

Nun mußte sich Kuno nur noch einen armlangen Hengstriemen vorstellen und wußte, was Paarung war.

Bald zogen sich die beiden Jungen ins Dunkel des Stalles zurück, und es kam ihnen selbstverständlich vor, die Hosen herunter zu lassen, um sich vorzuweisen, wie groß ihr Gemächt war, nachdem man es steif gemacht hatte. Jedenfalls brauchten sie kein Wort darüber zu verlieren, und es gefiel ihnen, sich gegenseitig anzufassen, bis sie es zufrieden waren. Es war nichts dabei, alle Jungen im Dorf spielten das gleiche Spiel. Warum sollten sie keinen Spaß daran haben?

Aber dann kam Pfarrer Christlieb in der Präparande auf die Übertretung der göttlichen Gebote zu sprechen. Man nannte sie die Sünde und das Unrecht.

Er fragte, ob denn Adam und Eva allein gefallen seien, oder ob sich ihr Sündenfall auf die Nachkommen der ersten Menschen fortgeerbt habe?

Und die beiden Knaben mußten die Augen niederschlagen und antworten: Leider ja, wir haben alle in Adam gesündigt.

Und nun die Frage: Wie vielerlei Sünde gibt es demnach?

Die beiden hatten eine Weile zu lernen, bis sie die Antwort wußten. Es gibt zweierlei Sünde, die Erbsünde, fortgepflanzt durch die Geburt, und die wirkliche Sünde durch die Tat eines jeden, denn alle sind abgewichen und allesamt untüchtig. Da ist niemand, der Gutes tut, und in Matthäus steht sogar geschrieben, ans dem menschlichen Herzen kommen die ärgsten Gedanken: Mord, Ehebruch, Hurerei, Dieberei, falsches Zeugnis und Lästerung.

Eine Zeitlang fürchtete Kuno um sein Seelenheil. Er wollte des Paradieses nicht verlustig gehen, der Gemeinschaft Gottes, und mied den Freund ein paar Wochen, bis er ihm doch wieder nachlief und ihn suchte in der schwülen Dämmerung der Ställe. Er bewunderte den kräftigen Körper des Jungen, die freche Selbstsicherheit des Freundes, und Jörn ließ sich dafür gern bestaunen und befühlen. Nach und nach fiel ihm aber schwer, dem Grafen gefällig zu sein, und als ihm später die Stallmägde zu Willen waren, wurde ihm die Knabenspielerei lästig.

Nicht lange nach der Konfirmation besuchte der Graf eine Privatschule in Dresden, die ihm ermöglichte, auch künstlerische Studien zu treiben, er wurde in der Malerei ausgebildet.

Die Jungen sahen sich nur noch in den Ferien. Ein paarmal waren sie noch zusammen auf den See hinausgerudert, bis das Boot allen Blicken entzogen war, aber auch das geschah seltener und seltener. Kuno hatte im Internat längst Freunde aus den eigenen Kreisen gefunden, manche von ihnen weilten als Sommergäste auf Klevenow. Eines Tages waren die Jungen erwachsen, nur noch der Herr und der Knecht, wenn sie einander begegneten. Der eine zog die Mütze, der andere dankte flüchtig. In letzter Zeit wollte es dem Grafen scheinen, als würde ihm die Reverenz mit nachlassendem Respekt erwiesen.

Kleinjohann war befohlen, in Kunos Suite die Kamine zu heizen. Die Räume lagen gegen Norden hinter dickem Mauerwerk, selbst die Julisonne hatte es schwer, sie zu erwärmen. Aber nun züngelten die Flammen, die Birkenscheite knallten und prasselten im Feuer, dem jungen Grafen war es wohl.

Bleib noch einen kleinen Augenblick. Setz dich.

Kuno Schwan rückte dem Diener eigenhändig den Stuhl zurecht.

Ach nee, ach nee. Der Alte wollte davon.

Aber nun wurde ihm eine Zigarre zugesteckt. Es war also wieder so weit, er mußte angeben, was er über Leute wußte. Diesmal handelte es sich sogar um eine Dame, die der Familie zugerechnet werden konnte.

Es bleibt unter uns, Kleinjohann, selbstverständlich.

Der Mann hatte nicht viel zu berichten, oder er war zu klug, sich über Einzelheiten auszulassen. Sicher war, daß Komteß Armgard und der Stallmeister morgens bei Glock acht eintreffen. Bis die nächste Stunde schlug, duldeten sie keine Dienerschaft in ihrer Nähe, in dieser Zeit wollten sie die Gäule besorgen.

Er wird es ihr besorgen.

Kleinjohann hob die Schultern. Nichts zu sehen, nichts zu hören, bis auf einen lustigen Schrei gelegentlich, Gelächter.

Kuno verlangte, der Alte sollte ihm das Versteck hinter der Lasterbox im Marstall zeigen. Er wollte das Paar belauschen, er wollte Gewißheit.

Aber am Abend hatte der Graf dort das merkwürdige Mädchen getroffen. Es suchte nach einem Pferd. Mala hieß die Kleine, Mala Rosenzweig, und war anzusehen wie ein Wesen aus tausendundeiner Nacht.

Den Block trug Kuno beinahe zu jeder Zeit bei sich. Er wollte sie zeichnen, sie hatte nichts einzuwenden, und es gelang Kuno, mit wenigen Strichen Malas schönes Antlitz festzuhalten, die mandelförmigen, traurigen Augen, die geschwungenen Brauen darüber, die schmale Hand am Hals, ein wenig nach außen gekehrt, in einer Geste der Abwehr oder des Leidens, so drückte sie unbewußt die uralte Erfahrung ihres Volkes aus.

Da stand sie also, gegen das Mauerwerk des Marstalls gelehnt, und plauderte unbefangen, während sie dem jungen Mann Modell stand.

Kuno erfuhr, daß ihr Unrecht geschah auf Klevenow, der Herr Stallmeister hatte nämlich befohlen, Pferd und Wagen dem Vorschnitter Stollinski zu überlassen, obwohl jedermann aus der Kolonne bezeugen konnte, das Gespann gehörte ihr.

Ist es dieser Mann dort?

Jörn kam neben der Komteß Armgard herangeritten.

Er war es, sprang federnd ab, um der Dame aus dem Sattel zu helfen, reichte ihr stützend die Hand. Sie dankte mit leichter Neigung des Kopfes und trat näher, um Kuno neugierig über die Schulter zu blicken.

Du bist begabt.

Was nutzt es, da mir bestimmt ist, Landwirtschaft zu betreiben? Er sagte es mit gewisser Bitterkeit und nannte dann den Namen des Mädchens, das zu Stollinskis Kolonne zählte.

Ach ja, Armgard erinnerte sich der lustigen Szene auf dem Bahnhof zu Waren. Aber was hatte das Mädchen im Marstall zu suchen?

Ihr Pferd, antwortete Kuno an Malas Stelle und winkte herrisch dem Stallmeister.

Jörn ging zwischen den beiden Gäulen, die er führte. Zu dienen, Euer Gnaden.

Mala knickste vor Schreck, als sie erfuhr, wer ihr da so freundlich begegnete. Der Herr Graf Schwan auf Klevenow persönlich hatte sie gemalt.

Jetzt musterte er den ersten Stallmeister so eindringlich, als sollte der gezeichnet werden. Kuno dachte, wozu noch die beiden belauschen oder überführen, Armgard und ihrem Liebhaber ist die Schuld deutlich auf die Stirn geschrieben. Wozu noch durch ein Astloch blicken und betrachten, was er sich bildhaft vorstellen konnte.

Jörn hielt den forschenden Blicken stand, er lächelte sogar ein wenig, und der Graf fragte sich, woher bezieht dieser Mensch seine Hoffärtigkeit, da er sich nur einer Sache sicher sein darf, einer primitiven Männlichkeit, die gewisse Weiber anzieht.

Kuno verachtete den Stallmeister, aber er fühlte sich auch von ihm verraten. Er sagte: Das Pferd wird diesem Mädchen unverzüglich zurückgegeben. Seinen Stallplatz mag das Tier behalten, es soll den Sommer über auf meine Kosten versorgt werden.

Das war ein Befehl, so nachdrücklich vorgetragen, daß Jörn Schlöpke das Blut ins Gesicht stieg. Der Marstall war Armgards Domäne. Er blickte die Komteß fragend an.

Sie senkte die Lider.

Sehr wohl, Euer Gnaden.

Laßt euch nicht stören, sagte Kuno Schwan leichthin, dann schenkte er Mala die Zeichnung.

12

Seit Herzog Ulrich von Mecklenburg das Renaissanceschloß von Güstrow auftürmen ließ, hatte es das Stadtbild beherrscht. Einst war es das stolzeste und schönste Gebäude des Ortes gewesen, heute gab es kein Gemäuer von üblerem Ruf, es war als Residenz der Fürsten längst verlassen und zu einem Gefängnis heruntergekommen.

Im Sommer 1870 wurden dort über dreihundert Personen verwahrt, überwiegend Männer. Es hatte wohl mit den Kriegszeiten zu tun, daß weit mehr Gelichter aufgegriffen wurde als in friedlichen Tagen.

Einer der Insassen war Schmul Rosenzweig, verdächtigt der Spionage zugunsten des französischen Kaiserreiches. Der Mann wartete immer noch auf eine ordentliche Verhandlung vor Gericht. Er galt als besonders verstockt und widersetzlich, hatte sich beispielsweise so heftig gegen eine Gefängnisordnung gesperrt, die aus Gründen der Hygiene das Scheren von Haupt- und Barthaar verlangte, bis man ihm gewaltsam die Schläfenlocken und den Vollbart nehmen mußte.

Von diesem Tag an war er zur Arbeit in der Tretmühle verurteilt worden. Das Graue Haus verfügte über eine kunstvolle, technische Einrichtung solcher Art, die schon im Altertum bekannt war, eine von Menschenkraft betriebene Maschine, ganz ähnlich einem Göpelwerk, in welchem Pferde oder Ochsen im Kreise gehen mußten. Diese Anlage wurde im Landesarbeitshaus von Güstrow seit dem Ende des achtzehnten Jahrhunderts betrieben und hatte sich im doppelten Sinne bezahlt gemacht.

Ihr Mahlwerk schrotete Getreide jeder Art, zum Vorteil des Hauses wie der Stadt, konnte sogar Mehl von bester Qualität produzieren, und zum anderen erschöpfte und ermüdete es die Delinquenten in einem Maße, daß sie sich gefügiger verhalten mußten.

Diese Maschine war in einem der klobigen Ecktürme des

ehemaligen Schlosses eingebaut worden, ein gewaltiger Wellenbaum führte von der ebenerdig gelegenen Mühle durch eine Öffnung des Gewölbes bis hinauf an die Decke des Turmgeschosses. Auf der kreisrunden Arbeitsfläche war die Welle etwa in Brusthöhe der Gefangenen mit einem stabilen Gestänge versehen, das von der Achse abstrebte ähnlich den Speichen eines Rades, und an diese Streben wurden die Verurteilten gekettet. Sie hatten nichts anderes zu tun, als sich gegen das Holz zu stemmen und stundenlang im Kreis zu gehen.

Die Luft im Turm war feucht und schwül, die Männer gingen und hingen, nackt bis zum Gürtel, in den Sielen, sie trieften und stanken vor Schweiß, er tropfte ihnen von der Stirn, und es machte ihre Qualen unerträglich, daß sie sich nicht einmal mit der Hand ins Gesicht fahren konnten, um sich die ätzende Flüssigkeit aus den Augen zu wischen.

In der ersten Zeit hatte sich Schmul Rosenzweig einen auffallenden Stein im Mauerwerk gemerkt und zu zählen versucht, wie oft er sich an diesem Punkt im Kreis vorüberschleppen mußte, ehe er und seine Leidensgefährten abgelöst wurden. Er gab es bald auf. Eine Weile hatte ihm das merkwürdige rhythmische Geräusch geholfen, das die Welle machte, die sie drehten, das Knarren im Holz, das Tappen ihrer Füße im Takt, es untermalte, beinahe wie eine Begleitmusik, jede Melodie, die ihm in den Sinn kam, jedes Gebet des Kantors, an das er sich erinnerte.

Aus der Tiefe rufe ich Dich, Herr! Höre meine Stimme, sei geneigt meinem Flehen ...

Aber schließlich wurde er doch vom Stumpfsinn übermannt und ging nur noch aus Furcht vor der Peitsche im Joch und im Kreis, immer wieder.

Von irgendwoher schlug die Stunde. Der Aufseher ließ sie stille stehen.

Was ist mit dem Juden?

Fertig, antwortete einer der Gefangenen. Er frißt ja nichts.

Und tatsächlich sah Rosenzweig aus wie das Leiden Christi am Kreuze, als man seine Fesseln löste.

Ein mitleidiger Gefährte schleppte ihn treppab in ein feuchtes

Gewölbe, dort warteten die acht Männer, die sie ablösen sollten, und warfen ihnen die härenen Kapuzenmäntel zu, die sie so lange getragen hatten. Der Anstaltsarzt beharrte darauf, sonst hätte sich womöglich einer der verschwitzten und erschöpften Delinquenten den Tod holen können im Wind, der ihnen entgegenpfiff auf dem Weg über den Hof. Die praktische Tretmühle wäre Gefahr gelaufen, nicht ordentlich betrieben zu werden. Den Verlust wollte niemand riskieren.

Bald waren die Männer der Ablösung halbnackt im Turm aufgestiegen, die Mühle rumpelte schon wieder, die anderen hockten in den Kutten gegen das Mauerwerk gelehnt und warteten. Eine Verschnaufpause war den Männern sicher, ebenso eine Mahlzeit, ehe man sie hinaus auf den Hof trieb. Ein Wärter teilte Blechnäpfe und hölzerne Löffel aus, schon kellte ein anderer die Suppe aus dem Kübel. Was Gutes heute, sagte er, Erbsen mit reichlich fettem Schweinespeck.

Schmul schob den Napf zurück.

Warum frißt der nicht? fragte der Wärter die Gefangenen.

Sie löffelten so gierig, daß sie nicht antworten konnten.

Schmul sagte: Mein Glaube verbietet es.

Dein Glaube, höhnte der Wärter. Du bist doch bloß ein dreckiger Jude. Deine Leute waren es, die unseren armen Herrn Jesus Christus ans Kreuz genagelt haben. An was willst du glauben, Mensch?

Schmul antwortete nicht. Er schloß die Augen, wiegte ein wenig den Oberkörper und versuchte zu beten.

Herr, laß stark sein, die dir treu bleiben wollen.

13

Er fragte, ob er stören dürfe, und stand schon mitten im Zimmer.
Agnes Schwan blickte befremdet auf ihren Sohn, dann winkte sie ihn zu einem Sessel. Bitte!

Seit dem Tode ihres Gemahls benutzte die Gräfin sein Arbeitskabinett, wenn sie mit amtlichen Angelegenheiten beschäftigt war. Hierher lud sie die Beamten der Begüterung, um Befehle zu erteilen oder Rat zu suchen, hier empfing sie die Herren der Stände.

Der junge Graf sah, daß die Mutter ein strenges, dunkles Arbeitskleid trug und kerzengerade hinter dem gewaltigen Schreibtisch mit den Löwentatzenfüßen saß. Die Wand hinter ihrem Rücken war mit einem lebensgroßen Gemälde des Ahnherrn Friedrich I. Graf Schwan geschmückt, der, wie man en famille wußte, beinahe zwergenhaft, jedenfalls aber verwachsen gewesen war, aber so einflußreich, daß ihn der Maler für ein Aufgeld ins Reckenhafte gestreckt hatte. Die Kunst war schon immer nach Brot gegangen. Kuno verstand so viel vom Metier, daß er das Bildnis seines Urgroßvaters belächeln konnte, und der Alte schien ihn dafür strafend anzublicken.

Freut mich, dich heiter zu sehen, Kuno.

Pardon, Maman, er nahm sich augenblicklich zusammen, es war auch kein Anlaß zu Ausgelassenheit, der Krieg sei erklärt, es würde mobilgemacht, die jungen Leute drängten zu den Fahnen, auch er sei längst in der Pflicht, trug er eindringlich vor.

Das war's also. Der Junge machte sich Gedanken. Sie, die Mutter, ebenfalls. Selbstverständlich würde Kuno ein standesgemäßes Unterkommen finden müssen, am besten in einer der Eliteeinheiten. In welcher aber? Der junge Graf war zart von Konstitution und hatte zwar über das gebräuchliche Bildungsniveau seines Standes hinaus Studien, vor allem künstlerischer Art, getrieben, aber leider die simpelste militärische Grundausbildung versäumt. Immerhin war er in Besitz eines großen Namens, ein leidlicher Reiter auch, zum Offizier in einem Ulanenregiment würde ihn das befähigen. Sie sagte: Du kannst dir noch etwas Zeit lassen, denke ich. Die mecklenburgischen Truppen sorgen im Augenblick lediglich für Küstenschutz, sie sitzen tatenlos an Nord- oder Ostsee herum und langweilen sich zu Tode auf dem Heiligen Damm oder in Hamburg.

Du weißt so gut wie ich, Maman, daß französische Panzerschiffe im Hafen von Kopenhagen festgemacht haben. Wenn sich die Dänen fortreißen lassen, kann es hier im Norden zu einem schrecklichen Landkrieg kommen. Wir sind bedroht.

Die Gräfin stimmte zu. Deshalb solltest du dich unverzüglich mit Armgard Löwenholm vermählen.

Längst waren dem jungen Grafen Zweifel gekommen, ob ihm die rechte Braut von seiner Mutter zugeführt worden war. Er stand erst im einundzwanzigsten Lebensjahr und war sich seiner selbst gar nicht sicher, jedenfalls hatte er noch nie bei einem Weib gelegen, noch trieb ihn nichts dazu, und am wenigsten konnte ihn die grobe Armgard verlocken. Er sagte: Sie ist unbeherrscht und wild. Sie treibt sich stundenlang in den Ställen herum. Sie hat kaum Interesse an Kunst. Sie liest kein einziges Buch. Mein Gott, worüber soll ich mit ihr reden?

Kuno, es geht nicht um Konversation. Die Gräfin war ärgerlich. Du mußt für einen Erben sorgen.

Er bat um Aufschub. Laß uns darüber reden, wenn ich aus dem Krieg zurückgekommen bin.

Dann kann es zu spät sein. Sicherheit für den Besitz ist das Gebot der Stunde. Wir haben uns ein wenig übernommen in den letzten Jahren, mit dem Bau des Marstalls zum Beispiel. Mein Gott, Junge, würdest du einen einzigen Blick in die Bücher werfen, du müßtest begreifen, daß wir auf die Löwenholmsche Mitgift angewiesen sind. Außerdem versteht Armgard von unserem Beruf mehr als du.

Kuno blickte seiner Mutter voll ins Gesicht. Schließlich sagte er: Manchmal denke ich, du weißt so gut wie ich, daß Armgard viel zu vertraut mit ihrem Stallmeister ist, mit diesem ... Hengst.

Agnes Schwan hob abwehrend eine Hand. Erspare mir Details.

Kuno sprang auf, trat an den Schreibtisch, dicht vor seine

Mutter hin. Sie treibt es am liebsten im Stall, zwischen den Pferden.

Contenance! Die Gräfin patschte mit der Hand auf den Tisch, aber Kuno kannte keine Hemmungen mehr.

Er rief: Du unternimmst alles und alles, um der Unzucht unter dem Gesinde zu wehren, und duldest ihre Hurerei. Nur wegen der Millionen. Sage die Hochzeit ab, ich bitte.

Agnes Schwan hatte sich erhoben. Sie war majestätisch von Erscheinung und konnte sich nötigenfalls so verhalten wie jede andere Mutter, die ein ungezogenes Kind zur Raison bringen muß. Sie hob die Hand, als wolle sie den Erbgrafen ohrfeigen. Genug jetzt! Kein Wort mehr über diese widerliche Angelegenheit.

Kuno erinnerte sich, daß ihn die hohe Mama nicht nur einmal geschlagen hatte. Pardon! Plötzlich haschte er nach ihrer Hand, um sie zu küssen. Er beugte sich, wie ein braver Junge, ehe er gehorsam wieder Platz nahm.

Auch seine Mutter ließ sich nieder, ordnete, noch ein wenig echauffiert, die Falten des Kleides, bis sie aufblickend sagte: Ich will nicht wissen, was sie getrieben hat. Nach der Vermählung ist Armgard in deine Hand gegeben, und in die meine auch. Was diesen Kutscher angeht, den habe ich vom Kriegsdienst zurückstellen lassen. Ein Wink von mir, und er geht ab ins Feld.

Und dann ließ sie den Sohn wissen, wie sie sich seine Kriegskarriere dachte. Man müsse den Mut haben, der Wahrheit ins Auge zu blicken. Nicht nur seine körperliche Haltung lasse zu wünschen übrig. Mein Gott, wie oft habe sein Papa gefordert: Brust raus! Kinn an die Binde! Der Gesündeste sei er nicht, diese fatale Neigung zu Erkältungskrankheiten, asthmatischen Beschwerden und so weiter. Er sehe sich doch nicht etwa an der Spitze einer Schwadron? Sie hat mit Onkel Malzahn auf Grubenhagen gesprochen, er ist Chef der Freiwilligen Krankenpflege beim Korps des Großherzogs, einer sehr noblen Einheit. Dort kann sich Kuno melden, um der vaterländischen Verpflichtung Genüge zu tun.

Kuno sagte: Ich bin einundzwanzig, Maman, also volljährig.

Niemand bestreitet das, mein Sohn.

Kuno fühlte sich verletzt und gedemütigt von der stolzen, starken Mutter. Sie hatte alle seine Anfälligkeiten, seine körperlichen Mängel benannt, mit einem leichten Groll in der Stimme, genauso, wie man jemandes Fehler auflistet, die er besser vermieden hätte, oder Verfehlungen, für die er um Verzeihung bitten müßte. Sie nahm ihn nicht an, wie Gott ihn geschaffen hatte, sie reglementierte ihn wie einen ihrer Beamten, mit dem sie unzufrieden war.

Er sagte: Ich hatte der alten Hoheit geschrieben, meiner Patentante Alexandrine, und um Vermittlung gebeten. Mit Erfolg, Maman. Ich werde, zusammen mit dem Schwager des Großherzogs, dem Prinzen Günther von Schwarzburg, in das 17. Dragonerregiment Ludwigslust eintreten, wie der Prinz als einfacher Soldat, um meine Grundausbildung zu absolvieren. Wenn wir Glück haben, sind wir in ein paar Wochen Unteroffiziere und können ab Mitte August als Leutnants Kriegsdienst leisten in der Großherzoglichen Adjutantur. Es wäre lieb, wenn du Onkel Malzahn abschreiben würdest. Ich gehe nicht zu den Sanitätern.

Die Gräfin lehnte sich entspannt im Sessel zurück, lächelnd, und die Hände hielt sie vorm Bauch verschränkt wie ein zufriedener Mensch. Sie sagte: Respekt, Kuno. Die Hochzeit, denke ich, setzen wir für Mitte August an, aber das Aufgebot wollen wir heute schon bei Pistorius bestellen. Bitte, laß Armgard holen.

Der Pastor war nicht im Hause. Die Pfarrfrau knickste, als sie den Herrschaften die Tür öffnete. Der Mann weile in der Kirche, er habe nämlich, so verriet sie schelmisch, ein ganz neues, ganz reizendes Kriegsliedchen gedichtet und den Kantor nach einer passenden Melodie suchen lassen, nun übe man mit den Dorfkindern. Ob sie Pistorius holen solle?

Bewahre.

Schon schritten Gräfin Agnes und Armgard Löwenholm Arm in Arm über den Friedhof der Kirche zu, der Erbgraf folgte schlendernd, die Hände auf dem Rücken verhakt.

Thomas Pistorius hatte das Amt vom alten Pastor Christlieb schon vor einigen Jahren übernommen. Er war ein genußfreudiger, also beleibter Mann von etwa vierzig Jahren, schütteres

Haupthaar, dafür aber mit einem um so wilder sprießenden roten Schnauzbart geschmückt und weit über Klevenow hinaus berühmt wegen seiner blumig ausgeschmückten Predigten. Sogar als Heimatdichter hatte er sich einen gewissen Namen gemacht, einige seiner Verse waren vom Malchiner Stadtanzeiger gedruckt worden, und seine Jahreszeitenlieder, an denen die gewöhnlich Platt snakende Landjugend die hochdeutsche Aussprache der Vokale üben konnte, gehörten zum Unterrichtsstoff aller Schulen der Grafschaft.

> *A, a, a! Der Winter, der ist da.*
> *E, e, e! Nun gibt es Eis und Schnee.*
> *I, i, i! Vergiß des Armen nie.*
> *O, o, o! Wie sind die Kinder froh.*
> *U, u, u! Ich weiß wohl, was ich tu:*
> *Christkind lieben, Christkind loben,*
> *mit den lieben Englein droben.*

Über dreißig Mädchen und Jungen drängten sich in den Bänken, die sich vor dem reich geschmückten Altar des Gotteshauses von Klevenow gegenüberstanden, gewiß alle Kinder, die heuer zur Schule mußten. Da saßen sie und versuchten, nicht allzu wild mit den Beinen zu baumeln, weil sie sonst die Pantinen verloren hätten. Viele waren dürftig gekleidet, aber alle gewaschen, gestriegelt und gekämmt zur Feier des Tages, und alle miteinander waren gut gelaunt, denn Pistorius führte ihnen mit Hilfe des Kantors vor, daß die Schwalbennestorgel von Klevenow nicht nur gewaltig dröhnende Musik machen konnte, sondern auch Spaß. Der Herr Kantor brauchte nur das mechanische Werk zu betätigen, und die Kinder fühlten sich auf den Jahrmarkt versetzt.

Aufgemerkt!

Sie hörten es rumpeln und knacken im hölzernen Gestänge, und mit einem Male streckten die beiden geschnitzten Löwenköpfe unterhalb der Hauptpfeifen die Zungen aus den weit geöffneten Mäulern, leckten damit hin und her, während ihnen auf furchterregende Weise die Augen im Kopf herumrollten. Da vergaßen die Kinder, daß sie an geweihter Stätte weilten, kreischten, lösten die gefalteten Hände und schlugen sie in der Begeisterung gegeneinander, bis die wilden Löwenhäupter den Zungenschlag und die Augenrollerei wiederholt hatten. Die Rasselbande war so gut gelaunt, daß Pistorius vorschlug, man wolle es noch einmal mit dem neuen Lied versuchen, das sei ja auch von heiterster Stimmung und Gesinnung.

Er winkte dem Küster, der brauchte heute nicht alle Register zu ziehen, sondern lediglich die Melodie zu führen. Dann zeigte sich, daß Pastor Pistorius nicht nur ein Versschmied war, sondern auch ein Gesangskünstler, der es mit manchem Opernbariton aufnehmen konnte. Er sang die Kinder an, und sie zwitscherten mit dem lautesten Eifer zurück.

> *Was kraucht denn da im Busch herum?*
> *Ich glaub, das ist Napoleum.*
> *Was hat der rum zu krauchen dort?*
> *Drauf Kameraden, jagt ihn fort!*
> *Napoleum, Napoleum, mit deiner Sache*
> *geht es krumm.*
> *Mit Gott drauf los,*
> *dann ist's vorbei,*
> *mit deiner ganzen Kaiserei.*

Noch ein Bums drauf, eine Art Paukenschlag von oben, ein Posaunenstoß, die Orgel konnte viele Instrumente nachahmen.

Pistorius rief begeistert: Na, Kinder, dem haben wir aber den Marsch geblasen, was?

Kreischende Zustimmung aus den Bänken, und sehr dünner Applaus von rückwärts her.

Pistorius fährt herum, da sieht er die Herrschaften stehen. Höchster Besuch!

Im Nu springen die Kinder von den Bänken hoch, lärmendes, dreißigfaches Pantinengepolter, darüber die Mädchenstimmen, in der Aufregung viel zu schrill, und darunter die grobkehligen Laute der Knaben, die sich mit dem Stimmbruch herumplagen müssen.

Guten Tag, Euer gräfliche Gnaden.

Hübsch habt ihr gesungen, sagt die Dame und tritt heran mit rauschendem Gewand. Sehr hübsch.

Die Kinder wissen nicht, ob man der Frau Gräfin antworten muß, womöglich im Chor. Einige entschließen sich zu einem verlegenen Lächeln, während andere offenmäulig staunend ihre Zahnlücken vorweisen.

Pistorius, Hand auf dem Herzen, verneigt sich tief, und die Gräfin reicht ihm die behandschuhte Rechte zum Kuß.

Ihr seid also unter die Kriegsdichter gegangen, Herr Pfarrer.

Pistorius lächelt geschmeichelt. Er deutet auf seine Pfarrkinder hin, ehe er auf blumige Weise antwortet: Wir begleiten unsere tapferen Helden auf dem Flügelroß, Euer gräfliche Gnaden, um die Franzosen im Gemüt zu schlagen oder im Herzen, mit vaterländischem Gesang.

Das junge Paar war am Portal zurückgeblieben, jetzt blickte es sich an.

Kuno sagte: Das könnte ja von Tante Iduna sein.

Armgard, die einen Lachreiz niederkämpfte, stöhnte: Herrlich. Tu mir den Gefallen, Kuno, und lade die Dichterin zur Hochzeit ein.

Beide lächelten, beide wunderten sich, daß sie, wenn auch im Spott, sich einig waren.

Agnes Schwan nahm den Arm des Pastors und ließ sich von ihm zu Armgard und Kuno führen.

Wegen des Feldzuges wünschen die Kinder sich rasch zu vermählen, Herr Pfarrer.

Und wieder verneigte sich Pistorius.

14

Schlöpke quälte sich. Er hatte Minna nicht beunruhigen wollen und für sich behalten, daß ein Tiedemann unter den Schnittern war, ein Sohn Gesines, also ein Bruder von Jörn. Schrecklicher Gedanke.

Er war ein penibler Mensch, ein korrekter Buchhalter auch, sein Lebtag gewohnt, die Bücher offenzulegen, jede Rechnung auf den Pfennig zu begleichen. Seit zwanzig Jahren ließ er sich von Minna raten, nicht nur in den wesentlichen Dingen des Lebens, sondern auch in Kleinigkeiten. So besprachen sie beispielsweise Abend für Abend, was anderen Tages gekocht werden sollte. Der Gutssekretär hatte einen schwachen Magen und vertrug Hülsenfrüchte gar nicht mehr, und eben auf diese Anfälligkeit des Leibes führte Minna zurück, daß sich der Mann noch schweigsamer als früher verhielt und sich geradezu vor ihr verschloß.

Fehlt dir was, Schlöpke?

Nein.

Zu seinen Privilegien gehörte, daß er die ausgelesenen Zeitungen der Herrschaft mitnehmen durfte, um darin zu blättern. Auch heute saß er am Fenster, mußte sich trotz Brille die Blätter vor die Nase halten, um nach Neuigkeiten zu suchen.

Hör zu, Minna: Es hat auf meine Bitte Seine Königliche Hoheit der Großherzog mir für die Dauer seiner Anwesenheit im Felde das Patronat über den Mecklenburgischen Landesverein zur Pflege im Felde verwundeter und erkrankter Krieger übertragen. Es gibt mir die Veranlassung, alle, welche die Leiden braver Krieger zu lindern wünschen, hiermit aufzufordern, ihre Hilfe und Unterstützung unserem Vereine im reichen Maße zuzuwenden. Schwerin, im Juli 1870. Marie, regierende Großherzogin von Mecklenburg-Schwerin.

Von den Toten schrieb sie nicht. Freund Hein malt blutig rot. Zu Hunderten würden sie ins Gras beißen müssen, zu Tausenden, die besten deutschen Männer. Und dieser unwerte Bengel lebte unbehelligt in den Tag, nur Steinwürfe entfernt, unter den Polacken. Schlöpke war bislang nicht eingefallen, wie man den Menschen wegbringen könnte. Umbringen, dachte er mit einem Mal, wenn ihn doch einer umbringen wollte. Er erschrak, als er sich bei diesem lästerlichen Gedanken ertappte und wehrte sich mit einem stillen Stoßgebet. Führe uns nicht in Versuchung, sondern erlöse uns von dem Übel. Herr Gott, so tu es doch, so hilf mir doch!

Noch mehr vom Kriege im Blatt? wollte Minna wissen. Sie saß dem Mann gegenüber am Fenster, damit sie genügend Licht hatte für die Handarbeit, an der sie stichelte.

Gott ja. Am zwanzigsten Juli ist der erste Franzose getötet worden. Der ihn erschossen hat, ein Gefreiter aus Berlin, heißt Krause. Das Eiserne Kreuz ist ihm sicher. Und dann haben die deutschen Truppen mit dem besten Erfolg die Rheinbrücke bei Kehl gesprengt. Und hier steht etwas von einem Vermittlungsgerücht. Stell dir vor, Minna, es heißt, Frankreich habe sich an Rußland mit dem Antrag gewendet, es möge zwischen ihm und Deutschland vermitteln, damit der Krieg beendet werde, kaum daß er begonnen hat. Das könnte denen so passen. Nein, nein. Er ließ das Blatt sinken, neigte das Haupt und blickte Minna über den Brillenrand hinweg an, um sie zu belehren. Es gibt Dinge, die man nicht vermitteln kann. So ein Ding ist die offene Machtfrage zwischen ..., er bemühte sich, den schwierigen Begriff fehlerlos auszusprechen, zwischen dem bonapartistisch-revolutionären Frankreich und dem monarchistisch-konservativen Deutschland. Das muß durch den Krieg entschieden werden.

Ja, und die Kölnische Zeitung schreibt, daß die Kriegsbegeisterung in der gesamten Rheinpfalz genauso groß ist wie in Preußen. Die Beurlaubten strömen mit größtem Jubel zu den Fahnen. Wer von Neutralität spricht, wird als Volksfeind beschimpft. Er dachte, das beste wäre, Jörn ginge fort. Er sagte: Der junge Graf ist nach Ludwigslust zur Truppe abgereist. Mich wundert ein wenig, daß es unseren Jörn nicht zur Fahne zieht.

Minna blickte nicht einmal von ihrer Handarbeit auf, als sie sagte: Aber du weißt doch, Schlöpke, daß ihn unsere gnädige Frau Gräfin partout nicht entbehren kann.

Die Frau Gräfin, murmelte Schlöpke, die Frau Gräfin. Er grämte sich.

Jan Tiedemann konnte nicht ahnen, daß ein alter Mann seinetwegen litt und sich bis zu finsteren Mordgedanken verstieg. Er kannte nur einen Widersacher, den Vorschnitter Stollinski. Diese Gegnerschaft teilte er mit vielen.

Der Junge war fröhlich von Wesensart, arglos und offen gegen die Gefährten der Kolonne, seien es die Weiber oder die Männer, er wollte jedermanns Geselle sein, und seine Liebe zu Mala machte ihn stark. Manchmal glaubte er, daß er vom Glück bevorzugt sei, jedenfalls hatte es sich gefügt, daß er zur Stelle war, als man Mala den Vater entriß, also mußte ihm bestimmt sein, für die Sicherheit des Mädchens aufzukommen. Er wollte ihr Schutz und Schirm sein und ein zärtlicher Liebhaber auch.

Dieser junge Mensch war so gerade von Charakter, daß auch Ältere aus der Kolonne seine Freundschaft suchten und seinen Rat. Es war also nicht schwer für ihn, die Feindseligkeiten Stollinskis zu ertragen, er nahm sie nicht wahr und machte seine Arbeit so gewissenhaft, daß der Vorschnitter nichts auszusetzen fand.

Die Gerste hatte heuer als erste vom Feld gemußt, sie stand starr, fahlgelb und kurzhalmig auf den Schlägen. Die Männer mußten sich vorsehen, daß sie bei der Mahd nicht nur die Ähren köpften, und die Weiber hatten Mühe, Bänder zu drehen, die lang genug waren, die Garben zu binden. Für Mala war die Arbeit ungewohnt und mühevoll, oft genug wollte sie zurückbleiben, dann mußten ihr andere beispringen, und es dauerte Tage, bis ihr endlich gelang, mit der Kolonne Schritt zu halten. Wenn Gorski zur Pause pfiff, warf sie sich am Feldrain nieder und wollte nicht warten, bis die Wasserkruke von Hand zu Hand gegangen und zu ihr gewandert war. Sie band das Kopftuch los, um damit ihr Gesicht zu verdecken, und war im Augenblick eingeschlafen. Die Garbenbinderinnen lächelten darüber oder machten auch ihre Witze und rieten dem Mädchen, es solle die Nacht besser zur

Ruhe nutzen. Es war ihnen nicht entgangen, daß sich Jan oft genug des Nachts in ihren Schlafraum schlich, um für eine Weile bei Mala zu liegen. Keine schlug Lärm, jede gönnte den Liebenden diese Stunde der Lust, und der Junge verschwand ja auch, heimlich, wie er gekommen war, in aller Frühe, ehe es graute.

Eines Tages geschah es. Als Stollinski, wie jeden Morgen Glock fünf vor der Kasernentür den Schraubenschlüssel gegen eine ausgediente Pflugschar schlug, überraschte er Jan mit dem gellenden Lärm. Der Junge fuhr aus dem Schlaf, sprang aus dem Bett und sah sich zu seinem Schrecken mitten unter den Weibern. Die hatten so lange stillschweigend geduldet, was nach der Gesindeordnung von Klevenow verboten war, als sie aber den Kerl herumtanzen sahen, splitternackt, mit morgensteif schwankendem Glied, um nach den Kleidern zu suchen, konnte keine länger schweigen, sondern eine schrie sich schriller als die andere das helle Vergnügen aus dem Leibe. Jede wollte Tränen lachen über das Mißgeschick des Liebhabers, bis der endlich in die Sachen hatte schlüpfen können, bis Stollinski die Tür aufriß, fluchend: Do stu piorunów! Ruhe im Puff!

Da hatte sich Jan längst am Fensterkreuz hinausgeschwungen und am Seil hinuntergelassen. Mala konnte in letzter Minute den Knoten lösen und ihm die Leine zuwerfen.

Weiber! Weiber! schrie Stollinski. Verdammt, was ist los?

Eine sagte: Mein Gott, wir hatten eben auch mal ein bißchen Spaß.

Jörn Schlöpke war schon früh auf den Beinen, um die Pferde vor dem morgendlichen Ritt zu versorgen, da sah er den Kerl, wie er sich aus einem Fenster der Schnitterkaserne abseilte.

Halt! Er deutete, nähertretend, auf das Seil, das der andere wickelte. Daran wirst du noch einmal hängen.

Jan Tiedemann lächelte. Er hob eine Hand. Kein Einbruch, kein Diebstahl, es ist die Liebe. Er schaute dem Livrierten in die Augen, immer noch lächelnd. Der Mann hat ein gutes Gesicht, es kommt mir bekannt vor. Wer hat mich so angesehen im Zorn? Das ist lange her, ich weiß es nicht mehr, aber ich wollte, der da wäre nicht zornig, sondern wäre mein Freund. Ich versteh mich mit so vielen Leuten, warum soll ich diesen Mann nicht gewinnen können.

Er sagt: Du bist doch ein richtiger Kerl. Du mußt mich verstehen.

Jörn Schlöpke mustert den Schnitter, zerlumpter Anzug, wirres Haar. Er sieht Augen, die brennen und betteln und werben, daß ihn eine merkwürdige Empfindung überläuft. Was will der von mir? Wie kommt es, daß dieser dahergelaufene Strolch sich mit mir gemein machen will, mich angrinst, vertraulich, als wäre ich nicht ernst zu nehmen, als wär ich seinesgleichen?

Sehr viel später, wenn Roman Koschoreck der Gesine Rechenschaft ablegen muß, wird er sagen, die beiden Männer hätten lange, lange dagestanden, den Blick ineinander verhakt, als gäben sie einander Rätsel auf, als suchte einer die Lösung im anderen. Sie hatten sich auch eine Weile umkreist, bis Jan noch einmal sagte: Es ist die Liebe.

Und der andere schrie: Ihr vögelt die Weiber kreuz und quer. Tags liegen sie schlapp auf den Feldern herum. Wir vom Gut haben das Nachsehen.

Jan bat: Zeig mich nicht an, bitte. Ich müßte davon, das Mädchen zurücklassen.

Der Gedanke erschreckte ihn so, daß er noch einmal versuchte, den anderen auf seine Seite zu ziehen.

Er sagte: Du gefällst mir, obwohl du so schreist. Wir gehören zusammen, Mensch, du bist doch einer von uns.

Ich bin kein dreckiger Pole wie du, sagte der andere und hatte kaum seine Verachtung in den Sand gespien, da traf ihn Jans Faust mit solcher Gewalt unterm Kinn, daß er, rückwärts taumelnd, gegen die Bretterwand des Schuppens stieß und sich an einem Nagel riß.

Unerhört! Einer von diesen Galgenvögeln hatte Hand angelegt an einen Schwanschen Mann. Wer hat die schändliche Tat gesehen? Wer kann als Zeuge gelten?

Ein paar Schnitter, die eilig vors Haus tappen, das Hemd in die Hose stopfen, den Gürtel schließen, die Schuhe binden, Weiber, die aus dem Fenster hängen, Stollinski, der Fettarsch, der als letzter aus der Tür tritt und folglich nichts gesehen haben kann, das ist noch der Beste von denen, freilich auch nur ein Halbgewalkter, und wenn's hart auf hart käme, womöglich Partei mit dem polnischen Gesindel.

Wer hatte neulich diesen Witz gemacht, die Polen seien keine Nation, sondern ein aus sehr verschiedenen Völkerstämmen zusammengehurtes Mistvolk?

Jetzt fühlt Jörn neben sich einen Knittel, bis er sieht, daß es der grob geschnitzte Stiel einer dreizackigen Forke ist. Er packt sie wie einen Speer, mit den scharf geschliffenen Spitzen voraus, und rennt blindwütig im Haß auf den Gegner los.

Der soll mich nicht umsonst gedemütigt haben, den bringe ich um, dem jag ich die Forke in den Wanst.

Jan steht mitten auf dem Platz und macht sich mit seinem Seil zu schaffen.

Die Weiber in den Fenstern reißen die Arme hoch, wild kreischend, als sollte es ihnen ans Leben gehen, und dann jubeln sie auf, denn der Angreifer wälzt sich längelang im Dreck.

Sie hatten es Sommer für Sommer gespielt, alle Hütejungen von Laudeck. Jan Tiedemann ist schon mit vierzehn Jahren der von allen bewunderte Gaucho gewesen, der Meister. Heute muß er das Lasso werfen, um sein Leben zu retten.

Das Seil reißt dem Angreifer die Beine weg mit einem einzigen Ruck, wirft ihn grob zu Boden. Jan entwindet ihm die Forke, steht über ihn.

Du hättest mich töten können, Mensch.

Das tu ich noch mal.

Aber da sind die beiden Männer schon von den Schnittern umringt. Koschoreck kniet vor dem Stallmeister, um dessen Fesseln zu lösen. Er hilft ihm auf, klopft ihm, so gut das geht, mit den Händen die Kleidung sauber. Koschorecks Haltung ist untertänig, aber er zischt ihm beschwörende Worte zu. Laß den Jungen in Ruhe, oder Gott straft dich wie Kain, daß du unstet sein mußt und flüchtig auf Erden und dein Lebtag ein Gezeichneter.

Du willst mir drohen?

Ich warne, sagt Koschoreck leise und tritt zurück.

Endlich ist Stollinski, der Vorschnitter, zur Stelle.

Zu dienen, Herr Schlöpke.

Der sagt: Dieser da, und zeigt mit dem Finger auf Jan, hat gegen die Gutsordnung verstoßen. Stollinski, Sie wissen, wie das geahndet wird.

Jan sagt: Er hat mich einen dreckigen Polen geschimpft.

Da knurren die Schnitter und holen fauchend Luft, als müßten sie ihre Wut verbeißen.

Keine Angst, Herr Schlöpke. Er strammt den Arsch, steckt die Brust raus. Do stu piorunów! verdammt. Er führt den Stallmeister aus dem Ring, wendet sich und brüllt: Tiedemann kriegt Papiere wegen Prügelei. Tritt im Arsch, und ab nach Pommern!

Dann geh ich auch, sagt Roman Koschoreck. Er hatte die Sense schon geschultert, jetzt lehnt er sie wieder an die Schuppenwand.

Dann geh ich mit ihm, sagt Mala, läuft hin zu Jan und küßt ihn vor allen Leuten.

Dann gehen wir auch, sagen die andern, als hätten sie den Satz im Chor einstudiert.

Mein Gott, Junge.

Minna half dem Sohn aus der Jacke, die verschmutzt war, am Ärmel sogar zerrissen, sie faßte ihn sacht bei den Schultern, drehte ihn gegen das Fensterlicht und tastete vorsichtig über die Schwellungen an Wange und Kinn, über die Schrunden, die er sich beim Sturz auf den Kies des Schnitterhofes zugezogen hatte.

Das wird sich verfärben, grün und blau. Schlimm wirst du aussehen.

Eine Schüssel, mit Wasser gefüllt, stand auf dem Tisch bereit. Minna tauchte ein Leinentuch ein und drückte das Wasser aus. Sie wollte Jörns Gesicht säubern und kühlen, aber der Junge war schon vor den Spiegel getreten, blickte sich von der Seite an, er fletschte die Zähne, die standen gottlob noch alle beieinander, schob die Unterlippe nach vorn, sie war aufgeplatzt und verschwollen. Wer würde einen blutigen Mund küssen wollen?

Er murmelte: Das Schwein, das verdammte Schwein.

Wie immer zu so früher Stunde saß Schlöpke am Fensterplatz über den Gutstagebüchern. Er sagte mißbilligend: Hättest du dir die Blessur im Felde geholt, du dürftest stolz sein.

Sind die Polen nicht unsere Feinde wie die Franzosen?
Der Vater antwortete nicht.
Die Mutter hielt das feuchte Leinentuch in den Händen.
Komm, bat sie, setz dich, Jörn. Ich mache dir eine Kompresse.
Laß mich in Ruhe, verdammt noch mal. Er wehrte sich so heftig gegen die mütterliche Fürsorge, daß es Minna mehr und mehr verbitterte.

Junge, sagte sie, du dienst nicht mehr zu Hofe wie ein Knecht. Du genießt eine Vertrauensstellung, mein Gott, und schlägst dich mit den Schnittern herum. Heb den Kopf, wenn dir einer von denen begegnet, blicke weg über ihn, geh dem Pack aus dem Wege.

Sie hatte die Hände wie zum Gebet gefaltet, nun sah sie, daß sich der Junge erweichen ließ. Die Tränen kamen ihm, und er duldete, daß ihn die Mutter auf einen Stuhl drückte. Sie wusch ihm das zerschundene Gesicht.

Er hat mich angegriffen, Mutter. Hätte ich mich nicht wehren sollen? Ich hab den Strolch erwischt, als er sich gerade abgeseilt hatte aus dem Schlafsaal der Polenweiber. Vater, ich zeig es dir an. Das gehört ins Gutstagebuch. Der Mann muß vor Gericht.

Schlöpke fragte: Wie heißt er denn?
Jan Tiedemann.
Minna hatte den Sohn versorgt, sie hielt die Waschschüssel in den Händen und wollte zur Tür hin. Jetzt wendete sie ganz langsam das Gesicht.
Wie heißt der Mann?
Hab ich doch gesagt, Tiedemann.
Minna sagte ungläubig lächelnd: So heißt kein Pole.
Er ist deutschstämmig, meinte Schlöpke, als erinnere er sich erst in diesem Augenblick. Der ist beinahe zufällig unter die Polen geraten.
Ja, kennst du ihn denn?
Der ist mir gleich am ersten Abend frech gekommen.
Minna stellte die Schüssel auf den Tisch zurück.
Tiedemann.
Jörn hatte inzwischen die Livree gewechselt. Er knöpfte die Jacke zu. Es nutzt nichts, ich muß zum Dienst.

Er ging, Minna eilte ihm bis zur Tür nach. Gib auf dich acht, mein Junge, und laß dir bitte raten, sag der Herrschaft nicht, daß dich ein Schnitter so zugerichtet hat, man könnte es dir als Schwäche ankreiden.

Er sah sie an, mit großen, staunenden Augen, dann hob er die Schultern.

Guten Tag.

Die Frau schloß die Tür hinter ihrem Sohn. Eine Weile umkrallte sie mit der Hand die Klinke, als müsse sie sich festhalten, als habe sie keine Kraft mehr, sich umzuwenden und durch diese Stube zu gehen, bis hin zu Schlöpkes Arbeitstisch. Schließlich tappte sie krummrückig zum Spiegel, er war zwischen den Fenstern aufgehängt, das Tageslicht fiel kalt und gnadenlos über sie her. Sie sah eine alte Frau aus dem Glase starren, sie hörte Schlöpke sagen: Dieser Mensch stammt aus Laudeck in Pommern. Sein Vater heißt Jörn. Er ist lange tot, aber die Mutter, sie lebt.

Minna starrte immer noch das eigene, fremd gewordene Gesicht im Spiegel an, so alt geworden, so alt, jede Kraft verbraucht, vielleicht umsonst gelebt, vielleicht umsonst gelitten. Womit hätte ich es verdient?

Sie fuhr wie glättend mit den Fingerspitzen über die Stirn, die zerfurcht war wie ein alter, froststarrer Weg.

Sie sagte: Es sind Brüder, die sich hassen. Die Vergangenheit hat uns eingeholt.

Schlöpkes Feder fuhr kratzend über das Papier. Er sagte: Warum sollten wir uns schuldig fühlen? Wir haben der Frau einen Gefallen getan. Wir haben an dem Kind nur Gutes getan. Er ist unser, und er wird unser bleiben.

Endlich setzte sich Minna neben den Mann. Was schreibst du?

Ich zeige den Vorfall an.

Du kannst unseren guten Namen nicht hineinziehen in den Schnitterdreck.

Es ist meine Pflicht, Minna.

Sie zog das Gutstagebuch zu sich herüber. Leih mir deine Brille, bitte. Sie beugte sich über das Papier. 6. August 1870, da lese ich diesen Namen wieder. Tiedemann. Irgendwas braut sich zusammen. Diese Nacht war mir, als sähe ich die Sterne aus dem

Himmel stürzen, als fühlte ich die Erde beben, als drohe mir das Gericht. Der Mensch muß weg!

Sie riß das ganze Blatt aus dem Tagebuch, ehe Schlöpke sie hatte hindern können.

Mein Gott, was tust du!

Minna sagte: Ich tilge den Namen.

Es hatte den alten Schlöpke verstört, daß Minna sich anmaßte, in eine Sache einzugreifen, die nur die gräfliche Familie und ihn betraf. Ihm war das Buch anvertraut, er führte es mit der Gewissenhaftigkeit eines Chronisten, und es war ihm beinahe so wichtig geworden wie das Evangelium. Nun hatte er Mühe, die Beschädigung mit Hilfe eines Federmessers so gut wie ungeschehen zu machen.

Der Kalenderspruch vom letzten Monat fiel ihm ein: Niemand darf sich schämen, ein böses Kind unter der Rute zu halten, einen bösen Knecht zu stäupen und vor einem bösen Weib das Seine zu verwahren und zu verschließen.

Er hatte kein Wort mit Minna gesprochen und das Gutstagebuch schon in der nächsten Stunde in die gräfliche Kanzlei hinübergetragen. Dort war sein ordentliches Arbeitszimmer, und dort hielt er ein paarmal wöchentlich Sprechstunde. Das Buch hatte er im Schrank verschlossen, damit es sicher sei, aber schon am nächsten Morgen mußte er es wieder hervorholen und aufschlagen.

Ein Mädchen mit rotgeweinten Augen erschien in der Kanzlei, sie wurde von einem Schnitter begleitet, ihre Namen waren Mala Rosenzweig und Roman Koschoreck. Schlöpke erinnerte sich, daß er sie in der Schnitterkolonne gesehen hatte. Beide wollten eine Anzeige machen.

In der Schnitterkaserne liege ein verletzter Mann, werde nicht sofort ein Arzt geholt, müsse er womöglich sterben. Wer, um Gottes willen?

Jan Tiedemann.

Da hörte er den Namen wieder, den Minna hatte tilgen wollen, nun mußte er wohl doch ins Buch.

Was ist geschehen?

Mala erzählte: Wir sind nach Grubenhagen hinübergefahren,

Jan und ich. Es war nach der Arbeit und schon dunkel, als wir nach Klevenow zurückkamen.

Was hatten sie in Grubenhagen gewollt?

Nach Arbeit fragen, Herr. Hier gefällt es uns nicht. Der Vorschnitter Stollinski stellt mir nach, er will mich haben.

Er kann jede haben.

Mich nicht, Herr. Ich weiß, daß ich schwanger bin. Jan und ich wollen heiraten.

Auch das noch. Kaum ist das Pack im Lande, gibt es Ärger wegen Hurerei. Heiraten? Wie denn? Ist sie nicht mosaisch?

Der Herr hat gefügt, daß ich Jan Tiedemann traf. Ich werde ein Kind von ihm haben und will sein Leben teilen, auch seinen Glauben. Wir wollten das Aufgebot bestellen. Pastor Pistorius hat gesagt, erst müßte ich mich taufen lassen und vorher die Anfangsgründe des Christentums erlernen.

Da hat sie aber einiges zu tun. Und nun zur Sache.

Als wir das Pferd versorgt hatten und endlich ins Freie traten, war Nacht. Im Mondlicht habe ich die Schatten gesehen, vier Männer oder fünf. Ich habe die Stimme gehört: Das ist er. Ich habe gerochen, daß sie nach Branntwein stanken. Einer hat polnisch gesprochen: Do sto piorunów!

Schlöpke blinzelte fragend zu Koschoreck auf.

Der sagte: Ein Fluch. Und das hier habe ich gefunden, später, weil es im Licht der Lampen blitzte.

Er legte dem Schlöpke einen silbernen Knopf mit eingeprägtem Wappenschwan auf den Tisch. Einer der Männer muß gräfliche Livree getragen haben.

Oder einer hat ihn hingeworfen, um falsche Spur zu legen, das sagte Schlöpke und dachte an seinen Sohn, der sich schon einmal die Kleidung zerrissen hatte bei einer Schlägerei. Also, da war einer, der hat polnisch geflucht. Und dann?

Bring dich in Sicherheit, Mala, versuch, Hilfe zu holen.

Jan ist den Schatten entgegengetreten, damit ich mich davonmachen konnte.

Und weiter Koschoreck. Mala schreit uns wach: Helft, oder sie schlagen ihn tot. Wir springen rasch in die Hosen. Wir treten gegen Stollinskis Tür. Olga Kalusa öffnet. Sie zeigt auf das leere Bett, leiht uns die Petroleumfunzel. Ist ja schon finstere Nacht. Am Marstall hält Mala die Lampe hoch. Wir sind starr, wir wollen nicht glauben, was wir sehen, Herr. Mein Vater, glaube ich, hat erzählt, daß es auf deutschen Gütern den Prügelbock gab. Damit haben sie böse Knechte gestäupt, früher, Herr, früher. Auf Klevenow gibt es ihn heute noch. Ich hab ihn gesehen, auch Mala hat ihn gesehen, auch Gorski, Lewinski und Butt, den Prügelbock. Darauf festgebunden blutig und nackt Jan Tiedemann. Herr, ich hatte seiner Mutter geschworen, auf den Jungen zu achten. Ich habe es nicht gekonnt. Jetzt zeige ich ein Verbrechen an, jetzt fordere ich einen Arzt.

Schlöpke war sterbensblaß, für eine Weile hielt er die Augen geschlossen, als fürchte er, man könne ihm sonst bis auf den Grund der Seele blicken. Nicht auszudenken, daß auf Klevenow ein Mensch auf so scheußliche Weise zu Tode käme, daß der eigene Sohn womöglich Mitschuld trüge, und hatte er selber nicht damals, nachdem ihm dieser Tiedemann zum ersten Mal frech gekommen war, zu Stollinski gesagt: Sieh zu, daß du ihn los wirst. Bring ihn weg! Hatte er selber nicht gedacht, bring ihn um, hatte Minna nicht den Namen tilgen wollen?

Er klappte das Buch zu und hatte noch keine Zeile eingetragen. Er blickte an dem Mädchen wie an dem Polen vorbei, als er sagte: Ich will ihn sehen.

Schlöpke mußte sich beeilen, zu zehn Uhr war er ins Arbeitskabinett der Frau Gräfin befohlen.

Dort stand er dann, pünktlich auf die Minute, krummrückig, mit hängenden Schultern, das Gutstagebuch unterm Arm.

Zu dienen, Euer gräfliche Gnaden.

Fehlt Ihnen was, Schlöpke? Sie sehen leidend aus.

Eine ganz leichte Übelkeit, sonst nichts.

Er ließ sich ans Stehpult winken.

Also, sprach Agnes Schwan, gut gelaunt, die Vermählung ist auf den 28. August festgelegt. Kleiner Kreis, die Zeiten sind ernst. Hundert oder höchstens einhundertfünfzig Gäste. Die Nachbarn, ein paar Militärs mit ihren Damen, Gräfin Iduna ...

Schlöpke, der die Notizen kritzelte, blickte auf und sah, daß die Gräfin die Schultern hob. Ein Wunsch der Braut. Er, Schlöpke, besorgt mir die Einladungen. Und dann, verriet sie mit verschmitztem Lächeln, habe sie eine Überraschung parat. Dieser Krieg solle ja nicht nur die deutschen Stämme aneinanderschmieden, sondern auch die Volksschichten zueinanderführen, deshalb dürfe er eine Einladung an sich selber adressieren.

Schlöpke schien verwirrt. Er legte fragend eine Hand aufs Herz.

Ja, sagte die Gräfin, Sie und Ihre Familie sind beim Hochzeitsfest zugelassen.

Der Gutssekretär war so überrascht, daß er den Platz am Stehpult verließ und zum Schreibtisch stürzte, um der Gräfin die Hand zu küssen. Dank der Ehre.

Die Gräfin winkte, um Schlöpke zu entlassen, aber er entfernte sich nicht. Was gibt es?

Pardon! Von einem schlimmen Vorfall ist zu berichten. Einer der Schnitter ist gestern nacht auf beinahe lebensgefährliche Weise zugerichtet worden.

Merkwürdig, sinnierte die Gräfin, daß die Zunahme der ausländischen Arbeiter auf meinen Gütern mit einer so bedauerlichen Abnahme ihrer Qualität verbunden ist. Kennt man den Grund der Schlägerei?

Rivalität unter den Schnittern, höchstwahrscheinlich. Einer der Zeugen hat gehört, daß polnisch gesprochen wurde. Vermutlich hat der Mißhandelte den Vorfall selbst provoziert, indem er Beischlaf ausübte im Beisein von einem halben Dutzend Weibern, wenn auch im Dunkel der Nacht. Tatsache ist, daß er im Frauensaal geschlafen hat. So der Vorschnitter Stollinski, ein Mann, dem zu trauen ist.

Die Gräfin sagte: Wenn auf Klevenow Ordnung herrschen soll, muß der Kerl entfernt werden. Am besten wird er in die Korrektionsanstalt Güstrow verbracht.

Leider könne der Mann, so lädiert wie er sei, nicht fortgeschafft werden, wandte Schlöpke ein. Kann sein, man hat ihm die Milz zerschlagen oder ein anderes Organ. Deshalb hat er den Medikus Kuhfeld aus Malchin unterrichten lassen. Der Doktor sei ein erfahrener Mann in allen Gerichtsangelegenheiten.

Gut, gut. Einigermaßen auskurieren den Mann, und dann ab mit ihm nach Güstrow.

15

Als Schmul Rosenzweig von der Arbeit auf der Tretmühle endlich abgelöst worden war und die härene Kutte kaum übergestreift hatte, winkte ihm einer der Wärter.
 Mitkommen, rasch! Der Herr Oberinspektor will dich sehen.
 Warum?
 Bin ich Moses?
 Der Wärter führte den Gefangenen treppauf und über viele Gänge, bis sie den Verwaltungstrakt erreicht hatten und das Vorzimmer betreten durften. Hier übernahm Sergeant Hauck den Gefangenen, bat den Wärter, sich ein Weilchen zu gedulden, klopfte an, wartete artig das Herein ab, bis er endlich, hackenknallend, Meldung machen konnte.
 Bitte Herrn Oberinspektor den Israeliten Schmul Rosenzweig vorführen zu dürfen!
 Der Hauptmann a. D. Baron Neddelblad übte sein Amt seit mehr als zwanzig Jahren aus. Er war an die sechzig, kahlköpfig und von einer fleckigen Röte im Gesicht, die auf Neigung zum Schlagfuß deutete. Der Baron hatte das Pensionsalter erreicht, war aber bei Kriegsausbruch gebeten worden auszuharren und hatte zugestimmt. Neddelblad war unbegütert, keiner kannte sich in allen Angelegenheiten des Arbeitshauses besser aus als er, und keiner war jeder Neuerung gegenüber verschlossener als der Hauptmann a. D. Dennoch war er bereit gewesen, den Vorsteher der Jüdischen Gemeinde zu Güstrow Simon Augspurger zu empfangen, zwar kein honoriger Mitbürger, wie Baron Neddelblad dachte, aber ein hoch vermögender immerhin.
 Augspurger war ein gut gekleideter Mann, zwischen vierzig und fünfzig, von beinahe südländischem Aussehen, gepflegter Bart, bürstendicke dunkle Brauen über den bebrillten Augen. Man hätte ihn für einen Advokaten, vielleicht sogar für einen Künstler halten können, er war aber Besitzer eines reichen Handelshauses und, wie gesagt, Vorsteher der Jüdischen Gemeinde.

Augspurger erhob sich, als Rosenzweig hereingeführt wurde. Der Anblick seines Glaubensgenossen bewegte ihn. In seinem bodenlangen, härenem Gewand, das Gesicht von der Kapuze verdeckt, glich der Gefangene einem Ketzer des Mittelalters, der, mit spitzer Mütze höhnisch gekrönt, zum Flammentod verurteilt war. Augspurger erinnerte sich naiver Bilder von Autodafés, die er in alten Büchern gefunden hatte. Die Rauchkringel über den Scheiterhaufen waren so akribisch gezeichnet, daß sie den Haarlocken unschuldiger Mädchen ähnelten. Im vierzehnten Jahrhundert war es hier in Güstrow zu einem schauderhaften Justizmord gekommen. Ein Kirchendieb hatte nach der Tat ein paar Hostien verstreut, um den Verdacht auf die Juden zu lenken, und tatsächlich waren daraufhin alle Israeliten von Güstrow samt ihrer Weiber und Kinder in den Kerker geworfen worden, damit man, so ist es schriftlich überliefert, »mit Martern die Wahrheit aus ihnen herausbringen könne und auf eine Weise, daß weder Alter noch Geschlecht geschonet würde«. Trotz aller Foltern bekannten die Juden nicht ihre Schuld. Der Vorsteher der Gemeinde, mit Namen Eleazar, sprach zum Vorsitzenden des Gerichts, dem Fürsten Johann von Werle: Lieber sterben, als die Wahrheit verleugnen. Eleazar hatte mit ansehen müssen, wie alle seine Glaubensbrüder brannten, bis er als letzter ins Feuer geworfen wurde. Vom Vermögen der gerichteten Juden wurde die Kapelle zum Heiligen Blut erbaut, die Jahrhunderte Wunder gewirkt hatte, bis die Wallfahrtsstätte der Reformation zum Opfer fiel oder der eisernen Faust der Geschichte, wenn man so will.

Als er den Gefangenen sah, fühlte sich Augspurger ins Mittelalter versetzt.

Neddelblad herrschte den Gefangenen an: Das Gesicht will ich sehen!

Gehorsam schlug Schmul die Kapuze zurück. Sein Gesicht war ausgemergelt und blaß, gezeichnet von Schrunden an Kinn und Wangen, aber auch auf dem kahlen Schädel.

Augspurger fragte: Wie kommt der Mann zu den Verletzungen!

Der Sergeant blickte den Oberinspektor fragend an, ob er wohl antworten dürfe.

Neddelblad nickte finster.

Der Gefangene wehrt sich verstockt gegen die Regeln des Hauses, hat also zwangsweise geschoren werden müssen, wegen des Ungeziefers, das vorzugsweise im Haarfilz nistet. Neddeblad erinnerte sich nicht an das Gesicht des Juden. Möglicherweise war es infolge der Zwangsmaßnahmen verändert oder entstellt, und überhaupt, so einfach ist das nicht, sich dreihundert Gaunervisagen einzuprägen.

Er also ist Rosenzweig?

Jawohl, Euer Gnaden.

Delikt?

Rosenzweig leierte herunter, was geantwortet werden mußte: Gefangener Nummer soundso, da-und-da aufgegriffen, im Juli 1870, wegen des Verdachts der Spionage im Auftrage Frankreichs.

Das ist unbewiesen, Herr von Neddelblad. Augspurger sagte es mit solchem Nachdruck, daß dem Baron die fleckige Röte bis auf den Schädel stieg.

Er herrschte den Sergeanten an: Hinaus mit ihm! Draußen warten!

Schmul erlebte, daß ein Mensch zu seinen Gunsten sprach. Das überwältigte ihn. Er starrte auf den Fremden, staunend, mit leicht geöffnetem Mund, er sah den anderen noch lächeln, dann überfiel ihn die Schwäche, er stürzte zu Boden.

Neddelblad schien verblüfft. Warum setzt er sich neben den Stuhl?

Ihm wurde keiner angeboten.

Augspurger half dem Rosenzweig auf die Beine. Darf er sich jetzt setzen?

Aber ja. Können Sie mal sehen, wohin es führt, wenn Ihre Leute aus religiösem Eifer die Nahrung verweigern. Augspurger strich dem Schmul Rosenzweig mit der Hand über das arme geschorene und geschundene Haupt. Den rührte diese Geste der Zuneigung oder Brüderlichkeit zu Tränen, und dann erfuhr er endlich, daß der freundliche Mann versuchen wollte, ihm zu helfen. Die Jüdische Gemeinde hatte den Doktor Lasker, einen guten Rechtsanwalt, zu seiner Verteidigung bestellt, und dieser vertrat nach Einsicht in die Akten die Meinung, daß Spionageverdacht durch nichts bewiesen sei.

Nun, der Hauptmann a. D. war weder das Gericht noch die Kriminalbehörde, sondern lediglich Oberinspektor der Korrektionsanstalt zu Güstrow und nur mit der Aufbewahrung Verdächtiger oder Verurteilter betraut, aber er fühlte sich von diesem reichen Juden attackiert. Immerhin, so sprach er mit einiger Schärfe, habe sich Rosenzweig merkwürdig auf dem Bahnhof in Penzlin verhalten.

Dies alles rechtfertige nicht Schikanen und Quälereien, denen der Mann seines Glaubens wegen ausgesetzt sei. Augspurger sagte: Der König von Preußen hat im Namen des Norddeutschen Bundes erklärt, daß alle Beschränkungen der bürgerlichen Rechte, die mit der Verschiedenheit religiöser Bekenntnisse begründet werden, aufgehoben sind. Das Gesetz ist in Kraft, Graf Bismarck-Schönhausen hat es unterzeichnet.

Wir aber leben in Mecklenburg, entgegnete der Baron schlagfertig, und den Mecklenburgern muß unbenommen bleiben, sich einen christlichen Staat nach eigener Fasson zu bilden. Übrigens zweifle er nicht, daß auch die Juden, falls dies eines Tages möglich sei, sich einen jüdischen Staat mit all seinen jüdischen Eigentümlichkeiten einrichten würden.

Augspurger lächelte. Wer weiß, was eines fernen Tages möglich ist. Heute geht es um Rosenzweig, dem hier im Grauen Haus Rechte vorenthalten werden.

Aber ich bitte Sie, bitte! rief Herr von Neddelblad aufgebracht. Dieser Mann stammt nicht aus deutschen Landen, sondern aus dem Königreich Polen, und wenn in Zeiten so unglaublicher Bedrohung von außen ein Fremdländischer nicht mit Samthandschuhen angefaßt worden sei, so müsse das verzeihlich sein.

Was geschieht mit Rosenzweig?

Ihm droht die Abschiebung, sagte der Baron von Neddelblad. Die Formalitäten dauern leider ihre Zeit, solange muß ich den Mann im Hause aufbewahren. Aber er ist von der Tretmühle befreit, und ich habe nichts einzuwenden, wenn ihm Ihre Leute, koscheres Essen, wie Sie sagen, zutragen.

Heute schon? wollte Augspurger wissen.

Meinetwegen.

Schmul Rosenzweig bedankte sich. Bevor man ihn hinausführte, fragte er: Meine Tochter Mala, Herr, hat sie sich gemeldet? Hat man sie gefunden?

Nun war der Baron von Neddelblad ungehalten. Wahrhaftig, sagte er, ich habe mit seinesgleichen genug zu schaffen. Soll ich mich auch noch um seine Mischpoche kümmern? Dann rief er nach dem Sergeanten Hauck, zum Zeichen, daß die Unterredung beendet sei.

16

Die Kriegshochzeit des Erblandmarschalls Kuno Graf Schwan auf Klevenow mit Armgard von Löwenholm sollte der Zeitläufte wegen bescheiden gefeiert werden, dennoch mußte das Fest mit aller Sorgfalt vorbereitet werden.

Die Gräfin korrespondierte mit der Staatskanzlei in Schwerin, auch mit der alten Hoheit persönlich. Es war wünschenswert, daß die Großherzoginmutter Alexandrine an der Vermählung ihres Patensohnes teilnahm, ferner mußte Kuno für die Tage um den 28. August von der militärischen Ausbildung in Ludwigslust beurlaubt werden, schön wäre, wenn der Sohn schon befördert und als Secondeleutnant zum Altar schreiten könnte, in diesem Fall müßte aber die Galauniform rasch genug angemessen werden. Übrigens wurde auch Prinz Günther von Schwarzburg, Kunos Kamerad in Ludwigslust, als Hochzeitsgast auf Klevenow erwartet. Dies alles konnte ohne Fürsprache des Hofes nicht bewirkt werden, Agnes Schwan hatte also zu tun, die Schlöpkes waren nicht weniger beschäftigt. Minna beriet die Köchinnen und die Mamsell in den schwierigen Küchenfragen. Die Festlichkeit sollte schlicht gehalten werden und, wenn es irgend ginge, unter freiem Himmel stattfinden, wobei die Gräfin nicht bedachte, daß ein Parkfest größeren Aufwand erforderte, als eine Mahlzeit an Tischen des Hauses in Küchennähe.

Die Schlöpkes mußten sich also sorgen, aber nicht nur wegen der Hochzeit auf Klevenow. Seit den Vorfällen auf dem Schnitterhof und dem Marstall hatte sich der Sohn ihnen entfremdet. Er sprach nur das Notwendigste, ja oder nein, und ritt übrigens nicht mehr zu so früher Stunde aus wie sonst an den Sommermorgen. Wahrscheinlich hatte die hohe Braut in diesen Tagen Wichtigeres zu tun, als ihren Reit- und Badespäßen zu frönen.

Schlöpke hatte seinen Vormittagsdienst in der Gutskanzlei beendet, die Bücher sorgfältig weggeschlossen. Es war schon gegen Mittag, als er auf der Bank vor dem Hause saß und auf

Minna wartete. Sie kam aus der Schloßküche herüber. Man hatte entscheiden müssen, ob im Park auch Fisch serviert werden sollte. Das war mehr als heikel bei den hochsommerlichen Temperaturen, aber Aal gestopt zählte zu Graf Kunos Lieblingsspeisen, man würde sie ihm an seinem großen Tag kaum vorenthalten können.

Minna ließ sich neben dem Mann auf der Bank nieder. Er hatte ihr verziehen und legte seine Hand auf die ihre.

Merkwürdig, sagte sie, was einem durch den Kopf geht. Von Aal gestopt war die Rede, da mußte ich daran denken, wie du um mich geworben hast, vor zwanzig Jahren, in der Gesindestube von Schloß Klevenow. Weißt du noch, du hast von deinen Junggesellennöten berichtet, und nebenan am Herd redete die alte Köchin, Gott hab sie selig, redete und redete, wie viele Eier in die fette Aalbrühe gequirlt werden müßten. Waren es nicht fünfzehn Stück auf den Pott?

Beide konnten sich wieder einmal zulächeln.

Da ritten sie heran, Komteß Armgard Löwenholm im roten Jagdhabit, diesmal mit Zylinder, wie es die gute Sitte forderte, und neben der Komteß ritt Jörn, mit finsterem Angesicht.

Und nun mußten die beiden Alten tun, was nach der Schwanschen Gesindeordnung geboten war. Sie erhoben sich, kehrten sich dem heranreitenden Paar entgegen. Schlöpke entblößte das kahle Haupt, und dann neigten er und Minna sich ehrerbietig. Kein Gegengruß, kein Dankeswort. Sie ritten vorüber.

Die beiden Alten setzten sich wieder, schwerfällig, als hätten sie etwas leisten müssen, das ihre Kraft gekostet hatte. Merkwürdig ist es schon, sagte Schlöpke, daß wir den Rücken krümmen müssen vor unserem eigenen Sohn, der fremd tut. Hätte er nicht die Tageszeit bieten können? Hätte er ihr nicht sagen können: Es sind meine Eltern, die beiden Alten dort.

Minna seufzte. Mein Gott, und was haben wir auf uns genommen um dieses Kindes willen.

Um seines Vaters willen ist alles geschehen. Sei ehrlich, Minna, du hast Jörn Tiedemann geliebt, mich hast du gebraucht. Ich war der Notnagel.

Was er sagte, ging ihr nahe. Sie mußte nach Antwort suchen.

Ach, Schlöpke, heute sind wir alt. Wollen wir jetzt davon reden, was wir vor zwanzig Jahren voneinander gehalten haben?

Die Sonne gab dem Gesicht des Alten Farbe, beinahe schien es, als mache das grelle Licht es jugendlicher, ein bißchen liebenswerter. Der Anblick rührte Minna. Sie strich mit gekrümmten Fingern über seine hagere Wange. Ich verdanke dir viel, ja, ich habe dir zu danken. Nichts hatte ich mehr gefürchtet als das Alter, daß ich allein stehen würde, von niemandem geliebt. Und heut, Schlöpke, habe ich mit einem Mal wieder große Angst. Was geschieht, wenn offenbar wird, daß der Junge aus einer Familie von Mördern stammt?

Schlöpke sagte: Die gräfliche Familie hat damals in Italien geweilt. Ich habe Papiere für die Adoption besorgt, an denen nichts zu deuteln ist. Pfarrer Christlieb, der alles wußte, ist längst unter der Erde. Nur dieser Junge, dieser Jan Tiedemann, ist eine Gefahr. Ich habe Vollmacht zu seiner Verwahrung. Den laß ich nach Güstrow bringen, ins Graue Haus, du kannst dich drauf verlassen.

Minna erhob sich von der Bank. Mit einem Mal erschien sie so kühl und herrisch wie eh und je. Sie sagte: Das wirst du nicht tun, Schlöpke. Es wäre Frevel, den einen Bruder dorthin zu bringen, von wo wir den anderen geholt haben. Schick seiner Mutter Gesine Reisegeld, sie muß uns helfen.

Sie wollte wieder einmal zum See hinunter. Dem Jörn hatte das Herz am Hals gepocht, als ihm Armgard mit der Gerte die Richtung wies.

Dann wieder das Spiel wie in guten Tagen. Wer ist früher am Ziel? Der Schnellste bin ich, ich bin schneller als du. Sie warf ihm den Zylinder zu, der sie beim scharfen Ritt behinderte. Schon war sie davon. Er wußte aber einen heimlichen Pfad und war vor ihr am See.

Sie hatten sich seit Tagen nicht gesehen. Er hatte nur eine Ahnung, warum, und litt beinahe körperlich an der Ungewißheit. Kann sein, sie trägt mir die Prügelei mit dem Schnitter nach, daß ich diesem Strolch unterlegen bin. Einmal hat sie gesagt: Ich brauche einen Leutevogt, der sich gegenüber dem Gesinde durchsetzen kann. Ein Leutevogt gilt in Dänemark so viel wie ein Inspektor. Kann sein, sie vermutet, daß ich es gewesen bin, der den Prügelbock hatte suchen lassen. Dabei weiß ich von ihr, daß früher auf dänischen Herrenhöfen das hölzerne Pferd geritten wurde, von unbotmäßigen Knechten oder verstockten Schuldenbauern. Man hob sie gewaltsam in den Sattel, er war mit dornenspitzen Nägeln gespickt, beschwerte die Füße der Bösewichter mit Feldsteinen, bis sie sich den nackten Arsch blutig rissen und den Stachel dort eindringen fühlten, wo ich ein Mann bleiben will.

Bis sie sich verweigerte, hatte Jörn Schlöpke die schönste Frau der Grafschaft besessen. Er fühlte sich krank ohne sie, er war hungrig nach Liebe. Heute spielte Armgard wieder das Spiel, mit dem die Geschichte begonnen hatte, der Schnellste bin ich, ich bin schneller als du. Er war wieder am Ziel, erhitzt und verschwitzt, riß sich die Kleider vom Leibe und stürzte sich kopfüber in den See.

Als er auftauchte, sah er Armgard am Ufer, warf in der hellen Lust die Arme hoch und schrie: Komm!

Sie kam nicht.

Er ließ sich sinken bis ans Kinn und versuchte, sich den Kalender ins Gedächtnis zu rufen, während der Regel geht eine Frau nicht gern ins Wasser. Aber kann sie dann reiten wie wild?

Schließlich watete er ans Ufer, nackt, seiner körperlichen Vorzüge gewiß, die Nässe rann ihm aus Haupt- und Körperhaar, über die glänzenden Schultern, bauchwärts zwischen die Schenkel hin, und dann, endlich am Strand, mußte er den Kopf schief halten und auf einem Bein hüpfen, um die Wassertropfen aus den Ohren zu schütteln.

Armgard sagte: Bekleide dich.

Sie kehrte ihm den Rücken und ging ein paar Schritte. Jörn stieg das Blut zu Kopf, er mußte sich seiner Nacktheit schämen, so wie dem Adam in Eden geschehen war, nachdem er vom Baum der Erkenntnis gekostet und seine Unschuld verloren hatte. Sie hatte ihn stehenlassen, obwohl er bereit gewesen war. Himmel, sie würde ihn doch nicht aus dem Paradies vertreiben wollen? Ihm wurde mit einem Mal angst. Er hatte Mühe, sich das Zeug über die nasse Haut zu streifen, und fuhr sich mit allen zehn Fingern durch die Haare, um das Wasser herauszuschütteln.

Dann führte er die Pferde vor.

Das Lied von Füchsin und Hahn fiel ihm ein, was von der Liebe blieb, waren die Federn im Strauch.

Zu dienen, Euer Gnaden.

Sie sah ihn an. Der da vor ihr stand zwischen den Gäulen, war blaß, das Haar hing ihm ins Gesicht, und er zitterte wie ein Knabe, der unversehens ins kalte Wasser gestoßen worden war.

Sie sagte: Schreib mir keine Briefe mehr.

In seiner Liebesnot hatte sich Jörn tatsächlich hinreißen lassen, ihr eine Botschaft zu senden. Er konnte die Buchstaben malen, beinahe so gut und schwungvoll wie sein Vater, und hatte geschrieben: An Ihro Gnaden, Komteß Armgard von Löwenholm auf Klevenow. Ich kann nicht leben, ohne an dich zu denken. Er wiederholte, was er zu Papier gebracht hatte.

Das wirst du lernen müssen, Jörn Schlöpke. Sie saß hoch zu Roß, als sie sprach. Wir werden uns bis zur Vermählung nur noch begegnen, wenn es unumgänglich ist, am besten in Gesellschaft anderer. Kuno zieht ins Feld. Ich will kein Gerede, also keine morgendlichen Ausritte mehr.

Jörn verneigte sich. Ihr seid die Herrin, ich bin der Knecht.

Sie sagte: Das muß nicht so bleiben. Ich bekenne mich zu diesem Wort, aber einlösen kann ich es nur, sobald ich weiß, daß du das Zeug hast, über Leute gesetzt zu sein. Ich will mich deiner nicht schämen müssen, Jörn Schlöpke.

Dann ritt sie davon.

Er versuchte nicht, ihr zu folgen, sondern ließ den Gaul dahintrotten, wie es ihm gerade gefiel. Er ritt dorfwärts, wie ein Krieger nach verlorener Schlacht.

Um Jan Tiedemann sorgten sich viele. Ein, zwei Mal hatte tatsächlich der Physikus Doktor Kuhfeld, Leibarzt der gräflichen Familie, nach ihm gesehen und jedes Mal den Kopf geschüttelt, nachdem er dem Leidenden, der bäuchlings lag, die Wundlappen heruntergerissen hatte. Welcher Täter protestantischer Konfession käme wohl auf den Gedanken, jemandem wie diesem Tiedemann, als Schandmal ein Kreuz in den Rücken einzuschneiden? Dieser tüchtige Arzt stand von Amts wegen seit Jahren als Gerichtsmediziner im Sold und mußte gelegentlich den Hinrichtungen beiwohnen, allzu viele wurden in Mecklenburg nicht mehr vollzogen, und die schlimmsten Torturen waren abgeschafft, so das Rädern von Delinquenten. Aber so ähnlich wie dieser Tiedemann hätte einer zugerichtet werden müssen, ehe man ihn aufs Rad flechten konnte.

Doktor Kuhfeld verordnete scharfe Tinkturen, die wie Säure ätzten und verhindern sollten, daß sich Brand und Eiter tiefer ins Fleisch hineinfraßen. Mala hielt den Kopf des Geschundenen im Schoß, er brüllte bei jeder Behandlung und zerbiß dem Mädchen die Schürze. Da erinnerte sich Olga Kalusa ihrer Großmutter, die hatte in einer Hütte vor dem Dorf gehaust und sich mit Kräutern besser ausgekannt als eine Hexe. Was man zu polnischer Suppe brauchte, würde auch in Klevenow zu finden sein, wilder Mohn vor allem, und Branntwein gab es zu kaufen. Olga hatte den Trank gebraut, und Jan war stark genug gewesen, ihn zu überleben. Er schlief und schlief und bemerkte kaum, daß die Frauen seine Wunden reinigten und schließlich mit einer Salbe bestrichen, die der Schäfer vorbeigebracht hatte. Was einem verletzten Vieh helfe, könne einen Mann nicht umbringen, Der Schäfer schwor auf die heilende Wirkung von Dachsfett, es war ranzig und stank, aber mit der Zeit schlossen sich tatsächlich die Wunden. Eines Morgens, als Mala erwachte, sah sie den Jan aufrecht im Bette sitzen, er lächelte und verlangte zu essen.

Übrigens hatte auch Pastor Pistorius einen Besuch gemacht und dem Genesenden einen Band des Bilderkonversationslexikons von Brockhaus mitgebracht, damit er was zu lesen hatte. Als Mala in die Stube kam, lehnte der Kranke mit dem Rücken am Kopfende des Bettes, das schwere Buch hielt er im Schoß. Er sagte: Jetzt weiß ich, wo wir unser Glück machen können, Mala. Wir wandern nicht nach Nordamerika aus, wie dein Vater gewollt hat, wir fahren nach Argentinien und leben in der Steppe, in den Pampas. Ich kann mit dem Lasso umgehen, und wie man Rinder hütet, weiß ich auch. In den Pampas leben die Abkömmlinge der eingewanderten Spanier, sie haben die Städte verlassen, so steht hier, und sich aufs flache Land begeben, wo sie sich fast ausschließlich mit Viehzucht beschäftigen. Hör zu: Der Gaucho lebt einsam, sein Haus liegt in der weiten Ebene, es ist aus Erdmauern erbaut und besteht aus einem einzigen großen Zimmer, das mit Rohr gedeckt und oft dermaßen von widerlichen Insekten angefüllt ist, daß die Familie des Gauchos im Sommer unter freiem Himmel schläft. Stell dir das vor, Mala, wir beide des Nachts unter einer Pferdedecke, und über uns das Kreuz des Südens.

Erst einmal müssen wir hierbleiben, erst mußt du gesund werden.

Ich trau dem Frieden nicht. Beim Gericht wartet man ja auch bloß so lange, bis der kranke Übeltäter soweit hergestellt ist, daß er selber bis zum Galgen gehen kann.

Du gehörst ins Bett, und du hast nichts verbrochen, Jan.

Er sagte: Wir müssen fort, sobald es mir besser geht. Vielleicht nimmt uns für eine Weile einer von deinen Leuten auf. Ich hab gehört, daß in Strelitz viele Juden wohnen.

Ach, Jan, sie würden uns nicht verstehen. Wie oft hab ich dir von dem Rosenstrauch erzählt, den man begräbt. Ich bin bei dir, und bei dir will ich bleiben, also müssen sie mich verstoßen.

Jan sagte: Und ich muß in den Krieg ziehen. Wenn's ans Totschießen geht, fragt kein Mensch, ob du ein Graf oder Schnitter, ob du ein Christ oder ein Jude bist. Herrgott, warum hast du eine Welt gemacht, die mir so wenig gefällt!

Mala stürzte zum Bett und umarmte ihren Liebsten vorsichtig, damit sie ihm ja nicht weh tat, dann küßte sie ihn und sagte: Ich bin fremd in dieser Welt und ohne dich verloren. Du darfst nicht in den Krieg.

Er wollte nicht, daß sie weinte, und tröstete sie: Dann müssen wir doch fort, nach Südamerika. Und damit sie was zu lachen hatte, las er ihr aus dem Brockhaus vor: Alle Gauchos sind von frühester Jugend an immerwährend zu Pferde, weshalb ihre Beine schwach und krumm ausgebildet sind, so daß ihnen der Gang zu Fuß beschwerlich fällt. Manchen Menschen in den Pampas ist selbst die leichte Arbeit des Viehhütens zu lästig, deshalb führen sie ein Vagabundenleben. Sie stehlen Pferde und verkaufen sie nach Brasilien. Mehr als einmal haben diese Menschen sogar Weiber aus der Stadt Bounos Ayros geraubt. – Ich brauch kein Weib zu mausen, ich bring sie mit, die schönste Frau der Welt.

17

Und dann kam der Tag, an dem Kuno Schwan und die dänische Armgard Löwenholm auf Klevenow Hochzeit hielten, schwarze Hochzeit, wie man später sagen wird, denn ein Schatten fiel auf das Fest, das so heiter begonnen hatte.

Viele freuten sich auf den Tag, viele halfen, ihn vorzubereiten. Ein Dutzend Knechte hatte den Parkrasen kurz geschnitten und glatt geharkt. Die Tanzböden der Begüterung wurden vom Mobiliar geräumt, die Gespanne fuhren tagelang, um Tische und Stühle heranzubringen, genügend Bänke auch. Selbst das Gesinde sollte bewirtet werden und brauchte also Sitzgelegenheit. Die Beschließerin mußte sämtliche Wäscheschränke plündern, damit man die Tafeln unter freiem Himmel mit feinem Linnen decken konnte, schon vormittags flatterte es blendend weiß unter dem Blättergrün, mit Steingut beschwert, mit Bierseideln und Schnapsgläsern, die man von den Gastwirten der Umgebung geliehen hatte. Nur die Tische im Pavillon von Gräfin Agnes' Rosengarten waren mit sächsischem Porzellan gedeckt, das Beste war gerade gut genug, da sich höchstwahrscheinlich Ihre Königliche Hoheit Alexandrine, die Großherzoginmutter, die Ehre geben würde.

Wieder einmal mußten alle Herde des Küchengewölbes befeuert werden, obwohl eine bescheidene Feier angesagt war. An die dreißig Bleche mit Bienenstich mußten doch gebacken werden und ebensoviel an Beerenkuchen, nun wahrhaftig ein volkstümliches Gebäck, die feinen Tafeläpfel waren längst zur Neige gegangen, und wem der Kuchen zu sauer schmecken sollte, konnte mit Schlagsahne süßen, an der in Klevenow kein Mangel war.

In Gräfin Agnes' Garten blühten Hunderte von Rosen verschwenderisch, ihr schwerer Duft vermochte nicht durchzudringen, so lange es bis ins Dorf nach frischem Kuchen roch, nach Kaffee, der geröstet wurde, nach Gesottenem und Gebratenem.

In aller Sonntagsfrühe wurde dem Bräutigam ein Ständchen dargebracht. Die Militärkapelle seines Regiments war aus Ludwigslust angereist, eine sehr nette Geste des Kommandeurs, des Herrn Major von Knesebeck, damit Kuno Schwan mit Pauken und Trompeten geweckt werden konnte. Schon morgens also klingendes Spiel vor dem Schloß und die tröstliche Liedzeile:

> *Nun adieu, Luise, wisch ab das Gesicht,*
> *eine jede Kugel, die trifft ja nicht,*
> *denn träfe jede Kugel apart ihren Mann,*
> *woher kriegten die Könige ihre Soldaten dann?*

Großes Hallo und ein Tusch, Graf Kuno erscheint, noch im Nachthemd, am offenen Fenster und drückt sich selber die Hände, um sie winkend zu heben zum Beweis der herzlichen Verbundenheit mit den Kameraden.

Hoch lebe die Braut! Wo ist die Braut?

Man hört, sie soll das natürlichste und liebenswürdigste Wesen sein, das sich denken läßt, also wird sie mit Kuno das Bett geteilt haben, es ist Krieg, und wie viele Nächte bleiben ihnen noch.

Nein, eines der Fenster im oberen Stockwerk öffnet sich, die sich herausbeugt, muß die Komteß sein, üppiges, wild gelocktes Haar, das bis auf die Schultern fällt. Die Dame ist im Negligé, der Busen kann sich sehen lassen, selbst auf Distanz.

Noch ein Tusch also, ein Gruß für die Braut.

Später die Auffahrt der Kutschen, die von Malchin oder Gielow herankommen und von den Lakaien zur Kirche hinauf gewunken werden.

Dann das Geläut. Das Gotteshaus, bald zum Bersten gefüllt, kaum einfaches Volk in den Bänken, viel Militär, Galauniformen in rot, weiß und blau, die Herren ordenbehängt, die Damen juwelengeschmückt in festlichen Sommerroben, Nachbarn oder Freunde der Schwäne von Klevenow, deren Namen Klang haben in Mecklenburg, wie die von Bernstorff, von Bülow, von Flotow, die von Malzahn, von Oertzen, von Bothmer oder von Bassewitz. Sie alle warten, es ist schon ein wenig über die Zeit.

Tatsächlich gab es Aufenthalt. Sekretarius Schlöpke, wie immer verantwortlich für das Protokoll, hatte Sorgen, denn der dänische Löwenholm, der seine Tochter führen sollte, war nicht auf die Fähre gelangt. Das erfährt man in letzter Minute. Und Prinz Günther von Schwarzburg, der den Brautvater hätte vertreten können, ist leider, wie die Frau Großherzoginmutter, auch noch nicht eingetroffen. Protokoll hin, Protokoll her, warum soll Kuno Schwan die eigene Braut nicht geleiten können?

Schon stellt man sich auf, da rattert, dem Himmel sei Dank, die Staatskalesche aus Schwerin heran. Also noch einmal fünf Minuten Glockenbimbam, dann rauscht die Orgel auf, das Portal öffnet sich, ins Dunkel der Kirche ergießt sich das Tageslicht in breiter Bahn. Prinz Günther von Schwarzburg führt Armgard Löwenholm an schwebender Hand. Sie trägt glänzendes Weiß, die Farbe der Reinheit, und über dem Schleier ein Diadem, noch jede Schwänin hat es der Schwiegertochter zum Hochzeitstag übergeben. Jörn Schlöpke, der sich wie alle anderen erhoben hat, muß sich auf die Zehenspitzen stellen. Er sieht, Armgard trägt den Diamantreif wie eine Krone, Armgard geht ihm davon. An Kunos Seite tappelt die alte Hoheit Alexandrine von Mecklenburg, Spitzen, Rüschen und Perlenschnüre bis unter das Kinn, huldvolles Lächeln ins Publikum, Kopfnicken links, Kopfnicken rechts. Und nun folgen zum Beschluß gemessenen Schrittes die Gräfinnen Schwan, die verwitwete neben der geschiedenen, die eine fliederfarben gewandet, die andere, wie immer, extravagant und in Schwarz.

Man darf Platz nehmen und tut es geräuschvoll. Pastor Pistorius wartet das letzte Hüsteln ab, das letzte Knarren im Kirchengestühl. Er ist angewiesen, sich kurz zu fassen und philosophiert über den alten Gott, der Gott der Deutschen sei, denn seht, gerade uns ist er in der Vergangenheit offenbar geworden durch das Gnadengeschenk reicher Begabung, die uns zum Volk der Denker und Dichter machte, aber auch zum Volk der Reformation. Auch in der Gegenwart sei Gott, der Herr, dem deutschen Volke nahe wie der Feuerbrand im Dornenbusch, damit es in diesem Krieg nicht zu Asche verbrenne, sondern zum reinsten Gold geläutert werde. Die deutschen Heere schicken sich an, Paris einzuschließen.

Nun rasch die Trauung des hohen Paares, der Segen, der Dankeschoral.

Und dann kommt das Fest im Garten von Klevenow. Bis zuletzt hatte Agnes Schwan gebangt, ob das Wetter halten würde. Es hält, es hält. Vielleicht ist es wirklich so, wie Pistorius gepredigt hat, daß Gott mit den Deutschen und also auch mit den Schwänen ist. Der Himmel jedenfalls hatte reinstes Blau gehißt.

Der Schloßterrasse gegenüber ist für die erlauchtesten Gäste im Schatten der Platanen eine Tafel in Hufeisenform aufgeschlagen. Schon perlt der Sekt in den Gläsern. Die Domestiken stehen bereit, da schmettern die Fanfaren. Die Militärmusikanten aus Ludwigslust sind wahre Meister ihres Fachs, sie intonieren beinahe makellos den Hochzeitsmarsch aus dem Sommernachtstraum, während sich die Jungvermählten, gefolgt von den Anverwandten und Freunden, der Tafel nähern. Herrliche Musik, die selbst die Herren Offiziere zu gelöster Haltung verführt und macht, daß aus dem Gang zur Tafel ein Dahinschreiten von beinahe tänzerischer Anmut wird.

Die alte Hoheit, jetzt am Arm des Prinzen von Schwarzburg, ist heiterster Laune und grüßt, da andere nicht Spalier stehen wollen, auf gewohnte Weise die Bäume im Park, Kopfnicken links, Kopfnicken rechts. Aber kaum, daß die Brautjungfern den Schleppschleier raffen können, kaum daß Kuno seiner jungen Gräfin den Stuhl an der Tafel hat zurechtrücken können, erweist sich, was Soldatenkehlen vermögen. Die Secondeleutnants, Hauptleute und Majore überbrüllen die Mendelssohnsche Festmusik mit dreifachem Hurra! Hurra! Hurra!

Nicht allzu weit von der Haupttafel waren die Schlöpkes plaziert. Minna hatte sich schöngemacht, auf ländliche Weise, wie sich das geziemte, nämlich ein Festkleid, das noch von ihrer Mutter stammte, aus der Truhe herausgesucht und ein wenig modernisiert, aber sie hatte sich nicht geniert, eine Putzmacherin in Malchin aufzusuchen und trug zum ersten Mal in ihrem Leben einen Hut. Schlöpke hatte sich in den alten Bratenrock gezwängt, der leider beim Waschen eingelaufen war. Bei all den Aufregungen war Minna nicht dazu gekommen, die Säume herauszulassen, deshalb rutschten dem Sekretär die gestärkten Manschetten auch heute wer weiß wie weit aus dem Ärmel. Der alte Mann, hager und bleich von Angesicht, war unheimlich anzusehen, beinahe so, als wäre der Gräfin Agnes eingefallen, den Gevatter Tod zu Tisch zu bitten. Übrigens schien auch Jörn vom Fleisch gefallen oder an einer auszehrenden Krankheit zu leiden. Seine Mutter betrachtete ihn mit Sorge. Er starrte unverhohlen auf die junge Gräfin Schwan.

Minna sagte: Deine Großeltern haben noch in der Leibeigenschaft dienen müssen, wir dürfen in der Nähe der Herrschaft sitzen.

Jörn lächelte. Die Gräfin Armgard wird mich weiterbringen.

Schlöpkes Augen lagen tief in den Höhlen, und sie schienen zu glimmen, als er sagte: Sie wird dich verderben.

Der Junge lachte leichtfertig. Sie will mich zum Leutevogt machen. In Dänemark gilt das so viel wie ein Gutsinspektor.

Schlöpke murmelte: Die Lippen einer Hure sind wie Honigseim, steht geschrieben, aber ihre Füße führen hinunter in den Tod.

Minna preßte erschreckt die Hände gegen das Herz. Gottes willen, wie redest du an einem solchen Tag?

Der Junge sprang auf, er riß im Zorn den Stuhl zurück, es schien, als wolle er die Eltern vor aller Augen brüskieren. Aber er ging nicht davon, sondern umklammerte die Lehne, weil sich an der Haupttafel Iduna Schwan-Schwan erhob und mit dem Ring ans Glas klopfte, um sich Gehör zu verschaffen.

Liebste Armgard, lieber Kuno! In dieser Stunde von großer Erhabenheit und erhabener Größe – die Dichterin hatte eine Vorliebe für umkehrende Wortspielereien –, in dieser Stunde fällt die Ehre auf mich, ein paar Worte zu sagen, denn ich bin die älteste Schwänin ...

Und Mecklenburgs große Dichterin, rief Kuno galant unter dem Beifall der Gäste.

... Ich liebe euch und muß mit euch leiden. Ihr habt euch heute gebunden, um euch morgen zu trennen. Dein lieber Herr, Armgard Schwan, wird mit vielen seinesgleichen gen Frankreich reiten. Möge bald Victoria geschossen werden, mag er sich bald im Staube winden wie ein Wurm, Napoleon!

Iduna Schwan-Schwan hatte aus gegebenem Anlaß gedichtet. Nun trug sie die Verse vor, mit der Gebärde einer Seherin, sie reckte den Arm aus, als deute sie ins Weite oder in die Zukunft, und folgte jedem ihrer Sätze mit dem Blick, als müsse sie sich nachschauend vergewissern, daß ihre Botschaft auch das fernste Ohr erreichte.

> *Er wankt, er wankt, er bricht zusammen,*
> *er, der die Geißel des Jahrhunderts war,*
> *und nunmehr, wie ein Phönix aus den Flammen,*
> *schwingt westwärts sich der junge, deutsche Aar,*
> *dem Frührot einer neuen Zeit entgegen.*

Darauf konnten die Damen nur mit heftigem Beifall und die Herren mit dreifachem Hurra antworten.

Die alte Hoheit sagte: Interessant, irgendwie, und bat später die Dichterin um eine Abschrift der Verse, die wolle sie ihrem Sohn, dem Großherzog, und König Wilhelm, ihrem lieben Bruder, ins Feld schicken, zur Ermunterung wie zur Erbauung.

Iduna versank tief im höfischen Knicks. Zu gütig. Euer Königliche Hoheit.

Da ist das Feld, ein Roggenplan, schmutziges Gelb. Es hat seinen Anfang hinter dem Erlengehölz und dem Weidengestrüpp, das den See begrenzt, und wir müssen ein Feuerchen machen, bei den Steinen, wo wir ein wenig rasten wollen, die Wasserkruken niedersetzen. Ein Feuer im heißen August, damit wir Rauch haben, der die Mücken vertreibt, die Bremsen, ganze Wolken von ihnen schweben und schwirren über dem Gebüsch.

Da ist das Feld, sein Anfang ist hier, aber ein Ende nicht abzusehen. Es steigt hügelan, bis es sich mit dem Himmel trifft, unendliches Blau, unendliches Gelb. Dort hinauf müssen wir, Sensenhieb für Sensenhieb, bis wir uns wieder abwärts hauen können, zum Feuer hin, zu den Mücken, zur Rast bei den Steinen, und die Weiber müssen uns folgen, sich tausendmal bücken, um mit der Sichel die Halme zu Garben zu raffen, tausendmal Bänder drehen, tausendmal binden. Wer weiß, wie groß das Feld ist, wie viele Hufen es mißt? Uns scheint es unermeßlich, zehn Dörfer hätten darauf Platz und Hunderte von Gärten, Hunderte von Hütten. Wenn uns doch eine gehören würde. Es ist nicht nur die Armut, die uns Jahr für Jahr wandern läßt, es ist auch die Hoffnung, wir könnten Saison für Saison einen Taler auf den anderen legen, um einmal ein kleines Feld zu bestellen, das uns selber gehört, fünfzig Schritt lang und fünfzig Schritt breit. Wo mögen wir's finden?

Wir müssen hinauf und hinunter, bis wir am Ende sind mit der Arbeit, mit unserer Kraft, und wir haben dafür zwölf Stunden am Tage Zeit, so viel ist gewiß. Wir stehen am Feuer und hören, was die Weiber schwatzen. Sie hätten gerne die Braut gesehen, den festlich geschmückten Gästen gewinkt, eine wirkliche Königstochter soll im Hochzeitszug schreiten und ein bildhübscher Prinz, aber die Gutsverwaltung hat uns in die Flur geschickt, damit wir das schöne Bild nicht trüben.

Sie standen ums Feuer und strichen die Sensenblätter mit dem Stein und hörten den Weibern zu, dann stellten sie ihr Gerät beiseite, und alle sahen auf Jan Tiedemann. Der trug statt eines Kittels über der schmuddeligen Werggarnhose ein schneeweißes, gerüschtes Hemd, wie's die Herren tragen, eine mitleidige Frau hatte es dem Kranken auf die Schwelle gelegt, und er hatte es übergestreift, weil es von so feinem Linnen war, daß es die Narben nicht scheuern würde.

Du brauchst noch nicht in die Reihe, Jan.

Mal muß ich's versuchen, Gorski.

Wir werden den Hügel gemächlich angehen, und dich nehmen wir in die Mitte.

Sie hätten vielleicht noch ein Weilchen beisammen gestanden, dies oder das geredet, aber da kam vom See hoch der Vorschnitter, der war Partei mit der Gutsverwaltung. Sie sahen ihn und dachten, wie sie den Jungen gefunden hatten, beinahe zu Tode geschunden auf dem Prügelbock, mit einem klaffenden, blutigen Kreuz, das ihm in den Rücken geschnitten war.

Mala sah dem Stollinski entgegen. Ich schwöre, einer hat polnisch geflucht, do stu piorunów. Stollinski war nicht in seinem Bett. Er war einer der Schinder, niemand bringt ihn vor Gericht.

Sie standen im Kreis neben dem Feuerchen, Männer und Weiber, sie steckten die Köpfe zusammen, sie legten die Arme einander um die Schultern und redeten leise, wie Leute, die sich verschwören.

Gorski flüsterte: Wenn es in Mecklenburg keine Gerechtigkeit gibt, müssen wir warten, bis wir in Polen sind, um ihn anzuzeigen. Oder wir richten ihn selbst. Letzte Saison war da so eine Geschichte: Man hat einen Rumpf gefunden in irgendeinem Modderloch, aber niemals einen Kopf, der dazu gehörte. Den hatte man wohl in einen Sack gesteckt, mit Steinen beschwert und im See versenkt, dort wo er am tiefsten ist. Keiner hat erfahren, wer der Tote war und wer sein Richter.

Olga Kalusa schrie leise auf.

Koschoreck sagte: Jeder soll seinen Kopf verlieren, der die eigenen Leute verrät.

Da war Stollinski heran. Keine Ahnung, wovon seine Leute redeten, keinen Sinn für Gefahr. Er gab sich selbstsicher wie einer, der besser unterrichtet ist als alle anderen, und tatsächlich hatte ihn der Sekretär Schlöpke wissen lassen, er sei unabkömmlich, weil zum Feste geladen, Stollinski werde Manns genug sein, die Angelegenheit mit Hilfe eines Beamten zu regeln. Keine Störung des Festes!

Welche Angelegenheit?

Geheimnis. Nur Schlöpke, das Amt und Stollinski sind eingeweiht. Heute abend würde der Vorschnitter jedenfalls die Kolonne unter dem Daumen haben. Wie eh und je warf er sich vor seinen Leuten in die Brust. Do stu piorunów! Schert euch auf Feld!

Also, greifen wir zur Sense, holen wir noch einmal tief Luft, hauen wir erst einmal eine Bresche, gehen wir den verdammten Hügel an.

Gorski hebt die Hand. Er führt die Reihe, er geht am linken Flügel, dann kommt Lewinski, dann kommt Koschoreck, er und Butt nehmen Jan in die Mitte, dann kommen die übrigen, bald haben sie sich eingespielt und arbeiten im Takt, einer neben dem anderen, gleichmäßig, als würden sie vom Einpeitscher dirigiert, Schritt und Sensenschnitt, weit ausholender Schwung, Schritt und Schnitt, seht, wie die Halme zur Seite rauschen, und wieder die leichte Drehung des Oberkörpers, das Ausschwingen des Sensenbaumes, der Schritt und der Schnitt. Schwere Arbeit, schön anzusehen, wie zwölf Männer jede Bewegung gleichzeitig tun, beinahe anmutig, als hätten sie einen Tanz einstudiert, dieses Sichwiegen und Schwingen, Schreiten und Schneiden, und wahrhaftig, es klingt beinahe wie eine Musik, wenn die Sensenblätter rhythmisch durch die Halme rauschen, Schritt und Schnitt.

Die Weiber haben es schwer, mit den Sicheln die Halme zu raffen. Wie lange erträgt das eine, dieses sich krumm machen und bücken müssen, nicht in die Knie brechen dürfen unter gnadenloser Sonne.

Auch Jan muß bei der Arbeit keuchen. Stollinski schlendert näher. Er sagt: Schlägt junges Herr vom Gut, macht Ärger, macht langsame Arbeit.

Als Gorski das hört, blinzelt er gegen die Sonne, als schaue er auf die Uhr. Er ruft: Pause! Für ein Weilchen will er den Jan entlasten.

Stollinski brüllt: Weitermachen!

Er kann sich in die Brust werfen, er kann fluchen, so oft er will, die Männer haben die Sensen umgekehrt, sie stehen in langer Reihe und lassen die Arbeit ruhen. Dann sehen sie das rote Pferd, wie es vom Horizont herunterprescht. Der darauf sitzt, in Uniform mit Pickelhaube, ist ein Gendarm aus dem Warener Beritt. Er reißt an der Trense.

Wer ist der Vorschnitter?

Zu dienen, Herr. Stollinski verneigt sich. Er weist von unten herauf schielend auf Jan. Das ist Verbrecher Tiedemann.

Mitkommen!

Koschoreck gibt seine Sense an Butt. Er stellt sich neben Jan. Der Junge ist neunzehn, Herr, manchmal zu wild und zu unbeherrscht. Ich hab seiner Mutter versprochen, auf ihn zu achten. Er ist nicht gesund.

Maul halten!

Koschoreck atmet fauchend ein, dann reißt er dem Jan das Rüschenhemd vom Leibe und dreht ihn so, daß der Gendarm die

Narbe sehen muß, das Schandmal auf seinem Rücken. Er ist fast zu Tode geschunden worden. Von wem, Stollinski? Niemand hat danach gefragt, und der Junge soll bestraft werden. Das ist nicht gerecht.

Der Gendarm entfaltet ein Papier, ein amtliches, jeder hat es zu respektieren. Er hält es mit beiden Händen hoch. Jan Tiedemann wird in die Korrektionsanstalt Güstrow verbracht wegen Aufwiegelei und Hetze in Kriegszeiten.

Mala schreit: Er ist unschuldig. Wir müssen ihm helfen.

Da nehmen die sechs Weiber ihre Sicheln zur Hand, sie umringen den Jungen, und vor die Weiber stellen sich elf Männer mit umgekehrten Sensen hin, um die Blätter zu schärfen, das macht ein aufreizendes schrilles Geräusch.

Der berittene Gendarm will blank ziehen, aber was vermag ein Säbel gegen ein Dutzend messerscharfer Sensenblätter, die ihm entgegen stehen?

Er ritt davon, um Verstärkung zu holen.

Sie sahen ihm nach, die Weiber, die Männer, bis er auf seinem roten Pferd über den Hügel ritt. Dann ließen sie den Stollinski stehen und gingen nach Hause.

In der Rosenlaube des Gartens von Klevenow hielt die alte Hoheit Hof. Zu ihrer Rechten hatte Agnes Schwan, zu ihrer Linken Iduna, die dichtende Gräfin, Platz genommen. Die Damen der umliegenden Adelshäuser saßen im Kreis und bewegten ihre Fächer, der nachmittäglichen Hitze wie der Fliegen wegen.

Alexandrine, geborene Prinzessin von Preußen, wohlunterrichtet wie immer, erzählte, wie glanzvoll der deutsche Sieg bei Gravelotte gewesen sei. Erst zehn Tage her, zehn Tage her. Und die Franzosen haben dreizehntausend Mann verloren. Sie werden verstehen, meine Damen, der Aderlaß für unsere deutschen Angreifer mußte größer sein, irgendwie, und beläuft sich leider auf zwanzigtausend Tote und Verwundete, darunter eintausend Offiziere, die meisten aus dem Adel, wie Sie sich denken können. Wenn nun, nach dem Kriegsetat, auf vierzig Mann ein Offizier gerechnet werden muß, so war in der Schlacht von Gravelotte auf zwanzig Mann ein Offizier gefallen. Das ist ein rühmliches Zeugnis, denke ich, für das Beispiel, mit welchem die Führer ihrer Mannschaft, ja, so kann man sagen, vorgeleuchtet hatten, vorgeleuchtet.

Mit diesem Wort schloß die alte Hoheit, kopfzittrig und ergriffen, und die Damen bewegten schweigend ihre Fächer.

Pastor Pistorius räusperte sich. Er saß als einziger Mann im erlauchten Damenkreise und meinte, um so wichtiger sei, daß die hochverehrte Frau Agnes Gräfin Schwan das Patronat für den Ortsverein Malchin zur Pflege verwundeter mecklenburgischer Krieger übernommen habe. Er legte eine Liste auf der Tafel aus, und Agnes Schwan blickte ermunternd in die Runde.

Wer von Ihnen in der Liebestätigkeit mit mir wetteifern möchte, der trage bitte seinen Namen ein und spende.

Plötzlich bemerkte sie, daß ihre Schwiegertochter fehlte und erkundigte sich bei Linda, die heute beim Servieren in der Rosenlaube half.

Ich vermisse Armgard. Wo mag sie sein?

Beim Schießen im Park, sagte Linda, und einige der Damen tauschten Blicke hinter vorgehaltenem Fächer. O Gott. Und dann mußten sie lauschend die wohlfrisierten Häupter wenden. Irgendwo im Park sangen die Kameraden des Bräutigams, die Herren Offiziere, sich heiser in der Begeisterung.

>   *Kommt mit Kugel, kommt mit Blei,*
>   *kommt mit Sens und Hacke,*
>   *Frankreich will den Krieg, es sei,*
>   *hurra zur Attacke.*
>   *Fallt ihr, wird euch warm und treu*
>   *manche Zähren blitzen.*
>   *Alle, alle eilt herbei,*
>   *Deutschland zu beschützen.*

Iduna Schwan-Schwan hatte den schwarzen Spitzenschleier so tief ins Gesicht gezogen, daß sie wie eine Trauernde unter den hellgewandeten Damen saß.

Ist Ihnen nicht gut, Liebe? fragte die alte Hoheit mit Anteilnahme.

Iduna flüsterte: Zwanzigtausend Tote, in einer einzigen Schlacht. Ein teuer erkaufter Sieg, Königliche Hoheit.

Alexandrine von Mecklenburg sagte tröstend: Aber der Preis war die aufgewendete Mühe wert. Die französische Hauptarmee hat sich unter die Kanonen von Metz zurückziehen müssen, denken Sie nur.

Am Abend dieses Tages lag ein toter Mann auf den Fliesen des Schlachtkellers von Klevenow, damit der Gerichtsphysikus ordentlich Leichenschau halten konnte. Der Tote war nicht von Rang.

*

Schlöpke sollte den Fall protokollieren. Er hatte das Gutstagebuch aus dem Schrank der Amtsstube geholt und nach Hause getragen, damit sie ungestört waren und sich erst einmal anhören konnten, was der Junge zu sagen hatte.

Es war so eine merkwürdige Stimmung, Vater, so eine seltsame Lustigkeit unter den Männern, schon das dritte Faß angezapft, sie tranken und tranken, dann sangen sie traurige Lieder.

Hörst du die Trompete blasen? Bald muß ich mein Leben lassen, ich und mancher Kamerad.

Die Mägde kreischten, wenn sie mit den Bierkrügen vorüber mußten, weil ihnen die Herren immer tiefer unter die Röcke griffen.

Ich trank nicht, ich stand dabei, für die Offiziere war ich nur ein Mann aus dem Gesinde.

Als sie eines der Mädchen so heftig traktierten, daß es sich schreiend auf dem Rasen wälzte, sprang ich zu, um aufzuhelfen.

Der Herr Erblandmarschall hat gerufen: Bravo, Schlöpke.

Wenn du die Wahrheit aufschreiben willst, Vater, gehört das ins Buch. Bravo, Schlöpke!

Da hielt ich das Mädchen noch bei der Hand.

Der Graf hämisch zu den Offizieren: Das ist Jörn Schlöpke, der beste Beschäler im ganzen Beritt. Dann zu mir: Zeig vor, was du hast. Bespring die Stute, du Hengst. Die Vorstellung wird bezahlt.

Beifall. Sie kommen auf uns zu. Riesengejohle. Zieh blank, Junge, zieh blank.

Der alte Schlöpke sah den Sohn von der Seite an. Das glaub ich nicht. Das schreib ich nicht.

Es ist so wahr, Vater, wie es wahr ist, daß mich Kuno in den Ferien an einen seiner Dresdener Freunde vermieten wollte. Damals bin ich vierzehn oder fünfzehn gewesen und hätte denen niemals meinen Arsch hingehalten, auch nicht für Geld.

Sie haben tatsächlich für die Vorstellung gesammelt, die Herren im Park. Das Weibsstück kriegte den gierigen Blick, als die Münzen blinkten. Ich hab sie von mir gestoßen, ich wollte davon. Es hätte ein Unglück geschehen können, wäre nicht Armgard Schwan gekommen, ohne Schleier, ohne Diadem, nicht mehr so fremd wie eine Königin, sondern ein Mädchen im weißen, schwingenden Kleid. Sie hatte bemerkt, daß der Erblandmarschall und seine Kameraden ihren Spott mit mir trieben, nahm mich bei der Hand und führte mich in den Kreis der Offiziere.

Meine Herren, das ist Jörn, ein getreuer Diener des Hauses Schwan, mein Leutevogt und bald auch einer Ihrer Frontkameraden. Erlauben Sie ihm, sich zu beweisen.

Gut, sagte einer, kann sein, daß es der Prinz von Schwarzburg war, blankziehen wollte er nicht, kann er denn wenigstens schießen?

Sie hatten sich, wer weiß von wem, ein halbes Dutzend Strohpuppen machen lassen, ihnen statt der Mützen zerbeulte Kochtöpfe aufgesetzt, sie in rote Hosen gesteckt, ausgediente Schwansche Livree wahrscheinlich. Sie sollten für gefangene Franzosen gelten. Die standen vor der Ziegelwand des alten Schloßflügels, jetzt sagte man ihnen irgendwelche Schandtaten nach und wollte sie standrechtlich erschießen. Kaum einer der betrunkenen Herren traf. Der Prinz warf mir seinen Revolver zu. Ich hab nachgeladen. Ich hab den Popanzen die Töpfe vom Kopf geballert. Dort, wo das Herz sitzt, waren den Puppen französische Kokarden angeheftet. Jede einzelne hätte ich zerfetzt. Da kam Stollinski. Du kennst sein widerliches Gehabe, er zieht die Mütze, er macht eine Verbeugung, macht sich angenehm. Er sieht wie ein Clown aus, als er seine Kratzfüße vollführt. Bitte Pardon wegen Störung.

Großes Gelächter. Da ist endlich einer, dem man in den Arsch treten kann. Er wird mit den Füßen wie ein Ball bis zum Grafen gestoßen.

Der Erblandmarschall hört ihn an, dann hebt er die Hand, um Ruhe zu gebieten. Unglaubliches geschieht, meine Herren. In einer Stunde, da alles, was deutsch ist und deutsch fühlt, Opfer darbringt und viele das Leben hingeben müssen für das bedrohte Vaterland, verweigert sich das fremdländische Schnittergesindel, gibt einen Mann nicht heraus, der ins Arbeitshaus verbracht werden muß. Streik, mitten im Krieg Streik.

Dann eine schneidende Kommandostimme: Auf zur Kaserne!

Das ist das Signal. Auf zum Sturm! Das ist was Besseres, als auf Puppen zu schießen, auf Pappkameraden, wir haben lebendige Ziele. Vater, ich schwör dir, sie hätten die Polacken niedergemacht im heiligen vaterländischen Grimm, im Suff. Sie hätten sie an die Wand gestellt, Leute, die wir noch zur Arbeit brauchen. Es genügt doch, wenn wir den Aufrührer haben.

Ein Blick von Armgard. Sie denkt wie ich. Ein einziger Blick, das war das Signal für mich.

Da ist auch ein Pferd, wer weiß, wem es gehört. Ich schwing mich hinauf, jage quer durch den Park, überspringe die Gräben, die Hecken. Ich laß die Herren Offiziere weit zurück. Ich bin an der Schnitterkaserne und springe ab. Da treten sie vor die Tür, frech, mit verschränkten Armen, herausfordernd geradezu, die Schnitter. Der, den ich suche, ist nicht darunter.

Wo ist Tiedemann?

Er ist krank, mißhandelt worden, geschunden. Wir wissen von wem. Wir fordern Untersuchung.

Das sagen sie mir dreist ins Gesicht. Die wollen ihn nicht herausgeben. Ich spring um die Ecke. Richtig, das alte Spiel, er schwingt sich aus dem Fenster, will sich abseilen, vielleicht noch einmal los auf mich mit dem verdammten Strick, mich niederreißen, zum Spektakel für dieses polnische Gesindel.

Ich hab ihn heruntergeschossen wie eine Taube vom Dach.

Minna hatte die ganze Zeit das Gesicht in den Händen verborgen. Jetzt blickte sie auf.

Er war dein Bruder.

Seit der Hochzeit auf Klevenow fehlte jede Spur von Stollinski. Im Spätherbst wurden am Rande des Parks die bereits skelettierten Überreste eines Mannes gefunden. Dem Rumpf fehlte der Kopf.

18

Gesine kam über Gielow herauf. Mit zwanzig hatte sie davongemußt, mit vierzig kam sie zurück und sah alles an, als ob es besonders wäre.

Ich hab nicht vergessen, daß sich gerade hier der Weg abkehren muß, nach Vorbeck hin und dann weiter nach Klevenow. Wargentin gibt es nicht mehr, was mir Heimat war, gibt es nicht mehr, die Katzenzelle, das schäbige Schloß. Abgebrannt, geschleift und getilgt. Längst ist Gras darüber gewachsen. Aber ich erinnere mich.

Hier bin ich manchmal mit Jörn gegangen. Dort oben am Wald haben wir im Gras gelegen, weil kein Bett für die Liebe war. Kann mir der Landstrich wieder Heimat werden? Könnte ich je zurück?

Kein Wölkchen am Himmel, die Schwalben hoch oben im Blau. Da sehe ich die Schnitter in langer Reihe am Hügel. Ich kann nicht erkennen, ob meine Männer unter ihnen sind. Ich müßte näher heran.

Sie schwingen die Sensen, sie müssen schwitzen und keuchen, ich geh bloß so dahin. Mein Bündel ist leicht. Ich trag heut das lavendelblaue Kleid, wie zu meiner Hochzeit mit Jörn, wie auf Rogallas Fest. Ich hab nur das eine, das gut genug ist, mich darin in Klevenow vorzustellen. Schlöpke hat geschrieben, ich müßte kommen, um den Jan auszulösen. Sie wollen ihn loswerden und lassen sich das etwas kosten. Ich will mit der Vergangenheit ins reine kommen, und habe mich auch deshalb auf den Weg gemacht. Zu viel Geld für die Bahn, vielleicht wollte mich Schlöpke freundlich stimmen. Von dem, was übrig war, hab ich einen Anzug für Jan gekauft, feiner Stoff, Wolle womöglich, schwarzes Tuch, damit er was Gutes hat, wenn er mal Hochzeit hält. Der Junge wird Augen machen.

Und dann kommt die Frau übers Feld daher, langes Gewand, beide Hände, wie gefaltet auf der Schulter, halten den Knoten des Bündels, das sie auf dem Rücken trägt.

Seine Mutter. Koschoreck hat es gesagt.

Elf Männer lassen die Sensen ruhen und ziehen die Mützen und die Garbenbinderinnen legen die Sicheln beiseite und richten sich auf.

Da stehen sie in langer Reihe, schweigend, um die Frau zu erwarten.

Zuerst lächelt Gesine. Ich suche zwei Männer, die mir lieb sind.

Sie steht vor Gorski und erinnert sich an das Gesicht. Der Mann mit der Harmonika, das Fest bei Rogalla. Blick auf Lewinski. Kenn ich nicht. Aber mein Roman ist der nächste. Er hält meinen Blick nicht aus. Warum stürzt mir Jan nicht entgegen?

Sie starrt den Koschoreck an. Er sagt leise: Ich hab ihn nicht behüten können. Verzeih.

Das Bündel fällt ihr vom Rücken, und für einen Augenblick der Schwäche duldet sie, daß der Mann ihre Hände hält, nur für einen Augenblick. Dann macht sie sich frei.

Er will ihr beistehen. Laß sein! Sie bückt sich ächzend nach dem Bündel und wirft es sich auf den Rücken.

Koschoreck will sie begleiten.

Nein. Sie geht an den Männern vorüber, an den Weibern. Als letzte in der Reihe steht das Mädchen, die Jüdin. Ist nicht ihretwegen alles geschehen?

Mala sagt: Ich hatte ihn lieb.

Gesine nickt. Ich auch.

Es erregte Aufsehen im Schloß wie im Dorf, daß die Mutter des erschossenen Schnitters in Klevenow weilte. Pistorius bot großmütig Quartier im Pfarrhaus an, aber Gesine dankte, sie wolle im Weibersaal der Schnitterkaserne wohnen, bis sie den Sohn begraben habe.

Das geschah, nachdem sie mit dem Pastor über die Umstände der Beerdigung einig war, am übernächsten Tag.

Pistorius hatte dem Toten ein ordentliches Grab in der Reihe überlassen wollen, aber Gesine bat den Pfarrer, ihr bei der Suche nach der Ruhestätte der kleinen Luise zu helfen. Das Kind war vor über zwanzig Jahren vor einer Feldsteinmauer am Rande des

Friedhofs beigesetzt worden, und Gesine wußte noch, daß Jörn ein kleines Kreuz in einen der Steine geschlagen hatte, um die Stelle zu bezeichnen. Sie wurde tatsächlich gefunden, und daneben sollte, wie die Mutter wünschte, Jan bestattet werden, damit die Geschwister bis zum Jüngsten Gericht nebeneinander ruhen konnten, denn sollte die Stimme wirklich erschallen, um die Kinder aus dem Grabe zu rufen, so konnte der große Bruder der Kleinen beistehen.

Gesine verbat sich jede Hilfe vom Gut oder aus dem Dorf. Sie hatte nicht vergessen, daß man zu ihrer Zeit die Herrschaft um Bretter für das Bett oder die Totenkiste bitten durfte, aber ihr Stolz ließ es nicht zu. Etwas Geld besaß sie schon, und sie fuhr mit Malas Gespann nach Malchin, um einen schlichten Sarg zu kaufen.

Sie und das Mädchen wuschen den Toten und kleideten ihn in den schwarzen Anzug, den Jan zu Lebzeiten nicht mehr hatte anziehen können.

Die Schnitter schaufelten die Grube, später trugen sie den Sarg und mußten ihn dreimal absetzen bis zum Grab hin, damit jeder einmal an der Reihe war.

Pistorius beschränkte sich auf wenige Worte. Der Herr ist mit denen, die zerbrochenen Herzens sind, und hilft denen, die ein zerschlagenes Gemüt haben. Der Gerechte muß viel leiden, aber aus allem hilft uns der Herr.

Wer deutsch verstand, konnte getröstet sein oder vielleicht denken, mach es doch wahr, Herr.

Die Männer hielten mit beiden Händen die Mützen vor der Brust. Der Wind ging, er spielte mit ihrem Haar und bewegte die Kleider der Frauen. Es waren nur die Mutter des Toten, seine Liebste, die Garbenbinderinnen und die Schnitter, die am Grabe standen, aber vielleicht hatten Leute heimlich über die Friedhofsmauer gesehen oder Pistorius erzählte weiter, daß es die anrührendste und denkwürdigste Beerdigung gewesen sei, die je in Klevenow stattgefunden hatte.

Nachdem die Mutter drei Hände voll Erde auf den Sarg geworfen hatte, damit Jan Tiedemann wieder zu dem werden konnte, woraus er gekommen war, ließ Mala ein über und über blühendes

Rosenstöckchen samt der Wurzel in die Grube fallen, als Abschiedsgruß, aber auch, damit geschehen konnte, was nach dem Brauch geschehen mußte bei den Leuten ihrer Religion. Und das Lied haben nur Gesine und Pistorius gekannt und also zu zweit singen müssen, so daß sie kaum ankamen gegen den Wind: Ach, wie flüchtig, ach, wie nichtig ist das Menschenleben.

Weil aber die Garbenbinderinnen und Schnitter in ihrer Trauer nicht still bleiben wollten, haben sie polnisch gesungen und einen Choral angestimmt, der ihrem Glauben gemäß war. Was Mala gesenkten Hauptes murmelte, konnten weder die Deutschen noch die Polen verstehen, und vielleicht begriff sie selber nur den Sinn. Es waren hebräische Worte: El mole rachamin . . .

19

Der heiklen Umstände und seines gewaltsamen Todes wegen hatte es drei Tage über die Zeit gebraucht, bis Jan Tiedemann unter der Erde war. Dann war auch die Untersuchung des Kriminalfalls abgeschlossen.

Gräfin Agnes hatte die kompetentesten Männer um Hilfe gebeten. Gerichtsphysikus Doktor Kuhfeld nahm den Leichnam gründlich in Augenschein und fand heraus, daß der Tod nicht durch Erschießen eingetreten sein könne, der Schußkanal ginge am Herzen vorbei, vielmehr sei Tiedemann mit großer Wahrscheinlichkeit in Folge eines Schrecks beim Absturz das Genick gebrochen. Und Hofrat Doktor Schultius aus Malchin, der die gräfliche Familie schon wiederholt in juristischen Fragen beraten durfte, war persönlich erschienen, um den Bericht des Kriminalkollegiums vorzulegen.

Man hatte sich im Arbeitskabinett der Gräfin versammelt, im kleinsten Kreise. Nicht einmal die junge Gräfin Armgard konnte anwesend sein, sie gab ihrem Gemahl das Geleit bis Ludwigslust, hatte vorher allerdings zugunsten des Jörn Schlöpke ausgesagt. Der stand bleich, aber hoch aufgerichtet, ja beinahe trotzig, vor der Täfelung des Raumes. Sein Vater hinter dem Stehpult mühte sich um Haltung, es fiel ihm schwer, heute zu protokollieren, er nahm sich die Sache zu Herzen, und wie manches Mal, wenn sich der alte Mann über Gebühr erregte, begann seine Nase zu tropfen. Schlöpke hantierte mit dem Taschentuch, und ihm ging durch den Kopf, daß er das Gutstagebuch wahrscheinlich heute würden schließen müssen, um es einem Nachfolger zu überlassen.

Minna war nicht weniger betroffen, als ihr Mann, aber sie hatte sich besser in der Gewalt. Sie saß auf einem Lehnstuhl, starr und steif, und hielt die gefalteten Hände im Schoß.

Iduna Schwan-Schwan hatte darum gebeten, aus persönlichem wie literarischem Interesse, der Amtshandlung auf Schloß Klevenow beiwohnen zu dürfen. Schließlich war sie es gewesen, die vor langer Zeit durch Vorsprache bei Friedrich Franz II. persönlich bewirkt hatte, daß dieser Jörn, ein Kind der Sünde, aus dem Gefängnis geholt und einer ordentlichen Ziehmutter übergeben werden durfte. Dort stand er, groß und bleich, ein Brudermörder.

Agnes Schwan hatte sich der Bitte Idunas nicht verschließen können. Sie wünschte, die Verhandlung wäre vorüber, und nickte erleichtert, als Doktor Schultius bemerkte, er käme zum Schluß.

Von Mord könne nicht die Rede sein, nicht einmal von Totschlag, das Opfer selber, übel beleumundet, wie man wisse, habe den bedauerlichen Vorfall provoziert. Ein Verfahren erübrige sich aus all diesen Gründen. Jörn Schlöpke dürfe in Ehren an die Front.

Das notierten Sie doch gern, nicht wahr, Schlöpke? Agnes Schwan erhob sich, um den Doktor Schultius zu verabschieden. Ich danke sehr. Und dem Jörn Schlöpke drückte sie die Hand, beinahe so kräftig, wie das Armgard vielleicht getan hätte.

Schultius hatte die Tür gar nicht hinter sich schließen können, eine Frau trat ein, die war schlank, nicht mehr jung, sie trug ein lavendelblaues, schon etwas angestaubtes Kleid und ein blutrotes Halstuch dazu.

Guten Tag, Euer Gnaden.

Agnes Schwan erinnerte sich nicht, die Person jemals gesehen zu haben. Sie fragte ungehalten: Was hat sie hier zu suchen?

Obwohl man ihr unfreundlich begegnete und ihr niemand erlaubte, näher zu treten, schloß die Frau die Tür hinter sich und verneigte sich tief.

Ich bin die Mutter.

Wessen Mutter?

Die Mutter des Ermordeten, Euer Gnaden.

Die Gräfin war so überrascht, daß sie sich entschließen mußte, wieder im Sessel Platz zu nehmen, und Iduna griff zum Lorgnon, um die merkwürdige Frau zu fixieren. Tatsächlich, diese Gesine aus Laudeck.

Gesine ging auf den Jungen zu. Der wußte, wer ihm näher kam. Er empfand nichts für diese Frau, die seine Mutter war. Er sah sie heute das erste Mal, und ihm war, als müsse er sich wehren.

Er stand mit dem Rücken an der Wand und blickte der Frau voll und kalt ins Gesicht.

Sie sagte: Wie oft habe ich mir vorzustellen versucht, wie du wohl aussehen würdest, ob du deinem Vater ähnelst. Ja, du bist ihm wie aus dem Gesicht geschnitten. Ich habe deinen Vater sehr geliebt, weißt du. Er war ein guter Mensch. Er war freundlich. Er ist schon lange tot.

Jetzt rief die Gräfin auffordernd: Tritt näher!

Gesine gehorchte. Sie verneigte sich noch einmal, und Agnes Schwan betrachtete die Frau mit schräg gehaltenem Kopf wie im Argwohn.

Du bist Gesine Wollner?

So hieß ich, als mich Euer Gnaden ins Arbeitshaus nach Güstrow verbringen ließen, wegen Hurerei. Gewiß hat es Schlöpke ins Gutstagebuch eingeschrieben. Damals ging ich schwanger mit diesem da.

Gesine wendete sich dem Jungen zu, der erschrak, als sie ihm schon wieder nahe kam, und was sie sagte, war furchtbar für ihn anzuhören.

Du bist im Grauen Haus zu Güstrow geboren, Weihnachten achtundvierzig, ein Zuchthauskind und ein Christkind also auch, und zuerst schien es mir schrecklich, daß ich dich fortgeben sollte, aber die Frau Gräfin Iduna und Minna, die damals Krenkel hieß, redeten so lange auf mich ein, bis ich glaubte, es geschähe zu deinem Glück, wenn ich mich von dir trennte. Hinterher habe ich mich tagelang gegrämt und auf meiner Pritsche gewälzt. Mit deinem Vater hatte ich nicht reden können, er war wegen Hochverrats eingekerkert. Weißt du das, Jörn?

Der Junge schüttelte verzweifelt den Kopf. Er rief Minna und Schlöpke um Hilfe an. Sagt doch, daß diese Frau nicht bei Troste ist!

Aber keiner wollte ihm beispringen in seiner Not, jeder wich seinen Blicken aus.

Gesine sagte hart: All meine Hoffnungen hatte ich auf Jan gesetzt. Du hast deinen Bruder umgebracht.

Jörn hatte sich in vielen schlaflosen Stunden zurechtgelegt, was er sagen würde beim Verhör durch die Kriminalbeamten, und

Armgard, der er sich schließlich anvertraute, hatte ihn bestärkt. Er hatte sagen wollen: Ich bekenne mich, ein Schwanscher Mann und ein deutscher, ich bekenne mich zu meiner Tat. Wir stehen im Krieg, und ich habe einen Aufrührer erledigt und einen Aufstand fremder Arbeiter niedergeschlagen, also zum Wohle meiner Herrschaft gehandelt und gedacht, ich hätte recht getan.

Aber als die Frau vor ihm stand, seine leibliche Mutter, war er mit einem Mal fassungslos und stammelte: Aber wie sollte ich denn wissen, wie konnte ich wissen ...

Gesine deutete auf die Schlöpke hin. Sie wußte es. Minna weinte. Der Gräfin Iduna tat sie leid. Sie fragte anklagend: Warum hast du dir zwanzig Jahre Zeit gelassen, nach deinem Erstgeborenen zu suchen. Warum, Gesine Tiedemann?

Es dauerte eine Weile, bis die Antwort kam. Meine kleine Tochter Luise kümmerte und starb, weil sie von meinen gierigen Schwestern vom Tisch gedrängt wurde. Das ging so zu in allen Hungerhütten, für ein drittes Kind blieb wenig zum Brechen und zum Beißen. Als wir endlich im Heidekaten untergekrochen waren, da hob mir der Bauch wieder die Röcke. Jan wurde geboren, das Jahr darauf Zwillinge, zwei Mädchen auf einmal, schrecklich. Sie starben später an der Bräune. Mein Gott, ich hab nicht gewußt, wie ich drei Mäuler stopfen sollte, geschweige denn vier. Nun sind alle meine Kinder tot bis auf diesen einen schrecklichen Sohn.

Jörn verbarg das Gesicht in den Händen, er weinte. Minna erhob sich stöhnend von ihrem Stuhl, als sie es sah.

Sie trat auf Gesine zu. Er ist weniger schuld als ich, er ist weniger schuld als du. Er hat nicht wissen können, was er tat. Und nun muß er in den Krieg. Verzeih ihm, um Christi willen. Sie nahm bittend Gesines Arm, die machte sich unwillig los.

Verzeih du ihm, wenn du kannst. Du bist ihm die Mutter.

Ja, das bin ich, sagte Minna, das bin ich, und ich hab mein Herz an ihn gehängt. Aber ich geb ihn dir zurück, den einen für den anderen.

Iduna Schwan erschauerte. Die Szene erschien ihr beinahe wie einem antiken Drama entliehen. Das würde sie aufschreiben müssen. Wer von beiden Frauen war die Größere? Diese Minna wahrscheinlich.

Gesine schüttelte den Kopf. Sie dachte, was redet sie da. Sie ist geblieben, was sie immer war, eine schrullige alte Jungfer. Sie sagte: Ich will ihn nicht. Die Stimme des Blutes, ich höre sie nicht, so sehr ist er dein Sohn. Er ist mir fremd. Der Herr verfluchte den Kain, als er seinen Bruder erschlug. Ich fluche ihm nicht. Er mag mit der Wahrheit leben.

Dann trug sie ein paar Bitten vor, so nachdrücklich, als hätte sie Forderungen an das Haus Schwan.

Mala, das jüdische Mädchen, und Jan hatten bei Pistorius das Aufgebot bestellt. Die Taufe des Mädchens und die Trauung konnten leider nicht vollzogen werden. Der Pfarrer wolle aber ins Kirchenbuch eintragen, daß Mala sich künftig Tiedemann nennen dürfe. Die Frau Gräfin müsse dem Consens erteilen. Gesine wollte Mala mit sich nehmen, auch Pferd und Wagen, die dem Mädchen gehörten. Zu ihrem Schutz solle Roman, der Pole, mit ihnen reisen.

Agnes Schwan nickte. Schlöpke, Sie veranlassen das.

Gesine verneigte sich tief. Sie ging, ohne die Schlöpkes mit einem einzigen Blick bedacht zu haben.

20

Mala war über die Schwansche Kanzlei in Klevenow unterrichtet worden, daß ihr Vater aus der Korrektionsanstalt entlassen sei und sich im Hause Augspurger erhole. Daraufhin hatte Roman angespannt und sich mit Gesine und dem Mädchen auf den Weg nach Güstrow gemacht. Sie hatten in der Stadt nicht lange fragen oder suchen müssen, jedermann kannte das Haus und zeigte ihnen den Weg.

Augspurger hatte vor ein paar Jahren ein altes, vom Verfall bedrohtes Patrizierhaus mit Speicher und Nebengelassen zu einem modernen Wohn- und Geschäftshaus umbauen lassen, das die Bewunderung vieler Bürger erregte, aber auch ihren Neid. Es unterschied sich vom Äußeren nur durch gewisse Großzügigkeit von benachbarten Gebäuden, und wie landesüblich gelangten die Fuhrwerke durch eine breite, überbaute Toreinfahrt zu Ställen oder Speichern. Die Fassade war im hanseatischen Stil errichtet, mit stufenförmig aufsteigenden Giebeln, wer aber das Tor durchschritten hatte, sah sich einem Springbrunnen gegenüber, berankten Pfeilern, die eine umlaufende Galerie trugen, und fühlte sich in einen maurischen Innenhof versetzt. Kein Zweifel, Simon Augspurger besaß eines der schönsten Anwesen der Stadt.

Koschoreck hielt, er kletterte aus der Schoßkelle, um Gesine und Mala herunterzuhelfen.

Gesine fragte: Traust du dich, alleine anzuklopfen oder durch das Tor zu gehen?

Mala wollte es versuchen. Sie ließ sich Schmuls Geigenkasten geben, wischte mit dem Blusenärmel säubernd drüber hin, das Instrument hatte alle Fährnisse der Reise über standen. Das Mädchen hatte weder Gelegenheit noch Geld gehabt, sich Trauerkleider zu schaffen, vielleicht hätte Jan auch nicht gewollt, daß sie rabenschwarz gewandet herumlief. Wie sollte man in solchen Röcken zur Feldarbeit gehen? Sie hatte eines der leichten, festlichen Kleider angezogen, das noch aus dem Schtetl stammte, dem Vater würde es gleich ins Auge fallen.

Wartet auf mich!

Kurze Zeit später erschien der Hausherr persönlich in Begleitung eines Knechtes, dem Pferd und Wagen übergeben wurden. Augspurger bat Gesine und Koschoreck als seine Gäste herein und führte sie auf den Hof. Sie sahen staunend die kleine Fontäne, dahinter auf gepflasterter Terrasse einen Tisch im Schatten der Galerie. Es war Vesperzeit, eine Magd trug Kaffee und Kuchen herbei und entzündete getrocknete Kräuter in einem Kupferbecken, um die Wespen zu vertreiben. Augspurger bat seine Gäste zuzulangen. Sie wollten auf Mala und Rosenzweig warten, die hockten Kopf an Kopf auf den steinernen Stufen zwischen zwei Pfeilern der Galerie.

Sie werden eine Weile für sich sein wollen.

Augspurger ließ Kaffee einschenken, sie schlürften mit Genuß und verzehrten das Gebäck mit großem Appetit.

Gesine war, als müsse sie sich entschuldigen. Wir sind sehr hungrig. Sie sprach mit vollem Munde, und Augspurger lachte verständnisvoll.

Dann deutete er mit einer Neigung des Kopfes zu Vater und Tochter hin. Die beiden werden morgen nach Moisling aufbrechen, dort wird ihnen unsere Gemeinde weiterhelfen. Dem Herrn ist zu danken, daß Rosenzweig nach so harter Prüfung das Mädchen mit sich nehmen kann, und auch Ihnen ist zu danken.

Gesine winkte ab. Ich hab das wenigste getan.

Roman Koschoreck schwieg. Er hörte, daß sich Schmul wieder auf der Fiedel versuchte. Das Lied kannte er: lalalei, lalalei. Er sah Gesine an. Mein Gott, diese lockende Melodie, keine drei Monate her, daß sie miteinander getanzt hatten, in der Scheune bei Rogallas Fest, wirbelnde Drehung, hoch auffliegender Rock. Es kam ihm vor, als sei das in einem anderen Leben gewesen. Nach dem Tode des Jungen war ihm Gesine fremd geblieben, unnahbar, nur das Notwendigste hatten sie miteinander besprochen. Sie war ihm gram, weil er den Tod des Jungen nicht hatte aufhalten können. Vielleicht war sie sich selber gram. Wer weiß, ob sie beide jemals wieder beieinanderliegen würden.

Augspurger fragte: Wohin soll eure Reise gehen?

Roman erwartete, daß Gesine Auskunft gab, aber sie sagte nichts, also redete er. Wir wollen nach Laudeck zurück, Herr, das liegt in Pommern.

Er dachte, daß er vor ein paar Wochen in Begleitung des Jungen aufgebrochen war, mit so viel Hoffnung. Jetzt würde er heimkehren müssen mit leeren Händen, ohne Jan, eine verbitterte Frau an der Seite. Ebensogut könnten sie hierbleiben und nach Arbeit herumfragen. Was geschieht, wenn Rosenzweig die Tochter nicht annehmen würde, wie beinahe zu befürchten war? Pferd und Wagen gehörten dem Schmul, der brauchte das Gespann für die Reise nach Moisling. Er sah Gesine an. Ihm ging durch den Kopf, daß er sie liebte und daß er ihr aus Liebe oft die Führung überlassen, sich ihrem Willen gefügt hatte, aber auch, weil sie stark war und deutsch und weil er sie für immer haben wollte. Nun würde er ihr wohl in die Zügel greifen müssen.

Schmul kratzte die Fiedel. Mein Gott, was für ein trauriges Lied.

Nach Laudeck also, meinte Augspurger, nach Pommern.

Roman blickte Gesine voller Zweifel an. Sie sagte: Dort wird ein Herrschaftsgut aufgeteilt. Wir werden alt, Roman und ich, und wir haben niemanden auf der Welt außer uns. Wir brauchen ein Fleckchen Land, eine Hütte, ein Stück Heimat, aus dem uns niemand vertreiben kann.

Augspurger nickte. Wer kann das besser verstehen als ein Jude.

Als sich die Nachtschatten über den Hof senkten, hockten Rosenzweig und seine Tochter immer noch nebeneinander. Es wurde kühl.

Morgen würde man weitersehen. Augspurger ließ seinen Gästen eine Schlafkammer anweisen.

In dieser Nacht wollte Gesine wieder in die Arme genommen werden. Sie ließ sich trösten.

Am Morgen, als sie mit Augspurgers Leuten beim Frühstück saßen, winkte einer der Knechte. Das Gespann stand auf dem Hof, das Pferd war wohl versorgt, wie sie sehen konnten, und auf dem Wagen lagen ein paar Futtersäcke, die gestern nicht dort gewesen waren. Pferd und Wagen gehörten ihnen, sagte der

Mann, sie könnten damit weiterziehen, sollten aber warten, bis ihnen der Herr Augspurger adieu gesagt habe.

Dort kam er schon, er führte die weinende Mala zum Wagen hin.

Nehmt sie mit euch, bitte. Er reichte ihr abschiednehmend die Hand.

Rosenzweig ließ sich nicht sehen.

Mala rückte neben Gesine auf die Schoßkelle, und dann rollten sie vom Hof.

Roman ging neben dem Gespann, solange sie die Stadt durchfahren mußten.

Gesine drückte Mala an sich. Was ist geschehen?

Das Mädchen sagte: Ich habe Jan mehr geliebt als meinen Glauben. Das kann ich nicht bereuen. Daß mein Vater den Rosenstrauch begraben müßte, wußte ich längst, aber ihm ist es so schwergefallen, sich von mir zu trennen. Das hat er mir zum Abschied mitgegeben.

Sie zeigte ein Beutelchen vor und gab es der Gesine. Hundert Taler curant. Das wird für Häusung reichen.

Ich bin der Rabe im Baum, meine Ahnen zählen zu den Auserwählten, die Noah in den Kasten nahm, vor kaum denkbarer Zeit, und noch früher hatte mein Urrabenvater, der Gedächtnis hieß, auf Odins Schulter gesessen. Er hat uns die Fähigkeit der Entsinnung vererbt, die Gabe der Unvergeßlichkeit, die kein anderes Geschöpf unter dem Himmel besitzt. Ich weiß alles, bis auf das wenige, das Gott für sich selber behielt.

Ich hab erzählt, daß Jan Tiedemann ermordet wurde, obwohl im Gutstagebuch von einem Unfall geschrieben wird. Ich weiß, wie Stollinski zu Tode kam durch einen einzigen Sensenhieb.

Das alles geschah ein paar Tage vor Sedan. Die Adler stiegen hoch auf, um den deutschen Sieg auszurufen: Das französische Heer vernichtet, Napoleon gefangen, das Kaiserreich im Staub! Mein Rabenvater hat die Feuersäulen über der Stadt gesehen, den Rauch, der tagelang über der Ebene stand, die weißen Fahnen auf allen Türmen von Sedan. Er hat das Röcheln der Sterbenden vernommen, das Weinen der Mütter, die Klagen der Obdachlosen in den Trümmern. Der Heeresbericht hat die Toten gezählt: neuntausend Deutsche und siebzehntausend Franzosen. Die Beute war groß: sechstausend lebendige Gäule, drei Fahnen und Waffen, Feldgeschütze, Gewehre. Von den Wällen aller großen deutschen Städte wurde Victoria geschossen. Victoria. Auf nach Paris hieß die Parole, wie alle Welt weiß.

Ich weiß, was nur wenige wissen: Der Krieg wäre nach Sedan zu Ende gewesen, Zehntausende wären am Leben geblieben, hätten sie nur gewollt, die Könige in Deutschland, die Großen und die Obersten, die Reichen und die Gewaltigen und ihre willfährigen Knechte. Hätte ich Schwingen wie der Adler und eine Stimme wie er, ich wäre mitten durch den Himmel geflogen, um die Botschaft Victor Hugos auszuschreien:

Deutsche, der zu euch spricht, ist ein Freund. Beendet den Krieg! Welchen Sinn hat er noch? Warum wollt ihr Paris? Was haben wir euch getan?

Das Kaiserreich war es, das den Krieg gewollt hat. Napoleon ist gefangen, das Kaiserreich ist tot.

Das ist gut.

Wir haben nichts gemein mit diesem Leichnam.

Er ist der Haß, wir sind die Freundschaft.

Er ist der Verrat, wir sind die Biederkeit.

Wir sind die Französische Republik, wir rühren den Wahlspruch: Freiheit, Gleichheit, Brüderlichkeit.

Wir schreiben auf unsere Fahne: Vereinigte Staaten von Europa.

Wir sind dasselbe Volk wie ihr. Wir haben unseren Vercingetorix gehabt, wie ihr euern Arminius hattet. Seit alters sind sie verbunden, die französischen Seele und das deutsche Herz.

Wenn ihr aber euern Ehrgeiz bis zur Gewaltsamkeit treibt, wenn ihr uns angreifen kommt in der Stadt Paris, die ganz Europa gehört, wenn ihr den Sturmangriff auf Paris wagt, so werden wir uns bis zum Äußersten verteidigen.

Aber, Deutsche, welchen Sinn hat dieser Krieg?

Er ist beendet, weil das Kaiserreich zu Ende ist. Ihr habt euern Feind getötet, der auch unser Feind gewesen ist. Was wollt ihr mehr?

Wollt ihr dem neunzehnten Jahrhundert das abscheuliche Beispiel bieten, daß eine Nation, die zu den gesitteten gezählt wurde, wild geworden, Paris, die Stadt der Nationen, vernichtet – wie Germanien das Henkerbeil über Gallien schwingt? Wollt ihr der Welt das Schauspiel bieten, daß die Deutschen zu Vandalen werden, blutbesudelt und mit Schande bedeckt.

Nein, nein, nein!

Die Stimme des Dichters verhallte ungehört.

Ich sehe, der Haß reitet immer noch auf dem Pferd, rot wie Feuerbrand, damit sich die Unvernunft versammle an allen vier Enden der Welt, um waffenklirrend auf die Ebenen der Erde zu steigen.

Herr, ich warte, daß das sechste Siegel endlich erbrochen wird.